JOVEM PERSA

MARY RENAULT

JOVEM PERSA

TRADUÇÃO
Mário Avelar

Diretor editorial **PEDRO ALMEIDA**
Coordenação editorial **CARLA SACRATO**
Assistente editorial **LETÍCIA CANEVER**
Preparação **MONIQUE D'ORÁZIO e ANGÉLICA BORBA**
Revisão **BÁRBARA PARENTE e THAÍS ENTRIEL**
Capa e diagramação **VANESSA S. MARINE**

Dados Internacionais de Catalogação na Publicação (CIP)
Jéssica de Oliveira Molinari CRB-8/9852

Renault, Mary
Jovem persa / Mary Renault ; tradução de Mário Avelar. — São Paulo : Faro Editorial, 2023.
416 p.

ISBN 978-65-5957-253-3
Título original: The persian boy

1. Ficção inglesa 2. Ficção histórica I. Título II. Avelar, Mário

22-6383 CDD 823

Índices para catálogo sistemático:
1. Ficção inglesa

1ª edição brasileira: 2023
Direitos de edição em língua portuguesa, para o Brasil, adquiridos por FARO EDITORIAL
Avenida Andrômeda, 885 - Sala 310
Alphaville — Barueri — SP — Brasil
CEP: 06473-000
www.faroeditorial.com.br

Se alguém tem o direito de ser avaliado
em função dos padrões do seu tempo,
esse alguém é Alexandre.

HERMAN BENGDSON,
Os gregos e os persas

1

NÃO VÁ ALGUÉM PENSAR QUE SOU FILHO DO ACASO, VENDIDO POR UM camponês qualquer num ano de seca; devo lhes informar que a nossa genealogia é antiga, embora termine em mim. Meu pai era Artembares, filho de Araxis, da Pasárgada, a velha tribo real de Ciro. Três membros da nossa família lutaram por ele quando se colocou ao lado dos persas contra os medos. Defendemos a nossa terra ao longo de oito gerações, nas montanhas a oeste de Susa. Eu tinha dez anos, e era instruído nas práticas da guerra, quando me levaram.

Nossa praça-forte era tão antiga quanto a nossa família, protegida pelos rochedos, com a sua torre de vigia junto a um despenhadeiro. Era dali que meu pai costumava me mostrar o rio serpenteando através da planície verde em direção a Susa, a cidade dos lilases, e me apontava o palácio, brilhando no seu amplo terraço de terreno. Ali, ele me prometeu que eu seria apresentado à sociedade quando completasse dezesseis anos.

Tudo isso se passou nos tempos do rei Oco. Sobrevivemos ao seu reinado, embora ele fosse um terrível assassino. Foi devido à fidelidade ao seu jovem filho Arses, no combate contra o vizir Bagoas, que meu pai perdeu a vida.

Na minha idade, tudo teria me passado mais despercebido, se eu não tivesse o mesmo nome do vizir. Era uma tradição bastante comum na Pérsia; mas, como era filho único e tão amado, eu achava estranho ouvir pronunciá-lo com repugnância sempre que prestava atenção ao que se sussurrava à minha volta.

A corte e os senhores rurais que habitualmente víamos, quando muito, duas vezes por ano, não paravam agora de trilhar os caminhos da montanha. Nossa praça-forte ficava distante, constituindo por isso um bom ponto de encontro. Eu sentia um grande prazer ao observar esses nobres nos seus cavalos elegantes. Associava-os a uma expectativa de acontecimentos, mas não de perigo, pois nenhum deles parecia mostrar receio de coisa alguma. Mais de uma vez fizeram sacrifícios ao altar do fogo. O mago vinha, então. Era um velho robusto que escalava os rochedos como um cabreiro, matando cobras e escorpiões. Gostava de ver as chamas brilhantes cintilando no punho das espadas, nos botões de ouro e nos elmos incrustados de joias. Nesse tempo, eu pensava que tudo continuaria a se desenrolar assim até que chegasse à idade de me reunir a eles.

Depois das orações, bebiam em conjunto o líquido sagrado e falavam sobre a honra.

Eu também tinha sido instruído de acordo com as noções da honra. Desde os meus cinco anos que fora retirado da companhia das mulheres. Comecei então a ser ensinado nas artes de montar e caçar e a abominar a Mentira. O fogo era a alma do Sábio Deus. A Mentira nefasta, a deslealdade.

O rei Oco morrera não havia muito. Se a doença o tivesse levado, poucos o chorariam, mas dizia-se que, pelo contrário: a causa da morte se devia aos medicamentos que tomava. Bagoas chegara bem alto na hierarquia do reino; durante muitos anos, fora o segundo, logo após o rei. O jovem Arses, porém, casou-se quando mal havia atingido a maioridade. Com um herdeiro já homem e netos, Oco começou então a entrar em conflito com Bagoas. Pouco depois, morreu.

— Então agora — comentou um dos convidados de meu pai — o trono cai por traição, embora quem vá se sentar nele seja o herdeiro legítimo. Pessoalmente, não culpo Arses. Nunca ouvi coisa alguma que pusesse em causa a honra do rapaz, mas sua juventude duplicará o poder de Bagoas. A partir de agora, bem podia ser ele o rei. Nunca um eunuco chegou tão alto.

— Sim, é raro — disse meu pai. — Mas às vezes essa sede pelo poder acaba por tomar conta deles. A razão disso é porque não verão filhos. — Sabendo-me perto de si, tomou-me nos braços. Alguém murmurou uma bênção.

O convidado mais ilustre, cujas terras ficavam perto de Persépolis, mas que nunca acompanhara a corte a Susa, disse:

— Todos estamos de acordo que Bagoas nunca reinará, mas esperemos para ver como Arses lidará com ele. Embora seja bastante jovem, acho que o vizir é capaz de seguir o seu caminho sem o seu anfitrião.

Não sei o que faria Arses se seus irmãos não tivessem sido envenenados. Foi então que ele começou a contar os amigos.

Os três príncipes eram de idades próximas. Todos eles eram, além disso, bastante chegados uns dos outros. Os reis mudam habitualmente de comportamento em relação aos seus. Tal não se passou com Arses. O vizir não confiava nos seus conselheiros particulares. E assim, os dois mais jovens, com um pequeno intervalo entre si, ficaram com cólicas estomacais e morreram.

Pouco tempo depois, chegou um mensageiro a nossa casa. Sua missiva ostentava o selo real. Fui a primeira pessoa que meu pai encontrou quando o homem partiu.

— Meu filho — disse —, devo ausentar-me em breve. O rei mandou me chamar. Lembre-se sempre de que, mais cedo ou mais tarde, chega a hora de nos colocarmos ao lado da Luz contra a Mentira. — Pôs a sua mão no meu ombro. — É difícil para você este momento em que partilha o nome com um homem perverso, mas não será assim por muito tempo, se Deus quiser. E esse monstro não resistirá muito mais. Será você quem dará continuidade a esse nome. Você, e os filhos dos seus filhos.

Ergueu-me nos seus braços e me beijou.

Mandou-me reforçar a guarda do forte. De um dos lados havia um penhasco bastante profundo e, do lado do caminho da montanha, um grande portão; mas, mesmo assim, ele mandou elevar as muralhas e construir melhores pontos de apoio para os arqueiros.

No dia anterior à partida, surgiu um grupo de guerreiros. Traziam consigo uma mensagem que ostentava o selo real. Naquela altura, não sabíamos que vinha das mãos de um morto. Arses tomara o caminho dos irmãos; os seus infantes tinham sido mortos; a linha masculina de Oco desaparecera. Meu pai viu o selo e ordenou que abrissem os portões. Os homens entraram.

Após ter observado esses movimentos, afastei-me e fui me dedicar a uma brincadeira qualquer de garotos no pomar debaixo da torre. Então ouvi gritos. Aproximei-me para ver o que se passava. Um homem com uma cara horrível era arrastado pela porta por cinco ou seis guerreiros. O centro do seu rosto estava vermelho e vazio. Havia um fluxo de sangue que dali escorria perdendo-se na boca e na barba. Tinham-lhe arrancado o casaco. Os ombros estavam manchados de sangue e suas orelhas tinham desaparecido. Reconheci-o pelas botas; eram as de meu pai.

Ainda hoje penso por vezes em como o deixei ser arrastado para a morte sem pronunciar uma palavra, mudo com o horror. Creio que ele me compreendeu. Quando falou, foi objetivo. Enquanto o arrastavam, gritou-me com voz alta e áspera, terrivelmente transformada devido à ferida no lugar antes ocupado pelo nariz:

— Orxines nos traiu! Orxines, lembre-se do nome! Orxines!

Com a boca aberta e gritando, o rosto parecia ainda mais assustador do que antes. Eu nem percebia as palavras que ele pronunciava. Permaneci rígido como um poste, enquanto o punham de joelhos e lhe puxavam a cabeça para a frente pelos cabelos. Foram necessários cinco ou seis golpes com a espada para lhe quebrarem o pescoço.

Durante o espaço de tempo em que assisti ao que se passava, esqueci de prestar atenção à minha mãe. Ela deve ter subido logo à torre, pois no preciso momento em que meu pai morreu ela saltou, retirando-lhes assim o prazer de a matarem. Gritou ao cair, mas creio que foi porque notou tarde demais que eu estava logo abaixo. Colidiu no chão na vertical e o seu crânio abriu-se de imediato.

Espero que o espírito de meu pai tenha visto a sua morte instantânea. Bem podiam ter lhe tirado o nariz e as orelhas depois de morto. Quando o levassem à presença do vizir, ele seria incapaz de perceber a diferença.

Minhas irmãs tinham doze e treze anos. Havia ainda outra com nove, de uma segunda mulher de meu pai que já morrera. Ouvi-as gritar. Não sei se as mataram, quando terminaram, ou se as levaram vivas.

Por fim, o chefe dos homens me pôs no seu cavalo e me levou. Preso à sela estava o saco ensanguentado contendo a cabeça de meu pai. Tentei entender por que razão me haviam poupado. Tive a resposta naquela mesma noite.

Ele não ficou comigo por muito tempo, pois precisava de dinheiro. Na praça dos comerciantes em Susa, a cidade dos lilases, fui despojado das minhas vestes. Ali fiquei nu enquanto eles bebiam vinho e discutiam o meu preço. Os jovens gregos eram ensinados a não sentir vergonha diante da nudez; nós tínhamos mais pudor. Na minha ignorância, sentia que não se podia descer mais baixo.

Apenas um mês antes, minha mãe me repreendera por me olhar no espelho dela. Dissera-me que era demasiado novo para ser vaidoso. Eu apenas olhara meu rosto de relance. Meu novo proprietário tinha mais a dizer.

— Uma raça pura, distinta, na mais perfeita tradição persa. A graciosidade de um cabrito-montês. Veja a delicadeza da estrutura óssea, o perfil... Vire-se, rapaz... O cabelo brilhando como bronze, liso e fino como seda da China. Venha cá, rapaz, deixe-o sentir o que estou dizendo. Sobrancelhas desenhadas com um pincel delicado. Aqueles olhos grandes, sombreados de bistre. Ah, lagos onde mergulhar o amor! Aquelas mãos delicadas que não se vendem barato para varrer o chão. Não me diga que lhe mostraram uma coisa assim nesses últimos cinco anos ou dez.

A cada pausa, o negociante dizia que não comprava em prejuízo. Finalmente, fez uma última oferta. O soldado disse que aquilo era roubar uma pessoa honesta, mas o negociante argumentou:

— Perdemos um em cada cinco quando os castramos.

Castramos, pensei, enquanto a mão do medo fechava as portas do entendimento. Já tinha visto fazerem isso a um boi na minha casa. Fiquei calado e imóvel. Nada supliquei. Eu já aprendera a não ter esperanças de encontrar compaixão no mundo.

A casa do negociante era sólida como uma prisão. Os muros do jardim tinham mais de quatro metros de altura. Num dos lados havia um alpendre onde procediam à castração. Começaram por me purgar e por me fazer passar fome durante algum tempo; pois, segundo eles, assim seria menos perigoso. Levaram-me então a ver a mesa com as facas e a estrutura para apoiar as pernas à qual somos presos. O local estava manchado com um sangue escurecido e velho de outras operações. Também, as correias estavam sujas. Lancei-me, por fim, aos pés do negociante e agarrei-me a eles chorando, mas sua reação não foi diferente da de um homem do campo com o seu boi. Não me dirigiram palavra alguma, limitando-se a amarrar-me, ao mesmo tempo que falavam sobre assuntos relacionados com o mercado, até que começaram e eu perdi a consciência de tudo o mais exceto de minha dor e meus gritos.

Dizem que as mulheres esquecem as dores do parto. Bem, elas estão nas mãos da natureza, mas nenhuma mão levou consigo a minha. Eu era apenas um corpo de dor numa terra e num céu de trevas. Será necessário a morte para que eu a possa esquecer.

Uma velha escrava tratou das minhas feridas. Era habilidosa e asseada, pois os rapazes não passavam de mercadoria e, segundo uma vez me confidenciou, elas eram açoitadas quando perdiam algum. Minhas feridas inflamaram. Ela costumava me dizer que tinham feito um bom trabalho comigo. Mais tarde, dizia-me aos risinhos, o vencedor seria eu. Não entendia o que ela queria dizer com isso. Quanto aos seus risos, mal os discernia em meio às minhas dores.

Quando já estava curado, fui vendido num leilão. Mais uma vez, fui exibido nu, mas agora perante a multidão que me observava pasmada. Do cepo em que me encontrava conseguia distinguir o brilho intenso do palácio onde meu pai me prometera apresentar ao rei.

Fui comprado por um negociante de pedras preciosas, embora a escolha se tivesse devido à sua esposa, que me apontou através da cortina da liteira com a ponta de um dedo pintada de vermelho. O leiloeiro discutiu com o negociante. Era óbvio que o preço oferecido lhe desagradava. A dor e o sofrimento tinham-me feito perder peso. E também haviam deixado marcas na minha expressão. Embora tivessem me enchido de comida, meu corpo a recusara como se desdenhasse viver. E foi assim que finalmente a discussão terminou. A esposa do joalheiro desejava um pajem bonito que a destacasse das concubinas e eu cumpria perfeitamente essa função. Além de mim, comprou ainda um macaco com pelo verde.

Afeiçoei-me ao macaco. Era minha tarefa alimentá-lo. Assim que me aproximava dele, lançava-se pelo ar na minha direção e agarrava-me o pescoço com as mãos pretas e fortes. Mas um dia ela fartou-se do macaco e ordenou que o vendessem.

Eu era ainda muito jovem e limitava-me a viver o dia a dia, mas quando ela vendeu o macaco, pensei no futuro. Nunca conheceria a liberdade; seria comprado e vendido como aquele macaco, e nunca seria um homem. À noite, deitado, eu pensava nisso, e, ao amanhecer, sem atingir a idade adulta, parecia que eu tinha envelhecido. A mulher achou que eu parecia pálido e deu-me algo para beber que me provocou um ardor no estômago. No entanto, nunca foi cruel para mim e só me batia quando eu quebrava algo que ela estimava.

Durante meu período na casa do mercador, o novo rei fora proclamado. A linha de Oco havia sido extinta. Sua linhagem real era apenas colateral, mas o povo parecia gostar dele. Dátis, meu senhor, não trazia novidades para o harém, pois, na sua opinião, a única preocupação das mulheres devia ser a de agradar aos homens, e a dos eunucos, a de tomar conta delas, mas o eunuco-chefe cumpria essa função, recolhendo do bazar as coscuvilhices que podia. Isso o fazia sentir-se importante. E por que não, afinal? Era tudo o que tinha.

Dario, o novo rei, era belo e corajoso. Quando Oco estivera em guerra com os cardusianos, e o seu gigante campeão desafiara os guerreiros do rei, só Dario avançara. Ele próprio tinha mais de um metro e oitenta. Enfrentara o homem e trespassara-o com um único dardo. Desde então o seu nome tornou-se famoso. Seguiram-se algumas inquirições e os magos consultaram os céus, mas ninguém no Conselho se atreveu a contrariar a escolha de Bagoas. O temor que por ele sentiam justificava essa atitude. No entanto, até aquele momento, não constava que o rei tivesse assassinado alguém. Além disso, diziam que seus atos eram corteses e brandos.

Ao ouvir isso, enquanto abanava o leque de pavão da minha senhora, lembrei-me da festa de aniversário de meu pai, sua última festa de aniversário. Os convidados trilhavam os caminhos na montanha, dirigindo-se ao portão principal acompanhados pelos criados que tomavam conta dos cavalos.

Meu pai aguardava no portão comigo a seu lado. Ali os saudava. Um desses homens destacava-se dos outros pela sua altura. De tal modo era guerreira a sua compleição que até a mim me parecia velho. Era um homem bonito, com os dentes em perfeito estado, e me jogava para o alto como se eu fosse um bebê, fazendo-me rir. Não se chamava Dario? Mas fosse um rei ou outro, pensei enquanto abanava o leque, que importância tinha isso para mim?

Logo essas notícias eram águas passadas, e a conversa voltava-se para o Ocidente. Ouvira meu pai falar desses bárbaros, selvagens de cabelo vermelho que se pintavam de azul. Viviam mais ao norte do que os gregos. Era uma tribo que dava pelo nome de macedônios. Haviam começado por fazer algumas incursões. Em seguida tiveram a imprudência de declarar guerra, para a qual se preparavam os sátrapas da costa, mas as notícias que agora chegavam falavam da morte do seu rei, pouco tempo depois do assassinato de Arses, durante um espetáculo público em que, segundo os costumes bárbaros, ele se apresentara sem guarda. Seu herdeiro era ainda jovem, por isso não havia razão para nos preocuparmos com eles.

Minha vida seguia, preenchida com os pequenos afazeres do dia a dia do harém. Tratava das camas, transportava bandejas, fazia sorvetes com neve da montanha e cidra, pintava as unhas da minha senhora e era mimado pelas moças. Dátis tinha apenas uma esposa, mas havia, além dela, três concubinas que eram muito simpáticas comigo, pois sabiam que o amo não gostava de rapazes. Entretanto, sempre que eu voltava a atenção para elas, a minha senhora puxava-me as orelhas.

Logo tive autorização para pequenas saídas. Ia comprar hena, kajal e ervas aromáticas para os baús de roupa, sob a tutela do eunuco-chefe. Via então outros eunucos fazendo compras. Alguns eram parecidos com ele, suaves e gordos, com peitos como se fossem mulheres. Mal via um, começava a comer menos. E não me importava com o fato de estar crescendo. Outros eram enrugados e magros como velhos consumidos pelo tempo. Havia, no entanto, um pequeno número entre eles que se conservava bem constituído, com uma expressão de orgulho no rosto. Eu costumava me questionar sobre qual seria o seu segredo.

Estávamos no verão, as laranjeiras no pátio das mulheres perfumavam o ar, misturando-se com o aroma do suor das moças, também ele perfumado, enquanto elas se sentavam à borda do tanque com a ponta dos dedos dentro da água. Minha senhora me comprara uma pequena harpa e ordenara a uma das moças que me ensinasse. Estava cantando quando o eunuco-chefe entrou de rompante, agitado com as novidades que trazia. Fez, entretanto, uma pausa para se queixar do calor, obrigando-as assim a esperar. Facilmente se percebia que se tratava de algo muito importante.

— Senhora — anunciou —, o vizir Bagoas morreu!

O pátio agitou-se como um poleiro cheio de estorninhos. Minha senhora ergueu a mão gorda exigindo silêncio.

— Como? Não sabe mais nada?

— Sei sim, minha senhora. — Ele limpou de novo o suor da testa e ela o convidou a sentar-se. Olhou à volta procurando uma almofada como se fosse um contador de histórias no mercado. — É conversa corrente no palácio, pois foi observado por muitos, como em breve saberá. É do seu conhecimento, senhora, que eu sei onde obter informações. O que pode ser conhecido, chega aos meus ouvidos. Segundo consta, o rei recebeu Bagoas ontem em uma audiência. Com homens de tal estirpe, é óbvio que o vinho tem de ser do melhor. Trouxeram-no e deitaram-no em taças de ouro. O soberano pegou a taça real e Bagoa, a outra. O vizir esperou então que o rei bebesse. Este permaneceu algum tempo com a taça nas mãos conversando de coisas sem importância e observando o rosto de Bagoas. Fez então menção de beber mas baixou de novo a taça e ficou em silêncio. Até que disse: "Bagoas, foi um fiel servidor de três reis. Um homem assim deve receber uma honra especial. Eis a minha taça. Toma-a. Eu beberei da sua." O criado levou-a a Bagoas e trouxe a sua ao rei.

"Soube por alguém que me fez a honra de me confidenciar, que a cara do vizir ficou pálida como a lama do rio. O rei bebeu e o silêncio que se seguiu foi total. 'Bagoas', disse, 'já bebi e aguardo que me brindes agora'. Ao ouvir as palavras do rei, Bagoas pôs a mão sobre o coração e, ofegante, pediu-lhe perdão, pois sentia-se desfalecer e requeria permissão para se retirar, mas o rei disse: 'Sente-se, vizir; o vinho será o remédio ideal para você.' Sentou--se, pois os joelhos pareciam não conseguir mais suportar o peso do corpo. A taça tremeu-lhe nas mãos entornando um pouco do vinho. O rei inclinou-se e ergueu a voz para que todos o pudessem ouvir. 'Beba o seu vinho, Bagoas. Ouça com atenção o que lhe digo, pois é a verdade: não sei o que há dentro dessa taça, mas seja o que for, é preferível que você beba.'

"Ao ouvir isso, Bagoas bebeu e, quando se levantou, viu-se rodeado pela guarda real com suas lanças prontas a intervir. O rei esperou até que o veneno começasse a fazer efeito; só depois se retirou, deixando o resto da corte para presenciar a sua morte. Disseram-me que sofreu ainda durante uma hora."

Seguiu-se uma série de exclamações, como moedas caindo no chapéu de um contador de histórias. A senhora inquiriu sobre quem teria avisado o rei. O eunuco-chefe ficou com um ar malicioso e baixou o tom de voz.

— Deram ao copeiro-real um manto de honra. Quem sabe, senhora? Há quem diga que o próprio rei lançou um olhar ao destino de Oco. Assim, quando as taças foram trocadas, o vizir leu no seu rosto, mas não pôde fazer nada. Que a mão da discrição cubra a boca sábia.

Afinal, o divino Mitra, Vingador da Honra, realizara a sua função. O traidor morrera por traição, tal como era devido, mas o tempo dos deuses não é semelhante ao tempo dos homens. Meu homônimo morrera, como meu pai me prometera, mas morrera demasiado tarde para mim, e para todos os filhos dos meus filhos.

2

Durante dois anos servi no harém, sofrendo apenas de um imenso tédio, pelo qual me questionava se não podia morrer. Cresci e por duas vezes tiveram que me dar roupas novas. No entanto, o meu crescimento abrandara. Em minha casa tinham-me dito que seria tão alto quanto meu pai, mas a castração devia ter produzido um choque qualquer que alterara o meu rumo natural. Sou pouco mais do que baixo e durante toda a minha vida conservei a forma de um rapaz.

Apesar de tudo, costumava ouvir no bazar elogios à minha beleza. Havia homens que, por vezes, me dirigiam a palavra, mas eu me afastava. Não me falariam, pensava eu, se soubessem que era um escravo. Tal era ainda a minha simplicidade. Apenas me dava prazer escapar à conversa das mulheres, observar a vida no bazar e sentir um pouco de ar livre.

À época, meu amo me atribuíra novas funções. Assim, ia com alguma frequência aos outros joalheiros levar mensagens sobre novas encomendas e coisas afins. Costumava ter medo de ser enviado às oficinas reais, embora Dátis pensasse que estava me proporcionando uma grande alegria. Os trabalhadores eram todos escravos, na sua maioria gregos, conhecidos pela sua habilidade. Como é evidente, todos tinham sido marcados no rosto, e como castigo, ou para os impedir de fugir, tinham decepado um pé, ou mesmo os dois, à maior parte. Alguns necessitavam das mãos e dos pés para trabalharem com a roda de burilar para talhar as gemas, e a esses, para que não pudessem fugir e passar despercebidos, tinham-lhes decepado o nariz. Eu dirigia o meu olhar para todo o lado menos para eles. Apercebia-me então do joalheiro de olhos postos em mim com medo de que eu estivesse à procura de alguma coisa para roubar.

Haviam-me ensinado em casa que, após a covardia e a Mentira, a pior desgraça para um cavalheiro era negociar. Vender era algo que não nos passava pela cabeça. O mesmo se passava com comprar. Deveríamos viver daquilo que a terra nos dava. Até o espelho de minha mãe, com a gravura de um rapaz alado e que viera da distante Jônia, se encontrava ali por ter sido incluído no seu dote. Por muito que contactasse com mercadores, não deixava de sentir vergonha. É bem verdadeiro aquele ditado que nos afirma que os homens só compreendem a realidade quando conhecem as agruras da vida.

Aquele era um mau ano para os joalheiros. O rei partira para a guerra, deixando a Cidade Superior morta como um túmulo. O jovem rei da Macedônia atingira a Ásia e tomava todas as cidades gregas impondo-lhes o domínio persa. Tinha pouco mais de vinte anos. Aos sátrapas, ele surgira como algo de insignificante. Apesar disso, derrotou suas forças e atravessou o rio Granico. Dizia-se agora ser tão mau quanto o seu pai.

Dizia-se ainda que não tinha esposa, que não se fazia acompanhar de um séquito, apenas dos seus homens, como qualquer assaltante ou bandido, mas deste modo ele se deslocava mais rapidamente, mesmo através de montanhas e de terras desconhecidas. O orgulho fazia-o usar armas cintilantes que o distinguiam durante a batalha. Dele se contavam muitas histórias que não menciono, pois as que são verdadeiras, todos as conhecem, e das outras estamos fartos. De qualquer modo, já realizara tudo o que seu pai pretendia e não parecia sentir-se ainda contente.

Assim, o rei tinha preparado um exército e partido para encontrá-lo. Visto não ser hábito o rei dos reis ir para a guerra nu como um jovem combatente do Ocidente, fizera-se acompanhar da corte e de todo o seu séquito, com criados, camareiros e eunucos, além do harém. Seguiam ainda a rainha-mãe, a rainha, as princesas e o principezinho, com o seu séquito próprio, seus eunucos, cabeleireiros e criadas. A rainha, cuja beleza diziam ser transcendente, sempre fizera jus aos ofícios dos joalheiros.

Também os nobres acompanhantes do rei haviam levado as suas esposas e por vezes as concubinas, para o caso de a guerra se prolongar. Por isso, em Susa, apenas aqueles contentes com fragmentos de gemas incrustradas em cerâmica é que estavam movendo o negócio das joias.

Minha senhora não teve um vestido novo naquela primavera e mostrou-se agreste conosco durante dias a fio. A concubina mais bonita ganhou um véu novo, o que ao longo de uma semana, fez da nossa vida um inferno. O eunuco-chefe tinha menos dinheiro para ir às compras. A Senhora tinha menos doces e os escravos, menos comida. Meu único conforto era sentir que estava mais magro e olhar para o eunuco-chefe.

Ainda que continuasse magro, eu estava ficando mais alto. Embora novamente as roupas já não me servissem, devia continuar a usá-las.

Foi então que, para minha surpresa, recebi um traje novo do meu amo: túnica, calças e faixa, e um casaco com mangas largas. A faixa era até cravejada a ouro. Eram tão bonitas aquelas roupas que parei junto ao poço para me mirar e gostei da minha imagem.

Nesse mesmo dia, logo ao princípio da tarde, o meu amo mandou me chamar ao seu escritório. Achei estranho ele não ter olhado para mim. Escreveu algumas palavras, selou a mensagem e disse:

— Leve-a a Obares, o joalheiro mestre. Vá diretamente para lá, e não fique zanzando pelo bazar. — Olhou para as unhas e depois para mim. — Ele é o meu melhor cliente, por isso, seja educado.

Fiquei surpreso com essas palavras.

— Senhor — disse —, nunca fui mal-educado com um cliente. Alguém se queixou?

— Oh, não, não — disse, enquanto mexia nervoso em turquesas espalhadas numa bandeja. — Estou só dizendo para ser simpático com Obares.

Logo em seguida, fui para aquela casa, pensando apenas que ele estava preocupado com a sua clientela. O soldado que me levara de minha casa, e aquilo que me fizera, diluía-se agora com outras coisas na minha memória. Quando acordava chorando durante a noite, era principalmente devido a um sonho em que o rosto sem nariz do meu pai aparecia gritando horrivelmente. Sem qualquer pensamento malévolo, dirigi-me à loja de Obares, um babilônio atarracado com uma barbicha pequena e preta. Ele olhou para a mensagem e conduziu-me de imediato para um quarto interior, como se eu disso estivesse à espera.

Mal me recordo do resto, exceto do seu fedor que ainda hoje trago na memória. Recordo-me também que depois me ofereceu uma moeda de prata. Dei-a a um leproso no mercado. Este aceitou-a na palma da sua mão sem dedos, e desejou-me a bênção de uma longa vida.

Lembrei-me do macaco com pelo verde, conduzido por um homem com uma expressão cruel que dissera que ia treiná-lo. Aproximei-me da sarjeta e vomitei as entranhas. Ninguém pareceu notar. Ensopado em suores frios, regressei à casa do meu amo.

Se Obares era ou não um cliente, meu amo não era vendedor. Convinha-lhe fazer favores a Obares. Passei a ser enviado à sua casa duas vezes por semana.

Duvido que o meu amo tivesse consciência do que fazia. Limitava-se a ser simpático para um cliente. Então, um amigo de Obares ouviu falar de mim. Como não estava metido no negócio, pagou com dinheiro, e passou a palavra a outros. Logo, eu era enviado todas as tardes.

Aos doze anos de idade, é necessário um desespero total para se morrer só. Pensei nisso muitas vezes. Sonhara com meu pai sem nariz e em vez do nome do traidor, gritei o meu, mas Susa não tem muros suficientemente altos para deles se saltar. Nada mais me parecia seguro. Quanto a fugir, bastava-me o exemplo dos cotos dos escravos joalheiros do rei.

E assim eu ia aos meus clientes, tal como me ordenavam. Alguns eram melhores do que Obares; outros, bem piores. Ainda sinto o frio gélido no meu coração quando me encaminhava para uma casa desconhecida. Lembrava-me então de meu pai. Nessas alturas, não o via como uma máscara sem nariz, mas tal como estivera na festa do seu aniversário à luz das tochas enquanto os guerreiros executavam a dança da espada. Para honrar o seu espírito, agredia o homem e chamava-lhe daquilo que ele merecia.

Meu amo não me batia com o chicote com pontas de couro como fazia ao porteiro núbio, com medo de me estragar, mas a cana doía terrivelmente. Enquanto as dores ainda se faziam sentir, era enviado de volta para pedir desculpa e remediar os meus erros.

Levei essa vida durante pouco mais de um ano e só via uma saída para ela quando fosse velho. Minha senhora não sabia do que se passava, e eu conspirava no sentido de a iludir, arranjando sempre qualquer história sobre o meu dia de trabalho. Ela era mais decente do que o marido e teria se sentido indignada, mas infelizmente não tinha poder algum para me salvar. Se soubesse a verdade, a discussão seria tal naquela casa que o meu amo se veria obrigado a vender-me por qualquer preço para ter alguma paz. Quando me lembrava dos licitantes, a mão da discrição abatia-se sobre a minha boca.

Sempre que passava pelo bazar, imaginava as pessoas dizendo: "Ali vai o prostituto de Dátis."

Apesar de tudo via-me obrigado a trazer novidades para casa para assim satisfazer a minha senhora. Corriam rumores, por certo longe da verdade, de que o rei travara uma grande batalha com Alexandre em Isso, junto ao mar, e fora derrotado, conseguindo escapar apenas com o seu cavalo e deixando para trás o carro de combate e as armas. Enfim, conseguira fugir, pensei; para alguns de nós isso seria já felicidade o bastante.

Quando notícias mais fidedignas chegaram à cidade vindas pela estrada real, soubemos que o harém fora tomado, com a rainha-mãe, a rainha, suas filhas e seu filho. Senti pena delas. Minha experiência ensinara-me a conhecer o seu destino. Os gritos das moças ecoaram nos meus ouvidos. Imaginava o jovem trespassado por lanças, tal como teria sucedido a mim se não fosse a ganância de um homem. Apesar de nunca ter visto essas mulheres e de estarem ligadas à casa de uma pessoa que conhecia demasiado bem, reservei ainda a piedade para mim.

Mais tarde, soube-se por alguém que jurara ter vindo diretamente de Quilíquia que Alexandre colocara as mulheres da casa real no seu próprio pavilhão, sem que homem algum lhes tivesse tocado, juntamente com o seu séquito para as servir. Dizia-se ainda que o jovem estava vivo. Todos riam dessa história, pois todos sabiam que ninguém se comporta assim em tempos de guerra, e em particular os bárbaros do ocidente.

O rei passara o inverno na Babilônia, mas a primavera é muito quente lá, e ele regressou a Susa, a fim de descansar dos seus trabalhos, enquanto os sátrapas reuniam outro exército. Estava trabalhando e não pude assistir à cavalgada real, a que, como o menino que eu, em parte, ainda era, teria dado alguma importância. Segundo se dizia, Alexandre não marchara para o interior, onde o teriam esperado, mas tivera a loucura de parar em Tiro, uma ilha-fortaleza que não cairia nem em dez anos. Enquanto ele se distraía, o rei podia descansar.

Agora que a corte regressara, apesar da ausência da rainha, tinha esperanças de que o comércio de joias prosperasse. Talvez me retirassem então do *meu* comércio, e eu pudesse regressar de novo ao dia a dia do harém. Em certos tempos achara essa vida aborrecida, cheia de tédio, mas agora ela parecia acenar para mim como um oásis no deserto.

Poderia talvez se supor que nesta altura me sentia reconciliado, mas dez anos são dez anos, embora já os tivesse deixado para trás como se fossem três. Lá longe, nas montanhas, conseguia ainda distinguir as ruínas de minha casa.

Havia clientes com os quais conseguiria bastante dinheiro, se os lisonjeasse. Esse dinheiro extra guardava-o para mim, pois o meu amo ignorava a sua existência. Podia então fazer uma boa refeição. No entanto, o mau humor de outros levava-os a me cortejar para obter um sorriso. Outros me magoavam de diferentes modos, mas eu adivinhava então que o fariam de qualquer maneira, e o servilismo encorajava-os. Aos piores, àqueles que me deixavam cheio de vergões, meu amo recusava-me. Não por piedade de mim, mas porque eles estragavam a sua mercadoria. Com outros aprendi artimanhas. Não recusava uma pequena moeda de prata e usava-a para comprar *kif*. Se usasse raramente, podia fumar até ficar absorto antes das minhas visitas. Por essa razão, ainda hoje o mero cheiro do *kif* me dá náusea.

Alguns eram simpáticos à sua maneira. Com esses, a honra parecia me obrigar a retribuir. Tentava agradar-lhes, pois não tinha nada mais para lhes oferecer. Eles, por sua vez, ficavam felizes por me ensinarem a fazê-lo melhor. Assim fui instruído na arte.

Havia um vendedor de tapetes que, no fim, me tratava como se eu fosse um hóspede. Sentava-me a seu lado num sofá, dava-me vinho e conversava comigo. Eu gostava do vinho porque, às vezes, ele me provocava dor, não por culpa sua, pois era gentil e gostava de o ser. Guardava a dor para mim, por orgulho, talvez, ou pela modéstia que me restava.

Um dia, ele tinha um tapete que demorara dez anos a fazer, pendurado na parede. Era para se deleitar com ele, disse-me, antes de levá-lo para o comprador, um amigo do rei que somente se contentava com o melhor.

— Creio — disse — que ele deve ter conhecido o seu pai.

Senti o sangue esvair-se do meu rosto e as minhas mãos gelarem. Durante todo esse tempo julgara que a minha origem permanecera em segredo e o nome de meu pai se encontrava ao abrigo da minha desgraça. Agora percebia que o meu amo o obtivera do negociante e o revelara. Por que não? O vizir, de cuja vingança eu fora roubado, caíra em desgraça e morrera; não era mais um crime tê-lo enganado. Pensei no nosso nome andando na boca de todos aqueles que punham as suas mãos em mim.

Durante um mês sofri com essa ideia. Tinha vontade de matar alguns deles por saberem o meu nome. Quando o vendedor de tapetes me mandou chamar novamente, senti-me agradecido por não ser alguém pior.

Fui conduzido ao pátio da fonte, onde ele por vezes se sentava em almofadas sob um toldo azul, antes de entrarmos, mas desta vez não estava só; havia outro homem ao seu lado. Fiquei inerte no limiar da porta, a surpresa claramente estampada no rosto.

— Venha, Bagoas — disse. — Não precisa ficar tão espantado, meu rapaz. Hoje, meu amigo e eu apenas pedimos que nos conceda o prazer de observá-lo e de ouvi-lo cantar. Trouxe sua harpa, fico contente por isso.

— Sim — respondi. — Meu amo disse que era um pedido. — Perguntei-me então se ele lhe teria cobrado algo extra.

— Venha, então. Estamos os dois cansados após um dia de trabalho árduo e você reconfortará nossa alma.

Cantei para eles, sempre pensando que deviam estar tramando qualquer coisa para mais tarde. O convidado não tinha a expressão de um mercador. Quase fazia lembrar os amigos do meu pai, embora parecesse mais adulador. Talvez fosse algum patrono do dono da casa, pensei. Se calhar vão me servir numa bandeja, adornado com folhas verdes.

Enganei-me. Pediram-me para cantar outra canção. Depois conversaram comigo sobre coisas triviais. Em seguida, mandaram-me embora com um pequeno presente. Nunca me acontecera algo assim. Ao fecharem a porta do jardim, ouvi suas vozes sussurrando. Percebi que falavam a meu respeito. *Bom*, pensei, *eis um trabalho fácil. Vou por certo voltar a ter notícias do outro homem.*

E assim foi. No dia seguinte, comprou-me.

Vi-o chegar a casa. Mandaram trazer vinho. O núbio que o servira disse estar em curso uma discussão comercial bastante complicada, mas não sabia do que se tratava; apenas ouvira a palavra "persa". Comecei logo a especular. Assim que o meu amo mandou me chamar, sabia do que se tratava, antes mesmo de ele começar a falar.

— Bom, Bagoas — tinha um sorriso que ia de uma orelha à outra. — Você é um rapaz cheio de sorte. Vai para um ótimo serviço. — *E por um bom preço*, pensei. — Parte amanhã de manhã.

Fez sinal com a mão para eu me retirar. Perguntei-lhe:

— De que espécie de serviço se trata, meu senhor?

— Isso é da conta do seu novo amo. Trate de respeitá-lo. Recebeu uma boa instrução nesta casa.

Minha boca abriu-se, mas nada disse. Limitei-me a olhá-lo. Sua cor mudou e os seus olhos procuraram outro lugar. Disse-me então para sair, mas isso confortou-me.

Assim, tal como o macaco, também a mim fora destinado um novo amo que eu desconhecia. Minha senhora chorou de tristeza agarrada a mim. Eu me sentia como se envolto por almofadas úmidas. Como era evidente, tinha sido vendido sem o seu consentimento.

— Tem sido um rapaz tão bom, tão meigo. Sei que ainda chora pela morte de seus pais; vi-o na sua face. Rezo para que tenha um bom amo. Ainda é uma criança, devido à vida tranquila que você levou aqui. Não sabe aquilo que o mundo pode lhe reservar.

Choramos de novo. Todas as moças vieram me beijar. Seu aroma fresco era agradável, comparado com certas memórias. Tinha treze anos e sentia--me como se tivesse cinquenta e aprendido de tudo.

No dia seguinte, um eunuco enorme, com cerca de quarenta anos de idade veio me buscar. Era ainda jeitoso e tinha cuidado com a sua aparência. Parecia bastante educado, o que me levou a lhe perguntar qual era o nome de meu amo. Sorriu com discrição.

— Em primeiro lugar, devemos ver se é digno de pertencer a essa casa, mas não fique ansioso, rapaz. Nada lhe faltará.

Senti que me ocultava algo, embora não o fizesse por maldade. À medida que nos afastávamos do bazar, através de ruas tranquilas que nos levavam às casas mais importantes, comecei a desejar que os gostos do meu novo amo não fossem demasiado estranhos.

A casa não se diferenciava das outras. Era rodeada por um muro bastante alto com um portão grande em bronze. O jardim exterior tinha algumas árvores, também bastante altas, cujo topo dificilmente se avistava da rua. Tinha um ar antigo e digno. O eunuco conduziu-me a um pequeno quarto na ala dos servos, com uma cama apenas. Durante três anos eu adormecera ao som do profundo ressonar do eunuco-chefe. Sobre a cama, tinham estendido novos trajes. Eram mais simples que os meus; só quando os vesti notei a qualidade. O eunuco pegou as minhas roupas com o indicador e o polegar, e cheirou-as.

— Berrante e de má qualidade. Aqui não têm qualquer utilidade. No entanto, há de haver com certeza alguma criança necessitada a quem sirvam.

Pensei que chegara o momento de ser levado à presença do meu amo, mas tudo indicava que não era hora de ver seu rosto antes da educação devida. E essa teria início naquele mesmo dia.

A casa era enorme, muito fria, com uma série de quartos irregulares que davam para um pátio, havia muito fora de uso, segundo parecia. Alguns deles tinham apenas uma arca antiga ou um sofá velho com almofadas já rotas. Após passarmos por esses quartos, chegamos a um outro, com mobília de boa qualidade que mais parecia armazenada do que destinada ao uso do dia a dia. Num dos cantos havia uma bonita mesa trabalhada; havia ainda um aparador com vasilhas de cobre esmaltado; por fim, no outro canto, via-se uma cama com um dossel bordado. Achei estranho a cama estar feita e a mesa posta. Tudo estava polido e limpo, todavia, não dava sinais de ser habitado. Trepadeiras engrinaldavam as janelas. A luz penetrava-as, verde como água num lago.

No entanto, logo descobri que em tudo aquilo se insinuava um método. Seria ali que receberia a minha educação.

O eunuco sentou-se na cadeira como se fosse o meu amo, instruindo-me a servir esse prato ou aquele, ou a servir o vinho, a pousar a taça ou a colocá-la nas mãos do amo. Seus modos eram altivos como os de um senhor, embora jamais me batesse ou insultasse, e por isso mesmo nunca senti antipatia alguma por ele. Compreendi que o temor que me inspirava fazia parte da minha educação. Também nesse instante percebi que minha condição se alterara e de que o medo começava a crescer dentro de mim.

Minha refeição da tarde foi ali servida. Não comia na companhia dos outros criados. O único que vira até então fora o eunuco. A partir de determinado momento, comecei a me sentir pouco à vontade. Receava dormir sozinho naquela cama enorme, pois era quase certo que devia haver fantasmas por ali, mas depois da refeição, dormia na minha pequena cela. Até a latrina que eu usava estava sempre deserta e cheia de aranhas, como se não fosse usada havia muito.

Na manhã seguinte, o eunuco instruiu-me nas lições subsequentes. Pareceu-me um pouco tenso no que dizia respeito à sua dignidade, no sentido em que se pode falar dela, pensei; claro, devia aguardar o amo e sua ansiedade o levara a derrubar um prato.

De repente, a porta abriu-se e pareceu revelar um jardim cheio de flores desabrochando. Um jovem entrou. Era alegre, perfeito, seguro, ricamente vestido, adornado com ouro e perfumado com essências raras. Levou-me algum tempo para notar que, embora tivesse mais de vinte anos, não havia sinal algum de barba. Parecia-me mais um eunuco que um grego barbeado.

— Saudações, olhos de gazela — disse, sorrindo e mostrando uns dentes que faziam lembrar amêndoas recém-descascadas. — Bom, de fato era verdade tudo o que disseram. — Voltou-se para o meu instrutor. — E como é que está se saindo?

— Não vai mal, Oromedon. Para quem não sabia nada... A seu tempo havemos de fazer alguma coisa com ele. — Falava, não sem respeito, mas sem ser como se se dirigisse ao seu amo.

— Veremos. — Ordenou a um escravo egípcio que se encontrava atrás dele que depositasse algo no chão e se retirasse. Levaram-me em seguida até a mesa. Disse-me para servir o vinho. — Seu cotovelo está demasiado tenso. Curve-o assim. — Moldou o meu braço com suas mãos. — Vê? Faz uma linha muito mais bonita.

Passei então aos doces e fiquei à espera de que ele me fizesse algum reparo.

— Está bem, mas agora vamos experimentar com um serviço como deve ser. — Desembrulhou o saco trazido pelo escravo, deixando surgir um tesouro que deslumbrou o meu olhar: copos, jarros e pratos feitos da mais pura prata, incrustados com flores de ouro. — Venha — disse, afastando os objetos de cobre. — Há certo toque no manusear de coisas preciosas que só se aprende no contato com elas.

E seus olhos grandes e pretos transmitiram-me um secreto sorriso.

Quando ergui os pratos, ele disse:

— Ah! Aí está! Está vendo? Ele não tem medo deles. Ele sente como devem ser acariciados. Acho que vamos nos sair muito bem. — Olhou à sua volta. — Mas, onde é que estão as almofadas? E a mesa pequena para o vinho? Ele tem que aprender a servir na sala interior. — O outro olhou para ele. — Ah, sim — retorquiu com um riso dissimulado e fazendo vibrar os seus brincos de ouro —, podemos estar certos disso. Basta enviarem as coisas que eu lhe ensinarei. Não é necessário retê-lo por mais tempo.

Quando as almofadas vieram, sentou-se e me mostrou como deveria servir-lhe a bandeja ajoelhando-me. Era tão amigável, mesmo quando me corrigia, que aprendi essa nova tarefa sem qualquer receio. Ergueu-se, dizendo:

— Excelente. Rápido, silencioso e tranquilo. E agora os rituais do quarto de dormir.

Disse-lhe então:

— Tenho medo, senhor. Nunca aprendi nada disso.

— Não precisa me tratar por senhor. Isso era apenas para manter o seu sentido da cerimônia. Não, isto é a minha parte da sua instrução. O ritual do deitar-se é um pouco complicado, mas não precisamos perder muito tempo com ele. A maior parte é realizada por pessoas de nível social mais elevado. No entanto, é importante que esteja a par de tudo. Vamos começar por preparar a cama, o que, aliás, já deveria ter sido feito. — Levantamos e viramos os lençóis; eram de linho egípcio. — Nenhum perfume? Não sei quem é que preparou este quarto. Parece uma estalagem para condutores de camelos. Bom, vamos lá fazer de conta que já tenha sido perfumada.

Colocou-se junto à cama e retirou o chapéu canelado.

— Isso seria feito por alguém de um *status* social francamente elevado. Há agora um pormenor quanto ao retirar da faixa. Como é óbvio, ele não vai se voltar para você. Deve, portanto, rodeá-lo com os seus braços e cruzá-los em seguida. Sim, está bom assim. E agora passemos à túnica. Começa a desabotoá-la a partir de cima. Ele se limitará a afastar os braços apenas o suficiente para lhe permitir fazer a tarefa. — Despi-lhe a túnica, deixando-lhe nus os ombros cor de azeitona, sobre os quais caíam os seus caracóis negros com um leve toque de hena. Sentou-se na cama. — Para os chinelos, coloque-se de joelhos, afaste-se um pouco e ponha um pé de cada vez no seu colo. Não se esqueça de começar sempre pelo pé direito. Não, não se coloque ainda de pé. Ele desapertou o cinto das calças, e agora é sua vez de tirá-las, mas sempre de joelhos e com os olhos voltados para o chão. — Ergueu-se um pouco para que eu pudesse fazer o que instruiu, e ficou em calções. Era bastante gracioso, com uma pele nada flácida. Sua beleza era meda, não persa.

— Não as dobrou. O criado de quarto as levará consigo; no entanto, elas devem estar sempre dobradas. Assim, se este quarto estivesse arrumado como deveria ser, tinha que lhe pôr o roupão (a culpa é minha, como é que me fui esquecer dele?) para ele tirar os calções, segundo as regras da boa educação. — Cobriu-se modestamente com o lençol e colocou-as no tamborete.

"E agora, se nada foi dito com antecedência, preste atenção ao sinal para ficar quando o resto das pessoas se retirarem. É um pequeno sinal. Um olhar, como esse, ou um breve movimento da mão. Nesse momento, não fique aí plantado. Precisa então ocupar-se com algo. Quando todas as coisas estiverem aqui mostrarei o que deve fazer. Por fim, quando estiverem a sós, ele lhe fará sinal para se despir. Nesse momento, dirija-se para os pés da cama, dispa-se rapidamente e deixe sua roupa arrumada num lugar que ele não veja. Ele não está à espera de dar com uma pilha de roupa sua. Isso, assim mesmo. Deve despir-se completamente. Avançará na direção dele e poderá então sorrir, mas atenção, não seja demasiado familiar ao fazê-lo. Está perfeito, perfeito. Tente manter esse toque de vergonha. E agora..."

Abriu a cama com um sorriso tão gracioso e forte que me deitei sem dar por isso.

Retraí-me logo em seguida, com o coração inundado de censura e raiva. Gostara dele, confiara nele, e afinal enganara-me e gozara comigo. Não era melhor do que os outros.

Acercou-se de mim e tomou-me pelo braço. Ele o fez com firmeza, mas sem raiva ou ânsia.

— Calma, olhos de gazela. Cale-se e ouça. — Permanecera até então em silêncio. Sentei-me e deixei de resistir. — Nunca, até agora, menti para você. Sou apenas um professor. Tudo isto faz parte do meu trabalho em relação a você. Se gosto do meu trabalho, tanto melhor para nós dois. Tenho consciência daquilo que deseja esquecer. Em breve o conseguirá para sempre. Há em você um orgulho ferido ainda vivo. Talvez seja isso que o fez belo. Com uma natureza como a sua, e vivendo entre um amo sórdido e os seus clientes ordinários, aprendeu a se retrair, e tinha razão para isso, mas esses dias são passados. Tem agora uma nova existência pela frente. Chegou também o momento de aprender a dar algo de si. É para isso que aqui estou, para lhe instruir na arte do prazer. — Estendeu a outra mão e puxou-me gentilmente para ele. — Venha. Prometo que será diferente comigo.

Não resisti à persuasão. Ele até podia possuir alguma espécie de magia através da qual tudo ficaria bem. Assim parecia a princípio, pois ele era não só hábil como encantador. Assemelhava-se a uma criatura vinda de um mundo completamente diferente daquele que eu conhecera até então. Era como se pudéssemos permanecer para sempre naqueles jogos de prazer. Tomei tudo o que me era oferecido, negligenciando as minhas antigas defesas, e a dor, quando me assaltou com todas as suas garras, foi pior do que sempre tinha sido. Pela primeira vez, não consegui ficar calado.

— Desculpe — disse, mal conseguindo falar. — Espero que não tenha estragado seu prazer, mas não consegui evitar.

— Mas o que foi? — Inclinou-se para mim como se isso o preocupasse. — Machuquei-o mesmo?

— Não, claro que não. — Voltei os meus olhos ao lençol para ocultar minhas lágrimas. — Acontece sempre a mesma coisa. É como se trouxessem de novo as facas.

— Mas já deveria ter me dito. — Continuou a falar como se isso de fato lhe interessasse, o que para mim era maravilhoso.

— Fiquei me perguntando se era igual com todos nós... com todas as pessoas como eu.

— Não, não é assim. Há quanto tempo foi cortado?

— Há três anos — respondi. — Um pouco mais.

— Não compreendo. Deixe-me ver, mas este é um trabalho excelente. Nunca vi cicatrizes mais perfeitas. Seria de me surpreender, com um rapaz como você, se eles tivessem tirado mais do que o suficiente para deixá-lo sem barba. É claro que, às vezes, pode dar errado. As incisões podem ser tão profundas que todas as raízes das sensações podem desaparecer. Ou podem esquartejar a ponto de nada deixarem para o prazer, como fazem com os núbios, talvez com medo da sua força, mas com você, que quase podia dar semente a uma mulher (e poucos dentre nós podem, embora às vezes se ouçam casos desses), não entendo por que não sente prazer. Diga-me, tem sofrido assim desde o começo?

— O quê? — gritei. — Julga que eu me deixava levar por aqueles filhos de uma cabra? — Aqui estava finalmente alguém com quem eu podia falar. — Houve um ou dois, mas eu costumava tentar me imaginar longe dali, sempre que podia.

— Estou vendo. Já começo a entender qual é o problema. — Pôs-se a pensar com um ar grave de um médico. Por fim disse: — A não ser que sejam as mulheres. Não pensa em mulheres, sim?

Lembrei-me das três moças afagando-me junto ao poço, dos seus seios quentes e redondos. Logo a seguir, lembrei-me do cérebro da minha mãe espalhado sobre os seixos do jardim, e dos gritos das minhas irmãs. Respondi:

— Não.

— Nunca pense em mulheres. — Olhou-me com gravidade. — Não julgue que, se sua beleza permanecer tal como é, elas não andarão atrás de você, com suspiros e sussurros, desejando tirar tudo o que tem para dar. Vão acalentar ilusões, mas, por fim, descobrirão a realidade. E a essa altura, a desilusão as tornará amargas e as fará lhe trair. O mais certo então será terminar os seus dias preso a um espigão, ao sol.

Sua expressão ficara sombria. Reconheci nela a memória antiga e, para tranquilizá-lo, assegurei-lhe que jamais voltaria os meus pensamentos para elas.

Acariciou-me para me consolar, mas àquela altura a dor já partira havia muito.

— Não, não sei por que fui pensar em mulheres. É claro como água. Se seus sentidos estão apurados para o prazer, também o estão para o sofrimento. Embora a castração seja ruim para todos, há graus na dor. Desde que aconteceu, a memória o assombra, como se fosse algo que pudesse se repetir. Também não é raro acontecer. Se tivesse me conhecido há mais tempo, tudo teria sido diferente, mas os homens com quem esteve, eram desprezíveis. Se exteriormente necessitava obedecer, por dentro, o orgulho nada concedia. Preferia a dor ao prazer, através do qual se sentia degradado. Tudo isso vem da raiva e da resistência da alma.

— Não resisti a você — disse-lhe.

— Eu sei, mas sua dor é profunda e não sara num dia. Em outro momento tentaremos de novo. Agora é demasiado cedo. Com alguma sorte na vida, acabará por superar. E posso dizer algo mais. No lugar para onde irá agora, não creio que tenha problemas desse tipo. Recebi ordens para não lhe dizer mais nada. O que, na minha opinião, é levar a discrição ao absurdo, mas isso não interessa: ouvimos e obedecemos.

— Quem me dera — disse-lhe — pertencer-lhe... a você.

— Também eu, olhos de gazela, mas está destinado a outros melhores do que eu. Por isso não se apaixone por mim. Logo nos afastaremos um do outro. Vista-se. Amanhã vemos o cerimonial do levantar-se. A lição de hoje já foi longa.

Minha instrução durou ainda algum tempo. Ele veio mais cedo no dia seguinte. Dispensou o eunuco e iniciou-me na arte de servir à mesa, no ritual junto à fonte do jardim, no quarto interior e no banho. Trouxe até um cavalo e ensinou-me a montar no jardim semiabandonado. Em casa, apenas tinham me ensinado a agarrar-me ao pônei. Voltávamos então ao quarto com as janelas verdes e cintilantes, e a enorme cama.

Ele tinha ainda esperanças de conseguir exorcizar o meu demônio, tratando-o com paciência, mas a dor regressava sempre, aumentada pelo prazer que alimentara.

— Basta — disse. — É demasiado para você e não é o suficiente para mim. Estou aqui para lhe ensinar e corro o risco de esquecer. Devemos aceitar que isso é o que agora está destinado a você.

Respondi-lhe tomado pela dor:

— Quem me dera ser como os outros. Quem me dera não sentir nada.

— Não, não. Não pense assim. Eles transferem tudo para a comida. Pode ver naquilo em que se transformam. Eu gostaria de ser capaz de lhe curar. Por você e por mim, mas seu dever é dar prazer e não sentir. E parece-me que, apesar de tudo isso, ou talvez por causa de tudo isso, quem pode dizer o que é que faz um artista? Tem um dom. Suas respostas são muito delicadas, e foi isso que fez do seu trabalho anterior algo de tão doloroso a você. Era um músico a quem forçavam a ouvir os ruídos dos cantores das ruas. Apenas deve conhecer o seu instrumento. E isso eu lhe ensinarei, embora eu saiba que irá mais longe do que eu. Desta vez, não deve recear ser enviado para um lugar onde sua arte o envergonhe. Isso posso lhe prometer.

— Não pode me dizer ainda o que é?

— Ainda não adivinhou? Claro que não, como é que poderia. Uma coisa posso lhe dizer, algo que não deve esquecer. Ele adora a perfeição; nas joias e nas vasilhas, nos pendentes, nos tapetes e nas espadas; nos cavalos, nas mulheres e nos rapazes. Não, não fique com esse ar assustado. Nada de grave lhe acontecerá se não responder às expectativas, mas ele pode perder o interesse, o que seria uma pena. É meu desejo apresentá-lo sem qualquer defeito. É isso que se espera de mim, mas duvido que alguma vez o seu segredo seja desvendado ali. Não pensemos mais nisso e vamos nos aplicar na aprendizagem de algo útil.

Percebi então que, até aquele momento, tinha sido como um músico que tinha à sua frente uma harpa ou uma lira desconhecidas e testava sua ressonância. As lições só agora haviam começado a sério.

Quase consigo ouvir a voz de quem não conhece mais a escravidão do que bater palmas e dar ordens, clamando: "O cão desavergonhado, gabando-se do modo como na juventude foi iniciado no deboche por alguém corrompido antes dele". A esses posso apenas responder que já conhecera o deboche um ano antes, imerso em um lodaçal sem qualquer esperança ou ajuda. Ao me ver tratado como se fosse algo de precioso, não conseguia pensar em corrupção. Antes me parecia o brilho de um céu bem-aventurado. Depois de ter sido objeto nas mãos de porcos, parecia sentir agora a sutil música dos sentidos. Acolhi tudo logicamente como se fosse algo natural ou uma reminiscência. Em casa, às vezes eu tinha sonhos sensuais. Se tivesse seguido o percurso normal, sem dúvida teria sido precoce. Tudo isso fora alterado dentro de mim e, contudo, permanecia vivo.

Como um poeta que é capaz de cantar os feitos de batalhas sem ser um guerreiro, também eu conseguia conceber as imagens do desejo, sem sofrer a intensidade das suas feridas que conhecia demasiado bem. Podia criar a música, com as suas pausas e cadências. Oromedon disse que eu podia tocar para os bailarinos embora não dançasse. Fazia parte da sua natureza sentir prazer na exata medida que proporcionava aos outros. E, no entanto, triunfei com ele. Disse-me então:

— Não creio, olhos de gazela, que tenha muito mais para aprender.

Suas palavras tocaram-me como algo de desconhecido e estranho que se anunciava. Aproximei-me dele e disse:

— Gosta de mim? Não quer me ensinar? Vai ficar triste quando eu partir?

— Já aprendeu a destroçar corações? — retorquiu. — Não foi isso que eu lhe ensinei.

— Mas gosta de mim? — Desde a morte de minha mãe que não voltara a proferir essa pergunta.

— Nunca *lhe* diga isso. Tal seria considerado um excesso de intimidade.

Olhei-o nos olhos e ele me afagou como se eu fosse uma criança, o que não me pareceu de modo algum estranho.

— Sim, gosto de você, e quando partir, vou sentir sua falta. — Falou-me como se eu fosse uma criança com medo de fantasmas e da escuridão. — Mas esse momento aproxima-se e seria cruel da minha parte alimentar ilusões. Posso não voltar mais a vê-lo. Como posso encontrá-lo e não poder dirigir-lhe a palavra. Nesse caso, poderia pensar que eu estava dissimulando ou sendo falso; ora, não esqueça que prometi jamais mentir para você. Quando servimos os poderosos, eles são o nosso destino. Não conte com nada, mas construa o seu ninho, em caso de tempestade... Entende?

Sua sobrancelha tinha uma cicatriz já antiga. Quando a vi pela primeira vez, achei que lhe dava certa distinção. Entre os amigos de meu pai, quem não tivesse uma cicatriz ou duas era uma pobre imitação de um homem.

— Como é que a arranjou? — perguntei.

— Caí de um cavalo quando ia fazer um serviço. Foi esse cavalo em que andou. Ainda hoje é meu, como vê. Não me posso queixar da minha sorte, mas ele detesta coisas imperfeitas. Por isso, tome cuidado para não se aleijar.

— Eu continuaria a gostar de você — retorqui —, mesmo se coberto de cicatrizes. Ele o mandou embora?

— Não, não. Nada me falta. Tudo é feito com o devido cuidado, mas já não pertenço ao mesmo espaço do vaso perfeito ou da pedra preciosa. Nunca construa o seu ninho contra o vento, olhos de gazela. Essa é a última das minhas lições. Espero que não seja demasiado jovem para construí-lo, pois ainda é muito jovem para precisar dele. É melhor nos levantarmos. Vemo-nos de novo amanhã.

— Quer dizer que amanhã será o último dia? — perguntei.

— Talvez seja. Falta ainda uma lição. Nunca lhe disse quais eram os verdadeiros movimentos da Prostração.

— Prostração? — interroguei, espantado. — Mas isso é o que se faz perante o rei.

— Exatamente — disse. — De fato, demorou algum tempo para você perceber.

Fiquei pasmado olhando para ele, como se tivesse sido tomado por alguma espécie de torpor. Comecei então a gritar:

— Não sou capaz! Não sou, não sou!

— Mas afinal o que é que se passa? Depois de todo o trabalho que eu tive... Parece que li uma sentença de condenação à morte, não sua salvação.

— Nunca me disse nada! — Agarrei-me aterrorizado a ele, sem reparar que lhe estava cravando as unhas. Ele me soltou as mãos com cuidado.

— Eu já tinha dado sinais suficientes do que se tratava, mas deixe estar. Devia ficar algum tempo à prova até ser aceito na casa real. Parte-se sempre do princípio de que poderia falhar, e nesse caso seria enviado de volta. Ora, se soubesse a que serviço estava destinado, seria ter informações demais.

Comecei a chorar convulsivamente.

— Vá lá — disse e enxugou meus olhos com o lençol. — Acredite em mim quando digo que não há nada a recear. Ele passou por um momento muito difícil e necessita de consolo. E você será bem-sucedido nessa tarefa. Esteja certo disso.

PASSEI ALGUNS DIAS NO PALÁCIO ANTES DE SER APRESENTADO. A PRINCÍPIO, pensava que nunca seria capaz de me movimentar por entre todo aquele esplendor: imensas colunas de mármore, porfírio ou malaquite, capitéis dourados e colunas retorcidas; paredes e mais paredes cobertas de relevos com múltiplas cores de um brilho mais intenso do que a própria vida, mostrando soldados caminhando para a batalha, ou enviados com tributos para o futuro império, conduzindo touros ou dromedários, com ânforas e vasos. Quando nos perdíamos, parecia que estávamos no meio de uma multidão sem ninguém que nos indicasse o caminho.

No pátio dos eunucos fui recebido com pouca efusão, devido ao privilégio que me estava destinado. Pela mesma razão, ninguém me tratou mal, por medo de que eu me vingasse mais tarde.

Foi no quarto dia que vi Dario.

Ele estava bebendo vinho e ouvindo música. O compartimento dava para um pequeno jardim com uma fonte, com uma fragrância de lilases; nas árvores em flor, estavam suspensas gaiolas com pássaros coloridos. Junto à fonte, os músicos guardavam os instrumentos, mas a água e os pássaros criavam seu próprio concerto suave e murmurante. O pátio tinha muros bastante altos e fazia parte da área de reclusão.

Ele estava sentado em almofadas e olhava para o jardim; junto a ele sobre uma mesa baixa, vi um jarro de vinho e um copo vazio. Reconheci de imediato o homem da festa de aniversário de meu pai; mas, naquela ocasião, ele estava vestido para uma caminhada por estradas difíceis. Agora trajava uma túnica púrpura e branca e a Mitra, como as que costumava usar quando estava à vontade. Sua barba tinha sido penteada e mais parecia seda. Todo ele cheirava a especiarias árabes.

Caminhei de olhos postos no chão por trás do seu camareiro. Não se deve erguer os olhos para o rei, por isso não sei se ele se lembrou de mim ou se caí nas suas graças. Quando meu nome foi pronunciado, prostrei-me, tal como me haviam ensinado, e beijei o chão à sua frente. Seu chinelo, feito da pele macia de um cabrito, era carmesim incrustado com lantejoulas e fios de ouro.

O eunuco tomou a bandeja com o vinho e depositou-a em seguida nas minhas mãos. À medida que me afastava da Presença, pensei ter ouvido um vago murmúrio nas almofadas.

Naquela noite fui admitido na Câmara Real para assistir ao cerimonial do deitar-se. Nada de especial aconteceu, exceto terem-me dado algumas coisas para segurar até que a pessoa designada para isso as levasse. Tentei mostrar certa graciosidade e fazer jus aos méritos do meu professor. De fato, parecia que suas lições tinham sido bastante avançadas, pois era concedida alguma liberdade aos principiantes. Na noite seguinte, enquanto aguardava a entrada do rei, um velho eunuco com a experiência marcada no rosto, sussurrou ao meu ouvido:

— Se Sua Majestade lhe fizer algum sinal, não saia juntamente com os outros. Espere e veja se ele tem mais instruções para você.

Recordei-me das lições; aguardei discretamente o sinal, não fiquei plantado enquanto os outros saíam e ocupei-me de qualquer coisa; quando ficamos sós, reconheci o sinal para me despir. Deixei as roupas fora do alcance da sua vista, e só não consegui dirigir-me a ele com um sorriso nos lábios, porque estava assustado e senti que, se o fizesse, acabaria por sorrir de uma forma idiota. Assim, aproximei-me com um ar grave e confiante, esperando que acontecesse o melhor, enquanto ele afastava os lençóis para mim.

Começou por me beijar e me tocar como se fosse um boneco. Depois, adivinhei o que esperava de mim, pois tinha sido bem instruído, e o resultado parece ter sido aceitável. Durante todo o tempo que passei com ele, não deu sinais de saber que um eunuco pode sentir tudo como qualquer outra pessoa. Tais coisas não se dizem ao rei dos reis se ele não nos pergunta.

Eu pertencia a um conjunto de coisas que ele devia desfrutar, como os pássaros, a fonte e a música, e isso aprendi depressa, sem importunar sua dignidade. Nunca fui insultado, humilhado ou tratado com severidade. Mandava-me embora de uma forma delicada se ainda estava acordado, e geralmente não se esquecia de um presente na manhã seguinte. Apesar disso, eu próprio aprendera também a desfrutar o prazer. O rei aproximava-se dos cinquenta anos e, apesar dos banhos e dos perfumes, começava já a cheirar a bastante velho. Não faltaram as vezes em que, no leito real, o meu único desejo era ter ali, em vez daquele homem alto e barbudo, a juventude de Oromedon, mas não compete ao vaso ou à joia rara a escolha dos seus possuidores.

Quando começava a me sentir descontente, bastava me lembrar daquilo por que passara antes. O rei era um homem fatigado do prazer, mas incapaz de renunciar a ele. Eu conseguia dar-lhe aquilo de que necessitava, e ele ficava contente e agradecido. Quando pensava nos outros, nas suas mãos ávidas, no seu mau cheiro e nos seus desejos nefastos, ficava chocado com meus pensamentos e mostrava-lhe a gratidão que sentia.

Logo comecei a passar com ele a maior parte do seu tempo livre. Deu-me um lindo potro para montar com ele no parque real. Não é de se admirar que o Paraíso tivesse sido nomeado a partir daquele lugar. Ao longo de várias gerações, sucessivos monarcas mandaram vir árvores e plantas exóticas de todos os pontos da Ásia. Chegaram até mesmo a transportar árvores inteiras, que tinham as raízes e o solo agarrado, em carros de bois, acompanhadas por um exército de jardineiros que delas tomava conta durante a caminhada. Também a caça era escolhida. Durante as caçadas, os animais eram atraídos para junto do rei para ele então os abater. Nesse instante todos aplaudiam.

Um dia, lembro-me de ouvi-lo cantar, e de ele me pedir para cantar também. Minha voz nunca foi bela, como é a de alguns eunucos, que em muito ultrapassa a das mulheres, quer em potência, quer em doçura. A minha não era má durante a juventude. Peguei a pequena harpa que a minha antiga senhora me comprara no bazar. Ele se mostrou chocado como se eu lhe tivesse mostrado um animal morto.

— Que raio de coisa é essa? Por que não pediu um instrumento como deve ser? — Notou então meu receio e disse com ternura: — Eu sei que sua modéstia o impediu, mas leve isso daqui. Quando tiver um instrumento como deve ser, então cantará.

Deram-me uma harpa feita de casco de tartaruga e madeira de buxo, e cavilhas de marfim. Depois, tive lições com o músico-chefe. Até que, um dia, antes de terem me ensinado as músicas mais difíceis, sentei-me junto à fonte ao pôr do sol, e recordei essa mesma luz batendo nas planícies junto a minha casa. Quando ele me pediu que cantasse uma canção, entoei-lhe uma que costumava ouvir dos soldados de meu pai, à noite, junto à fogueira da vigília.

Quando terminei, mandou-me aproximar dele. Viu que eu tinha lágrimas nos olhos.

— Essa canção — disse — traz a imagem de seu pobre pai para junto de mim. Foram bons tempos esses, quando nós, eu e o seu pai, éramos ainda jovens. Ele era um fiel amigo de Arses, que o seu espírito esteja junto do Sábio Deus. Tivesse ele vivido, teria sido recebido aqui como meu amigo. Pode estar certo, meu rapaz, que nunca esquecerei que é filho dele.

Pôs sua mão cheia de joias na minha cabeça. Estavam presentes dois amigos seus e o camareiro-mor. Com aquelas palavras, pretendera alterar a minha situação dentro da corte. Eu deixara de ser o rapaz comprado que se destinava ao prazer. Agora era um favorito de origem nobre, e todos tinham que ter consciência disso. Também eu devia estar consciente de que, se a minha atenção se desviasse, ele viria no meu encalço.

Deram-me um quarto bonito na Residência Superior, com uma janela voltada para o parque, e puseram um escravo ao meu serviço, um egípcio que me tratava como se eu fosse um príncipe. Tinha então quatorze anos e o garoto cedia lugar ao rapaz. Ouvi o rei dizer a amigos seus que eu respondera a todas as suas expectativas: não acreditava que, no que dizia respeito à beleza, a Ásia contivesse igual. Como era evidente, todos eles concordavam quanto à minha beleza ímpar. E eu passei a portar-me como se isso fosse verdade.

Seu leito era um dossel coberto por uma treliça, representando uma vinha de ouro. Havia cachos e uma lanterna dependurados. Por vezes, à noite, quando a luz lançava suas sombras de folhas sobre nós, ele ficava em pé, junto à cama, e mudava a minha posição para que a luz incidisse em mim sob diferentes perspectivas. Pensava que essa posse pelo olhar podia contentá-lo, respeitando a sua masculinidade.

No entanto, noutras noites queria divertir-se. O mundo parece estar cheio de pessoas que desejam sempre a mesma coisa, sem se permitirem mudança alguma. Se isso gera o tédio, pelo menos não apela à constante invenção, mas o rei gostava da variedade e do inesperado, embora ele próprio não fosse muito inventivo. Já recorrera a tudo o que Oromedon me ensinara e comecei a interrogar-me quando chegaria o dia em que, também eu, começaria a ensinar o meu sucessor. Tinha havido um rapaz antes de mim, segundo descobri, que fora mandado embora ao fim de uma semana porque o rei o achara insípido.

À procura de ideias, visitei uma prostituta famosa em Susa, uma mulher que viera da Babilônia e que afirmava ter sido iniciada num templo do amor na Índia. Para provar, tinha uma estatueta em bronze no quarto (comprada, devo dizê-lo, numa caravana qualquer que por ali passara) representando dois demônios, com seis ou oito braços cada um, que tinham relações ao mesmo tempo em que dançavam. Duvidei que desse algum prazer ao rei, mas não perdi as esperanças. Esse tipo de mulher gosta sempre de apanhar um eunuco de vez em quando, pois estão mais do que fartas de homens, mas os seus modos ordinários fizeram-me tanta impressão que, sem pensar na má educação, levantei-me e me vesti. Quando lhe coloquei uma moeda de ouro na mão, disse-lhe que assim lhe pagaria o tempo que perdera comigo, mas não podia ficar para a instruir. Ela ficou tão zangada que só ouvi a sua voz quando vinha a meio das escadas. Via-me assim restrito à minha imaginação, já que não podia vislumbrar nada melhor.

Foi então que aprendi a dançar.

Quando era criança, eu gostaria de ter aprendido. Costumava seguir os homens e depois imitá-los com qualquer melodia que improvisava. Sabia que se fosse ensinado, ainda seria capaz de recuperar o tempo perdido. O rei ficou feliz por eu mostrar interesse em aprender algo mais (não lhe mencionei o episódio com a prostituta) e mandou chamar o melhor professor da cidade. Afinal, era bem diferente das minhas brincadeiras de criança. Agora precisava praticar arduamente como se fosse um soldado a ser instruído nas artes da guerra, mas fiquei feliz com isso. É a indolência que torna os eunucos flácidos, pois não têm mais que fazer do que andar de um lado para o outro a bisbilhotar, à espera que apareça qualquer coisa. Era bom sentir o suor e o meu sangue a aquecer.

Assim, quando o meu professor me disse que estava preparado, dancei no jardim da fonte para o rei e seus amigos. A primeira dança era indiana, e eu escolhera um turbante e uma tanga com lantejoulas. A segunda dança era, segundo julgava então, grega, e para ela vesti um quíton escarlate. A última dança era do Cáucaso, e não me esqueci de usar uma pequena cimitarra dourada. Até Oxadres, o irmão do rei que me olhava com desdém, pois apenas gostava de mulheres, gritou "Bravo!", e me lançou uma moeda de ouro.

Durante o dia, dançava servindo-me de todos os meus adereços. Também à noite eu dançava, mas então apenas me servia das sombras da lanterna suspensa no leito real para me cobrir. Logo aprendi a abrandar o ritmo no final da dança, pois ele não me dava tempo para descansar.

Muitas vezes me interroguei se ele teria me prestado tanta atenção se a rainha não estivesse cativa. Era sua meia-irmã, filha de uma esposa muito jovem de seu pai, e tinha idade para ser sua filha. Diziam que era a mulher mais bonita de toda a Ásia. É evidente que ele não se contentaria com menos do que isso. Agora perdera-a para um bárbaro ainda mais jovem do que ela, cujos atos pareciam mostrar um caráter irascível. Claro que nunca falou dessas coisas comigo. Aliás, quando estava na cama, praticamente não falava.

Mais ou menos nessa época, peguei uma febre de verão. Neshi, meu escravo egípcio, tratou-me com muito cuidado. O rei mandou o seu próprio médico, embora nunca tivesse vindo me visitar.

Lembrei-me da cicatriz de Oromedon. Meu espelho dava-me más notícias e era melhor assim. Devia haver algo em mim que ainda resistia e procurava qualquer coisa, o quê, não sei. Uma noite em que estava mais fraco e alterado pela febre, gritei. Neshi levantou-se e veio refrescar minha fronte com água. Pouco tempo depois, chegaram algumas moedas de ouro enviadas pelo rei, mas ele continuou a não aparecer. Dei o ouro a Neshi.

Foi depois de eu melhorar e quando tocava harpa no jardim da fonte para o rei, que surgiu o vizir em pessoa com notícias importantes. O eunuco da rainha fugira do acampamento de Alexandre e pedia uma audiência.

Se houvesse outros presentes, decerto os teriam dispensado e eu teria seguido, mas eu fazia parte do cenário, como a fonte ou os pássaros. Além disso, quando o homem chegou, por discrição, falaram em grego.

Jamais alguém me perguntara se eu compreendia grego. Acontece que havia vários joalheiros gregos em Susa, com os quais o meu amo negociava as gemas ou a minha pessoa. Por essa razão, chegara ao palácio com alguns fundamentos daquela língua. Além disso, costumava passar ali muito do meu tempo de lazer ouvindo o intérprete grego. Ele tratava de toda a espécie de negócios em público, entre os oficiais da corte e os peticionários que se apresentavam perante o rei; tiranos fugitivos de cidades gregas libertadas por Alexandre, ou enviados de Estados como Atenas, que ele poupara, segundo parecia, para urdirem intrigas contra ele; generais ou mercenários gregos, navegantes e espiões. Com o persa repetido em grego, era fácil de aprender de ouvido.

Mostrando-se impaciente até com a prostração, o rei perguntou se a sua família estava viva. O eunuco respondeu que sim e de boa saúde. Além disso, tinham lhe reconhecido a condição real e o tratavam à altura, destinando-lhe até mesmo alojamentos próprios. Foi por essa razão, disse, que, apesar de velho (e dava ares de ser ainda mais após aquela longa e extenuante jornada), conseguira escapar com tanta facilidade. A guarda às mulheres reais parecia mais destinada a impedir alguém de entrar do que de sair.

Nas extremidades dos braços da cadeira, podia ver os movimentos dos dedos do rei. Não era de admirar. Aquilo que ele queria perguntar, não era assunto que se inquirisse junto de um criado.

— Jamais, meu senhor! — O gesto do eunuco invocava Deus como sua testemunha. — Meu senhor, ele não vem nem sequer à presença dela desde o dia seguinte à batalha, quando veio prometer protegê-la. Estávamos presentes o tempo todo e, além disso, ele trouxe um amigo consigo. Segundo ouvi dizer, seus companheiros, sob a influência do vinho, recordaram a fama de sua beleza e o incitaram a mudar de atitude a respeito dela. No entanto, ele também estava bebendo, tal como é hábito entre os macedônios, mas estava zangado e os proibiu de dizer o nome dela em sua presença. Alguém que assistiu a tudo, garantiu-me tudo isso depois.

O rei permaneceu em silêncio durante algum tempo. Depois de ter suspirado profundamente, disse em persa:

— Que homem estranho. — Pensei que ele fosse perguntar em seguida qual era o seu aspecto, coisa que àquela altura aguçava a minha curiosidade, mas, como é evidente, o rei já o vira durante a batalha.

— E a minha mãe? — prosseguiu em persa. — Ela é demasiado idosa para suportar todas essas desventuras. Têm-na tratado bem?

— Majestade, a saúde da rainha-mãe é excelente. Alexandre mostra um grande cuidado para com ela. Quando parti, ele ia visitá-la todos os dias.

— Visitar a minha mãe? — Sua expressão mudou repentinamente. Pareceu-me pálido, e eu não entendi por quê: a rainha-mãe tinha mais de setenta anos.

— Assim é, meu senhor. No início ofendeu-a, mas agora, sempre que ele lhe pede para ser recebido, Sua Majestade manda-o entrar.

— De que ofensas fala? — perguntou, ansioso, o rei.

— Deu-lhe um novelo de lã para tecer.

— O quê? Como se fosse uma escrava?

— Assim pensou Sua Majestade, mas mal ela lhe explicou a afronta de que era alvo, ele lhe pediu perdão. Retorquiu que a sua mãe e a sua irmã faziam esse tipo de trabalho e que ele pensara apenas que isso lhe ajudaria a passar o tempo. Quando Sua Majestade percebeu a razão daquele gesto, aceitou as desculpas. Às vezes chegam a falar, com a ajuda de um intérprete, durante uma hora.

O rei ficou pasmado olhando para ele. Deu então ordem ao eunuco para se retirar — e depois fez-me sinal para tocar. Toquei uma melodia suave, pois sentia-o perturbado. Faltavam ainda muitos anos para eu poder entender a causa da sua preocupação.

Transmiti as notícias aos meus amigos na corte. Naquela altura já fizera amizades, algumas entre gente bem colocada, outras, não, mas todos ficaram felizes com o que lhes contei. Não aceitei presentes por aquilo que narrara, porque isso seria vender a minha amizade. Era óbvio que havia quem intercedesse junto de mim para obter favores do rei. Recusar poderia significar criar inimizades e correr o risco de ser envenenado por causa de uma ninharia. É óbvio que não o incomodava com esse tipo de questões, pois não era essa a minha função. No entanto, dizia-lhes às vezes: "Fulano de tal me deu isto para obter um favor do senhor". Isso o divertia, porque os outros nada lhe confidenciavam. De vez em quando, perguntava-me: "O que ele quer?", e acrescentava: "Devemos manter os seus créditos. Acho que isso pode ser feito.

A conduta estranha do rei macedônio foi alvo da conversa geral. Alguns diziam que ele gostava de se mostrar como se fosse um homem de ferro, vivendo para além do prazer; outros, que ele era impotente; outros, que ele guardava a família real para obter melhores condições para a rendição; outros, ainda, que ele gostava de rapazes.

O eunuco da rainha disse que, na verdade, sua escolta era formada por jovens de alta estirpe, mas tal era a tradição desses reis. Na sua opinião, fazia parte da natureza do jovem ser generoso com os vencidos. Acrescentou logo em seguida que, em relação à beleza e à sua presença, não podia ser comparado ao nosso rei: pouco mais alto era do que o seu ombro. De fato, quando ele foi saudar a rainha-mãe pela primeira vez, ela se curvou perante o seu amigo. É difícil de acreditar, mas eles caminhavam lado a lado e mal se distinguiam através das vestes. O amigo era mais alto do que ele e também jeitoso, para um macedônio. Fiquei atrapalhado pois já vira o rei na sua tenda. O amigo afastou-se e Sua Majestade notou os sinais que eu lhe fazia para avisá-la. A rainha tentou desfazer o engano e curvou-se perante o rei, mas ele tomou-lhe as mãos e ergueu-a sem nem sequer se enfurecer com o amigo. Disse-me, segundo assegurou o intérprete:

— Não tem importância, senhora, não se enganou muito. Ele também é Alexandre.

Bom, eles são bárbaros, pensei. No entanto, algo se insinuou no meu coração.

O eunuco continuou:

— Nunca vi um rei prestar tão pouca atenção à sua condição. Vive pior do que um general nosso. Quando entrou na tenda de Dario, ficou olhando para as suas coisas como se fosse um camponês. Ele sabia o que era banho. Aliás, a primeira coisa que fez foi tomar um, mas quanto ao resto era difícil conter o riso. Sentado na cadeira de Dario, os seus pés mal tocavam o chão, por isso os colocou em cima da mesa do vinho, tomando-a por descanso dos pés. No entanto, mudou-se logo para lá, como se fosse um pobre que tivesse recebido uma herança. Parece um rapaz, até enfrentarmos o seu olhar.

Perguntei-lhe o que fizera ele com as concubinas reais, se as preferira à rainha. O eunuco disse que elas tinham sido entregues aos seus amigos, sem que ele conservasse nem uma sequer.

— São rapazes, então — retorqui com um sorriso. — Agora já sabemos.

As moças do harém que o rei levara consigo eram obviamente as mais belas, e constituíam uma grande perda para ele. Apesar de tudo, ele ainda tinha muitas mais. Comigo apenas passava algumas noites. Embora, segundo a velha tradição, houvesse tantas mulheres quantos dias tem o ano. Algumas já não eram jovens, e só os costumes dos gregos os levavam a exibi-las junto do rei, à noite, para que ele escolhesse uma. Por vezes, ele próprio visitava o harém e inquiria junto do eunuco-chefe os nomes de cinco ou seis que achava serem as mais belas. Depois, quando a noite caía, mandava vir uma delas, ou então o grupo todo para cantar para ele, e só mais tarde fazia sinal a uma para ficar. O rei gostava de se conduzir com graciosidade nessas questões.

Muitas vezes levava-me junto. É óbvio que se a rainha estivesse presente, eu não o acompanharia. No entanto, o meu *status* social era superior ao das concubinas. Ele gostava que os outros admirassem as suas coisas mais requintadas. Algumas das moças eram bonitas, com um frescor frágil semelhante a uma flor que desabrocha. Até eu poderia desejá-las. Talvez Oromedon tivesse me salvado de um perigo pior, pois já uma ou duas olhara para mim de uma forma insinuante.

Encontrei-o uma vez, atravessando o pátio ao sol, bem-vestido como nunca. Era estranho saber que minhas roupas agora eram mais ricas. Instintivamente, teria corrido para ele, mas o seu sorriso tranquilo e um leve abanar da cabeça, foram o suficiente para eu compreender o que deveria fazer. A essa altura, já conhecia o suficiente da vida na corte para entender quais as regras que nos dominavam. Era impossível alguém servir-se de uma porção do prato preparado para o senhor. Assim, retribuí-lhe o sorriso em segredo e prossegui o meu caminho.

Às vezes, quando o rei passava a noite com uma moça, eu ficava deitado no meu quarto, gozando as brisas aromáticas que do jardim ali chegavam, vendo o luar refletindo-se no meu espelho de prata e pensando como era agradável e revigorante estar ali deitado sozinho. Se o amasse, lamentaria essa solidão, eu me sentiria triste e envergonhado. Ele me concedera tantos gestos simpáticos, elevara a minha honra, dera-me um cavalo e enchera-me o quarto de presentes. Não pedira amor algum de mim, nem sequer o simulara. Por que razão poderia eu pensar em tal coisa?

A verdade é que, durante dez anos eu fora amado por pais que se amavam. Habituara-me a ver o amor como algo de belo, apesar de, desde então, não ter voltado a conhecê-lo. Também não aprendera a pensar o pior. Estava a essa altura numa idade em que habitualmente os rapazes fazem os seus primeiros disparates, são gozados por moças antipáticas perante os mais velhos, ou têm as suas primeiras experiências com uma camponesa, e pensam: *Afinal, é só isto?* A mim nenhuma dessas coisas podia acontecer. O amor permanecia a imagem de uma felicidade perdida e ingrediente para a fantasia.

Minha arte tinha tanto a ver com o amor quanto com a habilidade de um médico. Eu era suficientemente bonito para ser admirado, tal como a vinha dourada, embora menos perene. Sabia como fazer despertar um apetite, apesar de saciado. Meu amor permanecia intacto, e os meus sonhos em relação a ele eram tão inocentes quanto os de qualquer jovem da minha idade. Às vezes, sussurrava a uma sombra desenhada pelo luar:

— Sou belo? Pois o serei para você apenas. Diga-me que me ama, pois não posso viver sem você. — É verdade que a juventude necessita, pelo menos, de esperança para sobreviver.

Aquele verão foi quente em Susa, o rei devia estar nos montes, no palácio de verão de Ecbátana, mas Alexandre permanecia defronte de Tiro, tentando teimosamente tomá-la. Apenas isso se sabia quanto ao cerco. Mais cedo ou mais tarde, diziam, ele se cansaria e mudaria o seu rumo para o interior. A essa altura, Ecbátana estaria demasiado longe. Na realidade, ouvi dizer que, na opinião dos capitães, o rei deveria ter ficado na Babilônia. Segundo um deles, "Seria mais fácil encontrar o macedônio perto do local onde está a ação". Diante disso, outro comentou:

— Bom, de Susa à Babilônia é apenas uma semana de caminho. Além disso, o trabalho que os generais têm realizado é excelente. É difícil imaginar quem pudesse fazer melhor. — Consegui afastar-me passando despercebido. Não me competia transmitir informações acerca de homens que se limitavam a falar livremente sem ter quaisquer intenções malévolas, tal como meu pai em tempos passados fizera. Para fazer justiça ao rei, ele jamais me inquiriu a esse respeito. Não misturava política com prazer.

Foi então que Tiro caiu.

Alexandre conseguira abrir uma brecha na muralha e tomar a guarnição. Seguiu-se uma terrível carnificina: os habitantes da cidade assassinaram os emissários de Alexandre antes do cerco, esfolando-os em seguida. Os que sobreviveram ao assalto foram tomados como escravos, exceto os que se refugiaram no santuário de Melcarte. Segundo constava, Alexandre tinha uma grande devoção por esse deus, embora lhe chamasse Hércules. Isso significava que os barcos persas não tinham nenhum porto seguro no Mar do Meio, ao norte do Egito, com a exceção de Gaza, que não conseguiria aguentar por muito tempo.

Embora estivesse pouco informado acerca do império do Ocidente, as atitudes do rei diziam-me algo quanto ao desastre que se avizinhava. O avanço de Alexandre até o Egito era agora fácil, onde nosso domínio era odiado desde os tempos da tirania de Oco: ele destruíra os seus templos e arrasara o seu deus-touro. Agora, quando os nossos sátrapas tentassem fechar os portões a Alexandre, os Egípcios os apunhalariam pelas costas.

Logo soubemos que o rei enviara uma embaixada, chefiada pelo seu irmão Oxadres, com a missão de conseguir a paz.

Os termos não tinham sido revelados. Nunca fui tolo a ponto de pressionar o rei para obter seus segredos. Recebi imensas tentativas de suborno nesse sentido, mas o tempo ensina-nos a viver com isso, recusando uns, aceitando outros menores, dizendo que o rei não esquecera os seus pedidos e que permanecia atento. Seria, todavia, errado ir mais longe. Assim, não criava inimizades, ao mesmo tempo, não era alvo das suspeitas do rei, pois jamais lhe pedi coisa alguma.

Embora a embaixada utilizasse os postos de muda reais para conseguir cavalos descansados, os nobres não se deslocam à mesma velocidade dos mensageiros do rei, que cavalgam mais velozes do que o vento. Enquanto aguardávamos, a vida no palácio estava suspensa como a atmosfera antes da tempestade. Minhas noites eram então solitárias. Durante aquelas semanas, o rei mostrou um maior interesse pelas mulheres. Creio que elas lhe transmitiam uma maior sensação de segurança quanto à sua masculinidade.

Quando a embaixada regressou, as novidades que trazia já havia muito tinham deixado de ser recentes. Oxadres fora da opinião de que a resposta a Alexandre devia ser enviada o mais depressa possível, e por isso enviou uma cópia dela pelos mensageiros reais. Galopando pela Estrada Real, com cavalos e homens frescos, ela chegou quinze dias antes.

Não era preciso fazer perguntas quanto ao seu conteúdo, pois esse fazia-se sentir no ar, quer no Palácio, quer na cidade. Toda a gente é capaz de reproduzi-la, mesmo de memória, tal como eu:

> *Pode guardar seus dez mil talentos; não é dinheiro que me interessa; já tenho mais do que o suficiente. Por que apenas metade do seu reino até o Eufrates? Oferece-me metade dele em troca da totalidade. Quanto à sua filha, caso com ela se quiser, e para isso não preciso que a dê a mim. Sua família está em segurança e não lhe exijo resgate algum para a libertar. Venha você próprio, apresente suas reclamações. Há de levá-la com você sem que para isso precise me dar dinheiro. Se deseja a nossa amizade, basta dizê-lo.*

Seguiu-se algum tempo, já não tenho a noção exata de quanto, um dia talvez, em que apenas se sentiam sussurros e rumores; mas, de repente, fizeram-se ouvir trombetas e gritos. Os arautos proclamaram então que o rei marcharia em breve para oeste, em direção à Babilônia para aprontar os seus exércitos para a batalha.

Partimos uma semana depois. Não havia precedentes de um deslocamento tão veloz do rei com todo o seu séquito. O palácio andava em polvorosa. Os camareiros cacarejavam de um lado para o outro como galinhas. O eunuco-chefe do harém tentava saber junto do rei quais moças ele se decidia a levar consigo. O guardião das pratas reais pediu-me que o ajudasse na escolha das suas peças favoritas. O próprio rei não tinha tempo para mim: os homens com quem conferenciava não mostravam interesse em danças e à noite ele estava tão cansado que até dormia sozinho.

Um dia, parti com o meu cavalo para passear junto à margem do rio, no lugar onde os lírios desabrocham na primavera. O ar estava limpo e podia-se abarcar com a vista toda uma imensa extensão até os montes. Nossa fortaleza regressava às suas pedras originais. Cheguei a pensar em cavalgar até lá para dela me despedir, mas vieram-me então à memória as imagens do cavalo do soldado, do saco pendurado na sela contendo a cabeça do meu pai, gotejando sangue, das chamas subindo nas alturas daquilo que antes fora o meu lar. Regressei ao palácio para preparar as minhas coisas.

Os eunucos do séquito da Casa Real viajariam como as mulheres, em liteiras cobertas, com almofadas, mas ninguém esperava isso de mim. Aprontei o meu cavalo e tentei arranjar um burro para Neshi, mas ele se viu obrigado a seguir a pé tal como os outros acompanhantes.

Vesti minhas melhores roupas e preparei uma muda para a viagem, além dos meus adereços para dançar. Guardei o dinheiro e as joias numa bolsa no cinto. Para o caso de algo correr mal, coloquei ali também o espelho, as escovas e as pinturas dos olhos com os respectivos pincéis. Nunca usava carmim, pois é algo que não se coaduna com o ar persa, pelo aspecto ordinário que transmite na nossa tonalidade de pele.

Comprei também um punhal. Nunca usara armas, mas ao menos para a dança, somos obrigados a aprender a manuseá-las.

Os eunucos mais velhos ficaram desapontados com isso e pediram-me que não o levasse. Segundo eles, os eunucos aprisionados têm o mesmo tratamento das mulheres, mas tal não sucede se estiverem armados. Retorqui que me podia ver livre dele sempre que quisesse.

Mas a verdade era outra. Sonhara de novo com o meu pai, o sonho aterrador de sempre. Embora acordasse sobressaltado, sabia que ele tinha o direito de vir junto a mim, sendo eu o seu único filho, e de me exigir vingança. No sonho ouvi o nome do vilão que o traíra, tal como ele fizera no caminho para a morte. De manhã, como sempre sucedia, não me lembrava do nome. Não via grandes hipóteses de algum dia vir a cumprir aquilo que de mim era exigido. De qualquer modo, achei por bem ir armado. Há eunucos que se transformam em mulheres e outros que não. Possuímos a nossa própria identidade e devemos fazer com ela aquilo que podemos.

Segundo a tradição, o rei deve iniciar a marcha ao despontar do dia. Não sei se com isso se pretende obter a bênção do fogo sagrado ou afastar o sono. As liteiras e os carros foram preparados durante a noite. A maior parte de nós teve que se levantar logo após a meia-noite para se preparar para a viagem.

Ao amanhecer, mal podia acreditar que o verdadeiro exército se encontrava na Babilônia e que essa coluna, desenhando-se no horizonte numa extensão de mais de um quilômetro, não era mais do que o séquito da Casa Real.

A Guarda do Rei, os Dez Mil Imortais, que jamais o deixavam sozinho, ocupavam uma considerável parte daquela extensão. A eles seguiam a Família Real. Trata-se de um título de honra que nada tem a ver com a consanguinidade: eram quinze mil, embora dez mil já tivessem partido para Babilônia. Era bonito vê-los, em formação junto aos archotes, com seus escudos trabalhados a ouro, as joias brilhando nos capacetes.

Vieram depois os Magos com o seu altar de prata, prontos a acenderem o fogo sagrado e assim darem início à caminhada.

Enquanto andava de um lado para o outro, desfrutando de todos esses novos esplendores, lembrei-me de que podia estar forçando demais meu cavalo antes de uma longa marcha. Mas, de qualquer modo, com todas aquelas liteiras e carros, a coluna devia seguir em passo lento, pois além deles havia ainda os homens que iam a pé e os Magos com seu altar de prata. Lembrei-me do soldado que dissera demorar uma semana a viagem de Susa até a Babilônia. Devia por certo referir-se à viagem a cavalo, porque àquele ritmo levaríamos um mês.

As bagagens pareciam estender-se por quilômetros. Só para o rei havia uma dúzia de carros, com a tenda, mobília, vestimentas, artigos para a mesa, a tenda de viagem para o banho, com todos os adereços necessários. Depois havia carros para os utensílios dos eunucos e outros para as mulheres. O rei levara consigo as concubinas mais jovens que eram mais de cem; elas e a sua aparelhagem, e a dos eunucos, constituíam apenas o princípio. Os nobres da corte que não tinham ainda ido para a Babilônia, levavam consigo as mulheres e os filhos, os haréns e *toda* a sua bagagem. Seguiam-se os carros com os mantimentos, pois um séquito assim não podia viver daquilo que encontrasse ocasionalmente pelo caminho. Os archotes delineavam uma fila cujo limite não conseguia agora abarcar. Atrás dos carros e das carroças com bagagens vinham os acompanhantes que se deslocavam a pé: o exército de escravos que tinha a tarefa de erguer e desmontar o acampamento, os cozinheiros, ferreiros, criados e artífices, além de um imenso grupo de criados particulares, como o meu.

Cavalguei no percurso inverso da estrada até a praça do palácio real, ao mesmo tempo em que a luz dos archotes se extinguia. Traziam agora o Carro do Sol. Todo ele era folheado a ouro. Um emblema solar distinguia-se num poste de prata. Era o símbolo do deus, seu único passageiro. Nem mesmo ao corpo do condutor era permitido profaná-lo; sua parelha de garanhões brancos era conduzida a pé.

Em último lugar vinha o carro de batalha do rei, quase tão magnífico no seu aparato quanto o do deus. (Fiquei pensando se ele seria tão belo quanto aquele que deixara para Alexandre.) O condutor arrumava então as armas reais, as lanças, o arco e as flechas. À sua frente estava a liteira destinada à jornada, com seus embutidos a ouro e a coberta bordada a prata para o proteger do sol.

Quando a luz começou a despontar no Leste, surgiram os Filhos dos Parentes, um grupo de jovens pouco mais velhos do que eu, que marchariam antes e depois do rei, vestidos de púrpura da cabeça aos pés.

Toda essa ordem no desfile tinha sido definida havia muito pela tradição da antiga hierarquia. Chegara minha vez de encontrar o meu posto junto dos eunucos. Como é óbvio, não havia lugar para mim no séquito real.

De repente, brilhou um ponto de luz por cima do Carro Real. Seu centro incandescente era um globo de cristal. Apanhara o primeiro raio ao nascer do sol. Seguiu-se o som das trompas. Ao longe, uma figura branca e púrpura, alta, apesar de vista a distância, entrou na liteira régia.

Devagar, sem qualquer movimento inicial, o vasto cordão pareceu distender-se. Depois, indolente como uma cobra de inverno, começou a rastejar.

Devíamos caminhar já havia uma hora quando tive a sensação de que nos movíamos de fato.

Seguimos pela Estrada Real, através da região dos rios, baixa e verde, com suas plantações viçosas despontando naquele solo preto e rico. Lagoas rasas espelhavam o céu, com a sebe parecendo espinhos. Por vezes, seguíamos por caminhos de rocha úmida através dos pântanos. A maior parte deles estava agora seca e lisa; mas, apesar disso, nunca acampamos ali; seu nome era o de uma febre.

Todas as noites, mal a tenda régia era montada, dirigia-me para lá. Como era bastante espaçosa, havia lugar para a maior parte da gente que habitualmente rodeava o rei àquela altura. Ele próprio parecia feliz com a presença de rostos familiares. Muitas vezes, recebi um sinal seu para permanecer durante a noite. Estava agora muito mais inquieto do que de costume e eu só desejava então que ele adormecesse e me deixasse tranquilo, mas acho que a verdade é que, se ficasse sozinho, ele não seria capaz de adormecer.

De vez em quando, ouvíamos o barulho de um galope aproximando-se de nós. Era o último homem do vasto elo de mensageiros reais que, com um cavalo descansado, se aproximava com notícias do Ocidente.

Alexandre tomara Gaza. Parecia que tinha sido afastado do combate durante os tempos mais próximos. Um projétil lançado por uma catapulta atingira-o num ombro e ele caíra de imediato. Sua armadura fora penetrada, mas ele erguera-se e continuara a lutar. Caiu então novamente e foi levado inanimado como se estivesse morto. Os nossos aguardaram para saber mais novidades, pois sua fama indicava que ele era um homem difícil de abater. E mais uma vez se comprovou que assim era, pois, apesar de ter perdido muito sangue, continuava vivo. Em breve, estaria de novo de pé. Sua guarda avançada partira já a caminho do Egito.

Quando isso se soube, pensei para comigo: *Talvez ele esteja nos armando uma cilada, para que não nos apressemos; assim, ele rapidamente chegaria mais a oriente, apanhando-nos de surpresa.* Ora, se eu fosse rei, pensava, deixaria para trás a liteira, entrava no carro e avançaria o mais rápido possível para a Babilônia com toda a cavalaria, pois o melhor seria prevenir...

Ansiava pelo toque da trombeta que nos indicasse a partida. Todas as noites tratava do meu cavalo, pois Neshi devia estar demasiado cansado da caminhada a pé. Dera o nome de Tigre ao meu cavalo. Apenas vira uma vez a pele de um, mas pareceu-me um nome bastante feroz.

No entanto, à noite, quando me dirigia para junto do rei, encontrei-o jogando damas com um dos nobres. Estava tão distante que o pobre do homem teve imenso trabalho para conseguir perder. Quando acabou de jogar, o rei disse-me para cantar. Lembrei-me da canção de guerra dos homens de meu pai, de que ele tanto gostara. Pensei que talvez ela lhe trouxesse alguma alegria à alma. Mas, depois de ter cantado dois versos, pediu-me para cantar outra coisa qualquer.

Lembrei-me do combate que ele travara havia muito com um campeão carduso, graças ao qual conseguira tanta fama. Tentei imaginá-lo avançando com suas armas, erguendo a lança, despojando o inimigo das armas e regressando para o aplauso dos guerreiros. Ele era então mais novo, não possuía palácios e tinha menos moças. Além disso, a batalha é diferente de um combate desse tipo, especialmente quando se está no comando e se, além disso, se vai defrontar o homem de quem se fugiu na última vez.

Minha canção chegou ao fim. Disse para comigo: *Quem sou eu para julgar? Que ação verei eu um dia? Ele tem sido um bom amo para mim. Isso já deveria bastar para alguém que nunca seria verdadeiramente um homem.*

Todas as manhãs, o Estandarte do Sol era erguido junto ao pavilhão real. Todas as manhãs, quando o primeiro raio de luz tocava o cristal, faziam-se ouvir as trompas, e o rei era escoltado para sua liteira, o carro era colocado atrás dela. E lá perseguimos assim o nosso caminho pela Estrada Real através da região do rio, de encontro a um outro anoitecer.

Quando estava farto da conversa dos eunucos, dirigia-me até os carros do harém para conversar um pouco com as moças. Cada um deles estava a cargo de um eunuco mais velho. Quando me convidavam, subia para dentro do carro e atrelava-lhe o cavalo. Achava essa conversa instrutiva. Aquele grupo de mulheres não tinha nada a ver com as do harém do meu antigo amo. Sua esperança de passarem uma noite com o rei restringia-se a uma vez no verão, ou no ano, isso no caso de chegarem à sua presença. Algumas vezes, o rei mandava chamar uma moça quase todas as noites durante um mês, e depois esquecia-a por completo e nunca mais voltava a vê-la. Na maior parte do tempo, seu destino era viverem umas com as outras. Assim se compreendia a existência de múltiplas facções, alianças e mesmo conflitos, alguns dos quais por causa de rivalidades em relação ao rei. No entanto, deviam-se quase sempre a esse contato quotidiano marcado por um espaço onde não havia nada mais para falar. Gostava de visitar esse mundo, embora meu maior desejo fosse que nunca me atribuíssem trabalho ali.

Era engraçado observar como as novidades percorriam depressa aquela coluna. As pessoas falavam para combater o tédio e para tentar suavizar os quilômetros que era necessário percorrer. Alexandre se recuperava e começava a enviar espiões para saber ao certo qual a localização de Dario. Por aquilo que tinha ouvido até então, eu conseguia entender a curiosidade e o espanto do macedônio. Ele deveria ter pensado em tudo menos que o seu inimigo continuasse seu caminho por ali.

Contudo, logo compreenderia a realidade. Aquilo que tínhamos ouvido em seguida, foi que se dirigia para o Sul, em direção ao Egito. Afinal, não havia razões para pressas.

Continuamos nosso caminho, avançando pouco mais de trinta quilômetros por dia, até que alcançamos a teia de canais e ribeiros que introduzem o Eufrates nos campos da Babilônia. As pontes são construídas com uma altura considerável devido às cheias do inverno. Por vezes, os campos de arroz repletos de minúsculos pontos brancos, produziam um reflexo com a luz do sol que nos cegava. Foi então que, uma tarde, quando o reflexo se apagou, surgiram perante nossos olhos as grandes muralhas pretas da Babilônia, erguendo-se ao longo do horizonte contra um pesado céu.

Não que as muralhas estivessem perto; era sua altura que lhes anunciava a presença. Quando finalmente vencemos os campos úmidos amarelecidos para a segunda ceifa, e após termos contornado o fosso, experimentei a sensação de estar ante imensos penhascos. Podíamos distinguir os tijolos e o betume; todavia, parecia impossível ser obra de mãos humanas. As muralhas da Babilônia tinham mais de vinte metros de altura, por mais de nove metros de espessura e cada lado do quadrado que formavam media mais de vinte quilômetros. Não vimos sinais do exército real. Havia espaço para todo ele acampar ali dentro, embora fosse formado por cerca de vinte mil homens a pé e cinquenta mil a cavalo.

As muralhas tinham cem portões de bronze compacto. Tomamos o Caminho Real, rodeado de bandeiras e estandartes, com altares ao deus do fogo, trompas e cantores, sátrapas e comandantes. Mais ao longe estava o exército. As muralhas da Babilônia encerravam toda uma imensa área daquela região. Seus terrenos irrigados pelo Eufrates podem produzir trigo em caso de cerco. A cidade é inexpugnável.

O rei entrou com seu carro. Era bonita sua imagem destacando-se com o capacete, todo ele brilhando em branco e púrpura. À medida que avançava por entre nobres e sátrapas que o conduziam ao exército, os babilônios faziam ouvir suas aclamações.

Nós, seus acompanhantes, fomos levados por caminhos laterais, por ruas altas e estreitas até o palácio. Nele penetramos através de portas que indicavam nossa condição e preparamos o espaço para a chegada do nosso amo.

O conhecimento pode alterar a memória. Tenho bem presente todas essas glórias: o trabalhado do tijolo, seu brilho, fosse ele esmaltado, esculpido, vidrado ou dourado; ou então a mobília de madeira núbia de ébano, com embutidos de marfim; tecidos escarlates e púrpura, tecidos de ouro e cravejados de pérolas indianas. Lembro-me também do frescor que ali se sentia, a contrastar com o calor no exterior. Aquele frescor abatia-se sobre mim como se fosse a sombra de uma dor oculta qualquer; as próprias paredes oprimiam-me como as de um túmulo. Todavia, acho que penetrei naquele espaço com os olhos ávidos de curiosidade como qualquer outro rapaz da minha idade.

Depois de porem a mesa para o rei com os utensílios expressamente trazidos para o efeito, prepararam o seu leito também ele cravejado a ouro com uma divindade alada de cada lado. E porque ele viria certamente cansado da viagem e cheio de pó, aprontaram-lhe o banho.

Devido ao calor que se faz sentir habitualmente na Babilônia, o banho constitui sempre um lugar de prazer, pois chega-se a passar ali todo o dia. O chão é feito de mármore vindo do Oeste, com paredes brilhantes e flores azuis e brancas. O banho é tomado numa banheira bastante grande com azulejos azuis com peixes desenhados. Há ainda vasos com arbustos e árvores de jasmim e limão que são mudados em cada estação. As divisórias ornamentadas conduzem a um espaço destinado ao banho com água vinda do Eufrates.

Tudo havia sido preparado, tudo cintilava. A água era cristalina, tépida, à temperatura ideal, aquecida pelo sol filtrado. Um sofá com almofadas do melhor tecido, para ele descansar depois do banho, completava o cenário.

Nenhum daqueles azulejos, peixes desenhados ou tecidos, abandonarão alguma vez a minha memória. No entanto, quando vi aquilo pela primeira vez, limitei-me a achá-lo bastante engraçado.

Mal nos instalamos, os dias começaram a suceder-se suavemente uns aos outros como as mós de água sob os Jardins Suspensos, embora o trabalho que nos competia fosse bem mais suave que o dos bois naquele lugar. O belo planalto artificial com suas árvores espraiando as sombras sobre o solo, e os frescos bosques nos terraços, necessitam ser constantemente irrigados, sendo necessário fazer chegar a água a pontos bastante altos. Muitas vezes, por entre o chilrear dos pássaros, ouvia-se o barulho do chicote lá embaixo.

Tropas frescas chegavam, vindas de distantes satrapias, após meses consecutivos de caminhada. Toda a cidade se aprontou para ver os bactrianos. O tempo arrefecia devido à aproximação do outono, mas apesar disso eles suavam por causa das roupas que escolheram para o espetáculo. Era o que de melhor possuíam: casacos de feltro, calças acolchoadas e chapéus de pelo, tudo indicado para os frios invernos bactrianos. Percebia-se que sua terra era rica através dos adornos utilizados pelos nobres e pela robustez dos seus homens que permanecia inalterada após uma viagem tão longa. Cada nobre trazia consigo os seus soldados, tal como o meu pai teria feito se fosse vivo, mas os nobres bactrianos eram às centenas. Suas bagagens eram transportadas numa longa fila, nos seus camelos de duas corcovas, corpos grandes e pernas possantes, peludos, e habituados a transportar cargas.

O desfile era encabeçado pelo seu sátrapa, Besso, primo de Dario. O rei saudou-o a pé, no Átrio das Audiências, e ofereceu a sua face para um beijo. Era ligeiramente mais alto do que o outro. Besso era forte como os seus camelos, marcado pelas cicatrizes da guerra e quase negro do sol e do vento. Não se encontravam desde a derrota em Isso. Via agora nos olhos de Besso, pálidos sob as sobrancelhas pretas, uma simulação de respeito sobre uma sombra de desdém; e nos do rei, uma sombra de desconfiança. A Báctria era a mais poderosa satrapia do império.

Entretanto, chegaram notícias de que o Egito abrira os seus braços a Alexandre. Recebera-o como um libertador e proclamara-o seu faraó.

À época, pouco sabia acerca do Egito. Agora, não, pois é onde vivo. Já o vi desenhado nas paredes de um templo, louvando Amon parecia um faraó como os outros, ostentando inclusive a pequena faixa azul da barba cerimonial. Talvez tenha chegado a usar a coroa dupla que lhe ofereceram, assim como o cetro e o magual. Era cortês em relação a essas coisas, mas isso dá-me vontade de rir.

Ele estivera no oráculo de Amon, na verde Sivas, no deserto, onde parece que lhe disseram ter estado o deus perante o rei, seu pai, quando ele foi concebido. Tais eram os rumores. E assim, ele lá foi, sozinho. Ao regressar, disse sentir-se feliz.

Interroguei Neshi acerca desse oráculo enquanto ele me vestia e me penteava. Neshi frequentara uma escola de escribas, antes de Oco ter conquistado o Egito. A essa altura, todos eles foram levados do seu templo e vendidos. Ainda agora, mantinha a cabeça rapada.

Respondeu-me que o oráculo era muito antigo e respeitado. Havia muito (e para um egípcio isso significa pelo menos mil anos), o deus costumava manifestar-se em Tebas, tal como o faz agora em Sivas. Nos tempos da terrível Hatshepsut, a única mulher faraó, seu enteado Tutmés serviu o santuário ainda jovem. O símbolo era transportado, tal como agora em Sivas, num barco adornado com ouro, joias e vasos cintilantes. Aqueles que o transportam dizem que as hastes lhes fazem pressão nos ombros quando o deus deseja falar; eles sentem o seu peso, que lhes indica o caminho que devem tomar. Ele os guiou para junto do seu jovem príncipe, que na época era apenas uma pessoa como qualquer outra no meio da multidão, e fez com que o barco assinalasse sua presença. Assim se cumpriu seu destino e ele foi colocado no trono. Neshi conhecia muitas histórias bonitas como essa.

Eu próprio, quando fiz uma peregrinação (e foi de fato uma viagem bem difícil, embora já tenha feito piores), perguntei algo ao oráculo. Em resposta, mandaram-me contentar com o sacrifício que fizera e proibiram-me de ser curioso em relação a alguém que já tinha sido recebido entre os deuses. Apesar disso, sempre me custou nunca o ter visto.

Entretanto, na Babilônia tinha bastante tempo para mim, pois o rei estava sempre ocupado e saía com frequência para conhecer melhor a região. Subi a escada que se elevava em torno do templo de Bel até o ponto mais alto, agora em ruínas, onde sua concubina costumava estar na cama dourada. Era então frequentemente assediado por proxenetas, já que minha juventude parecia ser justificativa suficiente para eu não ter barba. Vi ainda o templo de Milita com o seu famoso jardim.

Todas as moças da Babilônia devem se oferecer uma vez na vida à deusa. O jardim é um imenso bazar de mulheres, sentadas em filas marcadas com cordões escarlates. Nenhuma pode recusar o primeiro homem que lance no seu regaço uma moeda de prata. Lá, havia moças tão belas quanto princesas, com escravas abanando-as com leques, sentadas ao lado de camponesas vindas de terras distantes. Ao longo das filas, os homens acotovelavam-se, como numa feira de cavalos. Quase era de se esperar que começassem a lhes ver os dentes. As moças mais bonitas não precisavam aguardar muito, mas se um barqueiro do rio as abordasse antes de um nobre, é com ele que elas devem ir. Não foram poucas as que estenderam as mãos para mim, esperando cumprir sua obrigação com alguém menos desfavorecido. Havia um bosque ali perto, onde o ritual se realizava.

Ao ver alguns homens rindo, aproximei-me para ver do que se tratava. Estavam zombando das moças feias que ali passavam dia após dia sem serem escolhidas. Para que eu pudesse partilhar do divertimento com eles, apontaram-me uma que já ali estava sentada havia três anos.

Ali se transformara de menina em mulher. Um ombro era corcovado, o nariz era enorme e tinha uma marca de nascença na face. As moças à sua volta, por muito pouca beleza que tivessem, pareciam olhar para ela e sentir-se reconfortadas. Ela se limitava a ficar sentada com as mãos no regaço, aceitando os risos como um boi o chicote. Senti então uma imensa revolta crescer dentro de mim perante a crueldade daqueles homens. Pensei nos homens que cortaram o nariz de meu pai enquanto ele ainda estava vivo, quando o podiam fazer com ele já morto; pensei ainda naqueles que me castraram ao mesmo tempo em que conversavam calmamente como se minha dor não existisse. Tirei uma moeda de prata da minha bolsa e lancei-a para o seu regaço, proferindo as palavras prescritas no ritual:

— Que Milita fertilize o teu ventre.

A princípio ela pareceu não acreditar no que estava ouvindo. Foi então que os outros que ali se divertiam, aplaudiram. Ela pegou na moeda e olhou-a perplexa. Eu sorri e estendi-lhe a mão.

Ela se ergueu. Era realmente muito feia, mas até uma lamparina pode ser bela quando sua luz brilha no crepúsculo. Afastei-a daqueles que a atormentavam e disse-lhe:

— Deixa-os divertirem-se com outra coisa qualquer.

Ela caminhou a meu lado. Era mais baixa do que eu, embora não tivesse me desenvolvido como seria de esperar para a minha idade. A estatura baixa é desprezada na Babilônia como na Pérsia. Todos tinham os olhos fixos em nós, mas eu sabia que deveria ir com ela pelo menos até o bosque.

Quando lá chegamos é que percebi o quanto aquele lugar era repugnante. Nenhum persa imaginaria uma coisa daquelas. As árvores e os arbustos não eram suficientes para permitir um mínimo de decência. Nos meus piores dias em Susa, jamais encontrei alguém que se dispusesse a fazer tais coisas sem ser no interior de um quarto.

Mal ultrapassamos o portão, disse-lhe:

— Pode ficar descansada que não a forçarei a uma coisa tão repugnante. Adeus, espero que seja feliz.

Ela me olhou sorrindo, ainda demasiado espantada para aceitar as minhas palavras. Depois, apontou para o bosque e falou:

— Ali está um bom lugar.

Que ela pudesse realmente esperar uma coisa daquelas era algo que não me passava pela cabeça. Mal podia acreditar. Embora tencionasse manter meu segredo, vi-me obrigado a confessar-lhe:

— Não posso ir para o bosque com você. Sou um dos eunucos do rei. Senti-me revoltado por vê-los zombar de você e apenas quis libertá-la.

Ficou durante algum tempo olhando para mim, de boca aberta. Depois, de repente, começou a gritar: “Oh! Oh!”, e deu-me dois tapas na cara, um com cada mão. Fiquei com um zumbido nas orelhas enquanto ela se afastava a correr e a gritar: “Oh! Oh!”, ao mesmo tempo em que batia as mãos no peito.

Fiquei espantado e ferido pela sua ingratidão. Tinha tanta culpa de ter sido castrado quanto ela de ser feia. E, cismando naquilo, regressei para casa.

Ocorreu-me então que, desde que nascera, já fora desejado, para o bem ou para o mal; mas como seria viver vinte anos sem conhecer essa sensação? Senti a raiva dissipar-se; mas regressei triste para casa.

A Babilônia ficou mais temperada no inverno. Com essa estação chegaram também os meus quinze anos, embora apenas eu o soubesse. A nossa família, como os persas em geral, sempre prestara muita atenção aos aniversários. Mesmo durante esses últimos cinco anos, eu nunca me habituara a acordar nesse dia e a vivê-lo como se não fosse especial. O rei nunca me perguntou quando era. Parecia-me infantil lembrá-lo; ele tinha sido generoso em tantos outros dias.

Pouco a pouco foram chegando até nós notícias do Egito. Alexandre reintroduzira as antigas leis e organizara um grande festival com competições para atletas e músicos. Na foz do Nilo, planejara uma grande cidade, delimitando-a com cereais que bandos de pássaros se encarregaram de comer; esse presságio parecia insinuar que o sonho da cidade não se realizaria.

Tentei imaginar como seria essa multidão de pássaros descendo dos céus. Uma extensão verde e plana, com papiros crescendo; algumas palmeiras; alguns burros deambulando; uma aglomeração de cabanas de pescadores. Chama-se hoje Alexandria e é um palácio entre as cidades. Embora ele nunca a tivesse visto, a ela regressou para sempre; e, em vez dos pássaros, a si trouxe homens das quatro partidas do mundo, como eu.

Depois dos bactrianos, chegaram à Babilônia os exércitos vindos da Cítia. Esses eram vassalos de Besso, selvagens com longas cabeleiras e tatuagens azuis no rosto. Usavam chapéus pontiagudos, feitos de pele de lince, camisas largas e calças atadas nos tornozelos. Seguiam-nos carros de bois transportando as tendas e as mulheres. Era grande a sua fama como arqueiros, mas exalavam um cheiro nauseabundo. Se alguma vez tomam banho em toda a sua vida, foi só certamente o dado pela parteira, em leite de égua. Foram de imediato conduzidos ao acampamento. Ninguém se sente mais envergonhado do que um babilônio se não toma banho todos os dias.

Chegaram então notícias de que Alexandre deixara o Egito. Marchava agora para norte.

O rei convocou o Conselho para a sala grande de audiências. Deixei-me ficar ali por fora para observar a saída das pessoas importantes. A curiosidade típica de um rapaz levou-me para ali, mas aprendera algo que desde então várias vezes me tem sido útil: nesses momentos devemos nos manter o mais anônimos possível e deixar que os outros se revelem. Na Presença eles viam-se obrigados a mostrar respeito e a guardar para si parte dos seus pensamentos; aqui fora, cada um se voltaria para quem quisesse e partilharia as suas opiniões. Assim se iniciam as intrigas.

Foi deste modo que percebi que Besso estava procurando a companhia de Nabarzanes. Esse homem encontrava-se havia muito na Babilônia, pois ocupava lá o cargo de Comandante-Chefe da Cavalaria. Combatera em Isso e era respeitado pelos seus homens.

Foi numa das casas de prazer, onde fora assistir às danças, que os ouvi falar. Não sabiam quem eu era, o que não teria acontecido em Susa, mas eu próprio jamais me senti tentado a ir transmitir suas palavras ao rei. Disseram que, em Isso, Nabarzanes combatera com coragem e perícia, embora a escolha do terreno por parte do rei tivesse sido um erro crasso. A Cavalaria carregara no momento em que os homens vacilavam, surpreendidos pelos cavalos macedônios e tentavam lutar contra aquela maré. A essa altura, o rei fugira. Contava-se entre os primeiros a desertar da batalha. A isso sucedeu-se a desordem total. Ninguém pode fugir e combater ao mesmo tempo, mas aquele que persegue pode ainda desferir os seus golpes. A mortandade fora enorme. E era ao rei que eles atribuíam a culpa.

Estava acostumado a partilhar, havia muito, as minhas conversas com interlocutores moderados. Nunca pensara que essas palavras que agora ouvia, fossem possíveis. Senti-me magoado com elas, pois ao vivermos sob proteção do nome de um amo, sua desgraça também se abate sobre nós. O capitão que ouvira em Susa devia ser por certo um dos homens de Nabarzanes.

Era alto e magro Nabarzanes, com uma barba bem tratada e aparada segundo a tradição persa. No entanto, mostrava-se à vontade na relação com os outros, sorrindo mesmo, embora não o fizesse frequentemente. Na corte, saudava-me com delicadeza, mas nunca foi além disso. Nunca soube se ele tinha um fraco por rapazes ou não.

Ele e Besso formavam um estranho par. Nabarzanes era magro como uma espada e se vestia de um modo simples. Segundo o costume persa; Besso era grande, com sua imensa barba e o peito coberto de pelos como um urso; estava vestido de couro bordado e tinha correntes de ouro ao pescoço, mas ambos eram soldados que se encontravam em campanha. Saíram com rapidez, parecendo impacientes por encontrar um lugar onde pudessem falar em privado.

A maior parte das pessoas falavam em público e, por isso, toda a Babilônia logo estava a par do que se passara no Conselho. O rei propusera que todo o exército persa se retirasse para a Báctria. Aí ele poderia reunir mais tropas da Índia e do Cáucaso, fortificar o império do Ocidente, ou algo parecido.

Fora Nabarzanes quem avançara e citara as palavras de Alexandre quando do seu primeiro desafio, ao qual haviam permanecido surdos, pois nele tinham apenas visto um jovem atrevido:

— Venham e lutem comigo. Se não o fizerem, eu os seguirei onde quer que se encontrem.

E assim o exército ficara na Babilônia.

Recuar até a Báctria! Abandonar, sem um único gesto, todo um povo, a própria Pérsia, as ancestrais terras de Ciro, o coração e o berço da nossa raça, até isso... Eu próprio, que dali apenas guardava as minhas memórias e uma ruína sem teto, me senti chocado até as profundezas da minha alma. O que Nabarzanes sentira, eu entendia pela expressão do seu rosto. Nessa noite, o rei conservou-me consigo. Tentei concentrar-me na bondade que ele mostrara e esquecer o resto.

Algum tempo depois, numa manhã em que me encontrava ao seu serviço no quarto interior, mandaram entrar para a antecâmara um velho, de cabelos brancos e alto. Era o sátrapa Artabazos que se revoltara contra Oco e vivera exilado na Macedônia durante o tempo do rei Filipe. Dirigi-me até o local onde se encontrava e perguntei-lhe se desejava que lhe trouxesse algo enquanto aguardava. Começou então a falar comigo. Perguntei-lhe se já vira Alexandre.

— Se o vi? Tive-o sentado nos meus joelhos. Uma criança maravilhosa. Sim, mesmo na Pérsia qualquer pessoa o acharia maravilhoso. — E mergulhou nos seus pensamentos. Era muito velho. Podia ter deixado aos seus vários filhos a tarefa de seguir o rei para a guerra. Pensei que ele começava a dar sinais de estar distante, tal como sucede frequentemente com os velhos. Mas, de repente, abriu os olhos, ainda ferozes, sob sobrancelhas brancas e espessas, e disse: — E sem medo de nada. De nada.

Na primavera, Alexandre regressara a Tiro. Lá fizera sacrifícios, organizara festivais e competições. Parecia pedir aos deuses o seu apoio para uma nova campanha. Quando a primavera cedeu lugar ao verão, os espiões informaram-nos de que ele iniciara a marcha em direção à Babilônia.

São quase quinhentos quilômetros ao norte do vale do Tigre, da Babilônia a Arbela.

Alexandre mudara de rumo, em direção ao nordeste de Tiro, para contornar os desertos da Arábia. Do Norte, ele se dirigiria então para baixo. O rei, por seu turno, seguiu para Norte com os seus exércitos; o séquito acompanhava obviamente ao rei.

Imaginara uma coluna interminável de homens, com quilômetros de comprimento, mas o exército espalhava-se por toda a planície entre o rio e os montes. Era como se a terra produzisse homens em vez de cereais. Para onde quer que se olhasse, viam-se homens, cavalos e camelos. O transporte serpenteava em pequenos carros por caminhos mais fáceis. Num lugar à parte seguiam os carros de combate, como se fossem leprosos a evitar, com as suas lâminas saindo das rodas. Um soldado com problemas de vista aproximou-se demasiado deles e ficou com uma perna decepada; disso veio a morrer mais tarde.

Ao séquito estava reservado o melhor caminho, pois havia batedores especialmente designados para o encontrarem.

Alexandre atravessara o Eufrates. Enviara engenheiros à frente para preparar uma ponte para o exército. O rei designou então Mazaios, o sátrapa da Babilônia, para os deter, com os seus homens, mas mal Alexandre chegou com as suas forças, Mazaios retirou-se. No dia seguinte, a ponte estava concluída.

Logo soubemos que ele atravessara o Tigre. Não é fácil fazê-lo, pois não é por acaso que lhe chamam A Seta, mas Alexandre meteu-se ao caminho, dirigindo a coluna para reconhecer a região. E foi assim que transpuseram aquele obstáculo, perdendo alguma bagagem, mas nenhum homem.

A essa altura, deixamos de ter contato com ele. Dizia-se que se dirigira para as planícies junto ao rio onde o clima era mais ameno e os soldados podiam descansar.

Quando seu trajeto foi finalmente conhecido, o rei partiu para escolher o campo de batalha.

Na opinião dos seus generais, ele perdera em Isso porque ficara limitado a um espaço onde os homens estavam imobilizados. Havia uma planície ampla a cem quilômetros ao norte de Arbela. Nunca a vi, pois o séquito permaneceu na cidade juntamente com os objetos preciosos e os alimentos, quando o rei partiu para a batalha.

Arbela é uma cidade cinzenta e antiga localizada no alto de um monte. Diz-se que é tão antiga que remonta ao tempo dos assírios. Deve ser verdade, pois Ishtar é ainda ali adorada sem consorte. No seu templo, ela nos fita com seus olhos horrivelmente velhos e grandes, agarrando as suas setas.

Andávamos numa roda-viva preparando instalações para as mulheres. Os soldados haviam-nas desalojado na ânsia de arranjar casas suficientemente sólidas para o tesouro e para o aquartelamento da guarnição. Também para o rei tivemos que preparar alojamento condigno. (Nesse caso, foi o governador quem teve de lhe ceder o seu espaço.) Quase não tínhamos tempo para pensar que estávamos na véspera de uma batalha.

Quando começamos a arrumar nossas coisas, ouviu-se uma grande algazarra na rua e uma correria de mulheres em direção ao templo. Tive uma sensação de estranheza mesmo antes de ver o presságio. A lua fora engolida pela escuridão. Vi sua última curva desaparecer, sombria e vermelha.

Senti um tremor gélido no corpo. As pessoas gritavam. Ouvi então a voz brusca e autoritária de Nabarzanes, dizendo aos seus homens que a lua era uma vagabunda tal como o macedônio, e era a ele que se destinava o presságio. Todos à nossa volta estavam em sobressalto, e do velho templo cinzento, onde as mulheres tinham servido Ishtar durante mil anos, ainda se ouviam lamentos como vento gemendo por entre as árvores.

O rei enviara um grande número de escravos ao campo de batalha com o intuito de aplanar o terreno para os carros de combate e para a cavalaria. Os espiões haviam-no informado de que os cavalos macedônios estavam em menor número, e de que eles não tinham sequer carros de combate, à exceção dos carros armados de foices.

As notícias seguintes não nos chegaram por espiões, mas por um emissário. Era Tiriotes, um dos eunucos a serviço da rainha. Alexandre o enviara com a missão de comunicar a morte dela.

Carpimos como era devido e depois o rei mandou-nos sair. Podíamos ouvi-lo gritando com Tiriotes enquanto este gemia de medo. Finalmente saiu, desgrenhado e tremendo. Esse eunuco fora capturado antes de eu ingressar no séquito real, mas os mais velhos conheciam-no bastante bem. Deram-lhe almofadas e vinho, pois ele estava bastante necessitado de reconforto. Aguardamos um pouco para ver se o rei requisitava a nossa presença, mas o silêncio era total. O eunuco levou a mão à garganta que estava ainda vermelha.

Boubaques, o Egípcio, que era o eunuco-chefe, disse então:

— Nunca é bom trazer más notícias aos poderosos.

Tiriotes afagou a garganta.

— Por que razão não estão carpindo? Chorem, chorem, pelo amor de Deus.

Durante algum tempo, soltamos ainda lamentos de dor. O rei não nos chamou. Levamos Tiriotes para um canto. Uma casa é sempre um lugar mais seguro para se falar do que uma tenda.

— Digam-me — perguntou —, o rei tem andado fora de si ultimamente?

Respondemos-lhe que andava apenas preocupado.

— Ele se pôs a gritar comigo que Alexandre assassinara a rainha ao tentar violá-la. Lancei-me a seus pés e repeti-lhe que ela morrera vítima de uma doença, nos braços da rainha-mãe. Jurei-lhe que Alexandre apenas a vira no momento em que fora capturada. Quando ela morreu, suspendeu a marcha por um dia e cumpriu os rituais funerários. Era essa a minha mensagem, transmitir-lhe que ela tinha recebido os ritos indignos. O que é que os espiões têm feito? O rei não está a par de nada? Ele realmente não sabe que Alexandre não se interessa por mulheres?

Respondemos-lhe que ele devia estar informado.

— Ele deveria sentir-se muito feliz por Alexandre não ter entregado as mulheres aos seus generais, como o faria a maioria dos vencedores. Agora, via-se obrigado a arrastar consigo um harém que não lhe servia de nada. A rainha-mãe... Não sei o que passou pela cabeça do rei; deveria estar mais do que feliz pelo modo como a tratam. Uma mulher daquela idade e Alexandre tão jovem. Foi só quando disse isso que ele se descontrolou. Retorquiu que esse comportamento em relação à rainha era o de um homem perante aquela com quem partilhava o leito. Apertou-me o pescoço. Vocês sabem as mãos enormes que ele tem. Ainda estou rouco, como podem ouvir. Ameaçou-me que me torturaria se eu não lhe dissesse a verdade. Para acalmá-lo, disse que me submeteria a ela se ele assim o desejasse. — Seus dentes tiritavam. Agarrei-lhe a taça para ele não entornar o vinho. — Por fim, acreditou em mim. Deus sabe que tudo era verdade. Mas, a princípio, ele parecia estar fora de si.

O rei permanecia em silêncio. *Bom*, pensei, *o mau presságio da lua realizara-se. O povo ficaria agora calmo.*

O príncipe Oxadres foi convocado e assim ambos partilharam a sua dor. A rainha fora sua irmã, pois eram filhos da mesma mãe, embora ele fosse uns vinte anos mais novo do que o rei. Só então a dor do rei foi aplacada pelo choro, e pudemos proceder aos cerimoniais do deitar-se. Também Tiriotes precisava descansar, pois parecia estar prestes a desmaiar. No dia seguinte, seu pescoço estava negro e ele se viu obrigado a usar um lenço para o ocultar quando o rei o mandou chamar novamente.

O pobre estava aterrorizado, mas o rei não o reteve por muito tempo. Limitou-se a perguntar:

— Minha mãe enviou alguma mensagem para mim?

O outro respondeu:

— Não, meu senhor; mas Sua Majestade estava alterada com a sua dor. — O rei deu-lhe então licença de partir.

Logo se soube que o campo de batalha estava pronto; aplanado como uma estrada. Num dos flancos situavam-se os montes; no outro, o rio. O rei abandonou o seu luto, visto não ser correto conduzir assim as tropas para a batalha. Segundo a tradição, os reis persas comandavam o centro dos seus exércitos, tal como os macedônios o faziam do lado direito. Seu carro de combate foi trazido, preparado com todas as armas devidas; ele vestia a sua cota de malha.

Dois ou três eunucos da Câmara Real, que tinham a seu cargo as roupas e os objetos pessoais do rei, acompanharam-no ao campo de batalha. Até o último instante fiquei na dúvida se ele me levaria ou não. Tal ideia assustava--me, embora ao mesmo tempo me seduzisse. Pensava que podia lutar se fosse necessário, satisfazendo assim os desejos de meu pai. Andei por ali, à sua volta, mas o rei nada disse. Fiquei junto dos outros, observando-o enquanto ele subia para o carro de combate. Vi-o por fim afastando-se com sua escolta sob uma nuvem de pó.

Naquele local apenas restava agora o séquito real, as mulheres, os eunucos e os escravos. O campo de batalha era demasiado distante para ali podermos nos deslocar. Nada mais podíamos fazer do que aguardar.

Subi até as muralhas e olhei para o norte. Pensei naquele momento: *Tenho quinze anos*. Se não tivessem me levado, já estaria na idade adulta. Se meu pai fosse vivo, teria me trazido com ele. Ele nunca deixava de satisfazer um desejo meu, mesmo quando isso ia contra a vontade de minha mãe. Estaria agora na sua companhia, entre os seus homens, rindo, disposto a enfrentar a morte. Para isso nascera, mas essa era a minha realidade, nisto me haviam tornado. Podia somente tentar fazer o melhor possível.

Lembrei-me de contornar os jardins até o lugar onde estavam os carros das mulheres, para me certificar de que os cavalos haviam sido colocados em estábulos ali perto, os arreios consertados e os condutores prontos e sóbrios. Disse-lhes que o rei me instruíra nesse sentido e eles acreditaram nas minhas palavras.

Durante essas andanças, encontrei, para espanto meu, Boubaques do Egito, o eunuco-chefe, um indivíduo alto e vigoroso que, embora distante, sempre fora educado comigo. Creio que ele desaprovava o fato de o rei ter consigo um rapaz. No entanto limitou-se a inquirir-me quanto à minha presença. Maior motivo de espanto era ele estar ali.

— Pensei, senhor — respondi —, que os carros deviam estar prontos para partir, no caso de — continuei olhando-o nos olhos — o rei perseguir o inimigo.

— Também foi esse o meu pensamento. — Acenou-me com gravidade. Via-se que ambos tínhamos tido a mesma ideia. — O rei tem consigo um séquito muito superior ao de Isso.

— É verdade. E além dele, há ainda os carros de combate.

Olhamo-nos ainda uma vez e nos afastamos.

Arranjei para Tigre, meu cavalo, um estábulo privativo, com portas bastante resistentes e tive o cuidado de o exercitar regularmente.

Os mensageiros do rei haviam sido destacados para cumprir as ligações entre Arbela e as tropas reais. Quase todos os dias chegava algum. Logo se soube que os macedônios tinham aparecido nos montes vizinhos à planície de Gaumelos, onde o rei os aguardava. Mais tarde, soube-se que Alexandre fora avistado, com sua armadura resplandecente, cavalgando com a guarda pessoal fazendo o reconhecimento do terreno.

Nessa noite, relâmpagos iluminaram a abóbada celeste sem que, todavia, caísse chuva alguma. Parecia que os céus do norte estavam em chamas. Durante horas seguidas, cintilaram e dançaram, sem que se fizesse ouvir o som da trovoada. O ar era denso e pesado.

Quando despertei, no dia seguinte, a manhã estava cinzenta. Toda a Arbela se agitava, com a guarnição aprontando-se junto à zona dos cavalos. Quando o sol despontou, as muralhas ficaram cheias de gente olhando para o norte, embora nada se visse.

Encontrei Boubaques de novo em visita aos aposentos das mulheres. Creio que ele instruía os eunucos no sentido de parecerem vivos, pois as tarefas do harém tornam as pessoas gordas e indolentes; mas eles eram, de fato, da sua confiança, como logo viemos a saber.

Ao levar Tigre a cavalgar, senti que ele estava doente. Devia ter apanhado a doença através de outros cavalos. Ao regressar, disse a Neshi que deveria prestar atenção ao estábulo e se certificar de que ninguém ali entraria. Ele não fez perguntas, mas seu comportamento era imprevisível como o de muitos cavalos. Em tempos de guerra, muitas coisas podem acontecer a um escravo, coisas boas e coisas más.

Ao meio-dia, chegou um mensageiro do rei. A batalha iniciara-se logo ao nascer do sol. O nosso exército passara a noite em vigília, pois o rei pensara que, encontrando-se Alexandre em menor número, ele poderia tentar um ataque de surpresa, mas ele esperara até o céu estar limpo, antes de entrar em ação. O mensageiro era o sexto da muda e nada mais sabia.

A noite chegou. Os soldados acenderam fogos de vigília ao longo das muralhas.

Por volta da meia-noite, também ali me encontrava, junto ao portão norte. O dia estivera quente; mas, à noite, arrefecera e o vento era gélido. Fui, por isso, buscar um casaco. Quando regressei, a rua que conduzia ao portão norte agitava-se num imenso frenesi. Homens andando de lá para cá, o barulho de cavalos trotando, chicotes zumbindo no ar. Os condutores dos carros comportavam-se como bêbados que tinham esquecido o que faziam. Esses homens não eram mensageiros, mas, sim, soldados.

À medida que vinham a si e se acalmavam, as pessoas acercavam-se com archotes. Estavam brancos da poeira que os cobria e de manchas de sangue escurecido. As narinas dos cavalos brilhavam escarlates enquanto eles tentavam respirar com dificuldade. Tinham a boca raiada de sangue. A primeira palavra pronunciada pelos homens era "Água!". Alguns soldados mergulhavam os capacetes numa fonte ali próxima e traziam-nos de volta gotejando. Como se a mera visão da água o tivesse fortalecido, um dos homens resmungou:

— Tudo perdido... o rei vem aí.

Avancei e gritei:

— Quando?

Um que tinha acabado de aplacar a sede respondeu:

— Agora.

Os cavalos, enlouquecidos com o cheiro da água, arrastavam-nos, tentando alcançar a fonte.

A multidão envolveu-me. Iniciaram-se os lamentos que logo se elevavam até os céus. Senti-os invadirem-me e crepitar no próprio sangue. Ouvi os meus lamentos como se viessem de uma voz estranha. Eram os gritos estridentes que soltava. Mais pareciam vir da voz de uma moça. Fluíam de mim, sem censura, sem vergonha. Eu fazia parte daquele lamento coletivo, como uma gota de água da chuva. Prossegui gritando ao mesmo tempo em que tentava abrir caminho por entre a multidão. Finalmente consegui alcançar a Casa Real.

Boubaques acabara de chegar à entrada onde ordenava a um escravo que se fosse se inteirar das novidades. Meu lamento terminou e informei-o.

Nossos olhos comunicaram entre si dispensando mais palavras. Os meus, creio eu, disseram: "Novamente, o primeiro a correr, mas quem sou eu para dizer alguma coisa? Não derramei sangue algum por ele, e ele me deu tudo aquilo que possuo". E os seus responderam: "Sim, guarde os seus pensamentos para si mesmo. Ele é o seu amo. Tal é o princípio e o fim".

Por fim, gritou:

— Ai de nós! Ai de nós!

E bateu com os punhos no peito como era seu dever. No entanto, logo em seguida começou a convocar todos os criados e a instruí-los quanto às suas tarefas para tudo estar pronto para a chegada do rei.

Perguntei-lhe:

— Deseja que trate do acomodamento das mulheres nos carros?

Os lamentos invadiam a cidade, como um rio erguendo-se no seu leito durante uma cheia.

— Dirija-se rapidamente para lá e comunique essas ordens, mas não se deixe ficar. O nosso dever é estar junto do rei. — Ele podia não estar de acordo com o fato de o rei manter consigo um rapaz, mas era sua função observar que todos os seus pertences estivessem em ordem, e ele a cumpria integralmente. — Tem o seu cavalo?

— Espero que sim, desde que consiga chegar a ele o mais rápido possível.

Disse-lhe:

— O rei está prestes a chegar, e eu devo partir com ele. Vai ser uma viagem difícil e pior ainda para os que forem a pé. Não sei para onde pretende ir. Os macedônios não tardam muito a chegar. Os portões estarão abertos. Poderão matar você se o apanharem, mas talvez consiga escapar e, quem sabe, alcançar o Egito. Fuja conosco ou lute pela sua liberdade? A escolha é sua.

Respondeu-me que optava pela liberdade e mesmo se o matassem, morreria abençoando o meu nome. Prostrou-se embora o fizesse já apressadamente na ânsia da fuga.

Conseguiu de fato regressar ao Egito. Encontrei-o muitos anos mais tarde, era então escriba numa pequena cidade não muito longe de Mênfis. Quase me reconheceu, minha estrutura é boa e eu tive sempre cuidado com a minha aparência, mas não conseguiu me localizar e eu não quebrei o meu silêncio. Disse para mim mesmo que não seria correto lembrá-lo do seu passado de escravatura, ali, num lugar onde era respeitado, mas também é verdade que, embora todo o homem saiba que a beleza está destinada a fenecer, ele não deseja que lhe recordem disso. Assim, agradeci-lhe por me indicar o meu caminho e afastei-me.

Quando estava retirando Tigre do estábulo, aproximou-se um homem a correr oferecendo-me por ele o dobro do seu preço. Eu tinha chegado mesmo a tempo; logo pessoas lutariam para arranjar um cavalo. Sentia-me também feliz por trazer a minha arma comigo.

Em todas as casas do harém reinava o rebuliço da preparação para a partida. Aqui fora, ouvia-se um barulho idêntico ao de uma loja de pássaros, misturado com a fragrância das roupas perfumadas. Todos os eunucos me inquiriam quanto ao destino do rei. Quem me dera saber, pois assim poderia dispensá-los antes de lhes roubarem as mulas. Sabia que alguns seriam presos pelos macedônios e impressionava-me deixá-los entregues à sua sorte. Precisavam menos de mim no lugar para onde me dirigia, e o meu coração estava distante dali, mas Boubaques tinha razão. Lealdade em momentos de desgraça, como meu pai diria, é o único guia.

Quando regressava para a rua do portão norte, após ter terminado as minhas obrigações, notei uma pausa nos lamentos, como uma tempestade que se diluía, e trotes de cavalos. Pelo silêncio, chegava o rei.

Vinha no seu carro de combate com a armadura ainda vestida. Seguia-o um punhado de cavaleiros. Sua expressão era vazia, como a de um cego cujos olhos se podem abrir.

Estava coberto de poeira, mas não tinha nenhuma ferida. Vi sua escolta de rostos ensanguentados, braços feridos, pernas escurecidas de sangue seco, ávidos por água de tanto sangrarem. Esses homens tinham acobertado a sua fuga.

No meu cavalo descansado, de roupas lavadas e sem ferimento algum, sentia-me incapaz de seguir na sua companhia. Dirigi-me aos seus aposentos através de ruas laterais. Era esse o homem que enfrentara o gigante quando mais ninguém o ousou. Há quanto tempo fora isso? Dez, quinze anos?

Pensei no lugar de onde agora regressava: as nuvens de poeira, o fragor do combate, os gritos de homens contra homens, de massas contra massas; a vaga crescente da batalha; o sentido de algum plano traçado, que não era mais do que a máscara de outro; depois a máscara arrancada, e a armadilha surgindo. Nesse instante, ele era apenas um rei do caos. E depois, a presença que ele já vira e da qual fugira em Isso, aproximando-se. Era a mesma presença que o assombrara durante todo o caminho. Como podia eu julgar? Pensei. No meu rosto não havia sequer sinais de pó.

Foi, todavia, a última vez que poderia dizer aquilo, pois dias diferentes estavam por vir.

Dentro de uma hora, estávamos já a caminho, em direção aos montes da Armênia. O nosso objetivo era agora a Média.

Dos montes subimos até as montanhas. Seguíamos a estrada para Ecbátana. Não se vislumbrava perseguição alguma.

Através de grupos mais ou menos numerosos, o que restava do exército alcançou-nos. Quem não o tivesse visto partir para o campo de batalha, logo o consideraria uma força numerosa. Todos os homens de Besso, exceção feita aos mortos, ali se encontravam. Visto dirigirem-se à sua pátria, era natural que seguissem em conjunto. Eram quase trinta mil. Os Imortais e a Confraria Real, assim como os sobreviventes dos medos e dos persas, a cavalo e a pé, eram agora conduzidos por Nabarzanes.

Tínhamos também conosco todos os mercenários gregos, cerca de dois mil. Surpreendia-me que, lutando apenas pelo dinheiro, nenhum tivesse desertado.

A perda mais sentida era a de Mazaios, o sátrapa da Babilônia, juntamente com todos os seus homens. Estes tinham mantido a sua posição ainda durante muito tempo depois de o centro ter sido quebrado com a fuga do rei, cuja vida eles terão certamente salvado. Alexandre, que o perseguia, viu-se obrigado a regressar, para combatê-los. Nenhum desses valentes soldados estava agora conosco. Todos deviam ter perecido.

Apenas um terço dos carros das mulheres e dois do rei fugiram de Arbela. O resto pertencia aos haréns dos nobres que ficaram para salvá-los, mas nenhum dos eunucos acompanhara sua fuga. Qual fora seu destino, nunca o soube.

Todo o tesouro se perdera, mas havia jazigos ainda escondidos em Ecbátana. Os criados tinham aprovisionado, por seu turno, mantimentos para a viagem que, agora, se mostravam bem mais importantes. Boubaques, segundo soube mais tarde, preparara o carro do rei logo de manhã. Na sua sabedoria, trouxera uma segunda tenda, com alguns pequenos confortos para os eunucos reais.

Mesmo assim, a jornada foi difícil. Estávamos então no princípio do outono. O calor fazia-se sentir nas planícies, mas a temperatura era já amena nos montes e muito fria nas montanhas.

Boubaques e eu tínhamos cavalos. No carro das bagagens, seguiam três eunucos. Restávamos apenas nós, e os das mulheres.

Os caminhos serpenteavam cada vez mais altos e escarpados. Quando olhávamos para baixo víamos profundos desfiladeiros rochosos. De vez em quando éramos observados por cabras selvagens que logo eram abatidas pelos arqueiros bactrianos e utilizadas para a nossa alimentação. À noite, à míngua de cobertores na nossa pequena tenda, fazia-nos encostar uns aos outros em busca de calor, como pássaros no seu ninho. Boubaques, que se afeiçoara a mim e se comportava como se eu fosse seu filho, partilhava os cobertores comigo, o que fazia com que os tivéssemos em dobro. Seu odor de almíscar era forte, mas eu lhe estava agradecido. Tínhamos sorte em possuir uma tenda, pois a maior parte dos soldados, após ter perdido as bagagens, dormia à luz das estrelas.

Através deles, reconstituí a batalha o melhor que pude. Mais tarde, eu a ouviria inúmeras vezes, contada por homens que a conheciam tática a tática, ordem a ordem, assalto a assalto. Sei-a de cor, mas não a vou reconstituir agora integralmente. Abreviando: nossos homens partiram para o combate já cansados da vigília a que o rei os obrigara durante toda a noite ao aguardar um ataque de surpresa. Alexandre, que já esperava isso, reservou aos seus homens uma boa noite de descanso e quando concluiu os planos para a batalha, foi também ele descansar. Dormiu que nem uma pedra e ao amanhecer tiveram que o abanar para acordá-lo. Respondera-lhes que dormira assim por estar tranquilo.

Visto Dario comandar o centro e Alexandre a direita, esperava-se que este penetrasse em direção ao centro logo de início. Em vez disso, contornou o nosso flanco pela esquerda. O rei enviou tropas para o impedir. Alexandre continuou a atraí-los para o lado esquerdo, dispersando assim o nosso centro. Formou então o esquadrão real, pôs-se à sua cabeça, deu ordem para que lançassem o grito de guerra, e avançou impetuosamente na direção do rei.

Dario fugira cedo, mas apesar de tudo não fora o primeiro. O condutor do seu carro tinha sido abatido com uma lança e, ao cair, os soldados julgaram ter sido o rei. A isso se deveu a fuga inicial.

Talvez devesse ter travado um combate singular como fizera havia muito na Cadusia. Se ao menos ele tivesse tomado as rédeas nas mãos, lançado o grito de guerra e avançado para o meio do inimigo! Teria sido rápido e o seu nome viveria para sempre envolto em honra. Quantas vezes, antes do fim, ele não o terá desejado também. Mas, tomado pelo pânico, como uma folha no meio da tempestade, ao ver Alexandre no seu cavalo negro surgir por entre a poeira na sua direção, tomou o sentido contrário. A partir desse instante, a planície de Gaugamelos transformou-se num matadouro.

Eu soube pelos soldados. Dario destacara um grupo de homens para se infiltrar na retaguarda das linhas macedônias e salvar sua família cativa. Eles conseguiram alcançar o campo central e, ao abrigo da confusão geral, libertar alguns persas, chegando por fim junto das mulheres. Todas fugiram, à exceção de Sisigambis, a rainha-mãe. Ela não se ergueu, nem falou, nem fez sinal algum aos seus libertadores. Não conseguiram, todavia, salvar ninguém, pois os macedônios repeliram-nos; mas a última vez que viram a rainha, ela permanecia sentada, com as mãos no regaço, olhando em frente.

Perguntei a um capitão por que razão nos dirigíamos a Ecbátana, em vez de mantermos nossas posições na Babilônia.

— Na megera das cidades? — retorquiu. — Mal Alexandre aparece no horizonte e ela já lhe abre as pernas. Além disso, ela entregaria o rei se ele ainda lá estivesse.

Outro acrescentou com amargura:

— Quando os lobos se acercam do nosso carro, ou paramos para combatê-los, ou atiramos-lhe qualquer coisa para os entreter. O rei atirou a Babilônia. E juntamente com a Babilônia vai Susa.

Recuei para junto de Boubaques. Ele não achava correto que eu falasse muito com os outros homens. Como se fosse capaz de ler os meus pensamentos, perguntou-me:

— Você me disse certa vez que nunca mais tinha visto Persépolis, não foi?

— O rei nunca se deslocou lá desde que entrei para o seu séquito. É melhor do que Susa?

Suspirou e disse:

— Não há aposento real mais belo... Depois de Susa ter caído, duvido que sejam capazes de defender Persépolis.

Prosseguimos o nosso caminho por entre os desfiladeiros. Atrás de nós a estrada permanecia vazia. Alexandre optara por Babilônia e Susa. Quando o ritmo da coluna abrandou, comecei a praticar tiro ao arco. Algum tempo antes, guardara o arco de um soldado cita que fugira para os montes e ali morrera devido aos seus ferimentos. Os arcos dos arqueiros a cavalo são leves, e eu conseguia manuseá-lo facilmente. A primeira coisa que cacei foi uma lebre, mas o rei ficou feliz com ela, pois sempre era uma mudança em relação à carne de cabra.

O rei estava sossegado, e dormia sozinho a maior parte das noites, até que o ar arrefeceu ainda mais, e ele mandou vir uma moça do harém. Nunca requisitou a minha presença. Talvez se lembrasse da canção dos guerreiros de meu pai que eu costumava cantar para ele. Não sei.

Os cumes mais altos estavam brancos quando finalmente, da última montanha, avistamos Ecbátana.

Pode-se dizer que se trata de um palácio com uma cidade murada, mas para mim parecia-me mais uma escultura esplêndida forjada junto à montanha. O sol aquecia a oriente as cores vivas que ornamentavam os sete véus das suas muralhas, erguendo-se em filas na encosta; o branco, o negro, o escarlate, o azul e o laranja. As duas últimas, que fecham o palácio e os tesouros, possuíam um fulgor intenso. No exterior era coberta de prata e, no interior, de ouro.

Para mim, que sempre vivi nos montes, era mil vezes mais bela do que Susa. Quase chorei perante sua presença. Senti que também Boubaques retinha as lágrimas, mas aquilo que o atormentava, segundo me disse, era o fato de o rei se ver obrigado a ir ao palácio de verão, agora que o inverno se aproximava, e apenas esse lhe restava.

Atravessamos o portão da cidade e percorremos as sete muralhas do palácio por cima das ameias douradas. Todas eram como varandas arejadas olhando as montanhas. Os soldados que enchiam a cidade, construíram para si próprios cabanas de madeira com tetos de palha. O inverno não tardou a chegar.

A neve que inicialmente cobrira os cumes das montanhas, descera agora, enchendo suas fendas. Meu quarto (havia quartos para todos, já que o séquito estava tão reduzido) era bem lá no alto, numa das torres. Todos os dias podia ver o branco descendo, até que, numa manhã, tal como na minha infância, abri os olhos para a luz da neve. Havia neve nas ruas da cidade, sobre o teto de palha das cabanas dos soldados, sobre as sete muralhas. Um corvo brilhava na mais próxima. Perdeu, entretanto, o equilíbrio e mostrou nas suas garras um pedaço do ouro. Podia ter ficado olhando para ele eternamente, não fosse me sentir cheio de frio. Via-me obrigado a quebrar o gelo no jarro da água, e todavia o inverno estava apenas começando.

Não tinha comigo roupas quentes e por isso disse a Boubaques que precisava ir ao bazar.

— Não faça isso, meu rapaz — disse. — Já passei os olhos pelo guarda-roupa. Há ali coisas desde os tempos do rei Oco. Tenho exatamente aquilo de que precisa. Ninguém notará a falta.

Era um casaco esplêndido de pele de lince, bordado em escarlate. Devia ter pertencido a um dos príncipes. Era um gesto simpático da sua parte.

Talvez já tivesse percebido que o rei já havia muito não requisitava a minha presença e quisesse pôr-me bonito.

Os ares da montanha eram como que a saúde após uma doença prolongada. Atrevo-me a dizer que fizeram mais pelo meu aspecto do que o casaco. Seja como for, não tardou que o rei mandasse me chamar, mas ele mudara desde a batalha. Estava inquieto e era difícil de satisfazer. Percebi então com uma lucidez que ainda não experimentara que, em qualquer altura, ele poderia se voltar contra mim. Isso me pôs de sobreaviso e aguardei para que tudo passasse.

No entanto, não me era difícil entender a razão do seu comportamento. O rei recebera notícias do modo como a Babilônia, a Megera, abrira o seu leito a Alexandre.

Mesmo contra ele, creio que suas muralhas poderiam ter resistido durante um ano, mas o Portão Real foi aberto. A Estrada Real foi coberta de flores, e engalanada com altares e trípodes queimando preciosos incensos. Uma procissão dirigiu-se ao seu encontro, trazendo consigo oferendas dignas de um rei: cavalos puro-sangue de Niceia, bois enfeitados com flores, carros dourados com leopardos e leões em suas jaulas. Os Magos e os Caldeus cantaram-lhe hinos ao som de harpas e alaúdes. A Cavalaria da guarnição pôs-se em parada com as suas armas. Comparada com essa, a recepção a Dario tinha sido semelhante à de um governador.

Mas isso não tinha sido o pior. O emissário que se deslocara a receber Alexandre e que depositara as chaves da cidade em suas mãos, fora o sátrapa Mazaios, por quem ele estivera de luto.

Cumprira seu dever durante a batalha. Não é de se duvidar que no meio da confusão e do pó, ele não se tivesse apercebido logo da fuga do rei. Aguardara apoio, tivera esperanças na vitória, mas ao saber o que se passava, fizera sua escolha. Conduzira o regresso de seus homens o mais depressa possível, não fosse chegar demasiado tarde em relação a Alexandre. Chegara a tempo. Alexandre voltara a designá-lo. Era ainda sátrapa da Babilônia.

Durante a homenagem que lhe reservara Mazaios, Alexandre marchou cautelosamente em direção à cidade, em formação de combate, à cabeça das suas tropas. No entanto, não era demasiado bom para ser verdade. Mandou buscar o carro dourado de Dario e entrou segundo as regras.

Tentei imaginar esse jovem e selvagem bárbaro naquele palácio que eu tão bem conhecia. Talvez porque a primeira coisa que fez na tenda capturada de Dario foi tomar um banho (de qualquer modo, ele parecia tão limpo quanto um persa), imaginava-o na sala de banho com azulejos desenhados e peixes dourados, mergulhando na água aquecida pelo sol. Era um pensamento que causava inveja ali em Ecbátana.

Os criados estavam bem acomodados. Suas instalações permaneciam inalteráveis desde havia séculos, visto os reis medos viverem ali durante todo o ano. Apenas os aposentos reais, com o crescimento do império, tinham sido alargados e tornados mais arejados, para apanharem as brisas das montanhas no calor do verão. A neve entrava agora pelas janelas.

Mandamos fazer portinholas, com as quais ocupamos cinquenta carpinteiros e pusemos várias braseiras, mas nada conseguia realmente aquecer aquele lugar. Era fácil ver a irritação do rei, ao pensar em Alexandre gozando dos ares amenos da Babilônia.

Os bactrianos, que estavam habituados a invernos rigorosos na sua terra, estariam bem equipados se não tivessem perdido suas bagagens na balbúrdia de Gaugamelos. Os persas e os gregos não estavam melhor. Os homens das satrapias montanhosas caçavam para arranjar peles para si, outros compravam-nas no bazar ou faziam incursões nos campos e roubavam os camponeses.

O príncipe Oxadres, os nobres e os sátrapas possuíam aposentos no palácio. Besso ria-se do frio através da sua barba espessa, mas Nabarzanes reconhecia que lhe tentáramos dar algum conforto e agradeceu-nos delicadamente. Afinal, ele pertencia à escola antiga.

Os soldados tinham sido pagos com o tesouro do palácio. Dominavam agora os negócios na cidade, mas o pouco número de prostitutas levava-os a acercarem-se das mulheres de bem. Por vezes, saía a passear a cavalo, mas logo aprendi a evitar as barracas dos gregos. Sua reputação de gostar de rapazes não surge por acaso. Embora pudessem saber que eu servia o rei, assobiavam e chamavam-me, sem qualquer noção de decoro. No entanto, esses eram os seus hábitos, e eu respeitei a sua fidelidade na hora da desgraça.

As últimas folhas caíram das árvores esguias, despidas pelo vento até da própria neve. As estradas estavam cortadas. Cada dia que passava era exatamente igual ao anterior. Atirava ao alvo como passatempo e praticava minhas danças, embora fosse difícil aquecer-me e evitar as entorses.

Também os dias do rei se passavam com dificuldade. Oxadres, seu irmão, tinha cerca de trinta anos e era bem diferente dele, exterior e interiormente. Passava os dias caçando com nobres mais jovens. O rei recebia sátrapas e a nobreza durante as refeições, mas andava absorto; mergulhava nos seus pensamentos e esquecia-se de manter a conversa com eles. Mandou-me dançar, creio, principalmente para lhe poupar o trabalho de falar, mas os convidados, que tinham poucas diversões, eram simpáticos e ofereciam-me prendas.

Na minha opinião, não deixava de fazer sentido convidar Patrono, o comandante grego, mas ao rei não lhe passava pela cabeça ter tais pessoas nos seus aposentos.

Por fim, as estradas melhoraram com o degelo e um mensageiro conseguiu abrir caminho através delas. Era um negociante de cavalos de Susa, e fizera-o por causa da recompensa. Dependíamos agora desse tipo de pessoas. Eram sempre bem pagas, por muito más que fossem as suas notícias.

Alexandre estava em Susa. Embora sem a ostentação da Babilônia, a cidade abrira logo os seus portões. Tomara de imediato o seu tesouro acumulado ao longo de sucessivas gerações de monarcas. A soma era tão imensa que não consegui acreditar, pois não sabia que existia tanto dinheiro assim em todo o mundo. Era de fato o bastante para manter o lobo afastado da carroça.

À medida que o inverno piorava, fechando novamente as estradas, enclausurando-nos semana após semana dentro da cidade lamacenta, rodeados por montes nus, os homens começaram a ficar irritadiços, cheios de tédio ou mesmo amargos. Os soldados entraram em rixas tribais, revivendo velhas contendas. Os habitantes da cidade vinham queixar-se que suas mulheres, filhas ou filhos tinham sido ofendidos pelo deboche dos exércitos. O rei não se incomodava com esse tipo de questão. Logo, todos aqueles que desejavam apresentar petições, se dirigiam a Besso ou a Nabarzanes. No entanto, o tédio tornou-o mais intempestivo. Seu mau gênio tocava ora uma pessoa, ora outra, sempre por acaso, e todos se sentiam inseguros. Tudo o que veio a acontecer mais tarde, foi fermentado, segundo creio, nesses longos dias brancos e vazios.

Uma noite, mandou-me comparecer na sua presença. Era a primeira vez num considerável espaço de tempo. Notei Boubaques quando saiu da Câmara Real, transmitindo-me um sinal de discreta congratulação, mas eu próprio me sentia pouco à vontade. Sentia-me também inseguro quanto ao rei. Lembrava-me do rapaz antes de mim, despachado por ser insípido. Por isso, tentei algo que o divertira uma vez em Susa. De repente, ele me afastou, deu-me uma estalada na cara, acusou-me de ser insolente e mandou-me sair da sua vista.

Minhas mãos tremiam tanto que tive dificuldade em me vestir. Tropecei ao longo daqueles corredores frios, meio cego com lágrimas de dor, raiva e espanto. Quando limpava as lágrimas com a manga do casaco, choquei-me com alguém.

O contato com suas roupas disse-me ser um nobre. Apresentei as minhas desculpas. Ele me pôs as mãos nos ombros e olhou para mim junto à luz do castiçal da parede. Era Nabarzanes. Ocultei o meu choro com vergonha. Ele conseguia ser mordaz quando queria.

Então:

— Bagoas — disse com um ar bastante delicado —, o que se passa? Alguém se portou mal com você? Essa sua cara bonita vai ficar com muito mau aspecto amanhã.

Falou comigo como se estivesse falando com uma mulher. Era natural; no entanto, devido à humilhação que acabara de sofrer, não o consegui suportar. Sem baixar o tom da minha voz, disse:

— Ele me bateu sem razão. Se ele é um homem, então também eu o sou.

Olhou-me em silêncio. Sentia-me mais calmo, mas sem querer pusera a minha vida nas suas mãos. Então ele retorquiu com gravidade:

— Não tenho nada a dizer quanto a isso. — Senti-me ficar ali plantado com o peso das palavras que pronunciara. Ele pôs a ponta dos dedos no meu queixo. — Esquece — disse. — Devemos aprender a refrear a nossa língua.

Eu teria me prostrado se ele não tivesse me erguido:

— Vá se deitar, Bagoas, e não se preocupe quanto ao seu futuro por causa do que possa ter dito. Ele esquecerá, com certeza, amanhã ou depois.

Durante toda a noite mal preguei olho, mas não por receio do que me pudesse acontecer. Ele não me trairia. Em Susa, habituara-me às intrigas da corte, às insistências para audiências, às rivalidades, aos jogos de favores. Agora compreendia que olhara mais fundo. Ele não escondera seu desdém e não era a mim que o destinava.

Quando minha ferida desapareceu, o rei mandou-me chamar para dançar e deu-me dez moedas de ouro, mas não foi a ferida que ficou pairando na minha memória.

No final do inverno, recebemos boas notícias do Norte. Os povos da Cítia, que se encontravam aliados a Besso, iam enviar-nos dez mil arqueiros, assim que a primavera trouxesse uma melhoria nos caminhos.

Os povos da Cadúsia, que vivem junto ao Mar Hircânio, haviam respondido afirmativamente aos pedidos do rei e prometiam-nos cinco mil homens a pé.

O governador de Pérsis, Ariobarzanes, também nos fez chegar uma mensagem. Fortificara o grande desfiladeiro dos Portões Persas, o estreito de acesso a Persépolis. Aquele posto podia ser defendido para sempre, pois qualquer exército que o tentasse penetrar seria destruído a partir das escarpas, com rochas e pedras. Alexandre não teria hipótese alguma e morreria juntamente com os seus homens, antes de chegar às fortificações.

Ouvi Besso dizer quando passava junto a mim com um amigo:

— Ah, era lá que deveríamos estar, não aqui. — Talvez um deus lhe tivesse satisfeito o seu desejo.

O caminho entre Pérsis e Ecbátana é difícil quando se possui apenas um cavalo de reserva. Antes mesmo dessas notícias chegarem até nós, Alexandre alcançara Persépolis.

Tentara forçar os Portões Persas, mas logo notou que eram inexpugnáveis, retirando-se logo em seguida. Pensaram que ele partira. No entanto, ele soubera junto de um pastor, que mais tarde cumulara de riquezas, da existência de um tortuoso caminho de cabras, através do qual conseguiria contornar o desfiladeiro, caso não caísse e partisse o pescoço. Foi por ali que conduziu seus homens, a coberto da escuridão e vencendo a neve que a eles se opunha a todo instante. Caiu sobre os persas na sua retaguarda, enquanto o resto dos seus homens forçava a passagem agora livre dos seus defensores.

Nossos homens mostraram-se impotentes perante aquela surpresa e foram dizimados. Entretanto, nós festejávamos em Ecbátana.

Os dias passaram, a neve começou a desaparecer, o céu tornou-se mais claro e sem vento. Das janelas do palácio, eu podia ver, por entre os acampamentos laranja e os azuis, as crianças da cidade atirando bolas de neve uns aos outros.

Habituado havia muito à companhia dos homens, já dificilmente imaginava como seria a existência de um rapaz com os jovens da sua idade. Acabara de fazer dezesseis anos e agora jamais conheceria semelhantes sensações. Tive então consciência de que não tinha amigos como aqueles jovens lá embaixo. Apenas possuía patronos.

Bom, pensei, *não serve de nada lamentar-me, isso não trará de volta o que o vendedor de escravos cortou*. Há a luz e as trevas, costumava dizer-nos o Mago, e todos os seres têm o poder de escolha entre elas.

E assim, parti cavalgando sozinho para ver as sete muralhas com suas cores e metais brilhando na neve. Nos montes, senti um ar diferente tocar em mim, uma sensação de prazer penetrava através da brancura. Eram os primeiros ares da primavera.

O gelo começou a derreter nos jarros de água. Uma erva acastanhada começou a insinuar-se entre a neve. Todos saíam para cavalgar. O rei convocou um Conselho de Guerra para planejar as operações, prevendo a chegada de novas tropas mal os caminhos estivessem operacionais. Fui então à caça com o meu arco e apanhei uma raposa numa ravina. Tinha um pelo lindo com reflexos prateados. Quando a levei a um peleteiro na cidade para que ele me fizesse um chapéu, fui informar Boubaques. Um criado disse-me que ele estava no quarto. Tinha recebido notícias que o haviam deixado destroçado.

Junto à porta, ouvi-o soluçar. Anteriormente, não teria me atrevido a entrar, mas esses dias já pertenciam ao passado. Estava deitado sobre a cama, chorando desalmadamente. Sentei-me a seu lado e toquei os seus ombros. Ergueu o rosto coberto de lágrimas.

— Ele o queimou. Queimou-o totalmente. Tudo destruído, tudo. Só restam cinzas, fogo, pó.

— Queimou o quê? — interroguei.

— O palácio de Persépolis.

Sentou-se e pegou uma toalha. Mal limpou o rosto, novas lágrimas surgiram.

— O rei mandou me chamar? Não posso ficar aqui neste estado.

Respondi-lhe:

— Não se preocupe com isso, há mais gente para servi-lo. — Continuou a soluçar e a murmurar sobre as colunas de lótus, as belas inscrições nas paredes, as tapeçarias, os tetos domados, os painéis. Tudo o que ele dizia me fazia imaginar algo semelhante a Susa, mas sofri a seu lado o seu pesar.

— Que bárbaro! — disse. — E louco. Queimar algo que já lhe pertencia. — Essas novidades tinham chegado havia pouco.

— Estava bêbado, segundo dizem. Não devia se afastar tanto nos seus passeios a cavalo, só porque o rei está em Conselho. Se ele soubesse disso, podia tomá-lo como um excesso de liberdade da sua parte e isso seria negativo para você.

— Desculpe. Dê-me a toalha; você precisa de água fria. — Depois de a ter preparado, fui de imediato à entrada da guarda, pois queria ouvir o mensageiro antes de ele estar farto de contar a mesma história.

Os que a tinham ouvido, ainda ali a digeriam, mas deram tanto vinho ao mensageiro que ele estava agora quase sem fala, sonolento sobre um monte de cobertores. A entrada abarrotava com uma multidão que vinha do palácio e de soldados que por ali andavam.

Um camareiro disse-me:

— Eles estavam numa festa, perdidos de bêbados. Uma megera qualquer de Atenas pediu-lhe para iluminar o palácio, porque Xerxes queimara os seus templos. Alexandre lançou o primeiro archote.

— Mas ele vivia lá! — retorqui.

— Onde? Ele saqueou a cidade logo que a conquistara.

Também isso chegara já ao meu conhecimento.

— Mas por quê? Ele não saqueou a Babilônia ou Susa. — Pensei, em abono da verdade, que veria arder algumas daquelas casas com o maior prazer.

Um soldado grisalho, comandante de um destacamento, disse:

— Ah, ora aí está. A Babilônia rendeu-se. Susa também, mas em Persépolis, a guarnição adiantou-se e tentou tirar para si do palácio o mais que podia. Assim, ninguém se rendeu. Pelo menos, formalmente. Vamos ver, Alexandre deu prêmios aos seus homens na Babilônia e depois em Susa, mas não é a mesma coisa. Duas grandes cidades caem e nunca há oportunidade de pilhar. Nenhum exército aceita isso eternamente.

Sua voz forte abafara a do mensageiro. Este roubara dois cavalos dos estábulos enquanto o palácio estava em chamas, e gozava agora o prazer de contar as suas aventuras, mas o vinho calara-o.

— Não — disse com dificuldade —, foram os gregos. Os escravos do rei. Libertaram-se e foram ao seu encontro. Eram quatro mil. Só quando os vimos juntos soubemos quantos eram. Ninguém fazia ideia de que fossem tantos. — Sua voz extinguiu-se. O soldado disse então:

— Não importa. Em outro momento lhes direi.

— Gritou para eles. — O mensageiro vomitou. — Um deles disse-me que assim se passou. Agora estão todos livres; livres e ricos. Disse-me que ele os mandou para o seu país com o suficiente para viverem, mas eles recusaram, pois não queriam ser ali vistos como agora eram. Pediram um pedaço de terra que pudessem trabalhar em conjunto, porque já estavam habituados a viver uns com os outros. Bom, então ele ficou desvairado como jamais alguém o viu e dirigiu-se para a cidade, deixando os seus homens à vontade. Apenas guardou o palácio para si, até que acabou por o incendiar também.

Lembrei-me de Susa e dos escravos gregos do joalheiro real; dos seus cotos e dos seus rostos marcados sem nariz. Quatro mil! Deviam ali estar desde os tempos do rei Oco. Quatro mil! Recordei-me de Boubaques chorando a beleza destruída. Não creio que aquela gente jamais tenha cruzado o caminho dele. Talvez tenha visto apenas dois ou três.

— Assim — disse o soldado — acabam os Festivais do Ano-Novo. Fui destacado uma vez para lá. É algo que não se esquece. Bom, é a guerra. Estive com as forças de Oco. No Egito... — Parecia pensativo. Depois ergueu os olhos. Não sei se ele estava muito bêbado. Guardou sua fogueira até estar pronto para partir.

Compreendi o que queria dizer. A primavera despontava por toda a parte, mas ninguém espera que um eunuco se dê conta de coisa alguma.

— Queimou os aquartelamentos atrás de si. E sabem para onde ele vem agora? Para cá.

Era um daqueles dias de primavera em que a chuva surge já tardia, provocando correntes castanhas nas ravinas. Foi nesse dia que o rei ordenou a partida das mulheres para o Norte. Deviam atravessar as Portas Cáspias através das montanhas, para encontrar a segurança devida em terras cadusianas.

Ajudei a preparar os carros. De imediato reconhecíamos as favoritas; pareciam extenuadas, com olheiras. Mesmo após essas despedidas, havia ainda figuras detendo-se no telhado do palácio, observando-as.

Para os soldados comuns aquilo nada significava, a não ser um endurecimento no comportamento dos seus senhores. Suas mulheres arrastavam-se atrás deles, com os sacos que formavam todos os seus pertences, como sempre o fizeram desde o início das guerras as mulheres dos soldados. Estando mais habituadas a desembaraçar-se nessas andanças do que as senhoras de condição, não foram poucas as que fizeram a escalada desde as planícies de Gaugamelos.

Alexandre estava a caminho da Média. Não se mostrava apressado, parando ora por isto, ora por aquilo, durante o caminho. Em breve estaríamos na estrada do Norte, onde os exércitos cadusianos e citas se encontrariam conosco. Com eles, aguardaríamos a sua chegada e tentaríamos impedi-lo de alcançar a Hircânia. Assim se dizia. Também se dizia, embora em voz mais baixa, que se soubéssemos da sua presença a menos de 150 quilômetros, seríamos nós que atravessaríamos os desfiladeiros em direção à Hircânia e depois para oeste rumo à Báctria.

— Quando servimos os grandes, eles são nosso destino.

Tentei viver cada instante que passava com tudo o que ele me oferecia.

Num bonito dia no princípio do verão, pusemo-nos a caminho. Voltei-me no meu cavalo onde a estrada descrevia uma curva penetrando nos montes, para ver a luz da aurora brilhando nas ameias douradas. *Cidade bela*, pensei, *nunca mais a verei. Pudesse eu saber!*

À medida que passávamos pelos lugarejos nas montanhas, reparei como eram pobres aqueles camponeses, e como eram distantes os olhares que nos lançavam. Era uma região demasiado pobre para suportar um exército. No entanto, quando o rei passava, todos se mostravam reverentes. Era um deus para eles, alguém que se encontrava acima dos seus problemas. Isso é algo que já está no sangue persa há mais de mil anos. Até no meu estava, e, todavia, eu sabia muito bem do que era feito esse deus.

Cavalgamos através de montes nus e amplos, sob céus azuis. Os pássaros chilreavam. A cavalaria cantava durante a caminhada. A maioria era formada por bactrianos, nas suas montarias possantes e de pelo longo. Lá em cima, era difícil acreditar que nossa vida não seria eterna.

Mas, à medida que avançávamos, os cânticos silenciavam-se. Estávamos nos aproximando do lugar de encontro designado pelos citas. Não tinham enviado batedores. O mesmo acontecera com os cadusianos. Nossos próprios batedores não haviam vislumbrado sinal algum deles.

O rei deitara-se cedo. Embora as mulheres tivessem partido, não me mandara chamar. Talvez o que acontecera em Ecbátana lhe tivesse matado o desejo, ou talvez aquilo tivesse sucedido apenas porque o desejo se estivesse já extinguindo. Se assim era, eu deveria começar a preparar-me para ser apenas mais um eunuco do séquito com tarefas diárias. Estivéssemos nós na corte e já certamente teriam me distribuído novas funções.

Se isso acontecer, pensei, *arranjo um amante*. Lembrei-me de Oromedon. Também ele conhecera os seus favores, agora restavam-lhe apenas algumas histórias. Eu próprio me via alvo de muitas ofertas, discretas como é óbvio, por medo do rei, mas sabia onde me desejavam.

Com tais loucuras se entretêm os jovens, para quem cada alegria ou preocupação parece eterna, quando o céu está prestes a desabar sobre eles.

Durante dois dias, abandonamos a estrada do Norte, seguindo um trajeto pelo campo. Por ali se chegava à planície onde os citas nos esperariam.

Chegamos lá por volta do meio-dia. Era um espaço imenso com mato alto e arbustos. Nosso acampamento fora levantado num local onde algumas árvores se balouçavam ao vento. Ouvia-se o chilrear de maçaricos-reais, ao mesmo tempo em que coelhos saltavam por entre as pedras. Quanto ao resto, jamais vira em toda a minha vida algo tão desértico.

A noite caiu. Estávamos nos habituando aos sons do acampamento; os cantares, o barulho da conversa, as gargalhadas ou as discussões, uma ordem, o bater dos tachos durante o preparo da comida. Esses sons prolongavam-se até tarde. Adormeci quando eles se faziam ainda sentir.

Ao despontar do dia, acordei com vozes que traziam más notícias. Quinhentos cavaleiros haviam desaparecido durante e noite; com eles fugiram ainda quase mil soldados de infantaria, levando todas as suas armas, à exceção dos escudos.

Ouvi uma voz no exterior dirigindo-se em grego para o intérprete. Era Patrono, o comandante grego. Viera dizer que todos os seus homens se encontravam presentes.

Já havia muito que eles poderiam ter desertado e oferecido seus préstimos a Alexandre, tendo assim participado no saque a Persépolis. Aqui possuíam apenas seus salários. Os tesouros permaneciam fora do seu alcance. Patrono era um homem possante e grisalho, com um rosto anguloso pouco habitual entre os persas. Viera de algum ponto da Grécia que fora derrotado pelo pai de Alexandre, e trouxera seus homens consigo. Tinham servido na Ásia desde os tempos do rei Oco. Senti-me feliz por ver o rei mostrar-se mais simpático com ele do que habitualmente. No entanto, quando convocou um Conselho de Guerra ao nascer do dia, não o convidou. Era um soldado contratado e um estrangeiro. Não contava.

O trono foi preparado, a tenda real, limpa e arrumada. Os nobres começaram a aproximar-se, com os casacos ondulando sob um vento agreste. Haviam vestido as melhores roupas que ainda lhes restavam. Pouco a pouco, uma pequena multidão reuniu-se à porta, aguardando permissão para entrar. Entre eles estavam Besso e Nabarzanes, falando avidamente. Alguma surpresa havia muito esperada chegava até mim nas suas expressões.

Entrei e disse em segredo a Boubaques:

— Alguma coisa terrível está prestes a acontecer.

— O que quer dizer com isso? — Agarrou-me o braço com tanta força que doeu.

— Não sei. Qualquer coisa contra o rei.

— Por que diz essas coisas se não sabe nada? — Estava zangado por eu ter espicaçado seus medos abafados.

Os nobres entraram, prestaram reverência e tomaram seus lugares segundo a hierarquia designada. Nós, eunucos, estávamos na Câmara Real, escutando através das cortinas de couro. Tal não era reprovável, visto não se tratar de uma audiência privada. No entanto, se o fosse, faríamos a mesma coisa.

O rei falou do seu trono. Logo se percebeu que ele próprio concebera o discurso.

Louvou a lealdade dos presentes, relembrando-lhes como renegados como Mazaios, da Babilônia, haviam sido enriquecidos por Alexandre. Dissertou longamente sobre as glórias passadas dos persas, até que comecei a sentir uma impaciência crescente dentro de mim. O âmago do seu argumento veio no fim. Era a favor de uma última defesa das Portas Cáspias: vitória ou morte.

O silêncio que se seguiu era palpável a ponto de se cortar à faca. As Portas Persas, defendidas por tropas de elite, tinham sido tomadas no auge do inverno. Estávamos agora no verão. E quanto às nossas tropas, não era ele capaz de se aperceber do seu estado de espírito?

Mas eu, que já estivera tão próximo dele, compreendia-o. Ele não esquecera a canção dos guerreiros de meu pai. Senti o seu desejo de redimir a honra perdida. Imaginava-se a si próprio nas Portas Cáspias, vingando, em glória, Gaugamelos. E nenhum daqueles homens ali presentes podia entender o seu desejo. Aquele silêncio era resposta suficiente.

Na mesa dos seus utensílios pessoais, estava a pequena faca com que lhe fazíamos as unhas. Peguei-a e fiz um pequeno rasgo na cortina para poder espreitar. Boubaques pareceu chocado com a minha atitude. Entreguei-lhe então a faca. O rei estava de costas para nós e quanto aos outros, bem podíamos ter enfiado a cabeça através da cortina que eles não dariam por nada.

O rei permanecia hirto no seu trono. Apenas conseguia vislumbrar a parte superior da sua mitra e uma manga púrpura. Também eu via aquilo que ele via, os rostos. Embora ninguém se atrevesse a dar nem um suspiro sequer na sua presença, todos formavam uma cintilação única de olhos em movimento.

Alguém se destacou. Era Artabazos, o ancião, com o seu porte altivo e a barba de um branco cor de neve. Quando o vi pela primeira vez, achei-o muito bem conservado para um homem de mais de oitenta anos. Na realidade, tinha 95. Quando ele se aproximou, o rei desceu do trono e ofereceu-lhe a face para um beijo.

Artabazos disse-lhe numa voz firme, alta e veneranda, encontrar-se ao seu dispor juntamente com seus filhos para lutar até o último homem onde quer que Sua Majestade o desejasse. O rei abraçou-o e ele se retirou para o seu lugar. Durante longos momentos regressou o silêncio.

Por fim, sentiu-se um movimento, um murmúrio baixo. Nabarzanes avançou. Pensei: *É agora.*

Trajava o casaco de lã cinzenta com mangas bordadas, o mesmo casaco velho e esgarçado daquela noite em Ecbátana. Atrevo-me a dizer que não tinha melhor, pois tanto se perdera. Poder e perigo pairavam à sua volta desde as primeiras palavras.

— Senhor, meu rei. Numa hora de tão grave escolha, parece-me que só podemos olhar para o futuro, se tivermos em conta o passado. Em primeiro lugar, nosso inimigo. Ele tem recursos, e dispõe de um grande poder de mobilidade e de realização. Tem boas tropas que lhe são fiéis. Diz-se, não sei com que margem de veracidade, que na entrega e na coragem ele é o seu exemplo. — Fez uma pequena pausa. — De qualquer modo, sendo agora possuidor dos bens de Sua Majestade, ele pode pagar a lealdade de outros. Tudo isso se diz a seu respeito, mas algo mais se diz. E o que é? Que ele é afortunado, que tem sempre a sorte a seu lado.

Seguiu-se uma pausa ainda mais prolongada. Parecia que as próprias respirações estavam suspensas. Algo se aproximava e havia quem soubesse o quê.

— Mas será na realidade assim? Se encontro um puro-sangue nas minhas terras, podemos dizer que tive sorte. Ou podemos dizer que o seu dono teve azar.

Os que se encontravam mais atrás e desconheciam suas intenções, interrogavam-se quanto ao sentido daquelas palavras. O silêncio era mais pesado nas filas da frente. Descortinei a manga púrpura movendo-se no trono.

— Deixem os homens sem deus falar de sorte — prosseguiu, mais calmo, Nabarzanes. — Nós, por certo, educados na fé dos nossos pais, acreditamos que todas as coisas são designadas pelos céus. Por que razão favorece o Sábio Deus Alexandre, um assaltante estrangeiro que segue outros deuses? É sobre isso que devemos pensar. Não seria mais correto, tal como disse, olhar para trás à procura de qualquer impiedade pela qual sofremos agora o castigo?

O silêncio era agora total. Até os mais ignorantes tinham farejado nesse momento, tal como os cães, do odor da tempestade.

— Senhor meu rei, o mundo sabe com que honra imaculada Sua Majestade assumiu o trono, após horrores com os quais nada tivera a ver. — Sua voz assumira a ironia de um leopardo. — Graças à sua justiça, um covarde traidor não viveu para os prosseguir. — (Bem podia ter dito "ou para acusá-lo".) — E, todavia, qual tem sido desde então a nossa fortuna? Somos a taça que Alexandre tem esvaziado. Meu senhor, diz-se que as maldições podem permanecer após a morte dos culpados. Não terá chegado a hora de perguntar a Mitra, o protetor da honra, se ele já se encontra apaziguado?

Silêncio. Tinham começado a entender, mas ainda não acreditavam.

O tom de voz de Nabarzanes alterou-se. O gigante Besso aproximou-se dele.

— Senhor, meu rei, os nossos camponeses quando se perdem nos campos, viram o casaco do avesso para que o diabo que os confundiu não os reconheça. Há sabedoria no povo simples. Também nós, creio, devemos voltar do avesso o traje infeliz, embora ele seja púrpuro. Eis Besso, que com vós partilha o sangue de Artaxerxes. Deixe-o usar o diadema e comandar até o fim desta guerra. Quando os macedônios tiverem sido derrotados, Sua Majestade poderá regressar.

Por fim, acreditaram. Durante as suas vidas, dois reis haviam morrido envenenados, mas era algo desconhecido de todos eles, ver um Grande Rei, ungido, em seu trono, recebendo a sugestão de se erguer e partir.

O silêncio foi finalmente quebrado. Gritos fortes de apoio, devidamente ensaiados, fizeram-se ouvir juntamente com outros de repúdio e espanto, e murmúrios de incredulidade. Eis que um grito se elevou por entre aquela algazarra:

— Traidor!

Era o rei, descendo do trono com o seu manto púrpuro, de cimitarra em punho, e avançando na direção de Nabarzanes.

Era terrível de se ver, na sua fúria e estatura. Mesmo eu reconhecia a divindade na sua condição real. Olhei para ver Nabarzanes prostrado a seus pés.

Mas, em vez disso, apenas vislumbrei uma pequena multidão rodeando-o. Nabarzanes, Besso e os bactrianos permaneciam unidos na sua súplica ante o rei. Seu pedido de indulgência fez dobrar o braço que sustinha a espada. Durante alguns momentos, ela ainda se ergueu incerta. Todos eles se prostraram então reclamando perdão pela sua ofensa e dizendo que se retirariam até que ele lhes permitisse ver de novo o seu rosto.

Recuaram e, com eles, todos os nobres da Báctria.

Alguém se agitava a meu lado. Boubaques fizera na cortina um rasgo do dobro do meu. Tremia da cabeça aos pés.

A tenda agitava-se agora como um formigueiro. O velho Artabazos, seus filhos e os nobres persas que permaneceram fiéis ao rei, rodeavam-no, afirmando sua lealdade. Ele lhes agradeceu e deu por terminado o Conselho. Mal tínhamos tido tempo para nos aprontarmos, quando ele regressou ao interior.

Em silêncio, deixou que Boubaques o despisse e lhe vestisse o roupão. Deitou-se em cima da cama. Sua expressão era lívida como se estivesse de cama havia um mês. Saí sem lhe pedir licença, o que habitualmente era algo de impensável. Apenas depois o soube, mas naquele momento ele desejava estar só, e Boubaques nunca me censurou por isso.

Dirigi-me ao acampamento. Minhas roupas estavam já gastas e traziam consigo o cheiro dos estábulos. Meu criado partira. Ninguém reparava em mim.

Os bactrianos andavam numa enorme azáfama nos seus aquartelamentos, preparando-se para levantar o acampamento.

Trabalho rápido, de fato! Seria verdadeiro o medo que Besso aparentava ter do rei? No entanto, parecia-me estranho ver Nabarzanes desistindo tão facilmente. Avancei por entre uma multidão de soldados. Mostravam-se tão ocupados com os seus afazeres que me senti invisível. A maior parte era da opinião de que o seu amo devia afirmar os seus direitos pois chegara à altura de ser um homem a liderar, mas alguém disse: "Bom, agora ao menos não podem dizer que não deram uma oportunidade ao rei".

À parte, e sempre em ordem, encontrava-se o acampamento grego. Ali ninguém erguia as tendas. Limitavam-se a falar em pequenos grupos. Os gregos são grandes conversadores e têm sempre algo mais a dizer. Aproximei-me deles.

Estavam tão entretidos que me misturei entre eles sem que dessem por isso. Foi então que um se destacou e se aproximou de mim. À primeira vista, pensei que tinha quarenta anos, mas quando o olhei com mais atenção, percebi que tinha uns dez anos menos. A guerra e o tempo haviam feito o resto.

— Belo estrangeiro, será que o vejo finalmente por aqui? Por que é que nunca nos visita?

Ainda vinha vestido com os trajes gregos tradicionais, embora o tecido estivesse já esgarçado. Estava bronzeado com uma cor castanha que fazia lembrar madeira de cedro. O sol tornara a sua barba mais clara do que o cabelo. Seu sorriso pareceu-me sincero.

— Meu amigo — disse —, esse não é um dia para falar do belo. Besso quer ser rei. Acabou de afirmá-lo a Sua Majestade. — Achei que não havia razão para ocultar tais fatos de homens honestos, quando todo traidor o sabia.

— Sim — retorquiu. — Queriam que nós os acompanhássemos. Ofereceram-nos o dobro do pagamento do rei.

— Alguns de nós, persas, permaneceram também fiéis, embora agora comece já a duvidar disso. Diga-me, o que os bactrianos estão preparando? Por que é que eles estão levantando acampamento?

— Não vão longe. — Comia-me com os olhos sem, todavia, ser ofensivo. — Duvido que cheguem sequer a sair da nossa vista. Segundo disseram a Patrono, estão afastando-se da presença do rei pelo fato de o terem ofendido, mas na verdade tudo isso não passa de uma demonstração da sua força. Quando eles partirem, as nossas tropas serão diminutas. É isso que eles querem que vejamos. Bom, eu não servi tanto tempo na Ásia como Patrono e os seus, mas sei aquilo que os verdadeiros persas sentem pelo seu rei. Não se passa o mesmo conosco em Atenas, mas também as nossas tradições conduziram à dor e à desgraça. Por isso parti. Assim, sirvo onde quero, e onde sirvo sou leal. Um homem deve ter algo em que possa depositar o seu orgulho.

— Bem o pode dizer. Todos nós o sabemos.

Olhou-me ávido com os seus grandes olhos azuis, como uma criança cobiçando algo que sabe não poder alcançar. — Bom, nosso acampamento ainda aqui estará ao anoitecer. O que diz de vir até aqui para tomar uma bebida comigo? Podia falar-lhe da Grécia, visto conhecer tão bem a nossa língua.

Quase ri com as suas palavras e tive vontade de lhe retorquir que não necessitava das suas histórias, mas simpatizara com ele. Por isso limitei-me a sorrir e a dizer:

— Sabe que sirvo ao rei e neste momento ele precisa da companhia dos amigos.

— Enfim, não custa nada tentar. Sou Dorisco. Seu nome já conheço.

— Adeus, Dorisco, acho que voltaremos a nos encontrar. — Embora soubesse que isso era pouco provável, não quis parecer indelicado. Estendi--lhe a mão, que pensei que ele nunca mais ia largar, e regressei à tenda real.

Estava sozinho. Boubaques disse-me que ele não queria ver ninguém, tampouco comer. Nabarzanes levara consigo a cavalaria e acampara junto aos homens de Besso. Desatou então a chorar. Era triste vê-lo meter a ponta da faixa na boca, não para tentar evitar que um jovem como eu (pois agora eu era apenas isso) o visse chorar, mas apenas para que o rei não ouvisse.

— Os gregos permanecem leais — disse-lhe.

Um dia censurara-me por ter me aproximado deles, mas hoje limitou-se a perguntar-me o que é que significavam dois mil homens contra os mais de trinta mil bactrianos e os cavaleiros de Nabarzanes.

— Há ainda os persas que continuam leais. Quem é que os comanda agora?

Limpou os olhos com a outra ponta da faixa e respondeu:

— Artabazos.

— *O quê?* Não acredito.

Era verdade. O ancião dava agora uma volta de general pelo acampamento encontrando-se com os nobres e os capitães, e encorajando-os perante os seus homens. Tal fidelidade teria comovido uma pedra. Era estranho pensar que já velho, segundo os cânones habituais, tornara-se um rebelde, mas tal fora contra Oco, que, diga-se a verdade, não lhe apresentara grandes alternativas — ou isso ou a morte.

No regresso da sua tarefa, apresentou-se ao rei e convenceu-o a comer qualquer coisa. Partilharam a refeição enquanto conversavam. Deram-nos então ordem de sair, mas ficamos à escuta. Visto ser agora impensável conduzir as tropas para uma nova batalha, foi sua decisão conduzi-las no dia seguinte, logo de madrugada, através das Portas Cáspias.

Enquanto jantávamos na nossa tenda, confessei ser-me difícil guardar silêncio por muito mais tempo quanto àquilo que sentia:

— Por que razão não foi o próprio rei a dar a volta pelo acampamento? Ele bem podia ser neto de Artabazos, tem apenas cinquenta anos. Competia a ele *fazê-los querer* lutar a seu lado.

Todos eles se voltaram para mim, indignados. Teria eu perdido a razão? O rei em pessoa encorajando suas tropas, como um mero capitão? Onde estaria então a sua realeza, que reverência sentiriam os soldados por ele? Mais ainda, sua condição sagrada é sinônimo de distância e não de proximidade.

— Mas Ciro, o Grande, era um general no campo de batalha — retorqui. — Eu sei que era assim, pois venho da sua tribo. E os seus homens viam-no com certeza todos os dias.

— Esses eram tempos primitivos que, esperemos, não voltem — disse Boubaques.

— Esperemos — concluí.

Vesti de novo o meu casaco.

A escuridão já invadira o acampamento, apenas se vislumbrando aqui e ali as fogueiras das sentinelas e o cintilar de lamparinas em algumas tendas. Ao passar junto a um archote apagado, pensei aproveitá-lo para escurecer a cara com um pouco de cinza. Assim aproximei-me do posto de sentinela mais próximo onde reconheci uma pronúncia bactriana. Ali mergulhei no seio da multidão.

— É obvio que a maldição divina caiu sobre ele — dizia o capitão bactriano. — Foi isso que o enlouqueceu. Fazer-nos atravessar as Portas para sermos apanhados como ratos entre as montanhas e o Mar Hircânio, quando a Báctria podia resistir eternamente. — Continuou discorrendo sobre os seus pontos fortes, cada um deles inexpugnável exceto para os pássaros do céu. — Tudo de que precisamos para dar cabo dos macedônios é de um rei que conheça a região.

— Báctria — disse um persa. — Bom, não a conheço, mas não fale de maldições divinas, se se revolta contra o rei. Não existe crime mais amaldiçoado pelos deuses do que esse.

Seguiram-se murmúrios de aprovação. Limpei o nariz com os dedos de uma forma ordinária, fiz cara de bobo, e afastei-me da fogueira.

Ao ouvir conversas numa tenda um pouco mais adiante, preparei-me para a contornar pelo lado mais distante da luz quando um homem irrompeu lá de dentro tão bruscamente que colidimos. Tomou-me pelos ombros com cuidado e voltou-me para a luz.

— Meu pobre Bagoas. Parece que estamos destinados a encontrar-nos sempre assim. Seu rosto está todo negro. Será que ele começou a bater em você todas as noites?

Meus dentes surgiram brancos à luz do archote. Sabia que ele era perigoso como um leopardo durante a caça, no entanto, não conseguia temê-lo, nem sequer odiá-lo como seria meu dever.

— Não, meu senhor Nabarzanes. — Era meu dever curvar-me perante ele, mas decidi não o fazer. — Mas se o fizer, o rei é o rei.

— Ora aí está. Teria ficado desapontado se sua lealdade não estivesse de acordo com sua beleza. Vá limpar a cara. Não corre perigo comigo, meu rapaz.

Dei por mim a limpar a cara com a manga do casaco, como se lhe devesse obediência. *Ele quer dizer*, pensei, *que é demasiado tarde.*

— Assim está melhor. — Retirou com um dedo um pouco de cinza que eu deixara. Depois, pôs as mãos nos meus ombros. Sua expressão já não era de gozo. — Seu pai morreu pelo rei, segundo ouvi dizer, mas Arses era o verdadeiro herdeiro, o indicado para nos comandar. Sim, em Arses teríamos encontrado um guerreiro. Por que pensa que Alexandre ainda não nos derrotou definitivamente? Há muito que ele o podia ter feito. Vou dizer-lhe por quê. É por desprezo. Seu pai morreu pela nossa honra persa. Não o esqueça.

— Não o esqueço, meu senhor. E sei muito bem onde está a minha honra.

— Sim, tem razão. — Exerceu uma ligeira pressão sobre os meus ombros e depois soltou-me. — Volte para ele. Talvez lhe empreste alguma da sua masculinidade.

Parecia a pata do leopardo com as suas garras insinuando-se através da pele macia. Quando se afastou reparei que me curvara sem dar por isso.

Na tenda real encontrei Artabazos que se preparava para sair. Curvei-me perante ele e teria prosseguido se não tivesse me segurado com a mão estriada com o azul das veias.

— Veio do acampamento, meu rapaz. Que novidades traz?

Disse-lhe que ele estava cheio de bactrianos tentando subverter os persas leais. Estalou a língua irritado.

— Tenho que me encontrar já com esses homens.

— Senhor! — exclamei eu, sem me preocupar com a impertinência. — Precisa dormir. Não descansou durante todo o dia e a noite já vai a meio.

— O que eu devo fazer agora, meu rapaz, é falar com Besso e com Nabarzanes. Na minha idade, não dormimos tanto quanto os jovens.

Ele nem sequer levava consigo um bordão para se apoiar.

Tinha razão. Mal contei as últimas novidades a Boubaques, deitei-me e adormeci.

As trompas despertaram-me com o chamamento de "Preparar para partir". Abri os olhos e vi então que os outros já haviam partido. Algo estava acontecendo. Peguei às pressas minhas roupas e saí. O rei, vestido para a marcha, estava em frente à tenda com o carro já à sua espera. A seus pés encontravam-se ajoelhados Besso e Nabarzanes. O velho Artabazos também ali estava.

O rei dizia-lhes o quanto se sentira triste pela sua deslealdade. Ambos tinham a cabeça inclinada com os olhos prostrados no solo ao mesmo tempo que batiam com as mãos no peito. A voz de Besso parecia surgir por entre as lágrimas. Seu único desejo, dizia, fora avisar o rei de uma maldição lançada por causa de outros, tal como durante a batalha ergueria o seu escudo para o defender. Teria deixado a maldição abater-se sobre si, tal como teria suportado todas as feridas. Nabarzanes, tocando no manto real, disse que se afastara como sinal de respeito, e seria agora a alegria das suas vidas verem-se recebidos de novo pelo rei.

Olhei para Artabazos com respeito e admiração. Seu trabalho fora, assim, bem recompensado. Uma alma amada por Mitra vai diretamente para o Paraíso. É uma alma a quem o rio Ordálio jamais queimará. Tudo regressara à normalidade. A lealdade voltara. A Luz vencera a escura Mentira. Eu era ainda muito jovem.

O rei, soluçando, estendeu-lhes as mãos. Prostraram-se e beijaram o chão à sua frente, declarando-se os homens mais felizes deste mundo e os mais devotos. O rei subiu para o seu carro. Os filhos de Artabazos tentaram levar o pai no carro para que ele pudesse enfim descansar. Repreendeu-os com firmeza e mandou que lhe trouxessem o seu cavalo. Retiraram-se envergonhados. O mais velho tinha mais de setenta anos.

Dirigi-me para as linhas dos cavaleiros. Os soldados que tinham passado a noite discutindo uns com os outros, eram agora postos em ordem pelos seus superiores. Os persas ordenavam-se mais depressa, mas também estavam em menor número, e muito menos do que na noite anterior. O mesmo se passara com os bactrianos. Apesar de serem muitos, tal era facilmente perceptível.

Isso devera-se às discussões noturnas. Os persas, sabendo-se em grande inferioridade numérica, fugiram às centenas; mas com eles levaram também alguns bactrianos, receosos da vingança de Mitra. Entre o medo do deus e o de Besso, escolheram o longo regresso a casa.

A caminho dos carros do séquito, vi os gregos alinhados em colunas de marcha. Ainda ali estavam. Todos eles armados.

Quando partiam para longos percursos em que não esperavam ação alguma em particular, arrumavam as armaduras, os capacetes e as armas nos carros, conservando apenas as espadas. Vestiam túnicas curtas (feitas dos mais variados tipos de tecidos, visto que se encontravam havia muito longe de suas terras) e traziam grandes chapéus de palha que protegiam do sol a pele sensível deles. Desta vez ostentavam corseletes ou armaduras, capacetes, mesmo caneleiras, quando as tinham, e, às costas, os seus escudos redondos.

Foi então que um deles se destacou, acenando para mim. Era Dorisco. *Por quem é que ele me toma*, pensei. *Nem pense que me vai fazer figura de tolo em público*. Preparava-me para me afastar cavalgando quando notei sua expressão. Não tinha nada a ver com sedução. Aproximei-me.

Agarrou-me a bota e fez-me sinal para que me inclinasse. Também aí não vi sinais de sedução.

— Pode levar uma mensagem ao rei?

— Creio que não. Já vai em viagem, eu me atrasei. Do que se trata?

— Diga-lhe para não se deixar enganar. Tudo isso ainda não acabou.

— Não — retorqui-lhe tranquilo —, já está tudo terminado. Eles lhe pediram perdão.

— Nós sabemos isso. É exatamente aí que está a questão. Foi por isso que Patrono nos ordenou que viéssemos armados.

Meu estômago contraiu-se. Perguntei-lhe:

— O que quer dizer com isso?

— Ninguém se deitou durante essa noite. Toda a gente o sabe. Eles tinham esperanças de conseguir aliciar os persas. Se o tivessem conseguido, agiriam hoje, mas os persas recusaram por considerarem tal ato uma ofensa a Deus. Foi por isso que muitos partiram. Agora tudo ficou adiado para a travessia das Portas. Só a essa altura eles irão entrar em ação.

Lembrei-me da minha vida e lamentei a fé que ainda tinha nos homens.

— Em ação, como?

— Vão prender o rei e negociá-lo com Alexandre.

E pensava eu que conhecia a traição. Muito jovem era ainda.

— Acorde, não fique aí plantado. — Aproximou-se mais de mim para me amparar na sela. — Ouça com atenção. Eles são serpentes, mas não são tontos. O rei é o rei, mas não é o melhor general do mundo, temos que o admitir. Com essa iniciativa ia afastá-los do caminho e poderiam comprar a paz a Alexandre. Seguiriam depois para a Báctria e se preparariam para a guerra.

— Não me agarre. As pessoas estão olhando. — Voltara de novo a mim. — Alexandre jamais confiaria neles, depois de terem feito uma coisa dessas.

— Dizem que ele confia facilmente em quem lhe presta vassalagem. Além disso, Deus o ajude no caso de não cumprir ao prometido. Vi o que ele deixou de Tebas... Não interessa, vá informar o rei.

— Mas eu não tenho um estatuto que me permita aproximar-me dele em público. — Isso era verdade mesmo para os tempos em que me encontrava nos seus favores. — Quem o deve fazer é o seu general, e não alguém inferior.

— Patrono? O rei mal conhece a sua cara — retorquiu com alguma amargura.

— Eu sei, mas apesar de tudo deve ser ele a fazê-lo. — Comecei a raciocinar rapidamente. — O rei fala grego, tal como alguns de nós no séquito, mas Besso e Nabarzanes pedem sempre um intérprete. Mesmo que eles estejam presentes, Patrono pode ainda assim avisar o rei.

— Essa informação é importante, vou transmiti-la. Somos um punhado, comparativamente com os bactrianos, mas se o rei confiar em nós, talvez sejamos capazes de salvá-lo.

Logo alcancei o séquito que não avançara mais do que quinhentos metros. O Carro do Sol tinha sido perdido em Gaugamelos, mas dois magos abriam o cortejo com o altar. Depois era uma total desorganização. Dois homens acotovelavam-se para chegar junto do rei. Boubaques seguia logo atrás, o que seria impensável noutra situação. A seu lado, num carregador enorme de Niceia, forte como um touro, seguia o próprio Besso.

Coloquei-me ao lado de Boubaques. Virou para mim os seus olhos cansados e indolentes como se me quisesse dizer: "Afinal, o que importa?". Estávamos demasiado perto do rei para falarmos.

A liteira coberta ficara para trás em Arbela. Esses dias pertenciam ao passado. Ele estaria cansado após um dia de viagem no carro. Sentia ainda algo por ele que ia para além do mero dever. Lembrava-me dele brincalhão, cortês, feliz e nas loucuras do prazer. Ele se sentia desprezado. Talvez se sentisse já no dia em que me batera.

O rei é o rei, como tal ele não acreditaria jamais que o seu estatuto sagrado pudesse ser alterado, exceto pela morte. Desastre após desastre, infortúnio após infortúnio, vergonha após vergonha; amigo após amigo transformando-se em traidor; seus soldados, perante os quais ele devia ser um deus, escapulindo-se como ladrões durante a noite; Alexandre aproximando-se, o inimigo temido; finalmente ainda desconhecido, o verdadeiro perigo a seu lado. E confiar em quem? Apenas alguns de nós que para o uso de reis havíamos sido transformados em pouco menos do que homens; e dois mil mercenários, ainda fiéis não por amor a ele, mas por uma questão de orgulho.

À medida que prosseguíamos pela estrada que se erguia através de elevações agrestes, creio que não existia ninguém no séquito que não pensasse: *E o que vai ser de mim?* Afinal éramos humanos. Boubaques imaginava, talvez, uma vida na miséria, ou numa existência desolada num harém qualquer de terceira categoria. Quanto a mim, pensava, restava-me a minha arte, apenas conhecera essa vida. Lembrei-me então dos escravos em Susa. Já não era tão novo a ponto de pensar em morrer. Agora, desejava viver.

A estrada não parava de subir. Aproximávamo-nos da passagem. Tínhamos já alcançado a barreira dos Tapúrios. Eram montes altos, nus e escarpados. Sua altura era tal que, durante o verão, os seus cumes estavam ainda cobertos de neve. A nossa estrada serpenteava monte acima, desaparecendo numa fenda. Apesar de tudo, senti o meu coração batendo mais depressa. Lá longe devia estar o mar que eu nunca vira.

Em cada curva mais acima, surgia uma nova muralha de pedra esculpida pelo tempo. Não se vislumbrava ser vivo algum, apenas um ou outro cipreste, inclinado como se fosse um estropiado. Aqui e além aparecia um ribeiro, junto ao qual havia uma plantação miserável e algumas cabanas, que os habitantes abandonavam fugindo como coelhos selvagens, mas o ar parecia de cristal. Mais adiante, mergulhando na sombra, estava o desfiladeiro das Portas.

Alexandria é uma cidade maravilhosa, na qual um homem sensível encontra tudo o que pode desejar. Atrevo-me a dizer que terminarei aqui os meus dias, sem ir mais longe; mas, quando me recordo daquelas montanhas escarpadas, daquele caminho conduzindo-nos para o desconhecido, tudo me parece diferente. A essa altura, apesar de saber o perigo e o mal que se ocultava, senti êxtase, profecia, luz.

Uma escarpa fechava-se sobre nós, outra descia até as profundezas do abismo, onde seguia o curso de água. Chegáramos às Portas. Apesar da altitude, a muralha repelia o calor. A coluna persistia. Este lugar podia certamente ser defendido. Mais adiante, Besso, no seu cavalo possante, seguia ao lado do rei. Não havia sinal algum de Patrono. Por que razão ele havia de querer que sua mensagem fosse transmitida em segunda mão?

A estrada alargou-se à nossa frente. Alcançáramos o ponto de passagem. A Hircânia estava a nossos pés. Era uma região completamente diferente, com as suas montanhas envoltas por florestas, manto verde sucedendo manto verde. Seguia-se uma planície estreita e, mais além, o mar.

Deste promontório víamos o horizonte estendendo-se na sua imensidão em torno de um lençol de prata. Prendi a respiração com prazer. As margens pretas surpreenderam-me. Não sabia então que estavam cobertas de bandos de corvos-marinhos, milhões e milhões deles, alimentados por infinitos cardumes.

Era um ponto de bifurcação de águas. E também o seria para mim.

Logo descíamos serpenteando por entre as árvores. Correntes de água infiltravam-se aqui e além arrastando seixos vermelhos. A água era deliciosa, muito fria, com um sabor de ferro. Paramos junto a um pinhal, pusemos algumas almofadas para o rei se sentar e preparamos-lhe a tenda.

Quando partimos de novo, o ar arrefecera e ficara mais úmido. As árvores mais altas haviam contido as brisas junto à passagem. Tínhamos parado demasiado tarde por causa da nossa lentidão. As sombras toldavam já aquele lugar. Ao olhar à minha volta, dei-me conta de alguém que chegava, cavalgando mesmo atrás de mim. Era Patrono.

Aquele homem era um veterano. Não forçara o cavalo na subida, pois sabia que o percurso logo melhoraria. Meu olhar cruzou-se com o seu e afastei-me para lhe ceder lugar. Desmontou e tomou o cavalo pelas rédeas, em sinal de respeito ou para ser notado. Seus olhos jamais se desviaram do rei.

Foi Besso quem dele primeiro se deu conta. Seu porte tornou-se mais altivo. Aproximou-se do rei e começou a falar com ele sobre qualquer coisa. Patrono prosseguiu um pouco mais atrás.

O caminho descreveu então uma curva pronunciada. No momento em que o carro curvava, o rei viu-o e ficou surpreso. Ninguém deve olhar nos olhos o Grande Rei, mas Patrono ignorava tal preceito. Não fez gesto algum, limitou-se a olhar.

O rei disse qualquer coisa a Boubaques, que recuou para se dirigir a Patrono:

— Sua Majestade pergunta se deseja algo dele?

— Sim, diga à Sua Majestade que desejo dar-lhe uma palavra, sem intérpretes. Diga-lhe que não é por mim, mas por ele. *Sem intérpretes.*

Completamente transfigurado, Boubaques repetiu a mensagem. O carro seguia bastante devagar por causa da descida acentuada. O rei convidou Patrono para junto de si. Tomei-lhe então as rédeas do seu cavalo.

Subiu para o carro e sentou-se do outro lado de Besso. Sua voz era baixa e por isso não consegui ouvir o que dizia, embora Besso conseguisse. Patrono arriscara apenas com a minha palavra.

Logo, deve ter notado pela expressão de raiva de Besso que eu não o enganara. Sua voz subiu de tom.

— Senhor, meu rei, erga sua tenda no nosso acampamento esta noite. Há muito que lhe servimos. Se de fato deposita confiança em nós, acredite no que lhe digo.

O rei permanecia em silêncio. Sua expressão mal se alterou. Senti-me feliz com a sua atitude. Precisamos sempre sentir algum orgulho pelo nosso amo.

— Por que o diz? — perguntou-lhe devagar. Seu grego não era melhor do que o meu. — Receia que me aconteça algo?

— Senhor, é o comandante da sua cavalaria, e esse aí, sentado ao seu lado. Vê por que não posso mencionar nomes.

— Sim — respondeu o rei. — Continue.

— Eles mentiram para o senhor esta manhã. Será hoje à noite.

O rei retorquiu:

— Se está destinado, que assim seja.

Compreendi a sua tranquilidade. Senti um aperto no coração. Sua esperança chegara ao fim.

Patrono aproximou-se mais dele. Era um velho soldado e compreendera muito bem aquilo que ouvira. Reuniu as suas forças como se fosse encorajar um grupo de combatentes mais hesitantes durante a batalha.

— Venha para junto de nós, senhor, faremos tudo aquilo que nos for humanamente possível. Olhe para este terreno. Ao cair da noite, nós o colocaremos a salvo.

— De quê, meu amigo? — Com o desespero, recuperara a dignidade. — Se o meu próprio povo deseja a minha morte, é sinal de que a minha vida já vai longa. — Não sei o que ele lera no rosto de Patrono, mas era algo que não pude ver. — Pode estar certo de que confio em você, mas se aquilo que diz é verdade, lembre-se de que a desvantagem é de dez para um, contando com você e com os persas que me permanecem leais. Não tentarei comprar mais algumas horas de vida com o preço da de vocês. A sua lealdade não pode ser retribuída desse modo. Volte para junto dos seus homens e diga-lhes que lhes agradeço.

Saudou-o e abandonou o carro. Ao tomar de novo o cavalo, o seu olhar disse-me: *Muito bem, rapaz. A culpa não é sua.* Eu olhei para Besso.

Seu rosto moreno estava vermelho de sangue. Parecia um demônio. Besso compreendera as palavras de Patrono. Cheguei a pensar que ele fosse pegar a espada para assassinar o rei ali mesmo. No entanto, um rei morto não era grande moeda de troca. Demorou algum tempo a recompor-se, até que por fim disse a Dario:

— Aquele homem é um traidor. Não é preciso compreender o que diz, está-lhe escrito na cara. — Fez uma pausa à espera de uma resposta, mas o rei nada disse. — Escumalha! A lealdade para o senhor está sujeita a quem licita mais alto. Alexandre deve ter sido quem ofereceu mais no leilão.

Mesmo para um parente, isso representava obviamente uma insolência. O rei limitou-se a retorquir:

— Espero que não. De qualquer modo, o apelo foi recusado.

— Senhor, sinto-me feliz por isso. Espero que tenha confiança na minha boa-fé tal como teve hoje de manhã. Que os deuses testemunhem o meu desejo.

O rei disse:

— Espero que também de mim eles sejam testemunhas.

— Mais feliz me faz sentir.

— Mas se Patrono é de fato o homem que pensa, está sendo idiota ao confiar em Alexandre. Ele recompensa a rendição, mas é severo perante a traição.

Besso olhou de soslaio sob as sobrancelhas espessas e ficou em silêncio. Prosseguimos a descida através de escuras florestas. Os cumes mais altos, onde os podíamos vislumbrar, ainda brilhavam com uma tonalidade dourada. Aqui embaixo, logo chegaria a noite.

Acampamos numa ampla clareira. Longos raios de sol avermelhados penetravam as folhagens transmitindo àquele local uma sensação de acolhimento e calor. Imagino que ao despontar do dia deveria ser belo, mas nenhum de nós ali via nascer o sol.

Havia uma aldeia nas cercanias. Os soldados persas partiram para a inspeção habitual. Mesmo depois de terem desaparecido por entre as árvores, o local permanecia cheio de gente. Todos os bactrianos tinham ficado e erguiam agora fogueiras para a vigília noturna. Conservavam ainda consigo as armas. Sabíamos o que isso significava. Antes da tempestade há sempre uma tranquilidade que a anuncia.

Oxadres apresentou-se junto do rei e informou-o de que mal os persas regressassem imporiam a ordem. O rei abraçou-o e disse-lhe para não fazer nada sem ordens suas. Era um soldado corajoso, mas não tinha a têmpera de um general. Patrono podia fazer mais com dois mil homens do que ele com vinte mil. Creio que o rei tinha disso consciência. Mal ele se afastou, mandou chamar Artabazos.

Quando o encontrei estava ainda um pouco cansado da caminhada, mas sempre alerta. Enquanto o conduzia à presença do rei, pude vislumbrar o acampamento grego por entre as árvores. Estavam ainda armados e tinham colocado postos de sentinela.

Em torno da lenda do rei permanecia o corpo de guarda real. Restavam ainda alguns Imortais, armados com as suas lanças de honra. As romãs douradas refletiam a luz das fogueiras. Seus olhos observavam sombrios os movimentos em seu redor.

Lá dentro, ouvimos o rei transmitindo as últimas novidades a Artabazos. Permaneceu algum tempo em silêncio, pensando certamente nos seus longos trabalhos noturnos. Depois, persuadiu o rei a acampar com os gregos. Os persas, pelos quais ele próprio responderia, estariam ao lado dos gregos se soubessem da sua presença ali. Estava eu pensando, pobre velho já há muito anseia pela sua paz, quando ele acrescentou bruscamente:

— Esses gregos são soldados por profissão. Os bactrianos só se tornam soldados como paga por tributo. Vi o que era a disciplina na Macedônia. Pense na diferença entre um puro-sangue e um boi. Confie nos gregos.

Quantas vezes não estivéramos à escuta só por mera curiosidade, ou para estar por dentro das intrigas palacianas. Agora estávamos à escuta, pois era a nossa própria vida que estava em jogo.

— Está tudo acabado — retorquiu o rei. — Durante toda a minha existência tive esperança e confiei; mas, ultimamente, o preço tem sido demasiado elevado, tem custado a vida a muitos, muitos homens. Abandonei, por fim, a esperança. Não desejo que ela regresse.

Seguiu-se um barulho abafado. Era Artabazos que chorava.

— Querido amigo — prosseguiu o rei —, perdeu muitos anos a meu lado. Guarde para si os que lhe restam. Parta com a bênção do Sábio Deus.

O choro prosseguiu. O rei ergueu a voz e chamou-nos. Artabazos, pequeno em comparação com a altura dele, abraçava-o com o rosto enterrado nas suas vestes. Abraçou-o mais uma vez e disse:

— Este fiel servidor não me abandonou, fui eu que dispensei os seus serviços. Acompanhem-no.

Soltou as mãos do ancião que tomava as suas como uma criança. Fomos precisos todos nós para o levar com delicadeza. O rei afastou o olhar. Acompanhamos Artabazos até junto dos seus. Ao regressarmos, procuramos o rei, mas não o encontramos de imediato. Estava deitado no chão com a cabeça oculta sob os braços.

Um só pensamento ocorreu a todos nós, mas nenhuma arma estava junto dele. Seus ombros acompanhavam a respiração. Parecia uma lebre exausta após a perseguição, aguardando o ataque final dos cães ou da lança.

Não nos mandara sair. Não sabíamos o que fazer e deixamo-nos ficar, observando em silêncio a sua dor. Algum tempo depois, ocorreu-me uma ideia. Fui buscar sua espada e coloquei-a numa mesa onde ficava facilmente ao seu alcance. Boubaques notou o que eu fizera, mas nada disse.

Pelo meu amo tivera esse último gesto. Não conseguia sentir que a meus pés jazia aquele que fora meu amante. Estava ao seu serviço e servira-o naquilo a que me destinaram. Ele era o rei.

Por fim, ergueu o rosto e ordenou-nos que saíssemos.

A nossa tenda não tinha sido completamente montada. Um dos lados estava solto, o outro, fixo no chão. Não havia escravos à vista. De todos os lados chegavam barulhos de discórdia, gritos, ordens lançadas em vão. Já não era um exército que ali estava, era antes uma confusa multidão de tribos e facções. Ficamos sentados durante algum tempo, suspirando. Olhei então para cima e disse:

— A guarda pessoal desapareceu.

Levantei-me para me certificar. Nada, nem uma única lança. Os Imortais haviam abdicado da sua imortalidade. Ficáramos sós.

Após alguns instantes em silêncio, disse:

— Creio que ele chamou. Vou ver se precisa de alguma coisa.

Continuava deitado. Aproximei-me cuidadosamente e ajoelhei-me a seu lado. Não ouvira nada, mas para mim os velhos tempos tinham regressado. O próprio perfume que eu usava naquele momento tinha sido presente seu. Quando todas as palavras tinham sido ditas e o silêncio se instalara, senti que eu não era como os outros.

Estava deitado com a cabeça apoiada num braço, o outro estava estendido. Não me atrevi a tocar a sua mão. Ele era o rei.

Mexeu-se ao dar pela minha presença e disse:

— Chama Boubaques.

— Sim, Majestade.

Eu era apenas alguém que ia transportar uma mensagem. Ele esquecera.

Boubaques dirigiu-se à tenda real. De repente, soltou um grito terrível como aqueles que se ouvem perante a morte. Corremos os três de imediato. A espada continuava sobre a mesa e o rei permanecia deitado. Boubaques ajoelhara-se, batendo no peito e puxando os cabelos. Gritamos: "O que se passa?", como se o rei não estivesse presente. Todas as regras que conhecíamos se destroçavam.

Boubaques disse, soluçando:

— Sua Majestade ordena-nos que partamos.

O rei ergueu-se apoiando-se num braço.

— Já cumpriram o seu serviço. Nada mais podem fazer. Liberto-os dos seus trabalhos. Salvem-se enquanto podem. Esta é a minha última ordem. Obedeçam.

Tomou-nos um imenso horror. Um rei condenado à morte, uma tenda abandonada, uma floresta escura e estranha cheia de animais selvagens e de inimigos. Creio que era por ele que chorávamos. Pelo menos era mais fácil pensar que assim era. Choramos alto, ébrios de medo e dor, como carpideiras junto a um esquife, cada um soltando a sua voz e deixando-a confundir-se com as outras, a ponto de não as reconhecermos.

Ao afastar o cabelo dos olhos, reconheci alguém à porta da tenda. Apesar do estado em que me encontrava, lembrei-me de que não havia guarda. Ergui-me tal como estava. Besso e Nabarzanes com um grupo de homens.

Besso olhou para o rei prostrado, bateu com o punho na palma da mão e disse para Nabarzanes:

— Demasiado tarde, eu bem lhe dissera. — Rangeu os dentes.

Nabarzanes retorquiu:

— Nunca pensei que ele fosse capaz de o fazer. — Sua expressão não transmitia raiva, apenas respeito e, talvez, alívio. Seus olhos cruzaram-se com os meus e saudou-me com gravidade.

Besso tomou-me pelos ombros com as suas mãos enormes e sacudiu-me. Fiquei suspenso no ar:

— Foi ele que o fez? Morreu?

Boubaques respondeu por mim.

— Regozijo-me por informá-los de que Sua Majestade se encontra em perfeita saúde.

O rosto de Nabarzanes ficou hirto como uma imagem talhada numa parede. Disse para Besso:

— Bom, então, venha.

O rei ergueu-se ao mesmo tempo em que eles entravam na tenda. Limitou-se a inquirir:

— Por que razão estão aqui?

— Estou aqui — retorquiu Besso — como rei.

O rei permaneceu calmo:

— Que reino lhe destinou Deus?

— Obedeci aos desejos do povo. Devia ter feito o mesmo.

O rei disse:

— Como pode ver, já não sou capaz de castigar os traidores, mas sei quem o fará.

Besso ergueu a cabeça.

— Estou pronto a sofrer o julgamento de Mitra.

— Assim o penso, pois é capaz de fazer coisas semelhantes, mas eu me referia a Alexandre.

Nabarzanes, que até então estivera calado, disse:

— Não nomeie o inimigo a quem entregou o nosso povo. Fazemos isso para o libertar.

— Acompanhe-nos — disse Besso.

Pensei se deveria depositar a espada nas suas mãos, mas ela estava ao seu alcance. Não competia a mim dizer ao meu amo como morrer.

Recuou, pensei então que ele pretendia pegá-la, mas ele jamais se mostrara hábil a agir, ou seguro a pensar. Mal ele se mexeu, viu-se rodeado pelos outros. Era um homem possante, mas os seus músculos haviam amolecido.

Quando os soldados avançaram, tentou resistir. Guardou sua dignidade. Era ao menos capaz de sofrer como um rei. Talvez Besso o tenha sentido. Disse:

— Bem, se somos obrigados a aprisioná-lo, que o façamos com algo condizente à sua condição. — Tirou o seu colar de ouro maciço e, enquanto dois bactrianos seguravam os braços do rei atrás das costas, prendeu-os como se fosse com uma corda.

Conduziram-no para o exterior entre eles, com as mãos nos seus ombros como se fosse um criminoso. Por entre os bactrianos que se encontravam do lado de fora, fez-se sentir um sussurro, seguido de gritos confusos e risos onde se insinuava algum temor.

Ali perto estava um carro de transporte, coberto por telas de couro. Tinham ali arrumado as tendas. Para lá o levaram. Ficamos plantados olhando para ele, sem querer acreditar no que víamos, indefesos, mudos. Boubaques, erguendo-se, gritou:

— Pelo menos, deixe-o levar consigo algumas almofadas! — Corremos para arranjar algumas. O rei estava já lá dentro, acompanhado de dois escravos, guardas e criados. Nunca soube o que se passara. Atiramos as almofadas e fomos logo em seguida afastados pelos guardas. Os cavalos foram atrelados e o condutor subiu para o carro. Tudo aquilo pareceu durar uma eternidade. A cavalaria logo se aprontou. A infantaria mais parecia uma multidão que uma coluna. Besso deu uma ordem. O carro começou a movimentar-se em direção à estrada.

Um soldado passou correndo transportando algo que eu bem conhecia. Era o jarro de água do rei. A tenda tinha sido virada às avessas pelos bactrianos que ali tinham ficado para a saquear. Alguns lutavam aqui fora para conseguir as melhores coisas. Era, de fato, um autêntico saque.

Boubaques olhou para mim com uma expressão de desespero e gritou:

— Vamos falar com Artabazos! — E desatou a correr em direção ao acampamento dos persas. Os outros seguiram-no. Os soldados, por sua vez, deixaram-nos passar. Afinal, eram apenas eunucos, com as mãos vazias; gente sem importância.

Fiquei encostado a uma árvore. Dali se vislumbrava todo o espaço em redor. Lembrei-me então de Susa. Eu não era como os outros; eu próprio não passava de mais um despojo.

O carro desaparecera. Ali perto estava a nossa tenda. Corri lá para dentro e retirei a única vara que a apoiava, deixando-a abater-se sobre mim.

Entrava algum ar pelas aberturas e por isso não sufocaria. Deixei-me ficar na escuridão como se estivesse no túmulo. Na realidade, minha vida ficara ali enterrada. Quando a tampa do meu sepulcro se erguesse, seria para um destino que eu desconhecia, como a criança do ventre materno.

9

Deixei-me ficar na minha toca. O couro tratado era muito pesado e soltava um cheiro nauseabundo, mas apesar disso não me atrevia a mexer. Sons de azáfama chegavam junto a mim, diminuindo à medida que a tenda do rei ficava mais vazia. Houve um ponto em que dois homens se aproximaram. Fiquei aterrorizado, mas, tal como eu esperara, pensaram que a tenda estava vazia, pois não chegara a ser montada. Depois disso, apenas me restava esperar.

Esperei durante bastante tempo, demasiado abafado para poder confiar nos meus ouvidos. Por fim, rastejei até conseguir pôr a cabeça de fora. A clareira estava vazia, exceto no que tocava às fogueiras de vigília. Depois da escuridão da tenda, até o céu estrelado parecia de uma intensa luminosidade, mas mais além as árvores escondiam tudo o mais. Faziam-se aí ouvir vozes de homens afastando-se; tropas leais, certamente, homens de Artabazos que tinham se afastado dos rebeldes, visto serem demasiado poucos para os combater. Melhor seria apanhá-los.

Dentro da tenda tentei reunir as minhas coisas. Quanto ao meu cavalo, não precisava pensar muito para perceber o que lhe acontecera. De qualquer modo, tinha que passar dissimuladamente pelos postos de vigia. Como é óbvio, nada com quatro patas ficara para trás.

Meu pobre e lindo Tigre, presente de um rei. Não fora criado para transportar carga. Tive pena dele quando o imaginei carregando um bactriano idiota qualquer, mas logo tive que me debruçar sobre as minhas próprias dores.

O inimigo partira. O mesmo haviam feito aqueles que tinham sido meus amigos. A noite não tardaria a cair e não fazia ideia que direção podiam ter tomado.

Precisava comer. Na tenda real, tudo o que estivera nos pratos para o jantar havia sido lançado ao chão. Pobre homem, não comera nada. Guardei num guardanapo o que consegui arranjar e mergulhei num ribeiro o meu cantil.

Os sons chegavam distantes até mim agora. Segui-os rezando para que não viessem dos bactrianos que tinham desertado. Pareciam perder-se junto ao flanco da montanha. As marcas da sua passagem eram ainda nítidas, mesmo quando penetravam através de rios e ribeiros. Fiquei molhado até os joelhos, com as botas de montar a transbordar de água. Não fazia corta-mato desde criança, mas a essa altura havia sempre uma muda de roupa limpa que me aguardava.

Não se vislumbravam ainda sinais do amanhecer. Comecei a notar vozes de mulheres e apressei-me. Eram mulheres de soldados com as suas bagagens persas. A essa velocidade, dentro de pouco tempo as alcançaria. Uma meia--lua iluminava tenuemente o meu caminho. Podia ir agora mais depressa.

De repente, vi um homem mais adiante. Parara para apanhar água. Afastei-me até ele acabar e aproximei-me em seguida. Era grego. Afinal tinha alcançado os gregos. As vozes das mulheres haviam-me enganado. Eram obviamente todas persas. Os mercenários não traziam mulheres consigo.

Era um homem possante, atarracado, com uma barba preta. Pareceu-me conhecê-lo, embora fosse impossível. Aproximou-se e observou-me. Cheirava intensamente a suor.

— Mas, pelo cão! — exclamou. — Você é o rapaz de Dario.

— Sou Bagoas, do séquito real. Estou tentando encontrar os persas de Artabazos. Estou muito longe?

Fez uma pausa enquanto continuava a observar-me. Disse, por fim:

— Não, não estão. Segue-me que eu lhe indico o caminho. — Penetrou na floresta. Não trazia a armadura, como é seu costume durante a marcha.

Não se vislumbrava sinal algum de trilha. A floresta parecia tornar-se cada vez mais espessa. Não tínhamos nos distanciado muito quando ele se voltou e olhou para mim. Um olhar era suficiente. As palavras eram desnecessárias, e ele de fato não perdeu tempo com elas. Limitou-se a cair sobre mim.

Enquanto ele me arrastava para o chão, veio-me algo à memória; alguém que eu conhecera assemelhava-se a ele: Obares, o joalheiro de Susa. Num instante revivi tudo, mas agora já não tinha doze anos.

Pesava o dobro de mim, mas nunca duvidei que fosse capaz de matá--lo. Lutei demonstrando pouca resistência para ocultar o que fazia. Quando alcancei o meu punhal, enterrei-o entre as costelas até o punho. Havia uma dança que eu costumava fazer, uma das favoritas do rei, que acabava com um salto mortal para trás. É espantoso como isso fortalece os braços.

Ele estremeceu, jorrando sangue. Retirei a faca e enterrei-a no coração. Sabia onde era. Ouvira-o muitas vezes, um baque surdo acompanhado de uma respiração ofegante junto aos meus ouvidos. Gritou, então, e morreu, mas ainda assim continuei a espetar a faca onde achava que era melhor. Regressara a Susa e matava vinte homens num só. Não é um prazer que eu deseje voltar a conhecer, mas sei que o era. Ainda hoje o sinto.

Por cima de mim ouvi uma voz dizendo:

— Pare! — Não notara mais nada exceto aquele corpo sobre o qual me debruçava. Dorisco estava ali ao meu lado. — Ouvi sua voz — disse.

Ergui-me com a faca ensanguentada até o punho. Não me perguntou por que o fizera. Parte das minhas roupas haviam sido arrancadas. Como se falasse consigo próprio, disse:

— Pensei que fosse uma criança.

— Esses dias já há muito partiram — retorqui. Olhamo-nos na luz tênue. Trazia a espada consigo. Se quisesse vingar o seu camarada, poderia tê-lo feito como se eu fosse um recém-nascido. Estava demasiado escuro para que pudesse reconhecer o seu olhar.

De repente, exclamou:

— Depressa, leve-o daqui. Há um parente dele por perto. Vá, pegue-lhe os pés. Ali, naqueles arbustos mais abaixo.

Afastamos os arbustos. Havia um curso d'água relativamente profundo devido às águas das chuvas. O corpo caiu. Os arbustos fecharam-se de novo.

— Disse-me que me ia levar junto dos persas — acrescentei.

— Estava mentindo. Eles vão à nossa frente. Limpe as suas mãos e o seu punhal. Há água ali.

— Apontou-me um fio de água nas rochas. — Há leopardos nesta floresta. Avisaram-nos para não nos afastarmos. Ele devia ter tido mais cuidado.

— Devo-lhe a minha vida — disse.

— Acho que o merece. O que pensa fazer agora com ela?

— Vou tentar encontrar Artabazos. Talvez me conserve com ele por respeito ao rei.

— Temos que ir andando ou perderemos a coluna.

Afastamo-nos através da floresta rochosa. Sempre que enfrentávamos um obstáculo maior, ele me ajudava. Entretanto tentava imaginar o que sentiria Artabazos pelo fato de o rei ter consigo um rapaz. Além disso, ele era muito velho. Uma caminhada destas podia matá-lo. Quanto aos seus filhos, pouco ou nada sabia.

— Acho que o velho fará o que estiver ao seu alcance — disse Dorisco —, mas sabe para onde é que ele vai? Vai se render a Alexandre.

Deus sabe por que razão não tinha ainda pensado nisso. Um amigo de infância podia esperar piedade. Sentia-me tenso e permaneci em silêncio.

— Mais cedo ou mais tarde — prosseguiu Dorisco —, o mesmo sucederá conosco. Não há outra saída. Nenhum de nós confiará em Besso. Pelo menos, Alexandre é tido como alguém que cumpre a sua palavra.

— Mas *onde* está Alexandre?

— Já deve ter atravessado as Portas a esta altura. Dois nobres persas já se adiantaram para ir ao seu encontro. Na sua opinião, o rei estará melhor com ele do que nas mãos dos traidores. Como é óbvio, não será por isso que irão perder.

— Deus queira que não cheguem demasiado tarde.

— Quando Alexandre se apressa, apressa-se mesmo. Não desejamos cruzar com ele. Os persas vão bem à nossa frente. Queriam ser eles a tratar dos termos da rendição. Ah, ali está a coluna! — Arrastavam-se por entre as árvores como sombras, falando baixinho. Dorisco não me conduziu na sua direção, prosseguindo a seu lado. Sentia-me agora exausto de todas essas desventuras e feliz por aquela mão amiga ao meu lado. Quando cambaleei, ele pegou o meu saco. Uma centelha de luz anunciava o nascer do dia. Sentou-se num tronco caído. A mim sabia-me bem esse descanso.

— O plano consiste em atravessar esses montes — disse ele —, o mais despercebidos possível, até alcançarmos a Hircânia. Depois disso, quem sabe? Se você se apressar, talvez apanhe os persas por volta da parada do meio-dia. Vai ficar extenuado, pois não está habituado a longas caminhadas a pé. — Fez uma pausa. A luz ainda tênue mostrara-me os seus olhos azuis. — Ou pode continuar comigo e me deixar ajudá-lo. Pelo menos comigo não precisa usar seu punhal. — Mostrava-se agora mais ávido e mais confiante.

Surpreso, pensei que pela primeira vez na minha vida podia ser eu a decidir "sim" ou "não". Respondi:

— Vou com você.

E assim nos acercamos da cabana. Mesmo à luz do dia isso não provocou nenhuma surpresa. Alguns homens eram acompanhados por rapazes que marchavam a seu lado. Havia-os muitos mais com mulheres, mas todas elas tinham que ir atrás.

Quando paramos para descansar, partilhei com ele a comida que me restava. Foi a única vez, disse-me, que comera da mesa de um rei.

Era o mais simpático dos companheiros. Quando meus pés começaram a ficar doloridos, procurou entre as tropas até encontrar unguento de um soldado. Tirou-me então as botas e tratou-me os pés dizendo quão delicados e belos eram, embora, para mim, estivessem num tal estado que me sentia envergonhado. Num instante em que ninguém nos olhava, chegou mesmo a beijá-los. Tivera sorte ao lutar na floresta, pois o meu arco soltara-se, mas a aljava protegera as setas. Assim pude oferecer-lhe algo — além daquilo que o teria contentado —, caçando para comer.

Com ele aprendi algumas coisas de Atenas, onde, segundo me disse, seu pai fora alguém abastado até que um inimigo levantara uma ação injusta contra ele, contratando um famoso orador para macular o seu nome. O júri decidira contra ele, levando-o assim à ruína. Dorisco, o filho mais jovem, vira-se obrigado a alugar a sua espada. Segundo me disse, esse orador costumava exortar o povo orientando-lhe o voto no que dizia respeito às leis, ou mesmo à paz ou à guerra. A isso, dizia, chamava-se democracia, e tinha sido algo de muito bom em tempos idos, quando os oradores pronunciavam a verdade.

Respondi-lhe que, na Pérsia, todos nós éramos ensinados a dizer a verdade. Tal era nosso mais importante provérbio. Por certo que Besso e Nabarzanes também a isso tinham sido ensinados.

Era triste que, apesar de toda a simpatia existente entre nós, sentisse o amor tão desinteressante. Simulei sempre o prazer. A isso ele atribuía uma grande importância e era o mínimo que eu podia fazer por um amigo. Foi a única arte que pratiquei com ele. Os gregos, segundo parece, não possuem um sentido artístico nestas coisas.

Lembro-me de que, ao perder os favores do rei, pensei em arranjar um amante. Fantasiara encontros furtivos ao luar no jardim; o sussurro da seda nas janelas; uma joia presa a uma rosa. Agora via-me ali com um mero soldado estrangeiro, num abrigo sórdido.

Uma noite, falou-me de um rapaz que amara em Atenas, embora sua beleza fosse a de uma ínfima estrela comparada com a minha lua.

— Mal os primeiros sinais de masculinidade lhe surgiram no rosto, descobri que ele andava gastando meu dinheiro com mulheres. Senti-me terrivelmente triste.

— Mas é esse o curso da natureza — retorqui. — Conheceu-o apenas demasiado cedo.

— Belo estrangeiro, com você isso nunca aconteceria.

Respondi-lhe:

— Não. É por isso que o fazem.

Ficou calado durante algum tempo, até que me perguntou se eu estava zangado. Ele fora bom para mim e por isso disse-lhe que não. Na Grécia, assegurou-me, jamais fariam semelhante coisa; no entanto, não deixavam de vender rapazes para bordéis. Afinal, não tinham assim grande coisa para se gabar.

Viver entre eles era fácil, pois tinham permanecido tanto tempo na Pérsia, que tinham adquirido os seus hábitos e costumes. Respeitavam a santidade dos rios, pois apanhavam água para o banho em vez de conspurcarem as correntes. Seus próprios corpos eram limpos de uma forma estranha com óleo que eles espalhavam com facas embotadas, expondo-se de tal forma que eu me sentia envergonhado, preferindo então afastar-me. Além disso, o cheiro de óleo era desagradável. Nunca me habituei a ele.

À noite, as mulheres preparavam abrigos para os homens (algumas tinham crianças também) e faziam-lhes o jantar. Durante o dia nunca os viam. Quanto aos rapazes, camponeses engraçados comprados em lares pobres por uma moeda de prata, seguiam mais adiante, esquecendo a decência que a Pérsia lhes ensinara. Não lhes vislumbrava, todavia, uma boa sorte. Os soldados que transportavam menos coisas e que não incomodavam outros com os seus pertences eram aqueles que haviam já partido antes da Grécia.

Desse modo prosseguimos a nossa jornada, vivendo aventuras que então nos pareciam grandiosas. Assim se passaram algumas semanas até que alcançamos planaltos orientais onde a neve se diluía e a Hircânia nos aguardava. Ali os gregos ergueram seu acampamento feito de fortes abrigos na floresta. Ali aguardariam até saberem ao certo onde se encontrava Alexandre. Planejavam enviar-lhe emissários com um salvo-conduto, evitando assim caírem desprevenidos em suas mãos.

Não tardou muito até sabermos por alguns caçadores que ele contornava as montanhas atento aos esconderijos, visto esses montes lhe dominarem o flanco. Ignoravam se ele sabia onde se encontravam os gregos.

Quando as perguntas cessaram, apenas eu lhes inquiri quanto ao destino do rei. Disseram-me que morrera. Talvez tivesse sido Alexandre.

Chegara o momento de enfrentar sozinho o meu destino. Em algum ponto, Artabazos devia ter deixado um acampamento de onde teria partido ao encontro de Alexandre.

Perguntei aos caçadores. Responderam-me que um nobre persa se encontrava acampado na floresta a um dia de viagem para leste. Quem era, não o sabiam. Ele e os seus eram estranhos naquelas paragens.

Dorisco e eu nos despedimos nessa noite, pois eu devia partir de madrugada. Ali ninguém se preocupava se eu estava vivo ou morto. A essa altura, senti-o claramente.

— Nunca tive um rapaz como você — disse — e nunca mais voltarei a ter. Estragou tudo para os outros. De hoje em diante, eu me ligarei apenas a mulheres.

Durante todo o dia, percorri a floresta pelas trilhas de caçadores, temendo cobras a meus pés e os leopardos ocultos nos ramos das árvores, tentando conceber o que faria se os persas tivessem levantado o acampamento, mas antes de o sol se pôr alcancei-o. Era junto a um riacho e estava protegido por uma vedação. No portão havia um guarda que parecia ser um soldado veterano. Quando viu que eu era um eunuco, baixou a lança e perguntou-me o que desejava. Compreendi então que estava andrajoso, com as minhas roupas sujas e esfarrapadas. Disse-lhe quem era e pedi abrigo para a noite. Depois da floresta já não me importava quem eles eram, apenas queria que me deixassem entrar.

Mandou a mensagem para dentro. Veio depois um civil que parecia um criado de um soldado e me disse para o acompanhar. Tratava-se de um acampamento com apenas algumas centenas de homens. Milhares haviam acompanhado Artabazos. Cabanas de madeira e colmo tinham sido erguidas. Não havia tendas. Segundo parecia, não deviam trazer consigo muitas coisas. No entanto, havia uma cerca com esplêndidos cavalos de Niceia. Perguntei quem era o meu anfitrião.

— Não se preocupe com isso. Ele lhe oferece hospitalidade. Hoje em dia, quanto menos se disser melhor.

Sua casa era construída como as restantes embora fosse maior e tivesse vários quartos. Para espanto meu, o criado conduziu-me a uma sala de banho bem arranjada que não podia ser senão do amo.

— Deverá gostar de tomar um banho após sua viagem. A água não tarda.

Tive vergonha de sujar o sofá com as minhas roupas. Dois escravos citas prepararam-me o banho com água quente e fria e óleo perfumado. Era um prazer indescritível. Lavei-me, lavei os cabelos, quase sem dar pela entrada do criado que, bem instruído, manteve o olhar prostrado no chão e levou consigo as minhas roupas.

Enquanto, cheio de contentamento, repousava na água quente, a cortina da parte interior mexeu-se de leve. *Bom*, pensei, *e depois?* Aquela luta na floresta tinha-me posto nervoso como uma moça. Se fosse um homem como aquele, teria entrado. Devo tomar toda a gente por inimigo? Saí, sequei-me e vesti um roupão de lã que ali tinham deixado.

Em vez das minhas roupas, vi chegar uma bandeja com comida da melhor: carne de cabrito com molho, pão e um vinho delicioso. Absorto por tais prazeres num local tão inóspito, lembrei-me de ter visto de relance a cidade de Zadracarta. Parecia que o meu anfitrião tinha ali chegado com pouca coisa, mas muito, muito dinheiro.

Sentia-me feliz, penteando o cabelo quando o criado entrou com roupas para mim.

— Meu amo espera que goste destas.

Eram feitas do melhor tecido. Um casaco vermelho-escuro, calças azuis e chinelos bordados. Tinham sido cosidos aqui e ali para deixá-los menores.

Deviam tê-los medido a partir das minhas botas. Senti-me eu próprio de novo. Para melhor honrar aquele momento, dei um toque nos meus olhos e coloquei os brincos.

O criado, ao regressar, disse:

— Meu amo o receberá agora.

Foi apenas ao pôr o cinto que reparei na ausência do punhal. Tinham-no levado com as roupas e não o haviam trazido de volta.

No quarto do amo havia um candeeiro de filigrana suspenso das traves. Vários objetos de artesanato adornavam as paredes de madeira. Meu anfitrião estava encostado num sofá com uma mesa de vinho à sua frente. Sorriu e ergueu a mão.

Era Nabarzanes.

Fiquei imóvel como uma estátua. Apenas minha mente se agitava perante o que estava vivendo. Em vez de ter vindo pernoitar sob o telhado daquele homem, deveria ter permanecido na floresta. Agora, depois de ter me lavado, vestido e abrigado, não conseguia evitar o que sentia: gratidão por ele ter me ocultado quem era.

— Venha, Bagoas. — Parecia não estar incomodado pelos meus modos. — Venha, sente-se. Espero que tenham tomado bem conta de você.

Compus-me e fiz uma reverência. Era o mínimo que podia fazer. Respondi, dizendo a verdade nua e crua:

— Senhor, estou profundamente em dívida com o senhor.

— Não pense nisso. Sente-se. Vamos conversar; raramente recebo convidados neste lugar. Sinto-me grato pela sua companhia. — Sentei-me no sofá e tomei o vinho que me oferecia. — Mas — prosseguiu — quem esperava encontrar?

Disse-lhe que Artabazos e os seus.

— Um bom homem. Um modelo das antigas virtudes. Alexandre o receberá de braços abertos. É o tipo de coisa que o deleita.

Devia manter-se bem-informado quanto ao que se passava. No entanto, não podia deixar de pensar até que ponto ele estaria ou não a exceder a hospitalidade devida por um anfitrião ao seu hóspede? Até que ponto teria sido afastada a cortina? Talvez tudo tivesse começado na Babilônia.

— Está inquieto — disse amigavelmente. — Compreendo-o, não teve por certo uma jornada fácil; o seu punhal foi utilizado. Agora pode ficar tranquilo, não recebo hóspedes sob o meu teto para depois abusar da sua confiança.

Censurei-me pelos meus pensamentos e retorqui que estava certo quanto a isso. Sua pessoa nunca tinha sido desagradável em relação a mim. Eu lhe teria retribuído facilmente a simpatia, não fosse o que se passara. Era uma questão de honra.

— Conheço sua lealdade ao rei. — Deve ter lido a minha expressão. — Em algo ele foi feliz: na devoção dos seus melhores. Devia haver algo nele, embora eu jamais o descobrisse.

— Ergueu-me do nada e deu-me tudo o que possuo. Nem um cão se voltaria contra ele.

— Tem razão. Até um cão espancado permanece fiel. Todavia, após a morte do dono, ele erra extraviado.

— Então é verdade que ele morreu? — Lembrei-me do carro e da corrente de ouro atando-lhe as mãos, e senti a raiva crescer dentro de mim.

— Sim, morreu.

Comecei a interrogar-me por que razão ele vagueava pelas florestas com tão poucos homens após o que passara. *E onde estaria Besso?*

Prossegui:

— Ouvi dizer que Alexandre o matou.

— Boatos dos camponeses, meu rapaz. — Fez que não com a cabeça e sorriu com tristeza. — Alexandre jamais o mataria. Ele o teria recebido atenciosamente; sentado o seu filho ao colo; dado um palácio qualquer para ele se retirar; casado a sua filha, pedindo-lhe cortesmente para ser seu natural sucessor. Se posteriormente se revoltasse, seria esmagado sem piedade; mas como é evidente, ele não o faria. Podia ter vivido tranquilamente até velho. Em tudo isso pensou enquanto Alexandre se aproximava. Veio como um vento cita; o desfiladeiro devia ser transposto com cavalos descansados. O transporte do rei era demasiado lento. Nós o libertamos e trouxemos um cavalo. Recusou-se a montar e disse que tinha mais confiança em Alexandre do que em nós. A essa altura já Alexandre nos cortava a retaguarda. Cada momento significava a vida ou a morte. O rei recusava-se a sair dali. Fomos por isso obrigados a matá-lo com as nossas próprias mãos. Acredite que o lamento.

Permaneci em silêncio com o olhar perdido nas sombras para além do candeeiro.

— Sei o que diria se as regras da hospitalidade não o impedissem — prosseguiu. — Ambos o sabemos. Ele era o rei apesar de tudo, mas eu sou persa, e isto estava acima de tudo... não era meu objetivo ter um rei entre os meus, tal como aconteceu com o vizir a partir do qual o nomearam. Apenas desejava alguém que nos conduzisse à honra, alguém que pudesse servir com orgulho. Bom, Mitra já se deve ter divertido bastante com os meus anseios. Afinal, acabei por ser um persa sem rei.

Por muito amolecido que pudesse estar por causa do vinho que bebera, não ficara estúpido. Por que razão me dizia ele tudo aquilo depois de ter sido responsável pela morte do rei? Por que motivo parecia apagar as diferenças de *status* existentes entre nós? Não conseguia perceber.

— Mas, meu senhor — interroguei —, todos vocês desejavam proclamar Besso. Ele também morreu?

— Ainda não. Pôs a mitra e partiu para a Báctria. Morrerá mal Alexandre o apanhar. Estou sendo castigado, meu rapaz, mais pela minha loucura do que pela minha traição. Julgava que descobriria um rei para a Pérsia e, todavia, encontrara apenas um salteador das montanhas.

Voltou a encher a minha taça com vinho.

— Pensei que ele fosse capaz de reinstaurar a dignidade real e, no entanto, mal Dario foi aprisionado e o poder lhe foi entregue, deixou-o escapar por entre os dedos. Os bactrianos passaram a dominar tudo sem que ele fosse sequer capaz de os impedir de saquearem a tenda do rei que afinal era sua. Teriam tomado o tesouro real se eu não o tivesse protegido.

Falava com o seu ronronar de leopardo. Tudo se tornava mais claro.

— Isso foi apenas o começo, comportaram-se como se estivessem num país inimigo, saqueando, pilhando, matando. Por que não? Não estavam na Báctria. Recordei a Besso que ele era um Grande Rei e que eles violavam os seus súbditos. No entanto, queria a recompensa devida pelos seus serviços. Falei-lhe da necessidade de tomarmos rápidas medidas. Se Alexandre nos alcançasse estaríamos perdidos. Não ligou ao que lhe dizia. Tomei então consciência da verdade. Ele não os controlava porque não era capaz de o fazer. Tinham sido bons soldados servindo segundo as antigas tradições que conheciam, mas agora não havia rei. E eles tinham razão. Não havia de fato rei algum.

Seus olhos fixaram-me. Desde que ele se refugiara ali, eu devia ser o primeiro visitante a quem pudera contar a sua história:

— Assim, quando Alexandre caiu em cima de nós, com um punhado de homens, deu com a nossa retaguarda absorta como camponeses bêbados em dia de mercado. Suas centenas cercaram os nossos milhares, como gado. Era demais para mim. Esgotara-me a mim, à minha fortuna, ao meu título, e à minha boa-fé, pode estar certo dela, e tudo por um covarde e um fanfarrão. Nem mesmo a derrota de Isso foi tão amarga. Peguei os meus próprios cavaleiros que ainda mantinham alguma disciplina, e conduzi-os pela floresta até o lugar onde nos encontrou.

Não havia nada para dizer, no entanto, lembrei-me da minha dívida a ele:

— Senhor, corre um grande perigo aqui. Alexandre desloca-se para o leste.

— Assim me constou, já tomei as minhas medidas. Mas, meu rapaz, chega de conversa sobre mim. Fale-me de você. Entristece-me saber o que está passando neste momento, mas que perspectiva posso lhe oferecer? Mesmo se

Deus me permitir reencontrar o meu lar, estarei arruinado. Devo ter desejado muitas vezes que fosse uma moça ou que conseguisse encontrar uma moça com sua cara, mas isso é o máximo a que a minha natureza me conduz. Na verdade, tem um ar muito menos efeminado do que na Babilônia. Cresceu e isso deu-lhe distinção. Estaria louco se lhe pusesse no meu harém.

Sorriu e eu senti algo insinuando-se.

— E, no entanto — prosseguiu —, é sem dúvida a criatura mais bela que os meus olhos conheceram: mulher, moça ou rapaz. E poucos mais anos assim o será. Seria um crime desperdiçá-los. A verdade é que apenas deve estar ao serviço de reis.

Já que ele pretendia divertir-se, limitei-me a aguardar pacientemente.

— Quem me dera poder depositar algum futuro nas suas mãos, mas o meu próprio é tão incerto. De fato, é claro para mim que devo seguir o caminho de Artabazos embora sem suas boas perspectivas.

— Quer dizer — interroguei espantado — ir ao encontro de Alexandre?

— Para onde poderei ir senão para lá? Ele é o único Grande Rei que possuímos ou possuiremos. Tivesse ele nascido persa, já há muito o teríamos seguido. Apenas me resta esperar poder viver em tranquilidade nas minhas propriedades. Os reis vivem sempre afrontados com a perspectiva do seu assassinato, e, no entanto... Ele é um soldado. Combateu Dario duas vezes. Creio que será capaz de me compreender.

No que dizia respeito à honra, não estava lá muito certo.

— Pelo menos enviou-me um salvo-conduto dando-me a conhecer os seus termos. Se ele está determinado em eliminar-me, poderá fazê-lo facilmente.

— Espero que não, senhor. — Era verdade. Ele sorriu amigavelmente.

— Viu os cavalos que lhe vou enviar como presente? Serão adornados com ouro e prata, como é óbvio. Embora ele já tenha mais que suficiente.

Por cortesia, disse que não encontraria melhores.

— Não, não são excepcionais. Pelo menos, para Alexandre não são. No fim de contas, ele é o homem mais rico do mundo. O que se pode dar a um homem assim? Mal quer alguma coisa, logo a possui. Há apenas um verdadeiro presente para um homem assim; algo que ele há muito deseja sem, todavia, disso ter consciência.

— Isso será difícil de saber, meu senhor, sem o conhecer.

— E, no entanto, creio que já a descobri.

— Ainda bem, meu senhor. O que é?

Respondeu:

— Você.

10

Nós, persas, temos um ditado segundo o qual devemos deliberar sobre assuntos sérios primeiro embriagados, depois sóbrios.

Acordei na manhã seguinte no meu catre no quarto de Nabarzanes, onde dormira sem ser molestado, como se fora um parente seu. Minha cabeça doía de leve: o vinho era muito bom. Amanhecia e os pássaros chilreavam na floresta. Quando tentava recordar-me do lugar onde me encontrava, olhei para o outro lado do quarto e vi meu anfitrião ainda adormecido. Minha memória estava turva: algo de assustador se insinuava.

Faláramos e bebêramos, e faláramos. Lembrei-me de perguntar:

— É verdade que eles se pintam de azul? — No entanto mais tarde, parecera-me que ele me dera um abraço fraterno e casto, invocara os deuses para minha proteção e me beijara. Devo ter consentido.

No acampamento, um cão uivava. Havia movimento de homens ainda antes de ele despertar. Comecei a recordar-me da conversa que tivéramos:

— É a você que compete escolher. Disse-lhe toda a verdade. Mal eu desaparecesse tomaria conhecimento da verdade, por isso é melhor assim. Permaneceu leal a Dario na minha presença sabendo que fui eu quem o matei. Espero que tenha confiança em mim. Falará de mim como lhe aprouver.

Dissera também:

— Quando comandava, tratei de me informar acerca de Alexandre. Devemos conhecer nosso inimigo. Entre outras coisas, descobri que sua dignidade se estende até as relações com o camareiro, com o escravo ou o cativo. Atrevo-me a adivinhar que a primeira coisa que lhe perguntará será se é livre, e se veio de sua livre vontade.

— Bom — respondi —, então saberei o que lhe dizer.

Um passarinho pousou na janela de madeira, cantando tão alto que a sua garganta se movia como um coração. Nabarzanes dormia, tranquilamente, como se a sua cabeça não estivesse a prêmio. Dissera, segundo me lembro:

— Duas vezes, que eu saiba, homens que desejavam os seus favores se ofereceram para comprar jovens gregos famosos pela sua beleza. Recusou indignado. Mas, meu querido Bagoas, parece que nenhum desses sicofantas se deu ao trabalho de lhe oferecer mulheres.

Lembro-me de ele ter tomado uma madeixa do meu cabelo ainda úmido do banho, e de a ter retido nos dedos. Já estávamos bêbados.

— Não é necessário grande força — disse — para resistir a um nome numa carta, ligada à palavra belo, mas a presença viva, ah! Isso é outra coisa.

O que tinha sido a minha vida, pensei, desde a morte do rei? A única profissão que conhecia era a minha. Apenas uma coisa fora exigida de mim por Nabarzanes embora para outro homem. Se continuasse a vaguear, mais cedo ou mais tarde acabaria onde comecei aos doze anos.

Todavia, era terrível abandonar tudo o que conhecia para viver entre os bárbaros. Como seria essa Macedônia vivida a portas fechadas? Aprendera em Susa que o corpo podia ser uma câmara de horrores. Mas... e se eu lhe agradasse?

Bom, pensei, melhor será o perigo desconhecido que desgraças nos tomando lentamente como a lepra, até que o nosso único pensamento seja o de pôr fim a essa existência. Uma aposta. Ganhar ou perder. Assim seja.

Nabarzanes despertou, bocejando, e sorriu para mim. Apenas ao desjejum me perguntou:

— O sóbrio concorda com o ébrio?

— Sim, meu senhor. Irei. Apenas com uma condição: dê-me um cavalo. Estou farto de caminhar. E se me vai apresentar ao homem mais rico do mundo, melhor será que eu surja com o ar de que valho alguma coisa.

Soltou uma gargalhada.

— Começa bem! Jamais se rebaixe perante Alexandre. Também lhe darei roupas, em vez desses enfeites. Seu destino será Zadracarta. De qualquer modo, temos que dar tempo a essas cicatrizes para que elas possam sarar. Vendo-o à luz do dia, imagino aquilo por que passou. — Virou-me o rosto com a mão. — É superficial. Alguns dias apenas.

Quatro dias mais tarde, nossa cavalgada iniciou-se em direção ao acampamento de Alexandre.

Nabarzanes fora generoso. Meu cavalo era castanho com cauda e crina claras. Era ainda mais bonito do que Tigre. Tinham-me dado dois bons trajes, os melhores que já vestira, com botões de ouro verdadeiro e mangas bordadas.

— Perdoe-me, meu rapaz — disse —, mas não posso lhe devolver o punhal. Alexandre pensaria que lhe estivesse enviando um assassino.

Atrás de nós seguiam os cavalos nicenos, com correias cintilantes e selas trabalhadas a ouro. Nabarzanes cavalgava a meu lado, vestido como um nobre suplicante, sombrio, mas digno, parecendo bem alimentado como os seus cavalos. Espero que Mitra perdoe os meus pensamentos em relação a ele.

À frente ia o guia, um oficial macedônio que falava poucas palavras de persa. Apontou o acampamento na planície ao fundo, no sopé das montanhas, junto a um rio, não muito grande. Alexandre dividira suas forças para bater as montanhas e guarnecer os pontos mais importantes. Conservara consigo apenas suas tropas. Podíamos ver a sua tenda. Era imponente e tinha um aspecto persa.

Nabarzanes disse:

— Arranjou-a em Isso. Era a tenda de Dario. Reconhecia-a fosse onde fosse. — Jamais falava de Isso sem mostrar amargura. Lembrei-me dos seus homens na Babilônia dizendo que combatera até a fuga do rei.

Atravessamos o acampamento em meio a macedônios que nos olhavam plantados até que, por fim, chegamos a um espaço aberto em frente à tenda. Criados levaram nossos cavalos. Nabarzanes foi anunciado a Alexandre. Este saiu da tenda.

Quão distante é para mim ainda a sua imagem naquele instante. Não era tão baixo quanto imaginara. Como é óbvio, ao lado de Dario parecia um rapaz. O jovem macedônio que o seguia era também mais alto do que ele. Sua estatura era mediana, embora eu acredite que as pessoas esperassem que estivesse de acordo com os feitos dele.

Artabazos dissera que até na Pérsia ele teria sido considerado belo. Acabara de cavalgar durante dias com um capacete aberto em vez de um chapéu e estava queimado pelo sol. Como tinha uma pele branca ganhara uma tonalidade avermelhada, algo que entre nós não é apreciado, pois faz lembrar os selvagens do norte, mas não tinha o cabelo ruivo como eles. O seu era de um loiro intenso. Usava-o cortado sem grande preocupação, de um comprimento entre o pescoço e os ombros; não era liso nem ondulado, caindo como uma crina brilhante. Ao voltar-se para o intérprete, percebi a correção de suas feições, embora marcada pelo nariz no queixo.

Algum tempo depois, Nabarzanes curvou-se e apontou para o cortejo de presentes; então olhou para mim. Eu estava demasiado longe para distinguir as suas palavras, mas Alexandre virou-se para mim e pela primeira vez vi os seus olhos. Recordo-me como se fosse ontem. Senti-me confuso. Devia ter me preparado melhor para o encontro.

Aproximei-me olhando para o chão e prostrei-me. Ele disse em persa:

— Erga-se. — A essa altura, pouco conhecia da nossa língua e apenas aprendera uma ou outra expressão mais trivial. Não estava habituado a que os outros se curvassem até o chão na sua presença, e via-se que isso o punha pouco à vontade. É evidente que nos erguemos sem que para isso seja necessário que nos ordenem, mas claro que ninguém lhe disse semelhante coisa.

Fiquei à sua frente com os olhos no chão como é devido na presença de um rei. Ele disse, de repente:

— Bagoas! — Fiquei espantado e ergui os olhos como aliás estava à espera.

Como alguém que sorri para a criança de um estranho ao vê-la assustada, assim o fez ele para mim. Voltou-se então para o intérprete:

— Pergunte ao rapaz se está aqui por sua livre vontade.

Respondi:

— Senhor, falo um pouco de grego.

— Fala muito bem. — Pareceu surpreso. — Então Dario também falava grego?

— Sim, meu senhor.

— Então entendeu o que acabei de lhe perguntar.

Retorqui que viera por minha livre vontade, esperando ter a honra de servi-lo.

— Mas vem com o homem que matou o seu amo. Como explica isso? — Seu olhar transformara-se. Não estava tentando assustar-me, mas sua expressão era agora fria e isso era suficiente.

Nabarzanes afastara-se para uma distância considerável. Alexandre limitou-se a olhá-lo de relance. Lembrei-me então de que ele não sabia falar grego.

— Senhor — disse —, Dario cumulou-me de gentilezas. Sempre o chorarei, mas o nobre Nabarzanes é um soldado. Pensou que seu gesto era necessário. — Notei a transformação no seu olhar como se tivesse compreendido algo. Prossegui: — Sei que ele o lamenta profundamente. Estou certo disso.

Fez uma pausa e depois perguntou abertamente:

— Ele foi seu amante?

— Não, meu senhor. Apenas meu anfitrião.

— Então não é por isso que intercede a seu favor?

— Não, meu senhor. — Penso que foi seu olhar mais do que o conselho de Nabarzanes para não me rebaixar que me fez continuar: — Se ele fosse meu amante, eu não o abandonaria.

Ergueu as sobrancelhas. Em seguida, voltou-se para o jovem que estava atrás de si:

— Ouviu isso, Heféstion? Ora, aí está um verdadeiro advogado de defesa.

O jovem replicou sem um gesto de reverência ou um "Meu senhor":

— De qualquer modo, pelo menos podiam ter acabado com ele.

Para surpresa minha, Alexandre não reparou naquela falta de respeito:

— Nós estávamos mesmo em cima deles — disse. — Estavam cheios de pressa. Não fazia ideia de que ele falava grego. Se ao menos tivesse chegado a tempo.

Deu uma olhadela para os cavalos, comentou a respeito deles através do intérprete e convidou Nabarzanes para sua tenda.

Aguardei junto aos cavalos enquanto os macedônios me observavam. Entre os persas, o eunuco é de imediato reconhecido devido à ausência de barba; era uma sensação estranha a de estar no meio de uma multidão onde nenhum jovem tinha barba. Alexandre barbeara-se desde a juventude e gostava que adotassem essa moda. Se alguém dissesse a um soldado persa para parecer um eunuco, ele teria derramado logo ali o sangue do seu ofensor, mas creio que tal nem terá passado pela cabeça dos macedônios. Eles não tinham eunucos. Eu era o único.

Ninguém me molestou. Havia disciplina, mas não a reverência que se espera quando se está na presença de um rei. Ficaram por ali, olhando-me, discorrendo sobre meu aspecto como se eu fosse um cavalo, sem saberem que eu os compreendia perfeitamente. Os de *status* social inferior, não; embora falassem o macedônio, que praticamente nem grego é, conseguia entender o que diziam. Evitei lágrimas de revolta. O que ia ser de mim no meio de gente assim?

As abas da tenda abriram-se. Alexandre saiu acompanhado do intérprete e de Nabarzanes. O rei disse algo e ofereceu a mão direita. Vi pela expressão de Nabarzanes que era sinal de perdão.

Fez um breve discurso demonstrando sua lealdade e recebeu permissão de partir. Ao voltar-se para mim, disse com solenidade (o intérprete estava a seu lado):

— Bagoas, sirva ao seu novo amo tão bem quanto serviu ao anterior. — Quando se dirigiu para o cavalo piscou-me o olho.

Regressou para suas terras ancestrais e para o seu harém, e deve aí ter vivido, como o disse, tranquilamente. Nunca mais o vi.

Alexandre ordenou que levassem os cavalos e depois voltou-se para mim como se se tivesse lembrado da minha existência. Já o vi mais bem feito. Por um breve instante, poderia jurar ter vislumbrado uma expressão que não se pode confundir. Quando é dura e presunçosa, é mau sinal; mas às vezes mitiga. Desapareceu repentinamente antes de me poder certificar da sua natureza. Restava apenas a vivacidade do soldado.

— Bom, Bagoas, é bem-vindo ao meu serviço. Vá ver Chares, o chefe da minha administração. Ele o conduzirá aos seus aposentos. Eu o verei mais tarde.

Ora, aí está, pensei, *claro como água.*

O sol punha-se, e o meu espírito parecia acompanhar a melancolia daquele momento. Fiquei me perguntando a que horas ele ia se deitar.

Comi na companhia dos escribas que redigiam os seus documentos. Pareciam surpreendidos, não havia outro lugar para gente como eu, exceto junto dos soldados ou dos criados. A comida era ruim, mas eles não pareciam estar habituados a uma coisa melhor. Algum tempo depois, um deles perguntou-me como conservavam os arquivos em Susa. Felizmente, eu estava informado acerca disso. Tornaram-se então mais amigáveis, mas não me deram informação alguma quanto aos meus deveres. Não quis perguntar qual sinal o rei me faria para eu permanecer quando os outros se retirassem. Em qualquer outro lugar, um eunuco seria mais útil.

O rei jantava na companhia dos seus oficiais superiores. Procurei Chares, o camareiro, um macedônio de elevada estirpe. Não creio que os seus serviços fossem excessivos, pois todo o acampamento parecia ser bastante funcional mesmo para um persa. Quando apareci, pareceu não saber o que fazer comigo, mas ao ver a qualidade das minhas roupas (quanto a isso ficara em dívida com o meu anfitrião) deu-me uma toalha úmida e outra seca para o rei lavar as mãos. Fiquei em pé junto à sua cadeira enquanto ele usava as toalhas. Senti então que ele não estava à minha espera.

Já ouvira falar dos seus modos bárbaros no que dizia respeito ao vinho, pois acompanhavam com ele a comida, mas ninguém me preparara para a liberdade de linguagem permitida pelo rei. Chamavam-lhe Alexandre, sem referência ao seu título, como se ele fosse igual aos outros. Riam às gargalhadas na sua presença, e ele, em vez de censurá-los, juntava-se a eles. A única coisa decente que se notava, era que não o interrompiam enquanto falava. Discutiam sobre sua campanha, como soldados com o comandante. Um deles chegou a dizer:

— Não, Alexandre, isso foi no dia anterior. — E nem por isso foi castigado. *Como será,* pensei, *que ele consegue que eles lhe obedeçam durante a batalha?*

Quando acabaram de comer (algo que mais fazia lembrar um festim de camponeses, sem quaisquer doces), os criados saíram, exceção feita aos que serviam o vinho. Assim, fui até o seu quarto preparar-lhe o leito. Fiquei admirado ao ver que o seu quarto não se diferenciava muito do de um banal soldado. Mal havia ali espaço para duas pessoas. Objetos em ouro eram poucos, vindos, creio, de Persépolis. A mobília não ia além de uma cama, um tamborete, um lavatório, uma pequena mesa e uma cadeira, uma prateleira com pergaminhos e uma banheira embutida a prata, que devia ter sido de Dario e tomada quando da fuga de Isso.

Olhei em redor à procura de um aspersório de perfume, mas não o encontrei. Foi então que um jovem macedônio, sensivelmente da minha idade, entrou e disse:

— O que está *fazendo* aqui?

Parecia que ele tinha me tomado por um ladrão. Não lhe respondi com os mesmos modos; limitei-me a retorquir que fora admitido ao serviço naquele dia:

— É a primeira vez que ouço uma coisa dessas — disse. — Quem é você para andar aqui a espionar sem autorização? Estou aqui de guarda, e quanto a mim veio envenená-lo.

Gritou para outro jovem que se encontrava no exterior, e estavam prestes a agarrar-me, quando um rapaz mais velho surgiu. Os rapazes ficaram atrapalhados mesmo antes de ele falar:

— Por Zeus! — exclamou.

— Não é capaz de fazer guarda, Antícles, sem gritar como um vendedor no mercado? Eu o ouvia lá fora! Tem sorte se o rei não o ouviu. O que é que se passa?

O rapaz apontou para mim e disse:

— Encontrei-o a mexer nas coisas do rei.

O jovem ergueu as sobrancelhas:

— Podia ter perguntado a um de nós antes de fazer essa barulheira toda. Estamos fartos das suas criancices. Não sei como é que o rei consegue suportar essas coisas.

De repente, o rapaz exaltou-se:

— E por quanto tempo é que você ainda vai se fazer de escudeiro? Eu, estou de serviço. Será que devo deixar entrar um catamito castrado que um bárbaro qualquer deixou para trás?

O jovem fixou-o com o olhar até ele corar:

— E se começasse a ter mais tento com a língua? Alexandre não gosta nada disso. Quanto ao resto, pode estar certo do que lhe digo: o rapaz tem autorização para estar aqui. Ouvi Alexandre a falar com ele. Creio que não preciso acrescentar mais nada. Pelo cão do Egito! Se eu fosse tão idiota quanto você, já teria me enforcado.

Os rapazes sussurraram mais alguma coisa e saíram. O jovem olhou-me durante algum tempo, sorriu amigavelmente e saiu também. Não conseguia entender nada daquilo.

De fato, acompanhando as tropas frescas da Macedônia, vinham escudeiros do rei. Segundo tradição macedônia, os filhos dos nobres exerciam essas funções, entre as quais se incluía a sua guarda pessoal durante a noite. Tais tarefas duravam habitualmente dois ou três anos, mas ao fim de quatro anos de guerra, os escudeiros tinham crescido; eram já homens. Ele próprio os escolhera na Macedônia. Agora estavam familiarizados com os seus hábitos, de modo que tudo corria sem quaisquer problemas. Posteriormente, foram promovidos à cavalaria e deviam instruir os mais novos pelos quais mostravam profundo desprezo. Tudo isso soube mais tarde.

Ficara sozinho na tenda. Ninguém parecia estar destinado a ajudar o rei a deitar-se; mas, mais cedo ou mais tarde, alguém por certo viria. Acendi a lamparina com a candeia e a coloquei junto à cama. Depois fui para um canto e sentei-me de pernas cruzadas na penumbra refletindo sobre a minha sorte.

Ouviram-se vozes no exterior. Logo em seguida, o rei entrou com dois oficiais. Era evidente que eles tinham entrado enredados na conversa e que não tinham como funções suas deitá-lo. Isso era estranho. Ele podia não querer que eles soubessem que me mandara chamar, por isso deixei-me ficar na penumbra.

Quando eles partiram e eu ia me levantar, começou a andar de um lado para o outro como se estivesse só. Parecia querer que os seus pensamentos não fossem perturbados. Uma pessoa aprende quando deve permanecer quieta.

Andou para trás e para a frente com a cabeça inclinada para o lado; os olhos pareciam fixar um ponto em algum lugar no exterior da tenda. Algum tempo depois sentou-se à mesa, abriu um díptico de papel encerado e começou a escrever. Achei que era uma tarefa estranha para um rei. Ele tinha escribas que podiam escrever o que ele desejasse. Durante todo o tempo que passei junto de Dario, jamais o vi pegar em algo para escrever.

De repente, sem dar uma palavra aos guardas no exterior, sem fazer uma pausa à entrada, sem pedir permissão, um jovem entrou. Já o conhecia; estivera com o rei quando Nabarzanes me trouxe. O rei, de costas para a entrada, continuou a escrever. O homem aproximou-se por trás e pôs-lhe a mão no cabelo.

Fiquei demasiado aterrorizado para gritar. Num instante concebi mil horrores. Tinha que alcançar a floresta antes de encontrarem o corpo. O assassino planejara acusar-me visto saber que o rei me mandara chamar. Minha morte duraria três dias.

Então, quando me ergui para fugir, notei que nenhum golpe fora desferido. O homem não tinha nenhuma arma, e o rei, conhecido pela sua agilidade, não esboçara resistência alguma. Sua cabeça não tinha sido puxada para trás, a garganta não tinha sido cortada. O outro limitava-se a acariciar-lhe os cabelos com os dedos, como um homem faz a um rapaz.

A perplexidade deixou-me plantado. Compreendi tudo. O homem — lembrei-me do seu nome, Heféstion — inclinara a cabeça ao lado do rei, para ler o que ele escrevia. Voltando a mim, afastei-me na direção da penumbra. Ambos se voltaram e me viram.

Meu coração quase parou de bater. Prostrei-me e beijei o chão. Quando me levantei, Heféstion olhava o rei com as sobrancelhas erguidas, sorrindo. O rei, contudo, fixou-me nos olhos sem esboçar um sorriso.

Disse:

— Por que razão está aqui? — Mas todo o grego que eu sabia parecia esfumado nesse momento. Examinou-me com mãos firmes e disse: — Nenhuma arma. Há quanto tempo está aqui?

— Desde o fim do jantar. — Não me atrevi a lembrá-lo que ele me mandara chamar; certamente desejava que isso não fosse referido. — Perdoe-me, senhor. Pensava que deveria estar às suas ordens ao deitar.

— Ouviu-me dizer que posteriormente o informaria das suas funções.

Com essas palavras senti um rubor de vergonha tomar-me o corpo e escaldar-me o rosto. De boa vontade, teria me enfiado pelo chão abaixo. Não consegui dizer nada.

Ele notou minha confusão e ficou mais calmo. Disse então amigavelmente.

— Não fique assustado. Vejo que fez confusão. Não estou zangado com você, Bagoas. Pode retirar-se.

Curvei-me e saí. O guarda da noite olhava para o exterior. Parei na escuridão junto à tenda. Não tinha nenhum amigo ali, ninguém que me aconselhasse. Tinha que ser eu próprio a aprender o que fazer.

O rei disse:

— Desde o fim do jantar! E nem um som. Move-se como um gato.

— Estava tenso e assustado — retorquiu Heféstion. — O que andou a fazer com ele, Alexandre? Ah? — Ria-se.

— Tenho a impressão de que ele pensou que ia me assassinar — prosseguiu o rei. — Lembre-se de que ele está habituado aos costumes persas e à vida na corte. Pobre menino! Era o rapaz de Dario. Disse-lhe que o veria mais tarde, e ele pensou, como é óbvio, que estava me referindo à noite. Envergonhei-o e a culpa é só minha. Seu grego parecia-me bom. No entanto, devia ter usado um intérprete. Devemos ter um persa conosco para essas situações.

— Isso era pior. Depois do tempo que você demorou a aprender grego. Ora, aí tem um professor. Assim já terá alguém com quem praticar bastante.

Um dos guardas mexeu-se. Tive de me afastar sem ouvir mais nada.

Minha cama era na tenda dos escribas. Uma tocha à entrada iluminava vagamente o interior. Dois deles dormiam, o terceiro, que me pareceu adormecido, observou-me enquanto me despia. Era o fim de um dia horrível. Puxei o cobertor para cima, mordi a almofada e molhei-a com lágrimas derramadas em silêncio.

Lembrei-me das promessas de Nabarzanes. Que perfídia! Como é que ele podia não estar informado a esse respeito, sabendo tanta coisa? Todo o exército macedônio devia saber. Quanto tempo fazia que deviam ser amantes?

— "Depois do tempo que você demorou a aprender grego"!

Dez anos?

O eunuco da rainha contara-nos a visita que eles tinham feito os dois à tenda real. A essa altura, a rainha-mãe não soubera perante quem se curvar.

— "Não tem importância, senhora, não se enganou muito. Ele também é Alexandre." — Nem dela pretendera dissimulá-lo.

Por que, pensei, *me aceitou ao seu serviço? O que é que ele quer de um rapaz? Ele próprio é o rapaz de outrem. E deve ter pelo menos 25 anos.*

Um dos escribas ressonava. Cheio de raiva, senti saudades da casa de Nabarzanes. Amanhã estaria abandonado. No ano que vem, quem sabe? Assim, tudo o que havia de persa em mim se desvaneceria enquanto trilhava terras estranhas, um servo num exército bárbaro.

Lembrei-me de Nabarzanes dizer à luz da candeia num acesso de vinho: "O que se pode dar a um homem assim? Algo que ele há muito deseja sem, todavia, disso ter consciência..." — Bem, lá me enganara como fizera a Dario. Já devia estar à espera disso. E, no entanto, levou-me até ali para ganhar favores para si próprio; foi apenas essa a sua intenção. *Estou sendo injusto*, pensei. *Deve ter agido por ignorância.*

Logo, esgotado, adormeci.

11

Quando se é jovem, a luz do amanhecer faz maravilhas. Nas paliçadas haviam tratado bastante bem do meu cavalo. Chamara-lhe Leão. Embora o rosto dos servos trácios, à primeira vista, pouco se assemelhassem aos seres humanos (afinal eram eles que se pintavam de azul), um deles disse-me com sorrisos e gestos que era um ótimo cavalo. Enquanto seguia a trote na margem do rio saboreando os primeiros raios de luz matinal, senti o meu coração renascer. Foi então que me deparei com algo tão chocante que mal podia acreditar que via. Uma dúzia de jovens estavam dentro do rio com os seus corpos nas águas sagradas, tomando banho; e, como se se deleitassem com aquela poluição ímpia, mergulhavam e nadavam. Entre eles havia uns cabelos loiros que não podiam ser de outra pessoa senão do rei. Pareceu-me que ele olhara na minha direção e afastei-me galopando aterrorizado.

Bárbaros! Pensei. Que vingança lhes destinará Anaíta das Águas? A manhã estava linda, fresca, mas começando a aquecer. Na realidade, deixara para trás todas as coisas civilizadas. Enfim... se não se conhecia nada melhor; que prazer penetrar nas águas do rio, como um peixe.

À medida que o rio cruzava o acampamento, percebi que constituía um insulto para essa gente não fazer oferendas à divindade das águas. Não só se lavavam como dele retiravam água para regas e para dar de beber aos cavalos. Senti a repugnância invadindo-me de novo. Não admira que tivesse tido trabalho para encontrar um recipiente para apanhar água para me lavar.

Pior era a indecência dos costumes. Havia apenas um fosso para a Câmara Real, e as pessoas entravam ali e saíam. Os escudeiros, e outros indivíduos de boa educação, tentavam olhar para mim. Qualquer rapaz persa satisfaz a curiosidade diante dos eunucos antes dos seis anos de idade, mas aqui até os adultos julgavam que nós éramos cortados a ponto de ficarmos como mulheres. Os escudeiros chegaram a fazer apostas em relação a isso. Durante alguns dias, exposto a essas imodéstias, via-me obrigado a esconder-me nas florestas sempre que a natureza o solicitava.

Nada ouvi no que dizia respeito às minhas funções e não me atrevi a ir à presença do rei durante as refeições. Todavia, em vez de me dispensar, promoveu-me. Durante o dia, alguns nobres persas vieram apresentar sua rendição e prestar-lhe vassalagem. Nabarzanes pudera partir apenas com o seu perdão porque matara o rei, mas esses foram recebidos como convidados de honra. Mais de uma vez, quando algo melhor fora servido a Alexandre, ele ordenava a um criado para tirar um pouco e dizia-me: "Vá ter com Fulano e diga-lhe que espero que goste deste prato e o partilhe comigo". Embora habituados a uma comida mais requintada, os convidados ficaram satisfeitos com essa atenção persa. Tentava imaginar como é que ele aprendera tão depressa.

Algumas vezes, quando ele enviava essas iguarias, eu lhe dizia que pouco restaria para ele, mas ele se limitava a sorrir e comia o mesmo que os outros. Sua queimadura do sol melhorara. Devo admitir que ele se portava com dignidade mesmo segundo os padrões persas.

Jamais me disse para transportar algo. Lembrava-se do que se passara na noite anterior e tentava compensar o meu orgulho. Para alguém criado em semelhantes lugares, parecia portar-se com uma cortesia natural. O mesmo não se poderia dizer dos macedônios. Os companheiros adotavam seus gestos; Heféstion não tirava os olhos dele; mas alguns (especialmente aqueles que conservavam as suas barbas) tornavam claro o que pensavam de comer com persas. Perante a menor diferença de costumes, eles riam-se e chegavam mesmo a apontar. Havia ali nobres cujos antepassados tinham sido reis em tempos idos, mas não tenho dúvidas de que esses ocidentais prefeririam vê-los como criados a servir à mesa. Mais do que uma vez, Alexandre lançou um olhar reprovador a esses camponeses, embora poucos disso se apercebessem; os que percebiam faziam de conta que não tinham reparado.

A culpa é só sua, pensei. *Deixa-os andar na sua presença como cães que não foram treinados a reconhecer o seu dono. É temido na guerra, mas não o é à própria mesa. O que pensarão os meus de Alexandre?*

Um ou outro persa olhou para mim. Nem todos sabiam quem eu era: Dario jamais sonhou em me mostrar a seu lado em público. No entanto, Alexandre, a quem eu não era nada, parecia satisfeito por me ver. *É claro*, pensei, *sou um despojo de guerra, como o carro de Dario. Eu sou o rapaz de Dario.*

Ao terceiro dia, Chares, o camareiro, transmitiu-me uma mensagem escrita, e disse-me para ir entregá-la ao rei:

— Creio que ele está no pátio de jogos.

Perguntei onde era esse lugar e indicaram-me um quadrado rodeado com paredes de tela. Ouvi gritos lá dentro e sons de pés correndo de um lado para o outro. A entrada era uma abertura sem porta ou guarda. Entrei e fiquei paralisado. Oito ou dez jovens corriam, todos eles completamente nus.

Era impossível de acreditar. Os únicos adultos que vira em semelhante estado eram os escravos que tinham sido vendidos comigo, e os criminosos cujas ofensas mereciam semelhante desgraça, antes de serem executados. No meio de que gente eu tinha caído? Preparava-me para fugir, quando um jovem cabeludo se aproximou e me perguntou o que eu queria. Desviando o olhar, respondi-lhe que fora ali por engano, pois procurava o rei.

— Sim, o rei está aqui — disse e recuou alguns passos. — Alexandre! É uma mensagem de Chares. — E no momento seguinte ali estava o rei, nu como os outros.

Pela sua falta de vergonha, diriam que jamais usara roupas ou que não sentia a sua ausência. Baixei os olhos, demasiado chocado para falar, até que ele inquiriu:

— Então onde está a mensagem de Chares?

Pedi-lhe perdão. Ele pegou na mensagem e leu-a. Enquanto o suor do primeiro jovem era intenso como o de um cavalo, o do rei parecia fresco como se ele tivesse acabado de sair do banho embora estivesse no auge do exercício. Dizia-se dele que o ardor da sua natureza queimava os seus humores, mas a essa altura, a minha única preocupação era a de ocultar o rubor da vergonha que me invadia o rosto.

— Diga a Chares — disse e fez uma pausa. Senti que me olhava. — Não, diga-lhe que logo o mando chamar. — Era óbvio que não me confiava uma mensagem por simples que fosse. — É tudo — prosseguiu: — Bagoas.

— Sim, meu senhor? — respondi, de olhos no chão.

— Anime-se, rapaz. Logo estará habituado.

Parti estupefato. Embora os gregos fossem um exemplo de falta de modéstia, nunca pensei que um rei pudesse chegar tão baixo. Eu próprio, ensinado que fora a despir-me no abrigo de um quarto, eu me sentiria envergonhado se, fora desse espaço, fosse menos decente que qualquer outra pessoa. *Como é que é possível*, pensei, *um rei fazer corar um cortesão? Será que ele não possui noção alguma de dignidade?*

Levantamos o acampamento pouco tempo depois. A velocidade com que o fizemos deixou-me perplexo. Mal soou a trombeta, toda a gente parecia saber qual a função que lhe estava destinada sem receber instrução alguma.

Fui o último a ir buscar o meu cavalo e o responsável pelos cavalos censurou-me. Quando regressei, a tenda desaparecera e as minhas coisas tinham ficado por ali. Estávamos a caminho uma hora antes de Dario ter acordado.

Tentei ver onde Alexandre tomaria o seu lugar. Não vislumbrei sinais dele e perguntei ao escriba que seguia a meu lado. Apontou para diante onde um carro se deslocava a uma velocidade razoável. Um homem saltava dele e corria a seu lado sem que o carro abrandasse, voltando de novo a saltar para cima. Perguntei:

— Por que é que ele obriga o homem a fazer aquilo? É algum castigo?

Ele atirou a cabeça para trás e riu:

— Mas esse é o rei. — Vendo o meu espanto, acrescentou: — Está se exercitando. Não suporta o ritmo de marcha. Às vezes caça quando vale a pena.

Lembrei-me da liteira, dos Magos com o altar, a fila interminável de eunucos, mulheres e bagagem. Parecia outra vida.

Seguíamos para noroeste em direção à Hircânia. No próximo acampamento, Artabazos se renderia.

Estivera descansando após a sua longa jornada e reunia os seus filhos. Além dos mais velhos, trouxera nove jovens bastante bonitos que eu ainda não conhecia. Devia tê-los gerado entre os setenta e os oitenta anos.

Alexandre aguardava-o à porta da sua tenda. Avançou, tomou-lhe ambas as mãos e ofereceu a face a um beijo. Após essas cortesias, abraçou-o como um filho faz a um pai.

Como é óbvio, dominava o grego que aprendera nos anos de exílio. Alexandre colocou-o à sua direita ao jantar. Porque ficara junto à sua cadeira, pude ouvi-lo rir com o velho por causa das suas traquinices de infância, e recordar as histórias da Pérsia que ele ouvira contar sentado no seu colo.

— Ah — disse Artabazos —, já a essa altura, meu senhor, me perguntava que armas usava o rei Oco. — Alexandre sorria e servia-o retirando a comida do seu próprio prato. Até o mais rude dos macedônios compreendeu a amizade que os unia.

Pouco tempo depois, surgiu um emissário das tropas gregas apresentando a sua rendição.

Fiquei agradecido por Artabazos, tal como eu esperava, ter intercedido em seu favor, mas Alexandre não suportava a ideia de ver gregos lutando entre si, por isso disse-lhe que ou se entregavam, conhecendo então os termos da rendição, ou deviam manter-se o mais longe possível dele.

A maior parte deles chegou dois dias mais tarde. Alguns haviam passado as Portas e tentado a sorte; um ateniense, conhecido na Grécia como opositor da

Macedônia, suicidara-se. O resto mantinha uma postura disciplinada embora estivessem exaustos. Não me pude aproximar, mas creio que vi Dorisco num relance. Pensei então que nada o poderia salvar se ele fosse condenado à morte.

Mas a única vingança de Alexandre foi o susto que lhes pregou ao recusar os termos da rendição. Patrono e os seus veteranos que já estavam ao serviço antes de ele ter declarado guerra, foram enviados de regresso à Grécia com um salvo-conduto. Aqueles, como Dorisco, que se tinham alistado depois, ouviram uma reprimenda. Alexandre disse-lhes que eles não mereciam ser dispensados e alistou-os ao seu serviço pagando-lhes o salário que recebiam anteriormente (seus homens tinham um salário superior). Foram conduzidos para fora do acampamento e como tal não me pude despedir-me de Dorisco.

Foi pouco tempo depois deste episódio que Alexandre partiu para combater os mardos.

Viviam numa floresta de difícil penetração, a ocidente, e tinham enviado emissários. Eram conhecidos pela sua bravura, mas como não possuíam nada sobre o que fosse lançado impostos, haviam sido ignorados pelos reis persas ao longo de gerações. Além disso, eram conhecidos por serem famosos assaltantes. Alexandre não fazia tensão de os deixar armados na sua retaguarda, nem queria que se dissesse que ele recusara o combate.

Alexandre partira em campanha levando consigo o mínimo de bagagem possível. Eu ficara no acampamento onde, pouco a pouco, tentara de me ambientar. Nesse sentido foi benéfico o fato de ele se ter feito acompanhar dos escudeiros. Esses rapazes mais pareciam pensar que fora eu quem escolhera a minha condição. Talvez por isso sentiam diante de mim um misto de desprezo e inveja. Embora soubessem realizar suas funções com uma simplicidade rude, mas eficiente, desconheciam os requintes nos quais eu fora iniciado. Ficavam irritados por Alexandre não gozar com aquilo a que chamavam os meus modos bárbaros e servis, e me escolher para receber seus convidados de honra. Suas intrigas a meu respeito eram constantes.

Chares, que sempre me tratara com deferência, tinha por hábito consultar-me acerca de questões de etiqueta persa, visto não haver ali mais ninguém da corte. Eu tinha tempo para cavalgar, embora a planície fosse pequena e úmida. Também o fato de eu ter um cavalo meu, era motivo de inveja dos escudeiros que achavam que ele me deveria ser retirado. No entanto, também eles possuíam cavalos que lhes eram destinados pelo chefe dos estábulos.

O rei regressou quinze dias depois. Conseguira rechaçar os mardos das montanhas onde pensavam resistir-lhe. Todavia, ao verem que ele os perseguia, desistiram e reconheceram-no como rei.

À noite, durante o jantar, ouvi-o dizer a Ptolomeu, seu meio-irmão bastardo:

— Ele estará de volta amanhã! — Disse-o com tanta alegria que pensei estar se referindo a Heféstion, mas esse estava ali, sentado à mesa.

No dia seguinte, vivia-se uma agitação expectante no acampamento. Acerquei-me da multidão junto à tenda real, embora tivesse acordado, com dores de cabeça. Vendo que o velho macedônio a meu lado tinha um ar simpático, perguntei-lhe quem estava para chegar:

— Bucéfalo? — Isso decerto significava: "cabeça de boi"; que nome estranho. — Quem é ele, por favor?

— Nunca ouviu falar dele? É o cavalo de Alexandre.

Lembrando-me das ofertas que sátrapas e sátrapas lhe haviam trazido, interroguei-me por que os mardos estavam trazendo esse em especial. Respondeu-me:

— Porque eles o tinham roubado.

— Nessa terra de ladrões de cavalos — repliquei —, o rei teve sorte em recuperar o seu tão depressa.

— Tinha que ser depressa — retorquiu o velho tranquilamente. — Alexandre dissera-lhes que se não o fizessem, ele incendiaria suas florestas e os mataria a todos.

— Por um *cavalo*? — interroguei. Recordando-me da sua gentileza diante de Artabazos e a sua misericórdia com os gregos: — Ele não seria capaz de fazer uma coisa dessas, seria?

O velho considerou:

— Por Bucéfalo?! Sim, acho que sim. Não o faria tudo de uma vez, mas teria começado e prosseguido até que eles o devolvessem.

O rei saíra da tenda e ficara à porta, tal como fizera quando da chegada de Artabazos. Heféstion e Ptolomeu estavam a seu lado. Ptolomeu era um combatente de feições ósseas, com o nariz quebrado, uns dez anos mais velho do que Alexandre. A maioria dos reis persas teria se visto livre de uma pessoa assim mal chegasse ao trono. No entanto, esses dois pareciam ser excelentes amigos. Perante a aproximação das trombetas, os três sumiram-se.

Um chefe mardo veio em primeiro lugar, vestido com algo que mais parecia ter sido roubado nos tempos de Artaxerxes. A seguir vinham os cavalos. Vi de imediato que não havia nenhum niceno entre eles, mas o tamanho não é tudo.

Coloquei-me na ponta dos pés para ver essa pérola sem par, essa seta de fogo que valia todo um país e o seu povo. Devia valê-lo de fato, para o rei ter sentido a sua falta no meio de tantos cavalos. Dario sempre tivera o melhor dos cavalos, mas era o Chefe dos Estábulos que o escolhia.

Os cavalos aproximaram-se. Os mardos, em sinal de arrependimento, haviam adornado os cavalos com arreios bárbaros, plumas nos focinhos, fitas de lã escarlate, cintilando com contas e lantejoulas. Por qualquer razão, haviam adornado ainda mais um velho cavalo negro que abria o cortejo, parecendo terrivelmente cansado. O rei deu alguns passos em frente.

O velho cavalo ergueu o focinho e relinchou. Percebia-se que fora em tempos um bom cavalo. De repente, Ptolomeu, correndo como um menino, tomou os arreios das mãos do mardo e soltou-o. Ele começou a correr, fazendo estremecer toda aquela quinquilharia; aproximou-se do rei e encostou-se ao seu ombro.

O rei afagou-lhe o focinho. Durante todo esse tempo estivera mordiscando uma maçã e com ela o alimentou. Depois, voltou-se com o rosto encostado ao seu pescoço. Percebi então que ele chorava.

Creio que agora já nada restava com que ele me pudesse espantar. Olhei à minha volta para ver as reações dos soldados. Junto a mim, dois macedônios de certa idade pestanejavam e assoavam-se.

O cavalo encostava o focinho à orelha do rei como se estivesse a fazer confidências. Depois cambaleou e sentou-se como alguém que, após ter alcançado algo, espera a recompensa.

O rei, de faces ainda úmidas, disse:

— Está demasiado carregado. Ele vai reagir, mas é preciso libertá-lo destas coisas. — Tirou-lhe a sela. O cavalo ergueu-se de repente. Partiu a trote em direção aos estábulos, com Alexandre correndo a seu lado. A assembleia aclamou-os. O rei voltou-se e acenou.

O velho a meu lado sorriu para mim. Disse-lhe:

— Não entendo. Este cavalo parece ter bem mais de vinte anos.

— Sim, sim, tem vinte e cinco; é um ano mais novo do que Alexandre. Devia ter sido vendido a seu pai quando tinha treze anos. Fora maltratado antes e não deixava ninguém se acercar. O rei Filipe não deu nada por ele. Foi então que Alexandre gritou que iam desperdiçar um cavalo magnífico. Seu pai pensou que ele estava sendo atrevido e deu-lhe autorização para o manter, pensando que o humilharia, mas o cavalo confiou em Alexandre mal sentiu sua mão. Sim, foi a primeira vez que ele fez o que o pai não conseguiu... Teve o seu primeiro comando aos dezesseis anos e antes disso já combatera. Desde então não tem deixado esse cavalo.

"Mesmo em Gaugamelos, salvou-o da carga, embora depois tivesse trocado de cavalo. Enfim, Bucéfalo teve sua última batalha; mas, como pode ver, ainda é amado."

— Nos reis isso é raro — disse.

— Em qualquer pessoa. Bom, não duvido que ele fizesse o mesmo em relação a mim, pois já arriscou a vida por mim, apesar de eu não lhe ser mais útil do que aquele cavalo velho. Em tempos, contei-lhe histórias de heróis; agora ele suplanta-os. Embora ele fosse apenas uma criança quando eu me interpus entre ele e a violência do seu tutor, ele não o esquece. Nos planaltos além de Tiro, caminhei apoiado nele pois estava exausto e ele não quis que outrem me ajudasse. A culpa foi minha, porque não devia ter ido. Estávamos deitados nos rochedos. Era inverno, o vento soprava intenso, e as fogueiras dos postos de sentinelas inimigas brilhavam muito próximo de nós. Tocou-me com a mão e disse-me: "Fênix, está gelado. Isto não pode ser. Espere aqui". Desapareceu como uma seta e ouvi gritos vindos de um dos postos. Pouco depois regressou com uma tocha acesa. Deste modo nos aquecemos enquanto o inimigo fugia sem ter sabido quantos soldados tínhamos. Assim passamos quentes o resto da noite.

Não me importava de ter ouvido mais histórias deste velho que além disso parecia gostar de falar. Comecei a me sentir indisposto e tive de me afastar para vomitar. Minha cabeça ardia e comecei a tremer de frio. Disse a Chares que estava com febre, e ele me mandou para as tendas hospitalares.

Todas elas se encontravam repletas de combatentes feridos na luta com os mardos. O médico levou-me para um canto e deu-me instruções para não andar pelo meio dos outros, pois a minha febre podia ser contagiosa.

Deitei-me. Sentia-me fraco como um bebê. Ali fiquei, bebendo apenas água e ouvindo os homens falando da campanha, das mulheres que violaram ou de Alexandre.

— Alvejavam-nos com pedras de cima do desfiladeiro; eram pedras que podiam trespassar os escudos e partir-nos os braços, mas lá foi ele trepando contra elas: "Então, homens, estamos à espera de quê? Que nos deem pedras suficientes para construir um curral? Vamos para cima!". E lá foi como um gato trepando a árvore. Seguimo-lo por um carreiro onde não nos conseguiam atingir e apanhamo-los pelo flanco. Alguns saltaram pelo desfiladeiro, mas aprisionamos o resto.

Outros ficavam calados por causa das dores que sentiam. Um homem ao meu lado tinha parte de uma seta enfiada no ombro. Tinham-na cortado no campo de batalha, pois não a conseguiram retirar. A ferida infectara e ele devia ser operado nesse dia. Estava silencioso como morto havia algum tempo, quando o cirurgião chegou com os utensílios e o ajudante. Os outros soltaram estranhas expressões de homenagem e logo também caíram em silêncio.

A princípio suportou bem a operação, mas depois começou a gemer e, a seguir, gritar. Logo lutava, e o ajudante teve que o agarrar. Foi então que uma sombra atravessou a porta. Alguém entrara ajoelhando-se a seu lado. O homem calou-se, apenas se ouvia a sua respiração ofegante.

— Força, Estrato, agora vai ser rápido. Aguente. — Reconheci a voz: era o rei.

Ali ficou no lugar do ajudante. O homem não voltou a gritar embora a pinça estivesse bem dentro da ferida. A ponta da seta saiu e ele deu um profundo suspiro. Num misto de alívio e de triunfo. O rei disse:

— Vê o que tinha dentro de você. Jamais vi alguém suportá-lo melhor.

O ferido disse:

— Já vimos alguém, Alexandre. — Houve um murmúrio de assentimento na tenda.

Pôs a mão no ombro são e ergueu-se, com a sua túnica branca suja do sangue e do pus do ferido. Pensei que ele se fosse pôr apresentável, mas ele apenas disse ao cirurgião que estava enfaixando a ferida:

— Não se incomode comigo.

Um cão de caça grande que ficara à entrada levantou-se e veio ter com ele. Olhou em redor e dirigiu-se para o canto em que eu estava. Vi marcas de dedos no seu braço. O ferido devia tê-lo agarrado: a pessoa sagrada de um rei!

Havia ali perto, um banco de madeira usado pelos enfermeiros para enfaixar as feridas. Pegou-o com as próprias mãos e trouxe-o para junto de mim. O cão começou a farejar-me.

— Sente-se, Peritas, sente-se — disse. — Espero que os deuses não sejam algo de impuro na sua terra como o são para os judeus.

— Não, meu senhor — respondi, tentando acreditar no que estava acontecendo. — Nós os honramos na Pérsia. Não traem os seus, dizemos, nem mentem.

— Um bom ditado. Ouviu, Peritas? Mas como é que se sente, rapaz? Parece exausto. Bebeu água insalubre?

— Não sei, meu senhor.

— Peça sempre água para beber. Principalmente nas planícies é melhor com vinho. Quanto pior é a água, mais vinho se deve beber. Já tive o mesmo problema. Enjoado que nem um cão e depois vômitos. Você também: vê-se pelos seus olhos encovados. Quantas vezes hoje?

Recuperei a fala e disse-lhe. Punha-me à prova perante mais um choque.

— Não estou brincando — disse. — Beba bastante, temos boa água aqui. Não coma nada e beba apenas pequenos goles. Sei de uma boa infusão, mas não há ervas por aqui. Tenho que saber o que os nativos usam. Trate bem de si, rapaz; sinto sua falta ao jantar. — Ergueu-se acompanhado pelo cão. — Vou ficar por aqui durante algum tempo, mas não se preocupe com isso se quiser ir lá fora. Nada de formalidades persas. Sei o que é ficar retido quando a vontade aperta.

Foi até junto de outra cama levando o banco de madeira consigo. Fiquei tão espantado que tive de sair logo em seguida.

Mal ele partiu, retirei de debaixo da almofada o espelho que trazia na bolsa, e observei-me sob o cobertor. *Estou com um aspecto horrível*, pensei; *ele o confirmou, aliás. Falaria sério quando disse que sentia a minha falta ao jantar? Não, ele tinha sempre uma palavra simpática para toda a gente. "Parece exausto", disse.*

Notei um veterano ainda jovem, robusto e possante, resmungando algo para mim. Teria visto o espelho?

— Fala grego, por favor — disse eu. — Não compreendo o macedônio.

— Agora, talvez entenda o que ele sentiu no hospital em Isso?

— Isso? — Devia ter treze anos a essa altura. — Não sei de nada acerca do hospital.

— Então eu lhe conto. Os seus entraram em Isso quando o rei já a deixara para trás; regressara para a batalha. Entretanto, os feridos tinham ficado numa tenda como essa. E o seu bastardo real, que fugiu que nem uma cabra à frente da lança de Alexandre, foi tão valente com homens que não conseguiam ficar de pé, que os mutilou vivos na cama. Eles... bom, creio que não preciso contar essas coisas. Eu estava presente quando os encontramos. Mesmo que fossem bárbaros, teria ficado igualmente revoltado. Apenas um ou dois ainda viviam, com as mãos decepadas esvaindo-se em sangue. Vi a expressão de Alexandre. Todos pensamos que ele faria o mesmo na primeira oportunidade, e todos o apreciaríamos, mas, não, o seu orgulho era superior. Agora, a minha raiva já se desvaneceu. Sinto-me feliz por isso. Enfim, pode ficar tranquilo no seu lugar aconchegado com as suas papas de aveia.

Respondi:

— Não sabia nada disso. Desculpe. — Em seguida, deitei-me e escondi-me sob o cobertor. *Seu bastardo real.* Cada vez que ele fugira, pensara: Quem sou eu para o julgar? Mas agora julgava-o. Fora a maldade de um covarde? Ou a negligência? Que importa isso! Já me sentia demasiado triste por causa da minha doença; agora essa vergonha. Preocupava-me eu por um rei que me escolhera. Escolhera! Nem isso fizera; algum indivíduo o fez por ele. Cobri-me como um cadáver e entreguei-me à minha dor.

Através do cobertor e por entre os meus soluços, ouvi alguém dizer:

— Viu o que fez? O rapaz já está quase moribundo e você ainda por cima o põe em convulsões. Eles não são como nós, idiota. Vai-se arrepender se ele morrer. O rei gosta dele; até um cego vê isso.

A seguir, senti uma mão pesada no meu ombro, e o primeiro homem (que nunca devia ter saído da cama), disse-me para não o levar tão a sério; a culpa não era minha. Pôs-me um figo na mão, que eu tive o bom senso de não comer, embora fingisse que o fazia. A febre subiu e eu me senti a arder. Até chorei.

Foi forte, mas passou depressa. Pouco depois de termos sido transportados nas camas para o acampamento seguinte, eu melhorei, embora a maioria dos doentes tivesse recaídas. O homem com a ferida da seta morreu pelo caminho. O ombro gangrenara. No seu delírio, gritara pelo rei. O homem a meu lado murmurou-me que nem Alexandre vencera ainda a morte.

Os jovens saram depressa. Quando mudamos outra vez de acampamento, já podia prosseguir a cavalo.

Tinha havido mudanças durante a minha ausência. De um grupo da cavalaria, a nata dos nobres da Macedônia, uma voz chamou por mim em persa:

— Aqui, Bagoas! Diga-me alguma coisa em grego. — Não conseguia acreditar no que via. Era o príncipe Oxadres, o irmão de Dario.

Sendo um bonito persa, não destoava entre os macedônios, apesar de ser mais alto e mais jeitoso do que eles. Não estava entre eles por acaso. Alexandre o recrutara.

Em Isso, combatera lado a lado junto ao carro real. Também quando da embaixada de Dario em Tiro haviam se encontrado. Conheciam a essência um do outro. E agora que Besso assumira o poder, em vez de ver o assassino do irmão no trono, Oxadres preferira Alexandre para que esse o ajudasse na sua luta familiar.

De fato, ele bem podia sentir raiva perante aquela morte. Apenas então conheci toda a história. Nabarzanes limitara-se a contar a verdade que ele conhecia. Tinham trespassado Dario com as lanças deixando-o como morto; assassinaram ainda os seus dois escravos e feriram os cavalos, mas o medo perante a proximidade de Alexandre levou-os a agir atabalhoadamente. Os animais feridos procuraram água para beber. O rei espantado com o fato de os cavalos andarem por ali. Ao parar, ouviu gemidos. Era um homem decente, e assim Dario pode beber pela última vez antes de morrer.

Alexandre, que chegara demasiado tarde, cobriu-o com o próprio manto. Enviou-o para Persépolis para ser enterrado com honras reais, entregando-o à rainha-mãe para ser preparado.

Tinha que pensar agora no meu futuro. Visto não ter já utilidade para o rei, devia encontrar outros favores, para não me tornar num mero seguidor das tropas. Já sabia aonde isso me levaria. Assim procurei uma oportunidade.

Desde a captura do cavalo, o rei se mostrava descontente com os seus escudeiros. Os cavalos estavam à sua guarda; eram eles que os levavam na floresta quando os mardos os interceptaram. Os escudeiros tinham-se justificado por se encontrarem em inferioridade numérica, mas Alexandre, que falava trácio, inquirira junto dos criados. Eles, estando desarmados, não tinham como se desculpar. Continuava a tratar de Bucéfalo como se ele fosse a sua criança favorita. Todos os dias o levava a passear. Imaginara-o, sem dúvida, acabando os seus dias como animal de carga, açoitado e ferido pelos arneses.

Esses jovens, embora bem-nascidos, eram novos na corte e Alexandre começava já a sentir-se cansado deles. Mostrara-se paciente com eles a princípio, mas agora já não o conseguia; além disso, por ignorância sua, eles não se sabiam comportar num clima adverso. Uns eram indolentes, outros nervosos e desajeitados.

Questões triviais levavam-me frequentemente até a sua tenda. Ocupava-me com qualquer coisa que ele necessitasse (nunca era nada de especial), fazendo-o discretamente. Pouco a pouco, começou a requisitar mais os meus serviços não dispensando logo a minha presença. Ouvia-o dizer aos escudeiros com impaciência:

— Deixe estar! Bagoas trata disso.

Por vezes, recebia persas em audiência na minha presença. Recebia-os com a deferência digna da sua hierarquia. Uma ou outra vez vi-o inspirar-se nos meus próprios gestos.

Era severo com os escudeiros, como um oficial com os seus cadetes. Comigo foi sempre civilizado, mesmo quando eu mostrava ignorância diante de qualquer coisa. De fato, pensava que era uma infelicidade ter nascido entre bárbaros. Um homem assim merecia ter nascido persa.

Parecia-me que era bem melhor estar naquele lugar do que no que me imaginara Nabarzanes. Quem sabe quanto tempo dura a paixão de um rei? Mas um servo eficiente não é facilmente dispensado.

Contudo, jamais me disse para ajudá-lo no banho ou ao deitar-se. Não tinha dúvidas que isso se devia à primeira noite. Sempre que Hefestion chegava, eu desaparecia de imediato. Peritas anunciava-me a sua aproximação, pois reconhecia-lhe os passos e começava a abanar o rabo.

O fato de ser o preferido do rei irritava de tal modo os escudeiros que só na sua presença estava livre dos seus insultos. Estava preparado para enfrentar a inveja, mas não para tanta crueldade. Como me encontrava ali havia pouco tempo, não tinha ainda confiança para dizer ao rei. Além disso, ele poderia achar-me covarde.

Nosso deslocamento seguinte foi para a cidade de Zadracarta, junto ao mar.

Ali havia um palácio real. Não sei, todavia, há quanto tempo fora visitado pela última vez por um rei. Dario pensara alojar-se ali. O lugar estava arrumado e bem mobilado, embora com austeridade; os tapetes roídos pelas traças haviam sido substituídos por outros vindos da Cítia. Um grupo de eunucos rodeou-me inquirindo-me quanto aos gostos do rei. Embora já ali vivessem fazia quarenta anos, era reconfortante ouvir a minha língua falada pelos meus. Perguntaram-me se deviam fornecer um harém. Respondi-lhes que seria melhor esperar pelas ordens do rei. Olharam-me de soslaio, mas nada mais me perguntaram.

Era sua intenção descansar as tropas durante quinze dias em Zadracarta, dar-lhes jogos e espetáculos, e fazer sacrifícios aos deuses para obter seus favores para a vitória. Entretanto, os homens divertiam-se e era melhor não andar pelas ruas ao anoitecer.

Também os escudeiros tinham agora tempo livre, como logo pude saber.

Andava pelo palácio, sem fazer mal a ninguém, e chegara aos antigos pátios, quando ouvi o som de lanças espetando-se em madeira. Mal me viram, disseram:

— Anda, menino lindo. Vamos fazer de você um soldado. — Eles eram oito ou dez e não havia mais ninguém ali perto. O alvo era uma tábua com um cita desenhado em tamanho natural. Deram-me lanças para eu atirar. Desde a infância que não pegava numa lança e agora nem sequer era capaz de acertar no alvo. Desataram a rir. Um deles, todo fanfarrão, pôs-se em frente do soldado desenhado, enquanto o outro atirava lanças que se cravavam junto a si.

— É sua vez agora! — alguém gritou. — Vai lá, castrado, e não molhe as suas calças bonitas.

Coloquei-me em frente da madeira; uma lança espetou-se do meu lado esquerdo e outra do lado direito. Pensei que tinham acabado, mas eles começaram todos a gritar que ainda mal haviam começado.

Apareceu então um jovem da Cavalaria, que em tempo fora escudeiro, que espreitou e perguntou o que se passava. Retorquiram que não precisavam de amas de companhia, e ele se afastou.

Com essa última esperança desvanecendo-se, pensei que meu fim estava próximo: tinha a certeza de que eles pretendiam matar-me justificando-se posteriormente com o azar, mas antes queriam ver o eunuco persa rastejar a seus pés, clamando perdão. *Oh, não*, pensei. *Não lhes darei esse prazer. Morrerei como nasci. Bagoas, filho de Artembares, filho de Araxis. Ninguém dirá que morri como o rapaz de Dario.*

Assim mantive-me ereto, enquanto o melhor dentre eles se destacou fazendo palhaçadas e fingindo estar bêbado. Atirou a lança tão junto de mim que lhe ouvi silvar. Estavam de costas para o portão do jardim. De repente, notei um movimento para aqueles lados. Um homem aproximou-se por trás deles: era o rei.

Ele abriu a boca, depois vi um preparar-se para lançar, ele aguardou, com a respiração suspensa, até a lança se espetar com segurança. Depois gritou.

Nunca o ouvira usar a grosseira língua macedônia. Ninguém me dissera ainda que isso era um sinal de perigo. Ninguém precisava dizer-me agora.

Fosse aquilo que fosse que ele lhes disse, todos largaram de imediato as lanças e ficaram vermelhos olhando para ele:

— Mas vejo que se comportam como soldados contra um rapaz que não está habituado a lidar com armas. E digo-lhes uma coisa, tal como o vejo agora, parece-me bem mais um homem que qualquer de vocês. De uma vez por todas, espero ser servido por cavalheiros. Abstenham-se de insultar seja quem for do meu séquito. Quem desobedecer a essas ordens, devolverá o cavalo e continuará a pé com a Infantaria. À segunda ofensa, vinte vergastadas. Ouviram-me? Agora saiam.

Eu teria me prostrado se a lança mais próxima não tivesse me trespassado a manga, prendendo-me assim ao alvo. Avançou para mim, certificou-se de que eu não estava ferido e arrancou-a. Avancei por entre as setas e iniciei os gestos de prostração.

— Não, levante-se — exclamou. — Não precisa continuar a fazer isso, não faz parte das nossas tradições. Um bom casaco estragado, receberá o preço de um novo. — Tocou a renda com os dedos. — Sinto-me envergonhado por aquilo que vi. Eles ainda estão verdes; ainda não tivemos tempo para treiná-los. No entanto, envergonho-me de eles serem macedônios. Nada disso voltará a suceder, isso posso prometer-lhe. — Pôs o braço sobre meus ombros, deu-me uma palmada de leve, e disse olhando-me nos olhos e saindo: — Portou-se muito bem.

Não sei o que sentira até então. Talvez apenas receio pela sua imensa raiva.

O menino na sua concha não conheceu outro mundo. Através da parede insinua-se a testemunha, mas ele não sabe ainda que isso é a luz. No entanto ele toca suavemente na parede nívea sem saber por quê. A luz toca-lhe o coração; a concha abre-se.

Pensei, ali vai o meu amo; nasci para segui-lo. Encontrei um rei.

E, disse para comigo, olhando-o enquanto ele se afastava, *eu o terei, nem que para isso seja necessário perder a vida.*

As câmaras reais ficavam por cima do salão de banquetes, voltadas para o mar. Ele gostava do mar, habituado que estava desde a adolescência. Ali o servi, como o fizera já na sua tenda; mas agora também à noite.

Dentro de um par de semanas, regressaria ao combate. Não me restava, portanto, muito tempo.

Em Susa julgara-me preparado para as minhas tarefas; no entanto, desconhecia o que ainda me faltava. Sabia o que fazer sempre que era chamado. Mas, durante toda a minha vida, jamais seduzira alguém.

Não que ele fosse indiferente. O primeiro amor não fora ainda despojado da minha vida; algo se insinuara no instante em que seus olhos cruzaram os meus. Na sua presença, sentia-me mais belo, um sinal que não nos pode enganar. Era seu orgulho que eu receava. Dependia de si; ele pensava que me era negado dizer-lhe não. Até que ponto ele estava certo? Todavia, se eu me oferecesse, tendo sido o que fora, o que pensaria ele? Podia até perder aquilo que tinha. Não era seu hábito fazer compras no mercado.

Os escudeiros eram meus amigos contra vontade. Ele me mantinha junto a si para os irritar, ou pelo menos assim deixava parecer. Pelo meu casaco estragado, nem sequer contou o ouro; limitou-se a dar-me um punhado. Mandei fazer algo que levei à sua aprovação. Sorriu; encorajado pedi-lhe para tocar o tecido e ver como era macio. Por um momento, pensei que algo disso nasceria, mas não.

Ele gostava de ler sempre que tinha tempo. Eu sabia quando estar calado; todos o havíamos aprendido em Susa. Sentava-me de pernas cruzadas junto à parede, olhando para cima e vendo as gaivotas girando nos céus que se aproximavam do Palácio em busca de restos de comida. De vez em quando espreitava-o de relance: não devemos olhar fixamente um rei. Ele não lia em voz alta para si mesmo, como o fazem muitas pessoas; mal se ouvia um murmúrio, mas eu sabia quando esse murmúrio terminava.

Ele tinha consciência da minha presença. Sentia-o como um suave toque. Erguia os olhos, mas não desviava os seus do livro. Eu não me atrevia a aproximar-me, ou a dizer: "Meu senhor, aqui estou".

Ao terceiro dia, realizou-se o sacrifício da vitória e a procissão. Ele vivia de um modo tão simples que não imaginava o seu gosto pelo espetáculo. Participou na cavalgada conduzindo o carro de Dario (reparei que ele mandara elevar o fundo cerca de um palmo); os seus cabelos loiros estavam coroados com louros dourados e trazia consigo o manto purpúreo cravejado de joias. Ele vivia intensamente cada instante que passava, mas eu não estava próximo, e à noite houve uma festa onde esteve até de madrugada. Perdi também uma boa parte do dia, pois ele só se levantou por volta do meio-dia.

No entanto, Eros, que eu não aprendera ainda a venerar, não me abandonou. No dia seguinte, disse-me:

— Bagoas, o que é que acha do dançarino da noite passada ao jantar?

— Excelente, meu senhor, para alguém treinado em Zadracarta.

Riu-se.

— Ele me afiançou que aprendera na Babilônia, mas Oxadres garantiu-me que ele não era nada comparado contigo. Por que nunca me disse nada?

Não lhe confiei que estava quebrando a cabeça para descobrir uma maneira de arranjar oportunidade:

— Mas, senhor, não ensaio desde que parti de Ecbátana. Teria vergonha se me visse agora.

— Ora, essa. Podia ter utilizado a sala de dança quando quisesse! Deve haver alguma por aí. — Saiu do quarto, acompanhado apenas por mim, e percorreu a imensidade de salas já velhas, até que encontrou uma com espaço suficiente e um soalho em condições que mandou limpar e polir antes do anoitecer.

Podia ter-me exercitado sem música, mas contratei um tocador de flauta, para o caso de ele se esquecer do lugar onde eu estava. Fui buscar minha tanga com lantejoulas e soltei o cabelo.

Algum tempo depois, o tocador de flauta vacilou e olhou para a porta, mas eu estava obviamente demasiado envolvido com minha dança para ver algo. Terminei com um salto mortal para trás. Na altura em que me ergui já não havia ninguém ali.

Mais para o fim do dia, sentei-me no quarto do rei enquanto ele lia seu livro. Sua voz suave suspendeu-se. Seguiu-se um silêncio algo semelhante a uma nota de música. Disse-lhe:

— Senhor, a tira da sua sandália soltou-se. — E ajoelhei-me a seu lado. Senti-o olhando para baixo e, em outro momento, eu teria olhado para cima; mas Peritas começou a abanar o rabo.

Depois de ter desatado a tira, vi-me obrigado a voltar a atá-la; pois Heféstion estava dentro da sala antes de eu me poder afastar. Curvei-me; saudou-me com um ar jovial e fez uma festa ao cão que se aproximara dele.

Assim acabou o quinto dia de quinze.

No dia seguinte, o rei foi caçar aves para os pântanos junto ao mar. Pensei que fosse passar todo o dia fora, mas regressou ainda muito antes do pôr do sol. Ao regressar do banho (para o qual nunca requisitara a minha companhia), disse-me:

— Bagoas, não me vou demorar muito ao jantar. Quero que me ensine um pouco de persa. Importa-se de esperar?

Tomei banho, vesti minhas melhores roupas e tentei comer alguma coisa. Ele jantava com amigos e não precisava da minha presença. Fui até o seu quarto e esperei.

Quando chegou, parou à porta, fazendo-me temer que se esquecera de mim. Depois, sorriu e entrou:

— Ótimo, já aqui está. — (Onde é que eu deveria estar? Habitualmente ele não dizia esse tipo de coisas.) — Pegue essa cadeira e traga para junto da mesa enquanto vou buscar um livro.

Fiquei desanimado ao ouvi-lo dizer aquilo.

— Meu senhor, não poderíamos experimentar sem um livro? — Ergueu uma sobrancelha na minha direção: — Lamento muito, meu senhor, mas eu não sei ler. Nem persa.

— Oh, isso não importa. Nunca pensei que importasse. O livro é para mim. — Pegou-o e continuou: — Venha, sente-se aqui.

Estávamos a um metro um do outro. Sentia-me incomodado por causa das cadeiras. Ali estava, encurvado, sem me poder aproximar. Olhei com pena para o divã.

— Vamos trabalhar do seguinte modo — disse, pegando os utensílios. — Eu leio uma palavra em grego e escrevo-a; você deve dizê-la em persa, e eu anoto o som. Foi assim que fez Xenofonte, o homem que escreveu este livro.

Era um livro velho, muito usado, com margens rasgadas e unidas com cola. Abriu-o com delicadeza.

— Escolhi-o por sua causa: é a vida de Ciro. É verdade que descende da sua tribo?

— Sim, meu senhor. Meu pai era Artembares, filho de Araxis. Foi assassinado quando o rei Arses morreu.

— Assim ouvi dizer — disse e olhou-me com piedade. *Só Oxadres*, pensei, *podia ter lhe contado isso. Deve ter-lhe perguntado a meu respeito.*

O velho candelabro, pendendo sobre a mesa, projetava luzes nas mãos do rei, duplicando-as em sombras em constante movimento. A luz tocava-lhe as faces, mas não os olhos. Estava um pouco corado embora eu percebesse que não bebera mais do que o habitual ao jantar. Olhei para o livro com os seus sinais desconhecidos, para que ele pudesse olhar para mim.

O que é que posso fazer?, pensei. Por que razão nos pôs ele nessas cadeiras estúpidas quando não é isso que quer? Que posso fazer para nos libertarmos delas? Coisas que Nabarzanes me dissera começam então a vir à minha ideia. Pensei: *Será que* ele *também nunca seduziu ninguém?*

Prosseguiu:

— Desde criança que Ciro é para mim o padrão de um rei, tal como Aquiles, alguém que você não conhece o é para os heróis. Passei pela sua terra, como sabes, e fui visitar o túmulo dele. Quando era criança ouviu histórias dele?

Seu braço estava tão próximo do meu. Queria agarrá-lo e dizer-lhe: "Não podemos ficar por aqui com as histórias do rei?". *Ele está dividido*, pensei, *ou não estaríamos agora assim. Se o perco neste instante, talvez seja para sempre.*

— Meu pai disse-me — retorqui —, muito tempo atrás, houve um rei cruel, chamado Astiages; o Mago predissera que o filho de uma filha lhe roubaria o trono. Por isso deu o bebê a um nobre chamado Harpagos, para que esse o matasse, mas o bebê era tão bonito que ele não conseguiu matá-lo. Decidiu então entregá-lo a um pastor para que esse o abandonasse nas montanhas. O homem passou primeiro por sua casa, onde a mulher chorava devido à morte do seu filho. Disse-lhe: "Estamos a envelhecer. Quem nos vai alimentar?". O pastor exclamou então:

"'Eis o nosso filho, mas deverá conservar para sempre esse segredo.' Deu-lhe a criança, vestiu o filho morto com as roupas reais e levou-o para as montanhas. Após os chacais o terem desfigurado de tal modo que fosse impossível reconhecê-lo, levou-o de novo para Harpagos. E Ciro cresceu filho de um pastor, mas ele era valente como um leão e belo como a manhã, e os outros escolheram-no como rei. Quando fez doze anos, o rei Astiages ouviu falar dele e desejou conhecê-lo. A essa altura já ganhara as feições da família e Astiages obrigou o pastor a revelar a verdade. O rei pretendeu matar o rapaz, mas o Mago disse-lhe que a profecia se realizara, visto ele ser já um 'rei eleito' pelos seus companheiros. Deste modo, foi enviado de volta para junto dos seus pais. Foi com Harpagos que o rei se vingou."

Minha voz transformou-se num sussurro tal como o meu pai fizera.

— Prendeu o filho e matou-o. Cozinhou a sua carne e deu-a a Harpagos para comer ao jantar. Quando ele acabou, mostrou-lhe a cabeça do rapaz. Estava num cesto.

Ainda estava longe do fim, mas algo me fez parar. Seus olhos fixavam-me; o meu coração parecia ter ficado suspenso.

Disse, *eu o amarei para sempre*, embora a minha língua pronunciasse:

— É isso que diz o seu livro, senhor?

— Não, mas é o que diz Heródoto. — Afastou a cadeira, levantou-se e aproximou-se da janela que dava para o mar.

Em reverência, ergui-me também. *Voltará a mandar-me sentar?* Os escribas que redigiam as suas cartas eram obrigados a ficar sentados enquanto ele andava de um lado para o outro, mas nada disse. Voltou-se e dirigiu-se ao lugar onde eu ficara sob o candeeiro, de costas para a minha cadeira.

Disse então:

— Deve me corrigir quando eu pronunciar mal o persa. Não tenha medo de me corrigir, senão não aprendo. — Dei um passo na sua direção. Meu cabelo caíra sobre os ombros e ele estendeu a mão e tocou-o.

Disse-lhe baixinho:

— Meu senhor sabe que basta uma palavra sua.

Eros lançara sua rede com a firmeza de um deus impossível de ser contrariado. A mão que tocara o meu cabelo penetrou-o. Disse-me:

— Está aqui sob a minha proteção.

Perante isso, e sem respeito pela sagrada pessoa de um rei, coloquei os braços em torno do seu pescoço.

Assim acabaram suas hesitações. Agora, ali me encontrava eu, no único abraço que entre tantos desejara.

Não pronunciei nenhuma palavra. Já fora demasiado longe no que me era permitido pela minha condição. Tudo o que desejava dizer-lhe era: apenas possuo uma coisa no mundo para lhe dar, mas será o melhor que já alguma vez teve. Tome-a; apenas isso, tome-a.

Parecia ainda hesitante, não por relutância, com certeza; mas de algo diferente, uma espécie de estranheza. O pensamento irrompeu dentro de mim. Onde é que ele tinha vivido, ele, um soldado? Não sabe mais do que um rapaz.

Pensei na sua famosa continência, que supusera significar apenas que ele não violara os cativos. Pensei nisso quando ele se deslocou à porta exterior para dizer ao guarda que ia se deitar e que não precisava de mais nada (deviam ter feito apostas se eu ia sair ou não). Enquanto nos encaminhávamos para sua câmara, pensei: *Todos sabem o que ele deseja. Será que compete a mim ajudá-lo a descobrir? Não conheço seus costumes, poderei ofendê-lo indo contra o que é permitido. Eu o amarei ou morrerei.*

Peritas, que se erguera do seu canto e viera atrás de nós, enroscou-se aos pés da cama onde me haviam ensinado que eu devia deixar as minhas roupas, para que elas não ofendessem o olhar do rei, mas o rei disse:

— Como é que isso tudo sai? — E logo elas se amontoavam junto às suas na banqueta.

A câmara era antiga, mas grande, feita em madeira de cedro pintada e dourada. Chegara o momento de lhe servir o banquete real persa que ele esperava do rapaz de Dario. Tinha-o preparado com todos os requintes, mas embora me sentisse velho como o tempo, o meu coração, que ninguém ensinara, mantinha-se jovem e pronto para me educar. Em vez de lhe oferecer especiarias, agarrei-o como o soldado ferido pela seta, pronunciando tantas loucuras que ainda hoje coro ao pensar nelas. Além disso, quando reparei que estava falando em persa, repeti-as em grego. Disse-lhe que nunca pensara que ele fosse capaz de me amar. Não lhe pedi que me levasse para onde quer que fosse, pois não conseguia ir tão longe. Sentia-me como um viajante no deserto que finalmente encontra água.

A última coisa que ele devia estar à espera era de ser comido vivo daquela maneira. Duvido que tenha entendido uma palavra que fosse das que pronunciei sobre o seu ombro.

— Qual é o problema? — perguntou. — O que se passa? Diga-me, não tenha medo.

Ergui os olhos e disse:

— Oh, perdoe-me, senhor. Não é nada. É amor.

— Apenas isso? — indagou ele, e passou a mão pela minha cabeça.

Como meus planos haviam sido insensatos! Teria aprendido mais vendo-o à mesa, oferecendo a melhor parte e nada guardando para seu proveito. Ele não gostava de guardar prazeres para si, por uma questão de orgulho e de inveja pela sua liberdade; e eu, que já vira tanto na vida, não o condenava por isso. Contudo, ele retirava ainda algo desses pratos vazios. Apaixonara-se pelo ato de oferecer, quase até a loucura.

— Apenas amor?

— Não se preocupe, então — disse eu. — Temos muito para viver, nós dois.

Também devia ter percebido que ele nunca se mostrava arrebatado à mesa. À exceção de Oromedon, que não contava, era o homem mais novo com que eu fora para a cama. No entanto, seu abraço transformara-se em conforto no instante em que pensara que eu estava sofrendo. Teria ouvido tudo o que tivesse para lhe dizer, se na realidade houvesse algo. De fato, aprendia-se depressa, e alguns fizeram-no à sua própria custa, que ele de tudo seria capaz para alcançar o amor.

Desejava descobrir o amor comigo. Quanto a mim, não podia acreditar em semelhante sorte, pois ninguém a tivera antes. No passado, sentira orgulho ao dar prazer: tal era a minha arte. Nunca imaginara, contudo, o prazer que disso podia retirar. Ele não era tão ignorante quanto eu supusera; afinal, aquilo que conhecia era bastante simples, mas aprendia depressa. Tudo o que lhe ensinei nessa noite, pensou que o descobríamos os dois devido a uma qualquer harmonia das nossas almas. Assim pareceu até mesmo a mim.

Depois, ficou deitado como se estivesse morto. Sabia que ele não estava dormindo e comecei a interrogar-me se me devia ir embora ou não, mas ele puxou-me para junto de si, sem nada dizer. Permaneci em silêncio. Meu corpo vibrava como a corda da harpa depois de tocada pelos seus dedos. O prazer tinha sido penetrante como a dor o fora em tempos.

Por fim voltou-se e disse-me com gentileza como se estivesse havia muito só:

— Afinal não o tiraram de você. — Murmurei algo, não sei o quê. E depois, interrogou: — Não lhe dói?

Sussurrei:

— Não, meu senhor. Nunca me acontecera até agora.

— Sério? — Tomou-me o rosto nas mãos e observou-o à luz da candeia. Depois beijou-me e disse: — Que seja um feliz presságio.

— E o senhor? — interroguei, reunindo para isso toda a minha coragem. — Sofre, meu senhor?

— Sempre durante algum tempo. Não se preocupe com isso. Devemos pagar sempre o preço pelas coisas boas, antes e depois.

— Verá, meu senhor, que aprenderá a afastar de si o sofrimento.

Sorriu.

— Seu vinho é demasiado forte, meu caro, para ser bebido muitas vezes.

Fiquei espantado; todos os outros homens haviam desejado mais do que tinham conseguido. Disse:

— Meu senhor é forte como um leão. Este não é enfado do corpo.

Ergueu as sobrancelhas, e eu receei ter dito algo que lhe tivesse desagradado, mas ele retorquiu apenas:

— Bom, meu sábio médico, diga-me o que é.

— É como o arco, senhor. Até o mais forte é necessário desatar a corda. O arco precisa descansar. Tal como o espírito do guerreiro.

— Ah, assim o dizem. — Passeou os dedos pelos meus cabelos. — Quão macios são. Nunca senti cabelos assim. Venera o fogo?

— Assim o fazíamos, senhor, na minha terra.

— Tinha razão — disse —, pois é divino.

Fez uma pausa à procura de palavras, mas elas eram desnecessárias. Compreendera-o. Deixei cair a cabeça num gesto de submissão e disse:

— Que o meu senhor jamais se desvie do seu caminho por minha causa; deixe-me ser como um copo que se bebe apressadamente ao meio-dia, e me sentirei feliz.

Estendeu a mão na direção dos meus olhos e tocou-me nas pestanas.

— Ah, não. É assim que lhe pago? Isso não, ou então acabaremos os dois a chorar. Quem fala do meio-dia? A luz ainda agora se ergue. Nesta noite não são necessárias pressas.

Mais tarde, quando a lua se erguia lá no alto, e ele dormia, ergui-me um pouco para o observar. A exaltação do espírito mantivera-me acordado. Sua expressão era tranquila e bela. Estava feliz, e sentia-se em paz no seu sono. *Embora o vinho seja forte*, pensei, *voltará à procura de mais.*

Que dissera Nabarzanes?

"Algo que ele há muito deseja sem disso ter consciência."

Serpente inútil. Como é que ele o soubera?

Seu braço, escurecido pelo sol, estava nu; o ombro era branco como leite à exceção da cor da cicatriz feita pela catapulta em Gaza. A mancha desvanecia-se, fazendo agora lembrar vinho descolorado. Toquei-lhe suavemente com os lábios. Dormia profundamente e não se mexeu.

Minha arte não teria valido muito, se não o tivesse compreendido. Uma pequena nuvem passou na frente da lua. Lembrei-me dessa primeira noite na sua tenda e de como Heféstion entrara e saíra quando quisera, simpático comigo como com um cão. Será que ele se sentia demasiado seguro para nem sequer pensar em mim?

— Não é capaz de adivinhar o que fiz ontem à noite?

— Claro que dormiu com o rapaz de Dario. Já há muito que sabia que o faria. E ele era bom?

Ele continuava a dormir, a boca fechada, respirando em silêncio, o seu corpo jovem e doce. O quarto cheirava a sexo e a madeira de cedro, com uma pequena fragrância de sal de mar. O outono aproximava-se. O vento noturno soprava de norte. Cobri-o com o cobertor; sem acordar aproximou-se de mim à procura de calor.

Enquanto me envolvia no seu braço, pensei: *Vamos ver quem ganha, soldado macedônio. Durante todos esses anos fez dele apenas um rapaz, mas comigo ele será um homem.*

As novidades depressa se espalharam. Alexandre aceitou-o com tranquilidade. Podia agir em silêncio se tal fosse necessário; jamais se furtara a algo. Não escondia o prazer que lhe proporcionava a minha presença, embora não fornecesse motivos de gozo aos outros. Sentia-me orgulhoso pelo seu comportamento pois era uma coisa ainda nova para mim. Competia-me agora acompanhá-lo ao banho. A essa altura mandava sair os outros.

Apercebi-me por vezes do olhar de Heféstion perscrutando-me durante as refeições, mas não vislumbrei outros sinais da sua parte, continuando a entrar e a sair sempre que queria. Não tinha meios de saber o que ele dizia quando eu saía do quarto. As paredes eram muito grossas em Zadracarta.

Alexandre nunca me falou nele. Nunca tive ilusões quanto a isso. Ele não fora esquecido; era inexpugnável.

Lembrei-me do velho cavalo de guerra do rei, pelo qual ele devastaria um país embora jamais o levasse para a batalha. É a mesma coisa, pensei; Alexandre nunca esquece o que foi objeto do seu amor; não está na sua natureza fazê-lo. Afinal Heféstion não fizera um mau trabalho. Se o belo rapaz que ele conheceu numa meda de feno, consegue chegar a general aos dezoito anos, e continua a ser seu amigo, que falha se lhe pode apontar? E se ele é designado faraó, e rei dos reis, com os tesouros da Babilônia, Susa e Persépolis expostos a seus pés, adorado pelos exércitos mais temidos do mundo, será de estranhar que ele descubra não ser mais o rapaz de outrora e que deseje um rapaz para si? Desde há quanto tempo, interroguei-me, terão feito mais do que considerarem-se amantes? Quando foi a última vez que ele partiu para a guerra no seu cavalo negro? E, no entanto…

Mas com a noite os meus problemas desapareceram. Ele sabia o que desejava agora, mas eu sabia-o ainda melhor. Por vezes, durante a dança sentimo-nos elevados para além de nós mesmos, para um ponto em que não podemos errar. Era exatamente o que se passava agora.

Houve uma altura em que o luar se insinuou numa tonalidade dourada através da janela. Recordei-me do meu velho quarto e murmurei a invocação de meus sonhos:

— Sou belo? Sou-o apenas para você. Diga que me ama, pois não posso viver sem você. — De fato tinha razão em pensar que se tratava de uma invocação mágica.

Duvido que ele se tivesse deitado com alguém por quem não sentisse ternura. Ele precisava do amor como uma palmeira precisa de água, durante toda a vida. Exércitos, cidades, inimigos derrotados não eram suficientes. Tudo isso significava falsos amigos, como bem sabem. Apesar de tudo, nenhum homem é considerado um deus depois de morto, se já não se sente amor por ele. Ele precisava de amor e jamais perdoava a sua traição. Quanto a si, se não lhe era oferecido com sinceridade, jamais abusava ou desprezava dessa pessoa. Aceitava-o com gratidão e criava fortes laços. Eu devia ter consciência disso.

Agradava-lhe saber que me dera o que Dario jamais me pudera conceder; por isso nunca lhe confiei que isso nunca fizera parte das intenções de Dario. Ele gostava de vencer sempre os seus rivais.

No entanto, quando o desejo se desvanecia, ficava tão soturno que eu receava destruir a sua solidão. Apesar disso desejava retribuir-lhe o seu condão de sarar. Com a ponta do dedo percorria-lhe o rosto desde a sobrancelha até o pescoço. Ele sorria então demonstrando não estar taciturno nem ser ingrato. Houve uma noite em que eu me lembrei do livro que me mostrara. Sussurrei-lhe ao ouvido:

— Sabia, senhor, que Ciro, o Grande, amou em tempos um jovem medo?

Sua expressão iluminou-se, e ele abriu os olhos:

— É sério? Como é que eles se conheceram?

— Ele venceu os medos após uma batalha sangrenta e percorria o campo assistindo ao saque. Viu um rapaz moribundo junto ao pai morto. Ao aperceber-se do rei, disse: “Faça o que quiser comigo, mas não mutile o corpo de meu pai. Ele se manteve fiel às suas ideias até o fim”.

“Não faço semelhantes coisas”, retorquiu Ciro. “Seu pai será sepultado com honra.” — Pois apesar de o jovem estar coberto de sangue, ele de imediato o amou. E o jovem olhou para Ciro, que até então apenas vira a distância, com suas armas cintilantes, e pensou: esse é o meu rei. Ciro ordenou que o levassem ao acampamento e o tratassem. Desde então o honrou e amou, e ele permaneceu-lhe para sempre fiel. E a paz entre os medos e os persas foi alcançada.

Conquistara toda a sua atenção. Não mostrava já sinais de melancolia.

— Nunca ouvi falar disso. Que batalha foi essa? Como se chamava o rapaz?

Disse-lhe; o amor dava asas à minha imaginação.

— Bom, meu senhor, na nossa parte do mundo, o povo conta muitas histórias antigas como essa. Não sei ao certo se todas elas são verdadeiras. — Inventei tudo isso e podia ter feito muito melhor se soubesse um pouco mais de grego. — Tanto quanto sei, Ciro jamais amou um rapaz em toda a sua vida.

Meu feitiço funcionara. Descobri mais algumas histórias que, verdadeiras ou falsas, eram contadas em Anshan. Um pouco mais tarde disse-me que nem o jovem de Ciro era mais belo que o de Alexandre. Sua tristeza desvaneceu-se e adormeceu.

No dia seguinte, foi buscar de novo o livro e começou a lê-lo para mim. Tive-o só para mim durante uma hora inteira. Disse-me que o lera quando ainda era um garoto e que ali encontrara a verdadeira alma do governante.

Bom, talvez assim fosse, mas se aquele era o retrato de Ciro, o próprio Ciro teria ficado surpreendido. O livro fora escrito, não por um persa culto que lera relatos e falara com velhos da tribo, mas por um soldado grego para isso contratado nos tempos de Artaxerxes que lutara por Ciro, o Moço, contra o rei. Depois de ele ter sido capaz de conduzir os seus homens em segurança de regresso à Grécia, acho que todos acreditariam em qualquer história que se contasse a seu respeito.

Como é evidente, Alexandre apenas me leu os seus passos favoritos. Se fosse outra pessoa não creio que conseguisse manter os olhos abertos. Ambos dormíramos muito pouco. Como eu não tirara os olhos dele, ele nunca sabia quando é que eu não estava ouvindo. Percebia, aliás, sempre que se aproximava algo de que ele gostava em particular.

— Nem tudo isso — disse — pertence à história, como vim a saber desde que aqui estou. Os seus rapazes não são treinados em casernas públicas?

— Não, meu senhor. Combatem com os soldados dos pais.

— Assim pensava. Ele gosta demasiado dos espartanos, mas é verdade, creio, que Ciro gostava de partilhar as suas melhores refeições com os amigos?

— Oh, sim, meu senhor. E desde então é uma honra, estar à mesa do rei.

— Então não era aqui que ele fora buscar esse hábito! O tal Xenofonte deve ter estado na Pérsia tempo suficiente para o saber. Senti-me tão sensibilizado que quase chorei.

Contou-me uma história sobre o modo como os nobres escolheram para Ciro, de entre os despojos da batalha, a mais bela das mulheres que chorava a morte do seu esposo, mas Ciro, sabendo que ele se encontrava ainda vivo, não se atreveu sequer a olhá-la, não maculando a sua honra e deixando-a com o seu séquito. De tudo isso enviou notícia a seu esposo. Quando esse se rendeu e lhe prestou vassalagem, o rei foi buscá-la e entregou-a unindo-lhes as mãos. Enquanto me lia essa história, compreendi que fora isso que ele planejara para Dario e para a sua rainha. Por isso ele organizara os funerais após a morte da rainha. Percebi que ele concebera tudo tal como a história narrava. Lembrei--me então do carro coberto com as almofadas ensopadas de sangue.

Já havia muito deixara de ser acompanhado por um harém. Antes de eu ter chegado, instalara a rainha-mãe em Susa com as princesas mais novas.

"Um rei", dizia em algum lugar o livro, "não deve apenas provar ser melhor do que os seus vassalos, mas também lançar sobre eles uma espécie de feitiço." Retorqui:

— Deixe-me dizê-lo em persa. — E ambos sorrimos um para o outro.

— Tem de aprender a ler grego — disse-me. — É uma pena que não saiba ler. Vou arranjar-lhe um professor simpático: Calístenes não, tem a mania de que é o melhor de todos.

Lemos o livro em conjunto durante alguns dias, e ele me interrogava acerca da veracidade do que aí era contado. Ele gostava tanto desse livro que nunca lhe consegui dizer que esse contador de histórias ateniense, visto não ter um rei na sua cidade, imaginara um e chamara-lhe Ciro. Sempre que o livro faltava à verdade sobre os costumes persas, dizia-lhe, para que ele não ficasse malvisto perante os meus, mas sempre que ele lia em voz alta algum preceito que moldava a sua alma, dizia-lhe que isso havia sido expresso pelo próprio rei em Anshan. Nada se compara à alegria que se dá a quem se ama.

— Fui induzido ao erro em criança — disse. — Não vou insultá-lo com aquilo que me contavam dos persas. O velho deve dizer as mesmas coisas na sua escola em Atenas. Foi Ciro que me abriu os olhos, neste livro, quando eu tinha quinze anos. A verdade é que todos os homens são crianças aos olhos de Deus. Ele prefere as melhores, mas encontramo-las por toda a parte. — Pousou a sua mão sobre a minha.

— Diga-me — prosseguiu —, é mesmo verdade que Ciro se aliou aos medos para combater os assírios, como diz aqui? Heródoto diz, tal como você, que ele derrotou os medos.

— Foi assim, meu senhor. Qualquer persa lhe dirá.

Leu do livro: "Governou todas essas nações, embora elas falassem uma língua diferente da sua, e todas elas possuíssem uma língua própria; no entanto, foi capaz de impor um tal respeito que todos temeram defrontá-lo; era ainda capaz de influenciar de tal modo os que o rodeavam que todos quiseram ser guiados pela sua vontade".

— Isso é verdade — disse-lhe. — E voltará a sê-lo de novo.

— No entanto, nunca fez os persas suseranos dos medos; governou-os ambos como rei?

— Sim, meu senhor. — Tal como eu ouvira, alguns dos nobres medos mais destacados aliaram-se a ele, revoltando-se contra Astiages, devido à sua crueldade. Terão por certo esclarecido os seus termos a partir desse fato, e Ciro os teria aceitado porque era um homem de honra. Disse-lhe: "É verdade, Ciro criou um reino único".

— Essa é a atitude mais correta. Não fez de um povo soberano e de outros, vassalos; construiu um grande império. Escolhia os homens por aquilo que eles valiam e não pelo que ouvia dizer ou por coscuvilhices... Bom, creio que assim não lhe terá sido difícil persuadir os conquistados. Persuadir os vitoriosos, eis o nó da questão.

Sentia-me mudo de espanto. Mas, pensei, até nisto pretende seguir o exemplo de Ciro. Não, suplantá-lo, porque a Ciro prestaram vassalagem, enquanto Alexandre permanecia livre... E eu era o primeiro persa a quem ele confiara tal pensamento.

Já há muito que não me lembrava do rosto de meu pai, mas agora ele me surgia com nitidez, abençoando os seus futuros filhos. Talvez, afinal, as suas palavras trouxessem algo de verdade.

Alexandre indagou-me:

— Diga-me, em que estás pensando?

Respondi:

— Que os filhos de sonhos perduram mais que os filhos da semente.

— É um visionário. Já pensei nisso também.

Não lhe retorqui: "Não, sou apenas um eunuco tentando fazer o melhor possível".

Em vez disso, falei-lhe dos festivais do Ano-Novo iniciados por Ciro como uma festa da amizade, e do modo como chefiou os povos na conquista da Babilônia, onde medos e persas se excederam para lhe mostrar o seu valor. Por vezes, devido ao ardor com que lhe narrava as histórias, embaraçava-me com o meu grego. Nessas alturas, dizia-me:

— Não faz mal. Percebo o que quer dizer.

Durante todo o dia, notei uma expressão diferente nele. À noite, era como se eu tivesse deixado de ser o rapaz de Dario e passado a ser o de Ciro. Adormeceu profundamente sem dificuldade. Eu disse para comigo: "Eis algo que fiz por ele que Hefestion não foi capaz".

Como é perverso o coração. Dario jamais me oferecera amor ou o pedira de mim; todavia, achava que me devia sentir grato por aquilo que me dera:

um cavalo, um espelho, uma pulseira. Agora, entre as minhas riquezas, era a alma que ardia; devia possuí-lo todo, todo para mim.

Não eram necessárias palavras para me dizer que era feliz comigo como jamais o fora com alguém; era demasiado generoso para o negar; mas as palavras nunca eram ditas e era fácil entender por quê. Isso teria violado a lealdade.

— Nunca seja importuno — dissera-me Oromedon havia muito. — Nunca, nunca, nunca, nunca. Esse é o caminho mais rápido para a sujidade da rua. Nunca. — E ele, sempre gentil como a seda, deu-me um puxão nos cabelos que me fez gritar. — Eu o fiz para seu bem — disse. — Para que não o esqueça.

Ninguém possui os deuses, mas há alguns que eles escolhem para mais perto de si. Não o esqueci.

Encostado a uma parede na sala de audiências em Zadracarta, observei-o numa audiência que concedeu aos macedônios. Deixou-os entrar sem quaisquer formalidades, e misturou-se entre eles.

— Você é um músico — dissera Oromedon. — Apenas lhe basta conhecer o seu instrumento. — Ele os tinha mais simples em mente; essa harpa possuía muitas cordas, algumas que eu nunca puxaria. E, todavia, alcançáramos a harmonia.

Eram esses os meus pensamentos quando um correio entrou com mensagens da Macedônia. O rei recebeu-as e sentou-se com elas no divã mais próximo de si como um homem normal. Tinha habitualmente esse tipo de atitude. Havia muito que desejava dizer-lhe que elas não lhe ficavam nada bem.

Enquanto as abria, Heféstion aproximou-se e sentou-se a seu lado. Dei um suspiro mais forte: isso ultrapassava todos os limites. No entanto, Alexandre limitou-se a passar-lhe alguns rolos para a mão.

Não estava muito longe de mim, por isso ouvi Alexandre quando ele pegou a carta maior:

— É da mãe. — E suspirou.

— Leia-a já — disse Heféstion.

Embora o odiasse, entendia por que razão as mulheres de Dario lhe prestaram honras reais na confusão da sua dor. Segundo os nossos cânones persas, suponho que era o mais belo; era o mais alto, com feições raiando a perfeição. Quando permanecia em silêncio, o seu rosto era de uma gravidade onde se insinuava a tristeza. Seu cabelo era de um bronze brilhante embora mais áspero do que o meu.

Alexandre abrira, entretanto, a carta da rainha Olímpia. Heféstion apoiando-se no seu ombro leu-a também.

Através da minha amargura percebi que tal chocara os próprios macedônios. Seus murmúrios chegavam até mim.

— Quem é que ele pensa que é?

Claro que todos o sabemos, mas não é necessário gritá-lo aos quatro ventos.

Um desses veteranos que se destacam pelas barbas e pela falta de maneiras disse:

— Se ele pode lê-la, por que razão não podemos todos nós ouvir? — falou em voz alta.

Alexandre ergueu os olhos. Não chamou os guardas para o prender; nem sequer o censurou. Limitou-se a pegar o anel do selo, voltou-se sorrindo para Heféstion, e depositou em seus lábios o selo real. Ambos regressaram à leitura da carta.

Conseguia andar de um lado para o outro sem que os outros notassem, mesmo cego pelas lágrimas. Ninguém notou minha partida. Corri para os estábulos e cavalguei para fora da cidade, ao longo dos pântanos junto ao mar, onde nuvens de pássaros negros voavam lançando os seus gritos, como os pensamentos do meu coração. Ao regressar a casa, os meus pensamentos haviam se acalmado, como corvos num patíbulo. Minha vida será um inferno enquanto esse homem viver. Ele tem que morrer.

Meu cavalo seguia a trote por aquele terreno arenoso. Eu meditava. *Quando rapazes, tinham feito seus votos. Enquanto esse homem lhe for fiel, Alexandre se sentirá ligado a ele. Ele o reconhecerá perante os outros, embora seu coração me esteja devotado e o meu seja abrasado pelo fogo. Não! Para Heféstion, apenas há uma solução. Tenho que matá-lo.*

Amanhã vou ao mercado dos pedintes e compro roupas velhas. Num lugar qualquer mudo de roupa e escondo as minhas na areia. Envolverei um trapo para ocultar o meu rosto sem barba e vou às ruas esconsas junto à muralha. Aí encontrarei um boticário que não fará perguntas. Não será difícil chegar ao seu vinho ou à sua comida.

Nos estábulos disse a um servo para tratar do meu cavalo e regressei à sala de audiências para olhar e pensar: *Logo estarás morto.*

Em silêncio, junto à muralha, voltei a pensar no meu plano. Compraria o veneno; até aqui, tudo bem. Num frasco ou num saco? Onde poderia guardá-lo? Nas minhas roupas? Pendurado ao pescoço? Durante quanto tempo precisaria escondê-lo?

À medida que o meu sangue arrefecia, comecei a imaginar mil e um infortúnios que podiam acontecer e levar à minha descoberta, mesmo antes de poder usar o veneno; foi então que, como um relâmpago, um infortúnio superior a todos os outros se insinuou; se fosse descoberto com o veneno todos pensariam que ele se destinava ao rei. Fora levado junto a ele por um homem que matara já outro rei.

Nabarzanes seria assim preso na sua casa e crucificado a meu lado. Seria recordado durante muitos anos como o jovem persa, prostituto de Dario que enganou o grande Alexandre. Também assim ele me recordaria. Preferia tomar eu esse veneno embora ele fizesse das minhas entranhas uma fornalha ardente.

A audiência aos macedônios terminara. Seguiram a eles os persas. Sua presença fez-me lembrar do meu pai, das minhas origens. O que é que me passara pela cabeça? Assassinar um homem leal apenas porque ele estava no meu caminho. Também os irmãos do rei Arses haviam sido fiéis. Também o fora meu pai.

Quando voltei a ver Heféstion junto ao rei, disse para comigo: *Bom, eu poderia matá-lo se quisesse; tem sorte em não o fazer.* Era demasiado novo para me sentir melhor com essas divagações; demasiado novo e demasiado preocupado apenas com os meus problemas para o pensar.

Aquilo que ele possuíra, jamais voltaria a ser de outro. Seu direito era honrado; que podia ele desejar mais? Bom, podia ter desejado que o seu amado não se tornasse amante, ou não recebesse de um jovem persa de olhos negros o que nunca pensara poder receber. Talvez que, desde a sua juventude, o desejo se tivesse evolado (se assim foi, era fácil de entender com quem isso sucedera em primeiro lugar); mas o amor permanecia, público como um casamento. Deitado só durante aquelas noites em Zadracarta, Heféstion não podia ter dormido em paz. Devia ter reconhecido na sua arrogância com a leitura da carta um apelo a uma prova de amor, mas Alexandre recebeu e deu-lhe essa prova perante toda a gente.

Nessa noite, sentia-me confuso num misto de dor e culpa. Perdi então a noção de equilíbrio e experimentei um truque que aprendera em Susa, o tipo de coisas que nunca lhe passaria pela cabeça que eu sabia. Notei quão idiota fora ao ter cometido aquele disparate. Temi a sua repulsa, mas mais uma vez devia ter tido em conta a sua inocência. Exclamou:

— Não me diga que fazia isso com Dario.

E riu de tal maneira que quase caiu da cama. Fiquei tão embaraçado que escondi o rosto e não fui capaz de olhá-lo.

— O que é que se passa? — interrogou.

Respondi-lhe:

— Eu o desagradei. É melhor ir-me embora.

Puxou-me para si.

— Não comece com rabugices. O que é que se passa? — Depois o tom da sua voz alterou-se e perguntou-me: — Ainda sente a falta de Dario?

Ele estava com ciúmes; sim, até ele! Lancei-me nos seus braços, abraçando-o numa fúria que mais se assemelhava à guerra que ao amor. Foi preciso algum tempo para me acalmar até podermos começar. Mesmo assim estava tenso e quando acabei tive dores que me fizeram recordar tempos idos. Embora tentasse não demonstrar, creio que ele sentiu alguma diferença. Permaneci em silêncio sem fazer nada para anular a sua tristeza. Foi ele quem disse:

— Vá, fale.

Respondi-lhe:

— Amo-o demasiado. É só isso.

Puxou-me mais para si e afagou-me os cabelos.

— Nunca é demasiado — disse.

Demasiado não é suficiente. No sono não se apartou de mim, como algumas vezes fazia, deixando-me ficar a seu lado durante toda a noite.

No dia seguinte, ao se levantar, perguntou-me:

— Como vai sua dança? — Respondi-lhe que praticava todos os dias. — Muito bem. Hoje vamos fazer a lista para as competições dos jogos da vitória. Haverá uma destinada a dançarinos.

Fiz uma roda ao longo do quarto, seguida de um mortal para trás.

Riu-se, mas depois ficou sério e disse:

— Deve saber uma coisa: eu nunca presido aos júris. Isso cria má atmosfera entre todos. Nos jogos em Tiro, dava tudo para ver Tétalos coroado. Para mim, nenhum trágico o suplanta. Além disso, ele foi meu emissário e prestou-me um ótimo serviço, mas eles preferiram Atenódaros, e eu tive que aceitar essa escolha. Por isso, apenas me resta dizer: vence para mim.

— Nem que para isso eu morra — disse erguendo a mão.

— Ui! — Fez um gesto grego contra a má sorte.

Posteriormente, deu-me ouro para comprar as minhas roupas e enviou-me o melhor tocador de flauta de Zadracarta. Se ele adivinhou, de fato, a razão da minha dor e não a podia curar, pelo menos sabia como fazê-la esquecer.

Estava farto das minhas danças antigas e criei uma nova para ele. O ritmo começa depressa, ao estilo do Cáucaso; depois, torna-se mais lenta, em movimentos que permitem mostrar o equilíbrio e a força. À última parte estavam reservadas as acrobacias, embora não muitas, pois eu era um dançarino e não um acrobata, mas eram as suficientes. Para vestir, encomendei uma túnica de estilo grego, toda ela com fitas escarlates que se uniam no pescoço e no peito. Os lados ficavam nus. Mandei coser-lhe ainda argolas com guizos dourados. Para a primeira parte usaria castanholas.

Exercitava-me como se a minha vida estivesse em jogo. No primeiro dia, acabara de dispensar o flautista, quando Alexandre apareceu dando comigo exausto envolto numa toalha. Agarrou-me pelos ombros e disse:

— A partir de agora, e até os jogos, vais dormir aqui. Uma coisa de cada vez.

Deu ordens para colocarem ali uma cama para mim. Sabia que ele tinha razão, mas custava-me que ele pudesse passar sem mim. No entanto, a essa altura sabia ainda menos do que o mais anônimo dos soldados do que ele precisava. Pensava que não conseguia passar uma noite longe dele, mas estava tão cansado que adormecia ao me deitar e só acordava pela manhã.

No dia dos jogos, dirigi-me bem cedo para o seu quarto, onde um escudeiro o vestia, mas quando me viu, disse: — Oh, Bagoas cuida disso. Pode ir. — Alguns dos escudeiros tinham melhorado bastante e o rei mostrava-se simpático para com eles, mas esse era desastrado. Saiu rabujando. O rei disse:

— Depois deste tempo todo ainda não é capaz de pendurar um manto. — Pegou-me nas mãos e me beijou. — Nós nos veremos de novo quando dançar.

De manhã eram as competições atléticas: corrida, salto, lançamento do disco e do dardo, luta. Como era a primeira vez que assistia a jogos gregos, atrevo-me a confessar que senti algum interesse, embora desde então tenham me causado enfado. Após o intervalo do meio-dia foi a vez da dança.

Para essa e para a música, os carpinteiros do exército haviam erguido um teatro, com um palco e um estrado para a cadeira do rei. Os cenários do fundo eram pintados de modo a simular colunas e cortinas. Não possuímos uma arte semelhante na Pérsia. Jamais vira um lugar assim e por isso andei sobre o palco para me certificar de que o chão era bom.

As encostas começavam a ficar cheias de gente; os generais tomavam os seus lugares nos bancos. Foi para onde me mandaram. E acerquei-me dos outros dançarinos na relva junto ao palco. Olhávamo-nos furtivamente uns aos outros; três gregos, dois macedônios e outro persa. O rei entrou ao som de trombetas. Os outros dançarinos olharam-me com ódio por saberem quem eu era.

Mas não creio que no fim tivessem posto em causa a minha vitória. Sabia que ela tinha que ser incontestável; por ele e por mim. Verdade se diga que ele jamais interferia na escolha dos juízes, mas esses são apenas humanos. Os de Tiro podiam saber que ele preferia Tétalos. No entanto, isso era muito diferente de ser seu amante. Não bastava uma vitória à tangente.

Em Susa, dançara para obter favores, com receio de ser posto de lado, pensando em mim. Agora dançava por honra do nosso amor.

A nossa vez foi tirada à sorte. Coube-me ser o quarto. Não ia ainda a meio da minha dança mais rápida com a pandeireta quando os aplausos começaram. Isto era novo para mim. A maior audiência que tivera, fora um punhado de convidados de Dario que me aclamaram por cortesia. Esse barulho era diferente, parecia dar-me asas. Quando cheguei à parte final dos saltos mortais, já mal ouvia a música.

Os juízes tomaram a sua decisão num ápice. Disseram-me então que fosse receber a minha coroa.

Com o barulho dos aplausos acompanhando-me durante todo o percurso, subi ao estrado e ajoelhei-me. Alguém lhe passou a grinalda cintilante. Ergui os olhos e descobri o seu sorriso.

Pôs-me a coroa na cabeça acariciando-me de leve os cabelos. Se a felicidade pudesse encher alguém como a comida ou a bebida, teria me rebentado. *Heféstion jamais fez isso por ele*, pensei.

A competição seguinte era de citaristas. Se o sábio Deus tivesse enviado os seus anjos para tocar as suas melodias, não seria capaz de distinguir a diferença.

Não me lembro do que se passou entre esse paraíso e estar a seu lado à noite na festa. Foi um grande banquete, bastante bem-feito, tendo em conta que eram macedônios, no salão grande do palácio, cintilando de luzes. Os convidados eram tantos que não puderam utilizar os assentos gregos. O rei jamais convidara tantos nobres persas. Durante toda a refeição estive ocupado com prendas e mensagens. Todos tinham algo para me dizer sobre a minha dança. Disse para comigo: *Ele honra o meu povo por aquilo que de bom nele encontra, mas também um pouco por mim.* E pensei com êxtase na noite que se aproximava.

Subi antes dele. Em vez do roupão de banho e de toalhas, havia roupas lavadas. Se não estivesse a viver um sonho, estaria à espera disso; percebi-o a tempo de não fazer figura de tolo.

Ele subiu, abraçou-me — o escudeiro saíra ao ver-me chegar — e disse:

— Hoje fui invejado por toda Zadracarta. E não por ser rei. — Desabotoei-lhe o manto e ajudei-o a mudar de roupa. — Não esperes por mim, meu querido. São velhos amigos e vamos beber até o nascer do dia. Vá se deitar e aqueça-se, senão amanhã estará gelado.

Uma noite da Macedônia, pensei enquanto arrumava o seu manto púrpuro: bom, ele me avisara. Não faz mal; por muito bêbado que esteja, serei eu quem o deita e não aquele escudeiro idiota. Era o mínimo que podia fazer por ele.

Retirei um cobertor da arca e embrulhei-me nele a um canto. Nem aquele chão duro me impediu de adormecer num ápice.

Ouvi a sua voz. Os pássaros cantavam se bem que o dia não tivesse despontado ainda.

— Meus pés parecem de chumbo. Foram precisos quatro para pegar o Filotas.

— E não irão longe — disse Heféstion. — E você, consegue deitar-se?

— Consigo, sim, mas entre. — Uma pausa. — Vá lá, entre. Não há ninguém aqui.

Sentia-me gelado, ele tivera razão quando me avisara por causa do frio. Puxei o cobertor para cima, não fosse o meu rosto ser denunciado pela luz.

Heféstion tinha o braço de Alexandre sobre os ombros embora não o transportasse. Sentou-o, tirou-lhe as sandálias e o cinto, tirou-lhe a túnica pela cabeça e ajudou-o a deitar. Puxou a mesa para junto da cama, depositou ali o jarro e o copo, procurou a bacia e a colocou ao seu alcance. Umedeceu uma toalha e passou-a pela testa de Alexandre. Apesar de não estar muito firme, fez tudo isso primorosamente. Alexandre suspirou e disse:

— Sabe bem.

— Agora, tem que dormir para se sentir melhor. Olha, lá está a água e ali, a bacia.

— Vou dormir, vou. Ah, sabe bem. Pensa sempre em tudo.

— Já tenho obrigação disso. — Curvou-se e beijou-o na testa. — Durma bem, amor. — Saiu, fechando a porta em silêncio. Alexandre voltou-se. Esperei um bom bocado para me certificar de que ele adormecera; depois, arrumei o cobertor em recato. Regressei à minha cama fria ao mesmo tempo que se erguia o sol acompanhado pelo canto das gaivotas.

14

Aos dezesseis anos, em Zadracarta, começou a minha juventude. Antes, passara da infância para um estágio intermediário em que a juventude era permitida apenas ao meu corpo. Agora, durante sete anos da minha vida, reavi-a. Todo esse longo divagar assim o insinuava.

Há lugares estampados na memória, e longos meses em que o rosto da terra passa por mim como um barco que vemos deslizar nas margens do Nilo. Caminhos nas montanhas, mantos de neve, florestas primaveris, lagos pretos em terras pantanosas, planícies de seixos ou de relva queimada; rochedos batidos pelo vento com a forma de dragões; vales celestiais repletos de frutos maduros; montanhas sem fim tocando os céus, brancas e mortíferas; sopés com flores desconhecidas; e a chuva... chuva caindo como se os céus se dissolvessem transformando a terra em lama, rios em torrentes, enferrujando as armas, fazendo dos homens crianças indefesas. E os planaltos de areia vermelhos de fogo, dia após dia, junto ao mar cintilante.

Assim partimos de Zadracarta, caminhando para oeste. Tinha dezesseis anos e estava loucamente apaixonado. Contornamos as montanhas que se prolongavam desde a Hircânia, até alcançarmos terras desertas. No entanto, vivíamos numa cidade em movimento.

O séquito do rei era mínimo. Percorrera esse caminho desde a Grécia com um regente para governar o seu reino, livre como um pássaro tal como um general com posto de rei. As grandes cidades caíram então, e Dario morreu. Agora era o Grande Rei no seu próprio império, e todos os seus afazeres viajavam consigo.

Estávamos numa terra sem cidades, como a antiga Pérsia antes de Ciro. Distando centenas de quilômetros entre si, havia fortalezas como a casa da minha infância, maiores, porque tinham sido assento de reis, mas não muito diferentes; uma casa destacando-se entre as outras no desfiladeiro rodeada pela aldeia tribal. Haviam passado de reis para chefes, e destes para sátrapas; apesar disso, ainda eram conhecidas como casas do rei. Depois, apenas restavam pastores nômades em busca de pastagens ou casarios onde a água não faltava ao longo de todo o ano. Durante todo esse tempo, o nosso acampamento era a única cidade à vista.

Nele vivia o exército, e o segundo exército que o servia, formado por armeiros, engenheiros, carpinteiros, artífices de tendas e de couro, vivandeiros, moços de estrebaria; as mulheres e as crianças de todos esses; os escravos. O número de escribas rondava a vintena. E esses constituíam apenas o exército sustentado por Alexandre. Um terceiro exército, baseado no comércio, seguia-nos; negociantes de cavalos, vendedores de roupas, joalheiros, atores, músicos, prestidigitadores, alcoviteiras, prostitutas dos dois sexos e de nenhum. Pois até os soldados de cavalaria eram ricos; quanto aos generais, viviam como reis menores.

Possuíam séquitos próprios que se deslocavam em carros compostos de camareiros e criados. Suas cortesãs viviam requintadamente como as mulheres de Dario. Depois do exercício físico eram cuidados por massagistas com óleo e mirra. Alexandre limitava-se a rir deles. Não conseguia suportar vê-lo suplantado no seu *status* e no seu orgulho. Sabia bem o que fariam os persas perante algo de semelhante.

Ele próprio não tinha tempo para se divertir; ou, muitas vezes, para mim. Ao fim de cada caminhada, seguia-se um dia voltado para os seus afazeres; emissários, batedores, engenheiros, suplicantes, meros soldados que lhe traziam os seus problemas como se fosse seu direito. Afinal de contas, para ele, a cama servia apenas para dormir.

Dario, quando sentia o desejo de fugir, julgava-se atraiçoado pela natureza e mandava chamar alguém, como eu, por exemplo, cuja tarefa consistia em pôr as coisas em ordem. Alexandre, com os seus olhos postos no futuro, achava que a natureza lhe chamara a atenção para uma boa noite de descanso.

Há coisas que não se podem explicar a um homem completo. Com gente como eu, sexo é um prazer, não uma necessidade. Mais ainda, amava o seu corpo apenas para estar junto dele, como um cão ou uma criança. Havia vida e gentileza em todos os seus gestos, mas nunca lhe disse: "Deixe-me entrar; não incomodo".

Nunca seja importuno, nunca, nunca, nunca. Havia coisas para as quais necessitava de mim durante o dia; e as noites de recompensa, mais cedo ou mais tarde, chegariam.

Numa delas, disse-me:

— Ficou triste por eu ter incendiado Persépolis?

— Não, meu senhor; nunca lá estive. Mas por que a destruiu?

— Não a destruí, imolei-a. O deus inspirou-nos. — À luz da candeia, vi o seu rosto como o de um cantor arrebatado pela sua melodia. — Cortinas de fogo, pendentes de fogo; mesas postas num grande festim de fogo. E os tetos eram todos de madeira de cedro. Quando lançamos as tochas, e o calor nos obrigou a sair, as chamas erguiam-se como uma torrente no céu negro; uma grande queda de fogo, de centelhas pulverizando tudo; bramindo e iluminando tudo no seu percurso para o céu.

Pensei então: *Não admira que o venerem. Há algo na terra que mais se assemelhe ao divino?*

Ele gostava que falassem com ele após o amor; havia ainda algo nele que associava o desejo à fraqueza. Nessas alturas, falava-lhe de coisas sérias; o riso e a brincadeira vinham antes.

Uma vez, disse-me:

— Estamos aqui deitados os dois e continua a chamar-me "*Meu senhor*". Por quê?

— É o que o senhor é; no meu coração, em tudo.

— Conserve-o no seu coração, meu querido, perante os macedônios. Já vi os olhares estranhos.

— Será sempre o meu senhor, independentemente daquilo por que eu o chamar. Como deverá ser então?

— Alexandre, claro. Qualquer soldado macedônio me trata assim.

— Iscandre — disse. Minha pronúncia grega não era ainda perfeita.

— Se o ouvem tratar-me por "senhor", pensam: "Já se está preparando para ser o Grande Rei".

Proporcionara-me finalmente a oportunidade de o dizer:

— Mas, meu senhor, meu senhor Iscandre, *é* um Grande Rei da Pérsia. Conheço o meu povo, e ele não é como o macedônio. Sei que os gregos dizem que os deuses invejam os homens superiores, que eles castigam a hu...

Trabalhara bastante nos meus livros, mas a palavra fugiu-me.

— Húbris — disse ele. — E já me vigiam a esse respeito.

— Não os persas, meu senhor. Num homem superior procuram a grandeza. Se ele se rebaixa, retiram-lhe o respeito.

— Rebaixa? — interrogou incisivo. Era demasiado tarde para recuar.

— Meu senhor, honramos a coragem e a honra, mas o rei... deve estar à parte; os grandes sátrapas devem se dirigir a ele como se ele fosse um deus. Perante ele prostram-se, o que é algo que apenas os camponeses lhes fazem.

Permaneceu em silêncio. Aguardei temendo. Disse por fim:

— O irmão de Dario tentou me dizer isso, mas não se atreveu.

— Meu senhor está zangado comigo?

— Não, pois é um conselho dado com amor. — Puxou-me para junto de si para o provar. — Mas lembre-se, Dario perdeu-se e eu lhe explico por quê. Podemos dominar sátrapas dessa maneira, mas soldados, não. Eles não seguem uma qualquer imagem real. Eles querem sentir a proximidade dessa presença. Eles querem ter a certeza de que recordamos uma ação sua passada há um ano, ou um irmão que nos serve; querem uma palavra quando morrem. Se estão cobertos de neve, gostam de ver o general coberto também. E se as rações ou a água minguam, e se você se mantiver à cabeça da coluna querem saber se o faz por eles; então o seguirão. E gostam de rir. Tive consciência daquilo que riam na casa da guarda de meu pai, aos seis anos. Fizeram-me Grande Rei da Pérsia, não o esqueça... Não, não estou zangado. Fez bem em falar. Sabe que corre em mim sangue de gregos e troianos.

Nada sabia a esse respeito, mas beijei-lhe o ombro com devoção.

— Não pense mais nisso. Dizer que gosto do seu povo ou que encontro nele algo meu... Por que dizer *seu* ou *meu*? Ambos devem ser *nosso povo*. Ciro não repousou até o alcançar. Agora chegou o momento de fazermos mais uma vez algo de novo. O deus não nos conduziu durante todo esse tempo para nada.

Disse-lhe:

— Falei demais e agora está outra vez desperto.

Da última vez que lhe dissera isso, respondera: “Por que não?”. Hoje, respondeu:

— Sim.

E continuou a pensar. Adormeci enquanto ele continuava de olhos abertos.

Chegávamos à Báctria, aos seus planaltos imensos e agrestes já tocados pelo outono, cruzados por ventos frios vindos das montanhas geladas. Comprei um casaco escarlate forrado com pele de marta, pois perdera a pele de lince nas Portas Cáspias. Os seguidores do acampamento e os soldados haviam empacotado peles de carneiro e cabra de reserva; os oficiais tinham mantos de lã; mas eram apenas os persas, com as suas mangas e as suas calças, que pareciam de fato ao abrigo do frio. Por vezes, os macedônios olhavam-me com inveja, mas preferiam morrer a vestirem-se como os derrotados, os brandos e doentes medos. Mais fácil seria comerem as próprias mães.

As primeiras chuvas começaram a cair. O chão úmido ficava pesado, os leitos dos rios agitavam-se; parecia que nos deslocávamos devagar como o séquito de Dario. Só compreendi a diferença quando chegaram as notícias da rebelião de Satibarzanes, sátrapa de Areia. Entregara-se livremente em

Zadracarta. Alexandre estendera-lhe a mão direita, convidara-o para jantar, confirmara-lhe a satrapia e dera-lhe uma guarda de quarenta macedônios para reforçar a sua fortaleza. Ele os assassinara mal Alexandre partira e convocava agora os membros da sua tribo para combater ao lado de Besso.

Uma trombeta fez-se ouvir sobre a imensa horda errante. Seguiu-se o barulho de cascos e de relinchos; ordens gritadas elevavam-se no ar; num ápice, a cavalaria destacou-se da coluna. Alexandre montara o seu cavalo de guerra e juntos mergulharam no tempo, com o chão tremendo a seus pés. Era como se um gigante tivesse aberto o seu manto num gesto lento e arremessado uma lança.

Erguemos o acampamento e aguardamos envoltos por todos os ventos do céu; homens e mulheres esquadrinhavam a planície em busca de lenha. Fui para as minhas lições de grego com Filóstrato, um jovem grego de Éfeso, que se mostrava bastante paciente comigo. (A ele devo o fato de o rei Ptolomeu ter me permitido frequentar a sua biblioteca, onde li a maior parte dos autores gregos dignos de destaque, embora ainda hoje continue a não saber decifrar a mais simples inscrição na minha língua mãe.)

Os escribas mantinham os relatos em dia, de modo que estava a par de todas as novidades. Os membros da tribo fugiram e mal ouviram falar da proximidade de Alexandre; o sátrapa refugiara-se junto de Besso. Alexandre decretara a sua sentença de morte; jamais suportara a traição. No entanto, o sátrapa que designara para Areia fora novamente persa. Regressara durante uma tempestade de neve e metera-se de imediato ao trabalho.

Ao regressarem, as tropas criavam uma grande azáfama (junto das mulheres, ou do que mais gostavam). A essa altura apenas me restava esperar. Quando despendia energias em combate, fazia-o até a exaustão; e agora tinha quinze dias de afazeres do seu governo aguardando-o. Não os largou durante cinco dias a fio. Depois convidou alguns amigos e bebeu na sua companhia durante toda a noite. Ficou mais conversador e afastou de novo as memórias da guerra. Depois, dormiu todo o dia e toda a noite.

Não era por causa do vinho, embora tivesse bebido muito; habitualmente o teria superado em metade do tempo. Quando a mente chegava a um porto sem saída, entregava-se ao vinho. Apesar de ébrio conseguiu tomar um banho, como aliás não dispensava, ao se deitar. Apenas me tocou para eu o ajudar a andar. O vinho traz à superfície coisas ocultas, e ele não escapava a essa regra; mas a rudeza na cama nunca foi uma delas.

No dia seguinte, despertou fresco como um potro; atirou-se a mais uma montanha de trabalho e disse-me ao se deitar:

— Como pode ter passado tanto tempo?

Acarinhei-o de todas as maneiras que sabia e de outras que acabara de inventar. Ele costumava brincar, dizendo que eu estava fazendo dele um persa; a verdade era que eu já me esquecera como agradar a outra pessoa. Uma sutileza gentil era melhor para ele do que a paixão. Embora possuísse a arte de arrastar os homens a prazeres violentos, e o tivesse feito com ele, isso o deixava melancólico. Para mim não passava de algo que me haviam ensinado. Devia ter obedecido desde o início ao que me ditava o coração, mas ninguém antes dele me permitira reconhecer-lhe a sua voz. Agora mostrara--lhe o caminho pelo jardim das delícias, ou por aquilo que nele pudesse despertar o prazer, pois ele desejava um companheiro, não quem o entretesse. Jamais era grosseiro: estava na sua natureza ser alguém que dá, em relação a isso e a todas as coisas. E, aqui como em todo o resto, se se mostrava vaidoso, era porque tinha alguma razão para isso.

O príncipe Oxadres fora promovido para a guarda pessoal do rei. Alexandre gostava que ela fosse composta por homens bem parecidos e achou que isso se coadunava com o seu *status*. Ele era quase da altura de Dario, o que levou Alexandre a me dizer sorrindo que pelo menos com ele Filotas teria alguém que o olhasse de cima para baixo. Repliquei com um constrangimento que esperei não ter passado despercebido. Já pensara várias vezes neste Filotas.

Era o mais importante dos generais. Comandante dos Companheiros; um homem considerado bonito embora com uma tonalidade de pele demasiado ruiva para o gosto persa. Destacava-se entre todos os que viviam uma opulência superior à do rei. Juro que ele ia à caça com um séquito superior ao de Dario. O interior da sua tenda fazia lembrar um palácio. Levara lá um dia uma mensagem, e ele me olhara com desprezo.

Isso não me impressionou. O próprio Heféstion não gostava dele.

Quando se conhece os hábitos da corte, sabe-se onde se deve procurar o que se deseja. Às vezes punha-se à porta da sala de audiências, tal como fizera na Babilônia, para assim ver as expressões dos homens ao saírem. Alívio, desapontamento, alegria, tranquilidade, tudo isso era habitual, mas o sorriso de Filotas desvanecia-se demasiado depressa, e quase posso jurar ter-lhe vislumbrado, um dia, um sorriso de escárnio.

Guardei esse momento para mim. Não me atrevi a dizer nada. Alexandre conhecera-o durante toda a vida; com amigos de juventude, a sua lealdade era ilimitada. E havia ainda mais; o pai do homem, Parmênion, ultrapassava em *status* todos os outros generais, até o próprio Cratero, o mais importante dentre eles. Parmênion fora comandante-chefe do rei Filipe. Nunca o vira porque o seu exército guardava os percursos a ocidente, na nossa retaguarda, uma função da qual a nossa vida dependia. Por isso, nada disse, limitando-me a elogiar os cavalos nicenos de Oxadres, e os seus belos arreios. Acrescentei:

— Mas é evidente, meu senhor, que nem na corte de Dario ele foi tão rico quanto Filotas.

— Não? — indagou, e percebi que isso lhe dera que pensar. Por isso abracei-o rindo e prossegui:

— Mas agora nem o senhor é tão rico quanto eu.

O único resultado desta conversa, tanto quanto eu saiba, foi que ele reparou nos arreios dos cavalos de Oxadres e gostou tanto deles que mandou fazer uns iguais para o seu velho cavalo. Nenhum cavalo grego parece tão bonito aos olhos de um persa, mas agora que ele fora alimentado e tratado e descansara, era fácil de acreditar que ele tivesse levado Alexandre para a guerra, durante dez anos, sem nunca ter mostrado medo. A maioria dos cavalos teria se sentido incomodada com os seus novos luxos, as plumas na parte superior dos arreios, as proteções de prata, e as medalhas pendendo da coalheira; mas esse cavalo tinha-se em boa consideração e seguia a trote superando a maior parte dos outros. Havia nele bastante do próprio Alexandre.

Pensava nisso enquanto o limpava com uma esponja antes do jantar. Gostava tanto disto quanto do banho antes de se deitar. Era o homem mais asseado que conheci, sempre que os combates assim lhe permitiam. A princípio interrogava-me acerca do aroma suave e agradável que ele usava, e ia à procura do frasco; mas não havia frasco algum. Era uma dádiva da natureza.

Elogiei os arreios e quão belo o cavalo ficava com eles, e ele me retorquiu que mandara fazer mais para oferecer aos seus amigos. Enxuguei-o. Observei então os seus músculos que, apesar de fortes e desenvolvidos, não o eram em excesso como os daqueles lutadores gregos sem graça. Disse-lhe:

— Meu senhor, como lhe ficariam bem roupas que condissessem com os arreios.

Olhou à sua volta rapidamente:

— O que é que lhe pôs isso na cabeça?

— Foi por tê-lo observado agora.

— Ah, não. É um visionário, já lhe disse. Tenho pensado que no nosso país devemos parecer o menos possível estrangeiros.

Suas palavras me enlevaram. O vento soprava à volta da tenda.

— Posso afiançar-lhe, meu senhor, que, com esse tempo estaria muito melhor de calças.

— *Calças?* — perguntou.

Ficara plantado olhando para mim como se eu lhe tivesse proposto que se pintasse todo de azul. Depois, riu:

— Meu querido rapaz, em você são encantadoras; em Oxadres, adornam a Guarda, mas num macedônio... Há qualquer coisa em relação às calças... Não me pergunte o quê. Nisso sou igual aos outros.

— Bom, pensei em algo, meu senhor. Algo que se assemelhe mais ao traje persa de corte. — Desejava fazer dele belo segundo os padrões do meu povo.

Mandou vir um rolo de lã para que eu tentasse conceber algo para si, mas mal eu tinha começado, disse-me que não só não queria as calças, como também não conseguia suportar as mangas. Atrapalhavam seus movimentos, dizia, mas eu percebia claramente que tal constituía apenas um pretexto. Expliquei-lhe ter sido o próprio Ciro que introduzira na Pérsia os trajes da Média. Apesar disso ser verdade, nem aquele nome mágico surtiu qualquer efeito nele. Por isso, lá tive que me voltar para os trajes tradicionais persas, tão terrivelmente fora de moda, que ninguém os usara nesses últimos cem anos, exceto nos Festivais do rei. Se não tivesse presenciado Dario a ser vestido com ele, não saberia como era feito. É formado por uma saia comprida franzida no cós; uma espécie de capa curta sem mangas, com uma abertura para a cabeça cobrindo todo o tronco e pendendo sobre os braços até os pulsos. Recortei-o e cosi-lhe a saia. Vesti-lhe e desloquei o espelho para que ele o visse.

— Lembro-me de ter visto algo parecido — disse — nuns baixos-relevos em Persépolis. O que acha?

Pôs-se de lado diante do espelho: era como uma mulher no vestir sempre que tinha uma boa desculpa para isso.

— Tem muita dignidade — acrescentei. Embora ele pudesse sair assim vestido, ainda precisava fazer alguns arranjos na altura. — Mas sente assim liberdade de movimentos?

Deu uns passos de um lado para o outro.

— Se não são necessárias alterações, vou mandar fazer. Branco com bordado púrpuro.

Assim, fui à procura do melhor alfaiate (havia tantos persas no acampamento que os artífices os seguiam) e ele o concebeu com adornos bastante elaborados. O rei usava-o com uma pequena tiara sempre que recebia persas. Era fácil de ver como essa indumentária impunha outro respeito. Há modos e modos de fazer prostração que ele não podia distinguir como eu. Nunca lhe disse isso porque não queria atraiçoar o seu povo; magoava-os ver macedônios sem qualquer *status* não prestar sinais de reverência perante ele.

Disse-lhe que eles gostavam da sua indumentária. Não lhe disse, embora sentisse vontade de o fazer, que Filotas o observara e trocara olhares trocistas com outrem.

Tal como esperara, Alexandre rapidamente se cansou dela. Disse-me que lhe prendia os movimentos sempre que desejava andar mais depressa. Podia ter-lhe replicado que ninguém anda a correr na corte persa. Mandou fazer outra, parecida com uma túnica grega, à exceção da parte superior que cobria os braços. Usava-a com uma faixa meda, púrpura sobre o branco. Ficava-lhe bem, mas aos macedônios era indiferente o fato de não ter mangas. Ele se sentia tão satisfeito com a sua ideia, que não tive coragem de lhe dizer.

Heféstion como sempre estava a seu lado e tomara as gualdrapas. Chegaram até mim murmúrios de sicofantismo quando ele por mim passou; conhecia, no entanto, o seu significado. Tivera tempo suficiente para pensar em Heféstion. Quão facilmente ele me poderia ter envenenado, acusado através de testemunhas falsas, ou mandado esconder joias entre os meus haveres para depois me acusar de as ter roubado; algo assim teria há muito acontecido na corte persa se eu tivesse desagradado a um favorito poderoso. Costumava ser duro com os seus companheiros de armas, contudo jamais o foi comigo. Sempre que nos cruzávamos, dirigia-me a palavra como se eu fosse um pajem bem-nascido, de um modo rápido e civilizado. Retorquia-lhe com respeito embora sem servilismo. Muitas vezes o desejei morto, tal como ele, sem dúvida, terá me desejado; mas alcançáramos um ponto de entendimento silencioso. Nenhum de nós privaria Alexandre daquilo de que ele gostava; por isso nada mais podíamos fazer.

Deslocamo-nos para oriente, vencendo planaltos nus e sombrios, e atravessando vales suntuosos nos quais nos alimentávamos. Parávamos, por fim, na casa real dos Zarangianos. Era um castelo velho e rude, erguendo-se por sobre um conjunto de rochedos, ao qual se chegava através de toscos degraus escavados na rocha. As janelas eram, na sua generalidade, refúgios de arqueiros. O chefe local deixou livres quartos da torre. O cheiro de cavalo era ali intenso devido aos estábulos que ficavam na parte inferior. Alexandre ocupou-os, pois sabia que os homens da tribo ficariam sentidos se ele não o fizesse. Os escudeiros instalaram-se num quarto a meio da torre; por cima, estavam o quarto e a antecâmara do rei; havia ainda uma pequena divisão usada pelo escudeiro, que tinha as armas a seu cargo, e outra para mim. À parte desses, restavam os quartos onde os seus companheiros foram instalados, aos quais se chegava, através de portas exteriores.

Consegui que trouxessem uma braseira para o seu quarto, junto à qual pode tomar o habitual banho antes do jantar. A água fora devidamente aquecida, e eu lhe lavava as costas com pedra-pomes, quando a pesada porta rangeu e um dos escudeiros entrou de rompante.

Sentado no banho, Alexandre perguntou:

— O que se passa, Métron?

O jovem estava ofegante. Este se esforçara e transformara-se bastante; talvez apenas por respeito diante de Alexandre, era simpático para mim, mas agora estava branco como a cal da parede, quase sem conseguir articular um som. Alexandre disse-lhe para ele se acalmar primeiro. Respirou fundo.

— Alexandre. Está aqui um homem que diz saber de uma conspiração para o assassinar.

Afastei a pedra-pomes das suas costas. Ergueu-se:

— Onde está ele?

— Na sala de armas, Alexandre. Não havia outro lugar para o meter.

— Como se chama?

— Quebalino, senhor. Do esquadrão de Leonato. Senhor, trouxe-lhe sua espada.

— Muito bem. Pôs alguém a guardá-lo?

— Sim, Alexandre.

— Muito bem. Agora diga-me o que lhe contou.

Eu continuava a secá-lo e a ajudá-lo a se vestir. Percebendo que Alexandre não me mandara sair, Métron continuou:

— Veio em nome de seu irmão, o jovem Nicômaco. Ele não se atreveu a vir pois desconfiariam de imediato. Foi por isso que contou tudo a Quebalino.

— Sim? — instou Alexandre pacientemente. — Contou o que a Quebalino?

— Contou-lhe de Dimno, senhor. É ele.

As sobrancelhas de Alexandre elevaram-se por uns instantes. Métron apertou-lhe o cinto da espada.

— Ele é... bem, amigo de Nicômaco, senhor. Queria que o ajudasse, mas Nicômaco negou-se. Dimno pensava que ele dissesse que sim a tudo, por isso perdeu a cabeça e ameaçou-o que o matariam se recusasse. Ele fingiu então ficar a seu lado e contou ao irmão.

— O matariam? Quem são os outros?

O jovem ficou perplexo.

— Desculpe, Alexandre. Ele me disse, mas eu me esqueci.

— Pelo menos é honesto. Se quer ser um bom soldado, lembre que é ao ser tomado de surpresa que tem que se manter calmo. Não faz mal; vá e diga ao capitão da guarda para vir falar comigo.

Começou a andar de um lado para o outro da sala. Parecia tenso embora não mostrasse estar chocado. Ouvira dizer que haviam sido assassinados mais reis na Macedônia do que na Pérsia. Ali costumavam utilizar o punhal. Dizia-se até que seu pai fora alvejado à sua frente.

Quando o Capitão da Guarda entrou, disse a ele:

— Prenda Dimno de Calestra. Está aquartelado no acampamento, não no palácio. Traga-o aqui.

Depois foi com Métron à sala de armas.

Da antecâmara ouvi um homem gritar:

— Ai, rei! Pensei que nunca chegaria a tempo junto do senhor. — Visto estar assustado, gaguejava, por isso perdi algumas partes da sua história. Havia qualquer coisa sobre Dimno se sentir menosprezado pelo rei. Então:

— Mas isso é apenas o que ele contou ao meu irmão. Não sei por que razão os outros participavam.

E deu os seus nomes que, tal como Métron, esqueci apesar de ter assistido à sua morte.

Alexandre deixou-o prosseguir sem o interromper mesmo quando se perdia em deambulações. Depois inquiriu:

— Há quanto tempo o seu irmão estava a par disso antes de lhe dizer?

— Disse-me assim que me conseguiu encontrar, Alexandre. Foi o mais depressa possível.

— Isto se passou então hoje enquanto acampávamos.

— Não, não, Alexandre. Por isso eu vim desta maneira. Foi há dois dias.

— Dois dias? — Sua voz alterou-se. — Nunca estive ausente do acampamento. Desde quanto tempo está metido nisso antes de ter mudado de ideia? Prendam-no.

Arrastaram-no, mas ele exclamou, agitando-se assustado:

— Mas, Alexandre — disse entre um resmungo e um grito —, eu mal soube. Juro. Fui logo à sua tenda. Então, ele não lhe contou? Ele me disse que lhe informava assim que estivesse disponível. E voltou-me a dizer a mesma coisa no dia seguinte. Juro-lhe, rei, por Zeus imortal. Ele nunca lhe disse nada?

Seguiu-se um profundo silêncio. Alexandre procurou o homem com os seus olhos profundos.

— Libertem-no, mas não se afastem. Agora deixe ver se entendi. Está dizendo que deu essa informação a alguém do meu Estado-Maior, que ficou de me transmitir?

— Sim, Alexandre! — Quase caíra no momento em que os soldados o libertaram. — Juro-lhe. Basta perguntar-lhe, rei. Ele me disse que eu agira bem e que lhe preveniria assim que tivesse oportunidade. Então, ontem, disse-me que estava muito ocupado, mas que o faria à noite. E hoje, quando reparamos que Dimno e os outros ainda andavam em liberdade, o meu irmão disse-me que eu tinha de arranjar um modo qualquer de vê-lo pessoalmente.

— Parece-me que o seu irmão não é nada tolo. A quem entregou essa mensagem?

— Ao general Filotas, rei. Ele...

— *O quê?*

O homem repetiu aterrorizado. Aquilo que reconheci em Alexandre não era uma expressão de incredulidade, mas antes de reminiscência.

Prosseguiu:

— Muito bem, Quebalino. Você e o seu irmão vão testemunhar. Não têm nada a recear se fala a verdade. Por isso, preparem o que têm para dizer e sejam claros.

Os guardas acompanharam-no. Alexandre mandou chamar à sua presença algumas pessoas de quem precisava urgentemente. E então, ficamos sós. Arrumei os objetos de banho, pensando apenas que toda aquela gente voltaria antes de eu poder dizer aos escravos para levarem dali a banheira. Não o queria deixar ali sozinho até alguém chegar.

Ao atravessar o quarto deu de cara comigo. As palavras saíram em uma torrente:

— Ele esteve comigo durante uma hora nesse dia. Já para o fim, pôs-se a falar de cavalos. Muito ocupado!... Somos amigos, Bagoas, somos amigos desde a minha infância. — Deu outra volta e regressou. — Ele mudou depois de eu ter ido a Siva. Gozou comigo por eu ter ido, mas ele sempre escarneceu dos deuses, e eu o perdoei. Avisaram-me a seu respeito no Egito; mas ele era meu amigo; quem é que eu era? Oco? No entanto, ele mudou; ele mudou quando recebi o oráculo.

Antes de eu poder retorquir, chegaram os homens que ele convocara e tive que me retirar. Primeiro foi o general Cratero que estava num quarto ali perto. Ao sair, ouvi Alexandre dizer:

— Cratero, quero guardas em todas as estradas, caminhos, atalhos que venham dar a esse local. Ninguém, seja por que razão for, pode sair deste lugar. Despache-se, pois é algo que não pode esperar. Depois volte, e eu lhe explico o que se passa.

Os outros amigos que mandara chamar — Heféstion, Ptolomeu, Perdicas e os restantes — ficaram fechados com ele no quarto e não consegui ouvir nada. Ouvi então passos aproximando-se a correr, o jovem Métron vinha à frente, já ultrapassara o susto inicial, mostrando-se agora todo cheio de importância. Bateu na porta:

— Alexandre, Dimno vem aí, resistiu à ordem de prisão.

Quatro soldados pegavam numa maca de campanha com um macedônio ainda jovem ensanguentado, de barba farta. Um fio de sangue escorria-lhe da boca. Sua respiração estava alterada. Alexandre perguntou:

— Qual de vocês fez isso?

E todos ficaram pálidos como o homem que transportavam. O chefe avançou e disse:

— Foi ele que o fez, rei. Nunca cheguei a prendê-lo. Fê-lo mal nos viu chegar.

Alexandre ficou de pé junto à maca. O homem reconheceu-o apesar da expressão vítrea do seu olhar. O rei depositou a mão no seu ombro, pretendendo, pensei, que ele pronunciasse os nomes dos seus comparsas enquanto era tempo, mas apenas disse:

— Que ofensa cometi eu, Dimno? Que ofensa?

Os lábios do homem moveram-se. Reconheci no seu rosto um esgar final de raiva. Seus olhos rolaram e iluminaram as minhas vestes persas; e a sua voz turva começou a dizer:

— Barbar... — Depois o sangue jorrou e os seus olhos permaneceram fixos na sua cabeça.

— Cubram-no — ordenou Alexandre. — Ponham-no com um guarda num lugar qualquer fora daqui.

O soldado de patente mais baixa tapou contrariado o cadáver com a sua capa.

Pouco tempo depois, Cratero regressou para anunciar que os postos de guarda tinham sido já designados. Alguém anunciou então que o jantar do rei estava pronto.

Ao passarem junto do meu quarto para o qual eu me retirara, Alexandre disse:

— Os guardas para os postos devem ir ainda a caminho. Custe o que custar, eles não devem saber de nada até todas as estradas estarem encerradas. Teremos de partilhar do nosso pão com ele por muito que isso nos custe.

— Ele o partilhou com você, sem que disso tivesse vergonha — retorquiu Hefestion.

Era um jantar macedônio e como tal os meus serviços não eram necessários. Gostaria de ter visto as caras deles. As pessoas como eu são culpadas pela sua curiosidade; tendo perdido uma parte da nossa vida, encontramo-nos aptos a preencher esse vazio com a vida de outros. Quanto a isso sou igual aos outros, e não o escondo.

O salão real era um celeiro de pedra, com um chão de pedra irregular onde tropeçávamos facilmente. Não seria de fato o lugar mais indicado para a última festa da sua vida, mas não lhe desejava nada melhor.

Vi-me livre da banheira e preparei o quarto de modo a estar pronto para ele ali poder receber os seus companheiros. Depois, jantei e regressei para aquecer as mãos na braseira. Lembrei-me então do encerramento das estradas. Algum tempo depois percebi. Filotas era filho de Parmênion, o homem mais importante da Ásia a seguir ao rei. Era ele que assegurava a nossa retaguarda. Era ainda o guardião do tesouro de Ecbátana graças ao qual podia pagar a um exército privativo. Filotas era o seu único filho ainda vivo; outros dois haviam morrido em campanha. Compreendi então.

O jantar do rei terminou cedo. Regressou com os amigos e mandou chamar o jovem Nicômaco para ouvir a sua história. Ele era muito novo, efeminado e assustado. O rei tratou-o com gentileza. Depois disso, por volta da meia-noite, os conspiradores a que se referira foram todos presos. Filotas foi o último.

Quando o conduziram, ia aos tropeções e a pestanejar; bebera muito ao jantar e adormecera profundamente em seguida. Agora toda a gente se encontrava em segurança; por isso, nem se deram ao trabalho de fechar as portas. Ouvi tudo. Até então o rei portara-se como se fosse de ferro; mas agora, por um instante, pareceu-me ouvir a voz cheia de raiva de um rapaz que foi magoado, dirigindo-se a outro mais velho que em tempos admirara. Por que razão escondera o aviso de Quebalino? Como podia ele ter feito semelhante coisa? E, na loucura que, segundo os gregos, inspiram as vítimas escolhidas, Filotas respondeu ao rapaz, não ao rei.

Depois de uma gargalhada despropositada, disse:

— Ora essa, não liguei nada a isso! Quem é que ia ligar? Meu caro Alexandre, não me diga que dá ouvidos a intrigazinhas fomentadas por um namorado contra o que o sustenta.

Filotas era um mulherengo e disso, aliás, se congratulava. O desdém na sua voz não era propositado e por certo influenciado pela bebida. De qualquer modo produziu o seu efeito. Quinze anos mais velho num ápice, o rei exclamou:

— Dimno suicidou-se. Preferiu fazê-lo a enfrentar o julgamento, mas enfrentará o seu amanhã. Guardas! Confinado aos seus alojamentos sob estrita vigilância.

Os julgamentos foram no dia seguinte, na charneca no exterior do acampamento. Estava frio, e as nuvens cinzentas ameaçavam chuva, mas isso não impediu que todo o exército ali se deslocasse para deles participar; os macedônios ficaram à frente, como era seu direito. Por mais espantoso que fosse, o rei não podia condenar nenhum macedônio à morte sem o seu voto. Se isso se passasse no seu país, qualquer camponês podia ter vindo e votado.

Visto não haver ali lugar para mim, fiquei pela torre de onde observei as pequenas figuras naquele espaço aberto. Os cúmplices de Dimno foram condenados em primeiro lugar. Já haviam confessado e acusado-se mutuamente. (Os lobos uivam todas as noites na Báctria, por isso não posso estar certo dos sons que ouvi.) No final de cada julgamento os macedônios gritavam, e o homem era conduzido dali para fora.

Por último surgiu Filotas — reconheci-o pela estatura — e o rei que eu em tudo conhecia. A mim pareceram ter ficado ali durante muito tempo. Pelos gestos percebia-se quem falava. Depois seguiram-se os depoimentos de mais doze testemunhas. O rei falou de novo; os macedônios gritaram mais alto do que das outras vezes. E tudo terminou.

Soube posteriormente das sentenças. À exceção dos irmãos, a discussão girava em torno do orgulho e da insolência de Filotas das suas palavras contra o rei: tratava-o por O Rapaz e assumira-se a si e a Parmênion como obreiros das vitórias; além disso, dizia que ele se mostrava vaidoso desde criança, e preferia ser rei de bárbaros e aduladores do que de macedônios leais. Agora engolira todas as lisonjas dos sacerdotes egípcios e não se contentava em ser menos do que uma divindade; Deus ajudasse o povo governado por um homem que considerava a si próprio mais do que um mortal.

As execuções ocorreriam no dia seguinte; apedrejamento para os homens de *status* inferior; um pelotão de lanças para Filotas. Na Pérsia, ele os fecharia numa fornalha fria e os acenderia lentamente em seguida. E o rei não pediria autorização a ninguém para o fazer.

Teria Filotas, ao ocultar a conspiração, esperado uma oportunidade para recolher os frutos de ação alheia? Ou estaria ele por trás de tudo isso? Eis algo que não se provou.

Visto o rei estar em reunião do Conselho fui passar o tempo até o alto da torre. As estacas estavam já a ser enfiadas na terra para as execuções, nas estradas e nas passagens, podia se distinguir os postos de guarda. Algo se movia na estrada a oeste; três homens com trajes árabes, montando dromedários. Saltaram-me à vista pela beleza do seu movimento, habituado que estava aos enormes camelos felpudos da Báctria. Nenhuma criatura que transporte um homem é mais veloz e mais resistente. Subiam no seu percurso suave em direção à passagem. Vi-os serem inspecionados, mas após algum tempo de pausa no posto de guarda, receberam autorização para entrar.

Desci, para o caso de o rei precisar de mim. Pouco depois o Conselho saiu. Começaram a descer as escadas com Hefestion em último lugar. O rei chamou-o. Ele regressou e fechou a porta.

Noutra altura, teria procurado um lugar perdido para lá sofrer minhas mágoas, mas não era nada disso, como dizia o rosto deles. Por isso deixei os chinelos no quarto e fui até lá descalço. O ferrolho da porta era de madeira; Heféstion demorara algum tempo colocando-o, antes de ele conseguir retirá-lo, eu já estaria bem longe. Nunca se sabe demais daqueles que amamos.

Heféstion dizia:

— Sempre achei que ele ia contar coisas ao seu pai. Já tinha lhe dito isso.

— Eu sei que disse.

Ouvi de novo a voz do rapaz distante:

— Mas você nunca gostou dele. Bem, e tinha razão.

— Pois tinha. Ele andava à sua volta apenas por ambição. Sempre o invejou. Devia ter tomado atenção no Egito. Agora, temos que saber.

O rei disse:

— Sim, temos que saber.

— E não se deixe comover. Ele não merece. Nunca o mereceu.

— Não o farei.

— Ele nunca sofreu, Alexandre. Não vai demorar muito.

Sua voz aproximou-se da porta e eu me aprontei para partir, mas o rei disse:

— Espere.

Por isso acerquei-me de novo.

— Se negar que o pai sabia, não aperte demasiado com ele.

— Por quê? — perguntou Heféstion. Parecia impaciente.

— Porque isso não adianta nada.

— Quer dizer — retorquiu Heféstion lentamente — que você...?

— Já está — disse o rei. — Não há outra solução.

Seguiu-se uma pausa. Seus olhos falavam, creio. Heféstion disse:

— Enfim, é a lei. O parente mais próximo de um traidor. É a única saída.

— É a única saída.

— Sim, mas se sentirá melhor se soubermos que ele é culpado.

— Ora e posso sabê-lo a partir disso? Sabe que uma mentira não me ilude, Heféstion. Era necessário, e eu tenho consciência disso. Isso basta.

— Muito bem. Vamos acabar com isto. — Heféstion dirigiu-se de novo para a porta. Cheguei à minha cela muito tempo antes de ele a abrir.

Mais tarde, perguntei ao rei se precisava de alguma coisa. Permanecia ainda no mesmo lugar onde devia ter estado antes.

— Não — respondeu. — Tenho coisas a fazer. — E afastou-se pela escada iluminada pelos archotes.

Aguardei, ouvindo. Em Susa, ainda escravo, fora com outros rapazes a um lugar de execução e vira um homem ser empalado, além de flagelações e coisas assim. Três vezes fora arrastado como o são os rapazes pela sua vontade de presenciar os horrores. Havia sempre multidões a assistir; mas, para mim, tinha sido o suficiente. Não sentia agora vontade de assistir ao trabalho de Heféstion. Não devia ser muito diferente diante daquilo que eu já presenciara.

Por uma vez ouvi um grito de uma voz poderosa. Não senti piedade. O que ele fizera ao meu amo nada desfaz: a traição maior de um amigo. Também eu me podia lembrar de perder a infância num breve espaço de tempo.

Ouviu-se o grito de novo, menos como um homem, mais como um animal. Deixe-o sofrer, pensei. Meu amo sofreu por uma amizade traída. Toma em si um fardo do qual jamais se libertará. Compreendi as palavras secretas a Heféstion. Parmênion governava como um rei nas terras da nossa retaguarda. Entre os seus exércitos nunca poderia ser preso ou julgado. Culpado ou inocente, lutaria pelo filho mal soubesse o que se passara. Imaginei o nosso exército e os que o seguiam durante o gelo do inverno da Báctria, com os abastecimentos cortados e sem reforços; os sátrapas derrotados libertados pelas tropas de Parmênion, atacando-nos pela retaguarda; à nossa volta, Besso e os seus bactrianos fechando o cerco.

Percebi a missão dos dromedários, os mais velozes animais capazes de transportar um homem, voando mais rápido do que as notícias, levando consigo a morte.

Tais fardos apenas pesam nos ombros dos reis. Ele o suportou durante toda a sua vida, e, tal como ele próprio previu, arrastou-o consigo para a morte. Visto eu ser um dos muitos milhares que, graças à sua atitude, ainda permaneciam vivos, posso dizer que essa era também a minha causa; mas até o fim dos meus dias, jamais conseguirei conceber que ele pudesse agir de outro modo.

Os gritos não duraram muito. O homem, no caso, Filotas, não tem muito a perder em falar depressa.

O rei deitou-se tarde. Estava tenso e frio como na proximidade de uma batalha. Mal me falou, apenas para me voltar a agradecer, não fosse eu pensar que ele estava zangado.

Fiquei deitado no meu pequeno quarto, desperto como ele por certo estava. A noite ia passando; os guardas faziam barulho e falavam entre si; os lobos da Báctria uivavam. Nunca seja importuno, nunca, nunca, nunca. Vesti-me e bati na sua porta com o toque que ele conhecia, e não esperei autorização para entrar.

Estava deitado, semivirado de lado; Peritas, que sempre dormia aos pés da cama, estava junto a ele, mexendo com a pata no cobertor como se estivesse preocupado. Alexandre fazia-lhe carinho nas orelhas.

Aproximei-me, ajoelhei-me no outro lado e disse:

— Meu senhor, posso desejar-lhe uma boa-noite? Apenas uma boa-noite?

— Deite-se, Peritas — disse. O cão voltou para o seu canto. Tocou-me no rosto e nas mãos. — Está frio. Venha.

Despi-me e deitei-me a seu lado. Aqueceu-me as mãos no seu peito, tal como afagara as orelhas de Peritas, em silêncio. Estendi a mão e afastei-lhe o cabelo da testa.

— Meu pai foi atraiçoado por um falso amigo — exclamei. — Disse-me antes de o matarem. Vinda de um amigo, a traição é terrível.

— Quando regressarmos — retorquiu —, poderá me dizer o seu nome.

O cão depois de ter dado duas ou três voltas, levantou-se para olhar. Deitou-se em seguida como se se sentisse satisfeito por estarem a tomar conta dele.

— Quem desrespeita os deuses merece a morte — disse-lhe. — Em Susa, tive um escravo do Egito. Não era um homem comum, servira num templo. Contou-me que oráculo algum é tão puro quanto o de Siva.

Ele suspirou profundamente e deixou-se ficar olhando para as vigas do teto onde as sombras nas teias de aranha oscilavam à luz da candeia. Algum tempo depois coloquei-lhe um braço sobre o peito; ele agarrou-me a mão para que eu não me afastasse. Permaneceu em silêncio durante bastante tempo na mesma posição. Disse então:

— Fiz hoje algo que desconhece e pelo qual gerações vindouras me culparão, mas era necessário.

— Seja o que for — respondi —, o senhor é o rei.

— Era necessário, não havia outra saída.

— Depositamos a sorte da nossa vida nas mãos do rei — retorqui —, e ele toma sobre si esse fardo. Jamais o podia fazer sem a mão de Deus.

Suspirou mais uma vez e deitou a cabeça no meu ombro.

— O senhor é o meu rei — disse-lhe com ternura. — Tudo o que fizer para mim é bem-feito. Se alguma vez for falso, ou se a minha fé o abandonar, que não me seja permitida a entrada no Paraíso, que o rio do Esquecimento me abrase durante todo o caminho! É o rei, filho de Deus.

Ficamos quietos, tal como estávamos, até que por fim adormeceu. Fechei os olhos com alegria. Algum poder me deve ter guiado: viera no momento em que ele precisava de fato de mim.

JUNTAMENTE COM FILOTAS, ALI MORREU TRESPASSADO PELAS LANÇAS Alexandro de Lincestis, segundo herdeiro colateral ao trono da Macedônia. Seus irmãos haviam participado da conspiração que levara ao assassinato do rei Filipe. Nada tinha sido provado em relação ao mais velho, Alexandre levou-o com o seu exército. Agora tudo levara a crer que Dimno e os outros tencionavam escolhê-lo como rei; um macedônio decente que poria os bárbaros no local que os deuses lhe haviam destinado.

Fora avisado sobre o seu julgamento e preparara um discurso de defesa, mas perante a audiência não foi capaz de ir além de um balbucio sem sentido. Parecia, segundo diziam, um sapo a coaxar; assim foi condenado sem quaisquer hesitações. Um ou dois dos acusados defenderam-se com solidez e por isso deixaram-nos ir em liberdade. Estávamos de novo a caminho quando chegou a notícia da morte de Parmênion.

Os homens receberam-na com tranquilidade. Já haviam condenado Filotas, como tal sentiam-se predispostos a aceitar provas de culpabilidade em relação a seu pai. Algo de diferente se passava com os oficiais veteranos, a velha escola de Filipe, que trazia ainda na memória a vitória alcançada por Parmênion no dia em que Alexandre nascera. Estes, pelo contrário, ficaram chocados. Filipe parecia ter sido um verdadeiro macedônio. Após ter libertado as cidades gregas da Ásia, quisera regressar a casa e ser o senhor da Grécia, que era aquilo que sempre desejara.

A nossa cidade ambulante arrastava-se através de pântanos estéreis que o verão deixara com uma cor castanha. Agora, eram os ventos gélidos do outono que assobiavam nos penhascos. Entre os que seguiam o acampamento começaram a surgir mortes: os doentes não escapavam, e algum conterrâneo cavava-lhes sepulturas na terra árida. Ninguém passava fome.

Do ocidente chegavam carregamentos de comida e manadas de gado cansadas da viagem. Prosseguíamos o nosso caminho, a maior parte das vezes sem Alexandre, que dominava resistências ligadas a Besso. Este, segundo se dizia, dirigia-se para oriente.

Alguns dias ou mesmo uma quinzena depois, regressavam. Eram então um grupo de homens magros montados em cavalos escanzelados que já havia muito tinham esgotado os seus mantimentos. Noutras alturas era uma praça-forte que resistia, sendo necessário montar o cerco. As catapultas eram então puxadas por mulas, assim como a madeira, sempre que se tratava de uma região desarborizada. Se podia, levava consigo uma torre para o assalto às muralhas, que dez parelhas de bois arrastavam. Finalmente, as macas para os feridos sempre que o terreno não permitia o uso de carros. Alexandre cavalgava ao longo das linhas, certificando-se ele próprio de que tudo estava em ordem. Era inacreditável que ele fosse capaz de conhecer tantos homens do seu exército. Muitas vezes riam; o soldado com o rei, ou o rei com o soldado.

Os soldados sabiam que podiam contar com ele. A maioria nunca o vira em trajes persas. Conheciam-no, sim, pelas suas roupas gregas e pela armadura de couro esgarçado, com pedaços de ferro cobrindo as extremidades. Não queriam como chefe um macedônio diferente daquele jovem general invencível, que suava, padecia de frio ou de fome a seu lado, não descansando enquanto não tivessem sido alimentados e seus feridos, tratados; nunca dormindo com maiores comodidades do que eles; resgatando a vitória no auge do perigo. Que lhes importava se ele designava sátrapas persas quando um macedônio podia ter governado e extorquido uma província? Eles apenas queriam a sua parte do saque, e Alexandre partilhava com justeza. E se ele dormia com o rapaz de Dario quando podia? Qual era o problema? Também ele tinha direito ao seu quinhão, mas logo começaram a ter saudades de casa.

Possuíam o melhor do saque, a riqueza das grandes cidades. Haviam nadado em ouro. Disseram-me que, uma vez, uma mula do comboio do tesouro se afundara. O soldado que a guiava, cioso dos bens do rei, carregara aos ombros o pesado fardo. Surgiu então Alexandre que lhe disse:

— Transporte-a um pouco mais até a sua tenda. É sua.

Assim viviam. Já haviam obtido a sua parte das presas e não desejavam mais de nós.

Não se passava o mesmo com Alexandre. Sua fome aumentava à medida que se alimentava. Amava a vitória e Besso não fora ainda derrotado. Amava a pompa; os nossos palácios, os nossos costumes tinham-lhe mostrado aonde ela podia chegar. Quando jovem, ensinaram-lhe o desprezo pelos meus, mas ele descobrira a beleza e o valor entre os nossos nobres, alimentados ao longo de gerações; também em mim os encontrara. Amava governar e eis que, perante si, se erguia todo um império, debilitado por más administrações, cujo freio sentira a sua mão. Acima de tudo surgia a sua ânsia. Esse instante de alegria intensa que eu sentira nas Portas Cáspias com a passagem diante de mim, estendia-se para ele na imensidão do espaço, desejando maravilhas insinuadas em histórias de viajantes. Uma imensa angústia aguarda aqueles que demasiado anseiam.

Seus soldados mantinham-se, todavia, fiéis. Tal como Ciro, o seu feitiço funcionava. Disse-lhes que retirar sem vencer Besso seria um convite ao desprezo e à sublevação das tribos. Assim perderiam as suas vitórias e glória. Isso era ainda importante para eles. Haviam demonstrado ser senhores dos bárbaros e sentiam-se disso orgulhosos.

Deles voltava para mim. Quanto ao sexo, era feliz, pois há muito que não o vivia, mas podia ir mais longe, outras coisas lhe eram importantes. Gostava de regressar do seu outro reino e encontrar aí o amor; saber que havia a beleza do sol e da lua. Gostava, descobri-o, de ser adormecido com longas histórias de bazar, sobre príncipes na demanda do ninho de fênix, tomando torres de diamantes envoltas em chamas, ou disfarçados libertando princesas encantadas. Gostava ainda que lhe falasse da vida da corte em Susa. Ria-se dos rituais do levantar-se, do deitar-se e do banho, mas prestava toda a atenção às regras das audiências.

Confiava em mim. Sem a sua confiança não podia viver. Confiava também em Heféstion; não apenas para minha infelicidade como agora se provava.

O poder de Filotas demonstrara ser demasiado para um só homem. O rei dividia-o agora entre dois comandantes: Cleitos, o Negro, um veterano que conhecia desde a infância, e Heféstion.

Se a confiança fosse tudo, Heféstion o teria sozinho, mas o exército tinha as suas políticas e havia já uma divisão entre diferentes partidos. Heféstion era conhecido como o braço direito do rei em tudo o que de novo fazia. Aprendera as nossas normas de cortesia; era alto e esbelto como os nobres iranianos que gostavam dele e o admiraram, fora persianizado, diziam os homens da velha escola. Cleitos, o das fartas barbas, obtivera o mesmo posto, o que constituía para eles a certeza de não serem postos à parte.

Para mim isso significava que Heféstion se ausentaria frequentemente para dirigir as suas campanhas.

Provara o seu valor em combate. Era filho de um nobre macedônio e merecia essas honras mesmo sendo vindas da amizade com Alexandre. Desejei-lhe que obtivesse tudo o que almejava. Eu desejava apenas uma coisa.

Na altura das colheitas chegamos ao Vale dos Benfeitores. O alcançar esse lugar inundou Alexandre de alegria. Contara-lhe algo que, tal como muitas outras coisas, ficara de fora do livro de Ciro. Era a história de como esse povo conseguira fornecer alimentos ao seu exército quando esse passava agruras numa terra árida. Como ele os achou virtuosos, libertou-os dos seus tributos e deixou-os governarem-se a si próprios.

Foi ele que os nomeou. Suas famílias cresceram. Era uma gente calma, tímida, tranquila, de expressão tolerante, amistosos até com soldados, visto ninguém os incomodar desde os tempos de Ciro. Seu vale verde era amplo e fértil, abrigado dos ventos do Norte. Alexandre escolheu esse local para descansar os seus homens, comprou-lhes os produtos a um preço que jamais lhes haviam oferecido e prometeu enforcar sumariamente quem lhes fizesse mal.

Ele próprio que em parte alguma se mostrava ocioso, saía para cavalgar e caçar. Muitas vezes me deixou acompanhá-lo. Xenofonte, disse-me, achava que a caça era a imagem da guerra. Também o era para Alexandre. Terrenos rochosos e perigosos, longas caminhadas, uma luta feroz com um leão ou com um javali, era o que ele desejava. Lembrei-me de Dario no Parque Real caçando animais que enxotavam para a sua frente. Após as caçadas de Alexandre, sentia-me como morto; no entanto, isso abria-me o apetite e eu vinha ansioso para o jantar.

Enquanto ali estivemos acampados, um nobre persa ofereceu uma grande festa de aniversário e pediu ao rei que a honrasse com a sua presença. Veio para a cama quase bêbado. Os persas bebem muito nas festas, mas aguentam melhor do que os macedônios. Ele se mostrava cuidadoso sempre que estava entre eles, e vigiava também os seus amigos.

Quando o ajudava a se deitar, exclamou de repente:

— Bagoas, nunca lhe perguntei durante todo esse tempo. Quando é o *seu* aniversário?

Ele não percebeu por que razão comecei a chorar. Ajoelhei-me junto à cama, e deitei a cabeça nas suas mãos. Acariciou-me como se eu fosse abafar um soluço. Era absurdo: eu devia ter vergonha.

Ele não esperou pelo dia, pois, segundo me disse, eu já perdera tantos. Assim, na manhã seguinte, ofereceu-me um belo cavalo árabe e um criado trácio. Dois dias depois, quando o joalheiro o terminou, deu-me um anel com a sua esfinge talhada em calcedônia. Serei enterrado com ele. Coloquei-o no testamento juntamente com uma maldição para impedir os embalsamadores de o roubarem.

Os Benfeitores não eram apenas um povo simpático, tinham também concebido leis justas para si. Ele o apreciou. Antes de partir, ofereceu-se para lhes duplicar as suas terras, mas ele apenas lhe pedira a ponta de passagem do vale, o único pedaço que não lhes pertencia. Desse modo, ficariam com todo o espaço à sua volta, que era unicamente o que desejavam. Ele fez um sacrifício a Apolo em sua honra.

Besso deambulava a Norte sem mostrar sinais de reunir um exército poderoso. Alexandre deixou os seus generais e sátrapas pacificando a região ali à volta e partiu para oriente em direção aos limites exteriores dos Grandes Cáucasos; sem se apressar, deixando a sua marca; fundando aqui e além uma cidade.

Lembro-me da primeira que criou durante o caminho; uma das suas Alexandrias. Ficava num planalto rochoso, num local fácil de defender; numa excelente rota de comércio, como lho informaram os mercadores fenícios; com uma boa nascente de água e terras aráveis ali perto. Constituiria um posto de descanso de caravanas que até se refugiariam de assaltantes. Todos os dias trabalhou nela, juntamente com o seu arquiteto Aristobolos, definindo os lugares da guarnição, do mercado, dos portões e das suas defesas; certificando-se de que as entradas eram constituídas com canais para drenar o esserco.

A tudo prestava atenção. Destinou escravos para transportar e talhar a pedra, e artesãos livres para a construção. Espantou-me a rapidez com que tudo se ergueu.

Depois teve que a povoar. Ali deixou soldados veteranos, nem todos eles macedônios; também havia gregos e trácios livres, na sua maioria acompanhados de mulheres e crianças, famílias que se haviam constituído ao longo dos anos de campanha. Ficaram felizes por terem recebido uma quinta, embora mais tarde alguns viessem a ter saudades de casa. Também alguns dos artífices ali se instalaram. Não deviam ser muito bons senão teriam seguido os nobres e os generais, mas aqui não tinham rivais; e assim algo de Susa ou da Grécia trouxeram àqueles lugares inóspitos. A todos eles Alexandre deixou leis, nunca demasiado estranhas aos seus costumes e aos seus deuses. Era suficientemente perspicaz para entender o que desejavam e lhes fazer justiça.

Entregou toda a sua alma àquela cidade, todo o dia até a hora do jantar. Só bebia demais (havia aqui água de boa qualidade, por isso ninguém podia ter sede) após um dia de trabalho. Então, gostava de se sentar com um copo à frente. Fundar uma cidade era algo que sempre lhe excitara a imaginação. Sabia que isso fazia perdurar o seu nome entre os homens que viriam depois dele; obrigava-o a pensar nos seus atos. Nesses momentos, costumava voltar a refletir sobre eles, na opinião de alguns, demasiado tempo. Bem, assim o fazia. Alguém o poderá negar?

Falava por vezes comigo depois de beber, com o espírito ainda estimulado pelo vinho. Perguntei-lhe se, antes de regressar à Ásia, pressentira que viria a ser um Grande Rei.

— A princípio, não — disse-me. — Era uma batalha de meu pai. Queria vencê-la mais depressa do que ele. Designaram-me general dos gregos com a incumbência de libertar as cidades gregas asiáticas. Quando concluí a minha tarefa, dissolvi as suas tropas; e a partir daí, era já a minha própria batalha.

Fez uma pausa; depois, vendo que eu percebia, prosseguiu:

— Sim, foi a seguir a Isso. Quando ele fugiu, deixando-me o seu carro, o manto real e as suas armas; o corpo dos amigos que por ele morreram; a sua mulher... a sua mãe, até!

Disse então para comigo: "O próprio Ciro fez menos".

Sei que gregos, movidos pela inveja, escreveram que eu o enchia de lisonjas. Mentem! Nada era demasiado bom para ele, e nada menos do que o ótimo era o bastante. Senti a impaciência da sua grandeza rodeado e cercado por homens inferiores. Afirmam que recebi as suas prendas. Claro que o fiz. Nada se comparava a ver o seu prazer em dar. Recebia-as com amor; não, como alguns que se diziam seus amigos, com cobiça misturada de inveja. Mesmo que ele tivesse sido um homem perseguido com a cabeça a prêmio pelo rei, ele o teria acompanhado descalço através da Ásia, padecido fome a seu lado, resgatado pão para si nos mercados. Tudo isso é tão verdade quanto a face de Deus. Não era então direito meu fazê-lo feliz com as suas vitórias? Não houve uma palavra dita que não tivesse brotado no meu coração.

Quando a cidade foi fundada, fez os sacrifícios devidos e dedicou-a a Hércules e a Apolo. Fiz uma dança por Apolo que, segundo Alexandre, equivalia a Mitra. Espero que ambos os deuses tenham ficado satisfeitos, pois apenas para ele dancei.

A essa altura já eu era alguém na corte. Possuía dois cavalos, mulas de carrego, a minha tenda e alguns belos objetos. Quanto a poder, apenas o que detinha sobre o seu coração. Por vezes recordava-me de Susa e de todos aqueles que haviam tentado os meus favores junto do rei. Apenas recém-chegados desprevenidos o faziam agora. Os persas diziam:

— Bagoas, o eunuco, é o cão de Alexandre. Não se alimenta de outra mão. Deixem-no.

Os macedônios diziam:

— Tenham cuidado com o jovem persa; ele vai contar tudo a Alexandre.

Às vezes, quando estava ao seu serviço na Câmara Real, ele exclamava que eu não devia fazer o trabalho dos criados; mas tal era apenas cortesia sua.

Ele sabia que eu nada desejava tanto quanto isso. Também ele teria pena se outros o fizessem.

Seguimos para o oriente através de regiões montanhosas com grandes desfiladeiros, onde apenas as trilhas dos pastores se insinuavam, seguindo a relva desolada com as estações. Por entre os rochedos despontavam pequenas flores de cores vivas que mais pareciam trabalho de um joalheiro. Céus imensos estendiam-se sobre horizontes sombrios. Vivia cada instante que passava. Era jovem e o mundo desvendava-se diante de mim. O mesmo sucedia com Alexandre, que sempre seguia adiante para ver o que lhe reservava a próxima curva da estrada.

Numa noite, pediu-me para lhe ensinar persa. (Ensinara-lhe já alguma coisa, mas que era insuficiente para uma audiência.) Os sons são difíceis de captar para os ocidentais; nunca fingi que ele falava bem. Ele sabia que eu evitava que ele fizesse uma figura infeliz em público, algo que o seu orgulho jamais suportaria.

— Veja os erros que ainda faço com meu grego, Iscandre. — Tivera um ou dois lapsos para animá-lo.

— Como vão as lições? Já se iniciou na leitura?

— Ele só tem dois livros, e esses são demasiado difíceis para mim. Pediu a Calístenes para nos emprestar um, mas ele replicou que os tesouros sagrados do pensamento grego não devem ser profanados por mãos bárbaras.

— Disse-lhe isso na sua cara?

Não esperei que ele ficasse tão furioso. Esse Calístenes era tão importante que não deveria ser propriamente designado como escriba; filósofo seria mais correto. A ele competia a escrita da crônica de Alexandre. Na minha opinião, meu amo merecia alguém que o compreendesse melhor; mas temos que ser cuidadosos junto dos grandes.

— Estou cansado desse indivíduo — replicou. — É extremamente vaidoso. Apenas o aceitei para ser agradável a Aristóteles, seu tio. No entanto, tem a teimosia do velho, que me obriga a ter que descobrir sozinho os seus erros, sem possuir a sua sabedoria, pela qual o venero. Ensinou-me aquilo que a alma deve tentar alcançar; ensinou-me a arte de sarar que me permitiu salvar algumas vidas; e como olhar o mundo da natureza, o que tem enriquecido a minha vida. Ainda hoje lhe envia espécimes, peles de animais selvagens, plantas, tudo o que puder viajar... Que flor azul é essa? — Tinha-a por trás da orelha. — Nunca a tinha visto. — Estava semimurcha, mas ele a tomou nos dedos com cuidado.

— Calístenes não possui nenhuma dessas virtudes — disse. — Costuma insultá-lo?

— Oh, não, Iscandre...

— A-le-xan-dre.

— Al'scandre, senhor do meu coração. Não, na maior parte das vezes não me vê.

— Não se preocupe com o fato de ele o olhar com altivez. Pressinto sinais de que a seguir será comigo.

— Oh, não, meu senhor. Ele afirma que será o responsável pela sua fama. — Eu próprio o ouvira dizer isso e achei por bem transmiti-lo.

Ficou perplexo. Era como observar uma tempestade de um abrigo.

— Ah, sim? Acho que deixei marcas suficientes pelo mundo para não ser esquecido. — Começou a andar de um lado para o outro na tenda; se tivesse uma cauda, estaria agitada. — A princípio, escreveu sobre mim com uma tal servilidade que a própria verdade soava mentira. A essa altura, era jovem e não compreendi o mal que aquilo me fazia. Venci mares tempestuosos sob ventos favoráveis enviados pelos deuses, mas era ele que fazia acalmar as ondas à minha frente. E um licor celestial fluía nas minhas veias! Já muitos homens viram a cor do meu sangue, e assim lhe disse, mas não o havia do seu coração.

O sol punha-se no horizonte imenso, as terras pantanosas escurecendo gradualmente, as fogueiras dos postos de vigia cintilavam. Deixou-se ficar observando a paisagem, acalmando a sua raiva, até que um escravo acendeu as candeias.

— Então, nunca leu *A Ilíada*?

— O que é isso, Iscandre?

— Espere. — Foi até junto da cama e regressou com algo brilhando nas mãos. — Se Calístenes se acha demasiado importante para lhe dar a ler Homero, eu não acho.

Pôs sobre a mesa o que tinha nas mãos; uma caixa da mais bela prata branca, com leões dourados de lado, a tampa embutida com malaguite e lápis-lazúli, com folhas e pássaros talhados. Não podia haver no mundo duas iguais. Admirei-a em silêncio.

Olhou-me e disse:

— Já a tinha visto antes.

— Sim, meu senhor.

Vira-a junto da cama de Dario, sob a videira dourada.

— Devia ter pensado nisso. Incomoda-o? Posso guardá-la.

— Juro que não, senhor.

Voltou a colocá-la sobre a mesa.

— Diga-me, o que guardava ele aqui?

— Doces, meu senhor. — Às vezes, quando estava satisfeito comigo, tinha o hábito de pôr um na minha boca.

— Veja o que guardo nela. — Ergueu a tampa; notei uma fragrância de cravos-da-índia e canela. Trazia até a mim o passado; por um instante fechei os olhos.

Tirou de lá um livro, ainda mais gasto e restaurado que o de Ciro.

— Tenho-o desde os meus treze anos. É grego antigo, sabe, mas eu leio-o com algumas alterações para lhe ser mais fácil. Demasiadas também não porque isso estragaria a sonoridade.

Leu-me algumas linhas e perguntou-me se compreendia.

— Diz que vai cantar a cólera de Aquiles que tantas e temíveis tormentas trouxe aos gregos. Os homens morreram em grande número e foram devorados pelos cães. E os tratantes, também, mas ele afirma que assim se cumpriu a vontade de Zeus. E tudo começa quando Aquiles entra em conflito com... um nobre qualquer bastante poderoso.

— É muito bom. Que pena não ter ainda começado a ler. Vou tratar disso. — Afastou o livro e perguntou: — Quer que lhe conte a história?

Aproximei-me e sentei-me encostado aos seus joelhos e coloquei o braço por cima deles. Se graças a ela podia ficar ali tanto se me dava que história fosse. Ou assim pensava.

Contou apenas a história de Aquiles, deixando de fora o que eu não entendia. Assim, após a discussão com o seu Grande Rei e a recusa em lhe prestar obediência, logo chegamos a Pátroclo, que fora seu amigo desde a adolescência, estivera a seu lado na disputa e no exílio, e morrera tomando o seu lugar na batalha. Depois, seguiu-se a vingança de Aquiles, levada a cabo apesar de a sua morte lhe ter disso predita. Por fim, veio o sonho durante o descanso, após o duelo. Nele surgiu o fantasma de Pátroclo reclamando os rituais funerários e relembrando o seu amor.

Não disse tudo isso com a arte dos contadores de histórias do mercado, mas antes como se tivesse estado presente e se recordasse de tudo. Por fim, compreendi qual o lugar do meu rival, gravado no seu espírito, mais fundo do que memória alguma da carne. Apenas poderia haver um Pátroclo. O que era eu, comparado a isso, senão uma mera flor que se põe atrás da orelha e se deita fora, murcha, ao pôr do sol? Chorei em silêncio, quase sem reparar que os meus olhos derramavam lágrimas, como o meu coração.

Ergueu-me o rosto e, sorrindo, limpou-me os olhos com a mão.

— Não se importe. Também eu chorei na primeira vez que o li. Lembro-me bem.

— Tenho pena que eles tenham morrido — disse.

— Também eles amavam a vida, mas morreram sem medo. Foi por viverem sem medo que fizeram das suas vidas algo que valeu a pena amar. Ou pelo menos, assim o creio.

Levantou-se e pegou a caixa.

— Veja, esteve mais perto dela do que sabia. — Tirou a almofada da cama e abriu o baú. Tinha lá dentro um punhal, afiado como uma navalha de barbear. Na Macedônia, rei sim, rei não, havia sido assassinado; por vezes, dois reis seguidos.

Algum tempo após esse episódio, ouvi o meu nome ao aproximar-me da sua tenda. Dizia:

— E repara nisto: quando lhe contei a história de Aquiles, os seus olhos ficaram cobertos de lágrimas. E o idiota do Calístenes fala dos persas como se fossem selvagens citas. O rapaz tem mais poesia num dedo do que esse pedante na cabeça.

No fim do verão, alcançamos a extremidade sul dos Parapamisos. Estavam já sob um manto de neve. A leste, tocam os Grandes Cáucasos a muralha da Índia que sobe sempre até limites desconhecidos.

Num lugar abrigado dos ventos do Norte, criou a terceira Alexandria do ano. Pela altura da primeira queda de neve estava já pronta para nela nos abrigarmos durante o inverno. Após algumas casas reais, semelhantes aos refúgios de ogres nas lendas, sabia bem sentir o cheiro de madeira limpa e pintada. A casa do governador possuía um pórtico com colunas, ao estilo grego; e um plinto à sua frente, para uma estátua de Alexandre.

Era a primeira que dele havia sido feita desde a minha presença ali, mas ele estava, obviamente, tão habituado a despir-se para isto como para o banho. O escultor desenhou-o de diferentes perspectivas, sete ou oito estudos, enquanto olhava perdido o horizonte, o que o tornava ainda mais belo. Depois, todo ele foi medido com compassos. Só então pôde ir caçar. Só precisava regressar quando o rosto estivesse a ser acabado. Estava excelente, simultaneamente calmo e impaciente; verdadeiro para com a sua alma, embora a cicatriz permanecesse.

Uma noite, disse-me:

— Algo de novo começou. Enviei hoje ordens às cidades para começarem a formar um novo exército. Será criado a partir da semente. Vou mandar ensinar grego a trinta mil rapazes persas e iniciá-los no uso de armas macedônias. A ideia lhe agrada?

— Claro que sim, Al'scandre. Teria sido também do agrado de Ciro. Quando é que esse exército estará preparado?

— Nunca antes de cinco anos. Devem começar jovens antes de terem ideias fixas. A essa altura, espero que os macedônios estejam também preparados.

Respondi-lhe que estava certo disso. Com a minha idade, cinco anos pareciam ainda toda uma vida.

O ar começou a ficar menos pesado no sopé das montanhas; flores delicadas surgiam entre a neve que derretia. Alexandre decidiu que podia chegar às montanhas para ir ao encalço de Besso.

Creio que nem os pastores locais o avisaram. O mais alto que chegavam era junto das neves do verão. Ele supôs que as passagens acima deviam ser difíceis de transpor e avançar com os soldados, mas duvido que fizesse uma ideia daquilo que o aguardava. Foi terrível até para nós que tínhamos o caminho já preparado por eles e mais víveres e agasalhos. Eu, que sou um amante das montanhas, senti que essas odiavam os homens. Minha respiração era ofegante; meus pés e mãos ardiam enquanto os agitava para fazer circular o sangue. À noite todos procuravam algo que os aquecesse, e eu fui alvo de muitas ofertas, todas elas acompanhadas do aviso solene de que seria tratado como um irmão; o que significava que, quando fosse demasiado tarde, eu já não poderia recuar. Dormi com Peritas que Alexandre deixava a meu cargo; era um cão enorme com muito calor para dar.

As nossas dificuldades não eram nada comparadas com a do exército. Sem qualquer óleo naqueles rochedos nus com o qual cozinhassem a carne, viam-se obrigados a descongelá-la com os seus próprios corpos; ou, se tivessem sorte, aquecê-la num cavalo que morresse. O pão acabara e substituíram-no pela mesma relva que o gado comia. Muitos teriam adormecido para sempre deitados na neve, não fosse Alexandre que não parava de percorrer a pé a coluna de trás para a frente. Quando se deparava com eles, erguia-os e animava-os, trazendo-lhes assim a sua vida de volta.

Nós os alcançamos no forte da fronteira de Drapsaca, no outro lado. Ali havia comida; mais embaixo, Besso destruíra as colheitas para nos vencer pela fome.

Encontrei-o numa velha casa de pedra. Sua casa estava queimada pelo frio. Parecia que apenas o seu vigor o mantinha intacto. Ainda não me habituara à ideia de um rei passando fome ao lado dos seus homens.

— Isso não é nada — disse. — Em breve estarei como antes. Só o calor é que me parece que nunca mais volta ao corpo.

Sorriu para mim e eu lhe disse:

— Voltará hoje à noite.

Não o pude aquecer durante muito tempo. Mal os seus homens haviam recobrado forças e, ainda não passara um mês, ei-lo que descia em direção à Báctria.

Chegara à idade de combater. Outros eunucos antes de mim, entre os quais o malvado a partir do qual me nomearam, tinham pegado em armas. Não conseguia deixar de pensar em como teria estado Hefēstion com ele nas montanhas; aquecendo-o, talvez. Assim, na noite antes da partida, pedi-lhe que me deixasse acompanhá-lo; disse-lhe que meu pai fora um guerreiro e que se não pudesse combater a seu lado, eu me sentiria envergonhado por viver.

Respondeu-me com delicadeza:

— Querido Bagoas, sei que lutaria a meu lado. E morreria aliás num instante. Se seu pai tivesse vivido para treiná-lo, teria dado um soldado que enfileiraria ao lado dos meus melhores, mas para isso é preciso tempo; e não foi essa a vontade dos deuses. Preciso de você onde está agora. — Sentia-se orgulhoso e não apenas por si; o orgulho nos outros não lhe era alheio.

Foi então que Peritas, mimado que estava por dormir a meu lado, tentou subir para cima da cama e caiu trazendo atrás toda a roupa. Assim a conversa se desvaneceu entre as nossas gargalhadas; mas mais uma vez fiquei para trás, pois Alexandre partiu com o exército, esperando apanhar Besso.

Não o encontrou; deparou-se apenas com neve, muita neve, sendo essa ainda mais espessa que em regiões mais elevadas. Não pudera saquear grande coisa; no inverno, as pessoas enterraram tudo, vinhas, árvores, até eles próprios, pois vivem em cabanas que mais fazem lembrar cortiços cobertos pela neve; encerram-se ali com os seus armazenamentos para a estação e apenas saem na primavera. Os soldados esfomeados viam por vezes fumaça surgindo da neve. Começavam então a cavar até alcançarem a comida. Segundo eles, o cheiro era imundo e o sabor também, mas não se importavam.

Com a primavera juntamo-nos novamente ao exército; a corte e a cidade real tomavam forma e prosseguiam viagem. Chegaram, entretanto, notícias de que Besso atravessava o Oxo, a oriente. Fugia e já eram poucos os que o seguiam. Nabarzanes fora o primeiro, mas não o último, a compreender que procurara em vão um rei.

Alexandre atravessava lentamente a Báctria. Ninguém lhe resistia; por isso, aonde quer que fosse, tinha que aceitar rendições e administrar as suas novas terras. Quanto a Besso, novamente não havia pressa.

Obtivemos mais uma vez novidades a seu respeito, através de um dos seus nobres, um homem de idade avançada que veio até nós, montando um cavalo exausto, com a barba e a roupa cobertas de pó, para se entregar a Alexandre. Isto, explicou por meu intermédio (eu estava servindo de intérprete, por uma questão de segurança), era o que incitara Besso a fazer quando ele convocou um Conselho de Guerra. Gobares, que agora se nos dirigia, citara Nabarzanes como exemplo mais do que evidente. Besso bebera e mal ouviu aquele nome, desembainhou a espada e avançou para Gobares. O respeito que lhe era devido, salvara-o, e ei-lo ali agora tentando obter o perdão através das informações que nos podia fornecer.

As tropas bactrianas de Besso haviam desertado. Na realidade ele nunca chegara a comandá-las. Com a chegada de Alexandre, regressariam às suas aldeias tribais e podíamos confiar na sua rendição. Apenas ficaram os que escoltavam Dario à morte; a sua opção era motivada pelo medo e não pelo amor.

Besso avançava para Sogdiana onde residiam as suas últimas esperanças. Segundo Gobares, os sogdianos não gostam de estranhos e se mostrariam relutantes (a princípio, disse com delicadeza) a aceitar um rei estrangeiro. Deste modo, Besso atravessaria o Oxo, queimando os barcos atrás de si.

— Passaremos esse rio quando lá chegarmos — disse Alexandre.

Entretanto devíamos escolher um sátrapa para a Báctria. Aguardei a decisão com tristeza; o segundo sátrapa persa de Areia revoltara-se e ele se vira obrigado a enviar-lhes um macedônio. Apesar de tudo, deu a Báctria a um persa. Fora Artabazos. Dissera recentemente que se sentia velho para prosseguir viagem; a travessia das últimas montanhas deixara-o exausto. Ouvi que governara a sua província com prudência, vigor e justiça; retirara-se da administração aos noventa e oito anos, e morrera aos cento e dois por ter montado um cavalo demasiado fresco para ele.

Chegara, portanto, o momento de avançar para Norte e atravessar o Oxo. Estivéramos próximo dele nas montanhas, pois é aí a sua nascente. No entanto, ao longo de várias léguas o seu leito percorria gargantas rochosas aonde apenas um pássaro pode chegar. Os montes suavizam-se no limiar do deserto. Seu leito alarga-se e o curso torna-se mais lento à medida que penetra naquela região inóspita. Por fora, dizem, dilui-se na areia. Devíamos atravessá-lo na primeira passagem, onde a estrada segue para Maracanda.

Descemos socalcos agradáveis e quentes com vinhas e árvores de fruto. O Santo Zoroastro, que nos ensinou a venerar Deus através do fogo, nasceu nessas paragens. Alexandre soube disso com reverência. Ele estava certo de que o Sábio Deus era o mesmo que Zeus, e, segundo me disse, concebera-o sob a imagem do fogo desde a sua infância.

Mas logo nos fartaríamos do fogo. Ao descermos para o vale do Oxos, o vento do deserto vindo do Norte soprava. Ele se faz sentir a meio do verão e todos os seres com vida o recriam; é como se o ar tivesse passado através de uma fornalha e fosse lançado contra nós através de foles. Víamo-nos obrigados a envolver a cabeça com tecido para a proteger da areia quente que era lançada contra nós. Quatro dias disso, até alcançarmos o rio.

É uma visão maravilhosa quando dele nos aproximamos; foi-o, pelo menos para mim e para todos aqueles que não conheciam o Nilo. Os gamos do deserto no lado mais distante pareciam pequenos como ratos. Os engenheiros olharam-no com desânimo. Tinham trazido consigo carros cheios de madeira, mas o leito amplo, a profundidade e o terreno arenoso, impediam-os de fixar pilares. Era impossível construir uma ponte sobre ele.

Entretanto os antigos donos dos barcos vieram ao nosso encontro pedindo pão. Seus barcos eram chatos e puxados por cavalos que estavam treinados para fazer a travessia do rio a nado. Besso queimara os barcos no ponto mais distante, levara os cavalos e não pagara nada. Alexandre ofereceu-lhes ouro por aquilo que restara.

Perante isso, os pobres foram buscar a sua riqueza escondida, jangadas insufláveis de couro que flutuavam ao longo da corrente. Era tudo o que havia; e era com isso que, segundo Alexandre, faríamos a travessia. Do resto ocupar-nos-íamos nós.

Havia couro em abundância; as próprias tendas eram feitas dele. Os artífices estudaram a técnica dos nativos e supervisionaram o trabalho. O interior era cheio de palha e juncos secos, para os fazer flutuar por mais tempo.

Poucas vezes tive tanto medo como no momento em que as empurramos para a água. Meus dois criados partilharam a jangada comigo; os cavalos e a mula seguiam-nos a nado. Quando a corrente ficou mais forte, os animais começaram a debater-se ao mesmo tempo que os trácios rezavam a um deus qualquer trácio, e eu me apercebia, mais adiante de uma jangada maior que se voltara.

Pensei que outro rio me fora destinado, mas era essa a primeira vez que partilhara o perigo com Alexandre, eu, que falara de lutar a seu lado. Reparei então no meu criado pessoal, um persa da Hircânia, observando-me, à procura de encorajamento, ou talvez para ver como se comportava um eunuco. *Eu o verei morto,* disse para comigo, *antes que tenha tempo para inventar histórias a meu respeito*; e apontei-lhes os homens da jangada que se voltara, mantendo-se agarrados a ela. Os cavalos apanharam o rumo da corrente e puxaram-nos. Assim atingimos a outra margem quase sem nos molharmos.

Até as mulheres e as crianças se viram forçadas a atravessar dessa maneira. Não havia outra saída, pois o vau próximo era a muitas léguas dali através do deserto. Vi uma jangada onde uma mulher tapava os olhos com medo, enquanto cinco crianças gritavam de contentamento.

Toda essa operação durou cinco dias. As jangadas tiveram que ser secas para serem transformadas novamente em tendas. Alexandre deu madeira aos barqueiros para poderem reconstruir os seus barcos.

Alguns cavalos morreram ao longo da marcha através da ventania intensa. Temi perder Leão; a sua manta estava rasgada e a cabeça caída. Orix, o que Alexandre me oferecera, era um ótimo cavalo e suportou tudo melhor; mas eu sentia um carinho particular por Leão. Enfim, ele lá conseguiu vencer as dificuldades, tal como o velho Bucéfalo, cuidadosamente tratado, muitas vezes pelas mãos do próprio rei.

Logo se avizinhava o fim dos nossos trabalhos. Os dois últimos nobres bactrianos às ordens de Besso enviaram uma mensagem a Alexandre comunicando-lhe que o ajudariam. A aldeia onde ele se encontrava o entregaria.

Estávamos em Sogdiana, e isso era apenas o começo. As únicas leis ali conhecidas eram as da consanguinidade; nem a hospitalidade contava grande coisa. Se se tivesse mais sorte do que Besso, talvez se estivesse em segurança em suas casas; no entanto, se possuíssemos alguns bens, se mal nos afastássemos um pouco, eles iriam nos armar uma emboscada e nos degolar. Seus passatempos favoritos eram os assaltos e as guerras tribais.

Alexandre não quis ser ele próprio a ir buscar Besso. Enviou Ptolomeu com considerável número de soldados, visto estar lidando com traidores. Não precisou deles, pois os nobres bactrianos haviam tratado de tudo. As muralhas de lama da fortaleza abriram-se por uma pequena recompensa. Besso foi encontrado numa cabana de camponeses acompanhado apenas por um par de escravos.

Se o espírito de Dario pôde presenciar o que se passou, terá se sentido vingado. Os nobres que entregaram Besso, tinham aprendido com o seu próprio exemplo; queriam-no fora do caminho para assim acalmar Alexandre, enquanto, ao mesmo tempo, se preparavam para a guerra. Ptolomeu recebera as suas instruções. Quando Alexandre chegou com o exército, Besso estava junto à estrada, nu, de mãos presas a uma canga de madeira. Vira fazerem algo de semelhante a um famoso bandido, em Susa, antes de o matarem. Nunca o dissera ao rei. Deve ter sido ele que perguntou a Oxadres qual seria a atitude mais adequada.

Nabarzanes tinha razão; não havia em Besso a fímbria de um rei. Contaram-me que, ao ser interrogado por Alexandre quanto à razão por que arrastara o seu amo e parente para uma morte tão ignóbil, argumentara ter sido apenas um entre os muitos que estiveram de acordo para obterem os favores de Alexandre. Não disse por que assumira, então, a Mitra. O bandido de Susa portara-se melhor. Alexandre ordenou que o flagelassem e o mantivessem acorrentado até o julgamento.

Os nobres que desejavam não o irritar deviam conhecê-lo melhor. Alexandre avançou em direção a Sogdiana; ela era parte do império e era assim que a desejava manter.

Os sogdianos vivem numa região de grandes planaltos arenosos e perigosos desfiladeiros. Junto a cada passagem há fortes cheios de assaltantes armados; as caravanas são obrigadas a contratar pequenos exércitos de guardas para os transporem em segurança. Os sogdianos são bonitos; têm feições aquilinas, com o porte de príncipes. Quase toda a Sogdiana é rochosa, mas eles constroem com lama, como as andorinhas, porque na sua opinião o trabalho artesanal é inferior. São capazes de montar um cavalo em lugares onde pensamos que nem uma cabra consegue chegar. No entanto, não cumprem um juramento sempre que lhes é desfavorável. Alexandre quase fora convencido por eles até que o descobriu.

A princípio, tudo parecia correr bem. A cidade de Maraconda rendeu-se tal como a linha de fortalezas ao longo do rio Jaxartes. Mais além estão as planícies e os citas contra os quais essas fortalezas haviam sido erguidas.

Alexandre convocou então os chefes para o seu acampamento, onde se deviam reunir com ele em Conselho. O rei queria comunicar-lhes que os governaria com justeza e interrogá-los acerca das suas leis. Os chefes, sabendo muito bem o que fariam se se encontrassem no lugar de Alexandre, não tiveram dúvidas de que ele os queria ali para os assassinar. Assim, de um momento para o outro, as fortalezas junto ao rio foram assoladas por sogdianos em fúria que dizimaram as suas guarnições; Maraconda viu-se cercada; um posto de abastecimentos destruído.

Decidiu começar aí. Os assaltantes possuíam um refúgio num desfiladeiro nas montanhas. O sinal de fumaça elevou-se do facho junto à sua tenda; as tropas avançaram; ele atacou e tomou o lugar.

Trouxeram-no de volta numa maca e deitaram-no na cama. O cirurgião aguardava-o na tenda, tal como eu. Uma seta espetara-lhe na canela e partira-lhe o osso. Ele exigiu que lhe tirassem a ponta da seta no próprio campo de batalha e que o sentassem no seu cavalo até a fortaleza ser tomada.

Quando lhe retiramos as ataduras ensanguentadas, lascas do osso vieram agarradas a elas. Havia ainda mais fragmentos espetados na carne que o cirurgião se viu obrigado a retirar.

Permaneceu durante todo o tempo deitado olhando para cima, imóvel como se fosse a sua própria estátua; nem a sua boca esboçou um movimento.

Todavia, chorara pelos escravos estropiados de Persépolis; pelo velho Bucéfalo; por Aquiles e Pátroclo, mortos havia mil anos; pelos meus aniversários esquecidos.

O cirurgião fez um penso, disse-lhe para não se mexer, e saiu. Fiquei de um lado da cama com uma tina com água ensanguentada; do outro lado, estava Hefêstion aguardando a minha saída.

Ergui-me com a minha tina ensanguentada. Alexandre olhou para mim e disse (foi o primeiro som que emitiu):

— Foi perfeito com as ataduras. Mão suave.

Permaneceu em repouso durante sete dias; quer dizer, deslocou-se na liteira, em vez de o fazer a cavalo, monte abaixo em direção às fortalezas do rio Jaxartes. Primeiro, foi transportado por soldados de infantaria, até a cavalaria ter protestado por lhe ter sido negado tal privilégio. Deixou então que fizessem turnos. À noite, quando lhe mudava as ataduras, confessou-me que a cavalaria tinha tendência a balançar a maca, visto não estar habituada à marcha.

Desta vez segui adiante com o exército, pois ele se acostumou a que eu lhe mudasse os pensos. Os cirurgiões cheiravam todos os dias a ferida; se a medula putrifica, geralmente mata. Apesar do mau aspecto inicial, acabou por ficar limpa. No entanto, houve uma lasca que ficou espetada na carne até o resto da sua vida.

Logo abandonou a maca para voltar ao seu cavalo. Quando alcançamos as planícies junto ao rio, já ele começara a andar.

Dorisco dissera-me um dia:

— Dizem que ele confia em excesso; mas Deus ajude quem traia a sua confiança.

Compreendia agora a verdade desse juízo.

Tomou cinco fortalezas em dois dias; em três dos assaltos, ele próprio participou. Todos lhe haviam jurado lealdade e todos haviam ajudado a assassinar as suas guarnições. Se os sogdianos pensavam que para honrar a sua palavra, um homem tem que ser mole, então tinham agora razões que lhes demonstravam o contrário.

Presenciei a essa altura algo que não vira durante toda a viagem pela Báctria; os choros das mulheres e crianças, ao serem arrastadas como gado pelo acampamento; os despojos de guerra. Todos os homens haviam morrido.

Em todo o lado o mesmo se passa. Os gregos fazem-no aos outros gregos; o meu próprio pai o deverá ter feito durante as guerras de Oco, embora esse jamais desse uma primeira oportunidade a semelhante inimigo. De qualquer modo, era a primeira vez para mim.

Alexandre não pensava arrastar consigo essa horda de mulheres; planejava edificar aqui uma nova cidade e necessitava de mulheres para dar aos povoadores, entretanto, os soldados, a quem minguava a companhia de uma escrava na cama, aproveitavam o que podiam. Uma mulher era arrastada; por vezes, seguiam-na crianças de rostos sujos, soluçando ou gritando; crianças que apenas seriam cuidadas quando o seu novo amo a deixasse em paz.

Algumas das moças mais jovens mal podiam andar; as suas saias manchadas de sangue mostravam por quê. Recordei-me das minhas três irmãs, que havia muito conseguira esquecer.

Essas eram as cinzas que ficam após as flâmulas brilhantes. Ele sabia para o que nascera; o deus dissera-lhe. Todos aqueles que o ajudavam, recebia como parentes. Se era enganado, fazia o que era necessário; depois, prosseguia o seu caminho, de olhos postos no fogo que seguia.

A sexta cidade era Cirópolis, a mais fortificada de todas; não era construída junto ao rio, de tijolo e lama, mas na encosta de um monte, e de pedra. Fundara-a o próprio Ciro; assim, Alexandre mandara à frente Cratero para manter o cerco, deixando para si o comando do assalto. Ergueram-lhe a tenda perto das linhas do cerco, para que ele não fosse obrigado a andar muito, e assim pude assistir à parte da batalha. Uma lasca maior surgiu na sua ferida. Ordenou-me que o tratasse, dizendo que o médico falava demais e eu tinha melhores mãos. O sangue estava limpo.

— Tenho uma carne que sara facilmente — disse.

Os engenhos foram preparados; duas torres de assalto, revestidas com couro; uma fila de catapultas, semelhantes a imensos arcos apoiados nas pontas, que lançavam dardos de bronze; e os aríetes sob os alojamentos. Em honra a Ciro, pôs a melhor armadura, o capacete prateado com asas brancas, e o famoso cinto de Rodes. Devido ao calor, recusou o gorjal cravejado com joias. Ouvi os homens saudarem-no enquanto percorria as linhas. O assalto iniciou-se pouco depois.

Senti aríetes penetrando o solo. Imensas nuvens de poeira elevavam-se no ar; nenhuma abertura se vislumbrava. Por várias vezes, vi o capacete prateado, até que ele contornou a muralha. Pouco tempo depois, gritos e urros ergueram-se nos céus. Os grandes portões da fortaleza foram abertos; os nossos homens entraram de rompante. As muralhas estavam cobertas de soldados lutando corpo a corpo. Não percebi por que razão os sogdianos tinham aberto as portas. De fato, não tinham sido eles, mas sim Alexandre.

A fortaleza era abastecida de água através de um pequeno rio que passava sob as muralhas. No verão, o leito não era profundo; um homem acocorado podia passar por ali. Foi deste modo que Alexandre conduziu seus homens, apesar de ter uma perna ferida. Os sogdianos, preocupados com os aríetes, não haviam vigiado devidamente os portões. Alexandre venceu a resistência com que se deparou e retirou os ferrolhos.

No dia seguinte, regressou ao acampamento. Um grupo de oficiais rodeou-o inquirindo quanto ao seu estado de saúde. Balançou a cabeça mal-humorado, chamou-me e sussurrou:

— Traga-me algo para escrever.

Fora ferido por não ter posto o gorjal. Durante o combate de rua, haviam--no atingido com uma pedra na garganta que lhe afetara as cordas vocais. Um pouco mais de força e a pedra teria lhe partido o osso e o teria sufocado; mas nem por isso abandonara o comando, passando então a sussurrar as ordens até a rendição da cidadela.

Nunca conheci uma pessoa que fosse capaz de suportar a dor como ele; no entanto, o fato de não poder falar, quase o enlouquecia. Não conseguia ficar sossegado comigo, apesar de eu ser capaz de o entender através de um mero sinal; mal a sua voz melhorava, esforçava-se e ficava novamente pior. Não conseguia ouvir os outros falarem às refeições e ficar calado; por isso, comia na sua tenda na companhia de um escriba que lhe lia passos de um livro que mandara vir da Grécia. A construção da sua nova cidade começara. Isso o levava a cavalgar frequentemente até lá. Arranjava então mil e uma coisas com que se ocupar. Mesmo assim, a sua voz melhorava. Seu corpo sarava depressa, apesar de todos os esforços que fazia.

Algo de novo surgiu, nesse momento, do outro lado do rio: os carros dos citas, com manadas de cavalos e tendas pretas de feltro. Tinham ouvido falar da sublevação sogdiana e vieram de imediato como corvos para partilhar dos despojos. Assim que nos vislumbraram, afastaram-se, levando-nos a pensar que tinham partido. No entanto, começaram a descrever círculos com as suas montarias pequenas e felpudas, brandindo lanças adornadas com penas e gritando. Tentaram disparar flechas para o lado de cá do rio, mas não conseguiram. Alexandre, curioso por saber o que queriam dizer, mandou chamar Farrenques, o intérprete-chefe. A questão parecia resumir-se a isto: se Alexandre queria saber qual a diferença entre bactrianos e citas, que atravessasse o rio.

Assistimos a isso ao longo de vários dias. O barulho era cada vez maior e acompanhado de gestos que dispensavam tradução de um intérprete. Alexandre começou a irritar-se.

Convocou os generais para a sua tenda. Estes se colocaram junto a ele para que não necessitasse erguer a voz.

Uma voz sussurrando atrai como um ímã: todos eles pareciam conspiradores. Nada ouvi, até ele dizer em voz alta:

— Claro que estou em condições! Posso fazer tudo exceto gritar.

— Para então de tentar — retorquiu Hefístion — ou ficará outra vez mudo que nem um peixe. — No meio da discussão, as vozes alteravam-se. Alexandre disse que se os citas se fossem embora desta vez sem lhes darem uma lição, saqueariam a nova cidade mal nos afastássemos. Visto Alexandre querer ser ele próprio a dar-lhes a lição, os outros opuseram-se.

Bebeu na sua tenda, mal-humorado como Aquiles. Heféstion fez-lhe companhia durante algum tempo, mas acabou por ir embora, porque ele não parava de falar. Assim, voltei lá, acenando a cabeça a tudo o que não fosse sinal e, por fim, ajudei-o a se deitar. Agarrou-me a mão para me manter junto a si, mas devo confessá-lo que o fez com alguma resistência da minha parte. O arco estivera tenso durante demasiado tempo. Conseguimos passar muito bem sem palavras; e, depois, contei-lhe velhas lendas para o adormecer.

Sabia, contudo, que não mudaria de opinião em relação aos citas. Segundo dizia, se não fosse ele próprio a comandar o exército, eles pensariam que tinha medo.

O Jaxartes é muito menor do que o Oxo. Alexandre mandou iniciar a construção das jangadas no dia seguinte e solicitou os serviços do mago Aristrandro que sempre lhe decifrava os presságios. Ao regressar, Aristrando transmitiu-lhe que as entranhas previam maus eventos. (Nós, persas, possuímos meios bem mais limpos de consultar os céus.) Ouvi dizer que os generais tinham intercedido junto a ele; eu próprio não me importaria de enfrentar o velho Mago de olhos azuis e de lhe pedir uma profecia. Além disso, ele tinha razão.

No dia seguinte, havia citas como nunca. Eram já um exército. Alexandre mandou fazer novo sacrifício; mais uma vez a resposta foi contrária. Perguntou, então, se o perigo era em relação aos seus homens ou a si. A si, respondeu Aristrando, o que para mim só prova a sua honestidade. Como é óbvio, Alexandre preparou-se de imediato para a travessia.

Foi com angústia no coração que o vi tomar as suas armas. À frente dos dois escudeiros não o podia, contudo, envergonhar com a minha dor. Retribuí-lhe o sorriso de despedida; os sorrisos são bons presságios.

Os citas esperavam atacar as tropas durante a travessia, mas não tinham contado com as catapultas. Seus projéteis não são de curto alcance como as setas cítias. Depois de um cavaleiro ter sido alvejado através do escudo e da armadura, mantiveram-se a distância. Alexandre mandou avançar em primeiro lugar os arqueiros e os fundibulários, para que esses os sustivessem até a chegada da falange e da cavalaria. Não que ele tenha ficado à espera, pois encontrava-se na primeira jangada que fez a travessia.

Vista do outro lado do rio, a batalha parecia ordenada como uma dança: os citas rodeando o quadrado macedônio; em seguida, a estrondosa carga da cavalaria, sobre o lado esquerdo e sobre o direito, fechando o cerco à medida que avançavam terra adentro. Envoltos numa imensa nuvem de pó (o dia estava muito quente), inundaram a planície. Os cavaleiros de Alexandre perseguiam-nos. Depois, nada mais se viu, apenas as jangadas transportando os nossos mortos e feridos, não muitos; e os milhanos soltando os seus gritos por cima dos cadáveres citas.

Durante três dias aguardamos o seu regresso. Vieram por fim. Os mensageiros em primeiro lugar. Mais uma vez o cirurgião aguardava; como eu.

Quando os escudeiros pousaram a maca, olhei-o e pensei que estava morto. Um grande lamento cresceu dentro de mim e quase o soltei; reparei então que mexera as pestanas.

Estava pálido como um cadáver; a sua bonita pele perdera a cor ao ser abandonada pelo sangue. Seus olhos estavam encovados a ponto de fazerem lembrar uma caveira. Cheirava mal; ele, que gostava de estar sempre limpo como o lençol de uma noiva. Notei que, apesar de demasiado enfraquecido para falar, não perdera os sentidos e que isso o incomodava. Aproximei-me dele.

— É disenteria, senhor — disse um escudeiro ao médico. — Incumbira-me de lhe avisar que ele bebeu água insalubre. Estava muito calor, e ele bebeu de um poço onde a água estava estragada. Desde então tem purgado sangue. Está muito fraco.

— Até aí vejo eu — retorquiu o médico. Os lábios de Alexandre mexeram-se agitados. Falavam através dele como se estivesse moribundo; e de fato estava, e isso o irritava. Apenas eu percebi isso.

O médico deu-lhe a poção que preparara assim que chegara a mensagem

— Deitem-no — disse ele aos escudeiros.

Eles se aproximaram da maca. Seus olhos abriram-se e voltaram-se para mim. Percebi por que era. Estava para ali deitado, sujo com os seus próprios dejetos, pois a sua fraqueza era extrema e não conseguia se mexer. Não queria que o despissem, porque isso lhe feria o orgulho.

— O rei deseja que eu o acompanhe — falei ao médico. — Posso tratar de tudo.

Tênue como um suspiro, confirmou:

— Sim.

E deste modo o deixaram sob meus cuidados.

Ordenei aos escravos que fossem buscar tinas, água quente e bastante linho. Desembaracei-me da porcaria ensanguentada e lavei-o enquanto ele permanecia imóvel na maca. Tinha o traseiro ferido; lutara mesmo depois de estar doente, descendo do cavalo para defecar e voltando novamente ao combate, até desmaiar. Ungi-o com óleo, levei-o para uma cama lavada (perdera tanto peso que não me foi difícil) e coloquei debaixo dele uma almofada de linho, embora nesse momento já se tivesse purgado por completo. Quando coloquei a mão na sua testa para sentir a febre, sussurrou:

— Ah, sabe bem.

Pouco depois, chegou Heféstion, que acabara de fazer a travessia do rio com os seus homens. Saí, como é óbvio. Senti-me como se ferissem a minha própria carne. Disse para comigo, se ele morre na companhia daquele homem e não na minha, então, aí, sim, mato-o. Deixe-o ficar, não vou regatear a vontade do meu amo na sua hora final. No entanto, ele estava satisfeito comigo.

Dormiu, contudo, durante toda a noite, sob o efeito da poção dada pelo médico. Quis levantar-se no dia seguinte e conseguiu fazê-lo dois dias depois. Mais dois dias e ei-lo recebendo uma embaixada dos citas.

Seu rei mandara dizer que lamentava o fato de Alexandre ter sofrido aquele vexame. Os homens que tinham tomado parte naquela ação eram ladrões foragidos, com os quais o rei nada tinha a ver. Alexandre deu uma resposta educada. Os citas, segundo parecia, haviam recebido uma boa lição inacabada.

Uma noite, enquanto lhe penteava o cabelo, tentando desemaranhá-lo sem lhe fazer doer, disse-lhe:

— Esteve à beira da morte. Sabia?

— Sim, sim. Pensei que Deus me deixara ainda coisas por fazer, mas devemos estar preparados. — Tocou-me a mão; os seus agradecimentos vinham em silêncio, mas não eram piores por isso. — Devemos viver como se fosse para sempre e como se, em cada instante, pudéssemos morrer. Sempre as duas coisas ao mesmo tempo.

— É essa a vida dos deuses — respondi —; apenas parecem morrer como o sol ao fim do dia. Não cavalgue, todavia, demasiado depressa através dos céus, deixando a todos nós na escuridão.

— Algo aprendi com isso — retorquiu. — A água nas planícies é um autêntico veneno. Faça tal como eu: beba apenas vinho.

16

Spitamenes, um dos nobres traidores de Besso, cercara Maracanda. Quando a primeira força enviada por Alexandre foi derrotada, ele próprio foi. Às notícias da sua chegada, Spitamenes levantou o acampamento e fugiu para os desertos do Norte. Naquela época, a região estava já pacificada e o inverno aproximava-se. Alexandre decidiu passá-lo em Zariaspa-sobre-o--Oxo, para assim vigiar os citas.

Essa é uma cidade grande e agradável, ao norte da passagem do rio; o seu leito é bastante amplo. À sua volta construíram canais que lhes permitiram cultivar algumas verduras; mais adiante fica o deserto. Durante o verão deve ser uma autêntica fornalha. Há ali tantas baratas como jamais vi noutro lugar; na maior parte das casas há até cobras domesticadas para comê-las.

Alexandre ficou na casa do governador. Esta era construída com tijolo, um autêntico luxo naquelas paragens. Possuía bonitas candeias e uma boa mobília que lhe davam um ar mais principesco. Gostava de o ver vivendo assim, sem preocupações. Mandou fazer um novo traje, púrpuro orlado a branco, as cores de um Grande Rei, destinadas a eventos de Estado. Pela primeira vez, aqui, pôs a Mitra.

Tomei a iniciativa de lhe dizer que todos os persas esperariam semelhante atitude sua, quando julgasse Besso. Para julgar pretendentes, um rei deve parecer um rei.

— Tem razão — disse. — É uma questão persa e, como tal, devem ser respeitados os costumes persas. Estou me informando acerca dos precedentes. — Andava de um lado para o outro do quarto, pensando consigo. — Será necessário obter uma sentença persa. O nariz e as orelhas, em primeiro lugar. Oxadres não se sentirá satisfeito com menos.

— Claro, meu senhor. É irmão de Dario. — Não lhe disse: “Por que razão havia ele de aceitar um rei estrangeiro?”. Isso podia ele vê-lo por si próprio.

— Não é nosso costume — prosseguiu, ainda andando de um lado para o outro. — Mas eu o farei.

Jamais demonstrou ficar na dúvida. Receei, porém, que pudesse mudar de opinião, o que lhe não seria nada benéfico em relação aos persas. Meu pai sofrera apenas por causa da sua lealdade; por que é que um traidor havia de escapar? Além do mais, eu estava ainda em dívida.

— Alguma vez lhe disse, Al'scandre, quais as palavras de Dario antes de o levarem? "Já não posso punir os traidores, mas sei quem o fará." Besso pensou que ele se referia aos deuses, mas ele retorquiu que se referia a você.

Parou de repente:

— Dario disse isso de mim?

— Eu próprio ouvi as suas palavras. — Lembrei-me do cavalo, do espelho de prata e dos colares. Até eu tinha as minhas obrigações.

Andou ainda durante mais alguns momentos; depois, disse:

— Sim, tem que ser segundo as suas tradições.

Disse para comigo, *fique em paz, pobre rei, independentemente daquilo que o rio do Esquecimento de si deixou para atingir o Paraíso. Perdoe-me por amar o seu inimigo. Fiz todas as reparações que estavam ao meu alcance.*

Da rua vi Besso ser conduzido ao julgamento. Estava abatido desde a noite que recordara; o seu rosto parecia pesado como barro. Sabia o seu destino. Quando o prenderam, vira Oxadres cavalgar ao lado de Alexandre.

Se se tivesse rendido ao mesmo tempo que Nabarzanes, teria sido poupado. Oxadres chegara depois e nunca conseguiria que Alexandre faltasse à palavra dada. Não faltara em relação a Nabarzanes, independentemente da vontade de Oxadres. Muitas vezes por que razão Besso jamais pôs a Mitra. Por amor face ao seu povo? Se o tivesse guiado com sabedoria, não teria sido abandonado e ficado só. Creio que Nabarzanes o tentou com o trono, mas ele não possuía a flexibilidade de Nabarzanes. Não conseguia suster o poder, nem prescindir dele.

Julgaram-no em grego e em persa. O Conselho estava de acordo. Perderia o nariz e os lóbulos; seria, em seguida enviado a Ecbátana, onde atraiçoara o seu amo; e seria crucificado, perante uma assembleia de medos e persas. Tudo fora seguido como mandavam as tradições.

Não me juntei à multidão que o viu partir. Suas feridas estariam ainda vivas, e receei que me fizesse lembrar do meu pai.

No devido tempo, chegou a mensagem da sua morte em Ecbátana. Demorara quase três dias para morrer. Oxadres cavalgara até lá para assistir. Quando desceram o seu corpo, mandou cortá-lo em pequenos pedaços e depositá-los nas montanhas para serem comidos pelos lobos.

A corte passou a maior parte do inverno em Zariaspa.

De todos os pontos do império chegavam pessoas para o ver, e Alexandre recebia-as com esplendor, tal como aprendera a fazer. Uma noite, antes do jantar, vestiu o seu traje persa. Quando lhe aprontava as dobras, disse:

— Bagoas, tem-me dito aquilo que os nobres persas não se atrevem a dizer. O que é que eles pensam pelo fato de fazerem prostração e os macedônios não?

Sabia que, mais cedo ou mais tarde, acabaria por me fazer essa pergunta.

— Sei que reparam nisso, meu senhor.

— E depois? — Voltou-se para mim. — Falam acerca disso?

— À minha frente, não, Ale-xan-dre. — Ainda agora tinha que o dizer devagar para não me enganar. — Ninguém o faria, mas, com a sua cortesia, não desvia os olhos do homem que saúda, enquanto eu posso olhar para onde quero.

— Quer dizer que ficam furiosos por verem um persa fazê-lo?

Afinal era menos fácil do que esperara.

— Isso também não, Al'scandre. Fomos ensinados a fazê-lo perante o rei.

— Já disse o suficiente. É quando é um macedônio, não é?

Ajustei as pregas da faixa e nada disse.

Ficou inquieto e mexeu-se várias vezes antes de eu terminar.

— Já sei. Por que razão obrigar você a dizê-lo? Mas de você tenho a certeza de que conheço a verdade.

Bom, às vezes apercebia-se daquilo que eu sabia fazê-lo feliz, mas uma coisa jamais soube através de mim, uma mentira que o pudesse prejudicar.

Essa noite, ao jantar, manteve-se de olhos bem abertos. Penso que deve ter notado muito mais coisas, pelo menos enquanto eles estiveram sóbrios, mas em Zariaspa, tal não durava muito ao jantar.

Tivera razão ao afirmar que a água do Oxo é veneno para os que a ela não estão habituados. Creio que, entre os autóctones, mata os menores, ainda antes de começarem a crescer.

Não se veem vinhas. Todo o vinho vem da Báctria. O vinho da Báctria é forte, mas eles misturam três partes dele com uma de água, para assim matarem o fluxo do Oxo.

Estávamos no inverno e a temperatura arrefecia; nenhum persa sonharia oferecer vinho antes dos doces, mas os macedônios beberam desde o início da refeição, como é seu hábito. Os convidados persas limitavam-se a dar pequenos goles, por uma questão de educação, enquanto os macedônios bebiam à vontade como sempre.

Embriagar-se de vez em quando, que mal pode fazer a um homem? Mas beber em excesso noite após noite, é bem diferente. Se ao menos o meu amo tivesse passado o inverno nos planaltos, junto a uma fonte de água pura, não teria sofrido tanto.

Não que ele se embebedasse todas as noites. Dependia apenas do tempo que ficava à mesa. Não começava a beber excessivamente logo de início. Sentava-se com um copo à frente, e ia falando e bebendo. Não bebia mais do que o habitual, mas o vinho bactriano deve ser misturado com dois terços de água. Cada copo que bebia era duas vezes mais forte do que aquilo a que estava habituado.

Por vezes, após uma noitada, dormia até meio-dia; mas sempre que assuntos mais sérios o aguardavam, levantava-se cedo e aprontava-se. Lembrou-se até dos meus anos. Ao jantar pediu um brinde em minha honra; estendeu-me o copo de ouro com que bebera e deu-me um beijo. Os veteranos macedônios ficaram escandalizados; se foi por causa de eu ser eunuco, ou persa, ou por ele não se envergonhar de mim, não sei. Talvez por tudo isso.

Não se esqueceu da prostração. Ficara-lhe na ideia.

— Temos que mudar isso — disse-me. — E não em relação aos persas, pois é uma tradição demasiado antiga. Se Ciro a iniciou, como dizem, devia ter uma boa razão.

— Acho, Al'scandre, que era para reconciliar os povos. Era antes um costume medo.

— Veja só! Fidelidade aos dois povos, sem que um se sobreponha ao outro. Sabe, Bagoas, quando vejo um persa, cujo título recua aos tempos anteriores a Ciro, e em que isso se vê de imediato, curvando-se à minha frente até o chão; e um macedônio, que o meu pai tirou do nada, e cujo pai vestia peles de carneiro, olhando de cima para baixo, gordo que nem um cão... sinto vontade de lhe arrancar a cabeça dos ombros.

— Não o faça, Al'scandre — disse-lhe, sorrindo.

O salão inferior era bastante grande, mas os quartos no andar de cima eram pequenos, o que o fazia andar de um lado para o outro como se fosse um leopardo numa jaula.

— Na Macedônia, é tão recente o hábito de os nobres obedecerem aos reis, que eles acham que estão lhes fazendo um favor. Na minha terra, nos tempos de meu pai, ele se portava sempre com requinte na presença de estrangeiros; mas na minha juventude, o jantar mais parecia uma festa de camponeses... Compreendo o que sente o seu povo. Em mim corre o sangue de Aquiles e Heitor, e antes deles, de Hércules; não falemos demais.

Ia deitar-se; ainda não era muito tarde, mas o vinho excitara-o. Tive medo de que o seu banho arrefecesse.

— Com os soldados é simples. Eles podem pensar que tenho as minhas manias fora do campo de batalha, mas aí, sim, aí conhecemo-nos. Não, são os homens de *status*, os que tenho que receber ao lado dos persas... Compreende, Bagoas, na nossa terra, a prostração destina-se aos deuses.

Havia algo na sua voz que me dizia que ele não estava apenas a instruir-me. Conhecia-o. Percebi o rumo do seu pensamento. Por que não? Pensei. Até os soldados o sentiam, embora não saibam o que sentem.

— Ale-xan-dre — disse, deixando-o perceber que pesava cada palavra —, todos sabem que o oráculo de Siva não mente.

Olhou-me com os seus grandes olhos cinzentos, e não disse nada. Depois puxou a faixa. Despi-o. Olhou-me de novo. Vi, como ele pretendera, a ferida da catapulta no ombro; a cicatriz da espada na coxa, a lasca púrpura na canela. Na verdade, essas feridas haviam derramado sangue, não licor. Ele se lembrava, também, da ocasião em que bebera água estagnada.

Seus olhos fixaram-me, quase sorrindo; transmitiam, todavia, algo que nem eu nem ninguém podíamos atingir. Talvez o oráculo tivesse razão, em Siva.

Toquei-lhe o ombro e beijei-lhe a ferida da catapulta.

— O deus está presente — disse. — A carne mortal é sua serva e seu sacrifício. Lembre-se de nós que o amamos, e não deixe que o deus fique com tudo.

Sorriu e estendeu os braços. Nessa noite, a carne mortal recebeu o seu quinhão. Embora gentil, era como se ele gozasse consigo próprio. E, contudo, a outra presença, guardava, pronta a reclamá-lo de novo.

No dia seguinte, fechou-se a sós com Heféstion durante bastante tempo. Nesse momento, uma dor antiga tomou mais uma vez o meu coração. Seguiram-se depois muitas idas e vindas por parte dos melhores amigos do rei; por fim, partiram mensageiros com convites para um grande jantar com cinquenta divãs.

Chegado o dia, disse-me:

— Bagoas, sabe o que tenho andado a pensar? Esta noite vamos tentar. Vista as suas melhores roupas e tome conta dos meus convidados persas.

"Eles já sabem o que vai acontecer, Heféstion falou com eles. Faça com que eles sintam que a dignidade deles é respeitada. Você, com os seus modos da corte, fará o melhor.

Afinal, pensei, precisa de mim. Vesti o meu melhor traje, cravejado a ouro sobre fundo azul-escuro, e fui ajudar Alexandre. Tinha o seu manto persa, e uma pequena coroa, não a Mitra. Vestira-se também para os macedônios.

Se ao menos servissem o vinho só na hora da sobremesa... Pensei. Não vai ser fácil.

O salão estava bonito, adornado como para uma festa. Saudei os nobres persas segundo as regras, e conduzi cada um ao seu divã, sem me esquecer de elogiar, sempre que tal se justificava, um antepassado, uma raça de cavalos ou outra coisa qualquer. Depois dirigi-me para junto de Alexandre. A refeição decorreu tranquilamente, apesar de todo o vinho que se bebeu. Por fim, os pratos foram retirados e todos se prepararam para fazer um brinde ao rei. Alguém se ergueu, todos o pensaram, para o fazer.

Este estava certamente sóbrio. Era Anaxarco, um filósofo reverente que acompanhava a corte; daqueles a quem os gregos chamam sofista. Quanto à sabedoria, ele e Calístenes, mesmo juntos, não tinham sabedoria que chegasse para fazer um bom filósofo. Quando Anaxarco se levantou, Calístenes olhou-o com uma raiva tal que mais parecia uma velha inspecionando uma concubina mais jovem. Essa atitude devia-se a não ter sido convidado para falar em primeiro lugar.

Como é óbvio, não o teria feito tão bem quanto Anaxarco, pois esse possuía uma voz bem treinada e deve ter aprendido o discurso de cor, acentuando devidamente cada palavra. Dissertou sobre uns deuses gregos quaisquer que iniciaram a vida como meros mortais e haviam sido deificados por causa dos seus feitos gloriosos. Hércules era um deles, Dioniso o outro. Não fora uma má escolha; embora duvide que ele pensasse o mesmo que eu, ou seja, que Alexandre possuía em si algo dos dois: o ímpeto diante dos trabalhos grandiosos que não estejam ao alcance dos outros homens; e a beleza, os sonhos, o êxtase... tereis pensado também então na loucura? Espero que não; pelo menos, não me lembro.

Esses divinos seres, disse Anaxarco, durante a sua vida na terra, haviam partilhado das penas e dos sofrimentos comuns à raça humana. Se, ao menos, os homens lhes tivessem reconhecido o seu carácter divino mais cedo!

Em seguida, enalteceu os feitos de Alexandre. A verdade nua e crua, embora já conhecida, não deixou de chocar até a mim. Anaxarco disse que, quando os deuses assim o desejavam (e que esse dia esteja ainda bem longe de nós!), podiam chamar a si o rei. Nesse momento, ninguém deveria pôr em causa que lhe prestassem de imediato honras divinas. Por que não prestá-las já, para assim confortá-lo de seus trabalhos; por que aguardar a hora da sua morte? Todos nós devíamos nos orgulhar por sermos os primeiros a prestá-las e a simbolizá-lo com o ritual da prostração.

Durante o discurso observei as expressões dos convivas. Não as dos persas, pois esses haviam sido preparados e limitavam-se a prestar atenção. Os amigos do rei, também eles a par do segredo, estavam duplamente ocupados, aplaudindo e inspecionando as reações dos outros. Uma exceção apenas, Hefestion, que durante a maior parte do tempo olhou Alexandre. Este permanecia grave como os persas e ainda mais atento.

Desloquei-me um pouco do lugar onde estava atrás do seu divã, para melhor o poder ver. Reparei que as palavras de Anaxarco, planejadas para uma determinada função, lhe começavam a agradar. Embora longe de estar embriagado, bebera como é óbvio. O brilho habitual nesses instantes instalara-se nos seus olhos. Fixava-os na distância, como fazia para os esboços do escultor. Não se coadunaria com a sua condição baixar os olhos para ver como os outros aceitavam o discurso.

A maioria dos macedônios tomou-o, inicialmente, como uma forma demasiado longa de fazer um brinde ao rei. Já alegres devido ao efeito do vinho, até os veteranos aplaudiram. Só conseguiram compreender aonde ele ia chegar no fim. A essa altura, parecia que tinham levado uma pancada na cabeça. Felizmente eu fora educado contra o riso fora de propósito.

Outros aperceberam-se. Os simples serviçais, sempre preparados para ser os primeiros na corrida da subserviência, mal puderam esperar pelo fim do discurso. A maioria dos mais jovens parecia perplexa no início; mas, para eles, os tempos do rei Filipe eram apenas uma memória de infância em que se limitavam a fazer o que os pais lhes mandavam. Agora chegara o seu próprio tempo. Desde que Alexandre os comandara, sempre algo de novo sucedera. Talvez estivesse indo longe demais, mas eles o acompanhariam.

Os mais velhos eram frontalmente contra. Claro! Pensei. Vocês estão enraivecidos por ele querer ser saudado como um deus. Se lhes passasse pela cabeça que, com isso, ele nos está pondo ao seu nível, como não ficariam vocês! Amuem, então: são demasiado poucos para terem alguma importância.

Anaxarco sentou-se. Os amigos do rei e os persas aplaudiram; mais ninguém. Começou então uma espécie de movimento expectante. Os persas, com gestos de respeito, ficaram em pé junto aos divãs, preparando-se para avançar. Também os amigos do rei se ergueram, dizendo:

— Ora, comecemos.

Os sicofantas, cheios de ânsia, esperavam um precedente. Devagar, os outros macedônios começaram a levantar-se.

De repente, Calístenes ergueu-se e disse bem alto com a sua voz forte:

— Anaxarco! — Todo o movimento se susteve no salão.

Tinha estado a observá-lo. Sabia que o rei se mostrara mais frio com ele desde aquilo que eu lhe dissera. Ressentido com o discurso de Anaxarco, não deixou, todavia, de prestar atenção a todas as palavras e de rapidamente captar a sua intenção. Calculei que se estivesse preparando para alguma.

Se ambos eram filósofos, eram, contudo, muito diferentes um do outro. O manto de Anaxarco tinha pregas bordadas; a sua barba loira estava de tal modo bem penteada que parecia seda. A de Calístenes, negra, era fina e irregular; o modo como se vestira era demasiado pobre para a ocasião, e, no entanto, Alexandre pagava-lhe muito bem. Destacou-se dos outros para que o pudéssemos ver bem. Alexandre, que, ao ser aclamado pelos amigos, deixara de estar distante e os saudara com um sorriso, virou-se e olhou-o nos olhos.

— Anaxarco — prosseguiu como se estivesse numa discussão na via pública e não na Presença —, creio que Alexandre merece todas as honras devidas a um mortal, mas existem barreiras entre as honras aos homens e aos deuses.

Desses enumerou um catálogo que pensei não acabar, mas tais honras, disse, quando prestadas a um homem, insultam os deuses, exatamente como honras reais prestadas a um homem comum insultam o rei. Perante isso, ouvi, em todo o salão, murmúrios de aquiescência. Como o contador de histórias que conseguiu captar a sua audiência, Calístenes começou a entusiasmar-se. Recordou a Anaxarco que ele estava dando conselhos a um chefe grego, não um Cambises ou um Xerxes. O desprezo com que nomeou esses reis persas era muito ao gosto dos macedônios. Vi os persas trocarem olhares entre si. Escondendo a minha vergonha e a minha raiva, fui para junto dos nobres mais importantes e distribuí doces. Desde que comecei a ir ao teatro, compreendi como um mau ator pode estragar a ótima representação de outro. Na minha juventude e ignorância, já tinha uma noção algo parecida.

Nem dando pela minha presença (o que interessa um eunuco bárbaro ao serviço de um amo bárbaro?), Calístenes prosseguiu dizendo que Ciro, fundador da prostração, fora humilhado pelos citas, que eram pobres, mas livres. Tive vontade de dizer que só lhe faltou apanhá-los. No entanto, percebia-se que o alvo era Alexandre. Todos deviam saber como ele honrava Ciro; pelo menos, Calístenes sabia, pois já estivera nas suas graças. Acrescentou ainda de uma forma inteligente que Dario, apesar de ter seguido a tradição da prostração, fora derrotado por Alexandre, que passara muito bem sem ela. E com isso conseguiu o aplauso dos macedônios.

E com esse aplauso era óbvio que algo mais se atingia. Calístenes conseguira seduzir os indecisos que, de outro modo, teriam acabado por seguir a maioria. E ele conseguiu-os seduzir não com o respeito diante dos deuses, mas com o desprezo diante dos persas. Ao nomear Dario, não me passou despercebido o esgar vingativo que me destinou.

Devemos ser justos para com o morto, pois esse é incapaz de se defender. Talvez lhe devamos creditar coragem; talvez apenas uma complacência cega.

O aplauso dos macedônios foi uma alegria breve; a raiva de Alexandre havia de perdurar.

Não que o mostrasse. Depois dessa estalada no rosto, estava mais preocupado em manter a sua dignidade. Na sua pele branca, como uma bandeira um rubor surgiu; no entanto, a sua expressão permanecia tranquila. Acenou a Chares e falou calmamente com ele; depois mandou-o dar a volta pelos divãs dos macedônios para lhes dizer que se a prostração ia contra os seus princípios, não tinham que se preocupar mais com isso.

Os persas não tinham compreendido o discurso de Calístenes porque o intérprete achara melhor não o traduzir. Sua voz ao nomear os reis deve ter sido suficiente. Viram Chares seguir o seu percurso e aqueles que se haviam levantado, sentaram-se novamente. Instalou-se então o silêncio. Os nobres persas entreolharam-se. Depois, sem trocarem uma palavra entre si, algo sucedeu; o nobre de *status* mais elevado avançou, atravessando o salão com a postura que é usual aprenderem na infância. Saudou o rei e abaixou-se, fazendo a prostração.

Segundo uma ordem hierárquica, todos os outros nobres o seguiram.

Era belo. Nenhum homem educado podia deixar de ver que era um ato de orgulho. Se esses ocidentais grosseiros se achavam acima das antigas cortesias, tal era indiferente ao olhar de um cavalheiro. Acima de tudo, aquele gesto destinava-se a Alexandre que tentara honrá-los. Quando o mais destacado o enfrentou, antes de se curvar, vi os seus olhos encontrarem-se numa perfeita compreensão.

A cada um deles, o rei correspondeu, inclinando-se graciosamente; os macedônios resmungavam nos divãs; até que, perto do fim da fila, surgiu um ancião, robusto, mas com dificuldades nas articulações dos joelhos que, obviamente, teve alguma dificuldade em se ajoelhar. Toda a gente sabe que não se deve espetar o rabo nesta ocasião; todos os outros, aliás, se curvaram graciosamente; mas qualquer idiota percebia as mazelas do pobre homem. Ouvi um riso abafado em algum lugar entre os macedônios; então, um companheiro chamado Leonato deu uma gargalhada grosseira. O persa, que a essa altura fazia um esforço enorme para se erguer com dignidade, ficou tão chocado que cambaleou. Eu estava mesmo atrás dele, aguardando a minha vez; dei um passo em frente e ajudei-o a erguer-se.

Preocupado com isso, só me dei conta de Alexandre quando ele estava já a meio caminho. Com o manto ondulando à sua volta, atravessara o salão como se os seus pés não tocassem o chão, leve como um leão correndo na direção da presa. Não creio que Leonato tenha percebido isso. Sem uma palavra sequer, de olhos fixos numa expressão intensa e feroz, agarrou os cabelos de Leonato com uma mão e o seu cinto com a outra, levantou-o do divã e lançou-o ao chão.

Dizem que na batalha, Alexandre raramente combatia tomado pela raiva; que geralmente estava descontraído e que muitas vezes sorria. No entanto, nesse instante interroguei-me sobre quantos homens teriam já conhecido aquela sua expressão antes de morrerem. Leonato, debatendo-se no chão, furioso como um urso, olhou-o e empalideceu. Até eu senti um arrepio frio no pescoço. Olhei para o seu cinto para ver se tinha alguma arma consigo.

Mas ele permanecia calmo, com as mãos nas ancas, com a respiração pouco alterada. Disse, então:

— Bem, Leonato, agora também está aí no chão. E se acha que está com um ar muito gracioso, gostaria que pudesse ver a sua figura. — Depois, voltou para o seu lugar e falou com frieza para os outros à sua roda.

Um camponês fora castigado, pensei. Ninguém ficara ferido. Não fazia sentido ter medo.

A festa acabou cedo. Alexandre foi-se deitar sóbrio. A raiva do leão dissipara-se; estava, todavia, inquieto, andando de um lado para o outro do quarto; falou-me do insulto para com o meu povo, até que interrogou repentinamente:

— Por que Calístenes se voltou contra mim? Que mal lhe fiz eu? Dei-lhe presentes, ofereci-lhe um *status* especial, nada lhe neguei. Se ele é meu amigo, então prefiro um inimigo honesto. Alguns deles já me fizeram bem; no entanto, ele avançou para me prejudicar. Odeia-me, percebi-o. Por quê?

Pensei que ele talvez acreditasse que as honras divinas deviam ser apenas consagradas aos deuses. Lembrei-me então de que os gregos já as tinham prestado a homens. Havia ainda outra coisa. Quando se está acostumado aos hábitos da corte, sente-se a atmosfera. Ele era grego; não sabia, contudo, quem podia estar por trás dele. Limitei-me a dizer que me parecia que ele queria formar uma facção.

— Sim, mas por quê? A questão está aí. — Foi difícil despi-lo e levá-lo até o banho. Não lhe podia oferecer um conforto que se ajustasse ao seu estado de espírito, e receei que ele não adormecesse.

Não era apenas o fato de ele ser privado dos seus direitos, que ele aliás sabia serem seus durante a proclamação. Fora no amor por ele que haviam faltado. E ele o sentia demasiado profundamente para falar disso. Ferido no momento da exaltação, continuava ainda a sangrar. Contivera, todavia, a sua raiva; o insulto ao persa despoletara tudo. Terminara com o pensamento voltado para nós, tal como começara.

Ajudei-o a deitar. Tentava encontrar uma palavra de conforto quando uma voz exterior se ouviu:

— Alexandre?

Sua expressão iluminou-se ao dizer:

— Entre.

Era Hefèstion. Teria entrado sem bater, se soubesse que eu não estava.

Deixei-os a sós. No dia do oráculo, pensei, ele aguardara e conhecera toda a verdade. Agora aqui está para fazer aquilo que eu não posso. E mais uma vez desejei a sua morte.

Agitando-me no meu leito, disse finalmente para comigo, *tenho má vontade para com a erva que vai curar o meu amo, apenas porque outro a colhe? Não, deixe-o sarar.* Chorei, então, profundamente e adormeci.

No fim do inverno, Alexandre mudou a corte para Maracanda. Estávamos livres do venenoso Oxo e das planícies quentes. *Agora*, pensei, *tudo voltará à normalidade.*

Era como um paraíso, depois de Zariaspa; um rio verde atravessando um vale no sopé da montanha; os cumes brancos lá no alto; a água como gelo líquido, bela como cristal. Em alguns jardins, viam-se já as amendoeiras em flor; alguns lírios, pequenos e delicados, despontavam entre a neve que derretia.

Embora essa região fique ainda na Sogdiana, não é agreste como no interior; é um ponto de encontro de caravanas; ali se encontram gentes vindas de todas as paragens. Os bazares vendem arreios adornados a turquesas e adagas com bainhas bordadas a ouro. Até seda chinesa ali se pode comprar. Consegui uma boa quantia por um casaco, da cor do céu, bordado com flores e serpentes voadoras. O negociante disse que tinha estado um ano inteiro em viagem. Segundo Alexandre, Chin devia ser da Índia, visto não haver nada para além dela, exceto o Oceano Circundante. Seus olhos brilharam, como sempre que falava de maravilhas distantes.

A cidadela elevava-se a oeste, acima da cidade; era um forte de tamanho considerável, com um verdadeiro palácio lá dentro. Ali Alexandre tratou de muitos assuntos que, mais a norte, não o incomodaram. Recebeu vários nobres persas e, tanto quanto me foi dado ver, sentia-se bastante bem com a prostração.

Leonato fora perdoado. Era um homem com quem se podia contar, disse-me Alexandre; e teria se portado de outro modo, caso estivesse sóbrio. Retorqui-lhe que seria melhor para nós, quando voltássemos a ter água da montanha.

Falei apenas por ele. Bebera vinho forte durante muito tempo nas margens do Oxo; e gostava. Aqui, ele era temperado de uma forma diferente, talvez metade por metade; no entanto, isso não era ainda suficiente para o vinho bactriano.

Se a conversa era boa, falava mais do que bebia, e mesmo que se deitasse tarde, não havia problema; mas havia outras ocasiões em que se entregava à bebida. Todos os macedônios o fazem; junto ao Oxo, faziam-no, todavia, mais ainda do que habitualmente.

Nunca na sua vida se embriagou antes de uma campanha. Suas vitórias haviam sido demasiado brilhantes; os seus inimigos deixavam-lhe tempo para isso. Nunca o fazia sempre que se levantava cedo, mesmo que fosse só para caçar. Às vezes, entregava-se a isso durante dias, acampando nos montes; isso refrescava-lhe o sangue, e ele regressava bem-disposto como um rapaz.

Pouco a pouco, assumia os nossos hábitos. A princípio, creio que para nos mostrar que não éramos desprezados; mas, por fim, acabou por os assumir. Por que não? Em certa medida, deixara para trás os hábitos da terra de onde viera, como eu próprio vira desde o início. Era civilizado na sua alma; nós lhe mostramos as formas exteriores da civilidade. Usava agora com frequência a Mitra nas audiências. Ficava-lhe bem, na sua forma de capacete. Levara com o seu séquito alguns camareiros do Palácio que contrataram cozinheiros persas; os convidados persas tinham finalmente verdadeiros banquetes persas, e embora ele comesse sempre com moderação, não desgostava da comida. Sentindo-o cada vez mais identificado com os nossos costumes, muitos que antes o serviam a medo faziam-no agora de livre vontade. Sua governança era simultaneamente forte e justa; já havia muito que a Pérsia não conhecia algo assim.

Os macedônios, contudo, sentiam-se defraudados. Tinham sido os vencedores e pensavam que isso devia ser demonstrado. Alexandre sabia-o, mas não era um homem de desistir facilmente. Tentou mais uma vez que adotassem a prostração. Decidiu-se começar pelo topo.

Desta vez, não houve uma grande festa, nem convidados persas. Apenas amigos em quem podia confiar, e macedônios importantes que esperava poder persuadir. Falou-me do plano que, na minha opinião, podia seduzir qualquer um. Possuía o dom do encanto.

Não estive presente. Não me disse por quê, e sabia, aliás, que não o precisava. Apesar de tudo, resolvi ir ver o que se passava. Esgueirei-me para a antecâmara de serviço e coloquei-me num lugar de onde podia espreitar através da porta. Chares nada disse. Dentro dos limites do bom senso, podia fazer aquilo que me apetecia.

Todos os amigos mais chegados do rei ali estavam: Hefístion, Ptolomeu, Perdicas, Peucestas, Leonato, também, grato por ter sido perdoado e pronto a reparar o seu erro. Quanto aos outros, sabiam o que ia acontecer. Quando

Alexandre me disse que um deles era Calístenes, fiquei com dúvidas; mas ele me disse que Heféstion falara com ele e que obtivera o seu consentimento.

— E se faltar à sua palavra, não pretendo lhe prestar atenção. Desta vez não vai ser como da última. De nada lhe servirá estar junto dos outros.

Era uma festa muito pequena, com menos de vinte divãs. Reparei que Alexandre pouco bebia. Durante toda a sua vida, jamais foi escravo de um prazer, se essa era a sua intenção. Falou, bebeu, falou.

Ninguém era capaz de falar como ele, sempre que assim queria e que tinha um bom interlocutor; com um grego, havia as peças, a escultura, a poesia, a pintura ou a concepção das cidades; com um persa, falaria de seus antepassados, de seus cavalos, dos costumes, da sua região ou dos nossos deuses. Alguns dos seus amigos macedônios tinham sido seus companheiros de escola e pupilos de Aristóteles, de quem ele continuava a gostar tanto. Com a maioria, que jamais lera um livro e que pouco mais que rabiscos sabia fazer, via-se obrigado a ir de encontro com os seus interesses, falando das presas na caçada, das paixões, ou da guerra; aqui chegados, e quando o vinho já fora bebido em excesso, de imediato se passava às suas vitórias. Creio ser verdade que, às vezes, falava demasiado delas, mas qualquer artista, até o maior, gosta de reviver o melhor da sua arte.

Esta noite, a temperança no vinho levou à tranquilidade na festa. Tinha a palavra certa para todos. Ouvi-o perguntar a Calístenes se recebera recentemente notícias de Aristóteles. Por qualquer razão, esse respondeu-lhe desastradamente, emendando logo em seguida. Alexandre informou os outros de que, além das suas próprias raridades, ordenara aos persas de todas as províncias que enviassem aos filósofos tudo o que de estranho os seus caçadores encontrassem; oferecera-lhe ainda uma vasta soma, oitocentos talentos, para albergar a sua coleção.

— Um dia — disse — tenho que ir vê-la.

As mesas foram levantadas; nessa noite, não foram servidos doces persas. Havia uma atmosfera expectante. O próprio Chares, cujo serviço se encontrava bem acima de qualquer serviçal, levou lá dentro uma linda taça de ouro. Era um trabalho persa, de Persépolis, creio. Colocou-a nas mãos de Alexandre.

Alexandre bebeu dela e passou-a a Heféstion, cujo divã ficava à sua direita. Heféstion bebeu dela e passou-a a Chares; ergueu-se então do seu lugar e, em frente a Alexandre, realizou a prostração. Fê-lo na perfeição. Deve ter passado dias a praticar.

Afastei-me bem para fora da vista. Sabia que não deveria presenciar o que estava se passando, e tinha consciência que assim devia ser. Durante toda a minha vida fizera a prostração; o mesmo se passara com os meus antepassados até os tempos de Ciro. Era apenas uma cerimônia e não nos sentíamos humilhados por ela. Para um macedônio, com o seu orgulho, era bem diferente. Ele tinha o direito, pelo menos desta vez, de não ter ali persas; e especialmente eu.

Ergueu-se graciosamente como se prostrara (jamais em Susa presenciei algo mais perfeito) e avançou para Alexandre, que o tomou pelos ombros e o beijou. Seus olhos cruzaram-se sorrindo. Hefestion regressou ao seu divã; Chares levou a taça a Ptolomeu. E assim por diante; cada um saudou o rei, sendo depois beijado pelo amigo. *Desta vez*, pensei, *nem Calístenes se pode irritar.*

Sua vez chegou já perto do fim. Como por acaso, Hefestion falou nesse preciso instante a Alexandre, que se voltou para lhe responder. Nenhum deles olhou Calístenes.

Eu o observei. Desejava saber até que ponto ele devia ser respeitado. Logo o soube. Não se recusou; bebeu da taça e avançou de imediato para Alexandre que, pensava ele, não o vira evitar a prostração, apresentando-se para ser beijado. Já o imaginava depois vangloriando-se por ter sido o único a não a fazer. Era difícil acreditar que um adulto pudesse ser tão tonto.

Os olhos de Hefestion fizeram um sinal a Alexandre. Ele nada disse. Calístenes tivera a oportunidade de cumprir a sua palavra. Tendo faltado a ela, seria menosprezado pelos homens mais poderosos da corte que, além disso, ficariam ressentidos por ele ter assim afirmado a sua superioridade perante eles.

Fora bem pensado, só que eles se ressentiam já. No instante em que Alexandre se voltou para ele, alguém gritou:

— Não o beije, Alexandre! Ele não fez a prostração.

O rei, tendo sido informado, não podia ignorar o que se passara. Ergueu as sobrancelhas e afastou o rosto.

Está tudo acabado, teria se pensado, mas Calístenes não podia deixar as coisas ficarem assim. Encolheu os ombros e afastou-se dizendo:

— Está bem! Um beijo a menos.

Creio que mesmo para quem se consiga manter tranquilo no campo de batalha, terá dificuldade em o fazer com Calístenes. Alexandre acenou a Chares que o interpelou no momento em que chegava junto do divã. Parecendo bastante surpreendido (por mais estranho que isso pareça), ergueu-se e saiu. Aprovei o fato de o rei não se ter rebaixado a dirigir-lhe a palavra. *Sim*, pensei, *está aprendendo.*

Os que restavam fizeram a prostração, como se nada tivesse acontecido; a festa prosseguiu como um mero encontro entre amigos, mas estava estragada. Calístenes fizera-o de um modo ignóbil; além disso, criaria a sua própria versão do que acontecera e encorajaria outros. Refleti então sobre tudo isso.

O rei deitou-se cedo. Ouvi tudo o que me disse (lembrem-se de que eu não estive presente) e retorqui:

— Faria muito mais do que isso por um beijo. Matarei esse homem pelo senhor. Basta que me diga, e eu o farei.

— Faria isso? — Parecia mais espantado do que satisfeito.

— Claro que o faria. Cada vez que vai para a guerra, seus amigos matam os seus inimigos. Jamais matei alguém pelo senhor. Deixe-me fazê-lo agora.

— Obrigado, Bagoas, mas não é a mesma coisa.

— Ninguém descobrirá. As caravanas trazem drogas sutis de lugares distantes como a Índia. Disfarço-me quando a for comprar. Sei muito bem o que hei de fazer.

Pegou-me no rosto e perguntou:

— Fez isso por Dario?

Não respondi: *Não, esse foi o plano que arquitetei para matar o seu amante.*

— Não, Al'scandre, apenas matei um homem e isso foi em combate para o impedir de pôr as mãos em mim, mas farei pelo senhor, e prometo-lhe que não será de qualquer maneira.

Largou-me o rosto num gesto calmo:

— Quando disse que era diferente da guerra, pensava em mim.

Já o devia saber. Jamais matou pela calada em toda a sua vida. Não deixara ficar em segredo a morte de Parmênion, mal ela ocorrera. Muitos teriam se visto livres de Calístenes de uma forma dissimulada; mas aquilo que ele não podia assumir, preferia não o fazer. E, todavia, se ele tivesse me deixado servi-lo como eu desejava, teria-se poupado muitos trabalhos e algumas vidas.

Após esse episódio, não se voltou a referir à prostração. Com os macedônios, regressou às velhas festas, onde o vinho abundava. No entanto, uma mudança ocorrera. Aqueles que por amor, lealdade, compreensão das suas razões ou por mera lisonja haviam concordado em fazê-lo, ressentiam-se dos outros, vendo nesse gesto um ato de desprezo para com eles próprios e de desrespeito para com o rei. A dúvida instalara-se e a incerteza dera lugar à amargura e à facção.

Contudo, sempre que nós, persas, nos prostrávamos, ficavam indiferentes. Limitávamo-nos a expor as nossas naturezas abjetas. Apenas quando os macedônios o faziam é que era blasfêmia.

Já correra sangue entre as facções. A força que falhara inicialmente no auxílio a Maracanda havia sido interseccionada com alguma gravidade. Conseguiram afastar os que levantaram o cerco e atacaram uma força superior de citas que se alojara num desfiladeiro atravessado por um rio. Parneuques, o intérprete, estava com eles como emissário; os oficiais macedônios, de cavalaria e de infantaria, tentaram que ele assumisse o comando. Ninguém conhecerá jamais toda a verdade; os poucos sobreviventes culpam esse ou aquele; mas, segundo parece, o comandante da cavalaria atravessou o rio com os seus homens, deixando a infantaria desamparada, servindo de alvo para as flechas dos citas; e não foram muitos os que conseguiram fugir a nado para contar o que se passara. De novo, Maracanda foi cercada. O próprio Alexandre a libertou, foi à procura do que restava dos cadáveres destroçados e enterrou-os.

Ficou furioso por ver homens de valor serem dizimados por causa destas querelas e afirmou poder dispensar mais facilmente Parneuques do que comandantes como aqueles. Seus próprios amigos diziam que esses homens não consideravam os persas dignos de se sentarem à mesa com eles; apenas de obedecer aos seus comandos quando as coisas pioravam. Havia rancor diante do que sucedera; e isso tornava-os mais inoportunos quando bebiam. Todas as noites me sentia preocupado, não fosse desencadear-se alguma discussão na presença do rei. Apenas isso eu temia. Deus mantinha-me, todavia, na ignorância do verdadeiro perigo.

Foi por essa época que Cleito, o Negro (assim conhecido por causa da sua farta barba), se apresentou no Palácio, pedindo para ser recebido pelo rei.

Era ele que partilhava com Heféstion o comando dos Companheiros. Se se queria algum exemplo da velha escola, ele ali estava. Alexandre sempre o acarinhara, pois ele o conhecia desde o berço; era o irmão mais novo da ama real, uma dama macedônia de sangue nobre. Creio que ele era doze anos mais velho do que rei. Combatera sob o comando do rei Filipe; gostava dos antigos costumes, de falar despreocupadamente entre pares, e desprezava os estrangeiros. Penso que ele ainda se lembrava de Alexandre quando ele tinha apenas um ano, fazendo os primeiros esforços no chão para andar. Basta um pequeno espírito para recordar semelhantes coisas quando se trata de alguém grande, mas não suponho que Cleito, mesmo que tentasse, fosse capaz de alargar o seu espírito. Era um bom soldado e valente no combate. Cada vez que via persas, percebia-se que tinha pena de não ter matado mais do que matara.

Foi uma pena, portanto, que, ao apresentar-se para a audiência, Oxadres estivesse na guarda pessoal do rei.

Eu passava nesse momento e, ao ouvi-lo dirigir-se a ele como se fosse um servo, parei para ver. Embora fingisse não ter percebido nada, não pretendia abandonar seu posto e ir a correr informar o rei da sua presença. Assim, chamou-me e disse em persa:

— Bagoas, avise ao rei que Cleito, o comandante, pede para ser recebido.

Retorqui-lhe também em persa e fiz uma pequena reverência; parecia-me conveniente não esquecer quais haviam sido as nossas hierarquias em Susa. Ao voltar-me para ir, vi a expressão de Cleito. Dois bárbaros entre ele e o rei, e um deles um eunuco! Até aí tudo parecera natural, mas agora compreendia o que ele pensava de ser anunciado por um prostituto persa.

O rei recebeu-o logo em seguida. O assunto que tinha para tratar não era nada de especial e por isso fiquei presente. Apenas quando ele saiu e viu Oxadres no seu posto é que a sua expressão ficou de novo tensa.

Pouco tempo depois desse episódio, o rei deu um banquete, especialmente destinado aos macedônios; alguns gregos, emissários da Ásia ocidental, estavam presentes, assim como alguns persas de destaque naquela província, cujos cargos ele havia confirmado.

Seu séquito crescera, de modo a corresponder ao seu *status*; assim se encontrava mais adequado a corresponder a convidados de qualquer *status*. Eu podia ter ido às compras ao bazar, ou ver alguma dança, ou acender a minha candeia para ler o meu livro grego que agora se tornara já um prazer para mim. No entanto, fui ao banquete. Nada de especial me levou lá; estava apenas inquieto e decidi passar por ali. Tais avisos podem ser-nos enviados pelos deuses; ou por uma sensibilidade particular perante a atmosfera que se respira, como sucede com os pastores. Se Deus me levara até ali, por alguma razão terá sido.

Desde o início havia algo de estranho. Alexandre fizera um sacrifício nesse dia aos Dioscuros, os heróis gêmeos gregos. Cleito planejara também um sacrifício seu, a Dioniso, pois esse era o seu dia na Macedônia e ele desejava manter-se ligado às velhas tradições. Fizera libações em dois carneiros seus e preparava-se para lhes cortar a garganta, quando ouviu a trompa chamar para o banquete; assim, abandonou tudo e partiu, mas os idiotas dos carneiros, confundindo o carrasco pelo pastor, lá foram atrás dele e entraram na sala. Toda a gente desatou a rir, até que repararam que se tratava de animais destinados a sacrifícios. O rei ficou perturbado por Cleito, perante tal presságio, e ordenou que os sacerdotes realizassem de imediato o sacrifício para sua segurança. Cleito agradeceu-lhe o simpático gesto, e os criados trouxeram o vinho.

Desde logo compreendi que, naquela noite, Alexandre estava com disposição para beber. Ele próprio marcava o ritmo. Os criados andavam tão depressa de um lado para o outro que toda a gente estava zonza quando serviram a carne; num decente banquete persa, só então o primeiro vinho teria sido bebido. Ainda hoje me irrito quando ouço gregos ignorantes dizerem que fomos nós que ensinamos o rei a beber bastante. Quisesse o deus que ele tivesse aprendido conosco.

Havia sobremesa nesse dia, belas maçãs da Hircânia. Tinham viajado bastante; Alexandre deu-me uma a provar antes da refeição, caso não fosse sobrar nenhuma. Por mais ocupado que estivesse, jamais descurava esses gestos.

Parece ser da natureza humana transformar as dádivas dos deuses em algo malévolo. Seja como for, foi por causa dessas maçãs que a conversa começou a destoar.

Os frutos dos quatro cantos da terra, disseram os amigos de Alexandre, chegavam-lhe agora vindos das suas próprias terras. Os Dioscuros haviam sido deificados por conquistas bem inferiores a essas.

Leituras posteriores provaram-me que assim é. O mais longe que os Gêmeos foram do seu lar em Esparta foi ao Euxino, no barco de Jasão; ou seja, a distância da Macedônia à Ásia Ocidental, e apenas à costa. As outras guerras não haviam passado de disputas gregas sem importância, querelas por causa de gado, ou libertar a irmã de um rei qualquer ateniense; tudo à porta de casa. Bons lutadores, sem dúvida, mas nunca ouvi dizer que batalhassem lado a lado ao mesmo tempo que comandavam os seus homens. Um deles era apenas praticante de luta. Por essa razão, Alexandre não negou que seus feitos suplantassem os dele. Por que havia de o fazer? Senti, todavia, o conflito pairando no ar.

Como é óbvio, a velha escola começou a invocar blasfêmia. Perante isso, os amigos do rei começaram a gritar (nesta altura já toda a gente andava aos gritos) que os Gêmeos tinham nascido mortais tal como Alexandre; e apenas o despeito e a inveja, sob uma falsa capa de reverência, lhe tinham negado as mesmas honras, bem mais merecidas.

Como que tocado pelo fermento na sala, bebi bastante vinho na câmara de serviço, e observava agora tudo como se estivesse noutro mundo; tal como nos sonhos em que uma calamidade se pressente e nós nada podemos fazer para a evitar. Mesmo que estivesse sóbrio, nada se teria alterado.

— Alexandre isto, Alexandre aquilo; sempre Alexandre! — A voz forte de Cleito elevou-se por cima das outras. Trouxe-me da antecâmara até a entrada. Ele estava de pé no seu lugar. — Foi ele sozinho que conquistou a Ásia? Nós não fizemos nada?

Hefêstion ripostou (estava bêbado como os outros):

— Foi ele que nos guiou. Não chegou tão longe nos tempos do rei Filipe.

E com isso duplicou a fúria de Cleito:

— Filipe! — gritou. — Filipe começou a partir do nada! O que é que nós éramos? Tribos guerreando-se, reis rivais, rodeados de inimigos. Ele foi abatido antes dos cinquenta anos, e o que era ele então? Senhor da Grécia, Senhor da Trácia até o Helesponto; pronto para marchar para a Ásia. Sem o seu pai — gritou para Alexandre —, o que seria hoje? Sem o exército que ele lhe deixou já organizado? Por essa altura ainda andaria a ver se se livraria dos Ilírios.

Fiquei profundamente chocado por tal insolência ter sido ouvida por persas. Independentemente do que fizessem ao homem mais tarde, era fundamental que o levassem já dali para fora. Olhei para o rei, esperando que ele o ordenasse.

— O quê?! — gritou ele. — Em sete anos? Está louco?

Nunca o vira perder a noção da sua condição. Parecia um soldado numa taverna. E os idiotas dos macedônios, bêbados como estavam, limitaram-se a juntar as suas vozes à sua.

— ... se se livraria dos Ilírios! — berrava ainda Cleito.

Alexandre, acostumado a ser ouvido no meio da batalha, quando levantava a voz, fê-lo agora:

— Meu pai combateu os Ilírios durante metade da sua vida. E eles só ficaram sossegados quando eu tive idade suficiente para tratar do caso. Tinha dezesseis anos. Escorracei-os léguas além das suas fronteiras e lá ficaram. E onde é que você estava? De cama com ele na Trácia, depois da sova que os tribálios lhes deram.

Ouvira dizer com frequência que a rainha Olímpia fora uma mulher ciumenta e turbulenta, que lhe ensinara a odiar o pai. *Isso*, pensei, *é o que acontece quando não possuem gente devidamente treinada para cuidar dos haréns como deve ser.* Sentia-me tão envergonhado que só queria ter um buraco no chão para me enfiar.

A discussão aumentou ainda mais. O desastre junto ao rio veio de novo à baila. Durante a balbúrdia, Alexandre retomou a consciência por breves instantes. Pediu silêncio com uma voz que de imediato o obteve. Via-se que tentava manter-se calmo. Depois, disse aos convidados gregos sentados ali perto:

— Devem se sentir semideuses entre animais selvagens, no meio desta balbúrdia.

Cleito ouvira-o. Vermelho de bebida e de raiva, gritou:

— Agora somos animais selvagens? E idiotas e trapalhões. A seguir, somos covardes. Não tarda nada estaremos a ouvir isso! Fomos nós, os homens feitos pelo seu pai, fomos *nós* que o pusemos no lugar onde se encontra. E agora o sangue dele já não é suficientemente bom para você, filho de Amon.

Alexandre ficou em silêncio durante um momento; em seguida, disse, não em voz alta, mas com uma firmeza tão cortante que tudo trespassava:

— *Saia.*

— Sim, saio — retorquiu Cleito. — Por que não? — De repente, o seu braço ergueu-se apontando para mim. — Sim, quando temos que pedir licença para ser recebidos pelo rei a bárbaros como aquela criatura, melhor será ficarmos a distância. São os mortos, é Parmênion e os seus filhos, são os mortos que têm sorte.

Sem uma palavra sequer, Alexandre pegou o prato com maçãs que estava diante de si, puxou o braço para trás e arremessou-o violentamente contra a cabeça de Cleito. O impacto foi terrível; ouvi o barulho que fez no seu crânio.

Heféstion erguera-se de um salto e pusera-se ao lado de Alexandre. Ouvi-o dizer a Ptolomeu:

— Leve-o lá para fora. Pelo amor dos deuses, leve-o lá *para fora*.

Ptolomeu acercou-se de Cleito que continuava com a mão na cabeça, pegou-lhe o braço e ajudou-o a sair. Cleito voltou-se, então, e acenou com o outro braço:

— E essa mão direita — disse — salvou-o em Granico quando voltaste as costas à lança de Spidridates.

Alexandre, que se encontrava em parte vestido à persa, levou a mão ao cinto como se estivesse à espera de aí encontrar a espada. Talvez que na Macedônia até as usem durante as refeições.

— Voltei as costas? — gritou. — *Mentiroso!* Espere por mim, não fuja.

Agora tinha boas razões para estar furioso. Embora os parentes de Spidridates tivessem sempre reclamado, em Susa, que ele tombara num combate corpo a corpo com Alexandre, estavam, de fato, a honrá-lo em demasia; ele tentara atingi-lo pelas costas enquanto ele combatia com outrem. Cleito, que por sua vez vinha atrás de Spidridates, interceptou-o no momento decisivo. Qualquer soldado que se encontrasse no seu lugar faria o mesmo; no entanto, Cleito vangloriava-se tanto disso que toda a gente estava já farta com a sua fanfarronice. Dizer que Alexandre tinha voltado as costas era, na realidade, uma infâmia. Ele se preparava para avançar quando Heféstion e Perdicas o agarraram. Alexandre debateu-se e protestou, tentando libertar-se, ao mesmo tempo que Ptolomeu arrastava Cleito para o exterior, enquanto esse pronunciava um qualquer desafio, todavia abafado pelo barulho.

— Estamos todos embriagados — disse Heféstion. — Depois se arrependeria.

Alexandre, debatendo-se, disse entredentes:

— Foi assim que Dario acabou. A seguir vêm as grilhetas?

Está possesso, pensei; *isto é mais do que o vinho; é preciso salvá-lo.* Corri até o grupo de homens onde se encontrava e disse:

— Al'scandre, não foi assim que se passou com Dario. Estes são seus amigos, não lhe querem fazer mal.

— O quê? — indagou, voltando-se um pouco.

— Vá embora agora, Bagoas — retorquiu Heféstion, falando impacientemente como se o fizesse com uma criança que vem importunar alguém nas suas tarefas.

Ptolomeu levara Cleito até as portas de entrada e abrira-as. Ele se libertou e quase conseguiu regressar ao salão, mas Ptolomeu agarrou-o novamente. Saíram e as portas se fecharam atrás de ambos.

— Ele já se foi embora — disse Heféstion —, está tudo acabado. Agora acalme-se; venha e sente-se.

Soltaram-no então.

Atirou a cabeça para trás e deu um enorme grito em macedônio. Um grupo de soldados, que se encontrava no exterior, entrou a correr. Tinha chamado a guarda.

— Trompeteiro! — disse. O homem deu um passo à frente. Era seu dever estar sempre perto do rei. — Soe o alarme geral!

O homem ergueu a sua trompa, lentamente, adiando o momento do sopro. Mal o fizesse, todo o exército surgiria. Do seu posto devia ter ouvido quase tudo. Heféstion, que estava atrás do rei, fez-lhe sinal que não.

— Dê o alarme! — exclamou Alexandre. — Está surdo? *Dê o alarme.*

Mais uma vez, o homem ergueu a trompa. Viu os olhos de cinco ou seis generais fixos em si, dizendo-lhe que não. Baixou-a. Alexandre agrediu-o no rosto.

Heféstion interpelou-o:

— Alexandre.

Parou por uns instantes, como se voltasse a si. Disse aos guardas que o olhavam de boca aberta:

— Regressem aos seus postos.

O trompeteiro, após uma olhadela expectante, saiu também.

Ainda no início da discussão, os persas tinham pedido desculpa aos camareiros e haviam-se retirado, mas os gregos, curiosos como sempre, apenas desapareceram sem cerimônia quando chamaram a guarda. Agora, apenas macedônios ali havia; tendo esquecido a sua própria disputa, andavam agora de um lado para o outro sem saberem o que fazer, mais parecendo um grupo de camponeses cujo vilarejo fora atingido por um raio.

Pensei, deviam ter-me deixado aproximar dele. Ao nomear Dario, ele me ouviu. Independentemente do que fizerem, volto para junto dele.

Mas ele estava já liberto, andando para a entrada, chamando por Cleito, como se ele ainda estivesse a ouvi-lo:

— Todas essas facções no acampamento são obra sua!

Passou por mim sem me ver, e eu o deixei ir. Como é que eu o podia controlar à frente desta gente toda? Já houvera demasiada falta de decoro. Ter querido castigar esse rústico insolente com as suas próprias mãos, em vez de o entregar aos executores! Que rei podia fazer semelhante coisa, exceto um educado na Macedônia? Já era suficientemente mau, quanto mais vê-lo ser arrastado pelo braço pelo seu jovem persa. Talvez não fizesse grande diferença. Se calhar, era capaz de me repelir sem reparar que era eu. Contudo, ainda hoje, acordo durante a noite e penso nisso.

Nesse instante, Ptolomeu entrou disfarçadamente pela porta de serviço e disse aos outros:

— Fui com ele até o lado de fora da cidadela. Ali vai acalmar.

O rei continuava a gritar por Cleito, mas eu me senti mais à vontade. *Agora está apenas embriagado*, pensei. *Isso em breve lhe passará. Ponho-o num bom banho quente e deixo-o falar. Depois, ele dorme até meio-dia e quando acordar, será novamente ele próprio.*

— Cleito, onde está?

Ao chegar às portas exteriores, elas se abriram de par em par. Ali estava Cleito, ofegante e rubro, tendo regressado mal Ptolomeu se afastara.

— Eis Cleito! — gritou. — Aqui estou eu!

Voltara para a sua última palavra. Já pensara demasiado nela para agora renunciar. Era seu destino, ser-lhe concedido o seu desejo.

Das portas atrás de si, surgiu um guarda indeciso, como um cão desorientado. Não recebera ordens para não deixar entrar o comandante, mas não gostava do que estava se passando. Deixou-se ficar com a lança na mão, cônscio do seu dever e pronto para agir. Alexandre, apanhado de surpresa olhava-o como se não acreditasse no que via.

— Ouça, Alexandre; *ai de nós, a injustiça domina a Hélade...*

Até os macedônios conheciam Eurípides. Atrevo-me a dizer que todos ali, exceto eu, seriam capazes de completar esses versos famosos. A ideia central é que os soldados têm o trabalho todo, e os generais, o proveito. Não sei se ele pretendia continuar.

Um relâmpago prateado surgiu em direção à porta e voltou novamente para trás. Ouviu-se um rugido semelhante ao de um touro ao ser abatido. Cleito agarrava-se com as duas mãos à lança espetada em seu peito; caiu em seguida e contorceu-se no chão, tomado pelo estertor da morte. Sua boca, os seus olhos imobilizaram-se, abertos.

Fora tudo tão rápido que, por um momento, pensei que fora o guarda que o fizera. A lança era sua.

Foi o silêncio que invadiu aquele lugar quem me disse.

Alexandre estava em pé junto ao corpo, olhando-o. Disse então:

— Cleito.

O cadáver respondia-lhe com o seu silêncio. Pegou a lança pelo punho. Como ela resistia, vi-o iniciar o movimento do soldado de colocar o pé sobre o corpo; vacilar e puxar de novo. Saiu trazendo atrás de si um jorro de sangue que lhe manchou as vestes brancas. Voltou-a lentamente ao contrário, colocando o cabo no chão e dirigindo a lâmina para si.

Ptolomeu sempre afirmou que isso não teve significado algum. Só sei que gritei:

— Não, meu senhor! — E a tirei das suas mãos. Fi-lo repentinamente tal como ele fizera ao guarda. Alguém a pegou e a levou dali para fora. Alexandre ajoelhou-se e dobrou o corpo sobre si; depois cobriu o rosto com as mãos ensanguentadas.

— Oh, Deus — disse lentamente. — Deus, Deus, Deus, Deus.

— Venha, Alexandre — disse Hefestion —, não pode ficar aqui.

Ptolomeu e Perdicas ergueram-no. A princípio, resistiu, tentando descobrir ainda alguma vida naquele cadáver. Em seguida, acompanhou-os como um sonâmbulo. Sua cara estava assustadora, toda suja de sangue. Os macedônios, em pequenos grupos, ficavam plantados enquanto ele passava. Apressei-me a segui-lo.

À porta do seu quarto, o escudeiro inquiriu:

— O rei está ferido?

— Não — respondeu Ptolomeu. — Ele não precisa de você.

Uma vez lá dentro, lançou-se para cima da cama, com o rosto virado para baixo, sem despir a roupa ensanguentada.

Vi Heféstion olhando à sua volta e percebi o que queria. Umedeci uma esponja e a dei a ele. Ele pegou as mãos de Alexandre e lavou-as, depois virou-lhe a cara, primeiro para um lado, em seguida para o outro, e limpou-a.

Alexandre fixou-o e perguntou:

— O que está fazendo?

— Limpando-lhe o sangue.

— Não será capaz de o fazer.

Estava sóbrio e tinha plena consciência do que se passara.

— Assassínio — disse.

Pronunciou a palavra repetidamente, como se ela fosse de uma língua diferente que ele tentava aprender. Sentou-se. Seu rosto estava bem longe de ficar limpo. Por minha vontade teria mandado vir água quente para o lavar decentemente.

— Saiam todos — disse. — Não quero nada. Deixem-me só.

Trocaram olhares entre si e dirigiram-se para a porta. Deixei-me ficar para cuidar da sua dor assim que se sentisse melhor.

— Venha, Bagoas — disse Heféstion —, ele não quer ninguém aqui.

— Sou ninguém — retorqui. — Deixe-me apenas deitá-lo.

Dei um passo na sua direção, mas ele disse:

— Saiam todos.

E assim parti. Se Heféstion tivesse ficado calado, eu teria me sentado num canto em silêncio, até que ele se esquecesse da minha presença. Depois, já durante a noite, quando a vida decorre sem sobressaltos, não evitaria o meu carinho. Não o tinham coberto com um cobertor e as noites eram frias.

Saíram falando juntos. No meu quarto já, achei por bem não me despir, para o caso de ele me chamar. Compreendia facilmente que após ter experimentado tal indignidade, não pudesse suportar a presença de outros junto de si. Meu coração sangrava pela sua dor. Havíamos-lhe ensinado muitas coisas na Pérsia, nomeadamente o bastante para ele sentir agora essa vergonha. Quando Nabarzanes pedira ao rei para abdicar a favor de Besso, e o rei empunhara a cimitarra, tudo se assemelhava mais a uma disputa de corte, comparada com isso.

Imaginei uma pessoa como Cleito insultando o rei em Susa, como se uma coisa assim pudesse ser concebida. O rei teria se limitado a erguer um dedo e as pessoas adequadas para isso se ocupariam do resto. O homem seria retirado dali com uma mão lhe cobrindo a boca; a festa teria prosseguido normalmente; e, no dia seguinte, após o rei ter descansado, teria decretado o modo da sua morte. Tudo se passaria calma e decorosamente. O rei não teria feito mais do que levantar a mão.

Pensei, *ele sabe que se esqueceu da sua dignidade perante gregos e mesmo perante persas. Sente que perdeu a sua estima. Necessita de conforto e que lhe recordem a sua grandeza. Em tais momentos, não deveria ser deixado só.*

Na hora morta que se segue à meia-noite, fui até o seu quarto. O escudeiro de guarda olhou-me sem esboçar um movimento. Do exterior podia ouvir os gemidos de Peritas. Percebia então que ele devia chorar.

— Deixe-me entrar — disse. — O rei necessita de ajuda.

— Sua não. Nem outra. São essas as minhas ordens.

Este jovem, Hermolao, nunca me deixou quaisquer dúvidas sobre o que pensava acerca dos eunucos. Via-se que estava satisfeito por me impedir a entrada; além disso, não se preocupava com a dor do seu amo. O som do seu choro chegou até mim.

— Não tem esse direito — retorqui. — Sabe que tenho liberdade de entrar em qualquer altura.

Ele se limitou a inclinar a lança, barrando-me o caminho da porta. De bom grado o teria trespassado com uma faca. Regressei para a minha cama e não fechei os olhos antes do amanhecer.

Quando a guarda da noite fora rendida, entre a madrugada e o nascer do sol, fui até lá de novo. Era Métron quem estava agora de guarda.

— O rei me espera. Ainda não cuidaram dele desde o jantar.

Métron era sensível e deixou-me entrar.

Estava deitado com os olhos voltados para as traves do teto. O sangue nas suas roupas era agora castanho-escuro. Nada fizera por si, nem sequer se cobrira com o cobertor. Seus olhos estavam imóveis, como os de um morto.

— Al'scandre — disse. Seus olhos moveram-se lentamente, sem mostrar alegria ou descontentamento pela minha presença. — Al'scandre, é quase manhã. Já sofreu demasiado.

Coloquei a mão na sua testa. Deixou-a ficar o tempo suficiente para não me fazer uma desfeita e depois voltou a cabeça para o outro lado.

— Bagoas, tome conta do Peritas? Ele não pode ficar aqui fechado.

— Sim, logo que trate do senhor. Depois de despir essas coisas e tomar um banho, ainda pode dormir um pouco.

— Deixe-o correr junto ao seu cavalo — disse. — Faz-lhe bem.

O cão erguera-se e corria de um para o outro, inquieto. Sentou-se mal eu havia lhe ordenado, mas a sua cabeça não deixou de se mexer constantemente.

— A água quente está chegando — disse-lhe. — Vamos despir essas roupas sujas.

Pensei que isso podia dar resultado com ele, visto ele detestar estar sujo.

— Já lhe disse que não quero nada. Leve o cão e saia.

— Oh, meu senhor! — gritei. — Como pode se punir por causa de semelhante indivíduo? Embora não lhe competisse fazê-lo, não deixou de ser bem-feito.

— Você não entende o que fiz — retorquiu. — Como haveria de entender? Não me incomode agora, Bagoas. Não quero nada. A trela dele está na janela.

Rosnou-me, mas Alexandre falou-lhe e ele me acompanhou docilmente. Havia três jarros de água quente junto à porta e o escravo subia as escadas com outro. Apenas me restava mandá-lo para trás.

Métron afastou-se da porta e disse baixinho:

— Ele não quer nada?

— Não. Apenas que lhe trate do cão.

— Está abatido porque matou um amigo.

— Um *amigo*? — Devo ter ficado olhando para ele com cara de bobo. — Sabe o que Cleito lhe disse?

— Sim, mas não deixava de ser um amigo desde a infância. Aliás, ele era conhecido pelos seus modos... Como não viveu na Macedônia, é difícil entender, mas não acha que os conflitos entre amigos são os piores que há?

— São? — interroguei na minha ignorância, e afastei-me com o cão.

Depois de o ter levado para o seu passeio, regressei e não me afastei mais da sua porta. Providenciei para que lhe enviassem comida ao meio-dia, mas ele nem sequer a tocou. Mais tarde, veio Heféstion. Não consegui ouvir o que disse por causa do guarda à porta, mas ouvi Alexandre soluçar:

— Ela me amou como uma mãe, e eu retribuo-lhe dessa maneira.

Deveria estar se referindo à sua ama, a irmã de Cleito. Heféstion saiu pouco depois. Não tinha outro lugar para ir, mas ele nada disse ao ver-me.

À noite o rei mandou de volta, sem lhe tocar, um bom jantar quente. Na manhã seguinte, trouxe-lhe o leite quente com ovo batido para o revigorar, mas o guarda fora rendido e recusou-me a entrada. Jejuou durante todo o dia.

Depois começaram a chegar pessoas importantes, pedindo-lhe que tivesse cuidado com ele. Até os filósofos vieram para falar com ele. Era para mim inconcebível que enviassem Calístenes. Raciocinei rapidamente e fui atrás dele. Se *ele* podia entrar, também eu podia. Talvez dizendo que queria ver da água para beber, pois recordava-me que o jarro tinha pouca.

Estava exatamente na mesma. Em dois dias, e mesmo com a sede que um homem tem depois do vinho, nada bebera.

Sentei-me a um canto, demasiado triste para ouvir Calístenes. Creio que ele tentou, a seu modo, ser útil, afirmando que a virtude do arrependimento era melhor do que não fazer nada. Quanto a mim, a sua mera presença constituía por si só uma afronta; mas Alexandre ouviu-o pacientemente, retorquindo por fim que nada queria; desejava apenas que o deixassem só. Permaneci, tal como esperava, despercebido.

Veio então Anaxarco e perguntou-lhe por que razão sofria assim quando era senhor do mundo e tinha o direito de fazer o que muito bem entendia. Também a ele o rei ouviu com paciência, embora no seu estado até a menor coisa o incomodasse. Então, quando o idiota do homem se preparava para sair, ainda disse:

— Vá lá, deixe aqui o Bagoas trazer-lhe de comer e ajudá-lo a pôr um aspecto mais apresentável.

Assim ele deu por mim e mandou-me sair com o sofista; tanto trabalho para nada.

O terceiro dia chegou sem que nada se alterasse. A novidade espalhara-se por todo o campo. Os homens não iam até a cidade, deixando-se ficar pelos aquartelamentos ou sentados junto ao palácio; não paravam de inquirir quanto ao estado do rei. Não é preciso estar muito tempo com macedônios, para se perceber que eles se matam uns aos outros com frequência em festas onde o vinho abunda; fora preciso algum tempo para que eles ficassem ansiosos por causa dele. Sabiam, contudo, que ele realizava o que queria, e começaram a temer que ele quisesse morrer.

Durante parte da noite, deitado na minha cama, também eu o receei.

Senti-me feliz ao ver Filipo, o médico, entrar. Apesar de se ter passado muito antes de mim, soube o que acontecera quando o rei estivera muito doente, e confiara nele a ponto de tomar uma poção que ele lhe preparara, depois de Parmênion lhe ter escrito que Dario o subornara para ele o envenenar. Deu-lhe a carta a ler, enquanto engolia a poção, mas também ele agora saiu, abanando a cabeça.

Tenho que entrar lá, pensei.

Fui então buscar dois estáteres de ouro para subornar o guarda. Se ele tivesse me exigido um jarro de sangue meu, eu lhe teria dado.

Quando ia entrar, a porta abriu-se e Heféstion saiu. Afastei-me.

— Bagoas — disse ele —, quero falar com você.

Levou-me até o pátio ao ar livre, para longe dos ouvidos mais indiscretos e disse:

— Não quero que veja o rei hoje.

Devido ao seu imenso poder, tentei esconder a minha revolta. Por que afastar-me do meu amo? Retorqui então:

— Não competirá ao rei ordená-lo?

— É verdade — disse para surpresa minha, pois também ele recuava; que tinha ele a recear de mim? — Se ele o mandar chamar, ninguém o impedirá de entrar, mas não o faças até que ele o chame.

Fiquei chocado. Tivera melhor opinião a seu respeito.

— Ele está dando cabo de si, comportando-se dessa maneira — respondi. —Desde que o salvem, importa-se com quem o faça? A mim não me importa absolutamente nada.

— Não — disse devagar, olhando para baixo da sua enorme altura. — Não, não me importo. — Continuou a falar, como se o fizesse com uma criança cansativa, mas a quem já perdoara: — Duvido que se mate. Ele se recordará do destino que lhe está traçado. Tem uma grande capacidade de resistência, e você o saberia se tivesses combatido ao lado dele. É capaz de suportar um grande sofrimento.

— Sem água, não — disse.

— O quê? — interrompeu-me. — Ele tem lá água. Eu vi.

— Está tal e qual quando me acompanhou à saída na primeira noite — acrescentei. — Preocupo-me com essas coisas quando me permitem.

Apesar disso não cedeu.

— Sim, é preciso que beba água. Vou tentar fazer com que beba.

— Mas eu não? — Lamentei não o ter envenenado em Zadracarta.

— Não, porque você ia entrar e dizer-lhe que ele é o Grande Rei e como tal pode fazer o que quiser.

Aquilo que pensara dizer-lhe era diferente e não era da sua conta.

— E é verdade — respondi. — O rei é a lei.

— Sim — disse. — Já sabia que lhe diria isso.

— Por que não? Quem lhe presta o respeito que lhe é devido, na altura em que os traidores lhe cospem no rosto? Em Susa, um homem como Cleito teria rezado para ter uma morte assim.

— Não tenho dúvidas disso — replicou.

Lembrei-me dos gritos de Filotas, mas não lhes recordei. Acrescentei apenas:

— Claro que se o rei se tivesse assumido em consonância com o seu *status*, não teria sujado as mãos. Agora já o sabe.

Suspirou profundamente, como se assim evitasse de me dar uma bofetada.

— Bagoas — prosseguiu devagar —, sei que o Grande Rei pode fazer o que quiser. Alexandre também o sabe, mas ele sabe igualmente que é o rei dos macedônios, e como tal possui limites. Não pode matar um macedônio com as suas próprias mãos, ou com as de outrem, sem o voto da Assembleia nesse sentido. E ele o esqueceu.

Lembrei-me então de o ouvir dizer: "Não sabe o que fiz".

— Não é nosso hábito — falei — trazer o vinho tão cedo. Pense em quão insultado e desafiado ele foi.

— Eu sei de tudo isso. Conheci o pai dele... mas isso não interessa. Ele quebrou a primeira lei da Macedônia. E não foi senhor de si mesmo. É isso que ele não pode esquecer.

— Mas ele tem que perdoar a si próprio — gritei. — Se não o fizer, morre.

— Claro que tem. Sabe o que os macedônios estão fazendo neste momento? Convocando uma Assembleia para julgar Cleito por traição. Vão condená-lo e a sua morte será então legal. Foram os homens que assim o desejaram. Fazem-no para que Alexandre se perdoe.

— Mas — retorqui plantado —, não o deseja também?

— Sim — falou como se eu pudesse não compreender o grego. — Sim, mas preocupo-me com os termos em que o fará.

— Apenas ele me preocupa — respondi-lhe.

De repente gritou para mim como se eu fosse um soldado desajeitado.

— Rapaz idiota! Não é capaz de entender o bom senso?

Depois da calma que demonstrara, senti que me agredira.

— Não reparou — continuou voltado para mim com os punhos no cinto — que Alexandre gosta que os seus homens o adorem? Sim ou não? Bem, os seus homens são os macedônios. Se ainda não compreendeu o que isso significa, é porque é surdo e cego. Na Macedônia, qualquer homem livre pode falar de homem para homem com o seu chefe; qualquer chefe ou homem livre pode dirigir a palavra ao rei. E digo-lhe mais: eles são muito mais capazes de compreender o que Alexandre fez a Cleito no meio da exaltação, que aliás podia acontecer com qualquer um deles, do que um assassínio a sangue-frio no dia seguinte. Isso ameaçaria todos os seus direitos de homens livres, e os levaria a amá-lo menos. Se o *ama*, jamais lhe diga que ele está acima da lei.

Sua sinceridade transformara-o.

— Anaxarco disse-lhe isso — retorqui.

— Oh, Anaxarco! — murmurou. — Mas a você ele era capaz de dar ouvidos.

Ele tivera razão. Não lhe deveria ter sido fácil. Estava em dívida para com ele.

— Compreendo-o. Sabe melhor do que eu. Não lhe direi essas coisas, prometo. Posso vê-lo agora?

— Agora não. Não é que eu duvide da sua palavra, mas logo ele estará melhor entre macedônios.

Afastou-se. Aceitara a minha promessa e nada oferecera a retribuí-la. Jamais ansiara o poder, como sucede com alguns eunucos, apenas por amor. Agora compreendo para que serve o poder. Ele o tinha. Se eu o tivesse, alguém teria me deixado entrar.

Durante todo o dia, perguntei ao guarda se o rei comera ou bebera. A resposta era invariavelmente que ele nada pedira.

Os soldados haviam julgado Cleito e, pronunciando-o traidor, confirmaram assim a sua morte. Aceitaria ele esse gesto como uma prova de amor? Mas nem isso o demoveu. Seria verdade que ele sentia que matara um amigo? Recordei-me do mau presságio do carneiro e do seu sacrifício pela segurança de Cleito. Ele o convidara para vir e partilhar também das suas maçãs.

O sol subiu até o zênite; o sol pôs-se. Quantos mais sóis ainda?

Fiquei no meu quarto até alta noite, não fosse Heféstion ver-me. Quando tudo estava em silêncio, peguei um jarro de água e uma taça limpa. Tudo dependia de quem estivesse de guarda esta noite. Deus foi bom para mim. Era Ismênio. Sempre me tratara bem e amava o rei.

— Sim, entre — disse. — Não me importo que me amaldiçoe depois. Eu próprio lá fui quando entrei de guarda, mas ele estava dormindo e não me atrevi a acordá-lo.

Meu coração quase parou.

— Dormindo? Ouviu-o respirar?

— Sim, sim, mas parece moribundo. Vá lá e experimente.

A porta não fez barulho. Estava escuro: ele apagara a candeia. Com a ajuda do archote no exterior, conseguia distinguir apenas as janelas, mas havia lua e logo o podia ver com clareza. Continuava adormecido.

Alguém o cobrira com um cobertor, mas ele o empurrara em parte para trás. Continuava com as roupas ensanguentadas. Seu cabelo estava emaranhado e a pele lívida. Apesar de clara, a sua barba começava a ver-se. Um jarro cheio permanecia, sem ser tocado, junto a si. Seus lábios estavam gretados e secos; no sono tentava umedecê-los com a língua.

Enchi a taça. Sentando-me a seu lado, mergulhei nela dois dedos e deixei-lhe cair algumas gotas na boca. Sorveu-as como um cão, sempre adormecido. Continuei a fazê-lo até ver que ele estava quase a acordar; depois, coloquei-lhe a cabeça sobre o meu braço e aproximei a taça dos seus lábios com cuidado. Bebeu, suspirou profundamente, e bebeu de novo. Voltei a enchê-la e ele bebeu ainda mais uma vez.

Acariciei-lhe o cabelo e a testa e ele não me afastou a mão. Não lhe pedi para vir para junto de nós, pois ele já estava farto que o fizessem. Disse:

— Não me deixe longe do senhor. Custa-me tanto.

— Pobre Bagoas. — Pôs a sua mão fria sobre a minha. — Pode vir amanhã.

Beijei-lhe a mão. Quebrara o seu jejum antes de o saber; quebrara-o agora. Sim, agora, pensei; não com aqueles idiotas à sua volta tratando-o como uma criança rabugenta.

Esgueirei-me porta afora e sussurrei a Ismênio:

— Diga a alguém para ir acordar o cozinheiro. Leite quente, com ovo batido, mel e vinho, e queijo derretido. Vá antes que ele mude de ideia. — Sua expressão iluminou-se e bateu-me com a mão no ombro, o que era bem mais do que Hermolao teria feito.

Regressei para junto da sua cama. Não queria que ele adormecesse antes de lhe trazerem a bebida, porque senão podia acordar e dizer que não queria nada, mas os seus olhos continuavam abertos. Sabia por que razão eu viera e compreendia-o. Esperou tranquilamente enquanto eu lhe falava de coisas triviais, como as aventuras de Peritas. Ismênio bateu então na porta. A bebida cheirava bem. Nada lhe disse, limitei-me a erguer-lhe de novo a cabeça. Logo ele tirou a caneca das minhas mãos e acabou de beber.

— Descanse, agora — disse. — Mas deve mandar chamar-me de manhã, ou então não me deixam entrar. Estou aqui contra as ordens.

— Têm deixado entrar tanta gente que eu não queria ver. A você quero. — Beijou-me e voltou-se para o outro lado. Quando mostrei a caneca vazia a Ismênio, ficou tão satisfeito que me beijou também.

Assim, no dia seguinte, dei-lhe banho e penteei-o; quase parecia ele próprio de novo, apesar de se ver que estava exausto. Ficou nos seus aposentos; necessitava de mais coragem agora do que para conduzir a carga de cavalaria em Gaugamelos. Logo o faria. Os soldados, ao ouvirem que ele começara a comer, atribuíram a si próprios os créditos desta mudança, por terem condenado Cleito. Assim era melhor, para eles, para mim.

Mais tarde, o sacerdote de Dioniso foi recebido em audiência. Conseguira presságios e o deus falara. Era a sua raiva a causadora de tudo. No dia da sua festa na Macedônia, Cleito deixara o seu sacrifício inacabado (não o haviam seguido, reprovativas, as vítimas que ele não oferecera?) e Alexandre venerara os Gêmeos. Por essa razão, o frenesi sagrado da divindade se abatera sobre ambos; desde então, nenhum deles fora responsável pelos seus atos.

Vi que isso o reconfortou. Não sei por que razão escolhera os Gêmeos nesse dia. Recordo-me, contudo, da conversa ao jantar sobre as suas empresas serem superiores às deles (o que, aliás, é verdade) e sobre ele merecer honras idênticas; creio, também, que ele tentara mais uma vez que o seu povo partilhasse com os persas a prostração. Quem poderia adivinhar que tudo acabaria de uma forma tão cruel? Mas Dioniso é um deus cruel. Encontrei uma peça terrível sobre ele, num dos livros que Alexandre mandara vir da Grécia.

Ordenou que se realizasse um grande sacrifício de apaziguamento. Depois, passou o dia com os seus amigos mais chegados e pareceu um pouco melhor. Foi cedo para a cama; o sofrimento, mais do que o jejum, levara-o à exaustão. Quando se aprontou, apaguei a candeia maior e acendi a menor. Tomou-me a mão e disse:

— Antes de acordar na noite passada, sonhei com um bom espírito.

Pensei na minha vida e sorri:

— O deus enviou-o para lhe dizer que a sua fúria se apaziguara. Libertou-o então; foi por essa razão que bebeu.

— Sonhei com uma boa presença; e era verdade.

Sua mão estava quente. Lembrei-me dela antes, fria como uma pedra. Disse-lhe baixinho:

— A loucura do deus esteve presente. Eu próprio a senti. Sabe, meu senhor, que eu apenas fui dar uma espreitadela à festa e que, no entanto, me senti tomado por ela? Tomei o vinho como se fosse atirado para ele; e todo o resto veio depois. Parecia que sonhava envolto na loucura. Era uma visitação. Por toda a parte a senti.

— Sim — retorquiu devagar. — Sim, foi estranho. Também eu me senti tomado. E Cleito, também. Repara na maneira como ele regressou. O deus conduziu-o, como o fez com Penteu, para o seu destino, e obrigou a sua mão a realizá-lo.

Ele sabia que eu lera a peça.

— Ninguém se pode ajudar a si próprio, quando o deus toma posse de si. Durma em paz, meu senhor. Ele o perdoou. Ele apenas se zangara porque o senhor lhe é querido. Uma coisa sem importância vinda do senhor é pior para ele que um erro de um outro qualquer.

Sentei-me junto à parede, para o caso de ele despertar e querer falar; mas ele adormeceu rapidamente e ficou tranquilo. Afastei-me feliz.

Há algo que se compare a dar conforto àquele que se ama?

Mantivera, também a minha promessa a Hefēstion.

17

A maior parte desse ano e do seguinte foi passada na Báctria e na Sogdiana. Foi uma guerra difícil e longa. Nunca se sabe ao certo em que ponto nos encontramos com os sogdianos. Passam a maior parte do tempo em disputas tribais com a fortaleza do monte vizinho, por causa dos direitos sobre a água, ou por causa de uma mulher qualquer raptada quando buscava lenha. Podiam jurar lealdade a Alexandre até ele subjugar esse inimigo; no entanto, se ele aceitasse a sua rendição e não lhes cortasse as cabeças, logo se ergueriam contra ele. Spitamenes, o seu melhor general, fora morto por inimigos sogdianos; enviaram a sua cabeça a Alexandre, mas não foi por isso que ele confiou mais neles. Os nossos homens jamais abandonavam um moribundo no campo de batalha, por mais apressados que estivessem, para que ele não fosse encontrado pelos sogdianos. Ele próprio lhes agradecia a estocada final.

Alexandre ausentara-se durante várias semanas por causa destas guerras locais. Tinha saudades suas e ficava numa ânsia permanente. Ali ele tinha boas águas das montanhas. Suaria e expurgaria o vinho forte do seu sangue, voltando a ser como era; divertindo-se por vezes com uma noitada de conversa e bebida, seguida de um sono reparador; moderado no intervalo entre as folias. A terrível lição de Maracanda acompanhou-o durante todo esse tempo. Não voltou a ser visto alterado devido ao vinho, e muito menos violento. Nem os seus detratores o negam.

Um homem inferior poderia ter ficado ressentido por eu o ter visto em pleno desespero e vergonha, mas ele apenas lembrava que eu lhe trouxera conforto. Nunca desprezava o amor.

Em determinada altura, teve que voltar a atravessar o Oxo; desta vez foi fácil, pois tudo estava preparado e o tempo era melhor. Teria esquecido esse episódio, não houvesse ocorrido ali um milagre. A tenda do rei fora armada e eu me ocupava da arrumação das suas coisas, quando ouvi gritos dos escudeiros. Mesmo junto à tenda, que não estava muito distante do rio, havia uma nascente preta. Depois de retirarem o que estava à superfície, para o caso de poder servir para os cavalos, descobriram que se tratava de óleo!

Chamaram Alexandre para que ele presenciasse aquela maravilha. Todos nós untamos os braços com ele e vimos como se espalhava com facilidade. Alexandre mandou então chamar Aristandro, o Mago, para que ele lesse o presságio. Este fez um sacrifício e anunciou que, visto o óleo ser utilizado pelo lutador antes dos jogos, o portento deveria ser entendido como um sinal de trabalhos, e o seu fluir generoso como um sinal de vitória e riqueza.

Experimentamos algum na candeia de noite do rei. Queimava bastante bem, mas soltava uma fumaça desagradável; a candeia teve que ser levada para fora da tenda. Ele quisera prová-lo, mas eu disse-lhe que podia ser ruim como a água do Oxo que turvara a razão. Leonato era de opinião que se deveria lançar um archote a arder para a nascente para ver o que acontecia; no entanto, Alexandre se opôs a ele, pois pensava que poderia ser ímpio, visto tratar-se de uma dádiva dos deuses.

Sofreu os trabalhos que lhe haviam sido preditos. Passou quase todo o tempo fora, nas montanhas, frequentemente com pequenas forças, pois via-se obrigado a dividir as suas tropas. Alexandre estava determinado a impor a lei na Sogdiana. Desenvolveu uma grande habilidade e sabedoria na tomada de fortes nos planaltos. Muitas histórias ouvimos da sua capacidade de resistência ao frio e ao calor (na Sogdiana é hábito as temperaturas serem extremas); de uma terrível tempestade, trovões e relâmpagos seguidos de saraivadas, e de tempos gélidos em que os homens sucumbem ao desespero e ao terror, paralisados em suas trilhas, até que, depois de encontrar os que se perderam na floresta, os trouxe de novo à vida, obrigando-os a fazer fogueiras para se aquecerem. Quando enfim se sentou para se aquecer, aproximou-se um soldado cambaleando, quase sem consciência do lugar onde se encontrava. Alexandre tirou com as próprias mãos a armadura gelada cujas correias fizeram sangrar os seus dedos, e sentou o homem na sua própria cadeira junto ao lume.

O rei Ptolomeu, que ali estava, redige agora esses acontecimentos para serem do conhecimento das gerações vindouras. Às vezes, quando se trata de outras questões manda chamar-me e eu transmito-lhe aquilo que penso ser do agrado do meu amo para passar à posteridade. Vendo que acompanhei o seu ataúde dourado desde o Egito até aqui, o rei Ptolomeu teve um gesto simpático e arranjou um lugar para mim entre o seu séquito. Ele fala um pouco mais alto do que aquilo que julga, pois é um bocadinho surdo (é mais velho do que eu vinte anos), e por vezes ouço-o dizer, baixo, julga ele, para um convidado estrangeiro:

— Repare. Não vê aquela beleza imensa? É Bagoas, aquele que foi o rapaz de Alexandre.

No acampamento lia Heródoto e Filóstrato. Pediu-me desculpa pelos livros que escolhera, mas não tinha muitos; no entanto, tal como lhe disse, não era novidade para mim que Xerxes fora vencido na Grécia; o meu trisavô servira às suas ordens.

Filóstrato e eu tornamo-nos amigos; apenas como o mestre e o pupilo o são, embora eu visse Calístenes olhar-nos com desprezo. Quando o rei se encontrava em combate e a crônica estava em dia, ele não tinha muito que fazer até o rei regressar com os seus escudeiros, de cuja educação Calístenes fora encarregado. Visto eles serem de ascendência nobre e poderem vir provavelmente a comandar homens mais tarde, Alexandre não queria que eles fossem ignorantes. Jamais retirara esse trabalho ao filósofo, nem mesmo depois de eles se terem afastado. Achei esse gesto de uma grande generosidade; no entanto, ele tinha Aristóteles em consideração.

Ainda agora, Calístenes se encontrava na biblioteca; podia-se ver através da abertura da tenda as prateleiras com rolos de pergaminhos. Filóstrato entrou e tentou mais uma vez que ele lhe emprestasse um, para eu poder ler versos gregos; apenas me ensinara os que conhecia de cor. Ouvi-o receber um não seco e dizer a Calístenes que teria muita sorte se um só dos seus alunos se mostrasse tão prometedor quanto eu. Calístenes arguiu que os *seus* alunos eram prometedores na nobre arte da filosofia, e não na mera leitura de livros. Filóstrato retorquiu:

— Eles sabem ler? — E saiu.

Não se falaram durante um mês.

Quando Alexandre regressou pedi-lhe que desse um presente a Filóstrato. Ele adorava que lhe pedissem coisas. Não creio que a minha história do presente fizesse algum mal a Calístenes.

— E para você? — indagou. — Não acha que o amo o suficiente?

— Recebi presentes em Susa com amor — respondi. — Dê-me tudo aquilo de que preciso. E o meu melhor traje está ainda bom como novo; ou quase.

Riu-se e disse:

— Compre outro. Gosto de vê-lo aparecer com uma coisa nova; como um faisão com as suas plumas primaveris. — Depois, acrescentou com gravidade: — Meu amor será sempre seu. Esse é um laço sagrado para mim.

Logo partiu de novo. Mandei fazer um traje novo em vermelho forte, bordado com flores de lantejoulas douradas. Os botões eram cor-de-rosa com joias. Guardei-o para vestir quando ele regressasse.

Não tardaria muito, faria vinte anos. Só, na minha tenda, via-me frequentemente ao espelho. Para as pessoas como eu, é uma idade perigosa.

Embora a minha expressão se tivesse transformado, parecia que conservava ainda a beleza. Continuava elegante; o meu rosto não se tornara grosseiro, antes, pelo contrário. Não há bálsamo que se assemelhe ao amor.

Não era importante que tivesse deixado de ser um rapaz. Já mal o era quando ele me viu pela primeira vez. Além disso, ele não era um amante de rapazes; gostava apenas de jovens agradáveis à sua volta. Um deles, um escudeiro chamado Filipo, morrera recentemente por causa disso. Percebi que Alexandre gostava dele; talvez tivesse havido algumas noites durante a campanha — penso nisso agora com alguma ternura. De qualquer modo, o jovem sentia por ele uma lealdade total que desejava provar. Realizaram uma longa perseguição atrás dos sogdianos sob o abrasante calor do verão; o seu cavalo, tal como muitos, não resistiu; assim viu-se obrigado a prosseguir a pé, junto ao cavalo do rei, com todas as suas armas, recusando até um cavalo que lhe ofereceram, para assim demonstrar aquilo de que era capaz. No final da perseguição, deu-se a luta com o inimigo. Permaneceu sempre ao lado do rei; então, quando tudo terminou, a sua vida expirou-se repentinamente, como a chama de uma candeia que se esvaziou. Aguentou apenas o tempo de morrer nos braços de Alexandre. Nem eu lhe posso guardar rancor por isso.

Sim, pensei vendo-me ao espelho, *ele me amará para sempre. Nunca recebe amor sem retribuir, mas quando o desejo começar a faltar, será então um dia de dor. Eros, deus meu!* (pois já conhecia bastante bem o deus por essa altura), *não deixe que esse dia esteja próximo.*

À medida que a região estava pacificada, ele fundava cidades. Heféstion fundou também algumas. Aprendera com Alexandre a percepção do local indicado e, embora possuidor de uma linguagem rude como os macedônios, possuía boas maneiras e sabia lidar com os estrangeiros. Facilmente lhe concedia essas virtudes, visto ele estar longe de mim.

Qual a vantagem de nos roermos de inveja por coisas passadas? Ele não tivera dez anos antes de mim; tivera quinze. Eles tinham estado juntos desde que eu era uma criança que tentava dar os primeiros passos. O futuro nenhum homem conhece; o passado lá vai; vivamos o presente.

Passamos o inverno num lugar abrigado nos rochedos, chamado Náutica. Ali havia uma queda de água e uma gruta. Alexandre voltara à torre da cidadela; ao seu quarto se chegava através de uma porta falsa no chão. Tinha um pavor imenso de que ele caísse ali depois do jantar, embora nunca soubesse que ele tivesse caído por mais embriagado que estivesse. O quarto tinha uma lareira grande sob uma abertura no telhado; a neve caía às vezes por aí sibilando sobre o fogo. Ele e Heféstion sentavam-se ali conversando, acompanhados de Peritas que se deitava ao comprido fazendo lembrar um enorme tapete, mas as noites eram minhas. Às vezes, dizia:

— Não pode sair, está um gelo — tomando-me nos braços apenas para me aquecer. Sempre generoso.

No quarto de baixo, aquecido por cestos com brasas, e cheio de correntes de ar, passava a maior parte do dia absorto no seu trabalho. Numa ponta estava sua cadeira solene e o lugar das audiências; na outra, por trás de uma cortina, a sua mesa de trabalho, cheia de papéis, anotações e cartas vindas de várias partes do mundo. Quanto mais terras conquistava, mais labor tinha.

Havia ainda os soldados de quem era necessário cuidar e manter em forma durante aquele tempo de ociosidade até que as passagens fossem viáveis. Organizava jogos para os quais todos se tinham que preparar até a exaustão. Chegamos até a ter uma peça a sério, com palco e bons atores, vindos da Grécia. Os atores eram capazes de atravessar a água, o fogo e o gelo para poderem regressar a casa e dizer que haviam representado para Alexandre. Filóstrato sentou-se a meu lado e explicou-me falando baixinho as melhores partes. Calístenes, sentado entre alguns escudeiros seus favoritos, olhou-nos e disse algo que fez Hermolao sorrir com afetação.

A primavera surgiu por fim; imensos blocos de gelo desceram das montanhas; correntes transformadas em cataratas castanhas, arrastando consigo o que apanhavam no caminho. As melhores passagens abriram-se, então. Os assaltantes sogdianos miravam dos seus refúgios, aguardando as primeiras caravanas, mas encontraram, em vez delas, as tropas do rei.

A terra parecia tranquila ao abrigo das guarnições de Alexandre; até que chegaram notícias de que um chefe poderoso, que nesse mesmo ano se submetera e jurara lealdade ao rei, pegara em armas e se revoltara. Era uma história que se repetia, mas que dessa vez ele tinha em seu poder o Rochedo Sogdiano.

Dizia-se ser o local mais inexpugnável da Ásia; era um imenso desfiladeiro a pique, com a parte superior cheia de cavernas. Gerações de chefes ali se haviam abrigado; podia albergar um pequeno exército com armazenamento para vários anos. Tinham tanques para apanhar a neve e a água da chuva, conservando-as durante o verão. Dizia-se que a neve permanecia espessa; mas o chefe enviara já os seus soldados, seus bens e suas mulheres, ao mesmo tempo que ele próprio tentava trazer para junto de si as gentes do campo.

Alexandre mandou informá-lo que receberia emissários seus. Sabia-se agora que as cabeças dos emissários regressavam dos encontros com Alexandre em cima dos ombros. Assim, dois homens da tribo vieram. Quando ele lhes ofereceu o perdão em troca de uma rendição sem condições eles riram-se e retorquiram que ele podia ir ou ficar, pois apenas tomaria o Rochedo Sogdiano no dia em que os seus homens tivessem asas.

Calmamente, ordenou que os alimentassem, e assim puderam regressar a casa com a cabeça em cima dos ombros. Um chefe sogdiano, perante semelhante mensagem, os teria decapitado quando já não o esperassem. Alexandre desejava apenas conquistar o Rochedo, nem que para isso tivesse que esperar um ano.

Todo o acampamento se dirigiu para ali. Podia-se facilmente vê-lo estendendo-se ao longo de vários quilômetros. Mais acima encontrava-se aquela que parecia ser uma tarefa para águias. Não havia um lado que pudesse ser considerado mais fácil; tudo à volta era um vasto precipício perdendo-se nas profundezas de rochedos irregulares. Apenas se conseguia distinguir o caminho de cabras através do qual a tribo subira, e isso devido à neve; o menor espaço era dominado pelas bocas das cavernas lá no alto.

O exército acampou a uma distância que o deixava ao abrigo das setas. Atrás de si vinha uma maré de seguidores: vivandeiros, criados, escravos; mercadores, escribas, negociantes de cavalos; cantores, pintores e escultores; carpinteiros e curtidores; dançarinos e ferreiros; joalheiros, meretrizes e proxenetas; todos eles se espalharam em torno do Rochedo.

Tem-se escrito desta empresa como se o rei fosse um rapaz que apenas via nisso um desafio. Claro que isso estava sempre presente nele; até na velhice teria conservado essa característica, mas o Rochedo dominava uma vasta extensão daquele país e ele não o podia deixar por conquistar na sua retaguarda. Além disso, os sogdianos, que pouco mais entendem do que a força das armas, não teriam dado o devido valor ao seu poder e arrasariam as suas cidades mal ele se afastasse.

O chefe, Oxiartes, não vivia neste ninho de águia em tempo de paz. Sua casa e a aldeia tribal ficavam no início da trilha. Alexandre não consentia que os soldados as incendiassem, exceto se isso fosse entendido como um sinal de que ele lhes daria uma luta sem quartel. À boca da caverna, pequenas figuras que mais pareciam ser talhadas em anéis, olhavam para baixo. Nas escarpas embaixo, onde no verão não se vislumbraria lugar algum capaz de ser trilhado por um coelho bravo, o inverno destacara a branco pequenas saliências ou fendas cortando a rocha. Era lua cheia. Mesmo à noite se via o brilho da neve. Alexandre percorreu todo o caminho à sua volta, observando-o.

Na manhã seguinte convocou uma reunião dos montanheses. Uma pequena multidão apresentou-se; na sua maioria eram homens que haviam nascido nas montanhas e que já tinham trepado, sob o seu comando, em outros cercos. De todos os que vieram, escolheu trezentos. Ao primeiro homem a chegar lá acima, daria doze talentos e riquezas para toda a vida; ao segundo, onze, e assim sucessivamente para os primeiros doze. Deviam subir naquela noite pelo lado mais íngreme que não podia ser visto das cavernas. Cada um levaria consigo um alforje com estacas de ferro, um maço para as pregar, e uma corda forte e pouco pesada, para se prender a uma cavilha enquanto fixava a outra.

Era uma noite fria e sem nuvens. Preparei tudo, mas ele não se deitou. Esta era a primeira ação perigosa que ele não comandava. Não podia haver um chefe; cada um tinha que descobrir o seu próprio caminho até lá acima. Alexandre não sabia fazê-lo, mas custava-lhe ter que esperar em vez de arriscar a sua vida a seu lado. Quando eles treparam até uma altura tal que já não podiam ser descortinados da parte de baixo com a luz da noite, veio para dentro, mas mesmo assim não deixou de andar de um lado para o outro.

— Vi caírem três — disse. — Jamais os encontraremos. Não poderão ser enterrados e será a neve que fará a sua sepultura. — Deitou-se por fim sem se despir, deixando ordens para ser acordado aos primeiros raios de luz.

Despertou sem que o acordassem. Era ainda noite e nada se conseguia ver. Alguns oficiais aguardavam-no. O cume do Rochedo era um vago vulto negro no céu. À medida que os seus contornos se tornavam mais distintos, Alexandre começou a olhar expectante as alturas. Seus olhos eram bons, mas Leonato tinha um olhar de falcão, embora quando quisesse ler, tivesse que segurar o livro à distância do braço. Foi ele que apontou e gritou:

— Ali estão eles! Estão fazendo sinal!

A luz que se levantava, mostrou-os abrigados lá no cimo, juntos como corvos marinhos. Tinham desenrolado as compridas faixas de linho que haviam levado em torno do corpo; os sinais flutuavam na brisa.

Alexandre avançou, ergueu o escudo e fez-lhes sinal com ele. A trombeta ressoou e a voz potente do arauto ordenou aos sitiados que olhassem para cima; Alexandre descobrira os homens alados.

O filho do chefe, que se encontrava no comando, pediu de imediato os termos da rendição. Do lugar onde se encontrava não conseguia ver quantos homens eram, ou que armas tinham (de fato, não tinham nenhuma; os alforjes e as estacas haviam sido o seu único carrego). Trinta morreram; um homem em cada dez. Suas sepulturas foram as garras dos milhanos; mas Alexandre ofereceu-lhes um ritual de honra, com um esquife vazio, segundo a tradição grega.

Demorou dois dias a descida de toda a tribo do Rochedo, com os seus pertences e aparelhagens. Fazia-me confusão como é que as mulheres conseguiam vencer semelhantes trilhas na Sogdiana; penso, todavia, que o devem fazer desde tempos imemoriais.

O filho do chefe, que nunca chegou a saber que as águias do rei não possuíam garras, veio e rendeu-se, prometendo enviar uma mensagem ao pai. Para selar o compromisso, pediu ao rei que lhe concedesse a honra de lhe oferecer um banquete.

Assim, ficou decidido que a festa ocorreria dali a dois dias. Apenas receei que eles planejassem apunhalá-lo logo que ele se sentasse à mesa. Não era nada de se espantar com aquela gente.

Vesti-o para a ocasião. Tinha a Mitra e o manto real. Além disso, estava bem-disposto. Apesar de lamentar a morte dos montanheses, sabia que aquela fortaleza podia levar à morte de muitas centenas de soldados. O inimigo não derramara sangue e sentia-se assim suficientemente grato para prometer o que quer que fosse.

— Tenha cuidado, Al'scandre — disse-lhe ao penteá-lo. — Ele pode oferecer-lhe a filha, como aquele rei cita.

Riu-se. Seus amigos haviam-se divertido com essa história, imaginando a noiva sendo vestida com roupas já remendadas em invernos passados; sendo expurgada do leite rançoso do seu cabelo; sendo catada dos piolhos, e assim por diante, até ficar bonita para o leito nupcial.

— Se esse jovem tem uma filha, ela tem que ter menos de cinco anos. Tem que vir à festa, deve valer a pena. Vista a sua roupa nova.

O filho do chefe, Histanes, não se poupara a trabalhos. Uma fiada de archotes marcava o caminho do acampamento até o salão. Ouvia-se música, demasiado boa, aliás, para a Sogdiana. (Ouvi Alexandre comparar uma vez o canto persa ao miar de gatos no cio, mas ele não sabia que eu estava por perto.) O rei foi recebido pelo seu anfitrião à entrada. Oxiartes devia ser tão rico quanto poderoso. Faixas escarlates, com leões e leopardos bordados erguendo--se nas patas traseiras, ondulavam à luz dos archotes, suficientes para aquecer o ar. A mesa principal foi posta com ouro e prata; fragrâncias que não sentira desde que partira de Susa eram queimadas nos turíbulos. Se alguns dos macedônios pensaram que aquele lugar merecia ser saqueado, tiveram que o guardar para si próprios.

A comida era boa e condimentada; as caravanas da Índia passam por ali. Alexandre e o anfitrião tinham um intérprete entre eles. Os outros convidados macedônios comportaram-se o melhor que podiam, deixando os seus pratos serem servidos duas vezes, por uma questão de boa educação. Alexandre, apesar de não ser um grande comedor, cumpriu a sua tarefa como lhe competia. Devia preferir, pensei, que lhe trouxessem o vinho em vez disso.

Os doces vieram e com eles, o vinho. Histanes e Alexandre trocaram cumprimentos e brindes. O intérprete avançou, então, e dirigiu-se a nós em grego. Em honra do rei, as damas do séquito viriam à nossa presença e dançariam. Ora, aí estava uma coisa digna de destaque: na Sogdiana, olhar para a mulher alheia é coisa para dar em navalhada.

Eu estava na ponta da mesa, junto aos escudeiros reais. Ismênio mudara de lugar para se sentar a meu lado. Sua simpatia aumentara; se ele desejava, tal como me parecia, algo mais, guardou-o sempre para si por lealdade a Alexandre. Estava-lhe em dívida por tanta gentileza, e por me tornar a vida mais fácil com os outros sempre que podia.

O jovem sogdiano a meu lado dirigiu-se a mim no seu persa atabalhoado que dificilmente compreendia. Com as duas mãos desenhou curvas femininas no ar, sorrindo e descrevendo círculos com os olhos. Disse a Ismênio:

— Parece que há beleza à vista.

— Vão dançar lá adiante — respondi — para o rei e para os generais. De costas para nós. Temos que nos remediar com isso.

Os músicos executaram uma melodia solene; as mulheres entraram marcando o ritmo, mas não dançando ainda. Suas roupas pesadas estavam cheias de bordados e adornos; correntes de ouro, com pendentes também em ouro, rodeavam-lhes a testa; pulseiras maciças nos braços e nos tornozelos batiam entre si quando se mexiam, ou tiniam como pequenos sinos. Mal as vimos, já elas se haviam afastado para se curvarem com os braços cruzados sobre o peito, perante o rei.

Histanes apontou, certamente para algumas familiares mais próximas, pois elas curvaram-se de novo. Alexandre inclinou a cabeça retribuindo cada uma delas com um olhar. Pareceu-me que de uma das vezes o seu olhar se demorara um pouco mais.

— Sim, uma delas deve ser linda, para fazer o rei olhar duas vezes — disse Ismênio.

A música acelerou e elas começaram a dançar.

Na Pérsia, apenas dançam as mulheres que assim são ensinadas a excitar os homens, mas essa dança era decente e graciosa; pouco mais mostravam além dos seus pés tingidos de hena, quando faziam rodar as saias pesadas e tocar as pulseiras entre si. Seus movimentos eram graciosos, nunca sendo excessivos; os seus braços ondulando faziam lembrar cevada movendo-se ao sabor do vento.

Seria, no entanto, uma idiotice considerar essa dança modesta. Tais mulheres estavam acima da modéstia. Seu lugar era tomado com orgulho.

— Tudo muito correto — comentou Ismênio. — A nossa própria irmã podia fazer o mesmo. Talvez a verdadeira dança venha mais tarde. Olha, *você* podia mostrar-lhes como é.

Mal o ouvia. As mulheres descreviam pequenos círculos ou davam as mãos umas às outras formando uma só cadeia rodopiando. Os olhos de Alexandre, seguindo o movimento individual ou coletivo, jamais se desligavam de um elo.

Gostava do melhor fosse naquilo que fosse. Muitas vezes o ouvi elogiar uma mulher bonita. No entanto, meu estômago deu voltas e minhas mãos ficaram gélidas.

Falou para o intérprete que apontou interrogando. Alexandre acenou concordando; perguntava quem era ela. Hístanes respondeu, mostrando uma óbvia satisfação. Deve ser nobre; irmã sua, sem dúvida.

A música subiu de tom; a fila de mulheres mudou de direção e desceu ao longo da sala. Todos nós, convidados, devemos ter a nossa parte de honra.

De imediato percebi qual era ela. Sim, uma irmã; notei a semelhança. Também ele era um homem jeitoso. Ela devia andar pelos dezesseis anos, uma mulher feita, na Sogdiana. Marfim puro, levemente tingido, e não por artes; cabelo sedoso, negro-azulado, pequenas frondes pintando-lhe as faces; uma testa bonita sob os pendentes de ouro; sobrancelhas descrevendo arcos perfeitos sobre uns olhos grandes e brilhantes. Possuía o tipo de beleza que se torna afamada léguas em redor, e não fazia pretensões de o ignorar. Seu único defeito era o de não ter dedos compridos, e de esses serem demasiado pontiagudos nas extremidades. Aprendera a reparar nestas coisas no harém de Dario.

Os olhos de Alexandre acompanhavam-na, aguardando que ela voltasse a passar junto de si. Ela passou por mim. Eu, ali estava, com o traje novo de que ele tanto gostara, e, todavia, não reparou em mim.

O jovem sogdiano puxou-me a manga e disse:

— Roxane.

A dança levou-as de novo até junto do local onde ele se encontrava, onde, pela última vez, se curvaram. Mais uma vez o intérprete entrou em ação. Quando elas se preparavam para se afastar, Hístanes chamou a irmã. Ela se aproximou; Alexandre ergueu-se e tomou-lhe as mãos. Falou-lhe e ela retorquiu. Seu perfil voltara-se na minha direção; era talhado na perfeição. Enquanto ela se afastava, ele ficou imóvel.

— Bem — disse Ismênio —, as coisas são muito diferentes na Sogdiana. Nenhuma moça persa faria semelhante coisa, pois não?

Respondi-lhe que não.

— Apesar de tudo, foi Alexandre que pediu para lhe falar. Pelo menos pareceu-me, não acha?

— Acho que sim.

— E sóbrio como um juiz. Espero que seja apenas para honrar o seu anfitrião. É verdade que ela é linda. Claro que ela tem um tom de pele mais escuro do que o habitual... Mas já reparou que ela tem algo de parecido com você?

— Está exagerando.

Ele sempre fora simpático para comigo. Ali estava, sorrindo, com os seus olhos azul-claros já insinuando o vinho que bebera; com o cabelo loiro um pouco úmido por causa do calor, fazendo virar a faca espetada no meu coração.

Lá mais adiante, à mesa, Hístanes e o rei atarefavam-se com o intérprete. Alexandre mal tocara no vinho. A sala ficava cada vez mais quente. Desapertei o colarinho do casaco, com seus botões cor de rubi. A última mão que os desapertara fora a sua.

Quando o conheci ele era ainda o rapaz de Heféstion. Comigo desejara a maturidade. Fora o meu orgulho. Agora, eu lhe dera uma mulher. Sentado à luz quente do archote, senti o sabor da própria morte. Não deixava, contudo, de ser agradável para com os que me rodeavam. Assim me haviam ensinado quando eu tinha doze anos.

18

Aguardei o seu regresso na sua tenda, na companhia dos meus demônios.

Às suas afirmações, retorquia: *E depois? Afinal ele escolheu apenas uma concubina. Dario tinha mais de trezentas. Estou sendo alvo de uma injustiça? Qualquer outro rei já teria se casado antes de me conhecer; desde o início, ele o teria partilhado sabe-se lá com quantas, esperando uma noite dos seus favores.*

Sim, respondiam eles, *mas nesses tempos você tinha um amo. Desde então tem tido um amante. Prepare-se, Bagoas, ainda há muito mais para vir. Espere até ele vir para a cama. Talvez a traga consigo.*

Talvez sim, dizia eu aos meus demônios, *mas ele é também o meu amo; e eu nasci para o seguir. Ele jamais despreza o amor; nem eu o posso exigir de novo para mim, mesmo que isso abrase a minha alma como o rio Ardente. Assim é. Vão-se embora e não me atormentem mais.*

A festa terminara havia muito. Estaria ele ainda regateando com os parentes dela? Por fim, ouvi-o; vinha, todavia, acompanhado pela maior parte dos seus generais. Era a última coisa de que eu estava à espera. Apesar de ser tão tarde, todos eles entraram, prosseguindo a sua discussão na antecâmara. Ouvia facilmente o que diziam; tive assim tempo para me recuperar do choque. A princípio, não conseguia acreditar.

Heféstion ficou mais tempo do que os outros. Falavam demasiado tranquilamente para eu poder ignorar o que diziam. Depois, também ele saiu, e Alexandre veio para o quarto.

— Não devia ter ficado de pé. Foi culpa minha não lhe ter mandado recado.

Retorqui-lhe que não tinha importância e que o seu banho estava pronto. Andou de um lado para o outro. Sabia que, mais cedo ou mais tarde, acabaria por falar; não era capaz de o guardar para si.

— Bagoas.

— Sim, Al'scandre.

— Viu a filha de Oxiartes, Roxane? Foi apresentada depois da dança.

— Sim, Al'scandre. Todos nos referíamos à sua beleza.

— Vou casar-me com ela.

Sim, ainda bem que estava preparado. Mais um silêncio de estupefação, e creio que ele não teria aguentado.

— Desejo-lhes as maiores felicidades, meu senhor. Ela é, na realidade, uma pérola inigualável. — Uma sogdiana! Uma mera filha de um chefe! Não valia a pena esperar que ele não lhe tivesse pedido ainda em casamento, e que acordasse com juízo no dia seguinte. Percebi que era demasiado tarde.

Ficou satisfeito com as minhas palavras. Tivera tempo suficiente para pensar nelas.

— Estão todos contra mim — confessou. — Heféstion está a meu lado, mas não deixa de ser contra também.

— Meu senhor, eles apenas acham que não há ninguém que seja digno de vós.

Riu-se.

— Não, não! Qualquer moça da Macedônia que eu nunca vira seria diferente: *essa, sim,* seria digna... Roxane. O que significa em persa?

— Estrelinha — respondi-lhe.

Ficou feliz ao sabê-lo.

A água para o banho chegou e pude, então, despi-lo. Quando os escravos saíram, ele disse:

— Já há muito que tenho consciência de que devo me casar na Ásia. É necessário. O povo deve ser reconciliado. E isso tem que começar comigo. Não há outra solução. Isso eles terão que aceitar.

— Sim, Al'scandre — disse-lhe, mas pensei: *e se eles não aceitarem?*

— No entanto, desde que tive consciência deste fato, só essa noite encontrei uma mulher que pudesse suportar. Já viu alguma que se lhe assemelhasse?

— Nunca vi, meu senhor, nem entre as mulheres de Dario. — Creio que isso era facilmente verdade, exceção feita às suas mãos. — Claro que nunca vi a rainha. Tal não me seria permitido — disse-lhe para que ele nunca me trouxesse à sua presença.

— Apenas a vi uma vez; e voltei a vê-la já morta. Sim, era linda; como um lírio num túmulo. Suas filhas eram ainda crianças nessa época. Agora já são mais velhas, mas... Enfim, também são dele. Não conceberei um filho que venha de uma família de covardes. Essa moça tem estirpe.

— Sem dúvida, Al'scandre. Vê-se nos seus olhos. — Isso era verdade. Quanto ao tipo de estirpe, já era outra história.

Estava demasiado inquieto para dormir. Por isso, andou de um lado para o outro do quarto, falando do casamento, da mensagem que enviaria a Oxiartes, seu pai, e assim por diante. Por estranho que parecesse, senti-me reconfortado com isso. Ele nunca me confiaria todas essas coisas, se tivesse intenções de me mandar embora; não era da sua natureza fazê-lo. Vi que semelhante coisa jamais lhe passara pela cabeça.

Claro que ele sabia que a essa altura desejava a moça; mas não era por descuido que ignorava a minha dor. A afeição existia dentro de si com muito mais intensidade do que a paixão; sempre. Oferecera-a a Filotas, cuja traição o ferira como se fosse a de um amante. Também a mim a oferecera e continuava fiel a ela. De repente, perguntei-me se Hefestion se teria sentido tal como eu.

Consegui finalmente ajudá-lo a deitar-se. Não faltava muito para o amanhecer.

— Que os meus deuses e os seus o abençoem. Foi o único que me compreendeu. — Baixou a cabeça e beijou-me. As lágrimas que eu contivera até então jorraram naquele instante; no entanto, saí sem que ele tivesse tempo de se dar conta disso.

Oxiartes chegou alguns dias mais tarde, para fazer um tratado de paz. Claro que Alexandre não lhe concedeu novamente o Rochedo que desejava conservar como guarnição; mas o chefe fizera um ótimo negócio, se o seu neto chegasse a ser Grande Rei. Quando recebeu a notícia de que Alexandre pretendia casar-se com a moça, enquanto qualquer outro a teria tomado como mais um despojo de guerra, não deve ter acreditado no que lhe diziam.

A festa do casamento, agora em preparação, parecia fazer da outra um mero repasto em família. Os parentes haviam sido convocados e preparavam agora o quarto da noiva. Apenas desejava saber o que é que Alexandre planejara fazer com ela quando partisse. As mulheres sogdianas não são como as nossas. E se ela estivesse à espera de viver com ele na sua tenda, ocupando-se de todas as suas coisas, apenas se retirando quando entrassem homens; e se me encarasse como um criado seu? *Se ele deixar que isso aconteça*, pensei, *será uma boa hora para morrer.*

Apareceu então uma tenda nova ótima, num grande carro, com uma cobertura de cortinas de couro bordado. Meu coração renasceu.

Ele me chamou então à sua presença e pôs uma das mãos no meu ombro:

— Faça-me um favor?

— Como pode perguntá-lo?

— Venha à tenda de Roxane e diga-me o que lá falta. Não percebo muito destas coisas. Já recebi alguns conselhos, mas essa gente nunca viveu na corte.

Retribuí-lhe as palavras com um sorriso e segui-o. Poderia ter-lhe dito que nunca teria passado pela cabeça dessa sogdiana que tais esplendores existissem e que não saberia o que fazer com a maior parte dos utensílios pessoais. Observei, no entanto, com gravidade o quarto, elogiando a água de flor-de-laranjeira e referindo a importância de a obter, e acrescentei que nada faltava. A cama era bastante grande, segundo o estilo oponente daquela região. Ali senti de novo a fragrância da madeira de cedro e da brisa salgada de Zadracarta.

À medida que o dia se aproximava, tornava-se claro que os sogdianos estavam felizes, mas apenas eles. Os nobres macedônios aceitaram-no muito mal. Se ele tivesse trocado a moça pela vida do seu irmão e a tivesse arrastado para a sua tenda, ninguém veria problemas; um grito ou dois, uma piada brejeira e tudo estaria acabado, mas casamento, isso constituía uma afronta ao *status* do vencedor. Se ele tivesse arranjado uma rainha macedônia, e considerado essa moça segunda mulher (seu pai, diziam, tivera tantas), não teriam protestado, mas desta maneira era diferente. Muitos tinham filhas suas ainda em casa, que eles veriam de bom grado casadas com o rei. Se não elevaram ainda mais os seus protestos, isso deveu-se ao fato de ele não lhe ter conferido o título de rainha. Fiquei satisfeito por ele não ter ido mais longe.

Quanto aos soldados, todos apreciam excentricidades daqueles que admiram; queriam que ele fosse uma lenda. Já se haviam habituado ao jovem dançarino persa; se ele não quisesse partilhar a cama com ninguém, teriam se interrogado quanto ao que se passava de errado com ele, mas isso era diferente. Haviam lutado para conquistar a Sogdiana, porque ele afirmara que tal era necessário; corriam agora rumores de que ele tinha em mente a Índia. Começavam assim a se questionar se ele pensaria em regressar um dia a casa. Ele estendera as suas asas; toda a terra era agora o seu lar, mas eles pensavam nos seus vilarejos, nos montes onde tinham pastorado cabras na infância, e nos seus filhos macedônios e nas suas mulheres macedônias.

Fosse o que fosse que pensávamos, o dia chegou, inevitável como a hora da nossa morte. Enquanto o vestia para a festa, ele sorria para si, como se, chegado o momento, lhe custasse a acreditar que fosse verdade. Uma multidão de amigos reuniu-se para lhe desejar felicidades. Ficaram satisfeitos quando viram que ele não pusera a Mitra — desposava uma mulher, não a rainha —, e as piadas começaram a surgir alegremente. Ninguém notou minha presença, exceto Heféstion, que me olhou num momento em que ele pensava que eu estava distraído; talvez estivesse curioso, ou se sentisse triunfante ou com piedade; não tive tempo para saber.

A festa começou; um esplendor de luz, calor, ouro e cor, misturando-se com o cheiro dos assados; os bens da noiva amontoavam-se na sua amálgama bárbara; a noiva e o noivo em seus tronos. A noite estava boa e tranquila; todas as chamas se erguiam direto aos céus. A música era ensurdecedora; a ela se juntava a algazarra das pessoas falando entre si. A noiva olhava em redor com os seus olhos brilhantes, como se ninguém lhe tivesse ensinado a mantê-los voltados para baixo; até que Alexandre lhe falou através do intérprete; então, voltou-os para ele.

Segundo o ritual, trouxeram o pão para ele dividir com a sua esposa. Partiu uma fatia da metade da noiva e deu-lha a comer, depois fez o mesmo em relação a si. Eram agora marido e mulher. Todos nos levantamos para os saudar. Senti um nó na garganta; não consegui emitir um único som. Os archotes asfixiavam-me e queimavam-me os olhos. No entanto, mantive-me no meu lugar, pois tive vergonha que alguém me visse afastar-me. Se eu tivesse ficado mais tempo, teria assistido ao ritual do deitar-se da noiva.

Entre a multidão, a mão de alguém deslizou por baixo do meu braço. Sem me voltar, soube que era Ismênio.

— Ela é linda — disse-lhe. — Tem inveja do noivo?

— Não — sussurrou-me ao ouvido. — Mas já tive.

Aproximei-me um pouco mais dele. Parecia acontecer naturalmente como pestanejar por causa do pó. Arranjamos um casaco e um manto no exterior e afastamo-nos sob as frias estrelas sogdianas.

Do lado de fora havia quase tanta luz quanto do de dentro; grandes fachos brilhavam por toda a parte, e um grande número de homens da tribo devorava carcaças inteiras e cuspiam para as fogueiras; cantavam, gritavam, vangloriavam-se, punham os seus cães a lutar uns com os outros, dançavam em círculos. Contudo, não se afastavam do lugar onde estava a comida. Assim, logo nos vimos livres deles.

Desde o cerco que não nevara; o chão estava seco. Arranjamos um lugar escondido entre as pedras, onde ele estendeu o seu manto.

A relva estava bastante calcada; toda a aldeia devia ir para lá. Não o disse a Ismênio, que pensava tratar-se de um paraíso apenas para nós criado.

Ficou surpreendido por eu adivinhar tão depressa os seus desejos. Não sei por quê; não eram nada de estranho. Eu teria me sentido afortunado se, numa tarde qualquer em Susa, tivesse encontrado um cliente tão fácil. Ele estava ansioso por agradar, e eu, que me quisessem agradar com qualquer coisa. Oromedon teria me prevenido quanto àquilo, que eu devia esperar; mas eu quase esquecera esses tempos passados. A causa é a raiva e a resistência da alma. Quando sustive a respiração, Ismênio pensou que era devido ao êxtase, e sentiu-se feliz com isso. Fora um bom amigo para mim na época em que os outros escudeiros me importunavam. Aprendera muito novo como agradecer aos que não abusavam de mim.

Não sei quanto tempo ali estivemos; pareceu-me metade da noite. Ele desejara a minha companhia para todo um ano e parecia ser estranho à fadiga. Por fim, após termos estado deitados durante algum tempo debaixo do meu casaco, concordamos que a noite arrefecera bastante e que nos devíamos ir embora.

A lua esbatia-se já no céu. Ismênio olhava-a fixamente flutuando junto ao Rochedo; encostei-me ao seu ombro. Assim me certificava de que ele tinha tudo o que desejara, e me dera também algo em que pensar, o que para mim era mais do que suficiente. Disse-lhe:

— Tivemos um sonho, querido amigo. Noutra altura podíamos despertar. Deixe que reste como um sonho esquecido ao despertar. — Pareceu-me uma forma melhor de o dizer do que: "Não me volte a lembrar do que se passou, senão trespasso-lhe com uma faca."

Pôs um braço à volta de mim. Era um jovem bonito; não me competia habitualmente escolher o que queria. Falando com muita sensatez (de fato, ele nunca fora estúpido), disse:

— Prometo. Nem uma palavra; nem que estejamos sós. Já sou suficientemente feliz por ter esse momento para recordar. Claro que ele o vai querer de novo. Qualquer um quereria.

No alto do Rochedo, via-se uma grande fogueira a arder junto à entrada da caverna. Mesmo na noite do seu casamento, Alexandre não fora inocente a ponto de deixar sem guarda aquele lugar; no entanto, mandara levar-lhes bastante comida para que também eles pudessem celebrar.

À entrada ouviam-se cantares arrastados dos convidados que se deixam ficar até de manhã para ver o lençol da noiva ser exposto. Pela primeira vez me perguntei como se teria passado. Ele já devia estar muito destreinado, se é que chegou a ter alguma prática, e uma virgem de dezesseis anos não devia ser uma grande ajuda. Por um instante, os meus demônios regressaram fazendo-me desejar que ele não conseguisse e viesse até mim em busca de conforto. Pensei então no que isso constituiria para ele, habituado como estava a jamais enfrentar uma derrota; assim agarrei meu demônio malévolo e destruí-o. Quando Ismênio me deixou, com uns olhos que falavam por si só, fiquei perdido no meio da multidão, até o dia surgir e, ao som de música, uma velha de origem nobre nos mostrar o lençol. Nele estava a bandeira vermelha da vitória. Alexandre permanecia invencível.

No dia seguinte, houve tantas cerimônias que mal o vi, exceto quando veio à tenda para mudar de roupa. Parecia feliz consigo mesmo (de alegria ou da proeza realizada quem o poderia dizer?) e parecia cheio de energia e bem-disposto. Ismênio estava de serviço. Tinha linhas azuis desenhadas sob os olhos e um secreto sorriso que teve a prudência de não me dirigir.

A noiva recebia a visita de centenas de mulheres; podia-se ouvir o palrar no seu quarto. Por aquilo que ouvira durante as minhas viagens nos carros do harém de Dario, sabia muito bem de que perguntas se tratava. Que respostas ela terá dado, ignoro.

Nunca me aproximei da porta, mas mandei um criado levar suas roupas de manhã ao eunuco que ali se encontrava; noutra ocasião, mandei-o ir buscar o traje do jantar. Devemos começar do mesmo modo que pensamos prosseguir.

Quando ele veio para o seu banho à noite, senti-me como se o estivesse a limpar dela; tais tolices são apenas fruto do ciúme. De repente, disse-me:

— É preciso que lhe ensinem grego.

— Sim, Al'scandre. — Como é que ele conseguira sem trocarem uma palavra entre si. Curara-o da sua antiga tristeza (talvez para sempre ou talvez não) através de conversas, confidências, inconfidências, segredos ou velhas histórias. Ele adorava esse tipo de feitiços antes de estar pronto mais uma vez. Às vezes adormecia ao som da minha voz; bastava-me isso e que ele me deixasse ficar a seu lado, mas agora havia essa moça, sem uma palavra sequer para lhe oferecer, à espera de mais. — Seu professor, Filóstrato, acha que serve?

— Não encontrará melhor — retorqui feliz por lhe poder retribuir a sua gentileza. — E ele já fala um pouco de persa que aprendeu comigo nas lições que me deu.

— O meu, ela não compreende. — O sogdiano está para o persa normal assim como o macedônio está para o grego. Prosseguiu quase sem interrupção. — Sim, parece-me o homem indicado.

— Calístenes, não? — inquiri retomando uma brincadeira já antiga, mas ele respondeu sem sorrir:

— Quando o ferro flutuar. Ele faria melhor em ter uma opinião mais humilde sobre si próprio.

Devia ter pensado nisso. Qualquer um adivinhava com facilidade qual seria a sua opinião acerca de casamentos bárbaros e de herdeiros de sangue sogdiano poderem vir a reinar sobre gregos.

— Nesta altura já deve ter escrito a Aristóteles. Bom, eu também lhe escrevi. O velho tem que tentar entender aquilo que estou fazendo.

— Sim, Al'scandre. — Havia uma marca púrpura no seu pescoço. Ela devia ter-lhe dado uma dentada. Como é que teria sido, pensei; não era nada o seu estilo.

Fosse como fosse, ainda não se passara uma semana quando chegaram notícias de uma tribo que recusara submeter-se. Mais uma vez partiu em campanha. Visto os rebeldes não se encontrarem muito longe, achou que não valia a pena levantar o acampamento da corte, nem cansar Roxane com uma viagem difícil através dos desfiladeiros no inverno; em breve estaria de volta.

Perante essas notícias, achei melhor refletir.

Se eu pegasse as minhas coisas e assumisse que ia também, ele muito provavelmente me levaria consigo. Eu estaria lá, e ela não; podia haver alguma coisa melhor? Bem, talvez uma coisa. E que tal vermos de quem é que ele tem mais saudades? Um risco necessário? Tentemos.

Considerei, assim, que ficaria para trás, como tantas vezes sucedera, e que ele partiria. Quando o longo comboio se afastava, tive vontade de voltar atrás na minha decisão, mas era tarde demais.

Se o tivesse acompanhado, ele não teria tido muito tempo para mim. Os rebeldes viviam numa fortaleza nos rochedos, com uma grande ravina à sua frente que parecia fazer dela inexpugnável. Alexandre passou quase um mês, com um tempo horrível, a encher a ravina, até poder construir uma ponte. Visto ninguém lá dentro ter alguma vez pensado que uma coisa assim fosse possível, todos ficaram espantados ao serem alvejados com flechas, enquanto as suas se deparavam com a resistência das proteções que ele mandara erguer. Mandaram um enviado pedindo que Oxiartes servisse de emissário.

Alexandre consentiu; creio que ele era aparentado com o chefe. Ele foi, falou do casamento da filha, da invencibilidade de Alexandre e da sua clemência. O chefe rendeu-se, convidou Alexandre para a sua fortaleza, forneceu mantimentos ao exército que o compensavam dos dispensados durante o cerco; foi confirmado no lugar e recebeu de novo a fortaleza. Assim terminou a guerra.

Entretanto, eu continuava com as minhas lições de grego com Filóstrato. Não consegui deixar de lhe perguntar como é que ele pudera entrar no harém. Disse-me que tinha que ensinar na presença de duas velhas, das três irmãs da moça e de um eunuco armado até os dentes.

— Não sabe a sorte que tem — afirmei. — Oxiartes queria que fosse capado antes de lá entrar. — Ri-me em voz alta perante o seu esforço para se controlar. — Não se preocupe, Alexandre opôs-se com firmeza. E como é que vão as lições?

Disse-me que a moça estava ansiosa por aprender. Ao dizer isso, ficou embaraçado e abriu rapidamente o livro.

Pouco depois, o eunuco-chefe do harém de Oxiartes veio à minha procura. Sua condescendência surpreendeu-me; apesar de rude, era bastante pomposo; mas a sua mensagem surpreendeu-me ainda mais. Convocava-me à presença da senhora Roxane.

Afinal ela sabia. Não importa que fosse através de bisbilhotice ou da ação dos seus próprios espiões; o importante é que sabia.

Claro que eu não me ia aproximar agora dela mais do que fizera anteriormente. Retorqui que me sentia imensamente triste por os meus olhos não se iluminarem na sua graciosa presença, mas jamais me atreveria a entrar no harém do rei sem a sua autorização. Acenou com gravidade. Não é habitual, mesmo no caso de gente como eu, entrar num harém; Dario jamais me deixou ir sem ele. Percebi que o eunuco ficara inquieto com a resposta que lhe dera. Talvez, inquiri, me pudesse dizer por que razão a sua senhora desejava ver-me?

— Tanto quanto sei — disse, olhando para um lado e para o outro —, ela queria perguntar-lhe por que é que, sendo um dançarino, não dançou no seu casamento, para assim lhe trazer felicidade para ela e para o seu amo?

— Dançar no seu casamento? — Devo ter ficado olhando para ele com cara de bobo. — É costume no nosso país — continuei — um eunuco fazê-lo vestido com roupa de mulher. Pode dizer à sua senhora que não me recusei a dançar; foi o rei que não me ordenou que o fizesse. Não é um costume do nosso povo.

Alguém deve ter dançado depois de eu sair. Afinal, ele preferira contrariá-la na véspera do casamento para não me magoar. Já o saberia ela?

O rei regressou pouco depois.

Os batedores vieram por volta do meio-dia, e ele, ao pôr do sol. Deverá por certo ter pedido desculpa a Oxiartes pelo seu atraso; jantou no acampamento na companhia de alguns amigos e de oficiais seus.

Não ficaram muito tempo de conversa. Discutiram a campanha, interrogando-se sobre quanto tempo teria durado a tomada da fortaleza no caso de ter resistido. Depois disse que se ia deitar. Ninguém lhe perguntou onde.

Veio para dentro. Eu preparara tudo a seu gosto. Saudou-me com um beijo que era mais do que uma saudação, mas não presumi que fosse mais do que isso. *E se ele vai para lá*, pensei, *assim que acabe de tomar banho?* Preferi não desafiar as crueldades da esperança.

Dei-lhe banho; enxuguei-o. Ele me pediria roupas lavadas. Não. Abri--lhe a cama.

Andei de um lado para o outro a arrumar as suas coisas, acendendo a candeia junto à cama e apagando a outra. Senti então o seu olhar. Por fim, deixei de censurar o meu coração por se alegrar. De qualquer modo, ele tinha que me pedir.

Fiquei ao lado da candeia junto à cama, e disse:

— Deseja mais alguma coisa, meu senhor?

— Sabe muito bem — respondeu ele.

Quando os seus braços me receberam, deu um pequeno suspiro; tal como fazia ao regressar de um combate ou de uma longa viagem, cheio de pó e exausto, e ao encontrar o banho pronto. Cem versos cantando o mais terno amor ao som do alaúde não teriam me proporcionado um prazer que se aproximasse a esse.

No dia seguinte, atirou-se ao trabalho que se amontoara na sua ausência; emissários das cidades da Ásia Ocidental, homens que haviam cavalgado léguas com queixas contra sátrapas, cartas da Grécia, da Macedônia, das suas novas cidades. Esteve entregue a isso durante todo o dia e pela noite adentro. Não sei se fez uma visita de cortesia ao harém. À noite, caiu à cama e adormeceu.

No dia seguinte, ouvi que me chamavam na minha tenda. Aí, um jovem que nunca vira depositou nas minhas mãos uma baixela com embutidos de prata. Descobrindo-a, vi que estava cheia de doces. Um pergaminho com uma bonita caligrafia em grego, dizia: UM PRESENTE DE ALEXANDRE.

Fiquei estupefato. Quando olhei de novo à procura do rapaz, ele desaparecera.

Levei-a para dentro. Embora conhecesse todas as suas coisas, jamais a vira. Era cara, apesar de não ter um estilo refinado; em Susa teriam lhe deitado fora. Parecia-me trabalho sogdiano.

A nota era fora do comum. Ele não costumava ser cerimonioso para comigo. Uma coisa assim, ele enviaria por um criado que eu conhecesse, com uma mensagem que ele me transmitiria pela sua própria boca, dizendo-me que esperava que gostasse. A letra era delicada, muito diferente da sua mão impaciente. Então, fez-se luz. Julguei ter percebido do que se tratava.

Saí e dei um doce a um dos cães vadios que andavam pelo acampamento. Ele seguiu-me na esperança de receber mais. Na minha tenda, dei-lhe metade dos doces. Não precisei prendê-lo; a pobre criatura sentou-se no tapete, julgando que finalmente encontrara um dono para tratar de si. Quando ele se contorceu e morreu, deitando uma baba amarela pela boca, senti-me como o anfitrião que assassina o seu crédulo convidado.

Fiquei olhando o animal morto e lembrei-me do que planejara um dia em Zadracarta. Quem era eu afinal para me sentir furioso? Mas pelo menos não o fizera.

Ele tem que saber, pensei; *e não só porque eu quero continuar vivo. Quem sabe quem será o próximo?* Nesse momento, pensei que o choque o entristeceria.

Fui à sua tenda quando ele acabou o seu trabalho diário, mostrei-lhe a baixela e contei-lhe o que se passara. Ouviu-me em silêncio; apenas os seus olhos ganhavam uma diferente expressão.

— Isto vinha também, Al'scandre — disse, e dei-lhe o pergaminho. — Meu senhor, foi Filóstrato. — Ficou imobilizado olhando para mim. — Mostrei-lhe, e ele o pegou sem preocupação alguma — prossegui. — Não compreendeu, todavia, como é que tinha ido parar nas minhas mãos. Escrevera uma dúzia, disse-me, para a senhora Roxane pôr na sua arca junto dos seus presentes de casamento. Alguém — continuei, de olhos postos no chão — lhe deve ter roubado. — Acrescentei em seguida: — Não lhe disse nada, meu senhor; achei que era melhor.

Acenou que sim franzindo as sobrancelhas:

— Sim, não lhe volte a falar nisso. — Cobriu a baixela e guardou-a num cofre. — Até eu lhe dizer alguma coisa em contrário, coma apenas do mesmo que os outros. Não beba nada que tenha estado na sua tenda sem ter sido vigiado. Não diga nada a ninguém. Eu próprio vou tratar deste assunto.

Todos repararam que nessa tarde o rei repousara e fora visitar o harém. Passou lá algum tempo, o que toda a gente achou natural visto tratar-se de um noivo que vai visitar a sua noiva. Ao deitar-se, disse-me:

— Já pode estar à vontade. Resolvi o problema.

Pensei que não tinha mais nada para me dizer, mas continuou:

— Estamos ligados um ao outro por laços de amor; tem o direito de saber o que se passou. Venha até aqui e sente-se. — Sentei-me ao seu lado na cama. Ele estava cansado; essa seria uma noite de descanso. — Levei os doces a ela e vi logo que ela os reconhecera. Ofereci-lhe um, sorrindo, a princípio. Quando ela recusou, fiz-me zangado e fingi que a ia obrigar; ela atirou-os ao chão e pisou-os. Pelo menos tem raça — falou não sem mostrar certa aprovação.

"Mas chegara o momento de lhe dizer o que ela não podia fazer. E aqui deparei-me com uma dificuldade. Não podia levar ali um intérprete que ouvisse semelhantes coisas. O único em quem confiaria era você, e isso era demasiado. Apesar de tudo, ela é a minha mulher."

Concordei com ele. Seguiu-se um prolongado silêncio. Por fim, atrevi-me a dizer:

— Então, meu senhor, como conseguiu?

— Bati-lhe. Era necessário e não havia outra alternativa.

Perdi a fala perante isso e olhei à minha volta. O que teria ele usado? Não tinha chicote. Nem Bucéfalo, nem Peritas haviam conhecido a força de um chicote, mas ali estava um em cima da mesa, já com dez anos de uso, que deveria ter pertencido a um caçador. Ela terá por certo ficado aterrorizada com o seu aspecto tão usado.

Visto não haver mais nada para dizer, fiquei em silêncio.

— Ela possuía uma ideia diferente a meu respeito. Foi uma coisa que me ocorreu.

Era então por isso que se demorara tanto tempo! Recompus-me mesmo a tempo:

— Meu senhor, as mulheres sogdianas apreciam a força.

Olhou-me de lado, pensando se poderia permitir-se partilhar a brincadeira; percebeu-se que se decidira pela negativa. Ergui-me com gravidade e ajeitei a roupa de cama.

— Durma bem, Al'scandre. Já trabalhou muito e merece o seu repouso.

Mais tarde, voltei a pensar no que se passara. Ele era terno, sem ser fogoso; gentil a dar e a receber; comedido, apreciava as pausas da ternura. Tenho a certeza de que nunca pôs a si próprio a questão se nos dávamos bem pelo fato de eu ser como era. Calculo os cuidados que terá tido com uma jovem virgem. Agora percebera que ela o achara fraco.

Pouco tempo depois, o acampamento foi levantado. A noiva despediu-se dos seus e foi recebida no seu carro. Rumamos a oeste, em direção à Báctria, para repor a ordem na província. Alguns sátrapas e governadores não haviam merecido a sua confiança. Tudo devia ficar em segurança antes da marcha para a Índia.

19

Alexandre visitou as suas novas cidades, substituiu, aqui e além, um governador tirano, corrupto ou fraco. À exceção de algumas pequenas escaramuças com bandos de ladrões que atuavam nas rotas de comércio, a corte esteve sempre na sua companhia. Agora, além da horda habitual, havia ainda o comboio de carros de Roxane, transportando as suas damas, servas e eunucos.

A princípio, ele costumava visitá-la com bastante frequência, geralmente à tarde. Logo se tornou claro que não gostava de passar a noite na sua companhia. Gostava de se ver rodeado pelas suas coisas, entre as quais eu me contava; de se deitar tarde, sempre que lhe apetecia, e de dormir até de manhã sem ser incomodado. À tarde, trocava algumas trivialidades com a sua esposa, indo até onde o seu grego lhe permitia, cumpria os seus deveres de marido e voltava para a sua tenda.

Ela não trazia ainda em si uma criança. Tais coisas não permanecem em segredo durante muito tempo. Aqueles que o conheciam desde a juventude na Macedônia diziam que ele não gerara ainda descendência; no entanto, acrescentavam, também nunca ligara muito para mulheres, como tal, isso era irrelevante.

Os parentes da noiva aguardavam com impaciência novidades, mas apenas eles se mostravam assim. Os macedônios não se perderam de amores pelos sogdianos, pois se os achavam valentes, também não esqueciam a sua crueldade e a sua tendência para a traição. Na verdade, o rei era agora parente de metade da nobreza sogdiana e a província encontrava-se em paz, mas os soldados, que não desejavam um herdeiro sogdiano a governar os seus filhos, esperavam que ela fosse estéril.

Contudo, seguiam-no. Ele os atraía como o cometa atrai a sua cauda, através da sua luz e do seu fogo. Além do mais, ele era a cabeça da sua família. Eles podiam vir até ele, como se ele fosse o seu chefe tribal nas suas terras.

Metade das coisas que o ocupavam tinha a ver com essas questões. Todos os que haviam feito campanhas a seu lado, macedônios, mercenários gregos, trácios selvagens e pintados, sabiam de uma história semelhante à do soldado transido de frio que ele se sentara no seu lugar junto à fogueira. Além disso, era invencível. Isso acima de tudo.

Quanto a mim, via a minha dor sarando. Verdade se diga que, sempre que estava com ele, apenas me dava o seu amor; mas eu conseguia suportar isso muito bem, e logo percebi que os meus jejuns não seriam tão prolongados. Ela o cansava. Embora ele nada me dissesse, não era difícil de perceber. Alexandre desempenhava as tarefas de dois homens, as de um rei e as de um general; muito frequentemente desempenhava também as de um soldado. Eu tinha que me sentir sempre feliz com aquilo que os trabalhos do dia lhe haviam deixado; podia vir até mim para um breve prazer sonolento, dado com amor, seguido de descanso; então, eu me afastava deixando-o dormir em paz. Não creio que na tenda do harém isso fosse tão fácil. Talvez a tarefa tivesse despertado falsas esperanças.

De qualquer modo, pouco a pouco, as suas visitas tornaram-se menos frequentes ou então ele saía tão rapidamente que mal tinha tempo para lhe perguntar como ia de saúde.

Filóstrato tinha uma caixa com livros novos, acabados de chegar de Éfeso. Ele não tinha dinheiro suficiente que lhe permitisse fazer encomendas a uma boa casa de cópias e pagar, além disso, uma carretagem dispendiosa. Pedi então a Alexandre que lhe oferecesse esse primeiro presente. Desembrulhou-os como uma criança impaciente; a partir de então, disse-me, já podíamos ler versos gregos.

Era estranho, depois do persa; mais conciso na linguagem e mais preciso na forma; mas, com o tempo, deixava descobrir os seus tesouros. Quando li pela primeira vez a entrada em cena de Hipólito, oferecendo as suas flores da montanha à deusa pura que apenas ele podia ver, os meus olhos cobriram-se de lágrimas. Filóstrato de uma forma algo desajeitada, acariciou-me a mão, supondo que eu chorava pela minha vida passada — quem sabe, talvez até por essa.

Nem todos os meus pensamentos se voltavam para Eurípides. Na tenda ao lado (os escravos colocavam-nas sempre segundo a mesma ordem), Calístenes ensinava aos escudeiros. Assim, ouvia coisas ao passar junto a ela, ou até na minha tenda, se ele não baixava a voz.

Ismênio, embora tivesse mantido a sua palavra com honra, falava-me sempre que podia. Um dia perguntei-lhe o que achava das lições. Riu:

— Já há três meses que não vou. Fiquei farto delas.

— Sério? Quando não o via, pensava que estava de serviço. Quer dizer que ele nunca o denunciou? Podia ser castigado, com certeza.

— Sim, mas eu acho que ele ficou satisfeito por se ver livre de mim; na sua opinião, sou demasiado estúpido para aprender filosofia. Agora só fala disso; ou, antes, das suas opiniões, e delas já estou eu farto. A princípio, ainda aprendíamos alguma coisa de útil.

Demasiado estúpido, ou demasiado leal? Sim, talvez a sua ausência fosse bem-vinda. Ele era uma pessoa simples, comparado comigo que servira em Susa. Quando ouviu algo de que não gostou, foi-se embora, enquanto eu teria ficado para ouvir.

Meu grego era agora tão fluente que Alexandre me chamara a atenção para eu não perder a minha entoação persa, da qual ele tanto gostava, mas sempre que Calístenes passava por mim, calava-me. Agradava-lhe o fato de um jovem bárbaro não conseguir dominar a língua da raça eleita por Zeus. Não creio que lhe passasse pela cabeça que Alexandre alguma vez me *falasse*.

Naquela altura, já pouca atenção me prestavam. O jovem persa era já uma história antiga; uma pequena afronta comparada à esposa sogdiana.

Desde o casamento, Calístenes exibia a sua austeridade. Estivera ausente das bodas, alegando doença, embora fosse visto a pé no dia seguinte. Alexandre, ainda disposto a remediar as coisas, convidou-o para jantar mais tarde, mas voltou a receber a mesma desculpa. Poucos o convidavam fosse para onde fosse, pois a sua presença austera destruía qualquer alegria. Na época, ignorava que ele se comportava como o novo filósofo de Atenas (o velho Sócrates, dizem, era sempre uma companhia bem-disposta nas festas); e se eu soubesse mais da Grécia, talvez tivesse percebido por quê. Na minha ignorância, pensava que ele pretendia chamar a si as atenções, e como tal arrastava a sua voz quando eu passava junto às suas aulas. Para certos assuntos usava uma voz diferente.

A primavera despontara. Flores brancas com um cheiro de jasmim surgiam à beira da estrada; lírios cresciam junto aos rios. Ventos gélidos assolavam ainda os desfiladeiros. Recordo-me de uma noite em que Alexandre e eu dormíamos enroscados um no outro; ele era contra os cobertores extras que, na sua opinião, amoleciam o espírito, mas não era contra a minha presença.

— Al'scandre — disse —, quem foram Harmódio e Aristogíton?

— Amantes — retorquiu, sonolento. — Famosos amantes atenienses. Deve ter visto suas estátuas no terraço em Susa. Xerxes levou-as de Atenas.

— As dos punhais? Do homem e do rapaz?

— Sim. A história é contada por Tucídides... Mas o que deseja saber?

— Para que eram os punhais?

— Para matar o tirano Hípias. Embora não o tivessem chegado a fazer. Apenas apanharam o seu irmão, o que o tornou ainda mais tirano. — Ergueu-se para contar a história. — Mas morreram com honra. Os atenienses nutrem um carinho particular por eles. Um dia, hei de enviá-las de novo para lá. São estátuas muito antigas. Sem graça. O belo Harmódio não chega aos seus calcanhares.

Ele se manteria acordado ainda por mais alguns momentos.

— Al'scandre, ouvi Calístenes dizer aos escudeiros que eles tinham matado o tirano e que esse era um gesto bastante nobre.

— Ah, sim? Tucídides diz que esse é um erro muito frequente em Atenas. Há uma velha canção, ouvi-a uma vez, sobre o modo como eles libertaram a cidade.

Mas eu não disse: "Ele falava com outra voz".

Já vira o que era uma conspiração em Ecbátana; sentira-a na minha própria pele; julguei senti-la mais uma vez, mas embora lhe conhecesse a linguagem, ainda não lhe desvendara os seus próprios mistérios, as mutações de tom, as pausas, onde os segredos se insinuam.

— Bem, não o mate. — Fez-me um carinho, sorrindo. — Aristóteles jamais me perdoaria.

Um cobertor cobria-nos e unimo-nos num abraço ainda mais forte. Fizera nesse dia o trabalho de três homens e logo adormeceu.

Quinze dias mais tarde, enquanto eu o penteava antes do jantar, disse-lhe que Calístenes privilegiava a companhia de Hermolao depois das lições. Replicou-me que era uma pena, mas que o amor era cego.

— Não é amor — respondi. — Sóstrato é o seu amante. Tenho-o observado, e ele não se importa. Às vezes ele próprio está presente.

— Sim? Já tinha pensado que havia qualquer coisa de estranho nos seus modos. Deve ser influência de Calístenes. Nunca foi capaz de entender a diferença entre civilidade e servilismo. Que homem mais aborrecido, mas você sabe que é um grego do sul e não deve se esquecer disso. Há seis gerações que se orgulham de não terem um amo; assim já destruíram metade dos seus homens mais valorosos. Xerxes só chegou à Ática porque eles não estavam dispostos a seguir um chefe. Foi por isso que o meu pai podia ter saqueado Atenas se assim o quisesse. E eu também o podia ter feito, mas entre nós e Xerxes, três gerações, até a inveja os ter destruído de novo; foram de fato grandiosos e Atenas estava no coração disso. Apenas estive lá uma vez, mas ainda se sente.

— Al'scandre, nunca o penteiam quando está longe? Junto à raiz está todo emaranhado. —|Após breve pausa, prossegui: — Se Calístenes odeia ter um amo, por que razão veio?

— Porque meu pai voltou a erguer a casa de Aristóteles como paga por ele ser meu tutor. Ela fora destruída pelo fogo durante as guerras da Trácia quando eu era ainda um garoto; o mesmo sucedeu com Olinto, a terra de Calístenes. E ele acha que merece o mesmo, embora nunca tenha me dito, mas Aristóteles enviou-me para que eu não deixasse de ser grego. Essa é a verdadeira razão.

Seu cabelo estava pronto, mas eu continuei a penteá-lo para que ele não parasse de falar.

— Oco matou o seu melhor amigo através da tortura, um homem com quem ele estudara. Deve ter ouvido na Macedônia. "Nunca se esqueça de tratar os gregos como homens, e os bárbaros como gado criado para uso dos homens." — Então, levou-me a mão até seu queixo. — Um grande espírito, mas nunca me acompanhou até aqui. Escrevo-lhe; digo-lhe sempre que fundo uma cidade, pois ele me ensinou a civilidade e a lei, mas sei que o desaponto. Ele não consegue entender que, com uma amálgama de bactrianos, trácios, mercenários gregos e alguns gregos sem-terra, tenho que manter uma guarnição e um código, não uma constituição. Nas cidades gregas da Ásia, aí, sim, posso construir democracias; aí compreendem-na, mas em primeiro lugar é preciso haver justiça; assim, antes do mais... mando-lhe presentes. Jamais esqueço a minha dívida para com ele. Até aturo Calístenes, apesar de não lhe passar pela cabeça quanto me custa.

— Espero, meu senhor, que não lhe custe ainda mais — retorqui. — Já é hora de cortar o cabelo.

Nunca lhe fazia caracóis, deixando-o andar de qualquer maneira, como a juba de um leão; no entanto, tinha cuidado com o corte. Em tempos idos, roubara uma madeixa no barbeiro. Ainda a guardo comigo, numa pequena caixa dourada. Continua brilhante como ouro.

Nada mais disse. Se me tornasse cansativo, não prestaria tanta atenção. Tinha menos paciência nos dias em que visitava o harém.

Com a chegada da primavera, mudamos o acampamento para um local mais elevado, uma colina junto à torrente de um rio, abrigado numa floresta de velhos cedros. Mesmo ao meio-dia o sol era suave e filtrado pelas árvores. Cresciam ali anêmonas. As pedras no leito transparente faziam lembrar bronze polido. A fragrância do cedro excedia a das especiarias árabes; as folhas que cobriam o chão pareciam os carpetes do harém. Era um local destinado à felicidade.

Embora a floresta fosse um paraíso para passear, ainda arranjava tempo para as minhas aulas de grego e para observar Calístenes e os seus alunos favoritos.

Claro que ele nunca tinha junto de si todos os escudeiros de uma só vez. Alguns estavam de serviço; os guardas da noite, por seu turno, descansavam. Eles eram destacados para as suas vigias, apesar de Alexandre não ser demasiado rígido quando eles pediam para fazerem substituições. Hermolao e Sóstrato tinham recebido autorização para estarem juntos de serviço. Era com o seu turno que Calístenes se incomodava.

Tenho pensado muitas vezes nele, desde que vivo no Egito e que leio mais livros. Ele encarava a si próprio como um filósofo grego; sabia, tal como o sei hoje, que o velho Sócrates jamais faria a prostração; tal como Platão, mas Alexandre também nunca *lhes* teria pedido, tal como não teria pedido a Aristóteles se esse ali se tivesse deslocado. Meu senhor reconhecia a grandeza do coração e prestava-lhe as devidas honras, tal como mais tarde o demonstraria na Índia. Não honrava Calístenes, que inicialmente o lisonjeara e depois o insultara. Por que haveria de o fazer? Há sempre homens que se pretendem avaliar a si próprios tomando como medida a grandeza alheia; começam então a odiá-la, não por aquilo que ela é, mas por aquilo que eles são. São capazes de invejar os mortos.

Era isso que Alexandre via. Não entendia, pois nada tinha a ver consigo, o poder que semelhantes homens têm de despertar nos outros a inveja adormecida da qual em tempos tiveram uma vergonha decente; transformar o respeito pela excelência em ódio. Nem o próprio Calístenes o compreendia. A vaidade o gera, a vaidade o esconde.

Teria ele consciência de que era diferente dos que o seguiam, quase um oposto seu? Ele olhava para uma Grécia grandiosa havia muito desaparecida. Para esses jovens macedônios, a Grécia era apenas um nome; ele era algo de novo, um desafio mais elevado.

Claro que Hermolao e Sóstrato o mostravam, e transmitiam a sua influência aos outros. Alexandre permanecia atento. O privilégio dos escudeiros consistia em servirem diretamente sob as ordens do rei; mais ninguém os podia castigar. Sóstrato recebeu uma repreensão e teve que fazer uma guarda extra. Hermolao foi admoestado.

Estavam chegando ao termo do seu serviço; mal uma nova leva chegasse da Macedônia, seriam substituídos. Haviam deixado de ser rapazes que se castiga por desleixo, e haviam-se transformado nos homens que se julga por insubordinação.

Num momento de maior tensão, quando me ofereceu um dos seus muitos presentes, disse:

— Em contrapartida, tenho que suportar aqueles dois idiotas aqui.

Assim estavam as coisas quando ele subiu à montanha para caçar.

Eu adorava caçar, apesar de nunca matar grande coisa; agradava-me a cavalgada, o ar daqueles lugares, os mastins buscando a presa e ladrando; a espera em silêncio, aguardando o que pudesse surgir. Pelos rugidos e pelos excrementos, soubemos do que se tratava desta vez: era um javali.

Um dos lados da serrania tinha pouca vegetação, o outro estava cheio de arbustos e de refúgios. Junto a um lugar mais retirado, onde as flores estavam espezinhadas, os cães começaram a ladrar. Era de um espesso arbusto que lhes chegava o cheiro do javali. Alexandre deu o seu cavalo a um escudeiro; todos os homens desmontaram. Eu também, embora estivesse cheio de medo do javali. Eles são muito bem capazes de nos deitar ao chão e de nos trespassar durante a queda. Se espetasse minha lança num, não seria capaz de me aguentar. *Bem*, pensei, *se eu morrer, ele me recordará para sempre belo. E não um covarde.*

Os homens aguardaram com firmeza, com as lanças baixas e os joelhos um pouco dobrados para melhor suportarem o choque no caso de o javali atacar na sua direção. Os cães atarefavam-se na toca. Os escudeiros permaneciam junto ao rei, um costume que se mantinha desde a Macedônia.

Algo negro surgiu de repente. Seguiram-se grunhidos furiosos. Perdicas matara. Foi brevemente aclamado; os cães prosseguiam a sua luta lá dentro. O barulho veio na direção do rei; sorriu de expectativa como um rapaz. Ao reparar que tinha os meus dentes cerrados, tentei sorrir também.

Um focinho com presas surgiu; era um grande javali. Alexandre estava perto dele. O animal olhava os invasores do seu lar, escolhendo um inimigo. Alexandre, movendo-se com agilidade, avançou, não fosse ele carregar sobre um escudeiro, mas no instante em que o javali atacou, Hermolao adiantou-se e feriu-o com a lança.

Era um gesto de insolência inconcebível. Alexandre teria cedido a caça a um amigo que ele próprio escolhesse, mas apenas isso, pois os escudeiros estavam ali somente para o servirem, tal como em combate.

O javali fora ferido com pouca gravidade e lutava ferozmente. Alexandre, sem se mexer, fez sinal aos outros escudeiros para o ajudarem. Quando aquele trabalho sangrento terminou, chamou Hermolao. Este avançou com uma expressão de desafio para enfrentar o olhar que ele já vira muitas vezes revelando desagrado, mas jamais conhecera a sua fúria. Empalideceu. Não era uma imagem para esquecer.

— Volte imediatamente para o acampamento. Entregue o seu cavalo nas linhas. Regresse ao seu aquartelamento. Só saia de lá quando o chamarem.

Seguiu-se um burburinho entre os outros. "Entregue o seu cavalo" significava andar a pé, e isso era a pior desgraça que podia acontecer a um escudeiro; a pior, à exceção de outra.

Fomos para outro bosque onde a caçada prosseguiu. Creio que abatemos um veado. Regressamos em seguida. Alexandre não gostava de desistir.

Nessa tarde convocou todos os escudeiros para a parada; eram muitos, o que não se imaginava ao ver os turnos separadamente. Disse-lhes que sabia quais lhe prestavam um bom serviço, e esses nada tinham a recear. Alguns haviam-se tornado desleixados e irreverentes; já tinham sido avisados, em vão. Revelou a ofensa de Hermolao que se apresentava ali sob guarda, e perguntou-lhe o que tinha a dizer.

Segundo me disseram, na Macedônia, nenhum jovem atinge a maturidade sem ter caçado um javali sozinho. (Nos tempos do rei Filipe, era um homem, também.) Não sei se Hermolao tinha isso em mente; uma coisa é certa, Alexandre não fazia esse tipo de imposições. De qualquer modo, Hermolao disse:

— Lembrei-me de que era já um homem.

Também eu me lembrava aqui de uma coisa; lembrava-me de Calístenes exortando a sua classe para que eles se lembrassem de que eram homens e de que deviam usar um tom de voz diferente. Não sei se Alexandre adivinhou de onde vinham aquelas palavras. Limitou-se a dizer:

— Muito bem. Então já pode receber o castigo de um homem. Vinte vergastadas, amanhã ao nascer do sol. Os pelotões estarão presentes para assistir. Destroçar.

Pensei: *Se Sóstrato é de fato um amante, será ainda pior para ele. Bem, não deve ter encorajado o seu amigo no sentido da insolência; além disso, é o mais velho.*

De qualquer modo, depois de ter presenciado tantas feridas e tanta dor naqueles que amei, não consegui deixar de sentir piedade por ele.

Era a primeira vez que um escudeiro era flagelado no reinado de Alexandre. O chicote não rasgava feridas até o osso, como eu vira fazer em Susa; mas cortava, e atrevo-me a dizer que ele não sabia que podia fazer bem pior. Podia deixá-lo com cicatrizes, algo, aliás, que lhe podia acontecer sempre que se despisse para fazer exercício. Um persa tentaria escondê-las.

Vi Calístenes pôr a mão no ombro de Sóstrato. Um gesto simpático; mas Sóstrato, com olhos apenas para o seu amante, não reparou sequer no rosto daquele que se encontrava atrás de si. Ali insinuava-se o prazer. Não devido à dor, mas antes a expressão de alguém que vê os acontecimentos desencadeando-se tal como desejava.

Bem, pensei, *se ele acha que isso vai voltar os soldados contra o rei, é um idiota; esses entendem a disciplina*. Nem achei que valesse a pena mencioná-lo a Alexandre; especialmente por as coisas parecerem estar melhorando. As lições que ouvi não eram nada de especial; a voz diferente desaparecera. Talvez se tivesse arrependido de ter sido nocivo ao seu aluno. Hermolao voltou ao serviço depois de terem sarado as suas feridas; o seu comportamento era agora bastante correto; o mesmo se passava com Sóstrato.

Foi mais ou menos por essa época que a adivinha síria começou a andar à volta do rei. Seguira o acampamento durante meses; era uma coisa pequenina, castanha, de idade indistinta, vestindo roupas andrajosas, remendadas com linha dourada, e cheias de contas espampanantes. Tinha um espírito familiar; costumava andar por ali até ele lhe apontar um homem. Então, ela predizia-lhe o futuro em troca de um pão ou de uma moedinha de prata. A princípio, riam-se, mas depois começaram a ver que aqueles com quem ela falava obtinham o que ela lhes prometia. Não adivinhava o futuro de toda a gente; o seu Mestre tinha que lhe indicar o homem que ele próprio escolhia. Logo se criou em seu torno uma auréola de bom presságio, graças à qual deixou de passar fome. No entanto, um dia foi insultada por um grupo de fanfarrões bêbados; a princípio, assustou-se, mas depois olhou de repente para o chefe deles e, como se apenas o visse, falou:

— Morrerá ao meio-dia, ao terceiro dia do Quarto-Minguante desta Lua.

Nesse mesmo dia, o homem tombou numa escaramuça. Desde então deixaram-na em paz.

Por uma ou duas vezes, ofereceu-se a Alexandre para lhe falar do seu futuro a troco de nada. Ele riu, deu-lhe qualquer coisa, sem parar para a ouvir. Não se corria grande risco errar ao profetizar-lhe a vitória; mas noutra situação, em que ele parou para uma breve troca de palavras, notou alguns pormenores que condiziam com a verdade e ouviu-a um pouco mais. Com o seu ouro, comprou um vestido novo; mas depois de ter dormido com ele uma noite, já parecia o antigo.

De manhã costumava entrar na tenda do rei pela parte de trás, por uma porta que dava para o seu quarto de dormir. (Tinha sido concebida assim para Dario poder receber as suas mulheres sem ser incomodado.) Um dia, encontrei-a ali, sentada de pernas cruzadas à entrada. Os escudeiros não a tinham repelido porque Alexandre não lhes dera ordens nesse sentido.

— Então, mãe — disse —, passou toda a noite aqui? Está com ar de quem passou.

Ela se ergueu e abanou as moedas pendendo das duas orelhas, eram duas que Alexandre lhe oferecera.

— Sim, meu filho. — (Eu tinha bem mais um palmo do que ela.) — Meu Mestre enviou-me, mas agora diz-me que ainda não chegou o momento.

— Não faz mal, mãe. Quando o dia afortunado chegar, sabe que o rei a ouvirá. Vá descansar.

Cerca de um mês depois da caça ao javali, Perdicas deu uma festa em honra de Alexandre.

Foi uma festa bastante grande; todos os seus amigos estavam presentes; também o estavam as suas mulheres quando o seu *status* o justificava; segundo a tradição grega, isso significava hetairas de origem nobre. Claro que não havia persas. Um cavalheiro persa preferiria morrer a exibir em público uma concubina sua; mesmo os próprios macedônios, que possuíam mulheres arranjadas em saques de cidades, não as deixavam sofrer semelhante desgraça. Alexandre não o permitiria.

Através da abertura da tenda vi Tais, de Ptolomeu, coroada de rosas, sentada perto de Alexandre. Era uma velha amiga, quase da adolescência, e amante de Ptolomeu já antes da travessia da Ásia; a essa altura era ainda muito jovem, mas a sua beleza era agora a de uma mulher adulta. Ptolomeu mantinha-a quase como se fosse sua mulher, embora não pudesse chegar a tal ponto, devido à sua fama em Corinto. Alexandre sempre se deu bem com ela. Fora ela a moça que lhe pedira em Persépolis para destruir o palácio pelo fogo.

Alexandre vestira-se segundo o costume grego, com uma túnica azul e uma grinalda de folhas douradas, na qual eu lhe pusera flores recém-apanhadas. Pensei: *Ele nunca se envergonhou de mim. Poderia partilhar o seu divã, não fosse isso magoar Hefestion.* Já me era mais fácil esquecer Roxane, mas Hefestion nunca pude esquecer.

Alexandre disse-me para não ficar de pé à sua espera. No entanto, ocupei-me com pequenas tarefas na sua tenda. Tinha um estranho sentimento de culpa por me ir embora, embora já fosse bastante tarde, e eu próprio tivesse estado também a observar a festa.

À volta da tenda, estava de guarda o turno da noite; eram os seis do costume: Hermolao, Sóstrato, Antícles, Epímenes e mais dois. Antícles tinha sido recentemente transferido de outro turno. Fiquei à entrada traseira da tenda, saboreando a noite, auscultando os murmúrios do acampamento, um cão que ladrava (não era Peritas, pois ele ficara a dormir profundamente) e o ruído da festa. A luz que saía da tenda aberta diluía-se entre os cedros.

As mulheres estavam saindo. Soltavam risinhos e piadas entre si, enquanto a folhagem dos cedros lhe tocava os pés já titubeantes. Os criados que transportavam os archotes conduziam-nas através das árvores. Na tenda alguém tangeu uma lira e os cânticos surgiram.

Embalado pela beleza da noite, das luzes e da música, deixei-me ficar não sei por quanto tempo. De repente, Hermolao surgiu a meu lado. O chão macio susteve o som dos seus passos.

— Está à espera, Bagoas? O rei disse que viria deitar-se bastante tarde.

No passado, ele teria acompanhado as suas frases de uma expressão de desdém; mas agora falava-me com simpatia; mais uma vez pensei em como os seus modos tinham melhorado.

Ia dizer-lhe que me estava preparando para deitar quando vi um archote aproximando-se. Iluminava Alexandre. Perdicas, Ptolomeu e Heféstion acompanhavam-no a casa. Pareciam bastante firmes apesar do vinho, e bem-dispostos.

Senti-me feliz por ter esperado e preparava-me para entrar quando vi a mulher síria à luz do archote. Surgiu furtiva, como um mocho, e acercou-se de Alexandre; puxou-lhe a túnica e ajeitou-lhe a grinalda.

— Então, mãe? — disse, sorrindo. — Já tive a minha dose de má sorte hoje à noite.

— Oh, não, meu rei! — Agarrou-o com as suas pequenas mãos. — Não, criança de fogo! Meu Mestre o acompanha, ele protege sua sorte futura. Regresse à festa, divirta-se até o nascer do dia, sua vida estará aí protegida. Aqui não, meu querido, aqui não.

— Vê? — retrucou Perdicas. — Volte para a festa e traga-nos sorte.

Alexandre olhou-os rindo.

— Os deuses dão-nos bons conselhos. Quem quer dar um mergulho no rio antes de regressarmos?

— Você, não — disse Heféstion. — A água está gelada, como a do Quidno, e sabe muito bem que ela quase o ia matando. Vamos cantar.

Todos voltaram, à exceção de Ptolomeu e Leonato, que estavam de guarda ao rei no dia seguinte. Ao regressar à tenda, vi os escudeiros abandonarem os seus postos e sussurrarem entre si.

Falta de disciplina, pensei. *Bem, vou me deitar.*

Contudo, decidi não ir. Depois daquilo que a mulher dissera, a noite ficara estranha. Não gostei de a ouvir dizer que não era bom para Alexandre ficar ali. Voltei atrás. Os escudeiros continuavam a falar entre si; qualquer pessoa podia ter entrado, tal como eu, sem ser vista. Pensei para comigo: *Nunca darão bons soldados.*

Aos pés da cama, Peritas dormia profundamente. Ele era um cão que sonhava agitando as patas e soltando pequenos guinchos para afugentar os seus fantasmas, mas hoje estava calmo e nunca levantou a cabeça quando dele me aproximei.

Vou ficar alerta para proteger o meu senhor da má sorte, visto nem o seu próprio cão o fazer. Enrolei-me no cobertor, num canto mais afastado, para o caso de os amigos do rei o acompanharem. As folhas de cedro tornavam o chão macio como um tapete. Fechei os olhos.

Acordei ao amanhecer. Alexandre estava ali. A tenda parecia cheia de gente. Eram os escudeiros da guarda da noite. Por quê? Seu turno terminara de madrugada. Falava-lhes com muita gentileza, dizendo-lhes que compreendia o que tinham feito e que aí estava algo a ter em atenção. Deu a cada um uma moeda de ouro e um sorriso, e mandou-os sair.

Não parecia fatigado com a noitada; a conversa devia ter sido boa. Já não bebia vinho como costumava fazer junto ao Oxo ou em Maracanda. O último escudeiro a sair foi Sóstrato. Por acaso olhou na minha direção e fê-lo com uma expressão de violência. *Não me admira*, pensei, *quando nenhum de vocês estava de olhos bem abertos.*

Alexandre disse-me, enquanto o despia, que eu devia ter ido para a cama. Perguntei-lhe se a sorte prometida se havia concretizado.

— Sim, mas afinal de contas foi aqui. Viste quem eram os guardas da noite; os piores. Foram substituídos de madrugada, mas quando regressei ainda aguardavam nos seus postos. Queriam que isso fosse um sinal para mim. Jamais fui duro para com um homem que pedisse perdão. Se tivesse voltado mais cedo não teriam tido oportunidade de o fazer. Tenho que dar algo à mulher síria. Por Hércules, estou cansado! Não deixe que ninguém se aproxime de mim durante todo o dia.

Fui-me lavar e mudar de roupa. Dei uma volta a cavalo pela floresta e, assim que o acampamento começou a ficar mais movimentado, regressei para me certificar de que não o incomodavam. Dormia profundamente; era estranho, pois Peritas continuava a dormir assim. Senti a temperatura do seu nariz, mas estava frio.

Havia vozes na tenda exterior que eu achei serem altas demais. Os guardas pessoais, Ptolomeu e Leonato, tinham ali dois homens que pareciam fazer um grande rebuliço. Para minha surpresa, reconheci que um deles era o jovem Epímenes, do turno da noite; soluçava com as mãos postas no rosto. O outro disse:

— Perdoe-lhe, senhor, tem sofrido imensamente com isso.

Ao ouvir essas palavras acerquei-me e disse a Ptolomeu que o rei estava dormindo e não desejava ser perturbado.

— Eu sei — respondeu Ptolomeu. — Mas sou obrigado a acordá-lo. Tem muita sorte em estar vivo. Leonato, posso deixar esses dois com você?

Mas o que era isso? Inconcebível. Acordá-lo contra as suas próprias ordens; num momento em que dormia profundamente, mas Ptolomeu não era tolo nenhum. Fui atrás dele, sem outra razão que não fosse a da minha presença.

Alexandre dormia deitado de costas e ressonava suavemente. Era preciso dormir muito profundamente para o fazer. Ptolomeu chegou-se junto dele e chamou-o pelo nome. Suas sobrancelhas moveram-se, mas ele ficou na mesma. Ptolomeu sacudiu-o.

Despertou como se viesse do mundo dos mortos. Seus olhos pareciam cegos. Com um grande suspiro, trouxe-lhe de novo a visão e disse:

— O que se passa?

— Está acordado, Alexandre? Ouça, é sua vida que está em perigo.

— Sim, estou acordado. Continue.

— Há um escudeiro, Epímenes, que esteve de guarda esta noite. Ele afirma que eles planejavam matá-lo durante o sono. Se tivesse se deitado, eles o teriam feito.

A sobrancelha de Alexandre arqueou-se. Devagar, sentou-se, nu, e esfregou os olhos. Aproximei-me com uma toalha úmida; pegou-a e passou-a pelo rosto. Depois disse:

— Quem está chorando?

— O rapaz. Diz que foi bom para ele hoje de manhã, e sente-se envergonhado.

— Confidenciou o que se passara ao amante — continuou Ptolomeu —, porque não sabia o que havia de fazer; eles tinham feito uma jura qualquer entre si. O amante pertence aos Companheiros; foi ele quem decidiu pelo amigo e disse ao seu irmão mais velho para tratar de tudo.

— Estou vendo. Quero saber o nome desse homem, devo-lhe algo. E os outros? O que é que eles iam fazer?

— Espere, espere até o seu grupo estar novamente de turno. Há já um mês, segundo disse o rapaz, que eles estão preparando tudo para ficarem juntos. Foi por isso que se deixaram ficar hoje de manhã, depois de terem sido substituídos. Não conseguiam acreditar que tinham falhado, depois de todo o trabalho que tiveram.

— Sim — disse Alexandre devagar. — Sim, estou percebendo. Há mais nomes?

— Um ou dois. Já tomei nota deles. Quer que eu os diga ou ele?

Fez uma pausa passando com a toalha pelos olhos.

— Não, prendam-nos a todos. Trato disso amanhã. Não posso estar presente num tribunal para julgar uma traição, meio a dormir, mas quero ver Epímenes. — Pôs-se de pé. Cobri-o com uma túnica lavada.

Na tenda exterior, os irmãos caíram de joelhos; o mais velho estendeu as mãos.

— Não, Euríloco — disse Alexandre —, não me peça que poupe a vida do seu irmão.

O homem ficou lívido.

— Não, não entendeu o que eu queria dizer; quis dizer que não me negasse o prazer de poupá-la sem que me pedissem.

Não fora sua intenção atormentá-lo, mas ele estava ainda meio adormecido.

— Eu lhe agradecerei mais tarde. Precisarei de vocês dois amanhã. Entretanto, descansem.

Ofereceu a sua mão direita a cada um deles, juntamente com um sorriso. Via-se que, a partir daquele instante, qualquer um deles facilmente daria a sua vida por Alexandre.

Quando eles saíram, disse a Ptolomeu:

— Conceda o perdão aos parentes mais próximos, ou então eles vão fugir por essa Báctria afora. Para que obrigá-los a isso? Sabemos qual a origem de tudo. Prenda-o. Conserve-o afastado dos outros.

— Hermolao?

— Calístenes. Já é tempo de o fazermos. Por que tudo isso em relação a mim?

Depois voltou para a cama. Adormeceu num instante. Habituara-se a conviver com a morte.

À noite acordou, bebeu água, designou um turno de noite dos Companheiros e dormiu até de manhã. Depois mandou-me chamar.

— Você me avisou — disse. — Avisou-me uma vez, duas... Pensei... — Pôs a mão sobre a minha. Pensara obviamente, que eu vinha de uma corte corrupta e que não era minha culpa ter trazido comigo todas as minhas suspeitas. — Pensei que estava demasiado inquieto. Ouviu Calístenes a meter-lhes essas coisas na cabeça?

— Creio que sim. Entre persas teria a certeza, mas de qualquer modo, acho que sim.

— Fale-me outra vez do que viu. Vamos interrogá-los e não faço intenções de arrastar o caso. Prevenido, posso abreviar a questão.

Não tinha vontade que o fizesse. Minha piedade inicial dera lugar a centelhas de fogo. Independentemente do que fosse necessário fazer, eu mesmo faria se soubesse, mas disse-lhe tudo aquilo de que me lembrava, desde o episódio dos amantes atenienses.

— Sim — retorquiu —, li a sua lição e ri-me de você. Perguntou-me para que eram os punhais?

— Passava a vida a falar de tiranos gregos. Não me recordo dos seus nomes. Viviam em... Si... Siracusa? E na Tessália.

— Tessália. Ele foi assassinado na cama. Continue.

— Então, depois de Hermolao ter sido castigado, tudo cessou. Era apenas a Boa Vida, ou cálculos com números. Pensei que ele tinha consciência do erro que cometera, mas agora acho que ele havia escolhido já os seus homens e não queria que os outros soubessem. Há alguns dias, quando fui cavalgar para a floresta, vi-o lá na companhia de todos eles e de mais alguns. Pensei, então, que ele lhes ensinava botânica, tal como Aristóteles fez com o senhor.

— Por que não? Era bem possível. Sabe quem são os outros?

Sabia e disse a ele. Não o censurava por ter me prestado atenção tão tarde. Amava-o por lhe custar pensar o pior, mesmo de um homem com quem tivera um conflito. Não lhe recordei que havia muito desejara que ele se visse livre daquele indivíduo. Lembrei-me da gentileza com que falara com os potenciais assassinos, e dos presentes que lhes oferecera. Isso lhe deixaria uma marca tão profunda quanto a ferida da catapulta em Gaza.

Os escudeiros foram levados para fora do acampamento para serem interrogados. Ptolomeu, que penso que esteve presente, escreve que todos eles afirmaram terem sido inspirados por Calístenes.

Mais tarde, Alexandre encontrou-me na tenda dando leite a Peritas, que ainda estava doente da droga que lhe tinham feito ingerir, e que se recusava a comer.

— Os outros dois nomes eram aqueles que você me deu — disse-me. — Agradeço-lhe por isso. — Fez um carinho no cão que se arrastara até seus pés. — Ainda bem que não era necessário ter você lá; é demasiado bom para semelhante trabalho.

— Bom? — indaguei. — Eles o teriam assassinado durante o sono, quando eram incapazes de lhe enfrentar acordado todos juntos, mesmo que estivesse apenas nu com a sua espada. Não, meu senhor, não teria me achado bom.

Passou a sua mão pelo meu cabelo e não acreditou no que eu lhe dizia.

Quando se dirigiram para o julgamento, podiam andar, o que penso ser mais correto. Não sendo macedônio, apenas pude assistir ao apedrejamento. As pedras vieram do leito do rio; estavam limpas e eram redondas, boas para agarrar, mas seria um insulto para todos um persa apedrejar um macedônio. Além disso, já havia mãos mais do que suficientes. O voto a favor da morte passara por aclamação; mesmo os seus pais, se estavam presentes, tinham concordado. Pela velha lei da Macedônia, também eles deviam ter morrido;

não tanto por serem suspeitos, mas principalmente para proteger o rei de uma luta entre famílias. Alexandre foi o primeiro a conceder o perdão.

Quando os condenados foram trazidos perante Alexandre, ele lhes perguntou se algum deles desejava falar. Percebi depois de Hermolao ter aceitado.

Devo dizer que ele mantinha uma boa compostura embora a sua voz tivesse ficado mais aguda, mas enquanto falava, cada palavra surgia como um eco. Era a voz de um discípulo — de um discípulo que se mantinha firme na sua lealdade, isso devo conceder a um morto — prestando homenagem ao mestre. Para a maioria dos macedônios não passava de mera insolência; Alexandre viu-se obrigado a controlá-los até o jovem acabar de falar; mas para aqueles que tinham ouvido os discursos sobre a prostração, era prova mais do que suficiente.

Quando os levavam para as estacas, Sóstrato passou por mim. Fora ele que me vira na tenda nesta manhã. Cuspiu na minha direção.

— Sim, e também teríamos apanhado você, minha puta bárbara e porca.

Custava-me dever ficar quieto enquanto outros vingavam o meu senhor. Sempre que via um homem mais forte apanhar uma pedra maior, implorava a Mitra, vingador da lealdade:

— Atira essa por mim.

Uma delas despedaçou a cabeça de Hermolao.

Não voltei a ver Calístenes. Apenas os macedônios tinham direito a julgamento perante Assembleia. Ptolomeu pensa que ele foi interrogado e morto em seguida, mas eu duvido que ele tivesse estado presente e ouvi outra história.

Nessa altura, Alexandre não me falou acerca disso e, como tal, nada lhe perguntei. Acho que havia coisas que o tocavam profundamente e que, na sua opinião, eu não compreenderia, mas algum tempo depois, quando estava bastante embriagado e não se lembrava que nada me dissera, referiu uma coisa através da qual tentei reconstituir o que se passara. Creio que ao darem a volta aos papéis de Calístenes, descobriram cartas de Aristóteles. Segundo parecia, o filósofo ouvira, por meio do seu sobrinho, sobre o modo como o rei escolhera bárbaros como amigos e oficiais; como requerera a gregos livres que se prostrassem de uma forma servil; como levara para o seu leito um eunuco persa que já partilhara antes a cama de Dario; como depois se casara com uma selvagem sogdiana, uma mera dançarina numa festa. E o filósofo escrevera (cartas demasiado preciosas para serem destruídas) que tais coisas trariam de volta a tirania e a corrupção das velhas tradições gregas. Meios alguns deviam ser poupados para pôr fim ao que se passava.

O velho Sócrates e Platão haviam sido ambos soldados; Aristóteles, não. Talvez não fizesse ideia de que as suas palavras pudessem gerar mais do que outras palavras. Se assim era, desconhecia os homens. Alexandre, que os conhecia, e agora conhecia bem melhor, vira o efeito; não era de se admirar que duvidasse das intenções.

De qualquer modo, ouvi dizer muito tempo depois que Calístenes estava vivo e que Alexandre pretendia julgá-lo na Grécia, perante Aristóteles, para lhe mostrar o que as suas palavras tinham provocado, mas que, na Índia, Calístenes morrera vitimado por uma doença. Uma coisa é certa, se o rei tivesse morrido e se ele tivesse regressado a Atenas, teria sido aí um homem de sucesso. Comigo nunca falou disso.

Mas fê-lo com Hefestion. Conversaram longamente durante um serão, com Peritas deitado a seus pés. Ambos haviam estudado com o filósofo, ainda rapazes, na Macedônia, e partilhado as suas ideias. Hefestion conhecia a fundo o seu pensamento, não como um jovem estudante de Susa que o faz apenas para agradar ao rei.

De uma coisa tenho certeza. Não voltaram a ser enviadas flores exóticas ou estranhos animais por Alexandre à escola de Atenas. E algo mais sei: à medida que o seu poder aumentava, frequentemente se questionava sobre os conselhos que o seu velho professor lhe daria; mas nunca mais o fez. A partir dessa ocasião passou apenas a dar ouvidos à sua alma.

20

Afinal acabamos por não partir nesse ano para a Índia. Na Sogdiana, enviaram ao rei um novo exército para treinar, vindo de províncias de toda a Ásia. Embora eles tivessem sido instruídos por oficiais macedônios, uma coisa é ensinar a manejar uma arma, outra é reconhecer a mão do chefe.

Para mim era estranho ver todos esses povos que haviam formado o exército de Dario (muitas vezes eram exatamente os mesmos homens), mais uma vez sob o comando de um grande general; haviam deixado de ser uma massa informe de camponeses com armas forjadas por eles próprios em casa, esperando por chefes em carros, com os homens do chicote para os obrigar a avançar; agora eram já falanges e esquadrões, formando ou atacando ao som de uma palavra.

Alexandre inspecionou-os a todos em parada com a sua armadura; ele sabia que eles queriam ver um rei. Brilhava ao sol como a imagem de um deus. Quando os conduziu para as manobras, eles o seguiram como se lhes tivesse oferecido um prêmio. Ei-lo ali, num pequeno planalto, com os seus generais e alguns oficiais persas, dirigindo esse imenso exército vindo das suas nações conquistadas. Bastava-lhes um movimento coordenado para o varrer da face da terra, mas isso não podia acontecer, apenas porque ele sabia que isso era impossível. Ele era Alexandre.

Regressou ao Rochedo, levando a sua mulher para visitar os seus familiares. Percebia-se que eles tinham ficado pesarosos por ela não trazer em si uma criança; mas ele lhes ofereceu presentes principescos, tratou-os com cortesia e, principalmente, não tomara outra mulher. O que é que eles podiam fazer?

Uma era suficiente. Alexandre era demasiado orgulhoso para levar os seus segredos do leito matrimonial até para mim. Sabia que eu o compreendia. Já ouvi falar de homens que escolhem mulheres nas quais reconhecem as próprias mães. De tudo o que ouvi dizer acerca da rainha Olímpia, o seu filho era um deles, mas isso ele o aprendeu demasiado tarde.

De Olímpia ouvi dizer tratar-se de uma mulher terrível e bela, que teve conflitos com o marido até o dia da sua morte. Sussurrava-se que ela tinha tido a sua contribuição também aí. Devorava Alexandre com amor e certificou-se de que ele e o seu pai não desenvolveram uma grande amizade entre si. Todos sabíamos que ela não desenvolvera a conduta própria de uma dama, pois as suas cartas seguiam-no por toda a Ásia, desenvolvendo intrigas nos assuntos da Macedônia e aprofundando facções com Antípatro, seu regente. Alguém ouvira Alexandre dizer, depois de ter lido uma das suas cartas, que ela pagava um preço muito alto pelos nove meses que o havia guardado dentro de si.

Por tudo isso, se pode ver, na minha opinião, que nós, persas, tínhamos muito a ensinar aos macedônios em matéria de mulheres.

Talvez tivéssemos Alexandre. No entanto, simpático como ele era com elas, devia ter forjado bem fundo de si uma sina no dia em que se libertou da mãe. Não tinha discussões com Roxane. Nunca esquecia que era Grande Rei. Ela possuía a tenda do seu harém e o séquito; ali podia ser ela a única a governar. Ele a visitava com frequência; quando ela estava mais implicativa, ele ia embora e só voltava algum tempo depois. Sabia-o assim que ele vinha até mim. Havia certos sinais, de alívio ou desagrado, algures. Eu fora ensinado a compreender essas coisas.

Os novos escudeiros tinham regressado da Macedônia. Até aí chegara ao seu conhecimento qual fora o destino dos traidores. Quando os trouxeram à presença do rei, não eram mais do que um bando de garotos assustados, com medo de abrir a boca. Foi simpático para com eles e de imediato decorou os seus nomes. Aliviados, apressaram-se tentando ser prestativos para com ele; falaram comigo com respeito e mostraram-se gratos pelos meus conselhos. Pareciam muito jovens. Quatro anos haviam se passado, desde que o último grupo viera.

Foi um deles que me levou à presença de Alexandre já pela madrugada. Ele estava sentado à ponta da cama e tinha o roupão de banho vestido. No meio do chão estava Peritas, ocupando uma parte substancial do quarto. Jamais fora o mesmo depois de ter sido drogado pelos escudeiros.

— Tentou subir e eu lhe disse para descer — falou Alexandre. — Um pouco depois, tentou de novo e a essa altura tive um pressentimento.

— Quantos anos tinha?

— Onze. Devia ter vivido mais alguns anos. Esteve sossegado durante todo o dia. Encontrei-o na Ilíria, pertencia aos caçadores do rei Cótis.

Foi quando me zanguei com o meu pai e parti. Parecia um ursinho. Eu não tinha grande coisa para fazer, e ele era uma boa companhia.

— É preciso que a sua imagem fique registada no seu túmulo — repliquei —, para que os vindouros o recordem.

— Farei por ele algo ainda melhor. Nomearei a próxima cidade em homenagem a ele.

A cidade fica num local aprazível, aprovado por soldados e mercadores, numa boa passagem para a Índia. O túmulo e a estátua estão junto ao portão da entrada. A cidade recebeu o nome de Périta.

No inverno, quando as passagens congelaram, permanecemos na Báctria oriental. Embora as notícias corressem depressa, ainda durou bastante tempo até sabermos como se iniciara a longa vingança de Calístenes, a qual ainda não cessou.

Em Atenas, tinham tido um efeito semelhante ao de um pontapé num ninho de vespas. Mais de dez anos haviam se passado desde que o rei Filipe os vencera numa batalha que ele próprio não desejara, e para a qual foram arrastados por Demóstenes, o fazedor de discursos. Com ela viera a sua ruína e a de Tebas. (Fora Alexandre que, aos dezoito anos, conseguira penetrar as suas linhas.) Em seguida, Filipe mostrara uma clemência perante Atenas que espantara toda a Grécia. Apesar disso, ou (pois quem conhece o coração do homem?) por causa disso, haviam-no detestado e eram suspeitos de cumplicidade na sua morte; agora detestavam o seu filho que apenas aí fora uma só vez em missão de paz. Enquanto o meu amo viveu, mantiveram-se sossegados, pois tinham medo; depois, tal como chacais após a morte do leão, atiraram-se a ele.

Nem para o grande Aristóteles foi bom ter avisado o seu pupilo contra os persas; teve que fugir para salvar a vida, devido às suas simpatias para com a Macedônia, e não se atreveu a regressar. Um homem menor tomou em mãos a sua escola; em seguida, os filósofos aderiram ao coro.

Agora, por piedade e honra para com o meu povo, o meu amo é considerado bárbaro; um tirano porque castigou aqueles que se preparavam para o assassinar, direito aliás que pertencia ao mais insignificante cidadão; um mero soldado gabarola, apesar de ele levar a Grécia consigo para onde quer que fosse; a Grécia que ele honrava, da qual semelhantes mentirosos são herdeiros indignos.

Uma coisa boa dali veio: o rei Ptolomeu sentiu-se determinado a escrever a verdade enquanto era tempo. Agora, ele prefere trabalhar no seu livro a governar o Egito, o qual deixa geralmente ao encargo de seu filho.

— Oh, meu querido Bagoas! — dizem os meus amigos aqui. — Um homem como você, leitor dos melhores autores gregos, como é que pode se contentar com morrer sem ver Atenas? A viagem não é difícil, na estação devida. Posso recomendar-lhe um navio; escrevo todas as coisas que tem que ver; escrevo-lhe cartas para homens cultos. O que o retém de fazê-lo quando já viajou para tão longe? Vá, antes que a idade torne a viagem um fardo para você. — Assim falam, mas o meu amo na sua casa de ouro aqui, o meu amo que é agora mais jovem do que eu... ele compreende por que é que jamais irei a Atenas.

A primavera chegou, por fim. Era tempo de partir para a Índia.

Durante todo o inverno o rei falara com chefes de caravanas e com gregos do outro lado do Cáucaso que tinham viajado com as caravanas e lá haviam ficado. Desejando ouvir de novo a língua grega, ou apenas ouro, vieram falar-lhe do país do outro lado das montanhas, a Terra dos Cinco Rios.

Esses rios descem o Cáucaso. O maior deles é o Indo que recebe todos os outros no seu leito. Os indianos, que viviam entre eles, passavam a maior parte do tempo em lutas entre si e recebiam de braços abertos qualquer um que combatesse os seus inimigos. Alexandre disse que o mesmo se passara na Grécia e que fora graças a isso que seu pai a conquistara.

Do homem que viajara até mais longe, ele soube que, a quinze dias de marcha a partir do Indo, havia um rio ainda maior. Este, o Ganges, fluía não para Oeste, mas sim para Leste, em direção ao oceano.

Raras vezes o vi tão empolgado. Ao deitar-se, continuava a falar da mesma coisa, embora durante todo o dia não se tivesse calado com isso.

— O Oceano Circundante! Atravessaremos o mundo até seu limite. Poderemos navegar para casa pelo Norte, através do Euxino, ou contornar pelo Sul, em direção à Babilônia. Chegaremos aos confins do mundo.

— Tal feito será recordado para sempre pelas gerações vindouras — afirmei.

Tinha vestido o meu casaco de seda de Maracanda, com as suas serpentes voadoras e as suas flores. Sua reverberação azul saltara-me à vista (despira-o para dar banho ao rei); os botões eram de pedras verde-claras, pesadas e frias ao toque, talhadas com sinais mágicos. Segundo o mercador, viajara durante um ano. *Mentiroso*, pensei; *era só para fazer subir o preço.*

— O que está pensando? — perguntou Alexandre sorrindo. Senti-me envergonhado pela minha trivialidade e retorqui:

— Do altar que construirá, Al'scandre, nos confins do mundo, com o seu nome ali inscrito.

— Venha cavalgar comigo amanhã bem cedo. Bucéfalo precisa de exercício. Seus movimentos ainda são bons, mas custa-me que ele seja obrigado a atravessar as montanhas. — Continuava a sentir a falta de Peritas. Alguns amigos tinham-lhe oferecido ótimos cães, mas ele recusara. — Sabe — continuou —, Bucéfalo já vai pelos trinta.

Curvei-me enquanto o lavava e beijei-lhe a cabeça. No lugar em que a candeia iluminava os seus cabelos loiros, distingui duas linhas cinzentas.

Quando a primavera abriu as passagens, assinalamos a nossa partida com um holocausto. As novas tropas haviam trazido consigo apenas o essencial, mas o velho exército arrastava-se com carros e mais carros com bagagens, mobília, camas, colchões, pendentes, carpetes e roupas destinados, creio, a serem levados de regresso para a Macedônia. Entretanto, não tinham qualquer utilidade, exceto para serem trocados em caso de extrema necessidade. Os generais tinham comboios inteiros. Alexandre, embora conservasse para si muito menos daquilo que dava aos outros, tinha alguns carros com tecidos e tapetes. Deu ordens para que tudo fosse retirado dos carros e para que se vissem livres dos animais de carga. Em seguida, dirigiu-se para os seus próprios carros. Uma fogueira fora acesa ali perto; junto a ela havia uma pilha de tochas. Para dentro de cada um dos carros lançou uma tocha a arder.

Os oficiais, avisados com antecedência, seguiram-no. Nem os outros homens se demoraram muito tempo. Todos eles haviam derramado sangue por esses bens e haviam-nos ostentado em triunfo; agora estavam cansados de os arrastar consigo.

Além disso, há em cada um de nós uma paixão secreta pelo fogo; mesmo uma criança o sente, o que prova a sua origem divina. À medida que aquele esplendor cintilante se elevava nos céus, os homens começaram a lançar tochas para as coisas dos outros primeiro, e depois para todo o lado, rindo e gritando como meninos, até que o calor os afastou. Eu assisti à festa, eu que envelhecera sem viver a minha masculinidade, quando tinha apenas dez anos; ao olhar o fogo recordava-me dos destroços, das chamas da casa de meu pai, e pensei no desperdício que a guerra era.

Por volta dessa época, fizemos a travessia do Parapamisso sem grandes dificuldades. Alexandre aprendera com experiências anteriores. Passou algum tempo em Alexandria, pondo tudo em ordem, visto o governador ter demonstrado ser um idiota e um velhaco. Entretanto, enviou mensageiros a Onfis, o reino indiano mais próximo, pedindo a sua fidelidade. Essas terras tinham estado sob o domínio do império desde os tempos de Dario.

O próprio Onfis, em pessoa, veio ao seu encontro; era o primeiro indiano, à exceção de alguns soldados, que os nossos exércitos viam. Consigo trouxe vinte e cinco elefantes, no primeiro dos quais se sentara como uma imagem cintilante na sua cadeira coberta; era um homem jeitoso, de boa estatura, de tez mais escura do que a de um medo, mas não tão escura quanto a de um etíope. Tinha brincos de marfim; a barba e o bigode estavam tingidos de verde forte. Nós, persas, gostamos de cores intensas, mas os indianos preferem as brilhantes. Além de lantejoulas de ouro espalhadas por toda a sua roupa, havia ainda joias tão grandes que eu não teria acreditado que fossem verdadeiras se ele não fosse um rei.

Não sei que espécie de pompa ele estaria à espera de encontrar em Alexandre. Percebi que ele fez uma pausa, interrogando-se sobre o lugar onde se encontrava, até enfrentar um rosto que reconheceu. Ofereceu os seus préstimos em troca de apoio na luta contra o seu inimigo, um rei chamado Poro. Alexandre concordou desde que o tal homem recusasse prestar-lhe obediência. Deu uma grande festa em honra de Onfis e ofereceu-lhe ouro. Visto não haver extração de ouro por aqueles lados, todos os príncipes veem nele um objeto de valor particular. Onfis, por seu turno, prometeu-lhe os vinte e cinco elefantes logo que regressasse a casa com eles. Alexandre ficou sensibilizado com isso. Nunca os utilizava em combate por achá-los incertos, como na realidade eram, mas gostava deles por causa da sua força e da sua sabedoria. Sua função habitualmente era a de transportar as catapultas. Por uma ou duas vezes, montou um elefante, mas retorquiu que preferia sentir o animal em que andava, e não estar sentado numa cadeira.

Logo convocou o seu Conselho de Guerra para discutir o plano de entrada na Índia. Seu quarto de dormir em Alexandria era mesmo atrás da sala de audiências, por isso ouvi tudo o que diziam. Hefístion recebeu o comando do seu próprio exército. Competia-lhe fazer a travessia do Grande Cáucaso através da melhor passagem, a que os sogdianos chamam Quibro; quando alcançasse o Indo devia fazer uma ponte para Alexandre. Sendo o Quibro o lugar mais fácil (exceto para aqueles que lá vivem) para fazer a travessia, ele devia ter a seu cargo os acompanhantes e as mulheres, assim como o harém. Alexandre, com o seu exército e o chefe dos Companheiros, tinha reservado para si o mais difícil, certificar-se da segurança dos outros durante a passagem, impedindo os ataques vindos das montanhas.

Enquanto ouvia o que diziam, pensava: *Essa é uma encruzilhada na minha vida; agora ou nunca.*

Não me lembro por que razão ele veio ao quarto; para ir buscar o manto ou para outra coisa assim.

— Al'scandre, ouvi, por acaso, o que se passou no Conselho de Guerra.

— É o que faz sempre. Só não me importo porque não diz nada. Então diga lá o que se passa.

Parecia aborrecido e já sabia muito bem aquilo que eu queria.

— Não me obrigue a ir com os acompanhantes. Leve-me com o senhor.

— Devia ter ouvido com mais atenção. Eu vou em campanha, não vou fazer uma viagem. Não deve ser possível fazê-la no inverno.

— Eu sei, meu senhor, mas é demasiado tempo para estar longe do senhor.

Franziu o sobrolho. Queria levar-me consigo, mas era a favor da ausência de conforto durante as campanhas.

— Nunca foi treinado para suportar as agruras de uma coisa assim.

— Nasci nas mesmas montanhas que deram vida a Ciro. Não me faça passar por semelhante vergonha.

Continuou com um ar pensativo olhando à sua volta à procura daquilo por que viera. Sabia o que era apesar de ele não o dizer, e dei-lhe sorrindo.

— Tudo isso está muito bem — disse ele. — Mas a guerra é a guerra.

— Leva consigo curtidores, carpinteiros, cozinheiros e padeiros. Leva escravos. Valho menos que eles?

— Vale mais. Quem me dera que entendesse aquilo que está me pedindo. Além disso, ali não vai haver tempo para o amor.

— Para a cama? Eu sei disso, mas para o amor, enquanto viver, terei sempre tempo de sobra para ele.

Olhou-me nos olhos e disse:

— Não foi por minha vontade. — Dirigiu-se ao seu cofre e tirou de lá um punhado de ouro. — Arranje mais coisas quentes para você. Vai precisar delas. Embale os seus pertences. Compre peles de carneiro para o cavalo. Pode levar um escravo com você e uma mula de carga.

Nos pontos mais altos do desfiladeiro era já outono. A norte do Quibro, os habitantes eram na sua maioria caçadores e pastores que se ocupavam, secundariamente, com assaltos aos viajantes. Dizia-se serem aguerridos; Alexandre queria a sua submissão.

Mesmo no cimo de Parapamisso não sofri a doença das alturas. Este ponto não era tão alto; no entanto, Alexandre fez a sua subida gradualmente para habituar o nosso sangue ao ar mais rarefeito. Minha infância não se desvanecera ainda dentro de mim. Subi sem quaisquer dificuldades. Por vezes, à noite, comparava o ritmo da sua respiração com o meu, e via que o seu era mais rápido; contudo, ele tinha muito mais trabalho do que eu e nunca cedia perante a fadiga.

Há quem diga que o céu do Sábio Deus é um roseiral. Para mim, são as alturas. No fim das contas ele vive ali. Ao observar o amanhecer em lugares cobertos de neve que nenhum pássaro tocara, sentia-me arrebatado de alegria. Invadíamos a terra dos deuses, cujas mãos frias em breve nos tocariam; havia guerras que se aproximavam, mas não tinha medo.

Por fim, Alexandre deixou-me levar o criado trácio e o meu servo particular. Creio que ele tinha medo de que eu morresse devido às dificuldades da viagem. À noite, na sua tenda de campanha (feita a seu pedido, pois Dario jamais possuíra algo tão pequeno), perguntou-me se me sentia bem. Em determinada altura, adivinhando o que lhe ia em mente e que ele nunca ousaria dizer, afirmei:

— Al'scandre, julga que os eunucos são diferentes em muitos aspectos. Se ficarmos fechados na companhia de mulheres e vivermos indolentemente como elas, então tornamo-nos como elas; mas o mesmo aconteceria a qualquer homem. Lá pelo fato de termos voz de mulher, não quer dizer que tenhamos a sua força.

Pegou-me a mão sorrindo:

— Não tem voz de mulher; ela é pura; faz lembrar o aulo, a flauta de som intenso.

Sentia-se feliz por se ver livre do harém.

À noite, sob um céu de estrelas brancas e ameaçadoras, antes de as nuvens de neve se unirem, sentava-me junto à lareira; então, os jovens escudeiros deixavam os seus para virem conversar comigo.

— Bagoas; fale-nos de Susa; fale-nos de Persépolis; fale-nos da corte nos tempos de Dario.

Noutros momentos, observava o lugar onde Alexandre estava com Ptolomeu, Leonato e os outros oficiais. Passavam o vinho entre si, e falavam e riam; mas não houve noite em que Alexandre regressasse com passos menos firmes do que os meus.

Nunca me levou para a cama. Antes de grandes tarefas, gostava de reunir todas as suas forças. O fogo é divino. Ele se sentia feliz comigo e isso era o suficiente.

As lutas começaram então. As fortalezas tribais uniam-se aos penhascos como ninhos dos andorinhões. A primeira que encontramos parecia inexpugnável. Alexandre enviou um emissário para apresentar os seus termos, mas eles o desafiaram. Os reis persas nunca tinham imposto a sua lei por essas paragens.

As fortalezas tinham sido eficazes perante os assaltos dos homens de outras tribos que apenas possuíam pedras e flechas. Alexandre tinha pequenas catapultas cujos projéteis lhes devem ter parecido dardos lançados por demônios.

Ele tinha ainda escadas para a escalada dos muros. Quando eles viram os seus homens vencendo os muros, abandonaram a fortaleza e fugiram pelo lado da montanha. Os macedônios perseguiram-nos e mataram todos os que puderam apanhar, ao mesmo tempo que a fortaleza era incendiada. Vi-o do acampamento. Embora lá longe, tive pena daquelas figurinhas apanhadas nos rochedos ou nos velhos campos cobertos de neve. Não me custara as mortes de muitos porque nunca os encarara como indivíduos. Era uma bobagem, pois eles teriam sublevado outras tribos para nos combaterem, se tivessem conseguido escapar.

Quando o combate terminou, soube por que razão as tropas de Alexandre haviam sido tão cruéis. Ele fora ferido no ombro com uma seta. Não tinha sido grave visto o corselete a ter impedido de penetrar em profundidade. Nenhuma pessoa atribuía menos importância às suas feridas durante uma batalha do que ele; mas isso não fazia com que as tropas se comportassem de maneira diferente: sempre que ele era ferido, os homens enlouqueciam. Em parte, era por amor, em parte pelo medo de o perderem.

Quando o médico foi embora tirei-lhe o penso e limpei-lhe a ferida; sabia-se lá o que aquela gente podia pôr nas setas? Era para tomar conta deste tipo de coisas que eu viera, embora tivesse o bom senso de não lhe dizer; o único modo de o persuadir era implorando-lhe uma oferta.

O acampamento era barulhento; os soldados tinham vindo sem as suas mulheres, à exceção das mais aguerridas que jamais deixavam os seus homens; agora tinham as mulheres da fortaleza; eram mulheres altas, de expressões rudes, com cabelos negros e fortes e joias presas no nariz.

Alexandre desejou a minha companhia nessa noite. A ferida abriu, e eu fiquei cheio de sangue; ele riu e mandou-me lavar, não fosse o guarda pensar que eu o assassinara. A ferida não lhe doía tanto, disse-me; não havia remédio como o amor. É verdade que se secam de imediato, podem infectar.

A fortaleza seguinte rendeu-se, pois já ouvira o que se passara com a anterior; assim, todos foram poupados, como era seu hábito. À medida que progredíamos, os deuses da montanha enviaram-nos o inverno.

Avançávamos lentamente através da neve como grãos de cevada; as nossas roupas, os nossos cavalos e os mantos de pele de carneiro estavam completamente brancos; os animais vacilavam e tropeçavam nos caminhos sinuosos, para os quais nos vimos obrigados a recorrer a guias para os descobrir. Então, o céu tornava-se mais claro e a brancura obrigava-nos a vagar de olhos quase fechados; aquela luz pode cegar um homem.

Alimentos não nos faltavam, pois Alexandre tivera cuidado com isso. Por outro lado, como não subíamos até uma altura em que não crescia madeira, podíamos fazer grandes fogueiras à noite. Se o vento se tornava mais agreste, fazendo penetrar os seus dedos frios através das peles com que me protegia, limitava-me a embrulhar ainda mais o rosto para que não se queimasse, e pensava na minha sorte por estar ali sem nenhuma Roxane; especialmente sem nenhum Hefístion.

Alexandre tomou as fortalezas das montanhas uma a uma, com exceção daquelas que se renderam. Agora dificilmente distingo uma de outra, embora o rei Ptolomeu se recorde de todas elas. Realizou ali notáveis feitos de armas, entre os quais se consta um duelo em combate singular com um dos chefes locais, cujo escudo ainda hoje guarda consigo. Tudo isso registrou no seu livro, e quem pode culpá-lo por ter feito isso?

Após muitas batalhas e cercos, chegamos à vista de Massaga, que se estendia ao longo de todo um planalto; aquela não era uma mera fortaleza tribal, mas antes uma cidade fortemente defendida.

Alexandre teve ali quatro dias de trabalho. No primeiro, quando eles fizeram uma sortida, combateu-os, cercando-os e apanhando um grande número, embora muitos conseguissem regressar. Então, não fossem pensar que ele estava com medo, tomou de assalto as muralhas, o que lhe valeu uma seta no tornozelo. Por sorte nenhum tendão foi cortado; o médico disse-lhe para descansar, como se se pudesse dizer a um rio para subir o seu próprio leito até a nascente na montanha.

No dia seguinte, trouxe estacas para abrir brechas nas muralhas; mas a brecha que abriram foi fortemente defendida. À noite coxeava de vez em quando sempre que se esquecia, mas parava no momento seguinte.

No outro dia, atravessou a correr uma ponte erguida entre uma torre de assalto e a brecha (trouxera consigo um grupo de engenheiros para poder construir esse tipo de coisas assim que precisasse) e conduziu ele próprio o ataque. Antes de ter completado a travessia, a ponte partiu-se pelo meio devido ao peso do grande número de homens que se haviam reunido à sua volta.

Senti-me morrer inúmeras mortes enquanto esquadrinhavam a confusão lá no fundo, até finalmente surgir o seu capacete com asas brancas. Regressou sujo e escoriado, mas limitou-se a dizer que tivera muita sorte por não ter partido uma perna; acabara de ir ver os feridos.

No dia seguinte, tentou de novo, agora com a ajuda de uma ponte mais forte, e conseguiu. Durante o combate corpo a corpo nas muralhas, o chefe tribal foi atingido por um projétil lançado por uma catapulta; a cidade apresentou então a sua rendição, que Alexandre aceitou.

Sete mil dos seus melhores soldados tinham afinal sido contratados num lugar algures para além dos rios; eram mais baixos e mais escuros do que os outros. Alexandre convocou-os à parte, pois queria ele próprio contratá-los. Falavam uma língua diferente da dos homens das montanhas, mas o intérprete disse conhecê-la. Na presença do rei dirigiu-lhes a palavra; os oficiais retorquiram; após alguma discussão, disse que eles concordavam com os termos propostos. Assim, eles acamparam num monte ali perto enquanto se tratava dos habitantes da cidade; Alexandre enviou batedores para os vigiar, visto eles serem desconhecidos e não ser possível avaliar quanto à sua boa-fé; no meio de um exército podiam tornar-se perigosos. Aprendera a precaver-se na Sogdiana.

— Um bom dia de trabalho — disse-me depois do jantar. Tomara banho e eu tratava-lhe da ferida que, apesar de tudo, parecia estar começando a se curar.

Um escudeiro do turno da noite entrou:

— Senhor, um dos guardas dos postos avançados pede para ser recebido.

— Recebo-o já em seguida — respondeu Alexandre.

O homem era ainda jovem, mas parecia disciplinado.

— Alexandre, os indianos preparam-se para partir.

— Como sabe? — Ergueu-se pisando a atadura limpa.

— Bem, rei, à medida que anoitece, aumenta o movimento no acampamento. Não está assim tão escuro que não os consigamos ver. Não está ninguém deitado; toda a gente anda atarefada; os homens têm as armas consigo e vi alguns conduzindo animais de carga. Tenho bons olhos, Alexandre; mesmo à noite; toda a gente me conhece por isso. Foi por essa razão que o comandante me ordenou que viesse à sua presença.

A expressão de Alexandre tranquilizou-se. Acenou devagar. Nada disso era novidade depois de dois anos na Sogdiana.

— Sim, fez bem. Espere aí fora. Bagoas, vou me vestir outra vez. — Chamou novamente o escudeiro: — Vá buscar o intérprete. E rápido.

O homem veio em seguida; acabara de se levantar da cama.

— Os mercenários com que falou hoje; é de fato fluente na sua língua? — indagou-lhe Alexandre.

O homem pareceu assustado, mas assegurou-lhe que era; viajara no seu país com as caravanas e discutira preços com os mercadores.

— Tem certeza de que eles estavam de acordo e de que compreenderam os termos da rendição?

— Grande Rei, não tenho quaisquer dúvidas.

— Muito bem. Pode ir. Menestas vá acordar o general Ptolomeu e diga--lhe que preciso falar com ele já.

Veio, alerta como sempre, firme e resoluto como couro bem tratado.

— Os mercenários indianos estão desertando — disse-lhe Alexandre. — Deviam estar à espera de que estivéssemos desprevenidos. Não podemos permitir que eles possam unir às tribos para atacar a coluna. Se não podemos confiar neles, serão sempre um perigo iminente. Ou os sustemos ou os deixamos partir.

— É verdade. E são muitos. E treinados. — Fez uma pausa e olhou para Alexandre: — Agora? Esta noite?

— Sim. Levamos todos nós as nossas forças e arrumamos o caso de uma só vez. Manda passar palavra para reunir os homens. Nada de trombetas. Enquanto durarem os preparativos, trato dos planos de ataque. O terreno à volta do monte é plano. Temos homens suficientes para o cercar.

Ptolomeu saiu. Chamou os escudeiros para o armarem. Ouvi um profundo murmúrio à medida que o acampamento despertava. Os oficiais vieram para receber suas ordens. Tudo parecia passar-se num instante. Seu exército fora treinado para responder ao seu apelo com a máxima rapidez; bastava uma palavra sua. Logo, longas filas de homens tropeçavam na escuridão.

Após toda a azáfama, a calma parecia durar eternamente. Surgiram então os gritos. Também eles pareciam eternos. Atravessavam o vale como o som da batalha final com que, segundo nos dizem, o mundo terminará, mas essa será uma luta entre a Luz e as Trevas. Aqui tudo se passava na escuridão da noite.

Julguei ouvir, no meio da batalha, gritos esganiçados, como os das mulheres. E tinha razão. Elas haviam acompanhado os indianos, tomado as armas dos homens caídos em combate e eram mortas na escuridão lutando.

Por fim, os gritos diminuíram, começaram a ser poucos e entrecortados. Depois ouviu-se apenas aqui e além um grito de morte. Até que o silêncio da noite voltou a dominar aquele lugar.

Duas horas antes do amanhecer tardio do inverno, o barulho dos homens fez-se sentir novamente no acampamento. Alexandre regressara.

Os escudeiros tiraram-lhe a armadura ensanguentada e levaram-na para limpar. Ele parecia deformado e pálido; linhas que dificilmente se viam rasgavam a sua testa. Despi-lhe a túnica; também ela estava ensanguentada, exceto no lugar tapado pela armadura. Quase que não dava pela minha presença, o que me fez olhar para ele como se fosse invisível. Então os seus olhos procuraram os meus e reconheceram-nos.

— Foi preciso — disse.

Ordenei aos escravos que preparassem o banho. Também isso era necessário; até o seu rosto estava salpicado com sangue; os braços e os joelhos estavam rubros. Ao deitar-se perguntei-lhe se tinha fome.

— Não — retorquiu. — Apetece-me apenas um pouco de vinho.

Levei-lhe juntamente com a candeia para a noite. Afastava-me quando ele me olhou e disse:

— Bagoas. — Voltei-me e beijei-o. Recebeu o beijo como um presente e agradeceu-me com o olhar.

Deitei-me na minha tenda. Lá fora estava frio e as fogueiras extinguiam-se. Voltei a pensar, tal como fizera inúmeras vezes durante essa noite, que o intérprete era sogdiano e que nenhum sogdiano concebe limites para os seus atos. No entanto, se os indianos julgassem que poderiam partir em liberdade, teriam partido durante o dia. Saberiam que tinham faltado ao juramento? Saberiam que o tinham feito? Alexandre vira-os. Deviam ter espelhado no rosto que sabiam o que faziam. Lembrei-me dos mortos no monte sendo devorados pelos lobos e pelos chacais. Sabia que outras mãos antes das suas haviam selado essas mortes: as mãos de Filotas, as mãos dos escudeiros mortos; as mãos de todos os chefes e sátrapas que lhe haviam estendido a mão direita, jurado lealdade e sido recebidos como seus convidados; e que, em seguida, haviam assassinado os seus homens, os homens que ele entregara à sua proteção; e que haviam assaltado as suas cidades.

Ele partira para suas batalhas, tal como eu ouvira dizer pela voz dos seus inimigos, tentando descobrir sua própria honra em tudo o que encontrava. Será que a tinha encontrado? O próprio Dario, tivesse ele vivido para aceitar a sua clemência, teria honrado a palavra dada se não fosse por medo? Lembrei-me da história do soldado no hospital em Isso. Na realidade, meu amo não recebera por tudo aquilo que já dera. Uma a uma, vi as feridas abatendo-se na sua confiança. Essa noite vira as cicatrizes.

E, contudo, pensei, essa dor que sinto vem apenas dele. Quem afinal me ensinou a clemência? Enquanto estive a serviço de Dario, diria sobre o que se passara essa noite: sempre foi assim.

Sim, se essa noite ele tivesse desejado ter tudo de mim, tudo e não apenas um beijo de perdão, não lhe teria recusado nem o meu próprio coração; não, não teria, com as almas de todos aqueles mortos pairando no ar. É preferível acreditar nos homens de uma forma irrefletida e depois nos arrependermos do que acreditar na sua mesquinhez. Os homens podiam ser melhores do que aquilo que eram, se o tentassem. Ele já lhes mostrara isso. Quantos o haviam tentado devido ao seu exemplo? Não apenas aqueles que eu conheci; outros homens viriam. Aqueles que voltam os seus olhos para a humanidade apenas por causa da sua pequenez, e que nada fazem para a mudar, matam mais do que ele alguma vez matou em todas as suas guerras.

Que ele jamais deixe de acreditar, embora se entristeça perante a fé desperdiçada. Ele estava mais fatigado do que supunha, sua respiração, agitada naquele ar rarefeito das alturas e o seu sono, inquieto. Sim, almas dos mortos, iria ao seu encontro se ele me pedisse.

Mas ele não me pediu. Ficou deitado sozinho com os seus pensamentos e, quando fui ao seu encontro de manhã, seus olhos ainda não se tinham fechado.

21

DESCEMOS EM DIREÇÃO AO RIO APÓS OUTRAS VITÓRIAS. A MAIS IMPORTANTE foi a tomada do Rochedo de Aomo, que, segundo se diz, terá desconcertado o próprio Hércules.

Alexandre fez dele mais um elo na cadeia de fortalezas que asseguravam o caminho de regresso.

E houve também a cidade de Nisa, agradável no ar primaveril junto ao sopé da montanha. Aí o chefe veio saudá-lo, pedindo-lhe clemência para aquele lugar, visto, segundo disse o intérprete, o próprio Dioniso a ter fundado; como prova, sua hera sagrada ainda hoje cresce apenas ali. Esse intérprete era um colono grego, conhecedor das palavras certas para todas as coisas. Eu próprio, um dia, ao passear pela cidade, deparei-me com um santuário com a imagem de um belo jovem tocando flauta. Apontei-o para um indiano que passava e disse:

— Dioniso?

— Krishna — respondeu ele. Mas era, sem dúvida, o deus.

Alexandre e o chefe deram-se bem e rapidamente chegaram a um acordo quanto aos termos de rendição. Então, visto durante toda a sua vida ele ter sido um amante de maravilhas, Alexandre desejou visitar o monte sagrado do deus detrás da cidade. Para que ele não fosse espezinhado, levou consigo apenas os Companheiros, os escudeiros e eu próprio. Era na realidade um paraíso erguido sem a arte do homem; campos verdes e sombras verdes, cedros e pequenos bosques de loureiros; arbustos de folhas escuras com ramos de flores bonitas fazendo lembrar lírios; e a hera do deus espalhada pelos rochedos. Aquele lugar era realmente divino, pois uma felicidade pura ali nos aguardava. Alguém trançou uma coroa de hera para Alexandre; logo, todos nós estávamos engalanados e cantávamos ou saudávamos Dioniso com o seu grito sagrado. Algures uma flauta tocava, e eu a segui, mas não consegui encontrar o músico. Quando caminhava junto a um ribeiro cujo leito descia o monte através de rochas cobertas de fetos, encontrei Ismênio, com quem raramente estivera desde que ele saíra dos escudeiros e entrara para os Companheiros. A idade adulta tornara-o ainda mais bonito. Aproximou-se sorrindo, abraçou-me e beijou-me; depois seguiu o seu caminho, e eu, o meu.

Alegres com os prazeres da primavera após os trabalhos do inverno, descemos em direção aos rios. As imensas sombras das árvores e os campos de flores ficaram para trás, lá nos montes. Junto ao Indo apenas havia a areia que ele invade na época das cheias. Um pouco mais acima, estendendo-se por mais de um quilômetro de dunas e de pequenos arbustos, encontrava-se o acampamento macedônio que Heféstion ali levantara. Por sobre o rio estava a sua ponte.

Cavalgou ao encontro de Alexandre. Ele e os seus engenheiros haviam trabalhado bem. A ponte era formada por barcos encostados uns aos outros, sustentando uma placa bem firme. Seu comprimento era superior ao do rio, visto o seu leito se alargar rapidamente quando as neves se derretem junto à nascente; prevendo que isso pudesse acontecer, mandara colocar cabos bastante fortes que seguravam melhor a ponte à margem. Alexandre disse que ele fizera um trabalho superior ao de Xerxes no Helesponto.

Perto do lugar reservado à tenda de Alexandre estava o acampamento do séquito de Roxane. No entanto, segundo ouvi dizer, após ter saudado Heféstion, as primeiras palavras do rei foram:

— Como está Bucéfalo? As montanhas cansaram-no?

Cavalgou através dos soldados que o aclamavam, seguindo de imediato para os estábulos, pois Heféstion dissera-lhe que ele estava cansado e tivera saudades dele. Depois convocou um Conselho de Guerra. Num outro momento foi apresentar cumprimentos ao harém.

Logo atravessamos o rio e nos encontramos verdadeiramente na Índia. Das suas maravilhas me têm pedido que fale tantas vezes que o podia fazer até dormindo. A primeira das maravilhas foi o esplendor com que o rei Onfis recebeu Alexandre; o seu exército ocupava toda a planície, cintilando ao sol, com os seus estandartes escarlates, os seus elefantes pintados e adornados, ao som dos címbalos e dos gongos.

Todos eles estavam armados até os dentes. Alexandre já conhecera muita traição e ordenou que tocassem as trombetas para que os seus soldados o acompanhassem em formação de combate. Felizmente, o rei Onfis tinha bom senso e notou que havia qualquer coisa que não estava bem; por isso avançou de imediato, acompanhado apenas de seus filhos e de alguns príncipes. Alexandre, feliz por mais uma vez poder acreditar no Homem, foi ao seu encontro.

Fomos recebidos com esplendor no banquete. A primeira mulher do rei Onfis foi buscar Roxane para uma festa das mulheres num carro com cortinas puxado por bois brancos. Os soldados que tinham acumulado os salários de um ano encheram os bazares regateando as suas compras com sinais. Precisavam de roupas, visto as suas túnicas estarem em farrapos. Ficaram, todavia, perplexos por não encontrarem lã forte por preço algum. Até o próprio linho era fraco, pois era feito a partir da lanugem de algumas árvores; fosse branco ou garrido não satisfazia ninguém. No entanto, mulheres não faltavam; ali, até nos templos se encontravam.

Procurei por toda a parte para ver se encontrava a seda que comprara na caravana em Maracanda; apetecia-me fazer um traje novo visto nos encontrarmos na Índia, de onde viera, mas em parte alguma a encontrei.

Perto da cidade descobri uma das maravilhas daquele lugar: a árvore da descendência, de cujos ramos nascem raízes que dão origem a novas árvores. A extensão que ocupava era tal que uma falange inteira podia acampar à sua sombra; uma única árvore mais parecia um bosque. Ao aproximar-me vi grupos de homens sentados debaixo dela, alguns dos quais de aspecto venerável, nus como vieram ao mundo.

Mesmo depois de ter conhecido os macedônios, não consegui deixar de ficar espantado com isso; nem eles eram capazes de estar assim sentados desta maneira. Contudo esses anciãos pareciam dignos e nem me dirigiram um olhar sequer. Um deles, que parecia o chefe, com uma barba desleixada e muito comprida, estava rodeado por um grupo de alunos, velhos e novos, que o escutavam com admiração; outro tinha como audiência uma criança e um ancião de cabelos brancos; outro ainda estava sentado de pernas cruzadas, imóvel como uma pedra, de olhos voltados para baixo, mal parecendo respirar. Uma mulher que passava depositou à sua frente uma mina de flores amarelas, não demonstrando vergonha alguma pela sua nudez; tampouco ele o demonstrou, limitando-se a mexer os olhos.

Esses, lembrei-me, deviam ser os filósofos nus que Alexandre dissera querer conhecer. Não eram lá muito parecidos com Anaxarco ou com Calístenes.

E de fato ali estava Alexandre, aproximando-se com alguns amigos escoltado por um dos filhos do rei Onfis. Nenhum dos professores ou dos alunos se ergueu ou prestou atenção alguma. O príncipe não teve reação alguma, pois até parecia estar já à espera de que isso acontecesse. Chamou o seu intérprete que se lhes dirigiu anunciando Alexandre; reconheci o seu nome.

Perante isso, o chefe ergueu-se, seguido de todos os outros, excetuando o homem de pernas cruzadas que continuou olhando para baixo. Bateram com os pés duas ou três vezes no chão e depois ficaram em silêncio.

Alexandre disse:

— Pergunte-lhes por que fizeram isso.

Perante o som da sua voz, o homem das pernas cruzadas ergueu pela primeira vez os olhos e fixou-os em Alexandre.

O chefe falou com o intérprete, que retorquiu em grego:

— Ele lhe pergunta, meu senhor, por que razão veio para tão longe, vivendo tantos trabalhos, quando, para onde quer que vá, nada lhe pertence, exceto o chão onde pisa, até que, quando morrer, possuirá um pouco mais: o suficiente para se deitar.

Alexandre olhou-o durante algum tempo com uma expressão grave, depois disse:

— Transmita-lhe que não percorro a terra com o desejo de a possuir. Apenas pretendo conhecê-la, e conhecer os homens.

O filósofo curvou-se em silêncio e agarrou um punhado de terra.

— Mas — prosseguiu Alexandre — até a terra pode ser transformada tal como os homens.

— Na realidade, conseguiu transformar os homens. Através de você, conheceram o medo e a raiva, o orgulho e o desejo, as cadeias com as quais as suas almas ficarão acorrentadas durante muitas vidas. E você, que se julga livre porque impõe o medo e a cobiça do corpo; os desejos da mente o consomem como o fogo. Em breve o destruirão.

Alexandre pensou durante algum tempo:

— Talvez assim seja. O mesmo se passa com o modelo do escultor consumido dentro do barro; também ele desaparece para sempre, mas no seu lugar modelam o bronze.

Quando essas palavras foram traduzidas, o filósofo balançou a cabeça.

— Transmita-lhe que gostaria de falar um pouco mais com ele — disse Alexandre. — Se ele vier comigo, providenciarei para que seja tratado com honra.

A cabeça do velho ergueu-se. Ele podia ser livre de pensar o que quisesse, mas os grilhões do orgulho prendiam-no.

— Não, rei. Nem o permitiria a esses meus filhos. O que é que me pode dar, ou o que é que me pode tirar? Tudo o que possuo é esse corpo nu, e nem dele preciso; se o tirasse de mim, você me libertaria do meu último fardo. Por que razão haveria de lhe acompanhar?

— É verdade — retorquiu Alexandre. — Não o incomodaremos mais.

Durante todo esse tempo o homem da coroa de flores permanecera imóvel, olhando fixamente para Alexandre. Levantou-se então e falou. Percebi que as suas palavras incomodavam os outros. O chefe ficou furioso pela primeira vez. O intérprete pediu silêncio.

— Ele diz o seguinte, meu senhor: "Até os deuses se cansam da sua condição divina e procuram, por fim, sua libertação. Eu o acompanharei até que seja livre".

Alexandre sorriu-lhe e comunicou-lhe que seria bem-vindo. Retirou de um ramo da árvore uns calções velhos que vestiu e uma tigela de madeira, e seguiu, descalço, o rei.

Mais tarde, falei com um grego que tinha uma sapataria na cidade e que conhecia os sábios; perguntei-lhe por que haviam ficado tão zangados com o homem. Respondeu-me que não era porque pensassem que ele o seguia por cobiça da riqueza, mas antes por se ter sentido atraído por um mortal. Segundo ele, embora o amor que ele sentia fosse apenas pela alma, constituiria uma cadeia para si e faria com que voltasse a renascer após a morte, o que para eles significa um castigo. Tal foi o que consegui compreender.

Com efeito, não obteve mais nada do rei, além da comida para a sua tigela de madeira; e mesmo essa era pouca. Visto ninguém ser capaz de pronunciar o seu nome, chamávamos-lhe Calano, por causa do som da palavra que ele utilizava para nos saudar. Logo todos nós nos habituamos à sua presença, sentado debaixo de uma árvore qualquer perto do pavilhão real. Alexandre convidou-o a entrar e falou com ele apenas na presença do intérprete. Disse-me um dia que apesar de as pessoas pensarem que Calano nada fizera na vida, ele travara e vencera muitas batalhas para chegar ao que era hoje, e mostrara-se magnânimo na vitória.

Aprendera até um pouco de grego através dos colonos que ali viviam. Dizia-se que fora erudito antes de se ligar aos homens nus, mas Alexandre não pôde dispensar muito tempo para estudar com ele; aguardava-o a guerra com o rei Poro.

Este era inimigo do rei Onfis, contra o qual solicitara a sua ajuda. Suas terras situavam-se além do rio seguinte, o Hídaspe. Também essa região fora absorvida pelo império sob o reinado de Dario, o Grande; os seus reis eram ainda considerados sátrapas, mas haviam sido deixados sós havia várias gerações. Assim o disse o rei Poro aos emissários de Alexandre que foram ao seu encontro; acrescentou ainda que não prestaria homenagem alguma a um aliado de Onfis, pois esse descendia de meros escravos.

Alexandre preparou-se para o combate, mas teve primeiro que deixar descansar os seus homens, exaustos que estavam das guerras no inverno. (Heféstion tivera também que enfrentar lutas difíceis ao longo do Quibro.) Não se apressou, proporcionando-lhes jogos e festivais; à medida que o calor se fazia sentir com a chegada da primavera, os rios começavam a subir nos seus leitos. Informaram-nos de que não tardaria muito, começaria a chover.

Quando descemos em direção ao Hídaspe, juntamente com as tropas do rei Onfis, éramos um exército como jamais se vira, apesar das guarnições que haviam ficado nas fortalezas conquistadas. Acampamos um pouco acima do rio, enquanto Alexandre procurava o melhor lugar para a travessia. O rio estava já castanho e assustador; via-se que não seria possível construir uma ponte.

Num desses dias, um nobre, cujo nome e posição hierárquica já não recordo, foi recebido em audiência na tenda do rei. Alexandre saíra já havia algum tempo e eu disse que ia procurá-lo. Cavalguei pelo acampamento (persa algum caminha quando pode andar a cavalo) até que me disseram que ele se encontrava em algum lugar perto dos estábulos. Dirigi-me às intermináveis filas de abrigos construídas com bambu, erva e folhas de palmeira que serviam de cavalariças; eram por si só uma cidade. Finalmente, um escravo trácio, com tatuagens azuis, apontou-me um abrigo isolado e mais arrumado do que os outros. Desmontei e entrei.

Depois do sol da Índia, ali parecia quase noite. Raios de sol penetravam através de pequenas aberturas nas paredes, desenhando barras de luz e sombra. Tombavam num velho cavalo negro deitado na palha, com respiração ofegante; tombavam sobre Alexandre, sentado no chão do estábulo, segurando no regaço o focinho do cavalo.

Minha sombra escurecera a entrada; levantou os olhos.

Não tinha palavras; pensei apenas: *Faço o que for preciso...*

— Vou buscar Hefístion? — perguntei, como se as palavras brotassem naturalmente dentro de mim.

— Obrigado, Bagoas — respondeu. Mal o ouvi. Não mandara chamar o criado porque não conseguia dominar a voz. Achei que era meu dever fazer algo.

Encontrei Hefístion junto ao rio entre os engenheiros. Eles tinham trazido para terra em metades os barcos destinados à ponte para carretagem; Hefístion observava os trabalhos de reconstrução. Olhou-me surpreso; era óbvio que eu estava deslocado ali. Além disso, era a primeira vez que o procurava.

— Hefístion, Bucéfalo está morrendo. Alexandre requer sua presença.

Olhou-me em silêncio. Talvez esperasse que eu enviasse outra pessoa qualquer para lhe dizer.

— Obrigado, Bagoas — retorquiu com um tom de voz que jamais usara para comigo; pediu em seguida que lhe trouxessem o seu cavalo. Deixei-o tomar bem a dianteira antes de me pôr a caminho.

O funeral de Bucéfalo realizou-se naquela noite; na Índia tinha que ser rápido. Alexandre ordenou que o cremassem numa pira para poder conservar as cinzas num verdadeiro túmulo. Apenas comunicou a alguns amigos, mas era maravilhoso de se ver quantos soldados vieram em silêncio; eram homens que tinham combatido em Isso, Granico e Gaugamelos. Foram lançadas taças de incenso sobre a pira; devemos ter dado ao velho Bucéfalo uma considerável fortuna. Alguns dos indianos de Onfis, que estavam um pouco mais adiante, lançavam gritos estridentes aos seus deuses, pensando que Alexandre sacrificara o seu cavalo para conseguir a vitória.

Quando o fogo se extinguiu, retomou seu trabalho, mas à noite, via-se que envelhecera. Quando lhe deram Peritas, já era homem; mas Bucéfalo o acompanhava desde a juventude. Aquele pequeno cavalo (todos os cavalos gregos parecem pequenos a um persa) conhecera coisas a seu respeito que eu ignorava. Nesse dia, algumas dessas coisas morriam com ele, e eu jamais viria a conhecê-las.

Nessa noite trovejou e a chuva caiu.

Na manhã seguinte estava mais calmo, mas o sol não se via, e toda a parte cheirava a relva nova. Logo surgiram nuvens; depois, era como se o rio caísse do céu. E disseram-me que era apenas o começo.

Mal acalmou, Alexandre avançou com os seus homens através da lama até a margem do rio.

Não me levou consigo. Disse-me que não fazia ideia do que iam ser os dias seguintes, ou a própria travessia do rio. Arranjou tempo para se despedir de mim, mas como sempre foi rápido a fazê-lo. Era da opinião de que não valia a pena perder tempo com despedidas. Em breve regressaria. E as despedidas ternas são para os vencidos.

Contudo, essa era a maior e a mais perigosa de todas as batalhas, e eu não tive consciência disso.

A chuva caiu transformando o acampamento num lodaçal. Os acompanhantes mais miseráveis lutavam para conseguir umas botas; uma boa tenda era um luxo. Durante as tempestades, dava sempre abrigo a alguém: uma criança bactriana semiafogada, um cantor grego e até, numa ocasião, Calano, o filósofo, que vi imóvel à chuva vestido apenas com os seus calções. Quando o chamei abençoou-me; depois cruzou os pés por cima das coxas e voltou à sua meditação. Era como estar só; só, mas feliz.

A princípio, quando a chuva abrandava, punha uma capa e ia até o rio. Havia ali tropas ao longo de quilômetros, mas ninguém me sabia dizer onde se encontrava o rei nem o que ele tencionava fazer. Havia, no entanto, alguém ainda mais ansioso por conhecer os seus propósitos: o rei Poro, que acampara mais adiante, no local onde a travessia era mais fácil.

Uma noite, por entre o cair da chuva, ouvimos uma grande azáfama: trombetas, gritos de combate, cavalos relinchando. Chegara finalmente o momento. Ergui as mãos a Mitra. A noite estava escura como breu. Todo o acampamento estava desperto à escuta. Nenhuma palavra chegou até nós.

Não é de se admirar. Ninguém atravessara o rio. Alexandre limitara-se a fazer barulho e Poro conduzira todo o seu exército nessa direção, deixando-o toda a noite alerta sob a chuva copiosa. Na noite seguinte, a mesma coisa. Agora a verdadeira batalha começara de fato; sustivemos a respiração. Não houve batalha nenhuma. Nas duas noites que se seguiram, sempre que ouvíamos barulho já não o levávamos a sério. O mesmo se passou com o rei Poro.

Alexandre não se importava que o achassem louco, ou mesmo covarde, na primeira parte da batalha. Com isso podia ele bem. Até agora a sua fama chegara a lugares bem longínquos; mas aqui era já longe demais. Não travara nenhum combate com o rei Onfis que pudesse servir de aviso ao rei Poro quanto ao seu valor. Poro tinha dois metros de altura e um elefante como montaria. Não era de se admirar que para ele aquela coisa pequenina do outro lado do rio não fosse mais do que um cão que ladrava muito, mas não mordia.

Alexandre continuou a ladrar e a fugir para o seu canil. Mandara trazer comboios de abastecimentos para junto dos seus homens e fizera passar a palavra, para quem quisesse ouvir, que aguardaria o fim das chuvas e que o inverno diminuísse o leito do rio. Assim, Poro permaneceria acampado durante todo esse tempo num lodaçal enquanto Alexandre desafiava a sua coragem.

Devia ter passado mais de uma semana. Uma noite, a tempestade foi ainda pior do que o habitual; a chuva caía a rodos, os relâmpagos eram tão assustadores que se podiam ver através da tenda; coloquei a almofada por cima da cabeça. *Pelo menos*, pensei, *essa noite não há batalha.*

Ao amanhecer a tempestade amainara; ouvimos então. Era o barulho do assalto, maior do que nas noites anteriores, mas mais longe. Por entre ele, erguia-se um novo som, furioso e agudo; o bramir dos elefantes.

Alexandre atravessara o rio.

Havia-o planejado de qualquer modo para essa noite. A tempestade, embora trouxesse dificuldades, fora a dádiva de um general. Fizera a travessia um pouco mais acima do local onde Poro se encontrava protegido por bosques cerrados; uma ilha, também ela bastante arborizada, ocultava-o durante a passagem do rio. Tinha que estar preparado antes de Poro saber o que se passava, para que não tivesse tempo de recorrer aos elefantes. Se a cavalaria os visse antes de chegarem a terra firme, teria se lançado das jangadas e se afogado.

Ptolomeu registrou toda a batalha no seu livro, e demonstrou a sabedoria de Alexandre e a sua coragem para os vindouros. Seu primeiro isco foi talvez o pior. Alexandre foi o primeiro a chegar a terra firme; então, enquanto a cavalaria atingia a margem, descobriu que esse banco de areia fora cortado por um canal surgido com as cheias e se transformara numa ilha.

Por fim, encontraram um ponto para passarem, embora fosse fundo. Ptolomeu escreve que a água era à altura do peito para os homens e que os cavalos mal conseguiam manter os focinhos na superfície. (Veem o que quero dizer quando afirmo que os cavalos gregos parecem pequenos para um persa?)

O filho de Poro tinha sido já enviado com um esquadrão para os repelir até o rio. Alexandre teve apenas tempo para formar os seus homens. O príncipe caiu; os carros ficaram atolados na lama; os que conseguiram, fugiram. Poro recebeu as notícias do que se passara e escolheu um local que, apesar de arenoso, era mais firme, e preparou-se para a luta.

O ataque frontal era impossível, pois havia ali duzentos elefantes, mas ele tinha perante si um artista na guerra. Abreviando, Alexandre iludiu a cavalaria com uma demonstração de fraqueza; atacou a frente inimiga com arqueiros citas montados que, depois de dispararem, retiraram-se; ele próprio comandou uma carga de cavalaria pela frente, enquanto Coines atacava pela retaguarda; enlouqueceu os elefantes de Poro alvejando-os com setas e lanças, ou ferindo os comacas, até que, finalmente eles acabaram por fazer mais estragos entre os seus que no inimigo.

Tudo isso vem narrado no livro do rei Ptolomeu; ele próprio o leu para mim. Seu relato corresponde ao que ouvi na época, exceto quanto ao número de macedônios mortos que foi muito superior. Quando me leu essa parte, atrevo-me a dizer que levantei os olhos para ele; mas ele sorriu e afirmou que esses números vinham nos arquivos reais e que os velhos soldados se entendem uns com os outros.

Nós, os que nos encontrávamos mais adiante, descemos até a margem mal surgiram os primeiros raios de luz, para vermos o que se passara. A chuva fizera assentar o pó que esconde a maior parte das batalhas. Víamos facilmente os elefantes com os seus comacas ondulando, o movimento dos cavalos, o turbilhão dos pés; mas o que significava toda aquela confusão, não sabia. Não consegui distinguir Alexandre através das suas armas cintilantes porque o rio o cobrira de lama. O sol ia já alto. Aquele barulho terrível parecia não ter fim. Foi então que se iniciou a fuga e a perseguição.

De tudo o que não consegui ver, o que me custou mais foi a luta entre Alexandre e Poro. Também para ele isso era algo que não podia perder; algo que nem o tempo, nem os enganos dos homens, jamais lhe retiraram.

Muito depois de a batalha estar perdida, o rei continuava a combater. Seu elefante, valente mesmo entre os da sua raça, não vacilara. Finalmente, ao atirar uma lança, foi atingido sob o braço erguido, através da abertura da cota de malha. Perante isso, voltou a montaria e avançou lentamente na direção da horda em fuga. Alexandre observara-o atentamente e desejava defrontá-lo; segundo ele, um homem de uma semelhante nobreza devia ter como opositor apenas outro rei. Pediu então a Onfis que fosse seu emissário, mas isso não resultou porque Poro detestava Onfis, e mal o viu tomou uma lança com a mão esquerda. Alexandre procurou alguém mais aceitável e tentou de novo. Então Poro ordenou ao elefante que se ajoelhasse; esse pôs a tromba à sua volta e, suavemente, levou-o até o chão. Pediu água (a batalha e a ferida eram responsáveis pela sua sede) e foi ao encontro de Alexandre.

— Nunca vi um homem tão bonito — disse-me Alexandre mais tarde.

Falava sem inveja. Creio que na juventude lhe tenha custado não ter sido alto; no entanto, se assim foi, agora tal questão deixara de o preocupar, pois a sua sombra estendia-se do Oriente ao Ocidente.

— É tal e qual o Ajax de Homero — prosseguiu —, só que tem a pele escura e uma barba azul. Devia sofrer, mas isso é uma coisa que nunca saberemos. "Diga o que deseja de mim", disse-lhe. "Como devo lidar com você?" "Como um rei", retorquiu. Sabe que já conhecia a resposta dele antes de o intérprete falar? "Isso é algo a que eu próprio me sinto obrigado. Peça outra coisa." Ele respondeu: "Apenas isso me basta". Que homem! Espero que a sua ferida sare depressa. Vou-lhe dar mais terra do que aquela que tinha. Ele vai servir de equilíbrio ao poder de Onfis; mas, acima de tudo, confio nele.

Não confiou em vão. Enquanto viveu não chegaram mais novas de traição naquelas paragens.

Tudo o que para ele era mais importante, se realizou na batalha do rio. Combatera o homem e a natureza; não lutara Aquiles, o seu herói, com um rio? Mais feliz do que Aquiles, ele tinha a seu lado Pátroclo para partilhar a sua glória; Hefêstion esteve com ele durante todo o dia. E ele vencera com um exército de soldados oriundos de todos os seus povos, tal como Ciro lutara com os seus medos e persas, embora esse feito fosse bem superior. No fim, aguardava-o um inimigo valoroso com o qual criaria laços de amizade. Sim, esse foi o último momento de perfeita fortuna do meu amo.

Agora que tudo acabara, os seus olhos voltavam-se, como sempre, para o horizonte seguinte. Vivia neste instante para marchar para o Ganges, seguir as suas margens e atingir o Oceano Circundante; o seu império era um trabalho acabado de mar a mar, coroado por um prodígio. Assim lhe dissera o seu professor Aristóteles ser feito o mundo, e ainda não encontrei um homem que o pudesse negar.

A FERIDA DO REI PORO LOGO SAROU E ALEXANDRE DEU UMA FESTA EM SUA honra. Era um homem imponente, ainda nos trinta anos, mas com filhos já em idade de combater, pois os indianos se casam cedo. Dancei para ele e em troca recebi uns brincos de rubi. Para alegria de Alexandre, também o fiel elefante, coberto de cicatrizes de outras batalhas, logo se recuperou.

Realizaram-se jogos de vitória e oferendas aos deuses. Mal as vítimas haviam sido consumidas, a chuva começou a cair e apagou as fogueiras. Nunca me habituara a ver a chama divina ser poluída com carne ardente; nem é fácil para um persa vê-la ser apagada pelos céus, mas nada disse.

O rei fundou duas cidades em cada lado do rio. Nomeou a da margem direita de Bucéfalo; o seu túmulo estava destinado à praça pública, com a sua estátua em bronze.

Depois, ele e o rei Poro partiram juntos para a guerra. Deixou Roxane no palácio, onde podia estar na companhia das mulheres do rei Poro, e ao abrigo do frio e da chuva. A mim levou-me com ele.

Tiveram que lutar primeiro com o primo de Poro, um inimigo de longa data que declarara guerra a Alexandre mal soube que eles se tinham aliado. Sua coragem não igualava o seu ódio; fugiu ao teste e Alexandre deixou a Heféstion e aos seus homens a tarefa de pacificar a província que posteriormente daria a Poro. Ele se sentia atraído pela viagem em direção ao Oceano Circundante, e não pretendia perder muito tempo pelo caminho.

Concedeu a paz a todas as cidadelas que se renderam; manteve a sua palavra e deixou-os manter as suas próprias leis. Aqueles que abandonavam suas fortalezas quando ele se aproximava, eram perseguidos sem piedade; segundo ele, se quisessem tréguas teriam ficado; com essa atitude só podia significar que pretendiam atacá-lo pela retaguarda. Muitas vezes isso acontecera; todavia, se pensarmos em como os camponeses fogem só de ver os soldados, por causa daquilo que ouviram dizer a seu respeito, tive pena deles.

Juntamente com Poro tomou a grande fortaleza de Sangala, apesar das suas muralhas e de estar situada num monte, rodeada por um lago e por um triplo círculo de carros. Deu então permissão a Poro para ficar com Heféstion a povoar a sua nova província. Quanto a si reservava o avanço em direção ao rio seguinte, o Béas. Acamparia na margem mais próxima para aí dar descanso aos seus homens. As chuvas vieram novamente.

Lá nos arrastávamos num chão amassado por aqueles que nos antecederam. Os elefantes retiravam as patas da lama fazendo sons que mais pareciam beijos rechonchudos. Os citas e os bactrianos vestiam as suas roupas habituais, apesar de serem bastante quentes, para assim se conservarem secos. A cavalaria avançava lentamente; cada quilômetro parecia exigir o esforço de três. Os homens da falange caminhavam com os pés enterrados na lama junto aos carros de bois que transportavam os seus pertences; as suas botas estavam enroladas com os tecidos indianos que tinham comprado para túnicas; a ponta das couraças os feria como se estivessem nus. As chuvas não paravam de cair.

Numa elevação rio acima, foi montada a tenda grande de Dario; Alexandre trouxera-a para realçar a sua dignidade real. O campo era agora verde e fragrante; aproximávamo-nos das regiões mais elevadas; podia jurar que sentia a respiração das montanhas vinda do Oeste, mas as nuvens tudo ocultavam. As chuvas caíram fortes, persistentes, sibilando entre as árvores e as canas altas e verdes, como se caísse desde o princípio do mundo e não parasse até o momento em que todo o mundo com ela se diluísse.

A tenda deixava entrar água. Mandei repará-la e arranjei-lhe algo seco para vestir e calçar. Quando ele chegou, tocou as minhas roupas e não me deixou servi-lo até que as mudasse. Já me habituara de tal maneira estar molhado, que mal dera por isso.

Jantou na companhia dos seus generais. Ouvi a conversa lá dentro e de imediato percebi que ele estava bem-disposto. Disse que ouvira relatos segundo os quais além de Hífaso a terra era rica, os povos destemidos no combate e os elefantes maiores e mais fortes do que os do rei Poro. Uma última batalha digna desse nome antes do fim do mundo.

Mas algo de estranho me chamou a atenção. Se ele estava um pouco embriagado, a sua voz destacava-se entre as outras, mas desta vez estava sóbrio, e ela se destacava da mesma forma. Ele não falava alto; eram os outros que permaneciam em silêncio.

Também ele notara. Disse-lhes que bebessem para assim expurgarem o desânimo do seu sangue. Ficaram mais alegres, até que, por fim, a refeição terminou e os servos saíram. Ptolomeu falou então:

— Alexandre, não creio que os homens estejam felizes.

— Felizes! — riu ele. — Se estivessem, seriam loucos. Esta chuva é como passar a vau o Estige em direção ao Letes. Demonstraram um bom espírito e viram que eu percebia. A estação úmida está prestes a acabar; Poro disse-me que neste ano foi mais longa que o habitual. Assim que melhore um pouco vamos realizar jogos e oferecer bons prêmios. Quando estiverem frescos, partimos.

Todos disseram que sim; isso iria certamente levantar-lhes o moral. Ao deitar-se, disse-me:

— A chuva é capaz de desencorajar leões. Se pudéssemos ter acampado seis meses antes na Báctria, teríamos chegado aqui no inverno.

Não disse: "Se *eu* pudesse ter acampado". Antes, teria lhe dito. Agora, era como se finalmente sentisse o carro do tempo perseguindo-o.

— Depois das chuvas — disse —, parece que o clima é agradável e que esse lugar se torna muito bonito.

Sentia-me satisfeito por ele se ter deitado cedo. Cavalgara durante todo o dia, acompanhando todos os espaços da coluna para se certificar de que ninguém ficava atolado. Parecia cansado; as linhas na fronte haviam reaparecido.

No dia seguinte, fui para a sua tenda ao amanhecer para ser o primeiro a transmitir-lhe as boas novas.

— Al'scandre, parou de chover.

Levantou-se de um salto, enrolou-se no cobertor e saiu para ver o tempo. Quando o conheci, ele saía nu da cama. Tornara-se mais cuidadoso, devido ao contato permanente com os persas. Um sol pálido erguia-se sobre as folhas verdes. Até os seus primeiros raios traziam calor; percebia-se que era mais do que uma mera pausa da chuva.

— Louvado seja Zeus! — exclamou. — Agora poderei ajudar os meus pobres homens a recobrar o ânimo. Bem merecem umas férias.

As margens do rio cheiravam a seiva e a flores ainda jovens. Deu ordens para os Jogos e convidou as pessoas a inscreverem-se. Levei o meu cavalo Orix (o Leão parecia cansado) e fui usufruir a atmosfera das montanhas antes de regressarmos às planícies.

Regressei através do acampamento. Atravessara-o centenas de vezes durante a nossa estada na Ásia. Excetuando a terra e o tempo, era sempre igual, mas hoje não.

Mesmo os que seguiam a coluna estavam numa azáfama. E esses foram os primeiros que encontrei. As crianças chapinhavam em poças aquecidas pelo sol, nas costas das mães enquanto essas conversavam. Na zona ocupada pelos mais ricos, como artistas e mercadores, um dos atores meu conhecido veio a correr na minha direção. Quando parei a montada, ele disse:

— Bagoas, é verdade que o rei vai regressar?

— Regressar? — retorqui. — Mas são apenas alguns dias de marcha até a Corrente do Oceano. É óbvio que não vai regressar.

Cavalguei na direção do acampamento dos soldados. Percebi então que algo de errado estava acontecendo.

Os soldados num acampamento destinado a retemperar as forças, têm múltiplas tarefas com que se ocupar: o seu equipamento, as botas, as armas; e muitas coisas que necessitam comprar. Haverá mulheres, lutas de galos e jogos de dados; cartomantes, prestidigitadores e homens com cães dançarinos. Todos esses andavam por aí, tristes, sem nada para fazer. Os homens nada faziam. Nada, exceto falar.

Uma dúzia de cabeças juntas; uma vintena, ouvindo um homem; dois ou três discutindo; falavam. E jamais ouvi uma gargalhada.

Quando passavam oficiais, era natural que fossem chamados, como amigos para dar um conselho; ou podiam ser olhados de mau humor, em silêncio. Alguns até para mim voltavam os olhos, como se eu tivesse alguma história para lhes contar. Quem me dera saber o que lhes dizer. Foi então que algo me veio à memória: uma noite, nos pântanos, acima de Ecbátana.

Não!, pensei. Não é tão mau quanto isso e com ele não seria possível, mas é mau. Seus generais devem dizer-lhe o que se passa. Se fosse eu a fazê-lo, seria uma insolência da minha parte.

Começaram por volta do meio-dia; um primeiro, dois depois. Afinal tivera razão, não era como em Ecbátana. Ninguém desejava fazer mal a Alexandre. Ninguém sonhava com outro rei. Os homens desejavam apenas uma coisa: não avançar mais.

Pensei que ele não se preocuparia com isso, pelo menos a princípio, mas ele tinha sempre uma sensibilidade especial em relação ao que se passava com suas tropas, e conhecia os seus oficiais; aqueles que não se esforçavam de fato nunca atingiam essas patentes. Ele estava calmo, mas sério. Por fim, disse a Ptolomeu e a Perdicas:

— Isto tem que ser enfrentado a tempo. Eu próprio falarei com eles. Avise de imediato a todos os oficiais a partir de comandante de brigada: à frente desta tenda, amanhã, uma hora depois do nascer do sol; aliados e tudo. A culpa de tudo isso é da chuva.

Não voltou a chover. Voltei a passar pelo acampamento algumas horas mais tarde. A atmosfera mudara. A resolução tomara o lugar do mau humor. À porta da tenda de cada oficial superior havia uma multidão ordeira de homens aguardando a sua vez de falar.

Na manhã seguinte, levantou-se bastante cedo. Mal dava pela minha presença enquanto o vestia. Via os seus lábios mexerem-se com palavras que a sua mente formava.

Desde os primeiros raios de luz que o ajuntamento se iniciara: macedônios, persas, bactrianos, indianos, trácios. Juntos formavam uma grande multidão; eram tantos quantos a sua voz podia alcançar.

Trouxeram um cavalete para ele se pôr em cima. Vestira a sua melhor armadura de combate, com o capacete alado e o cinto com joias de Rodes. Quando ele para ali subiu, ágil como um rapaz, sentiu-se um sopro semelhante a uma brisa. Meu amigo ator dissera-me um dia que ele podia ter feito uma fortuna no teatro.

Escutei atrás da tenda. Esta peça não tinha uma personagem reservada para mim.

Ele disse que se sentia triste por ver que os seus homens tinham perdido o ânimo; convocara-os para um Conselho, para que decidissem, juntamente com ele, se haviam de prosseguir ou não. Era sua intenção, como é óbvio, persuadi-los e não os obrigar. Creio que a ideia de voltar para trás jamais lhe tenha passado pela cabeça.

Tinha um ótimo estilo, eloquente sem a ajuda da retórica, embora não tivesse escrito uma única palavra. Falou das suas inúmeras vitórias; por que haviam de recear os homens que se encontravam para além do rio? O final da sua tarefa aproximava-se. Estavam chegando ao Oceano Circundante; o mesmo que tocava a Hircânia a norte, e a Pérsia a sul; o limite final da terra. Ele não podia acreditar (sentia-o na expressão da sua voz) que eles não tivessem dentro de si uma ânsia semelhante à sua. Não partilhara ele os seus perigos e não tinham eles partilhado os despojos? Estariam eles dispostos a vacilar tão perto do fim?

— Conservem-se inabaláveis! — gritou. — É belo viver com coragem e morrer deixando atrás de nós uma fama que não perece.

Sua voz nítida silenciou-se. Aguardava. A calma era tal que se podia ouvir o piar de um pássaro ou o ladrar de um cão.

Algum tempo depois, disse:

— Vá lá! Já disse o que tinha a dizer; convoquei-os para que vocês dissessem também o que pensam.

Ouviu-se então um burburinho entre a audiência. De repente, lembrei--me do silêncio na última audiência com Dario; e senti a diferença. Ele fora menosprezado. Alexandre inspirara-lhes um temor respeitoso e envergonhara-os; as palavras que traziam tinham morrido na sua presença. E, todavia, tal como Dario, ele não conseguira alterar a sua opinião.

— Quem quer falar? — questionou. — Vocês não têm nada a recear de mim. Não basta a minha palavra, querem também que lhes jure?

Alguém sussurrou:

— Sim, Coino, fala.

Um homem grisalho e robusto surgiu por entre a multidão. Já o conhecia de vista, mesmo antes do importante papel que desempenhara na batalha do rio. Combatera sob o comando de Filipe, mas, sendo acima de tudo um soldado, jamais se unira a uma facção. Quando o bom senso e a determinação eram requeridos, o rei escolhia Coino. Olharam-se mutuamente. A expressão de Coino, a única que eu podia ver, dizia: "Não vai gostar do que vou lhe dizer, mas confio em você".

— Senhor — disse —, convocou-nos para um Conselho onde livremente podemos falar, todos o sabemos, mas eu não falo em nome de nós, comandantes; não creio que tenha esse direito. Com tudo aquilo que nos deu, já nos pagou mais do que o necessário para prosseguirmos. Se quer continuar, nós o seguiremos; é esse o nosso dever, para isso fomos promovidos. Assim, com a sua permissão, gostaria de falar em nome dos homens. Não que eles estejam para mim em primeiro lugar; esse a você pertence. É por isso que falo.

Alexandre nada disse. Via-o de costas, tenso como um arco.

— Sou o mais velho dos presentes, penso. Se posso clamar por um bom nome, a você o devo, pois me deu a oportunidade para tal. Bem, meu senhor. Os homens, tal como disse, fizeram mais do que exército algum antes o fez. Mais uma vez, a você o devem. Mas, creio, senhor, que quando dizem que já chega, devem ser ouvidos. Pense em quantos de nós, macedônios, com você partiram. Quantos restam?

Um bom velho. Um ótimo soldado. Um macedônio dirigindo a palavra ao seu rei como o mandam as regras. O que representava o meu povo para ele, os cavaleiros persas de expressão orgulhosa e valorosos em combate? O que significavam os possantes bactrianos, os sogdianos com nariz de falcão, os trácios de cabelos vermelhos, os indianos esguios com os seus turbantes incrustados de joias, com que eles haviam partilhado as vitórias? Acasos ao longo do caminho que conduzia para a casa.

— Morremos no campo; morremos de febre e disenteria. Há os aleijados que jamais voltarão a combater; e os homens nas novas cidades; nem todos ali estão felizes, mas lá ficaram. E olhe para o resto, para nós, que mais parecemos destinados a espantar corvos, com os nossos andrajos indianos. Quando um soldado não consegue ter orgulho nem conforto, o ânimo perde-se. Também a cavalaria: o meteorismo esgotou os animais. E, senhor, temos mulheres e crianças em casa. Os nossos filhos são já estranhos para nós; logo o serão as nossas mulheres. Senhor, os homens querem regressar com o que amealharam, enquanto ainda podem ser alguém nas suas aldeias. Se o fizerem, rapidamente terá um novo exército criado nesse chão, desejoso de o seguir. Regresse, rei. A sua mãe tem saudades de você. Chame os jovens que virão cheios de vigor. É o melhor, senhor. Acredite-me, senhor, é o melhor.

Sua voz sucumbiu. Tapou os olhos com os dedos. Um som rouco brotou de dentro dele; parecia que ia cuspir; no entanto, era um soluço.

Como se isso tivesse libertado os outros, fizeram-se ouvir gritos vindos de toda a parte, não eram de raiva ou de desafio, mas, sim, de mera súplica. Quase gemiam. Estendiam os braços na sua direção. Se os oficiais com valor demonstrado se comportavam desta maneira, como seria com os homens?

Alexandre permanecia imóvel. Os sons extinguiam-se; esperavam a sua resposta.

— O Conselho está encerrado.

Voltou as costas e entrou de imediato na tenda.

Um ou dois oficiais mais velhos, seus amigos, fizeram menção de o seguir, mas ele se voltou para eles à entrada da tenda e repetiu:

— O Conselho está encerrado.

Em Susa, aprendera a ser invisível. Não era difícil e podia até ser bastante rápido. Enquanto ele andava de um lado para o outro, enfiei-me num canto. Quando ele levou as mãos à correia do capacete, aproximei-me em silêncio e tirei-o, para logo em seguida desaparecer. Isso me dava tempo para pensar.

Partilhariam os soldados a sua fé na Corrente do Oceano? Perguntei a mim mesmo. Pensei no acampamento, com os seus negociantes; nos intérpretes, à espera de ganhar qualquer coisa quando a linguagem dos sinais se torna incapaz. Os intérpretes a serviço de um rei, traduzem aquilo que lhes dizem. Os intérpretes no mercado fazem intriga. Visto o seu trabalho ser essencialmente com viajantes, estão habituados a ouvir falar dos lugares e das estradas que nos aguardam mais adiante. Saberiam os soldados mais do que nós?

O grande Aristóteles, o mais sábio de todos os gregos, dissera a Alexandre como era feito o mundo, mas uma coisa era certa; nunca fora lá para ver.

Alexandre percorria a tenda de um lado para o outro, de trás para a frente, de frente para trás. Deve ter andado mais de um quilômetro. Eu permaneci como se nada fosse; para ele, de nada servia. Ele precisava de fé no seu sonho, e a minha fé desvanecera-se.

De repente, apareceu à minha frente e gritou:

— *Vou* continuar!

Ergui-me e tornei-me então visível:

— Meu senhor, os seus feitos suplantam os de Ciro. E os de Hércules, os de Dioniso e os dos Gêmeos. Todo o mundo o sabe.

Procurou o meu rosto. Tentei evitar que ele pudesse constatar minha ausência de fé.

— Tenho que ver o Fim do Mundo. Não o quero fazer para o possuir. Nem o faço tampouco pela fama. É para o ver, para estar lá... e é tão perto!

Mais tarde chamou Ptolomeu, Perdicas e os outros generais, e pediu-lhes desculpa de lhes ter prestado pouca atenção. Voltaria a falar com os comandantes no dia seguinte; entretanto, podia estar planejando a nova campanha para quando os convencesse. Os generais sentaram-se à mesa, ocupados com a travessia do rio e com a marcha que os aguardava para além dele. Não estavam melhor do que eu.

Ele o sentia até as suas entranhas. Cismou durante toda a noite. Duvido que tenha dormido. Na manhã seguinte, quando os comandantes chegaram, não fez nenhuma prédica, limitando-se a perguntar-lhes se tinham mudado de ideia.

Seguiu-se uma confusão de vozes. Creio que surgiram algumas coisas, entre as quais rumores quanto à distância. Alguém ouvira isso ou aquilo de um intérprete de uma caravana. Alguém falou de uma quinzena de marcha através do deserto. Após algum tempo nisso, Alexandre pediu silêncio.

— Eu os ouvi. Disse-lhes que nada tinham a recear de mim. Não ordenarei a nenhum macedônio que me siga contra a sua vontade. Outros seguirão em frente com o seu rei. Avançarei sem vocês. Vão, quando quiserem. Regressem a sua casa. Nada mais é requerido de vocês.

Entrou na tenda. Ouvi as vozes no exterior, aumentando à medida que se afastavam.

— Não deixe entrar ninguém — disse Alexandre ao guarda.

Mas mais uma vez eu estava invisível. Durante todo o dia entrei e saí. Como não me viu ser repelido no início, o guarda passou a deixar-me entrar sempre que desejava. Espreitava para o seu quarto para ver se ele se entregara ao desalento, visto estar só, mas ele, ora estava sentado à mesa, olhando para os seus planos, ora andava de um lado para o outro. Percebi que ele ainda mantinha alguma esperança.

Independentemente do que dissera, não prosseguiria sem os macedônios. Este exército, perante o qual ele se afirmara ainda na adolescência, fazia parte do seu sangue. Era como um amante. Por que não? Já o amara com uma entrega total. Ele se fechava agora ali, não apenas devido à dor que sentia, mas também para trazerem o amante a seus pés, para lhe pedir perdão.

Nenhum amante veio. Por todo o acampamento pesava um silêncio de chumbo, asfixiante.

Não me mandou embora. Compreendi a sua solidão e não a perturbei. Trouxe-lhe aquilo que me parecia que ele pudesse precisar, saí quando ele estava inquieto e acendi as candeias à noite. Trouxeram-lhe o jantar. Reparou então na minha presença e disse-me para me sentar e comer na sua companhia. De repente, com o vinho começou a falar. E isso, apesar de não ter bebido muito. Confessou-me que, durante toda a sua vida, estivesse onde estivesse, havia sempre um desejo imperioso, um feito a realizar, uma maravilha para alcançar e conhecer; desejos tais só podiam vir de um deus. Sempre os realizara, sempre até agora.

Tive esperanças de que me levasse para a cama consigo. A essa altura, eu podia ter sido um conforto para ele, mas ele desejava outro amor que não o meu.

No dia seguinte não saiu. O campo murmurava, soturno. Nada se alterara; excetuando o fato de esse ser o segundo dia e de a esperança começar a abandoná-lo.

À noite acendi a candeia. Seres estranhos lançaram-se na direção da chama, ficaram queimados e caíram mortos. Ele se sentou à mesa com o queixo apoiado nos punhos. Nada tinha para lhe dar. Desta vez nem Heféstion podia trazer à sua presença. Teria feito isso se pudesse.

Algum tempo depois, pegou um livro e abriu-o. *Quer recompor o espírito*, pensei; e isso trouxe-me algo à ideia. Esgueirei-me para o breu indiano e dirigi-me para a sombra da árvore mais próxima. Ali estava ele, de pés sobre as coxas e de mãos no regaço. Agora já sabia grego suficiente para podermos conversar, se a linguagem não fosse muito rebuscada.

— Calano — disse —, o rei está sofrendo.

— Deus é bom para ele — respondeu; e, quando eu avançava na sua direção ele fez-me sinal para recuar. Mesmo à minha frente estava uma cobra enorme enrolada entre as folhas secas, a menos de um metro dele.

— Sente-se ali, e ela não ficará zangada. Ela é do tipo paciente. Zangava-se quando era um homem; agora está aprendendo.

Dominei o meu medo e sentei-me. Os anéis da cobra agitaram-se, mas ela não se mexeu.

— Não se inquiete com o rei, minha criança. Ele está pagando parte do seu tributo; regressará com um fardo mais leve.

— A que deus devo fazer um sacrifício para que, quando ele renascer, eu possa renascer com ele? — indaguei-lhe.

— Esse é o seu sacrifício; a ele está ligado. Regressará para receber o seu serviço...

— Ele é o meu amo, e para sempre o será. Não o pode libertar do seu sofrimento?

— Neste momento ele agarra com força a sua própria roda de fogo. Basta-lhe apenas libertar a pega, mas é difícil para os deuses libertarem-se da divindade.

Saiu da sua posição e pôs-se em pé com um só movimento. A cobra mal se moveu.

Alexandre continuava com o seu livro.

— Al'scandre, Calano tem sentido a sua falta. Pode recebê-lo apenas por alguns momentos?

— Calano? — Lançou-me um daqueles olhares seus que pareciam me trespassar. — Calano não sente a falta de ninguém. Foi você quem o trouxeste.

Virei os meus olhos para o chão.

— Sim — prosseguiu —, diga-lhe que entre. Agora que penso nisso, percebo que ele é a única pessoa que sou capaz de ver, além de você.

Quando o fiz passar pelo guarda, afastei-me. Não tentei sequer ouvir o que diziam. A cura pela magia é uma coisa sagrada e receei interferir com ela.

Quando, por fim, o vi sair, entrei. Alexandre fez-me um sinal de agradecimento, mas como nada disse, fiquei sentado em silêncio. Quando lhe trouxeram o jantar, convidou-me a partilhá-lo como já fizera anteriormente. Disse então:

— Já ouviu falar de Arjuna? Não, nem eu até esta noite. Foi um rei indiano de tempos passados e também um grande guerreiro. Um dia, antes de uma batalha, chorou no seu carro; não por medo, mas porque a honra o obrigava a lutar contra os seus parentes. Então, tal como encontra em Homero, o corpo do condutor do carro foi tomado por um deus, e o deus dirigiu-lhe a palavra.

Calou-se então, e eu lhe perguntei o que dissera o deus.

— Muita coisa. Quase iam perdendo a batalha. — Sorriu por um instante, mas ficou grave logo em seguida. — Ele disse a Arjuna que ele era um guerreiro nato e que devia cumprir o seu destino; mas que o devia fazer sem mágoa ou desejo; não devia desejar os seus frutos.

— Isso era possível? — perguntei.

Sua circunspeção surpreendeu-me.

— Quase, talvez; para um homem que obedece a ordens. Conheci homens parecidos, e homens generosos, também, embora todos eles gostassem de um elogio. Mas, para conduzir homens, para mudar o coração deles, para os tornar valentes; isso, antes de tudo começar! Ver algo de novo que somos obrigados a realizar, e não descansar antes do fim... isso requer uma vontade maior do que a própria vida.

— Há tantas coisas, Al'scandre, que deseja mais do que a própria vida. E a sua vida é tudo aquilo que eu possuo.

— O fogo consome-se, jovem persa, e, no entanto você lhe presta homenagem. Também eu. Nele depositei o medo, a dor e as necessidades do corpo, e as chamas eram belas.

— Na verdade, senhor — disse —, eu próprio venerei esse fogo.

— Mas Calano quer que eu lance ao fogo tudo aquilo que o fogo me deu: honra, fama; entre os homens de hoje e entre os vindouros, o próprio suspiro do deus que me diz: prossiga.

Contudo, até ele deixou os seus amigos para os seguir.

— Para me libertar, segundo ele, mas Deus deu-nos mãos; se ele pretendia que as retivéssemos no colo, não lhes teria dado dedos.

Ri-me. Ele continuou:

— Bem, ele é um filósofo sério. Mas... Eu estava com ele quando uma vez passamos por um cão moribundo que fora espancado quase até a morte; as costelas estavam partidas, e ele sofria com sede. Ele me censurou por eu retirar a minha espada para acabar com o seu sofrimento. Na sua opinião, eu não devia interferir com o caminho escolhido. Todavia, ele próprio é incapaz de fazer mal seja àquilo que for.

— Um homem estranho. Contudo, há algo em si que somos obrigados a amar.

— Sim. Gostei da sua companhia. Estou satisfeito por tê-lo trazido... Amanhã, pedirei que me leiam os presságios para a travessia do rio. Se eles forem propícios, os homens voltarão a pensar. — Mesmo assim, ele continuava a suster a sua roda de fogo.

— Sim, Al'scandre. Poderá então estar seguro quanto àquilo que o deus lhe destinou. — Algo me dizia que podia estar tranquilo ao pronunciar essas palavras.

Foi no dia seguinte. Os macedônios aguardavam murmurando entre si. A vítima debateu-se, o que por si só era mau sinal. Quando o fígado foi extraído da carcaça e depositado nas mãos de Aristandro, o sussurro deu lugar a um silêncio imediato no momento em que ele virou a carne escura e brilhante entre as suas mãos. Erguendo a voz para que todos o ouvissem, anunciou que os sinais eram adversos em todos os aspectos.

Alexandre inclinou a cabeça. Regressou à sua tenda, pedindo aos três generais que o acompanhassem. Ali, disse-lhes, agora com bastante calma, que não se oporia aos deuses.

Um pouco mais tarde, mandou chamar os seus amigos e o mais velho dos Companheiros, e comunicou-lhes que o podiam transmitir ao exército. Ninguém disse grande coisa. Estavam agradecidos, mas sabiam quanto isso lhe custava. Sentou-se com os generais à mesa, fazendo os planos para o regresso; durante algum tempo, sentiu-se a tranquilidade normal num dia de trabalho. Foi então que o som começou.

Até essa altura não ouvira ainda o rebentar estrondoso das ondas do mar; mas era semelhante. Então, à medida que se aproximava, reconheceu-se o barulho das aclamações. Custou-me que eles se alegrassem com a sua dor. Depois, ouviram-se vozes ali perto, pedindo para serem recebidas pelo rei. Perguntei-lhe se queria que abrisse a porta da tenda.

— Sim — disse. — Sim, vamos ver qual é o seu aspecto agora.

Eram macedônios; mais de mil. Quando ele saiu, gritaram na sua direção. Tinham as vozes rudes e entrecortadas com lágrimas de alegria. Mal o viram, empurraram-se uns aos outros. Um, que parecia um veterano, adiantou-se e caiu de joelhos:

— Oh, rei! Invencível Alexandre! — Era um homem com alguma educação. — Apenas por você foi conquistado e mesmo isso, o fez pelo amor que nos tem. Que os deuses o recompensem! Uma longa vida para você e uma glória imortal! — Tomou a mão de Alexandre e beijou-a. Este o ergueu e pôs a mão no seu ombro. Ficou mais algum tempo agradecendo aos homens e depois voltou a entrar na tenda.

O amante regressara ainda apaixonado, mas há algo que a primeira disputa de amor sempre deixa marcada, a consciência da sua existência. Em tempos passados, pensei, ele teria beijado o veterano.

A noite chegou. Convidou alguns amigos para jantar. Na sua mesa de trabalho permaneciam os planos para a travessia do rio; a cera não fora ainda alisada: apenas alguns traços do estilete a cruzavam. Estava calmo ao se deitar; era fácil perceber que permaneceria em vigília durante toda a noite. Coloquei a candeia no seu lugar e ajoelhei-me a seu lado:

— Eu o seguiria até as derradeiras margens do mundo, nem que para isso tivesse de percorrer mais de mil quilômetros.

— Fique antes aqui, comigo — retorquiu ele.

Estava pronto para o amor, mais do que ele próprio imaginara; mas eu o pressentira. Queimei algum do fogo que permanecia dentro de si e que teria selado a sua fornalha, queimando o seu coração. Sim, embora nessa noite não pudesse trazer Heféstion à sua presença, ele estava feliz comigo. Quando ele dormia profundamente, parti.

Construiu doze altares, tão altos que mais pareciam doze torres, destinados aos doze deuses gregos, para assinalar o final da sua jornada. Escadas amplas circundaram-nos para os sacerdotes e para as vítimas. Se ele se via obrigado a regressar, pelo menos regressaria com grandeza.

Deu descanso aos homens tal como planejara, com jogos e espetáculos; sentiam-se felizes agora pois tinham obtido o que desejavam. Em seguida, regressou através dos rios, dirigindo-se para a província de Heféstion que ele povoara juntamente com Poro. Construíra ali uma nova cidade, onde aguardava a chegada de Alexandre.

Passaram bastante tempo juntos. Não tendo nada para fazer, procurei Calano e informei-me junto a ele sobre os deuses indianos. Contou-me algumas coisas, depois sorriu e disse-me que eu procedia na Via. Contudo eu nada lhe dissera.

Heféstion era trabalhador, quanto a isso não havia dúvidas. A província encontrava-se em ordem; as nomeações necessárias tinham sido feitas e ele mantinha ótimas relações com Poro. Possuía um dom especial para tratar deste tipo de questões. Uma vez, ainda antes de eu ali estar, quando Alexandre conquistou Sídon, encarregou-o de escolher o rei. Perguntou aqui e ali, até saber que o último descendente da linha real, havia muito afastada pelos persas, ainda vivia na cidade, paupérrimo, trabalhando nos jardins, mas era um homem honesto e Heféstion ofereceu-lhe o trono. Os nobres nada tinham por que lutar e o rei governava com justeza. Morreu tarde, chorado por todos. Sim, sim, Heféstion tinha bom senso.

Outro amigo de infância de Alexandre estivera igualmente atarefado; era ele Niarco, um homem franzino e esguio, oriundo de Creta. Permanecera ao lado de Alexandre nos seus conflitos com o pai, e partilhara com ele o exílio.

Nunca esqueceu essas coisas. Almirante da sua armada até ele deixar o Mar do Meio, Niarco percorrera todo esse caminho como soldado, mas voltara a exercer suas funções na água, como a sua raça prefere. Estivera preparando uma frota no Hídaspe. Alexandre tencionava descer até o Indo e depois, neste, em direção ao mar. Se fora impedido de avançar para leste até a Corrente do Oceano, pelo menos ele o tocaria a oeste.

Os homens, que tinham esperado avançar diretamente para a Báctria, souberam então que lhes estava destinado marchar ao longo dos rios junto à frota. Havia ali tribos que ainda não se tinham rendido e que se dizia serem ferozes. As tropas não estavam satisfeitas; Alexandre disse-lhes que esperava que eles lhe permitissem deixar a Índia e não fugir dela. Ficara mais intolerante, visto eles o terem desiludido. Eles olhavam-no e ficavam em silêncio. Pelo menos eram conduzidos em direção a casa.

Alexandre pensara até há pouco tempo que se seguissem o Indo desembocariam no Nilo. Ambos tinham lódão e crocodilos. Apenas recentemente soubera, através dos nativos, que isso não correspondia à verdade; mas, tal como ele dizia, ainda havia coisas para ver.

O velho Coino morreu ali, de febres; não chegou a ver a Macedônia. Alexandre mantivera a sua palavra e nunca o censurara pelas dele; agora destinara-lhe um grande funeral. Todavia, dentro de si, algo se alterara. O amante de muitas cabeças pusera em causa a sua fé. Tinham arranjado as coisas entre si por precisarem um do outro; ainda se amavam, mas não esqueciam o que se passara. A frota, parada nos bancos de areia alargava-se com o princípio do verão. Era bonito de se ver: compridas galés de combate, com vinte ou trinta remos; pequenos barcos; cubas de lados côncavos de todas as formas e tamanhos; e os barcos achatados para o transporte de cavalos.

Observei a galé de Alexandre, tentando desvendar qual seria seu espaço. Será que me levaria consigo? Era um navio de guerra; pensaria ele que devia levar apenas os escudeiros? Se seguisse o percurso a pé, seria impossível saber quando voltaria a vê-lo. E, além disso, estaria sob o comando de Heféstion. Competia a ele chefiar, na margem esquerda, a maior parte do exército, os acompanhantes, os elefantes e o harém. Não que ele mostrasse desdém algum para comigo; mas era eu que não o conseguiria suportar. Havia ainda outra coisa; não viajara ainda num lugar onde Roxane estava presente e Alexandre ausente. De Heféstion tinha apenas que recear o que estava dentro de mim. Quanto a ela, não sentia segurança alguma.

Incomodara-me sem razão. Quando me atrevi a perguntar-lhe, Alexandre respondeu-me:

— O quê? Gostaria? Então, por que não? Disseram-me tantas vezes que estou me persianizando, que ninguém deverá ficar surpreendido. Sabe nadar?

— Oh, sim, Al'scandre. Tenho a certeza de que serei capaz.

Riu-se:

— Eu também.

O rei Poro e a maioria dos seus súditos vieram despedir-se de nós. Os navios estendiam-se ao longo do rio até perder de vista. A galé de Alexandre abria o cortejo. Ele seguia na proa, de cabelos emaranhados devido ao sacrifício do embarque. Invocara Amon, o seu deus primeiro, Poseidon, das águas, Hércules e Dioniso; também o fez em relação aos rios por onde passamos, porque os gregos veneram as águas sagradas, embora as poluam (eu próprio começava a ficar mais descuidado). Em cada libação lançou o cálice de ouro juntamente com o vinho. Nos barcos em torno, todos entoaram os cânticos de triunfo; os exércitos nas duas margens seguiram-nos, os cavalos relincharam, os elefantes agitaram-se. Então, envoltos pelos cânticos sagrados, com a luz tênue e cinzenta nas águas amplas, seguimos corrente abaixo.

De todos os presentes que Alexandre me deu, que foram muitos e preciosos, um dos melhores foi ter-me levado consigo no rio. Ainda hoje o digo, apesar de ter presenciado os festivais no Nilo. Em primeiro lugar vinham as galés, ornamentadas, com as suas filas de remos batendo as águas como asas; depois, ao longo de quilômetros a frota de diferentes matizes; em ambas as margens as extensas colunas do exército, as falanges fortemente armadas, a cavalaria, os carros, os elefantes pintados; e, a seu lado, correndo para nos observar, milhares de indianos vinham assistir àquela maravilha. Cavalos em barcos eram, por si só, um espanto inimaginável. Os indianos corriam perplexos unindo os seus cânticos aos nossos, até que o leito do rio se perdeu por entre desfiladeiros e gargantas; as tropas em terra desapareciam então da nossa vista; como canções tínhamos os ecos dos desfiladeiros, e o barulho dos macacos entre as árvores.

Para mim era um encantamento que suplantava todas as histórias ouvidas nos bazares. Na parte da frente da galé, Alexandre abraçava a figura de proa, de olhos postos no caminho à sua frente. A todos nós ele transmitia a sua chama de determinação. Deixei de me importar com o fato de cada palavra trocada numa galé ser um ato público, e de mal podermos tocar as mãos até o final da viagem. Ao lançarmo-nos num mundo desconhecido, penetrei numa parte da sua alma que os seus homens já haviam conhecido. Tudo se ajustava à sua imagem. Perdíamos a noção do tempo, pois vivíamos tomados pelo seu êxtase. Dias de alegria.

Ainda estávamos algo distantes da região mais hostil; por essa razão íamos frequentemente a terra para prestar homenagem aos chefes locais. Sentavam-nos num trono com flores; ofereciam-nos espetáculos com cavalos, danças, muitas delas com qualidade, e cantares que me faziam lembrar os lamentos dos pedintes no mercado. Prosseguíamos então o nosso caminho, acenando às tropas nas margens.

Todas as coisas boas têm que ser pagas, afirmou sempre Alexandre. O rio estreitou e a corrente tornou-se mais impetuosa. Distante e vago no início, fez-se sentir um bramido abafado; vinha do ponto de encontro das águas, onde estavam os rápidos.

Tínhamos sido avisados de que no lugar onde o Hídaspe se unia ao Aquísines, entre dois desfiladeiros, as águas formavam remoinhos. Do barulho ninguém nos avisara. Quando nos aproximamos, os remadores alteraram o ritmo devido ao medo; contudo, a corrente arrastava-nos. Onesícrito, o piloto-chefe, gritou-lhes para não pararem; pelo contrário, deviam remar com mais força; a morte era certa se os barcos começassem a andar à roda. Atiraram-se de novo ao trabalho. O piloto à proa deu instruções ao homem do leme, atento a cada metro que se progredia. Junto a ele estava Alexandre, de olhos fixos nas águas brancas, de lábios ligeiramente afastados, quase que sorrindo.

Nas mãos gigantes do rio, recordo apenas uma agitação louca, confusão, e um pavor mortal que felizmente me fez perder a fala. Uma vez lançados naquela corrida, ninguém se podia salvar, nem o próprio Alexandre. Dei por mim orando a um deus desconhecido. Pedia-lhe que, depois de nos afogarmos, renascêssemos os dois ao lado um do outro. Conseguimos passar então, envoltos pelas águas, com os remos inferiores quebrados. Nas histórias, só existe encantamento depois da prova.

Todos os barcos conseguiram passar, à exceção de dois que colidiram; alguns dos seus homens foram salvos. Alexandre acampou, assim que encontramos boas praias.

A canção terminara.

Aproximávamo-nos da Mália, cujas cidades não se tinham submetido e se preparavam para a guerra. Eram governadas pelos seus sacerdotes; homens muito diferentes de Calano, que não cessavam de nos dizer que ele era apenas alguém que tentava encontrar o caminho de Deus, e não um sacerdote. Esses sacerdotes eram obedecidos por todos, inclusive pelos soldados. Alexandre e todos nós havíamos sido proclamados por eles bárbaros impuros. Eles abominam a impureza que, na sua opinião, se encontra por toda a parte. Na Pérsia temos os nossos próprios escravos, no entanto, não os consideramos impuros; aqui, os homens de *status* inferior, que são oriundos de uma raça conquistada, embora não sejam pertença de ninguém, são considerados impuros a ponto de nenhum sacerdote ou guerreiro comer num lugar onde eles tenham estado, mas esses homens vivem humildemente. Isso não se passava com Alexandre. Se a sua sombra podia tornar impuro o espaço que eles ocupavam, o que se poderia dizer do seu domínio?

Estes eram os últimos povos a ocidente, antes de voltar em direção à Pérsia; apenas eles se encontravam entre ele e o domínio de toda a Índia, do Benares à foz do Indo. Tinham-lhe roubado o seu sonho; agora, a questão da Índia era algo a concluir, de uma vez por todas. O feitiço do rio estava quebrado; o jovem belo junto à proa, ao pôr pé em terra, transformara-se num demônio que tornava incandescente o ar à sua frente.

Mandou à frente as tropas de Heféstion com cinco dias de avanço para apanhar todos aqueles que tentassem fugir. Os homens de Ptolomeu partiriam três dias depois, para apanhar os que tentassem fugir no fim. Quando a armadilha estava pronta, lançou-se à sua vítima.

Marchamos através do deserto, durante noite e dia, porque era mais rápido e ninguém escolhia aquele lugar para fugir. Era um percurso cruel, mas mais rápido. Tivemos quase toda uma noite para dormir. Ao amanhecer, Alexandre conduziu a cavalaria contra a primeira cidade da Mália.

Não era muito longe do acampamento, por isso cavalguei até lá para ver.

Lá estavam as muralhas construídas com lama e tijolo, e as terras dos camponeses repletas de homens. Tinham colocado postos avançados na estrada para deter Alexandre. Ninguém se preocupara com o deserto, pois dali ninguém vinha.

Os gritos de guerra ergueram-se; a cavalaria avançou em direção aos campos. Os homens que estavam armados nada mais tinham do que ferramentas. Os sabres brilharam aos primeiros raios de luz; todos foram dizimados.

Pensei que ele exigisse a sua rendição, como sempre fizera, mas eles já haviam recusado. E ele não dava uma segunda oportunidade.

Regressou à noite, depois de ter tomado a cidadela que ficou coberta de pó e sangue. Enquanto as tropas descansavam e comiam, ele deu ordens para organizar uma marcha noturna, para assim surpreender a cidade seguinte antes de terem tempo para a avisar. Ele próprio quase não descansou. A luz que brilhara no rio transformara-se em calor.

Assim continuou. Mesmo quando todos os indianos sabiam onde ele se encontrava, mantiveram a recusa em se renderem. Fez muitos escravos, aqueles que por fim se renderam; mas foram muitos os que lutaram até a morte ou que se imolaram dentro das suas próprias casas. Também os soldados estavam agora mais ferozes. Eles, mais até do que Alexandre, queriam dar uma lição na Índia; não desejavam mais revoltas na sua retaguarda que os obrigassem a regressar. Não teriam feito prisioneiros se ele não tivesse dado ordens nesse sentido.

A guerra é a guerra. Se isso tivesse acontecido a Dario, eu me limitaria a ficar satisfeito por ele, por ter sido corajoso durante a batalha. Espantara-me com Alexandre, não por ele matar, mas antes por ele o evitar tantas vezes. Ainda agora deixava partir as mulheres e as crianças, mas doía-me que o seu sonho se tivesse transformado em amargura.

Esta campanha não fora desejada pelos macedônios e isso tornava-os taciturnos. Quando o preparei para o seu breve descanso noturno, ele parecia exausto e abatido.

— Os sapadores deitaram abaixo a muralha — disse. — Habitualmente, os homens lançavam-se ao ataque, à procura de uma brecha, antes de a poeira assentar, tentando ser os primeiros. Hoje, pensei que eles não iam sair do mesmo lugar, à espera uns dos outros. Fui à frente e enfrentei o inimigo sozinho até que isso os envergonhou.

Claro que eles o tinham seguido então, e tomado a cidade, mas as linhas na sua testa haviam-se tornado mais fundas.

— Al'scandre, é o cansaço do espírito. Quando regressarmos à Pérsia, à minha terra e a sua, tudo voltará à normalidade.

— Sim, tem razão, mas as fronteiras têm que ficar em segurança, e eles bem o sabem. Nunca lhes pedi obediência cega. Somos macedônios, informei-os sempre daquilo que se ia passar. Eles têm que suportar isso da melhor maneira possível. Tal como você.

Beijou-me, com ternura apenas. Nunca precisava do desejo para torná-lo grato no amor.

No dia seguinte de marcha, passamos pela cidade conquistada. Ouvia-se o barulho dos milhanos e sentia-se o cheiro nauseabundo da carne apodrecendo ao sol; a esse juntava-se a pestilência vinda das casas onde os indianos se tinham imolado. Apenas para mim, orei ao Sábio Deus para que Ele o libertasse de tudo isso o mais depressa possível.

Devemos ter cuidado com as nossas orações. Não devemos ser presunçosos perante os deuses.

A cidade seguinte, vimo-la ao aproximarmo-nos, fora abandonada. Ele passou então palavra que iria persegui-los e que o acampamento o devia seguir.

Quando acompanhamos um exército, não necessitamos de guias. Chegamos a um rio e a um vau onde se viam cavalos doentes. No lado mais distante houvera uma batalha. Mortos jaziam por toda a parte, como se fossem estranhos frutos da terra, escurecidos de maduros, contrastando com a relva e a vegetação pálida. Um tênue cheiro, fétido e doce, começava a insinuar-se: estava quente. Ia beber do meu cantil quando ouvi um gemido ali perto. Era um indiano, um pouco mais jovem do que eu, estendendo a mão a pedir água. Já não tinha salvação; suas entranhas saíam através da ferida. No entanto, desmontei e dei-lhe de beber. Os que seguiam junto a mim perguntavam-me se enlouquecera. De fato, por que razão fazemos semelhante coisa? Creio que isso apenas lhe prolongou o sofrimento.

Logo alcançamos alguns carros de bois, enviados por Alexandre para recolher seus mortos e feridos. Os feridos iam cobertos por um toldo; a seu lado, seguia o aguadeiro com o burro. Alexandre tinha sempre um cuidado especial em relação aos seus.

Os condutores dos carros disseram-nos que o inimigo rondara os cinquenta mil. Alexandre conseguira sustê-los, só com a cavalaria, até a chegada dos arqueiros e da infantaria; o inimigo procurou então refúgio nas muralhas da cidade, que nós podíamos ver além do palmeiral. O rei a cercara e deixara os seus homens descansar durante a noite.

Antes do anoitecer, aproximamo-nos da cidade redonda e castanha, com as suas construções exteriores e com as muralhas baixas da cidadela interior. Os carros das tendas andavam de um lado para o outro com os escravos; os cozinheiros descarregavam os caldeirões e as sacas, colocavam as grelhas e os fornos de terra, para poderem oferecer aos homens uma boa refeição antes da ração ligeira ao meio do dia. Alexandre comeu na companhia dos seus oficiais superiores: Perdicas, Peucestas e Leonato, e com eles planejou o ataque.

— Não vou levantar os homens antes do amanhecer. A infantaria fez uma caminhada longa e ao sol, e a cavalaria travou uma batalha. Um bom sono e um bom desjejum; depois, força com isto.

Ao deitar-se, observei as suas armas esplêndidas, que os escudeiros tinham polido, e o corselete novo. Mandara fazê-lo na Índia, para o calor. Era menos pesado do que o antigo, e as placas acolchoadas com tecido indiano. Como se ele não se destacasse ainda suficientemente dos outros, era escarlate, com um leão dourado trabalhado no peito.

— Al'scandre — disse —, se usasse o corselete antigo amanhã, poderia limpar esse agora. Está sujo da batalha.

Ele se voltou com as sobrancelhas erguidas e sussurrou:

— Minha raposa persa! Já percebi o que quer. Não, não. Os homens precisam que lhes seja mostrado; não basta dizer.

Embora ele pudesse tê-lo dito noutro momento qualquer, desta vez havia ali um toque de amargura. Em seguida, colocou a mão no meu ombro:

— Não tente afastá-lo de mim, mesmo no amor. Prefiro acabar como comecei... Venha, alegre-se; não quer saber onde, amanhã, me deve procurar?

Dormiu bem, como sempre sucedia antes de uma batalha. Ele tinha por hábito dizer que o deixava então com o deus.

No dia seguinte, mal o sol se ergueu, fecharam o cerco à cidade; os carros avançaram com a escada, os aríetes, as catapultas e os instrumentos dos sapadores. Durante algum tempo pudemos ver Alexandre cavalgando de um lado para o outro, pois era fácil distingui-lo, mesmo ao longe, através da cor escarlate e do capacete de prata. Desmontou então e apagou-se entre uma massa de homens frente à muralha. Logo, também eles desapareciam; deviam ter forçado o portão.

As tropas entraram num rompante atrás deles; a escada foi transportada para o interior. As muralhas, antes abarrotadas com indianos, esvaziaram-se de um momento para o outro.

Cavalguei sozinho para ver o que se passava. Aqui, havia poucos acompanhantes; na sua maioria eram escravos que ali estavam; a multidão permanecia com Heféstion. Não, eles não se tinham rendido. Tinham-se refugiado na cidadela interior, e protegido as suas muralhas. Escondidos pelas pequenas casas de lama, os macedônios deviam estar aqui embaixo.

Uma escada foi vista então sendo erguida contra a muralha. Depois, subindo-a, vi uma cor escarlate intensa. Progredia com determinação até alcançar o topo; ficou aí suspensa, lutando; em seguida, ergueu-se lá no alto, sozinha.

Usava uma espada. Um indiano caiu; outro foi afastado com o seu escudo. Depois, três homens subiram a escada para lutar ao seu lado. Os indianos recuaram perante eles. A escada encheu-se com macedônios. Mais uma vez lhes mostrara. De repente, como pedras numa derrocada, desapareceram da nossa vista. A escada quebrara-se debaixo deles.

Aproximei-me, mal sabendo o que fazia. Os quatro pareciam aguentar ali eternamente, assolados pelos projéteis lançados da muralha e da fortaleza interior. Depois, Alexandre desapareceu. Saltara, para o lado de dentro.

Após uma breve pausa, provocada pelo espanto, creio, os outros acompanharam-no. Não sei quanto tempo verdadeiramente se passou antes de os outros macedônios escalarem mais uma vez a muralha; talvez fosse o tempo de descascar e comer uma maçã, ou de morrer dez vezes. Subiram apoiando-se nos ombros uns dos outros, ou com a ajuda de escadas, ou fazendo das suas lanças estacas espetadas na muralha. Chegaram ao topo e desapareceram. Não devia estar à espera, não parava de dizer para comigo, de o voltar a ver.

Um grupo de homens escalou a muralha pelo lado de dentro. Traziam consigo uma coisa escarlate. Muito devagar, desceram-na pela escada, até que saiu do meu ângulo de visão. Não se mexia.

Bati na garupa do cavalo e galopei em direção à cidade.

A cidade baixa estava deserta, nem mortos se viam, muito sossegada; abóboras-meninas e outras abóboras amadureciam nos terraços dos telhados. Mais acima, da cidadela, chegavam os gritos de combate e de morte, que eu mal ouvia.

À porta de uma casa humilde, numa rua mesmo junto ao lado exterior da muralha, estavam três escudeiros, olhando lá para dentro. Avancei através deles.

O escudo onde o haviam transportado estava cheio de sangue. Tinham-no deitado na cama andrajosa de um camponês. Peucestas e Leonato permaneciam a seu lado. A um canto estava mais um grupo de escudeiros. Galinhas corriam de um lado para o outro.

Sua cara estava branca como a cal, mas os olhos estavam abertos. No seu lado esquerdo, onde o tecido escarlate se encontrava escurecido, via-se uma seta comprida e grossa. Mexia-se e parava, e voltava a mexer acompanhando a sua tênue respiração.

Os lábios estavam afastados, absorvendo, através da dor, o ar suficiente para o manter vivo. A respiração sibilava suavemente; vinda, não da boca, mas da ferida. A seta estava no pulmão.

Ajoelhei-me junto à sua cabeça. Ele estava demasiado distante para notar isso. Peucestas e Leonato olharam para cima apenas por um instante. A mão de Alexandre abriu-se e procurou a seta.

— Arranquem-na — disse.

— Sim, Alexandre — retorquiu Leonato, quase tão branco quanto ele. — Temos que tirar primeiro o corselete. — Eu o pegara muitas vezes. Sabia quão forte era. Tinha sido furado, embora não estivesse rasgado. As flechas dificilmente o trespassariam.

— Não seja tolo — sussurrou Alexandre. — Corte a haste da seta.

Dirigiu a mão ao cinto, tirou a faca e tentou cortá-la. Tossiu então. Saiu-lhe sangue da boca; a haste moveu-se. Sua expressão parecia despojada de vida. Vagamente, ainda, a seta mexia-se na ferida.

— Depressa — disse Peucestas —, antes que ele volte a si.

Pegou a faca e tentou cortar a haste. Enquanto ele trabalhava, e Leonato a segurava com firmeza, desatei o corselete. Alexandre voltou a si enquanto Peucestas continuava a tentar cortá-la. Permaneceu imóvel com a seta espetada em si.

A seta foi cortada, por fim, deixando uma ponta lá dentro. Afastei o corselete de baixo dele; aliviamo-lo, apesar de dificultados pelos nós. Peucestas cortou o tecido ensanguentado. A ferida púrpura, na carne branca, abria e fechava, enquanto o ar soprava suavemente. Por vezes, parava; ele evitava tossir.

— Por amor de Deus — sussurrou —, puxe e acabe com isto.

— Tenho que cortar para encontrar a ponta da seta — retorquiu Peucestas.

— Então, faça logo — disse Alexandre e fechou os olhos.

Peucestas respirou profundamente.

— Mostrem-me todas as suas facas.

A minha era a que tinha a melhor ponta; comprara-a em Maracanda. Ele a fez penetrar junto à haste e remexeu lá dentro. Tomei a cabeça de Alexandre nas minhas mãos. Não creio que ele tenha se dado conta disso no meio do seu sofrimento.

Peucestas retirou a lâmina, afastou um pouco a seta, cerrou os dentes e puxou. A ponta espessa de ferro saiu; logo a seguir veio uma torrente escura de sangue.

— Obrigado, Peu... ces... — disse Alexandre. Sua cabeça vacilou; parecia de mármore. Tudo ficou imóvel, à exceção do sangue; por fim, até ele parou de correr.

A porta da cabana estava apinhada de gente. Ouvi um grito de que o rei morrera, espalhando-se lá fora.

Na Pérsia, o lamento pela morte surge naturalmente, como as lágrimas. No entanto, ofereci-lhe como ele merecia, o meu silêncio. Com efeito, nada mais restava dentro de mim.

Gritavam para os soldados que lutavam na cidadela que o rei morrera. O clamor lá dentro, que tinha abrandado um pouco, duplicou. Mais parecia que todos os pérfidos do mundo haviam sido lançados ao rio do Fogo. O barulho chegou até mim sem significado algum de especial.

— Esperem — disse Leonato.

Pegou uma pena de galinha que estava no chão imundo e a colocou junto aos lábios de Alexandre. Durante algum tempo permaneceu imóvel; então, a parte inferior mexeu-se levemente.

Ajudei-os a atá-lo com aquilo que conseguimos encontrar. As lágrimas corriam-me pelo rosto. A essa altura, eu não era o único.

Finalmente, quando tiveram coragem para lhe mexer, colocaram-no numa maca. Os escudeiros transportaram-no, caminhando com muito cuidado. Enquanto os seguia, algo voou por cima da muralha da cidadela e caiu no chão a meu lado. Era a cabeça de uma criança indiana de três meses, cortada pelo pescoço.

Lá em cima, os soldados continuavam a julgá-lo morto. Resgatavam o seu sangue e lavavam a sua vergonha. Não deixaram ali um único ser vivo.

Durante dois dias permaneceu nas mãos abertas da morte. Ficou quase sem sangue dentro de si. A seta lascara uma costela. Apesar de demasiado fraco para erguer a mão, preferia fazê-lo a falar. Falou por que o médico não saiu do lado dele; ordenou-lhe que fosse observar os feridos. Eu compreendera o seu sinal; para *mim*, ele não precisava abrir a boca.

Os escudeiros ajudaram-me a tratar dele até onde podiam; bons rapazes, mas nervosos. Perguntei a um que se encontrava do lado de fora:

— Por que é que ele fez isso? Os homens não avançavam?

— Não tenho certeza. Talvez em parte. — Estavam desastrados quando trouxeram as escadas. Ele afastou um deles e colocou-a ele próprio. Depois, subiu de imediato.

A ferida, apesar de muito profunda, não ficou pútrida. Mas, à medida que sarava, os músculos agarravam-se às costelas. Cada vez que respirava, era como se lhe espetassem uma faca; durante muito tempo essas dores não o largaram. A princípio, quando tossia, a agonia era tal que se via obrigado a fazer pressão no peito com as duas mãos. Até o fim da vida, sempre que respirava com mais intensidade, as dores regressavam. Ele o escondia, mas eu sabia como era.

Ao terceiro dia conseguiu falar um pouco; deram-lhe um pouco de vinho para beber. Vieram então os generais para o censurar por sua imprudência.

Claro que eles tinham razão. Era de se espantar como sobrevivera até o momento em que foi atingido pela seta. Continuara a lutar com ela espetada, até cair inconsciente. Na sua tenda estava o velho escudo de Troia com o qual Peucestas o cobrira; muitas vezes o vi olhando para ele. Aceitou as censuras com paciência; era obrigado a isso, devido aos homens que haviam sido apanhados pela queda da escada. Um deles morrera, e devia a vida aos outros, mas procedera tal como fora sua intenção e assim forçara os homens a segui-lo. O amante continuava fiel ao amado; fora a ansiedade dos homens que fizera quebrar a escada. Ele não podia ter previsto isso.

Leonato falou-lhe do massacre, para lhe mostrar a devoção dos seus.

— As mulheres e todas as crianças? — interrogou ele e suspirou profundamente; seguiu-se um acesso de tosse que lhe fez sair sangue pela boca.

Leonato era corajoso, mas não tinha um raciocínio rápido.

Ao quarto dia, quando lhe ajeitava as almofadas para ajudá-lo a respirar, apareceu Perdicas. Ele estava combatendo no lado mais distante da cidade quando Alexandre fora atingido. Visto ser ele aquele que possuía o posto mais elevado, assumia agora o comando; era um homem alto, moreno, atento e disciplinado. Alexandre confiava nele.

— Alexandre, ainda não está em condições de ditar uma carta; por isso, escrevi uma por você, se não se importa. É para Heféstion ler aos soldados. Acha que pode apenas assiná-la?

— Claro que posso — retorquiu Alexandre —, mas não faço. Por que é que havemos de os perturbar? Vão começar logo a dizer que eu morri. Já houve disso que bastasse.

— É uma pena, mas é exatamente isso que corre por aí. Alguém deve ter lançado o boato. Eles julgam que nós mantemos tudo em segredo.

Alexandre apoiou-se no braço são (o esquerdo, junto à ferida) e quase se sentou. Vi uma mancha vermelha na atadura limpa.

— Heféstion também pensa que eu morri?

— É bem possível. Enviei uma mensagem, mas se fosse algo vindo de você acabaria com todos os rumores.

— Leia-me a carta.

Ouviu-a até o fim e disse então:

— Acrescente, antes de eu assinar, que regressarei dentro de três dias.

Perdicas franziu as sobrancelhas.

— É melhor não. Se depois não for, isso ainda vai complicar as coisas.

A mão de Alexandre agarrou o cobertor. O vermelho na atadura espalhou-se.

— Escreva-se aquilo que lhe disse. Se eu digo que vou, vou.

Foi, sete dias após ter sido ferido.

Mais uma vez, eu me encontrava a seu lado no rio. Tinha uma pequena tenda na proa destinada a si. Embora não fosse muito longe da água, o caminho na liteira até lá esgotara-o. Jazia como morto. Recordei-me dele, à proa, com a grinalda nos cabelos.

A viagem demorou duas noites e três dias. Pouco podia fazer por ele, uma galé tem poucos confortos e o bater dos remos incomodava-o. Nunca se queixou. Eu me sentava ao seu lado, afastando as moscas, mudando-lhe as ataduras da sua enorme ferida e pensando: *É por Heféstion que o faz*.

Agora compreendo que ele o poderia ter feito apenas pelos homens. Nunca nomeara um administrador quando tal não se justificava, nem um sucessor para o caso de vir a tombar. Não porque ele não pensasse na morte; vivia com essa presença; mas recusava-se a dar a um só homem um lugar de poder, ou a expô-lo a uma inveja imensa. Ele sabia muito bem como as coisas se passariam no acampamento enquanto o julgassem morto. Três generais importantes estavam ali aquartelados: Cratero, Ptolomeu e Heféstion, cada um dos quais com idênticas possibilidades de deter o comando máximo; as tropas sabiam-no; sabiam também que, se ele morresse, os indianos se sublevariam na retaguarda e no caminho à sua frente. Se eu lhe tivesse perguntado por que razão ele ia, ele teria me respondido: "É necessário".

Mas eu me recordava da sua voz dizendo:

— Heféstion também pensa que eu morri?

E assim alimentei a minha dor.

Foi já para o fim da tarde que avistamos o acampamento. Ele tinha passado pelo sono. Tal como ordenara previamente, enrolaram o toldo, para que o pudessem ver. Encontrava-se já entre as tropas; toda a margem do rio estava apinhada de homens aguardando o barco. Assim que o viram deitado imóvel, ergueu-se um colossal lamento que se estendeu a todo o acampamento. Não teria sido superior se um Grande Rei tivesse morrido em Susa, mas não era esse o costume entre os macedônios. Era uma dor profunda que lhe dava voz.

Despertou. Vi-o abrir os olhos. Ele sabia o que isso significava; eles haviam sentido o que era estar sem ele. Não o culpo se ele os deixou senti-lo um pouco mais. A galé estava quase no cais quando ele levantou o braço e acenou.

Eles gritaram, aclamaram-no e voltaram a gritar. O barulho era ensurdecedor. Eu observava os três generais que aguardavam no cais de embarque. Apercebi-me dos olhos que primeiro se cruzaram com os seus.

Uma liteira coberta estava à sua espera. Pousaram a maca junto a ela. Ele disse algo que não consegui ouvir, pois encontrava-me ainda a bordo. *Há sempre algum problema*, pensei, *quando tenho que o deixar entregue às mãos dos outros; o que é que será desta vez?*

Quando me aproximei, vi que traziam um cavalo.

— Assim está melhor — disse Alexandre. — Agora já podem ver se estou morto ou não.

Alguém o ajudou a subir. Estava tão ereto como se fosse para um desfile. Os soldados aclamaram-no. Os generais caminharam a seu lado; tinha esperanças de que eles estivessem atentos para o caso de ele cair. Apenas no dia anterior se levantara pela primeira vez, e isso somente para beber água.

Os homens aproximaram-se então.

Com eles aproximava-se também uma imensa onda de vozes em uníssono que se misturava com o suor criado pelo sol indiano. Os generais eram empurrados como se fossem banais soldados. Foi uma sorte terem-lhe arranjado um cavalo calmo. Os soldados agarravam-lhe os pés, beijavam-lhe a bainha da túnica, abençoavam-no ou limitavam-se a aproximar-se para o ver, espantados. Finalmente, alguns dos escudeiros conseguiram abrir caminho até ele, pois sabiam, como mais ninguém em terra, qual era o seu verdadeiro estado. Conduziram o seu cavalo em direção à tenda que lhe tinham preparado. Esgueirei-me através do rebuliço como um gato passando furtivamente debaixo de um portão. Estavam tão excitados que nem se deram conta de que era um persa que os empurrava. Já ouvira muitas histórias de homens que tinham recebido feridas no peito no campo de batalha e de como haviam sobrevivido até o momento em que se tentaram levantar: nesse instante o sangue jorrava e a morte surgia de imediato. A cerca de vinte passos da tenda, numa altura em que eu me acercara dele, vi-o puxar as rédeas. *Ele sabe que vai cair*, pensei, e forcei ainda mais o caminho nessa direção.

— Siga o resto do caminho a pé — disse. — Só para eles saberem que eu estou vivo.

E fê-lo. Os homens tornaram ainda mais lento o seu percurso, agarrando-lhe as mãos e desejando-lhe saúde e alegria. Arrancaram flores dos arbustos (eram daquelas flores indianas com aroma intenso e que parecem cera), que se agitavam no ar. Alguns deles recorreram mesmo a grinaldas depositadas nos santuários dos deuses indianos. Ele se conservou firme, sorrindo. Jamais recusara o amor que lhe ofereciam.

Entrou. Critodemo, o médico que o acompanhara no barco, apressou-se a segui-lo. Ao sair, deparou-se comigo (àquela altura já me conhecia bastante bem) e disse:

— Sangra, mas pouco. Do que é que ele será feito?

— Vou vê-lo assim que os generais forem embora.

Trouxera comigo as coisas necessárias. Ptolomeu e Cratero saíram pouco depois. Pensei então: *Eis que começa a verdadeira espera.*

Uma multidão agitava-se em frente à tenda. Pareciam pensar que ele ia conceder audiências. A guarda pessoal dispersou-os. Eu aguardei.

As palmeiras recortavam-se pretas contra o pôr do sol, quando Heféstion saiu.

— Bagoas está por aí? — perguntou ao guarda. Avancei. — O rei está ficando cansado e deseja ser preparado para se deitar.

Ficando cansado!, pensei. Já se devia ter deitado há uma hora.

Estava quente lá dentro. Fora preparado segundo uma determinada tradição: eu me vi obrigado a fazê-lo de novo corretamente. Uma taça de vinho estava a seu lado.

— Oh, Al'scandre! — repreendi. — Sabe que o médico proibiu enquanto estivesse sangrando.

— Já parou; não era nada de grave.

Precisava de descanso para melhorar, não de vinho.

Dera já ordens para trazerem água para que eu o lavasse com a esponja.

— O que é que você fez com essa atadura? — perguntei. — O penso está fora do lugar.

— Não é nada — retorquiu. — Hefèstion queria vê-la.

— Deite-se — limitei-me a dizer. — Está colado.

Retirei o penso, lavei-o, coloquei-lhe um novo e mandei vir o jantar. Ele estava exausto. Quando terminei, sentei-me a um canto; ele já se habituara a ter-me perto de si ao deitar-se.

Mais tarde, quando estava pegando no sono, suspirou profundamente. Aproximei-me sem fazer barulho. Seus lábios mexiam-se. Pensei: *Quer que eu vá buscar Hefèstion para se sentar a seu lado*, mas ele apenas disse:

— Tanta coisa para fazer.

Recuperou-se lentamente. Todos os mardos enviaram emissários comunicando a sua rendição. Ele exigiu mil reféns, mas quando eles vieram, aceitou isso como prova de boa-fé e libertou-os.

Procissões em sua honra chegaram das terras indianas, cumulando-o de oferendas: taças de ouro cheias de pérolas, arcas de madeiras raras repletas de especiarias, toldos bordados, colares de ouro incrustados de rubis, mais elefantes, mas o mais grandioso de tudo eram os tigres domesticados, conduzidos por trelas, presos por correntes de prata. Alexandre achou-os ainda mais nobres do que os leões e disse que gostaria de cuidar de um se tivesse tempo para o fazer como deve ser.

Cada vez que chegava uma embaixada, levantava-se da cama e recebia-a no trono como se nada de grave se passasse consigo. Os embaixadores pronunciavam sempre longos discursos que tinham que ser interpretados; ele retorquia e as suas palavras eram também traduzidas. Em seguida, admirava os presentes. Eu receava que os tigres cheirassem o seu sangue.

A ferida sarava embora continuasse a ter péssimo aspecto. Uma manhã disse-me, satisfeito como uma criança que arrancou um dente de leite:

— Olha o que tirei. — E mostrou-me um fragmento da costela.

Desde então a dor tornou-se menos intensa; mas a pele continuava presa aos músculos, e esses ao osso; e, segundo o médico, o mesmo se passava com o pulmão. Custava-lhe respirar fundo ou usar o braço; a força vinha-lhe aos poucos. Contudo, isso não o impedia de tratar de todos os assuntos pendentes durante a campanha.

Pouco tempo depois de termos chegado, Roxane veio à sua tenda na liteira para saudar o seu amo e inquirir quanto ao seu estado de saúde. Aprendera um pouco mais de grego, como me confessou mais tarde; parecia que ela se mostrava meiga, paciente e preocupada com ele. Já ouvira dizer que, perante rumores da sua morte, os seus gritos haviam ensurdecido o acampamento. Talvez fosse uma dor verdadeira; por outro lado, ela continuava sem filhos e a sua importância seria nula mal ele desaparecesse.

Cerca de um mês mais tarde já ele estava de pé; voltamos ao rio prosseguindo na direção do local onde ele se une ao Indo. Era uma viagem real. A corrente era ampla e tranquila; levou consigo pelo rio, dez mil homens da infantaria, além da cavalaria e dos respectivos cavalos. Os barcos tinham velas coloridas, e olhos pintados na proa, e ornamentos dourados talhados na popa; semi-indiano. Era bom vê-lo de novo na proa da sua galé de olhos postos no horizonte.

No ponto de união dos rios, ele viu um bom lugar para uma cidade e mandou erguer o acampamento. Ainda precisava de descanso. Passamos ali a maior parte do inverno; era agradável, embora sentisse a falta das montanhas.

Agora que ele acampara noutro lugar, chegava gente de locais tão distantes como a Grécia, mas um hóspede era inesperado: Oxiartes, o pai de Roxane. Veio acompanhado do filho mais velho, cheio de pompa, dizendo-se preocupado com uma revolta qualquer na Báctria. Na minha opinião, ele pretendia saber apenas se o seu neto, o próximo Grande Rei, já vinha a caminho.

Durante a campanha indiana, poucas tinham sido as ocasiões em que Alexandre podia ter estado na companhia de Roxane, se quisesse; mas Oxiartes deve ter pensado que quem quer sempre consegue. Alexandre afirmava estar agora em perfeita saúde e começara mesmo a andar a cavalo. ("É apenas uma cicatriz; preciso me habituar a ela.") Assim, não podia culpar a ferida pela ausência de visitas ao harém. Na realidade, já havia algumas semanas que se encontrava em perfeita saúde para fazer amor (com alguém que soubesse olhar por ele). Por essa razão, não entendi o motivo desta visita, e fui passear rio acima para ver os crocodilos. Devemos ter sempre a noção do momento exato para nos afastarmos.

Como presente, na hora da despedida, Alexandre ofereceu ao sogro uma satrapia. Era junto aos montes Paramisos, no limite oriental da Báctria; e bem longe das cidades reais da Pérsia. Ele devia governar juntamente com um general macedônio que, segundo creio, recebeu instruções para o manter ocupado.

Na primavera, Alexandre estava preparado para avançar para oeste, em direção ao oceano, mas a região que o aguardava era governada por sacerdotes que lhe resistiram de uma forma sangrenta. Todos os povos que o reconheciam, eram aceitos com amizade; mas, se mais tarde se sublevavam às suas costas, ele não perdoava com facilidade. Jamais suportou a traição.

Inicialmente deixou aos generais os cercos mais difíceis, mas isso doía--lhe como se se tratasse de uma doença: até comigo se mostrava diferente. Tal não durou, no entanto, muito tempo. Logo partiu para a batalha, mas regressou exausto; quer usasse o braço esquerdo para o escudo quer para o freio, a ferida ressentia-se. O médico deu-lhe um óleo para amolecer a pele naquela zona; era o mais próximo do prazer que as minhas mãos lhe podiam proporcionar: ele estava demasiado cansado para algo mais.

Alexandre dispusera agora as suas forças. Cratero devia regressar à Pérsia através do Quibro e povoar a Báctria; consigo iriam os soldados mais velhos e os estropiados, os elefantes e o harém. Não sei como é que Roxane o aceitou; melhor, com certeza, quando soube para onde Alexandre iria em seguida. Durante o inverno ainda não a abandonara; mas não se vislumbravam sinais do próximo Grande Rei.

Em tempos idos, também eu teria sido despachado pelo caminho mais fácil, mas agora isso era impensável. E mesmo se eu pudesse prever o que nos aguardava, não o teria escolhido.

O verão chegou antes de a fronteira estar povoada; as novas cidades e os portos haviam sido fundados, e nós estávamos prontos para o oceano.

Não embarcou um exército; apenas desejava ver as maravilhas; apesar de tudo éramos uma frota. Agora ele descansara da batalha, fundara um porto no rio e sentiu-se ansioso junto à foz. O Indo faz o Oxo parecer um ribeiro. No entanto, quando sentimos a força do vento do oceano, a confusão dissipou-se. A frota conseguiu aportar sem que ninguém se afogasse. Pensei que, apesar de tudo, o oceano podia ter sido mais gentil para com Alexandre.

Os carpinteiros fizeram um bom trabalho; partimos com pilotos indianos. Mal eles disseram que tínhamos alcançado o oceano, o vento soprou de novo; regressamos a terra e ancoramos. E então a água afastou-se.

Afastou-se, afastou-se. Os barcos ficaram a seco, alguns na lama, alguns em bancos de areia. Ninguém sabia o que fazer; parecia um mau presságio. Os nossos marinheiros e remadores do Mar do Meio jamais haviam visto algo semelhante na vida. A tempestade era apenas vento; mas isto...!

Alguns homens do Egito disseram que, se ele fosse como o Nilo, podíamos ficar retidos durantes seis meses. Ninguém entendia grande coisa do dialeto; faziam sinais de que a água regressaria, mas não entendemos quando. Acampamos, aguardando.

Regressou ao cair da noite. Onda após onda batia na areia produzindo um suave ruído, erguendo os barcos imóveis, fazendo bater os seus lados uns contra os outros. Preparamo-nos para levantar o acampamento o mais rapidamente possível, mas no lugar onde inicialmente as encontráramos, as águas imobilizaram-se. Na manhã seguinte tinham desaparecido de novo. E isso, soubemo-lo através de um intérprete indiano, faz o oceano duas vezes por dia.

Independentemente do que dizem na Alexandria, afianço-lhes de que isso não é invenção minha. No ano passado, um fenício que navegara para além das Colunas de Hércules até a Ibéria, disse-me que ali sucede o mesmo.

Mais uma vez reparamos os barcos; o oceano estendera-se de novo. No limite da terra. Alexandre fez sacrifícios aos seus deuses mais queridos; penetramos, por fim, no mar.

A brisa era suave, o céu azul; o mar mais escuro, quase da cor da ardósia. Pequenas ondas lançavam borrifos de espuma. Passamos por duas ilhas; então nada mais se interpunha entre nós e o fim do mundo.

Quando Alexandre se sentiu feliz com o que contemplara, ofereceu dois bois a Poseidon. O oceano atuara de uma forma estranha no meu estômago; no cheiro do sangue, via-me obrigado a correr até a amurada. E foi ali que vi um peixe cor de prata, esguio, com cerca de dois palmos de comprimento, erguer-se das águas, voar pairando sobre elas durante a extensão de um dardo que se lança, e mergulho de novo. Apenas eu o vi, e ninguém acreditou em mim, salvo Alexandre, mas nem ele quis que isso ficasse registado no Diário. Mas, por Mitra, juro que é verdade.

Os bois foram lançados borda afora para o deus. Alexandre não lhe agradecia apenas por poder observar o oceano; pedia também favores para ver o seu velho amigo Niarco e para toda a armada. Eles partiram através do mar ao longo da costa, desde o Indo até o Tigre, procurando cidades junto à margem nos lugares adequados para portos. Se uma rota pudesse ser fundada unindo diretamente a Pérsia à Índia, evitando deste modo a extensa e perigosa trilha das caravanas, isso seria, segundo Alexandre, muito importante para a humanidade.

Ao saber-se que a região costeira era agreste e árida, ele decidiu fazer prosseguir o exército por terra, para assim poupar os armazenamentos de comida da armada, e para que fossem escavados poços. Como é óbvio, guardou para si a parte mais difícil. Todos nós, persas, lhe dissemos que essa zona era conhecida como desértica e que o próprio Ciro enfrentara ali particulares dificuldades.

— Os indianos afirmam — disse-lhe — que ele completou a travessia com sete homens apenas, mas isso talvez seja fruto da sua vaidade, pois era intenção dele invadi-las.

— Bom — retorquiu, sorrindo —, ele era de fato um grande homem. Mesmo assim, ainda fomos um pouco mais longe.

Em meados do verão, partimos.

Apesar do comboio de Cratero, ainda éramos uma grande força de muitos povos. Havia uma multidão formada pelas mulheres dos soldados e pelas crianças; e os fenícios que não nos largavam. São capazes de suportar as maiores dificuldades em mira do negócio, e ninguém fazia ideia do que nos podia aguardar em terras desconhecidas. E foram de opinião que valera a pena; pelo menos, no início.

A Gedrósia oriental é uma terra de especiarias. O espicanardo, com os seus ramos espessos, surgia sob os nossos pés como erva; o seu aroma enchia o ar. A goma-resina nos pequenos troncos de mirra refletia o sol como âmbar. Pequenos bosques de árvores bastante altas deixavam tombar sobre nós pétalas lívidas e perfumadas. Quando os montes e os vales desta terra afável começaram a ficar para trás, o mesmo sucedeu com os fenícios. Sabiam o que se avizinhava.

Os arbustos das especiarias deram lugar a uma vegetação estéril, e a árvores com espinhos. No lugar dos vales verdes, tínhamos que seguir cursos de água rasgando a terra seca, os leitos secos; gota a gota mal se conseguia encher um copo. Dédalos de rochedos esculpidos pelo tempo davam origem a estranhas formas de fortalezas em ruínas, ameias dentadas ou monstros erguendo-se de pé. Através de planícies de seixos e pedras arredondadas, éramos obrigados a castigar nossos pés para assim poupar os cavalos; seguiram-se terras lamacentas, brancas de sal. Nada ali crescia, exceto aquilo que conseguia sobreviver sem chuva, entre pedras e pó.

A princípio, havia água relativamente próxima; procurando no interior, os forrageadores conseguiam arranjar víveres. Alexandre enviou uma mensagem a Niarcos, que se encontrava na costa, ordenando que nos enviasse água. Os homens regressaram dizendo que tinham deixado uma baliza costeira, mas que não havia lugar para um porto. Ninguém ali vivia à exceção de algumas criaturas miseráveis, tímidas e mudas como animais, secos e peludos, com unhas que mais pareciam garras. Alimentavam-se apenas de peixe, visto a terra nada produzir. A água era escassa e salobra; nem para um cão servia. Devia ser a umidade do peixe cru que mantinha viva essa gente.

Prosseguimos e demos com a areia.

Muitas vezes ao longo daqueles dois meses, disse para comigo: *Se sobreviver, apagarei esse tempo da minha memória; até recordá-lo me será penoso.* Contudo, a ele regresso agora. Já lá vai; todos os momentos vividos com ele parecem riquezas perdidas. Sim, até esses dias.

Caminhávamos durante a noite. Quando o sol estava lá no alto, ninguém conseguia andar e resistir durante muito tempo. Os batedores iam adiante, em camelos, para descobrirem o poço ou o curso de água seguinte. Ou os alcançávamos, ou morríamos. Às vezes, os atingíamos antes de o sol se erguer; a maioria das vezes não, pois as forças nos faltavam e os cavalos estavam débeis.

Os rochedos agrestes pareciam acolhedores quando comparados com a areia escaldante. Mesmo à noite conservava o calor do dia. Os montes eram demasiado extensos para que os pudéssemos contornar; ao subirmos, após cada dois passos que dávamos, nos víamos obrigados a recuar um; ao descermos, escorregávamos. Todos os que tínhamos cavalos devíamos ziguezaguear. Eles desfaleciam antes dos homens; a vegetação estéril e a relva seca não lhes davam forças suficientes para atingir os poços de água. Não duravam muito até serem presa dos abutres; quando os batedores começaram a regressar de mãos vazias, um cavalo morto era uma festa.

Meu Leão tombou no meio da subida de uma duna. Tentei erguê-lo, mas ele permaneceu deitado. Como se brotasse do chão, surgiu uma horda com espadas e clavas.

— Deem-lhe tempo para morrer! — gritei.

Vira já uma mula ser esquartejada ainda respirando. Quando peguei o punhal, eles pensaram que eu pretendia guardar a carne só para mim. Executei a incisão do sacrifício na veia do pescoço. Creio que não lhe deve ter doído muito. Tomei uma parte para mim e para os criados; dei-lhes a maior parte. Nós, no séquito real, comíamos tal como o rei, a ração do exército; mas, pelo menos, ninguém a roubou.

As mulas morriam quando não havia oficial algum por perto; os homens abandonavam seus saques para aliviarem a carga dos animais. A cavalaria dormia na companhia dos seus cavalos. Aprendi esse truque tarde demais; Orix, que resistira bastante bem, desapareceu enquanto eu dormia. Não pedi outro a Alexandre; os cavalos destinavam-se agora apenas aos soldados.

Durante minha caminhada a pé encontrei frequentemente Calano, arrastando-se como um pássaro esguio de penas compridas. Recusara-se a acompanhar Cratero e a deixar Alexandre, do qual aceitou um par de sandálias quando chegamos à região pedregosa. Ao pôr do sol, quando todos aproveitavam o mais possível os últimos momentos de descanso antes da partida, via-o, de pernas cruzadas, meditando de olhos postos no sol que se punha. Alexandre dominava ou escondia a fadiga, Calano parecia não sentir fadiga alguma.

— Adivinha a idade dele — disse-me um dia Alexandre.

Palpitei cerca de cinquenta.

— Falhou por vinte. E afirma nunca ter estado doente em toda a sua vida.

— Maravilhoso — respondi.

Ele se sentia feliz pensando apenas no seu deus; Alexandre, em contrapartida, trabalhava até a exaustão, pensando em todos nós. Eu lia seus pensamentos demasiado bem: estávamos naquele inferno devido à sua impaciência, porque recusara-se a aguardar pelo inverno para realizar aquela travessia.

Durante a terceira semana, quando já ninguém reconhecia aquele que seguia junto a si, e nos limitávamos a prosseguir o melhor que podíamos, um soldado me falou:

— Bem, foi o rei que nos meteu nisto, mas pelo menos sofre a nosso lado. Agora, conduz a coluna a pé.

— O quê? — indaguei.

Desejava que as suas palavras não fossem verdade, mas eram.

Acampamos duas horas após o nascer do sol junto a um curso de água. Apressei-me a encher o cantil antes que os outros idiotas a conspurcassem com os pés. Não confiava nos escravos para me trazerem água limpa.

Alexandre entrou na tenda acabada de erguer. Tinha enchido já a sua taça. Permaneceu imóvel à entrada e mal ficou protegido de olhares alheios, levou as duas mãos ao peito. Pousei a taça e corri para ele; pensei que ia cair. Apoiou-se em mim durante alguns instantes. Depois recompôs-se e dirigiu-se para a cadeira, só então lhe dei água.

— Al'scandre, por que fez isso?

— Conseguimos fazer sempre aquilo que é necessário. — Teve que respirar três vezes para o dizer.

— Bom, já o fez. Prometa-me que não o vai repetir.

— Não fale como se fosse uma criança. Doravante devo fazê-lo. É necessário.

— Vamos ver o que diz o médico.

Tomei a taça das suas mãos; ia entornar sobre ele.

— Não. — Quando conseguiu recuperar a respiração, disse: — Isso me faz bem. Relaxa os músculos. Basta de conversa; tem alguém vindo aí.

Vinham apresentar-lhe os seus problemas e questões para resolver; ele se ocupou de tudo. Chegou, então, Hefestion, com a sua ração, para comer com ele naquela manhã quente. Detestava confiar a outra pessoa a tarefa de obrigá-lo a comer. Apesar disso, vim a saber mais tarde que ele comera e bebera até um pouco de vinho; até o tinham deitado. Quase que despertou quando lhe passei o óleo dado pelo médico na cicatriz vermelha e quente. Escondera o óleo não fossem os escravos comê-lo.

Desde então passou a conduzir a marcha a pé, marcando o ritmo; fosse ele maior ou menor, através de areia ou de pedras. Doía-lhe o corpo a cada passo que dava; antes do amanhecer as dores eram imensas. Vivia apenas graças à sua força de vontade.

Os homens sabiam-no; as marcas estavam-lhe estampadas no rosto. Eles conheciam o seu orgulho, mas sabiam também que ele punia a si próprio por aquilo que lhes fazia passar. Eles o perdoavam; os seus espíritos alimentavam-se do seu.

O calor tornava-se mais intenso quando o ajudava a despir-se. Dei então por mim a pensar: será que ele recuperará alguma vez a vida que agora lhe foge? Creio que nesse momento já conhecia a resposta para essa pergunta.

Angustiava-o também a armada perdida naquela costa cruel. Ainda agora enviara outro abastecimento de alimentos. O oficial que estava a cargo da operação regressou informando que os homens os haviam tomado e comido. Sentado com firmeza na sua cadeira, Alexandre disse:

— Transmita-lhes que censuro sua desobediência e lhes perdoo a fome. E se também as mulas desapareceram, não me diga. A partir de agora — parou para recuperar o fôlego —, as mulas desaparecidas são consideradas mortas. Os homens suportaram já tantas coisas; devemos ter a noção de quando devemos parar.

Os homens tinham começado a morrer. Uma doença insignificante era mortal. Caíam, na escuridão da noite, às vezes em silêncio, às vezes gritando os seus nomes, na esperança de que um amigo os ouvisse. Havia uma grande surdez à noite. O que é que podíamos fazer, quando mal nos tínhamos de pé? Quando víamos um soldado transportando uma criança às costas, sabíamos que a sua mulher morrera; mas geralmente eram as crianças que morriam em primeiro lugar. Lembro-me de ter ouvido uma chorar à noite (talvez a tivessem deixado para trás julgando-a morta), mas prossegui.

Tinha algo para fazer e não havia lugar para outra.

Um dia encontramos um curso de água razoável, límpida e fresca; água pura das montanhas. A caminhada não fora longa; alcançamo-lo antes da madrugada e acampamos ao fusco. Alexandre quis que a sua tenda fosse montada na areia para poder ouvir a água correr. Acabara de entrar, exausto como sempre, e eu estava lavando-lhe o rosto com uma esponja antes de chegar mais gente, quando um estranho som se fez ouvir; era algo entre o barulho da torrente e um estrondo. Ouvimos durante um breve instante; Alexandre ergueu-se de um salto e gritou:

— Corra! — E arrastou-me atrás de si puxando-me pelo pulso. E corremos a sério. Uma grande vaga de água castanha saiu do leito do rio. O barulho que ouvíramos fora originado pelos seixos ao serem arrastados.

Alexandre lançou o alerta. Por toda a parte havia gente correndo desordenadamente. Quando alcançamos um local mais elevado, vi a tenda empinar-se como o chapéu de um bêbado, cair e ser arrastada pelo turbilhão das águas. Pensei: *O óleo está ainda no meu saco.* E procurei-o com a mão. Alexandre descansou da correria. Surgiram então gritos.

Também outros haviam acampado na margem. As mulheres dos soldados tinham armado os pequenos toldos e começado a fazer o jantar, enquanto as crianças chapinhavam na água. As águas arrastaram-nas às centenas; poucas restavam.

Esse foi o dia mais horrível, de uma horrível caminhada; homens procurando corpos, um sol intenso. A tenda de Alexandre foi lavada algures e estendida a secar. Todos os seus haveres se perderam. Após ter passado algumas horas a pé, dormiu na tenda de Hefestion. Entretanto, fui até junto dos seus amigos para tentar arranjar roupas para ele, pois nem uma muda lhe restara. Algumas das que arranjei eram melhores do que as suas; viajara com pouca coisa. Os escudeiros que tinham as armas à sua guarda, haviam-nas salvado.

Durante essa noite não prosseguimos a nossa marcha, devido não só ao cansaço, mas também ao desejo de proporcionar aos mortos os rituais devidos. Mesmo se tivéssemos que morrer na Gedrósia, era algo morrer pela água.

Jovem como era na altura, e pouco robusto, com músculos de dançarino, sentia as minhas forças abandonarem-me noite após noite. Perdi a noção do tempo; limitava-me a pôr um pé à frente do outro, com a boca cheia de poeira levantada pelos pés dos outros à minha volta; as noites começavam quando eu apenas desejava continuar deitado para sempre. Lembrava-me então de que tinha ainda o óleo que o podia aliviar um pouco, e que se eu desfalecesse, aquele sol temível se ergueria e me encontraria sem abrigo. Assim, reunia forças, ajudado pelo amor e pelo medo.

Todas as caminhadas eram agora mais longas visto o nosso ritmo ter diminuído. No entanto, ele permanecia à frente, durante toda a noite e sob o calor da manhã. Ao deitar-se, mal falávamos; ambos sabíamos que ele não podia desperdiçar as suas forças comigo. Por vezes, via-me obrigado a impedi-lo de se deitar tal como estava; ele me amaldiçoava, eu retorquia como se fosse uma ama zangada com uma criança; tudo isso não tinha nenhum significado especial: era apenas a forma de ele não perder a sua dignidade; por fim, quando se refrescava, agradecia-me.

Segundo os batedores, tínhamos havia muito completado mais de metade da caminhada. Ele enviou adiante os batedores de camelos para procurarem as primeiras terras férteis e víveres. Não voltamos a ouvir falar mais deles; cada marcha se arrastava mais ao longo do calor abrasador do dia, antes de alcançarmos a água. Houve uma vez em que a marcha foi tão longa que

Alexandre mandou parar, mesmo à torreira do sol, para que os retardatários nos apanhassem. Era junto a um leito pedregoso já seco. No poço da noite anterior, a água era tão escassa que nenhuma restou para levarmos conosco. Ele se sentara numa pedra com o seu chapéu de sol feito de erva entrelaçada. Ptolomeu estava a seu lado, creio que perguntando-lhe como se sentia, pois ele estava com um péssimo aspecto, exausto e escorrendo suor. Até do lugar me encontrava conseguia perceber sua respiração ofegante.

Alguém interrogou:

— Onde está o rei?

Apontei. Um macedônio abriu caminho seguido por dois trácios, um dos quais levava um capacete virado ao contrário. Tinha água lá dentro; não muita, apenas o suficiente para encher a coroa. Deviam tê-la arranjado em alguma fenda do leito do rio, escondida entre as pedras. *Deus seja louvado*, pensei. Desejei que ela fosse para mim, mas não tanto quanto vê-lo bebê-la.

Os trácios tatuados seguiam ombro a ombro, guardando o seu tesouro com as espadas entrelaçadas. Apesar do aspecto selvagem e dos cabelos espessos e ruivos, nenhuma outra tropa havia sido mais fiel. Ele se viu obrigado a persuadi-los para que não lhe trouxessem cabeças decepadas, e pediu-lhes mais benevolência; mas não haviam tocado na água. Guardaram as armas e correram para ele; o primeiro ajoelhou-se com um sorriso no rosto pintado de azul e coberto de poeira, e ergueu o capacete.

Alexandre pegou-o. Durante alguns momentos olhou para o interior. Não creio que muitos tivessem sentido inveja, apesar de exaustos como estávamos. Todos podiam ver o estado em que se encontrava.

Ele se inclinou para a frente, pôs uma das mãos no ombro do trácio, pronunciou algumas palavras na sua língua e balançou a cabeça. Levantou-se então e, virando o capacete, derramou a água, tal como é hábito entre os gregos nas libações aos deuses.

Seguiu-se um sussurro coletivo ao longo da coluna à medida que a palavra passava entre os homens. Eu, sentado como estava numa pedra no leito vazio, limitei-me a levar as mãos ao rosto e a chorar. Os outros devem ter pensado que o fazia pela água desperdiçada. Depois, ao ver as lágrimas nas mãos, coloquei a língua para fora e as lambi.

Não voltamos a acampar junto à água quando a alcançávamos. A impetuosidade era tal que os homens saltavam lá para dentro sujando-a, ou bebiam em excesso e morriam. Ele estava bem nessa manhã. Fiz com que se deitasse sobre a cama enquanto o lavava com a esponja. Parecia um cadáver alegre.

— Al'scandre, jamais houve alguém como o senhor.

— Oh, era necessário fazê-lo.

Sorriu para mim.

Percebi que mesmo que não tivesse sobrevivido, não teria achado excessivo o preço.

— Também precisa descansar — prosseguiu. — Está exausto hoje.

Talvez visse mais do que eu. Algumas noites depois, naquela hora que antecede o despertar do dia, pensei como se outrem falasse comigo: *Não consigo ir mais longe.*

Após as horas da noite, a areia possuía ainda algum frescor. Aproximei-me de um pequeno arbusto que abrigaria a minha cabeça quando o sol se erguesse. Não me perguntem por que razão desejava acelerar a minha morte; parece ser essa a natureza do homem. Descansar é maravilhoso. Observei a extensa coluna afastando-se. Não chamei ninguém como já vira outros fazerem. Apenas podia dizer: perdoe-me. Ali fiquei repousando até que uma centelha de luz se insinuou no oriente. Até então soubera-me bem descansar. Comecei a pensar: *O que é que estou fazendo aqui? Enlouquecera? Podia muito bem ter prosseguido.*

Levantei-me e segui a trilha da coluna. Durante algum tempo, senti-me retemperado e seguro de que os conseguiria apanhar. Levei a boca ao cantil para o caso de restar alguma água embora soubesse que ele estava vazio. A areia estava pesada; exalava um cheiro nauseabundo dos dejetos dos homens e dos cavalos; moscas agitavam-se e voavam até mim para beber do meu suor. Do cimo de uma duna vi a poeira mais adiante. O sol subia lá alto. As forças abandonavam-me.

Havia por ali uma espécie de rocha que mais parecia lama cozida avermelhada, comida pelo tempo. Enquanto o sol se erguia ainda, dava um pouco de sombra. Todo o meu corpo abrasava, seco; os meus pés titubeavam. Arrastei-me para ali e deitei-me com o rosto voltado para baixo.

É esse o meu túmulo, pensei. Não estive à sua altura. Mereço essa morte.

À minha volta o silêncio era total. A sombra começou a diminuir. Ouvi o barulho da respiração de um cavalo e pensei: *A loucura chegou em primeiro lugar.*

Uma voz disse:

— Bagoas.

Virei-me. Heféstion estava junto a mim olhando para baixo

Tinha a cara branca da poeira, alterada devido ao cansaço. Parecia um morto.

— Vieste buscar a minha alma? — retorqui. — Eu não o matei.

Mas a minha garganta estava demasiado seca para que pudesse emitir qualquer som. Ele se ajoelhou e deu-me água.

— A princípio, não pode beber muito. Depois dou-lhe mais.

— Sua água... — sussurrei envergonhado.

— Não, venho do acampamento — respondeu. — Tenho o suficiente. Levante-se, não temos o dia todo.

Ajudou-me a pôr de pé e depois a montar.

— Eu vou a pé. Ele não consegue transportar dois. Isso daria cabo dele.

Sentia os ossos do animal debaixo da manta da sela; além disso, já tinha atrás de si um dia de marcha. Tal como Heféstion. Ele o conduzia incitando-o sempre que parava. Minha mente começava a funcionar melhor.

— Você mesmo veio — falei.

— Não podia ter mandado um homem.

Claro que não; ao fim de um dia de marcha ninguém regressava em busca dos retardatários. Se ficássemos para trás, ficávamos.

Na duna seguinte que subimos, vi a vegetação que ladeava a corrente e o movimento sombrio do acampamento. Partilhou mais água comigo, entregando-me depois o cantil:

— Acabe com ela. Agora já não lhe fará mal.

Mais uma vez tentei encontrar palavras. Em Susa, aprendera a expressar agradecimentos com graciosidade, mas naquele instante apenas consegui dizer:

— Agora compreendo.

— Então, não se afaste da coluna — retorquiu. — E olhe por ele. Eu não posso. Já tenho o meu trabalho para fazer.

Por minha causa ambos nos vimos privados do nosso trabalho nessa manhã. Os escudeiros haviam feito o melhor que podiam, mas com eles Alexandre nunca se descontraía. Estava preocupado comigo e pôs a mão na minha cabeça para ver se eu tinha uma insolação. Retorqui que todas as honras deviam ir para aquele que me salvara.

— Sabe como é Heféstion — respondeu. — Ele sempre foi assim.

E era como se ele tivesse fechado de novo a cortina que protege um santuário. Era o meu castigo. Não fora essa a sua intenção, mas era assim que o sentia.

Foi durante a parada do dia seguinte que o vento se fez sentir.

Até então não tinha havido nenhum, e agora não trazia consigo frescor algum; apenas areia, areia, areia; soprando sob as tendas, acumulando-se contra elas até que cada uma tinha a sua pequena duna. Servos com as caras envoltas em trapos vieram proteger os olhos dos cavalos. Estava dentro da nossa boca, das nossas orelhas, das roupas e do cabelo. Sibilava; nós dormíamos; e ao anoitecer todas as formas se haviam alterado, e todas as marcas que os batedores tinham colocado para assinalar o trajeto até o poço seguinte haviam desaparecido. As ondas de areia tinham engolido até uma árvore velha.

O nosso reservatório de água quase ficou obstruído. Julguei que era chegado o nosso fim. *Pelo menos agora*, pensei, *estarei junto dele, embora seja ao lado de Heféstion que ele pretende morrer.*

Devia saber, contudo, que não fazia parte da sua natureza ficar quieto à espera de que a morte chegasse. Na cidadela marda, apesar de ter caído com uma seta espetada no peito, matara com a espada um indiano que tentara roubar-lhe a armadura. Agora, convocara um Conselho de Guerra na sua tenda.

— Os guias desistiram — decretou. — Teremos que ser nós próprios a descobrir o nosso caminho. Há apenas um rumo que nós conhecemos: em direção ao mar. Podemos guiar-nos pelo sol. E é isso que vamos fazer.

Pouco antes de amanhecer, partiu com trinta cavaleiros; era o número de cavalos adequados que tinham arranjado para aquela tarefa. Para conseguirem saber que rumo tomar, haviam partido de dia. Desapareceram para além das dunas levando a nossa vida nas suas mãos.

Uma parte voltou nessa noite. Alexandre mandou-os regressar quando notou que os seus cavalos começavam a vacilar. Ele prosseguira com outros dez.

Ao pôr do sol do dia seguinte, rubro na luminosidade intensa da areia, vimo-los negros na linha do horizonte. À medida que se aproximavam, Alexandre parecia mais magro do que nunca e as marcas de sofrimento estampavam-lhe o rosto; mas sorria. Todos nós bebemos aquele sorriso como se fosse vida.

Cinco dos dez haviam tombado; com os cinco que restavam, prosseguiu. Ao atingirem o cimo de uma elevação, viram o mar, e junto ao mar aquilo que batedor algum encontrara: coisas verdes crescendo, coisas verdes que despontam na aridez. Eles desmontaram e começaram a cavar, com os punhais e até com as mãos; sedentos, os cavalos espreitavam nas suas costas. Alexandre foi o primeiro a descobrir água, e a água era fresca.

Na noite seguinte avançamos, guiados por Alexandre. Sabendo-se em segurança, permitiu-se seguir a cavalo.

O mar parecia feno polido; mas era úmido e bastava olhá-lo para nos sentirmos refrescados. Entre ele e as dunas cobertas de canas, estava a faixa verde onde correntes ocultas se dirigiam para o oceano.

Seguimo-lo ao longo de cinco dias, protegidos por frescas brisas marítimas que nos permitiam caminhar durante o dia; perfurávamos os nossos poços e bebíamos. À noite banhávamo-nos no mar. Sabia tão bem que me esqueci de toda a minha modéstia persa e nem sequer me preocupei com quem via como era um eunuco. Todos nós éramos crianças a se divertirem. Os guias sabiam através do verde que em breve atingiríamos a trilha.

A comida começou a chegar. Os batedores tinham morrido; haviam alcançado a cidade gedrosiana a noroeste e dali fizeram passar a palavra. O primeiro comboio de camelos chegou com muitas provisões. Quando a marcha se iniciou, foi-nos proporcionada uma refeição extra; agora era uma festa. Éramos menos agora.

Pouco a pouco, sentimo-nos a recuperar as nossas forças; e quando atravessamos as passagens para a cidade de Gedrósia já o nosso rosto parecia menos magro.

Ali fomos acolhidos por muita gente; havia trigo, carne, frutos e vinho vindos da Carmânia, a terra fértil mais adiante. Descansamos, comemos e bebemos; a nossa pele parecia beber saúde devido à verdura que nos rodeava. Até Alexandre começou a ganhar alguma carne e a ter novamente sangue nas faces.

— Parecem preparados para se divertirem um pouco — disse e conduziu-nos para a Carmânia, sem pressas.

Em cada parada que fazíamos, realizava-se uma festa e havia vinho em abundância; para tal enviava sempre comissários que tudo aprontavam. Alguém, Ptolomeu ou Hefestion, concebeu um plano que o levasse a descansar. Astuciosamente, não lhe disseram que estava precisado disso; em contrapartida, persuadiram-no referindo-lhe que, após semelhantes conquistas e ordálios, devia seguir um percurso semelhante ao de Dioniso. Mandaram unir dois carros através de uma plataforma, com cavalos bem-dispostos vindos da cidade, com um assento, grinaldas verdes e um bonito toldo. Tinha um belo aspecto, ao qual aliás não era indiferente. Havia ali lugar para ele e para um ou dois amigos; ao longo do caminho as tropas aclamavam-no. Muito se tem falado acerca disso, nomeadamente bastantes disparates sobre orgias báquicas; é frequente chegar-se tão baixo.

Foi uma boa artimanha; graças a ela prosseguiu com o conforto das almofadas.

Em campos frescos, junto a tranquilos cursos de água, à sombra de árvores, acampamos. Disse-me então:

— Já há muito tempo que não o vejo dançar.

Apesar de muito destreinado, ainda era jovem; a seiva fluiu de novo dentro de mim como em vinha acabada de regar; cada dia que passava os meus exercícios deixavam de ser trabalho e transformavam-se gradualmente em prazer. Além disso, o treino impediu-me de comer em excesso; uma tentação para todos e particularmente perigosa para os eunucos. A partir do momento que se ganha gordura, é difícil perdê-la. Desde que a minha juventude ficou para trás, consegui evitá-la. Tenho-o a ele sempre em mente. Não quero ouvir outros dizerem:

— Foi aquilo que Alexandre escolheu amar?

Aplanaram um terreno para as corridas, e um espaço para outros espetáculos e competições; os carpinteiros ergueram um ótimo teatro. Cantores e atores, dançarinos e acrobatas, andavam por ali. Em toda parte, sentia-se alegria, exceto para Alexandre, que recebera informações sobre o comportamento de alguns sátrapas e governadores mal o julgaram à beira da morte devido à ferida na Índia. Na própria Gedrósia, o sátrapa fora corrupto e negligente. Era um macedônio; Alexandre colocou um persa no seu lugar. Entretanto, os homens deviam repousar e divertir-se; além disso, aguardava a chegada de Cratero com o seu exército. Os que o haviam ofendido em algum lugar tinham que esperar.

Preocupava-o acima de tudo o fato de não receber notícias da frota. Ao longo daquela costa horrível não fora capaz de lhes enviar nada. Estavam muito atrasados; se eles perecessem, jamais perdoaria a si próprio.

Cratero e os seus chegaram; o nosso acampamento transformou-se mais uma vez numa cidade. Roxane estava de boa saúde. Alexandre apresentou-lhe cumprimentos sem mais demoras, embora também não se tivesse demorado muito tempo.

Dei de cara com Ismênio, que me fez várias perguntas acerca de mim. Bebemos vinho juntos sob o toldo de uma taberna e trocamos as nossas histórias.

— Sempre fui da opinião — disse-me — de que tinha uns belos ossos, mas deve pôr-lhes qualquer coisa em cima. Mas, Bagoas, o rei! Parece estar... não é mais velho, creio; é esgotado.

— Oh, está se recuperando — retorqui de imediato. — Devia tê-lo visto há um mês.

E falei de outras coisas.

Foi a essa altura que o governador do distrito costeiro se aproximou do carro, para nos informar de que a frota estava a salvo e que Niarco se dirigia já para ali.

Alexandre se recuperou como se tivesse dormido durante uma semana e ofereceu presentes ao governador. Ninguém sabia que esse homem que tinha tanto de estúpido como de ganancioso, não lhes oferecera ajuda alguma para aportar, nem lhes dera transporte; limitara-se a partir desde logo com as novidades, para ninguém antecipar-se a receber a recompensa. Os dias passaram; Alexandre enviou uma escolta que não encontrou marinheiro algum. O governador, que permanecia na corte, foi considerado suspeito e preso; Alexandre parecia mais preocupado do que nunca, mas enviou outra escolta. No segundo dia, trouxe consigo dois homens deformados e mirrados; o corpo deles parecia feito de couro cru, negros de queimados pelo sol; eram Niarco e o seu primeiro oficial. A escolta não os reconhecera, mesmo quando perguntaram por Alexandre.

Ele avançou para abraçar o amigo de juventude e chorou. Ao ver o seu estado, pensou que fossem os únicos sobreviventes. Quando Niarco lhe disse que toda a frota se encontrava a salvo, chorou novamente, mas dessa vez de alegria.

Tinham vivido muitas dificuldades e aventuras, todas elas narradas no livro de Niarco. Os cretenses são rijos; viveu ainda em campanhas durante anos e escreveu as suas memórias. Se estiverem interessados em ouvir histórias de baleias imensas que fogem ao som de trombetas, ou das vidas animalescas dos Comedores de Peixe, podem procurar aí.

Ele e os seus homens foram acolhidos com festejos; Alexandre começou a se recuperar. Recebeu os seus amigos e honrou os deuses com festivais; seguiram-se as festas. Toda uma multidão de artistas acompanhara Cratero; as coisas podiam ser feitas como devem ser.

Claro que houve ainda os jogos. As corridas a cavalo foram na generalidade vencidas pelos persas; as corridas a pé, por gregos que tanto gostam de usar as pernas. (Alexandre ofereceu-me dois excelentes cavalos da Carmânia.) Os trácios venceram as competições de tiro ao arco. Todos os aliados tinham a sua oportunidade de brilhar, mas agora estávamos quase na Pérsia; quando o vi observar com apreço os encantos do meu povo, percebia que ele era um de nós.

As peças vieram em seguida; todas ao estilo grego. As máscaras continuavam a ser algo de estranho para mim. Quando confessei a Alexandre que preferia ver os rostos, ele disse que estaria de acordo comigo desde que o rosto fosse o meu. Ao longo desse último mês, ensinara-o de novo a abraçar o prazer, e não a dor. Até o seu corpo estava diferente transformado pelo hábito das agruras. Um pouco de ternura era aquilo de que ele precisava; pareceu anos mais novo quando o descontraí.

Depois do drama foram as competições musicais. No dia seguinte, a dança.

Éramos nove ou dez vindos de diferentes lugares entre a Grécia e a Índia; alguns de nós bastante bons. *Não vai ser um dos meus dias*, pensei; *dançarei apenas para ele. Se ele gostar, já será um prêmio suficiente.*

Eu acabara de vir do lugar onde a água significava alegria. Vesti algo às riscas brancas e verdes, e comecei com o suave tilintar de sinos presos nos dedos, como a corrente vinda da montanha. Depois o rio serpenteou e acelerou o seu curso, fazendo-me dar saltos simbolizando os rápidos; fluiu num leito mais lento; e afundou-se abrindo os seus braços preparando-os para a união com o mar.

Bem, foi tal como ele gostava, mas parecia que todo o exército havia gostado também. Considerando a excelente qualidade de alguns que me precederam, fiquei espantado com o barulho.

O indiano que veio em último lugar, foi um sério rival; fez de Krishna com uma flauta; e o rapaz de Susa era de fato bastante perfeito. Para dizer a verdade, nunca me senti muito seguro em relação ao concurso. Se não era melhor que os outros, pelo menos não era pior; e, como sempre, Alexandre não influenciou os juízes, mas o exército fê-lo.

Por ele, claro. Não creio que desgostassem de mim; não me pavoneava, não fazia intrigas, nem vendia a minha influência. Já estava agora havia muito tempo na sua companhia; devia tocá-los ver como o seu amor perdurava. Ele sofrera; eles queriam vê-lo feliz; tinham observado a sua expressão enquanto eu dançava. Fizeram-no por ele.

A coroa era de ramos de oliveira dourados com fitas cor de ouro. Ele a colocou na minha cabeça, deu um jeito nas fitas para que elas caíssem sobre os meus cabelos e disse com ternura:

— Lindo. Não vá, sente-se junto a mim.

O exército aplaudiu e bateu com os pés no chão; e alguém com uma voz de Estentor gritou:

— Vá! Dá-lhe um beijo.

Olhei para o chão, confuso. Estava indo longe demais. Não sabia como é que ele ia aceitar semelhante coisa. Gritavam já por todo o teatro. Senti-o tocar no meu ombro. Também eles o acompanhavam havia muito, e ele sabia distinguir a afeição da insolência. Ergueu-me tomando-me nos braços e deu-me dois beijos firmes. A julgar pelos aplausos, gostaram mais disso do que da dança.

Era uma sorte as mulheres persas não presenciarem espetáculos públicos como as gregas. Um costume demasiado impudico.

Nessa noite, disse-me:

— Recuperaste toda a beleza perdida no deserto; talvez mais, ainda.

Bem, não é assim muito difícil aos vinte e três anos, quando ainda não se recebeu a marca de uma ferida. Ele queria dizer que era bom sentir finalmente um pouco de vida para lhe oferecer ao fim do dia.

Fi-lo feliz sem cobrar demasiado por isso; como, era segredo meu, ele nunca distinguiu a diferença. Ele estava feliz e era apenas isso o que me interessava então; logo em seguida, adormeceu.

Quando me levantei, o cobertor afastou-se um pouco, mas ele não se mexeu. Peguei a candeia e observei-o. Estava deitado de lado. Suas costas eram lisas como as de um rapaz; todas as feridas eram na frente. Não havia arma concebida para cortar, perfurar ou ferir que não tivesse deixado uma marca nele. Seu corpo era branco, contrastando com os membros queimados pelo sol; já havia muito tempo que ele não corria nu com os amigos no pátio das competições, o que tanto me chocara. De lado, a cicatriz irregular estendia-se até as costelas; ainda agora, no primeiro sono, a testa não ficava lisa. As pálpebras estavam enrugadas, velhas no rosto de um jovem a descansar. Seu cabelo brilhava menos no contato com a luz da candeia; os fios de prata haviam-se transformado em faixas, durante a nossa caminhada na Gedrósia. Trinta e um anos.

Aproximei-me com intenção de puxar o cobertor para cima, mas recuei, não fossem as minhas lágrimas caírem e acordá-lo.

Com intuito de fazer descansar as tropas do deserto, enviou-as pelas trilhas junto à costa até Pérsis, sob o comando de Hefestion. O inverno não seria demasiado rigoroso por ali. Ele próprio tinha, como sempre, muita coisa para fazer. Com uma pequena força, na maior parte composta por cavalaria, infiltrou-se região adentro em direção a Pasárgada e a Persépolis.

Tivesse eu estado com Dario em tempo de paz, teria conhecido esses palácios, o coração real do meu país. Era Alexandre quem o conhecia. Quando estávamos lá no alto, nos montes, levou-me consigo a cavalgar, para de novo saborear, tal como me disse, o ar puro de Pérsis. Inspirei-o e disse:

— Al'scandre, estamos em nossa casa.

— É verdade, estamos. — Olhou em frente para os cumes dos maciços que haviam conhecido as primeiras quedas de neve. — Apenas a você o digo; guarde-o no coração. A Macedônia era a terra do meu pai. Esta é a minha.

— Jamais me deu um presente como esse — retorqui.

Um vento fresco soprava das alturas; a respiração dos nossos cavalos descrevia pequenas nuvens de vapor no ar.

— Em Pasárgada — prosseguiu —, ficaremos na própria casa de Ciro. É estranho que seja da sua tribo e, no entanto, serei eu quem lhe mostrará o seu túmulo. Tenho problemas para tratar nas imediações, mas isso é uma das coisas que mais anseio. É uma sorte sermos os dois esguios; a entrada da porta é tão estreita que até você vai ter que entrar de lado. Devem tê-la protegido em parte com uma laje por causa dos ladrões depois de terem posto lá dentro o caixão de ouro; assim já não poderá passar por ali. As oferendas fúnebres permanecem ainda no dossel que o rodeia; vai ver as suas espadas, as roupas que vestiu e os colares incrustados de joias. Deram-lhe muitos presentes; deviam amá-lo bastante. Também eu lhe ofereci algo; foi ele que me ensinou o que significa ser um rei. — Seu cavalo agitou-se, cansado que estava da caminhada. — Porte-se bem — disse ao animal — ou será entregue a Ciro... Dei ordens para que lhe sacrificassem um cavalo todos os meses; dizem que é essa a tradição.

Demos-lhes rédea solta e galopamos. Sua expressão era intensa; os cabelos soltos ao vento; os olhos ébrios de emoção. Em parte, acreditei quando me disse mais tarde que sentira pouco mais do que uma impressão nas costelas. Pérsis fizera-lhe bem. Pensei para comigo: *Eis de novo a felicidade.*

O palácio de Ciro era agradável e espaçoso no seu traçado simples, sólido, feito de pedra branca e preta. As colunas brancas destacavam-se do conjunto. Na manhã seguinte, bem cedo, Alexandre saiu para visitar de novo o túmulo do herói.

Através do parque real o caminho era bastante curto. Alguns amigos acompanharam-no (muitos haviam prosseguido com Heféstion), mas ele me manteve ao seu lado. A vegetação crescera desordenadamente no parque, mas não deixava de ser belo na luz dourada do outono; os animais que havia muito não eram perseguidos pelos caçadores, mal ligavam quando passávamos. O túmulo estava localizado num pequeno bosque à sombra das árvores. Alexandre mandara canalizar água na última vez que ali estivera e a relva estava verde.

A pequena casa de Ciro ficava num plinto com alguns degraus; uma colunata simples rodeava-o. Sobre a porta estavam inscritas palavras persas que eu não conseguia decifrar.

— Perguntei o que significavam da última vez — disse-me Alexandre. — Quer dizer: "Homem, Ciro sou, filho de Cambises, fundei o império da Pérsia e governei a Ásia. Não invejes o meu Monumento." — Sua voz alterou-se por um instante. — Bom, entremos.

Chamou os sacerdotes guardiões do recinto. Quando eles se aproximaram para fazer a prostração, pareceram-me receosos; o lugar estava desleixado. Ordenou-lhes que abrissem a porta. Era estreita, muito antiga, e feita de uma madeira qualquer, muito escura com ferragens de bronze. Um mago trouxe sobre o ombro a grande chave de madeira que facilmente fez mover o ferrolho. Abriu a porta e desapareceu no interior.

— Venha, Bagoas — disse Alexandre sorrindo. — Você primeiro; ele foi seu rei. — Pegou-me pela mão e penetramos nas sombras. A única luz existente provinha da porta; fiquei ao seu lado, de olhos entorpecidos devido ao sol no exterior, sentindo o aroma de velhas especiarias e bolor. De repente, soltou a minha mão e avançou:

— Quem é que fez isto?

Ao tentar segui-lo, tropecei numa coisa qualquer. Era o fêmur de um homem.

Percebi então. Ali estava o dossel, vazio. O caixão de ouro jazia sem tampa no chão, mutilado por golpes de machado que tentara cortar pedaços que pudessem passar pela porta. Espalhados a seu lado estavam os ossos de Ciro, o Grande.

A entrada escureceu e iluminou-se quando Peucestas, um homem bastante corpulento, tentou entrar, afastando-se logo em seguida para não ficar entalado. Alexandre dirigiu-se para a luz do sol com um aspecto feroz. Estava branco de raiva, de cabelos em pé. Seus olhos tinham uma expressão menos temível quando matou Cleito.

— Chamem os guardas — ordenou.

Foram buscá-los em sua casa ali perto, enquanto todos aqueles que eram capazes de se esgueirar até o interior do túmulo descreviam a profanação aos que ficaram no exterior. Alexandre permanecia de mãos cerradas. Os guardas foram lançados a seus pés, ficando prostrados no chão.

Coube-me fazer de intérprete, visto ser o único persa presente. Apesar de serem sacerdotes, pareciam bastante ignorantes; além disso, o terror tornara-os idiotas. Nada sabiam, jamais haviam penetrado no túmulo e não tinham visto pessoa alguma acercar-se dele; os ladrões deviam ter vindo de noite (quando o barulho que fizeram com os machados era capaz de despertar os mortos). Nada sabiam, nada de nada.

— Prendam-nos — disse Alexandre. — Quero saber a verdade.

Levou-me consigo para traduzir as confissões, mas nem o fogo nem as tenazes foram capazes de alterar a sua história; tampouco a roda; Alexandre mandou pará-la antes de os desmembrarem.

— O que acha? — perguntou-me. — Estão mentindo ou não?

— Creio, Al'scandre, que apenas foram negligentes e têm medo de lhe dizer. Talvez se tenham embebedado ou abandonado o recinto. Talvez alguém o tenha planejado.

— Sim, talvez. Se assim foi, já receberam um castigo mais do que suficiente. Deixem-nos ir embora.

Saíram embaraçados, felizes por terem recebido um castigo tão suave. Qualquer rei persa os teria empalado.

Alexandre mandou chamar Aristóbolo, o arquiteto que estivera a seu lado quando da primeira visita, e inventariara os bens de Ciro existentes no túmulo. Competia-lhe restaurar o caixão, e voltar a colocar corretamente os pobres ossos. Deste modo, Ciro repousa novamente num caixão de ouro, acompanhado de espadas preciosas, embora diferentes daquelas com que lutou, e de colares suntuosos, embora diferentes daqueles que usou. Alexandre deu-lhe uma cerca de ouro; ordenou em seguida que a porta fosse protegida com uma laje para que não voltasse a ser perturbado. Permaneceu ali sozinho durante algum tempo, antes de os pedreiros começarem o seu trabalho, despedindo-se do seu mestre.

Tratara-se de uma recepção pouco amistosa em Pérsis, mas o pior estava por vir. Ele sabia agora o que acontecera às mãos dos homens em quem confiara quando esses o julgavam longe para sempre, e impossibilitado de lhes pedir contas.

Alguns haviam sido fiéis, mas outros tinham-se comportado como tiranos nas terras à sua guarda; pilhando os ricos; sobrecarregando de impostos os camponeses até os levarem à miséria; levando à prisão homens que não haviam infringido lei alguma; recrutando poderosos exércitos pessoais. Um nobre medo proclamara-se Grande Rei. Um sátrapa roubara a filha de um nobre de hierarquia inferior, ainda donzela, violara-a e a entregara a um escravo.

Já ouvi dizer que Alexandre fora duro com essa gente. Será melhor dizerem isso a outra pessoa que não viu aquilo que eu vi quando tinha dez anos e os soldados entraram em minha casa.

É verdade que, a partir de certa altura, começou a punir logo no começo. Dizia ser já capaz de reconhecer um tirano em potencial e o que viria em seguida; deste modo, ele os derrubaria por terem revelado os primeiros sinais. Se havia quem se queixasse, não eram por certo os camponeses, nem os nobres menos importantes como o meu pai. Que ele jamais permitisse que a sua raça oprimisse o nosso povo, era algo que em toda parte espantava. Partira havia tanto tempo que tinham esquecido como ele era.

Enquanto esteve longe, um dos seus melhores amigos de infância, um certo Hárpalo que ele deixara como tesoureiro na Babilônia, levara uma vida de opulência como um príncipe da Índia, fez das suas cortesãs autênticas princesas e fugiu com bastante dinheiro ao saber do regresso de Alexandre. Este lhe doeu mais do que a revolta de antigos inimigos.

— Todos nós confiávamos nele; até Heféstion, que jamais confiou em Filotas. No exílio era sempre capaz de nos divertir. Claro que a essa altura não possuía nada que ele pudesse roubar. Talvez ele próprio não soubesse quem era na verdade.

Com tudo isso, havia mais do que razões suficientes para ele andar preocupado, antes de o novo sátrapa de Pérsis obedecer à sua convocação.

Era novo porque se apoderara da satrapia. O persa a quem Alexandre a dera, morrera seis meses antes, vítima de uma doença, dizia-se, embora pudesse ser de algo que comera. Vieram então emissários com presentes e com uma extensa carta declarando que o usurpador enviara mensagens a Alexandre, mas, não tendo obtido qualquer resposta, decidira, entretanto, tomar conta da província, visto julgar ser o mais correto.

Eu estava na sala de cima quando leu a carta e a jogou no chão.

— O mais correto para assassinar, pilhar e até pior. Governou essa província como um lobo no inverno; em toda parte o ouvi dizer. Qualquer homem que se lhe opusesse era morto sem julgamento. Até os sepulcros reais profanou. — Sua expressão ficou tensa; lembrava-se de Ciro. Talvez os sacerdotes se tivessem calado por recearem alguém ainda mais do que o rei. — Bom, já possuo testemunhas suficientes. Deixem-no vir; tenho curiosidade em ver esse Orxines... Bagoas, o que tem?

— Nada, Al'scandre. Não sei. Não sei onde já ouvi esse nome. — Parecia o eco de um pesadelo esquecido ao despertar.

— Ele foi cruel para você quando estava com Dario. Diga-me se se lembra de alguma coisa.

— Não — retorqui. — Ninguém foi cruel para comigo naquele lugar. — Da minha vida antes, apenas lhe dissera que fora comprado por um joalheiro que me maltratava. Quanto ao resto nada mais podia sentir do que piedade; mas eu desejava enterrar tudo, esquecer para sempre. Tentei então me lembrar se esse Orxines podia ter sido um cliente odiado; mas o seu *status* era demasiado elevado; e o horror era cada vez mais profundo. Talvez tivesse apenas sonhado com isso, pensei; tinha maus sonhos quando escravo.

Nessa noite, Alexandre disse-me:

— Fizeram essa cama para elefantes? Fique e faça-me companhia. — Já fazia muitos anos que ele não dormia numa câmara real persa. Logo adormecemos. Os sonhos transportaram-me para um terror havia muito esquecido.

Despertei com o meu próprio grito. Foi na calada da noite. Alexandre segurava-me nos braços.

— Vê? Está aqui comigo; não há problema. Com que é que estava sonhando?

Agarrei-me a ele como a criança assustada que fora.

— Meu pai. Meu pai com o nariz arrancado. — De repente, ergui-me na cama. — O nome! Lembro-me do nome!

— Que nome? — Olhou para mim; levava sempre muito a sério os sonhos.

— O nome que ele me disse quando o arrastavam para a morte. Orxines! Foi isso que ele disse: "Lembre-se do nome. Orxines!".

— Deite-se e acalme-se. Como sabe, ainda hoje lhe disse que Orxines era um vilão. Talvez tenha sido isso que esteve na origem do seu sonho.

— Não. Recordo-me da forma como me disse. Sua voz estava alterada por causa de lhe terem decepado o nariz. — Tremi. Ele me cobriu e aqueceu-me.

Prosseguiu então:

— Não é um nome muito comum, mas pode haver outros. Seria capaz de reconhecer esse homem? Havia um nobre de Persépolis. Se era ele, você o reconhecerá.

— Preste atenção. Vai ficar junto a mim durante a audiência que lhe vou dar. Nesse momento, vou lhe perguntar: "Bagoas, escreveu a carta?". Se não for o homem, diga que não, e saia. Se for, diga que sim, e fique. E prometo que ele o reconhecerá antes de morrer. Temos essa dívida para com o espírito de seu pai.

— Foi esse o seu último desejo: que eu o vingasse.

— Você o amou. Pelo menos nesse aspecto teve sorte… Ande, venha dormir. Ele sabe que o ouviu, não voltará a perturbá-lo.

No dia seguinte, o sátrapa chegou rodeando-se de honras, como se tivesse já sido confirmado no seu lugar. Avançou para o trono onde Alexandre estava com as suas vestes persas e prostrou-se com delicadeza. Sempre tivera bons modos. Sua barba era agora cinzenta; criara barriga. Pronunciou um discurso elaborado sobre as razões que o levaram ao governo da satrapia, motivado apenas pelo desejo de manter a ordem e servir ao rei.

Alexandre ouviu-o tranquilamente; depois interrogou-me:

— Bagoas, escreveu a carta de que lhe falei?

— Sim, senhor, meu rei — respondi. — Claro que o fiz.

Ali fiquei presenciando a acusação pelos seus muitos assassinatos. Era estranho recordá-lo apenas como o amigo de meu pai no qual todos confiavam. Parecia, contudo, o mesmo homem, no espanto demonstrado ao escutar tais coisas a seu respeito; quase cheguei a duvidar que fossem verdade, até que Alexandre o surpreendeu com algumas provas. Sua expressão alterou-se então: não o teria reconhecido assim.

Foi julgado pouco tempo depois. Os parentes das suas vítimas foram testemunhas; muitos deles se vestiam andrajosamente após a morte de seus pais por terem sido usurpados os seus bens. Vieram em seguida os guardiões dos túmulos reais de Persépolis, aqueles que não haviam resistido. O restante tinha morrido. Dario, o Grande, proporcionara-lhe a maior parte do saque, mas também com Xerxes conseguira bastante; apesar disso, roubara a meu amo morto os bens irrisórios do seu túmulo; eu testemunhei acerca de coisas de que me lembrava de Susa. Da profanação dos restos mortais de Ciro não foi acusado visto não haver testemunhas; mas isso foi irrelevante.

Alexandre disse ao final:

— Decidiu ser pastor do seu povo. Se tivesse sido um bom pastor, partiria com todas as honras, mas foi um animal feroz e como tal morrerá. Levem-no... Bagoas, fale-lhe se assim o desejar.

Quando o arrastavam, toquei-lhe o braço. Mesmo a essa altura ainda possuía desprezo suficiente para oferecer a um eunuco.

— Lembra-se de Artembares — disse-lhe —, filho de Araxis, seu amigo e anfitrião, que traiu quando da morte do rei Arses? Sou seu filho.

Duvidara que, depois de todo o resto, isso lhe dissesse alguma coisa, mas ele atribuía demasiado orgulho ao nascimento, para o ignorar. Libertou-se da minha mão; se pudesse, eu teria me colocado a seus pés.

— É então a você que devo tudo isto? Devia ter pensado em comprar os seus favores. Bem, é o regresso dos velhos tempos. Um eunuco volta a reinar.

— Um eunuco o enforcará — disse Alexandre —, pois é ele o melhor entre os dois. Bagoas, ficará encarregado disso. Providencie para que seja amanhã.

Na realidade, nada tinha a fazer; o capitão que se ocupava habitualmente dessas questões tratou de tudo e apenas se voltou para mim ao aguardar a ordem para o içar. Esperneou e lutou no alto do patíbulo tendo como pano de fundo o amplo céu de Pasárgada. Senti-me envergonhado por achar aquilo desagradável e por sentir tão pouco prazer; era uma deslealdade para com o meu pai e uma falta de gratidão para com Alexandre. Orei em silêncio:

— Querido pai, perdoe-me por não ser um guerreiro e aceite o meu destino. Receba esse homem através do qual morreu e que lhe roubou os filhos dos seus filhos. Dê-me sua bênção.

Deve ter-me abençoado, pois jamais regressou aos meus sonhos.

Ptolomeu limitou-se a referir no seu livro que Orxines fora enforcado e por certas pessoas, às ordens de Alexandre. Creio que ele deve ter pensado que referir o meu nome podia demonstrar certa falta de dignidade. Tanto faz. Ele nada sabe daquela noite, quando eu era ainda jovem, em que o meu amo me fez contar a minha história. Sempre permanecera fiel às minhas promessas, como Ptolomeu escreveu.

Entregou a satrapia a Peucestas que lhe salvara a vida na cidade marda. Depois de Orxines ninguém o culpou por não ter designado um persa; todavia, não ficou muito longe disso. Peucestas amava já aquela terra; compreendia-nos e gostava do nosso modo de vida, mesmo das nossas roupas que também usou; frequentes vezes praticou o seu persa comigo. Governou com justiça a província, tão amado quanto Orxines fora odiado.

Prosseguimos em direção a Persépolis. Alexandre teria estado ali durante todo esse tempo, se houvesse um palácio para ele. Distante da estrada real vimos as ruínas escurecidas sobre um grande terraço. Mandou erguer a tenda num espaço amplo no exterior. Aproveitei para uma escapada para ver o que restava dos esplendores pelos quais Boubaques chorara.

A areia cobria já a escadaria real por onde passara a cavalgada dos nobres. Os guerreiros esculpidos no friso marchavam por ela acima em direção ao salão do trono, agora sem teto; apenas o sol ali reinava por entre colunas talhadas como flores. Vigas trabalhadas amontoavam-se no harém; no jardim protegido por muros, algumas rosas cresciam num leito de cinzas. Regressei e nada disse do que vira. Muito tempo passara desde aquela festa de jovens com archotes.

À noite, disse-me:

— Bem, Bagoas, não fosse eu, podíamos ficar mais bem alojados esta noite.

— Não o lamente agora, Al'scandre. Construirá algo melhor e celebrará festivais tal como Ciro.

Sorriu. Seus pensamentos iam, contudo, para o túmulo de Ciro; sempre fora particularmente sensível aos presságios. Esses ossos de grandeza, agora escurecidos e espalhados à luz de um triste pôr do sol, faziam reviver a sua dor.

— Lembre-se — disse-lhe — de um dia ter me dito como o esplendor era divino, tal qual queda de água? Como as mesas eram postas com ardor? — Quase acrescentei: "Não há fumaça sem fogo, Al'scandre".

Mas uma sombra tocou-me de leve e cerrei os meus lábios.

Prosseguimos para Susa, onde devíamos encontrar o exército de Heféstion. Nos estreitos arrefecera, mas o ar era doce e os imensos espaços abertos agitavam o meu coração. Também Alexandre se sentia feliz; concebera um novo plano que ainda não me revelara. Deixei-o guardá-lo para si e esperei pela ocasião devida.

Mas uma noite voltou parecendo bastante perturbado e disse-me:

— Calano está doente.

— Calano? Mas ele nunca adoece. Até no deserto esteve sempre bem.

— Mandei chamá-lo esta noite; apetecia-me conversar com ele. Mandou recado pedindo-me para eu ir vê-lo.

— Ele lhe pediu para ir vê-lo? — Devo admitir que fiquei chocado.

— Como amigo. Claro que fui. Estava sentado como é hábito durante as suas meditações, só que encostado a uma árvore. Geralmente levanta-se quando me aproximo, embora saiba que não precisaria. Desta vez pediu-me que me sentasse a seu lado, pois sentia-se sem forças nas pernas.

— Não o vejo desde Persépolis. Como é que ele fez hoje a caminhada?

— Alguém lhe emprestou um burro. Bagoas, agora parece ter de fato a idade que tem. Quando o conheci, não tinha noção da sua idade; se tivesse, jamais consentiria que abandonasse a sua terra. Um homem de setenta anos não pode alterar todos os seus hábitos quotidianos sem que isso lhe seja nocivo. Vivera em paz durante anos, sem a menor alteração no seu dia a dia.

— Acompanhou-o porque o amava. Ele afirma que os seus destinos se uniram numa outra vida. Ele afirma... — Fiz uma pausa, pois falara muito depressa e sem interrupção. Ergueu os olhos para mim e disse:

— Continue, Bagoas.

— Ele afirma que o senhor é um deus caído — respondi então.

Alexandre estava sentado na beira da cama nu, pronto para o banho, com as mãos na sandália. Desde que era meu amante jamais me deixara esfregá-lo, salvo se estivesse ferido ou exausto, e nesse caso qualquer amigo o faria. Agora permanecia imóvel; as sobrancelhas tensas dos pensamentos que lhe iam na mente. Por fim, disse apenas, enquanto descalçava a sandália:

— Tentei fazer com que se deitasse, mas retorquiu que deveria concluir a sua meditação. Devia ter lhe ordenado, mas deixei-o ali. — Compreendi sua atitude; era o que ele desejaria que fizessem com ele. — Não gosto do seu aspecto. É demasiado velho para se esforçar tanto. Amanhã mando-lhe um médico.

O médico regressou dizendo que ele sofria de um tumor nos intestinos e devia prosseguir viagem no carro dos doentes. Recusou-se contrapondo que isso perturbaria a sua meditação; andaria. Alexandre ofereceu-lhe um cavalo com um trote suave, e ao fim de cada dia de viagem ia saber do seu estado; esse era cada vez mais débil. Também outros iam até junto dele para se informar; Lisímaco, por exemplo, era bastante seu amigo; mas às vezes Alexandre ficava a sós com ele. Uma noite regressou de tal maneira perturbado que todos os amigos perceberam. Apenas quando nos encontramos os dois sozinhos, disse:

— Está determinado a morrer.

— Al'scandre, acho que ele está sofrendo muito, embora não o diga.

— Sofrendo! Quer morrer pelo fogo.

Fiquei estupefato. Tal eu teria me chocado no local das execuções em Susa. Além disso, era uma poluição do fogo sagrado.

— Também eu. Segundo ele, as mulheres o fazem no seu país para não sobreviverem aos seus maridos.

— Isso dizem os homens! Vi fazê-lo a uma criança de dez anos, e ela queria viver. Afogaram os seus gritos com música.

— Algumas consentem. Ele diz que não pretende viver mais do que a sua vida.

— Pode recuperar-se?

— O médico não responde por ele. Além disso, não aceita uma dieta... Não podia lhe recusar; ele próprio o poderia ter feito de uma só vez. Cada dia que passa, diminuem as chances de se recuperar. Não creio que seja já possível. Parece-me que reconheço nele os sinais da morte, mas uma coisa está decidida: quando ele partir, partirá como um rei. Se é verdade que vivemos muitas vidas, ele já o foi noutra. — Andou um pouco de um lado para o outro, até que disse: — Estarei ao seu lado como amigo, mas não serei capaz de olhar.

Entretanto, chegamos a Susa. Nada foi mais estranho para mim do que aquele instante. O palácio era exatamente o mesmo; havia ainda por ali alguns eunucos mais velhos que não tinham partido com Dario. Quando souberam quem eu era, pensaram que eu fora muito esperto.

O mais estranho de tudo era voltar a estar entre as silhuetas das candeias na videira dourada, e ver aquela cabeça deitada na almofada. Até o estojo quando permanecia na mesa junto à cama. Dei por ele olhando para mim. Fixou-me e estendeu-me a mão.

Perguntou então:

— Era melhor?

Não podia sequer esperar que lhe dissesse, como se isso fosse necessário. Em certas coisas, era tal e qual uma criança.

Tinham tomado conta da fonte no pátio com os seus pássaros. Alexandre disse que era o lugar ideal para Calano. Ficou deitado no pequeno quarto que ali havia. De cada vez que o visitava, pedia-me para abrir uma gaiola. Era o seu último prazer, vê-los voar.

O exército de Heféstion, com os elefantes, chegara antes de nós. Alexandre informou os seus amigos sobre os desejos de Calano e deu ordens a Ptolomeu para que preparasse a pira real.

Era como o divã de um rei, adornado com bandeiras e festões; por baixo acumulada uma grande quantidade de pez, texebinto, mechas e tudo o mais que pudesse gerar chamas rápidas e eficientes, misturado com incenso da Arábia.

Na praça defronte ao Palácio, onde se haviam realizado todas as cerimônias importantes desde Dario, o Grande, fizeram guarda os Companheiros, ao lado dos arqueiros e dos trombeteiros. No quarto ao lado, estavam os elefantes: estavam cobertos com mantos incrustados e pintados de novo, os dentes tingidos de dourado.

O rei Poro não teria exigido mais.

Alexandre escolhera o cortejo: em primeiro lugar vinham os mais belos persas e macedônios mostrando cavalos opulentos, ostentando as suas armas, seguiam-se as oferendas para o túmulo, dignas de rei; roupas com gemas e pérolas, taças de ouro, vasos com óleo e bacias com incenso. Deviam ser colocadas sobre a pira para serem queimadas com Calano. Alexandre veio no carro de Dano, vestido com o branco de luto. Sua expressão era triste. Na minha opinião, concebera toda essa magnificência, não só para honrar Calano, mas também para tornar a cerimônia mais respeitável.

Por fim, chegou o moribundo. Quatro macedônios enormes transportavam a sua liteira aos ombros. O esplêndido cavalo niceno que ele pretendera montar, mas que não conseguira, por se encontrar demasiado fraco, seguia a seu lado para ser sacrificado na pira.

Trazia ao pescoço uma espessa grinalda de flores que lhe ocupava parte do peito, semelhante ao que os indianos geralmente usam no dia do casamento. Quando se aproximou, percebi que cantava.

Permanecia cantando ao seu deus quando o depositaram sobre a pira. O funeral deste ser vivo prosseguiu quando os amigos vieram para se despedir.

Toda a espécie de gente ali se encontrava: generais e soldados de cavalaria, indianos, músicos e servos. Os que transportavam as oferendas começaram a depositá-las sobre a pira. Sorriu e disse para Alexandre:

— Que amabilidade sua oferecer-me recordações para os meus amigos.

Distribuiu tudo o que lhe pertencia: o cavalo a Lisímaco, as roupas e o resto aos outros que o conheciam melhor. A mim, quando tomei a sua mão, deu-me uma taça persa com um leão trabalhado, e disse:

— Não receie, beberá até o fim e ninguém retirará de você.

Em último lugar, veio Alexandre; afastamo-nos por deferência quando ele se curvou para o abraçar, mas Calano disse tranquilamente (apenas os que se encontravam mais próximo o ouviram):

— Não precisamos nos despedir. Estarei com você na Babilônia.

Todos se retiraram então. Os servos que transportavam as tochas aproximaram-se; eram em grande número para que o fogo ateasse mais depressa. À medida que as chamas se alastraram, Alexandre deu ordens para que entoassem cânticos de guerra e soaram as trombetas; os soldados gritaram; os comacas gritaram para os elefantes que se ergueram soltando a saudação que é hábito darem aos reis.

Foi sempre terno em relação ao orgulho daqueles de que gostava. Tendo a certeza de que nenhum homem velho e doente podia suportar semelhante dor sem dar um grito, tudo fizera para que não se ouvisse. Curvou a cabeça enquanto as chamas se alastravam e não olhou, mas posso assegurar que Calano permaneceu de mãos cruzadas ao mesmo tempo que as flores debaixo dele se enrugavam: nem mudou de posição, nem abriu a boca. Olhei apenas até a altura em que começou a ficar desfigurado: no entanto, todos os que o observaram até o fim, estão de acordo que não se mexeu.

Obrigou Alexandre a prometer-lhe fazer uma festa em sua honra e não de luto, apenas o reconforto da sabedoria; nunca tendo tocado em vinho, jamais festejara com os macedônios. Houve um frenesi louco nessa noite; pelo fato de o honrar, por conta da dor ou de ambos; alguém propôs que se realizasse uma competição de bebida como é hábito nos jogos funerários e Alexandre ofereceu um prêmio. Creio que o vencedor bebeu quase dez litros. Muitos ficaram jazendo sem sentidos até de manhã, nos divãs ou no chão; não era, de fato, a melhor maneira de passar uma noite muito fria de inverno em Susa. O vencedor morreu de um resfriado, juntamente com mais alguns: Calano conseguiu assim mais do que um cavalo de sacrifício.

Alexandre julgara, não competira; veio para a cama pelos seus próprios pés, sóbrio e de novo triste.

— O que é que ele quis dizer — indagou-me — com estar comigo na Babilônia? Renascerá? Como reconhecerei a criança?

No dia seguinte, perguntou-me:

— Nunca viu a rainha Sisigambis, não é?

Ouvi pronunciar aquele nome como se ele surgisse num conto já antigo. Era a rainha. Mãe da Pérsia, aquela que Dario deixara para trás em Isso.

— Não — retorqui —, ela estava com o senhor quando eu entrei para o séquito real.

— Muito bem. Quero que lhe vá falar em meu nome. — Esquecera por completo que fora aqui em Susa, que fora aqui em casa, que ele a instalara na companhia das jovens princesas, logo após a morte da rainha. — Se ela se lembrasse de você na corte, não seria correto, como compreende, mas como ela não se lembra, gostaria de lhe enviar alguém encantador, depois de tanto tempo apenas de cartas e de presentes. Recorda-se de ter me escolhido um colar de turquesas para ela em Maracanda? Vai ver que ela é uma pessoa com quem se gosta de estar. Transmita-lhe os meus respeitos; diga-lhe que estou desejoso de reencontrá-la, mas que ainda não pude devido aos meus afazeres. Pergunte-lhe se me concede o favor de me receber dentro de uma hora, e dê-lhe isto. — Mostrou-me uma caixa com um colar de rubis indianos.

Dirigi-me para o harém. Da última vez que ali estivera, fora caminhando atrás de Dario, cheirando o perfume do seu manto.

À porta dos aposentos da rainha, onde jamais entrara, fui recebido por um velho eunuco. Era gracioso não demonstrando sinais de saber quem eu fora, embora essa gente esteja sempre a par de tudo. Segui-o ao longo de um corredor, onde o sol penetrava através das esteiras, atravessando em seguida uma antecâmara onde algumas matronas conversavam ou jogavam xadrez. Bateu de leve numa porta, informando quem me enviava, e retirou-se.

Ela estava sentada numa cadeira de costas altas, revelando uma postura excelente; os membros apoiavam-se nos braços da cadeira; nas partes trabalhadas em forma de cabeça de carneiro, viam-se os dedos belos como hastes de marfim. Vestira-se de azul-escuro; os seus cabelos estavam cobertos com um véu também ele azul-escuro. Sua cara era pálida, como um velho falcão branco cismando no seu penhasco. À volta do seu pescoço, vi o colar de turquesas de Maracanda.

Prostrei-me com o mesmo cuidado que tivera quando da primeira vez perante Dario. Ao erguer-me, ela falou com a voz aguda e seca da sua idade:

— Como está o rei, meu filho?

Fiquei mudo. Desde há quanto tempo estaria assim? Ela própria mandara preparar o seu corpo para o enterro. Por que razão não tinham avisado Alexandre que ela endoidecera? Se eu lhe dissesse a verdade, podia cair num frenesi qualquer e dar cabo de mim com aquelas unhas de marfim compridas, ou começar a dar cabeçadas contra a parede.

Seus olhos velhos fixaram-me ferozes, através das suas pálpebras enrugadas. Pestanejaram rapidamente uma ou duas vezes, como um falcão a quem acabaram de tirar o capuz. Pareciam impacientes. Minha língua não se mexia. Bateu com uma mão no braço da cadeira.

— Estou lhe perguntando, meu rapaz, como está o meu filho, Alexandre? — Sua expressão sombria e penetrante cruzou-se com a minha; lera os meus pensamentos. Encostou a cabeça às costas da cadeira. — Tenho apenas um filho rei. Jamais houve outro.

Voltei então a mim, lembrei-me da educação que recebera, transmiti-lhe a mensagem segundo as regras e, ajoelhando, ofereci-lhe o presente de Alexandre. Ela pegou os rubis com ambas as mãos e chamou duas amas mais velhas para junto da janela.

— Vejam o que o meu filho me mandou.

Admiraram o objeto e foi-lhes permitido tocá-lo enquanto eu permanecia ajoelhado com a caixa na mão à espera de que alguém se lembrasse de tirar-me e recordasse o filho que ela desprezara.

Ele deve ter adivinhado após a fuga de Isso; quem, a conhecendo, não adivinharia? Apenas lhe restava saber que esse lugar fora preenchido. No pátio da fonte tocara a minha harpa para o aliviar da dor que somente agora entendia. Tinha sido isso que fizera lançar a sua raiva sobre o pobre Tiriotes. Saberia ele que ela recusara ser libertada em Gaugamelos? Talvez não lhe tivessem dito. Ainda bem que eles não se voltaram a encontrar; pobre homem, sofrera mais do que o suficiente.

A rainha reparou que eu permanecia ajoelhado e fez sinal a uma das amas para pegar a caixa.

— Agradeça ao meu senhor, o rei, por esse presente e diga-lhe que me sinto feliz por o receber.

Quando saí, ela continuava a acariciar as joias no regaço.

— Ela gostou? — perguntou-me Alexandre, ansioso como se fosse seu amante. Transmiti-lhe que ela ficara muito satisfeita com ele. — Foi o rei Poro quem me deu. Fico satisfeito por saber que ela o achou digno de si. *Ali está* o Grande Rei que devia ter guiado o seu povo, se o Deus dela tivesse feito um homem. Ambos o sabemos. Compreendemo-nos.

— É preferível que Deus a tenha concebido mulher, ou seria obrigado a enfrentá-lo.

— Sim, pelo menos assim pouparam-me essa dor. Ela estava com bom aspecto? Tenho algo importante a comunicar-lhe. Quero casar-me com a sua neta.

Através do meu espanto inicial, ele era ainda capaz de ler o meu rosto.

— Agrada-lhe mais do que da outra vez?

— Al'scandre, agradará a todos os persas.

Não voltara a vê-la desde os tempos em que ela era ainda uma criança, em Isso, escondendo a cara no regaço da mãe. Este seria um verdadeiro casamento de Estado que honraria o nosso povo e geraria uma descendência real; nela corria o sangue de Sisigambis, lembrava-se, assim como o de Dario. Quanto a Roxane, mesmo como segunda mulher, permaneceria acima do seu *status*; Dario não faria dela mais do que uma concubina. Guardando todos esses pensamentos para mim, apressei-me a desejar-lhe as maiores venturas.

— Ah, e isso ainda não é tudo. — Estávamos no pátio da fonte, num local tranquilo numa altura em que as várias salas do Palácio se encontravam pejadas de emissários e oficiais. Tapou com a mão a saída da água da fonte e deixou-a cair de novo. Sorria.

— Sim. Al'scandre, revele-me o segredo. Vi-o no seu rosto.

— Pois, já o sabia! Posso lhe dizer. Este não será apenas o meu casamento; será a união entre os nossos dois povos.

— Será, sim, Al'scandre.

— Não espere. Todos os meus amigos, os meus generais e os melhores Companheiros desposarão damas persas. Eu próprio ofereci um dote a todos eles e todos partilharemos o mesmo banquete. O que acha?

— Al'scandre, ninguém se lembraria de algo semelhante. — E era verdade.

— Tive essa ideia durante a nossa marcha, mas isso era uma coisa que tinha necessariamente que aguardar até chegar junto do exército. A maioria está de serviço aqui.

Claro que percebia a razão por que não me dissera. Dificilmente me podia anunciar o casamento de Hefestion antes do próprio noivo estar a par.

— Ando pensando — prosseguiu — sobre quantos casais fariam uma bonita festa sem encher demasiado o pavilhão. Decidi serem oitenta. — Ao recuperar a respiração, retorqui que me parecia correto. — Todos os meus soldados que desposarem mulheres persas, receberão igualmente um dote. Cerca de dez mil, creio.

Brincou, sorrindo, com a água da fonte iluminada pelo sol que tombara das suas mãos como ouro.

— Faremos algo de novo; dois vinhos de qualidade que se fundem para conseguir um melhor numa imensa taça de amor. Hefestion se casará com a irmã de Estatira. Gostaria que os seus filhos fossem meus parentes.

Creio que notou meu silêncio.

Olhou para mim, aproximou-se e abraçou-me.

— Meu querido, perdoe-me. Algo mais do que filhos nasce do amor. Os filhos dos sonhos, lembra-se? Tudo isso gerou; aprendi a amar o seu povo.

Depois disso, não me custou representar o meu papel; competia-me acompanhar as noivas e suas mães, trazer presentes e informá-las acerca dos procedimentos a ter. Fui bem recebido nos haréns; se elas haviam concebido planos antes de Alexandre expor o seu, ninguém o disse. Como é óbvio, escolhera para os macedônios mais destacados as noivas de um *status* nobiliárquico superior; se essas não eram sempre as mais favorecidas, enfim, não se pode ter tudo. As princesas não vi, mas Dripétis dificilmente desapontaria Hefestion; era uma bela genealogia. Ao longo de todos esses anos, jamais ouvi referir que tivesse uma amante; mas se sobrinhos e sobrinhas eram aquilo que Alexandre exigia dele, então ele os geraria fielmente.

Um idiota qualquer cujo nome não vale a pena recordar, escreveu que Alexandre menosprezou o meu povo, visto nenhum nobre persa ter obtido uma mulher macedônia. Onde é que se iam arranjar essas mulheres? Estávamos em Susa; conosco nada mais havia à exceção das concubinas ou das que seguiam o acampamento. Era fácil de imaginar o que as mães da Macedônia diriam se vissem as suas donzelas serem entregues aos leitos — bárbaros — desconhecidos, mas para que desperdiçar palavras com semelhante disparate?

Alexandre quis que esse fosse o maior festival desde o início do seu reinado. Já com algumas semanas de antecedência não havia em Susa tecelão, ourives e artesão, que não trabalhasse pela noite adentro. Não fui ver o meu antigo patrão. Ninguém regressa à estrumeira para a qual nos lançaram.

Desde o regresso do rei que não paravam de chegar da Grécia artistas de todas as espécies; as novidades acerca do festival haviam-nos apressado. Um deles, um tocador de flauta algo famoso chamado Évio, foi causa de uma disputa insignificante; ou que podia ter sido insignificante, se não existisse já um conflito latente entre os homens nela envolvidos. Assim se iniciam as guerras, entre os povos tal como entre os homens. O mesmo sucedeu com Êumenes e Heféstion.

Apenas conhecia Êumenes a distância, mas ele fora Secretário-Chefe durante todo o reinado de Alexandre e de seu pai antes de si. Era um grego que combatera na Índia com sucesso. Tinha cerca de quarenta e cinco anos, grisalho e astuto. Não sei por que razão ele e Heféstion antipatizavam tanto um com o outro. Na minha opinião, tinha a ver com algo que remontava à juventude de Heféstion. Talvez Êumenes invejasse o amor de Alexandre; talvez o desaprovasse apenas, como sucedia em relação a mim. Nunca me preocupei com isso, pois sabia que ele não me podia fazer mal. Com Heféstion era diferente. Desde a altura em que conduzira o exército de regresso, Alexandre fizera dele Quiliarca, cargo que para os persas equivale ao nosso grão-vizir; na hierarquia encontrava-se logo a seguir ao rei. Nas suas funções era incorruptível, não deixando, todavia, de ser particularmente sensível no que dizia respeito à sua dignidade, entre outras coisas.

Isso se acentuara desde a estadia na Índia onde sofrera de icterícia. Os médicos dizem que não se deve beber durante bastante tempo depois da doença; mas vá lá convencer disso um macedônio. Além disso, era senhor de uma natureza perseverante: no amor e no ressentimento.

Era sempre educado para com os persas; por causa de Alexandre e da formalidade civilizada dos nossos modos. É impossível ver persas de *status* elevado discutirem uns com os outros. Somos capazes de envenenar outrem ou de chegar a vias de fato com alguém, após algum tempo de reflexão. Os macedônios, não estando habituados a semelhantes restrições, caem de imediato no conflito.

Esse flautista, Évio, era um velho convidado seu desde os tempos que remontavam a antes da minha chegada; por essa razão, competia a ele a sua diversão. Susa abarrotava de gente; o alojamento que Heféstion arranjara para Évio fora tomado por membros do séquito de Êumenes; Heféstion teve de os expulsar.

Êumenes, habitualmente um homem bastante calmo, foi ter com ele zangadíssimo. Enquanto um persa teria dito que tudo isso não passava de um lamentável engano, mas que agora era demasiado tarde para o remediar, Heféstion retorquiu a Êumenes que tal como toda a gente, também ele devia arranjar lugar para os convidados mais distintos.

Êumenes, cujo *status* era por si só elevadíssimo, dirigiu-se de imediato a Alexandre, que se viu em apuros para evitar mais conflitos. Sei que alojou o flautista em algum lugar, pois eu próprio me encarreguei disso: aquilo que ele disse a Hefestion também podia ter escutado se quisesse; mas recordei-me daquela manhã no deserto e afastei-me.

Se, tal como suspeito, foi exigido a Hefestion que pedisse desculpa a Êumenes, ele terá pensado que isso era rebaixar-se e não o fez. O rancor permanecia. Uma rixa insignificante; para que perder tempo? Apenas porque isso acabou por misturar veneno à dor do meu amo, enlouquecendo-o.

Entretanto, desconhecendo outros pormenores, não voltei a pensar nisso; nem creio que Alexandre tivesse os seus pensamentos para aí voltados de tão atarefado que andava. Visitou frequentemente a rainha-mãe e foi apresentado à sua noiva. Disse-me ser parecida com a mãe, além de educada e modesta. Não havia ali exaltação semelhante àquela que existira quando conhecera Roxane. Não me atrevi a inquirir sobre o modo como ela recebera as novidades.

O dia da festa chegou. Dario, o Grande, deve ter presenciado esplendores semelhantes; mas ninguém ainda vivo presenciara. Toda a praça do Palácio fora transformada num vasto pavilhão; ao centro, a tenda da noiva feita dos melhores tecidos com pendões dourados, suportada por colunas também elas douradas; rodeavam-na toldos para os convidados. O casamento seria celebrado segundo o ritual persa; a tenda da noiva tinha cadeiras douradas dispostas aos pares. Visto as nossas mulheres serem educadas na virtude da modéstia, as noivas surgiam apenas depois de os brindes serem feitos, quando os noivos as tomavam pelas mãos, as sentavam a seu lado para escutarem a canção nupcial, retirando-se em seguida.

Seus pais estavam presentes, como é óbvio. Alexandre pediu-me que participasse no seu entretenimento, pois queria que eu assistisse ao ritual.

Pusera a Mitra e o manto real da Pérsia, com as mangas compridas e tudo. Para dizer a verdade, o seu traje semigrego ficava-lhe melhor; para tal, nada como a altura de Dario, mas se há uma coisa que aprendemos na Pérsia, é que a altura de um rei corresponde à altura da sua alma.

Para que a multidão de convidados menos importantes não perdesse nada, haviam sido colocados arautos no exterior da tenda com a incumbência de tocar as trombetas quando os brindes e as saudações fossem feitos, e de anunciar a entrada das noivas.

Tudo decorreu à perfeição. Na presença dos sogros, homens do mais nobre sangue da Pérsia, os noivos não beberam em excesso, nem sequer gritaram de um lado para o outro da tenda.

Não houve prostrações. Alexandre concedeu a todos os pais o *status* de Parente Real que lhes permitia beijá-lo na face. Visto não haver nenhum sogro para si, Oxadres ocupou esse lugar e portou-se muito bem, embora tivesse que se inclinar para o beijo.

O rei fez o brinde dos noivos; os noivos beberam a seus pais, esses retorquiram a honra, e todos beberam ao rei. As trombetas soaram para a entrada das noivas. Os pais foram ao seu encontro, tomando-as pela mão e conduzindo-as até os noivos.

À exceção dos camponeses, raramente se vê os homens e as mulheres da Pérsia andando lado a lado. Independentemente do que os gregos possam dizer, não existe em parte alguma da terra, uma beleza semelhante à que se encontra entre a nossa nobreza, há tanto tempo e tão requintadamente escolhida. O par mais bonito era o primeiro: Oxadres e a sobrinha de mãos dadas. Alexandre ergueu-se para saudá-los e receber a noiva. Sim, Dario transmitira a sua formosura aos seus filhos. E também a sua estatura: era mais alta do que Alexandre.

Conduziu-a à cadeira de honra junto ao seu trono e a diferença desvaneceu-se. Ele a conhecera nos aposentos da rainha-mãe e mais uma vez demonstrara uma notável capacidade de resolver as situações: mandara cortar as pernas da cadeira dela.

Claro que eram obrigados a andar lado a lado quando os casais se retiraram. Quase conseguia ouvir a sua voz dizendo: "É preciso".

(Dias mais tarde, dei com os sapatos nupciais atirados para um canto. As solas tinham uma altura considerável de feltro. Não se dera a semelhante trabalho quando hóspede do gigante Poro.)

Heféstion e Dripétis faziam um bonito par. Ela era praticamente da sua altura.

A festa prosseguiu durante toda a noite. Reencontrei velhos amigos e não necessitei fingir partilhar da alegria geral. Haviam passado anos desde que ele poupara Susa e para ali se dirigira pela primeira vez. Fora até bem longe e tornara-se uma lenda, enquanto alguns malefícios foram praticados em seu nome. Agora conheciam-no. Naquela cidade, Ciro é recordado; não foi esquecido o fato de ele não ter profanado os santuários dos medos após a conquista, nem de não ter desonrado a sua nobreza e escravizado os camponeses e de ter permanecido um rei justo para todos nós. Que um ocidental conseguisse provar ter seguido o seu exemplo, era por toda parte motivo de espanto. Não me esqueci do que ouvi para depois lhe contar. Ele fizera aquilo que desejara.

Por certo não fez menos no leito nupcial. Estatira foi alojada nos aposentos reais, mas as suas visitas transformaram-se em meras visitas de cortesia muito mais cedo do que com Roxane. De fato, uns dias depois visitou a sogdiana. Talvez o fizesse apenas para a reconfortar, mas não creio que fosse. Estatira era, tal como me dissera, uma moça modesta e gentil, e ele amava o fogo. Roxane tinha-o mesmo que soltasse fumaça. Rapidamente se cansava dela; no entanto, de tempos em tempos não resistia ao seu apelo. Olímpia, sua mãe, essa rainha violenta, continuava a censurar profundamente o seu regente em cada mensagem enviada. Enfurecido jogava então a carta no chão; a sua resposta seguia, contudo, acompanhada de um presente escolhido com amor. Talvez haja algo no provérbio sobre o modo como os homens escolhem as suas mulheres.

Ele fizera aquilo que desejara. Sim... entre o *meu* povo.

Eu me sentia imensamente feliz. Numa vez ou noutra, ao ir de um lado para o outro, notei olhares reprovadores vindos de macedônios: os que são amados pelos reis, são sempre objeto de inveja; também Heféstion o era, embora o seu *status* fosse superior ao meu. Não pensava que ainda persistisse uma semelhante animosidade perante os persas, até ver Peucestas passar a cavalo vestindo os nossos trajes. Nosso povo, que se habituara a respeitá-lo pelo seu valor, guardava-o; então, quando ele se afastava, percebi o que diziam alguns macedônios. Transformar-se num bárbaro, era revoltante; como é que o rei podia encorajar uma coisa dessas? *O que é que o rei está fazendo de si próprio?*

Fixei as caras e o regimento a que pertenciam. Não me importava de castigá-los, contando o que se passara a Alexandre, mas isso apenas o magoaria mais e não serviria de grande coisa. Eram corações, não palavras, que ele desejara transformar.

Pouco tempo depois desse episódio, veio a saber que os soldados se encontravam cheios de dívidas, perseguidos pelos credores. Com os saques em que haviam participado, deviam estar ricos como príncipes; mas não tinham noção alguma do que era regatear preços, tal como nós, persas, o entendemos; pagavam o dobro do preço corrente por tudo o que compravam, comiam, bebiam ou com quem se deitavam. Quando soube o que se passava, Alexandre mandou dizer que lhes daria o suficiente para poderem se restabelecer, como se não lhes tivesse oferecido mais do que o suficiente nos dotes. Poucos vieram até ele; por fim, os oficiais revelaram-lhe a verdade: os homens afirmavam que ele só queria saber quem estava vivendo acima do seu salário.

Isso o magoou mais do que tudo o que se passara desde aquele dia na Índia em que eles pensaram que ele lhes mentira. Era algo que ele não conseguia compreender. Eu podia ter-lhe dito. À medida que se aproximava de nós, tornava-se mais estrangeiro em relação a eles.

Foi assim que mandou colocar mesas de pagamento no acampamento e disse aos encarregados para se sentarem ali sem objeto algum para escrever. Todo soldado que apresentasse um documento de dívida, via-a paga de imediato sem que isso ficasse registrado. Esse ato magnânimo custou-lhe perto de dez mil talentos. Julguei que isso os calasse.

A primavera começava a despontar; ao longo do rio sentia-se o cheiro da seiva nascendo. Os lírios não tardariam muito. Uma manhã, ao cavalgar por ali com Alexandre, ele olhou para os montes e perguntou:

— Onde era sua casa?

— Ali, junto ao penhasco. Aquilo ali, cinzento, que parece um rochedo, é a torre de vigia.

— Um ótimo lugar para uma fortaleza. Vamos até lá ver?

— Al'scandre, seria demasiado difícil para mim.

— Deixe estar. Ouça algumas novidades que tenho para você. Lembra-se de, há cinco anos, eu ter dito que começara a formar um exército com jovens persas?

— Sim. Estávamos na Báctria. Só passaram cinco anos?

— É verdade, parece que foi há mais tempo. Investimos bastante nisso. — Na realidade em trinta anos vivera o equivalente à vida de três homens. — Bom, já lá vão cinco anos. Eles já estão preparados e dirigem-se para cá.

— Isso é maravilhoso, Al'scandre. — Estava a seu lado havia seis anos; deixara aquelas muralhas havia treze, cavalgando ao lado da cabeça de meu pai.

— Sim, os instrutores estão bastante satisfeitos com eles. Vamos cavalgar até aquelas árvores. — O galope desvaneceu a minha tristeza, tal como fora, aliás, a sua intenção. Enquanto deixávamos os cavalos recuperarem o fôlego, ele disse:

— Trinta mil, todos eles com dezoito anos. Vai ser digno de se ver, acho.

Chegaram a Susa sete dias mais tarde. Ele mandara erguer um estrado no terraço do Palácio, do qual ele e os seus generais poderiam assistir à parada do novo destacamento. Então, vindo do acampamento situado do exterior das muralhas fez-se ouvir um grito de ordem macedônio:

— Cavalaria, marche.

Vinham formados em esquadrões, com armas macedônias, mas mantendo excelentes cavalos persas, e não pilecas gregas. Os persas de Pérsis eram os primeiros.

Trajando como macedônios ou não, os persas são sempre persas. Seus oficiais não lhes haviam negado aqueles pequenos toques que dão certo ar; a cobertura da sela bordada, a couraça com um emblema, uma pequena bandeira na lança macedônia, um freio cintilando, uma flor no capacete. Em todos se reconhecia um rosto persa.

Não creio que todos tivessem sido recrutados de livre vontade, mas haviam-se tornado orgulhosos durante a aprendizagem. Cada esquadrão seguiu o seu trajeto na praça com as lanças em equilíbrio; abrandando em seguida, ao ritmo da música, para logo descrever um círculo em frente do estrado real, saudando-o com as lanças; fizeram então as habilidades, voltaram a saudar, e afastavam-se ao mesmo tempo em que o esquadrão seguinte entrava.

Susa em peso estava ali a assistir ao longo das muralhas e dos telhados. Os lados da praça abarrotavam com macedônios. Ninguém nega que jamais se vira um exército tão bem treinado. Todos esses jovens o conseguiram. Podiam tê-lo feito no mesmo espaço de tempo, mas não possuímos mais o sentido do estilo. Tal como Alexandre.

Quando a parada terminou, por fim, ele surgiu, resplandecente. Conversava com os persas da sua guarda pessoal: Oxadres, irmão de Roxane e um dos filhos de Artabazos. Notou minha presença do outro lado do Grande Salão: o seu olhar cruzou-se com o meu, e ele sorriu para mim. Veio tarde para a cama pois ficara a beber e a conversar como era habitual sempre que estava satisfeito.

— Jamais vi tanta beleza num só dia; apesar de tudo, o melhor ficou para mim. — Afagou-me suavemente os cabelos. — Sabe o nome que dei a esses rapazes? Meus sucessores.

— Al'scandre — disse enquanto lhe tirava a túnica —, também deu esse nome aos macedônios?

— Por que não? Também eles me conceberão sucessores. O que se passa?

— Não sei. Nada tirou deles e, contudo, eles não gostam que mostremos a nossa excelência.

Ergueu-se coberto apenas pelas suas inúmeras cicatrizes, puxando o cabelo para trás; o vinho não o entorpecera, pelo contrário, estava até um pouco mais agitado do que o costume.

— Odiar a excelência é odiar os deuses. — Falou tão alto que o escudeiro que se encontrava à porta, olhou para dentro para ver se havia qualquer problema. — Devemos saudá-la em toda parte onde exista, entre povos desconhecidos, nos confins da Terra; no entanto, jamais devemos menosprezá-la.

Começou a andar de um lado para outro.

— Também em Poro a descobri — continuou —, apesar de o seu rosto negro me ser estranho. E em Calano. Entre o seu povo. Por isso mesmo, enforquei os sátrapas persas ao lado dos macedônios. Desculpar os seus crimes como sendo motivados por algo de inato, isso não seria mais do que desprezo.

— Sim, somos uma raça antiga. Compreendemos essas coisas. Essas e outras — acrescentei, esquecendo o seu discurso e estendendo os braços.

Os gregos escreveram que por essa altura ele se tornou temperamental. Não me admiro. Era seu desejo ser Grande Rei não só no nome, mas também na prática, e tudo aquilo que fazia para isso, o seu povo odiava. Alguns amigos compreendiam-no (Heféstion, concedo); quanto aos outros, preferiam vê-lo como senhor de uma raça de escravos, assumindo-se eles próprios como senhores menores. Não escondiam o que pensavam acerca desses novos cadetes. Por outro lado, embora a ferida no peito tivesse sarado, continuava a cansar-se mais rapidamente do que era hábito; no entanto, preferia morrer mais cedo a ceder.

Dizem que o estragamos com servilismo; talvez o sentisse assim um povo rude. *Não*, sabíamos que o habituáramos a modas decentes e a uma corte civilizada. *Ele* sabia que isso era necessário. Os persas a quem era permitido censurar um rei o achariam um bárbaro sem estirpe ou amor-próprio, a quem desejavam servir. Qualquer idiota na Pérsia o sabe. Registro-o para os ignorantes.

O que é que eles perderam por nossa causa? Oferecera-lhes todos aqueles dotes, pagara-lhes as dívidas; organizara uma parada de honra, com presentes e prêmios por valentia e serviços prestados. No entanto, posteriormente, quando fez ingressar nos Companheiros alguns persas distintos, ficaram ressentidos. Se o seu comportamento era por vezes temperamental, eram eles que o pediam. Comigo o seu comportamento jamais se alterou.

A primavera já ia adiantada, e ele decidiu passar o verão na Ecbátana, como era hábito com os reis que o precederam. A maior parte das tropas, conduzidas por Heféstion, devia subir o vale do Tigre em direção a Opis onde uma boa estrada atravessa as passagens mais difíceis. Alexandre navegou até Opis porque desejava ver algo de novo e que pudesse também vir a ser útil. Até Tigre perdera a sua ferocidade; a viagem rio acima era agradável; nas margens surgiam as palmeiras, campos férteis com os bois fazendo girar os moinhos de água. O rio estava cheio de velhas armações para apanhar peixe, já sem uso, que ele mandava limpar à medida que seguia viagem; prosseguimos prestando atenção a coisas banais, pernoitando em terra ou no barco conforme desejava. Assim descansava da corte, dos trabalhos e das tristezas. Eram dias frescos, tranquilos.

Perto do final da viagem, enquanto destruíam uma dessas velhas armações de pesca, ancoramos numa enseada abrigada; encostou-se na popa debaixo do toldo, com a minha cabeça no regaço. Em tempos idos, teria olhado à sua volta para ver se havia macedônios observando-o; agora fazia o que lhe apetecia sem que se importasse com o que pensavam dele. De qualquer modo não havia por ali ninguém importante. Ergueu os olhos para a copa das palmeiras ondulando ao vento e mexeu no meu cabelo com indolência.

— Em Opis, estaremos na Estrada Real para esse e posso mandar para casa os velhos veteranos. Já tiveram muito trabalho desde a altura em que me disseram na Índia quão cansados se sentiam. É verdade que, tal como diz Xenofonte, o comandante pode suportar os mesmos tormentos e, todavia, para ele não é a mesma coisa. Foram as suas lágrimas que me comoveram. Velhos idiotas. Teimosos... no entanto, não deixam de ser teimosos diante do perigo. Quando regressarem a casa, não será por culpa minha se desejarem voltar de novo.

O exército chegou antes de nós. A cidade não era grande. Suas casas eram amarelas, feitas de tijolo e lama, possuindo, tal como todas as cidades ao longo da Estrada Real, uma habitação de pedra destinada ao rei. Na planície estava ficando mais quente, mas nós não nos demoraríamos ali. Nada de especial acontecera no percurso do exército por terra, exceto as constantes disputas entre Hefístion e Êumenes.

Tudo começara em Susa. Na Carmânia, Alexandre teve necessidade de fazer reparações na frota e pediu um empréstimo aos amigos até chegarem à capital. Pelo menos o seu dinheiro salvara-se durante a travessia do deserto e ele poderia retribuir generosamente mais tarde, mas Êumenes era muito agarrado. Quando a sua oferta chegou, Alexandre afirmou com ironia que ele não desejava roubar os pobres e enviou-o para trás.

— Gostaria de saber — disse-me nessa noite — quanto é que ele salvaria se a sua tenda ardesse.

— Experimente, Al'scandre — retorqui. Ele estava embriagado; divertíamo-nos; nunca pensei que o fizesse. A tenda incendiou-se no dia seguinte. O problema foi que ardeu tão depressa que se perderam a Crônica real e missivas de Estado. O dinheiro surgiu sob a forma de lingotes; rondava por certo mil talentos. Alexandre nada pediu; divertira-se, mesmo que isso lhe tenha custado caro. Se Êumenes pensou que fora obra de Hefístion, não sei. Depois de Susa, se Êumenes pisasse em excremento de cão, ele suspeitaria que tinha sido Hefístion que ali o pusera.

Durante a marcha para Opis, a inimizade era aberta, e as facções haviam surgido. Duvido que isso fosse sua intenção. Hefístion não o necessitava; Êumenes era um grego sutil, demasiado esperto para se meter em problemas. Não houvera contenda; mas aqueles que odiavam os hábitos persas do rei e sabiam que o seu amigo estava de acordo com eles, apoiaram de imediato o inimigo de Hefístion.

Quando ali chegamos, Êumenes andava impaciente. Foi falar com Alexandre, transmitindo-lhe a sua tristeza perante a indiferença a que se sentia votado, e mostrando-se desejoso de a reparar.

Afinal, ele desejava apenas não acarretar as culpas no caso de o conflito se tornar mais grave. O que, na realidade, veio a acontecer; perdera a cabeça por causa do alojamento do flautista e aquilo que dissera, Hefèstion não esquecia. Raramente de fato ofendera Alexandre, mas agora era já um homem importante e conhecedor dos seus direitos. Alexandre não lhe podia ordenar que engolisse um insulto. Mesmo se isso fosse em favor, ele não o concederia. Hefèstion, que não falava com Êumenes havia duas semanas, mantinha o seu silêncio. Logo, tínhamos outras coisas com que nos preocupar.

Alexandre mandou erguer uma plataforma na parada para se dirigir às tropas. Iria dispensar os veteranos, falar-lhes da recompensa que lhes daria, fornecer-lhes instruções para a marcha até o Mar do Meio. Nada de especial. Subi até um telhado apenas porque não tinha nada que fazer, e sempre era preferível estar ali olhando para ele.

As tropas enchiam o terreiro mesmo até a tribuna rodeada pela guarda pessoal. Os generais subiram por uma travessa que ficara vazia e ocuparam os seus lugares; por último veio o rei, deu o cavalo a um escudeiro, subiu e começou a falar.

Não faltou muito para começarem a acenar com as armas. A recompensa era francamente generosa; pensei que estivessem a aplaudi-lo.

De repente, saltou da tribuna, avançou através da guarda pessoal, misturando-se entre os soldados. Vi agarrar um deles com ambas as mãos e entregá-lo à Guarda, que o levou. Os generais apressaram-se atrás dele. Andou de um lado para o outro apontando uma dúzia de homens. Também esses foram levados; voltou a subir, agora pelos degraus, dirigiu-se até o limite da plataforma e falou de novo.

Não houve mais acenos de armas. Falou durante algum tempo. Depois desceu os degraus a correr, saltou para o cavalo e partiu a galope para os seus aposentos. Os generais seguiram-no assim que conseguiram montar.

Apressei-me para poder chegar ao quarto antes dos outros e saber o que se passava. A porta abriu-se; Alexandre disse ao guarda no exterior:

— Ninguém. Seja por que razão for. Compreende?

Entrou, fechando a porta de rompante mesmo antes de o guarda poder fazê-lo. A princípio, não me viu; olhei-o e fiquei em silêncio. Estava louco de raiva; o seu rosto fatigado e brilhante irradiava a sua fúria. Seus lábios moviam-se, voltando àquilo que dissera lá fora. Apenas apanhei o fim:

— Sim, digam aos seus quando regressarem, como me abandonaram e me deixaram entregue aos estrangeiros que conquistaram. Por certo, isso lhes trará glória entre os homens e a bênção dos seus. Saiam.

Atirou o capacete para um canto e começou a tirar a couraça. Avancei para a desapertar.

— Eu posso fazer isso. — Afastou minhas mãos. — Disse que não queria ninguém aqui.

— Já estava aqui dentro, Al'scandre, o que se passa?

— Vá você mesmo saber. É melhor ir; não respondo por mim em relação a ninguém. Mando chamá-lo mais tarde. Vá. Deixei-o tentando desapertar a couraça e praguejando em voz baixa.

Após alguns momentos pensando no que devia fazer, decidi ir até os alojamentos dos escudeiros. O que estivera de guarda ao cavalo do rei acabara de chegar. Juntei-me à multidão que o cercava.

— Foi um motim — disse. — Teriam matado qualquer outro homem. Oh, Bagoas! Viu o rei?

— Ele não quer falar. Presenciei apenas do telhado o que se passou. O que é que ele lhes disse?

— Nada! Quero dizer, desmobilizou os veteranos, agradeceu-lhes pela sua coragem e lealdade; tudo como deve ser. Ia a falar das recompensas quando alguém das tropas em serviço começou a gritar: "Desmobilize-nos a todos!". Quando ele lhes perguntou o que é que queriam dizer com isso, começaram a gritar: "Já não precisa de nós, agora só quer a companhia dos sacanas dos bárbaros"... Oh, desculpe, Bagoas.

— Não faz mal — retorqui. — E depois?

— Alguém gritou: "Vá ter com o seu pai. O dos cornos". Ele não conseguia que o ouvissem. Por isso, saltou para o meio deles e começou a prender os que tinham começado tudo.

— O quê? — perguntou alguém. — Mas não o fez sozinho?

— Ninguém o tocou. Foi estranho. Era como se ele fosse na realidade um deus. Tinha consigo a espada, mas nem sequer a tocou. Os homens submeteram-se como se fossem bois; dos primeiros, ocupou-se ele próprio. Sabem por quê? Eu sei. São os seus olhos.

— Mas depois voltou a falar — repliquei.

— Presenciou isso? Viu os prisioneiros serem levados, depois voltou a subir e falou-lhes acerca do seu destino. Começou por dizer que Filipe os erguera do nada, de um estado em que se vestiam apenas com peles de carneiro, disse... Isso é mesmo verdade?

— Meu avô dizia-nos que apenas os nobres usavam mantos — respondeu o escudeiro oriundo da casa mais nobre. — Segundo ele, isso mostrava bem aquilo que nós éramos.

— E os ilírios fizeram incursões até a Macedônia?

— Ele disse que os camponeses vinham até a fortaleza à noite.

— Bem, o rei disse que Filipe os tornara senhores de todos os povos que antes só de susto os matava e que, à data da sua morte, havia apenas sessenta talentos no tesouro, algum ouro e taças de prata, além de quinhentos talentos em dívidas. Alexandre pediu emprestados oitocentos mais, e foi assim que fez a travessia da Ásia. Vocês sabiam disso? Bem, ele lhes lembrava de tudo o que fizeram desde então, e disse algo que jamais esquecerei: "Enquanto fui seu comandante, nenhum de vocês foi morto em fuga". Disse que se queriam regressar a casa, poderiam fazê-lo hoje mesmo, e vangloriarem-se disso quando lá chegassem. Por fim, desejou-lhes boa sorte. Foi isso que ele disse.

Um jovem sugeriu então:

— Vamos vê-lo para lhe dizer o que sentimos.

Muitas vezes falavam se o pudessem. Sempre achei isso bastante terno da sua parte.

— Ele não quer receber ninguém — disse. — Não quis receber nem a mim.

— Está chorando? — interrogou um dos mais carinhosos.

— Chorando! Está enraivecido como um leão ferido. Mantenham as suas cabeças afastadas da boca dele.

Mantive a minha até a noite. Todos os seus amigos haviam sido impedidos de chegar junto dele. Até Heféstion o fora. Seu conflito com Êumenes permanecia. Não creio que Alexandre lhe tivesse totalmente perdoado. Os criados que lhe levaram a comida foram impedidos de entrar como todos os outros. O leão ferido não desejava ver um médico.

À noite fui até lá para ver se ele tomava um banho. Os escudeiros teriam me deixado entrar, mas receei que isso lhes valesse uma repreensão vinda do seu refúgio, e pedi-lhes que me anunciassem. O grunhido que se ouviu do interior disse:

— Agradeça-lhe e diga-lhe que não.

Apercebi-me dos agradecimentos antes inexistentes; apresentei-me de novo na manhã seguinte e a essa altura deixaram-me entrar.

Lambia ainda as suas feridas. A raiva da noite passada deu lugar a um profundo ressentimento. Apenas disso conseguiu falar. Fiz-lhe a barba, dei-lhe banho e consegui que comesse alguma coisa. Todos os mais continuavam impedidos de entrar. Relatou-me a maior parte do seu discurso ao exército: algo demasiado fogoso para que ele conservasse só para si. Era como uma mulher revivendo a disputa com o amante, palavra por palavra.

Pouco depois, o guarda bateu na porta:

— Rei, estão aqui alguns macedônios do acampamento pedindo autorização para falar com o senhor.

Sua expressão alterou-se. Não se pode dizer bem que os seus olhos se tenham iluminado. Apenas inclinou um pouco a cabeça.

— Pergunte-lhes — retorquiu — o que é que ainda estão fazendo aqui, quando eles próprios se demitiram ontem. Diga-lhes que não recebo ninguém; estou ocupado com as suas substituições. Podem receber os pagamentos e partir. Bagoas, vá buscar as minhas coisas para escrever?

Passou o dia todo sentado à mesa. Ao deitar-se permanecia mergulhado nos seus pensamentos; havia uma espécie de centelha nos seus olhos, mas manteve a sua discrição. Na manhã seguinte, convocou os generais. A partir dessa altura, aquele lugar agitou-se com oficiais, na sua maioria persas; e Opis fervilhava como um formigueiro do qual se arrancara a parte de cima.

O acampamento macedônio estava ainda cheio de soldados. Não desejando ser feito em dois, procurei desvendar em lugares mais amistosos qual a causa de toda essa agitação. Logo descobri. Alexandre formava um exército constituído somente por persas.

Não era algo semelhante aos jovens Sucessores. Todos os regimentos macedônios importantes, os Escudos de Prata, os Companheiros da Infantaria, estavam sendo reconstituídos com persas. Apenas os principais generais macedônios e os amigos mais leais permaneciam com postos de comando. Os próprios Companheiros passariam a ser formados, pelo menos, com metade de persas.

No primeiro dia foram enviadas as ordens. No segundo, os comandantes lançaram-se ao trabalho. Nesse mesmo dia, Alexandre concedeu o título de Parentesco Real a todos os nobres persas que já o possuíam nos tempos de Dario; todos passavam a poder beijá-lo na face, em vez de fazerem a prostração. A esses oitenta macedônios, acrescentou todos o que haviam partilhado do seu casamento.

A poeira no exterior era tal que nos sufocava. No interior, Alexandre, vestido com os seus trajes persas, era beijado ao receber os persas que assumiriam os seus novos cargos. Observei oculto nas sombras, pensando. *É todo nosso, agora.*

A atmosfera era tranquila; nós sabemos como nos comportar na Presença. Por essa razão, o barulho vindo do terraço chegava distintamente até nós: era um grande burburinho que mais parecia o descarregar de objetos em ferro; ouviam-se ainda vozes macedônias, agitadas como sempre, mas tristes.

O barulho aumentava. Os generais macedônios entreolharam-se, voltando em seguida os olhos para Alexandre. Inclinou um pouco a cabeça e continuou a falar. Esgueirei-me até uma janela do primeiro andar.

O terraço estava cheio de gente que se dirigia para a praça. Todos estavam desarmados: já haviam arrumado as armas. Ficaram em frente às portas do Palácio, num murmúrio perdido; pareciam cães que, depois de fugirem para a floresta, regressam a casa e se deparam com as trancas na porta. Não tardaria muito, pensei, ergueriam as cabeças e começariam a uivar.

E de fato, fazendo um barulho ensurdecedor, começaram a gritar como almas no dia do julgamento:

— Alexandre! Alexandre, deixe-nos entrar!

Ele surgiu, então. Lançando um grito em uníssono, caíram de joelhos. O que estava mais próximo agarrou-se a chorar à fralda do seu traje persa. Nada disse; limitou-se a ficar ali olhando para eles.

Imploraram o seu perdão. Não voltariam a fazê-lo. Condenariam os responsáveis. Ficariam naquele lugar dia e noite, tal como estavam, até que ele lhes perdoasse.

— Afirmam isso agora — falou com firmeza, mas a sua voz parecia sofrer certo tremor. — Então o que é que deu em todos vocês na Assembleia?

Seguiu-se outro coro de vozes. O que o agarrara (reparei que era um oficial), disse:

— Alexandre, diga que os persas são sua raça. Deixe-os beijar-lhe; e qual de nós o fez?

Foram essas as suas palavras, juro.

— Levante-se! — exclamou Alexandre. Ajudou-o a erguer-se e abraçou-o. O pobre indivíduo, desconhecedor de qualquer etiqueta, esboçou um desajeitado beijo; deviam, contudo, ouvir os aplausos que se seguiram. — Todos vocês são a minha raça; cada um de vocês, de hoje para o futuro. — Sua voz libertara-se. Avançou de mãos estendidas.

Parei de contar os que lutavam para o beijar. Suas faces cintilavam. Devem ter saboreado as suas lágrimas.

Passou o resto do dia a reordenar os novos comandos, persas e macedônios, sem deixar ficar mal persa algum. Não teve muito trabalho para o fazer. Minha crença é que tinha tudo isso já na cabeça.

Veio deitar-se morto de cansaço, mas o seu sorriso era de triunfo. Bem, ele o merecera.

— Mudaram de opinião — disse. — Pensava que isso era possível. Já estamos juntos há tanto tempo.

— Al'scandre — falei.

Dirigiu para mim o seu sorriso.

Estava de tal modo na ponta da minha língua que quase disse: "Vi as grandes cortesãs da Babilônia e de Susa. Vi o melhor de Corinto. Costumava pensar que eu próprio na arte não era medíocre, mas a coroa lhe pertence".

Contudo, não tinha a certeza de que ele o compreenderia; por isso, preferi dizer:

— Ciro teria se sentido orgulhoso de o realizar.

— Ciro...? Deu-me uma boa ideia. Que faria ele agora? Organizaria uma festa de Reconciliação.

Fê-la antes de os veteranos regressarem a casa. Foi tão grandiosa quanto as bodas. Só faltaram os toldos que tinham ficado em Susa. No centro da praça do palácio foi erguida uma enorme tribuna onde os nove mil convivas podiam ver a mesa real, na qual a seu lado se sentavam os chefes macedônios e os persas, assim como os que se encontravam na festa que partilhavam de iguais honras, excetuando os macedônios sentados junto a si. Ele não podia negar isso ao seu antigo amante, agora perdoado, após tantos beijos e lágrimas.

Eu sentia, como é óbvio, alguma diferença. Numa verdadeira corte persa, um favorito real, embora não aceite subornos, é tratado com respeito. Pessoa alguma o ofende. No entanto, seria apenas uma sombra de substância que eu possuía já. Não me doía ver Heféstion sentado a seu lado; esse era o direito formal do quiliarca. Ele não se servira da Grande Reconciliação para fazer as pazes com Êumenes. Pensei para comigo: *Al'scandre sabe que não teria me pedido em vão.*

Assim, quando ele ergueu a taça da amizade ao som das trombetas, e pediu aos deuses para nos conceder todas as bênçãos possíveis, mas acima de tudo a harmonia entre macedônios e persas, bebi com sinceridade e bebi de novo à esperança renascida no seu rosto.

Tudo está bem, pensei. E logo iremos para as montanhas. Uma vez mais, depois de tanto tempo, verei as sete muralhas da bela Ecbátana.

Os VETERANOS FORAM ENVIADOS DE REGRESSO COM AMOR E DINHEIRO. Cratero, que assumiria a regência na Macedônia, conduziu-os. Antípatro viria no seu lugar.

Era uma atitude política inteligente. Alexandre disse apenas que Cratero necessitava de descanso. Outros diziam que ele próprio necessitava descansar das infindáveis intrigas e conflitos de sua mãe e do regente, capazes de conduzir a uma guerra civil; outros afirmavam ser sua opinião que Antípatro governava como um rei já por demasiado tempo, e que poderia começar a assumir-se como tal. Fora fiel, mas durante todos esses anos aguardara o regresso de Alexandre. Estava ficando demasiado púrpuro, conforme disse Alexandre.

No seu discurso de despedida aos veteranos, disse:

— Honro-lhes ao confiar-lhes a Cratero, o meu mais fiel seguidor, que amo como a própria vida.

O mais leal...? A frase lá passou muito bem no meio de um discurso de agradecimentos e despedidas.

Apertar a mão a Êumenes poderá bem ter sido a primeira coisa que Heféstion recusara a Alexandre. Agora, cada dia que passava, tudo se tornava mais difícil. Êumenes humilhara-se ao dar o primeiro passo: homem algum do seu *status*, uma vez rejeitado, o faria pela segunda vez. Quando se encontravam, trocavam olhares frios entre si; quando longe um do outro, ambos diziam o que pensavam do outro a quem quer que passasse.

Podem pensar que essa era a minha oportunidade. Qualquer pessoa que conheça os hábitos da corte pensaria a mesma coisa. Também em tempos passados, eu próprio o teria pensado; mas agora compreendia melhor a realidade. Alexandre, de quem os homens contam tantas lendas, vivia a sua própria lenda. Aquiles precisa de Pátroclo. Ele podia amar a sua Briseis, mas

Pátroclo permaneceu seu amigo até a morte. Nos seus túmulos em Troia, Alexandre e Heféstion realizaram sacrifícios lado a lado. Ferido Pátroclo, Aquiles o vingara. Êumenes sabia; ele os conhecia desde a infância.

Assim, em vez de contar histórias e de lançar enganos, preferi fingir ignorar que estava a par do problema. Aquela lenda fazia já parte de Alexandre. Seu próprio sangue nela fluía. Se alguém o perturbasse, que fosse o próprio Heféstion, não eu. Além disso, havia ainda aquela manhã no deserto.

A corte partiu para Ecbátana. Estatira ficou com a avó em Susa. Roxane partiu também.

Durante o percurso aguardava-nos uma divisão. Atrópates, sátrapa da Média, ao ouvir falar dos acordos de Alexandre com outros sátrapas, preparou-lhe um pequeno divertimento. Na primeira vez que ele passara por ali, perguntou-lhe se a raça das Amazonas, mencionada por Heródoto, existia ainda. Atrópates nada tivera para oferecer e deve ter andado a magicar desde então.

Certa manhã, ecoou uma chamada prateada pelo lugar onde acampáramos. Lá no alto estava uma formação de cavalaria, elegantemente armada com escudos circulares e pequenos machados. A chefe saltou do cavalo, saudou Alexandre e comunicou-lhe que foram enviadas por Atrópates. Tinha o seio direito nu, como em todas as lendas, e bem pequenino. Como o esquerdo estava coberto, não se podia saber se era maior do que o outro.

Depois de regressar para junto das suas tropas, a mulher conduziu-as através de uma ousada exibição. Os soldados, ao verem todos aqueles seios nus, aclamaram-nas apaixonadamente.

— Atrópates deve estar doido — disse Alexandre para Ptolomeu. — Guerreiras? São apenas moças. Achas que têm aspecto de megeras?

— Não — retorquiu Ptolomeu —, elas foram escolhidas por serem bonitas e saberem andar a cavalo.

— Ele acha que sou tolo? Bom, é melhor colocá-las daqui para fora antes de os homens lhes deitarem a mão. Bagoas, faça-me um favor. Diga-lhe que o seu espetáculo era tão bonito que eu gostaria de ver novamente os exercícios acompanhados por música. Hídarnes, é capaz de reunir uma escolta de medos de meia-idade que estejam sóbrios? E depressa?

Mesmo cansadas dos exercícios, não deixavam de ser bonitas; os homens lambiam-se e salivavam como cães à porta da casinha. Ouviram-se assobios quando elas recomeçaram. Apressadamente, Alexandre reuniu alguns presentes. Escolheu joias, nada de armas de guerra, que mesmo assim foram bem recebidas. Os medos já grisalhos conduziram-nas dali para fora sob uma revoada de protestos.

Acampamos nas pastagens montanhosas de Nisa; a região dos cavalos reais. As ninhadas de éguas eram ainda cerca de cinquenta mil, embora muitas tivessem sido roubadas nos anos de guerra. Alexandre gostava tanto delas que lhes destinara uma guarda própria. Além disso, escolhera para si os melhores potros. Ofereceu um a Êumenes. Se era uma forma de lhe agradecer a sua oferta não recusada por Heféstion, e um lenitivo para o seu orgulho, nada disso foi dito; mas Heféstion, responsável pela primeira ofensa deste conflito, deve tê-lo entendido como tal. Pelo menos foi o que se passou com a facção de Êumenes que começou a afirmar ser o orgulho o primeiro a desvanecer-se antes da queda.

Sei, por ter visto a lista, que Alexandre planejara convidar Heféstion para jantar esta noite na companhia de alguns velhos amigos. Seria um gesto simpático para ele à frente de toda a gente; ele o honraria, mostrando assim que Pátroclo não deixara de ser Pátroclo.

Nesse dia, deu de cara com Êumenes no acampamento.

Não sei se por desígnio ou acaso. Eu fora cavalgar até junto das manadas e regressava a essa altura. Eles se encontravam ainda bem longe quando me dei conta dos gritos. Heféstion afirmava que os gregos haviam sido postos de lado havia uns cem anos, que Filipe em toda a parte os desbaratara e que Alexandre dera com eles possuindo como armas apenas a língua; *isso* sabiam eles manejar. Êumenes retorquia que fanfarrões que só gostam de se pavonear não precisavam de mexeriqueiros; o barulho que eles faziam, falava por si só.

Cada facção protestava e aplaudia; as multidões aumentavam. Não tardaria muito a haver sangue. Comecei a afastar-me. Sentia-se já o raspar das espadas nas bainhas; foi então que se ouviu o barulho violento de cascos de cavalos aproximando-se. Uma voz gritou alto e firme, uma voz apenas. Todos os outros sons sucumbiram. Alexandre, à frente da sua guarda pessoal, olhava-os. Seus lábios estavam cerrados, as narinas dilataram-se. O silêncio era tal que se ouvia o ruído dos freios a serem puxados.

A longa pausa terminou. Heféstion e Êumenes dirigiram-se para ele, culpando-se mutuamente.

— *Calem-se!*

Desmontei e segurei o cavalo pelas rédeas, disfarçando a minha presença entre a multidão. Não queria que minha cara fosse sequer recordada e associada ao que estava acontecendo.

— Nem uma palavra. Nenhum de vocês. — A velocidade com que viera atirara-lhe o cabelo para trás; cortara-o bastante curto por causa do calor do verão. Seus olhos haviam empalidecido, a raiva, qual dor, deixara sua testa marcada.

— Exijo disciplina de homens que desejo manter. É dever de vocês comandar os meus soldados em combate, não em rixas! Vocês dois deveriam ser responsabilizados por motim. Heféstion, fiz de você aquilo que é. E não foi para isso.

Seus olhos cruzaram-se. Era como se os visse sangrar, deixando o sangue escorrer em rostos de pedra.

— Ordeno-lhes que renunciem a essa disputa. Sob pena de morte. Se isso voltar a acontecer, serão os dois julgados por traição. O agressor provado sofrerá a punição habitual. E eu não a comutarei.

A multidão ficou com a respiração suspensa. Não se tratava apenas da reprimenda pública de dois homens como eles, algo por si só sem precedentes. Eles eram macedônios. Conheciam a lenda.

As facções embainhavam as armas furtivamente.

— Ao meio-dia se apresentarão perante mim — prosseguiu. — Aí apertarão as mãos e prestarão juramento de reconciliação que será seu dever observar nas palavras e nos atos. Estamos entendidos?

Fez girar o cavalo e partiu. Afastei-me da multidão. Não me atrevi a olhar para Heféstion, para que não notasse minha presença ali. Também não o vi quando prestou juramento perante Alexandre.

Nessa noite, convidou ambos para jantar. Um gesto de perdão, mas destinado aos dois. A tal gentileza especial destinada a Pátroclo devia ficar para outro dia.

Mal o vi até a altura de o vestir. Era pior do que pensara. Parecia exausto e mal falou. Não me atrevi a dizer nada, mas quando o estava penteando, tomei a sua cabeça nas minhas mãos e encostei-lhe o meu queixo. Suspirou profundamente e fechou os olhos.

— Tinha que o fazer. Não havia outra saída.

— Há feridas que apenas os reis devem sofrer, por todos nós.

Tivera muito tempo para pensar no que dizer para que ele me perdoasse.

— Sim. É isso.

Desejava abraçá-lo e dizer-lhe que jamais o faria sofrer algo assim. Mas, pensei, eles hão de reconciliar-se; e depois? Além disso, havia sempre o deserto. Por isso apenas o beijei uma vez mais e continuei com o que estava fazendo.

A refeição acabou cedo. Creio que ele receou que eles se embriagassem e começassem novamente, mas permaneceu na tenda em vez de se ir deitar; depois pôs um manto escuro e saiu. Vi-o pôr um capuz na cabeça; não queria que percebessem aonde ia, embora ele devesse saber que eu adivinharia.

Não esteve fora durante muito tempo. Devem ter combinado à pressa, percebi-o depois, mas se tivesse acontecido como ele desejava, não acabaria a noite comigo tal como o fez. Nada foi dito através de palavras; no entanto, muitas coisas foram ditas; demasiado, talvez. Amava-o e não o podia evitar.

O tempo passa e as fronteiras desvanecem-se. Acampamos durante mais três ou quatro dias entre as manadas de cavalos. Hefestion e Êumenes trocavam palavras entre si com uma cortesia serena. Alexandre foi com Hefestion e escolheu um cavalo para ele. Regressaram rindo, tal como antes, só que se percebia que isso fora agora conquistado. Apenas o tempo não basta para o amar, pensei; somente a vontade o fará. "Não a comutarei." Um sabe que essas palavras lhe foram dirigidas, o outro, que elas foram ditas. Não se pode voltar atrás e desfazer o que está feito, mas eles estavam havia tanto tempo ligados um ao outro que tinham concordado esquecê-lo; é necessário, não há outra saída.

Subimos até os desfiladeiros, a leste para Ecbátana.

Não se via neve agora nas sete muralhas: cintilavam como colares de joias no colo da montanha. Não nevava; apenas brisas frescas e deliciosas sopravam através dos quartos altos e arejados; as portinholas improvisadas foram recolhidas. Tratava-se de um palácio de verão, e o rei era aguardado. Lindos tapetes cobriam o chão. Candeias matizadas de prata e bronze dourado pendiam das traves cobertas a ouro, no quarto onde Dario me batera na face e de onde eu saí chorando para cair nos braços de Nabarzanes.

Os montes estavam verdes e repletos de cursos de água; podíamos cheirar as alturas. Cavalgaria finalmente através delas; deveríamos passar ali todo o verão.

À noite, ele foi até a varanda para arrefecer a cabeça de vinho. Fiquei a seu lado. Os depósitos com plantas liberavam aromas de limão e rosas; a brisa chegava até nós pura, vinda das montanhas.

— Quando pela primeira vez aqui vim — afirmou ele —, perseguindo Dario, apesar de ser em pleno inverno, disse para comigo: "Um dia regressarei".

— Também eu. Quando estava com Dario e era perseguido pelo senhor, pensei o mesmo.

— E eis-nos aqui. O desejo pode realizar todas as coisas. — Olhou as estrelas cintilantes, concebendo novos desejos, tal como um poeta concebe uma canção.

Eu conhecia os sinais. Ele estava absorto e enleado, caminhando com uma expressão fixa que eu sabia associar a complicações. Nunca se deveria interrogá-lo até ele estar preparado. Então, de um momento para o outro, tudo sai, tal como se tivesse dado à luz uma criança.

Assim sucedeu numa manhã, tão cedo que eu fui o primeiro a ouvir. Dei com ele já a pé, andando de cá para lá nu; devia estar assim desde o nascer do dia.

— É a Arábia — disse, mal me viu. — Não são as regiões interiores, quanto a essas basta certificar-nos de que as tribos não atacam os portos. É da costa que precisamos e ninguém sabe até onde ela se estende para sul e para oeste. Pensa só nisto. Podemos construir portos ao longo da Gedrósia, agora que já sabemos onde há água. Da Carmânia até o Mar Persa é fácil navegar, mas precisamos contornar a Arábia. Uma vez passado o Golfo Arábico (*esse* limite está bem traçado no mapa), estamos no Egito. E dali, sabia isto, há um canal que vai dar diretamente ao Mar do Meio? Foi o rei deles, Neco, quem o começou: Dario, o Grande, levou-o adiante. Precisa ser limpo, alargado, só isso. Após contornarmos a Arábia, se conseguirmos, os rios podem ir do Indo, não só até Susa, mas até Alexandria, Pireu, Éfeso. Cidades erguidas a partir de pequenos aglomerados, vilas onde nada havia; pobres selvagens como os Comedores de Peixe, de Niarco, trazidos para o mundo dos homens; e todos os grandes povos enviando o melhor de si aos outros, partilhando o seu pensamento. A grande estrada do mar. O Homem mal pôs pé nela até agora.

Quase corria para me manter a seu lado e ouvir o que dizia.

— A Itália, agora. O marido da minha irmã aí morreu combatendo; devia ter esperado por mim. Têm que ser postos em ordem antes de mais nada, ou essa tribo ocidental, os romanos, acaba por apanhar tudo. São bons soldados, segundo ouvi dizer. Podia deixá-los manter sua forma de governo e utilizar as suas tropas para estender o império para ocidente, ao longo do Norte de África. Anseio ver as Colunas de Hércules; quem sabe o que pode existir para além delas?

Falou de muitas outras coisas. Às vezes chegam até mim fragmentos e depois deixo-os escapar: sob a luz fria e matinal, via apenas o seu rosto marcado pelo tempo, mas ainda cheio de sonhos (gasto, mas bonito como ouro já usado); os seus olhos atentos brilhando como um altar ao fogo; o seu cabelo desgrenhado lembrava ainda o jovem; e o seu corpo forte e obediente ignorava as suas feridas; quanto a enfrentar as tarefas de uma nova página da sua vida, parecia caminhar já na direção do seu novo rumo.

— Ora, a Babilônia deve ser a capital no centro de tudo isto. O porto deve ter cais para mil galés. Irei daqui diretamente para lá; começarei a preparar tudo o que é necessário e a organizar a frota para a Arábia... Por que é que está tão triste?

— Apenas por me ir embora de Ecbátana. Quando partimos?

— Oh, só quando começar o frio. Teremos aqui o nosso verão. — Olhou para as montanhas e teria ido nu para a varanda, se eu não lhe tivesse posto um manto por cima. — Que lugar para um festival! Vamos fazer um antes de irmos. Já é tempo de oferecer algo aos Imortais.

Ali tivemos o nosso verão.

Nas montanhas com os cães de caça latindo, tocando as nuvens; no roseiral com os seus lagos cobertos de lódão; no salão de colunas revestidas com ouro e prata, enquanto eu executava a minha Dança do rio ao som das flautas naquele quarto enorme onde outrora fora aviltado e agora era acarinhado, cada dia, cada noite que passava, dizia para comigo: *Não perderei um só instante; não deixarei que a minha vista, o meu ouvido, a minha alma ou os meus sentidos, se esqueçam da minha felicidade. Pois a campanha será longa; quem sabe quando regressaremos?*

Assim o sábio Deus nos concede algum sentido da profecia, mas não demasiado; tal como o faz com os pássaros que sentem a chegada do inverno, mas não a noite gelada que os fará tombar do ramo.

Alexandre começou de imediato a pôr em ação os planos para a frota e para o grande porto da Babilônia, enviando ordens à frente. Era sua vontade que explorassem o norte do Mar da Hircânia, para ver de que modo a costa progredia para a Índia. Ocupou-se ainda de muitos assuntos de Estado que Dario delegaria a outra pessoa: era tradição o rei passar algum tempo de descanso em Ecbátana. Quando o disse a Alexandre, pareceu ficar surpreso e retorquiu estar também ele a descansar; jamais conhecera tanto ócio em toda a sua vida.

No verão anterior, estivemos na Gedrósia. Passei a minha mão pela água coberta de lódão e pensei: *Sou feliz. Que nem um só momento passe por mim sem que o agradeça, o beije.*

— É feliz, Al'scandre? — perguntei-lhe certa noite.

— Não o consegue ver? — retorquiu, sorrindo.

— Oh, sim, mas eu quero dizer aqui, em Ecbátana.

— Feliz...? — disse divagando. — O que é a felicidade? — Tocou-me para que reconhecesse a sua gratidão. — Ter alcançado o que desejávamos, sim, mas também, quando o nosso espírito e o nosso corpo estão chegando a um ponto de ruptura, quando não temos em nós um pensamento que transcenda o mero presente; então, olhamos para trás e ali está.

— Não sossegará um dia, pois não, Al'scandre? Nem mesmo aqui?

— Sossegar? Com tudo o que tenho para fazer? Espero bem que não.

Planejava já o festival do outono e enviara até informações a esse respeito para a Grécia. Hordas de atores e poetas, de cantores e tocadores de cítara, deviam vir a caminho. Não convidara atletas. Nos velhos tempos, disse, os homens eram completos: os heróis de suas cidades em guerra; agora haviam-se treinado para serem máquinas capazes de ganhar uma competição.

— Uma catapulta é capaz de lançar mais longe do que qualquer soldado, mas não sabe fazer mais nada. Não é bom para os homens serem vencidos por gente assim. Nem para os jovens assistirem a semelhante coisa.

Os jovens significavam agora uma coisa para si. Quando os veteranos partiram, regressando para a companhia das suas esposas e deixando, tal como é habitual entre os soldados, as mulheres que os seguiram suportando dificuldades imensas, ele assumira-se como tutor de seus filhos. Alexandre não queria que eles sofressem na Macedônia como bastardos estrangeiros indesejáveis. Seriam educados segundo aquilo que verdadeiramente eram: meio persas, meio macedônios, parte da harmonia pela qual erguera as suas preces na festa do amor em Susa. Jovens com idade suficiente para deixarem suas mães, frequentavam já a escola e tinham vindo até aqui com a corte. Haveria momentos destinados a eles nos jogos; ele próprio por vezes ia assistir aos treinos.

Também foi ocasionalmente ao harém procurando o caminho protegido por esteiras. Roxane era para ele como um molho picante: capaz de provocar náuseas se nos fartamos com ele; no entanto, se provarmos um pouco de vez em quando, teremos sempre vontade de saborear de novo. Não me sentia incomodado com isso.

O verão desvaneceu-se nos montes frescos e doces; as rosas aguardavam o tempo de florestas no outono. Um dia de mudanças veio então. Sua face estava tranquila e alegre; não era capaz de falar do assunto mais trivial, sem dizer: "Heféstion acha..." ou "Heféstion disse...". Em algum lugar, talvez lá no alto das montanhas, passeando a sós, haviam vencido a muralha e lançado-se nos braços um do outro: Aquiles e Pátroclo, de novo; começariam assim a esquecer.

Na sabedoria transmitida pela minha difícil escola, nada fiz que o atrasasse; malícia alguma contra mim pode agora ser recordada. Como sempre, guardara no meu coração silencioso: "Diga que me ama como a ninguém".

Assim fiquei com aquilo que já possuía. Ele não precisava esquecer as noites em que viera ao meu encontro e soubera que eu o compreendia. Eu não transfigurara a lenda.

Agora que ela fora restaurada, polida e brilhante, notei uma sensação de alívio. Alexandre não fora ele próprio sem ela. Vivera tanto tempo no limite de si, suportando trabalhos, feridas, doenças, provações, que as raízes da sua vida não deviam ser perturbadas.

Heféstion deve tê-lo sabido, não era idiota. Espero, sinceramente, que bem dentro de si, permanecesse um amante. Sentira que devia ter sido apoiado contra Êumenes, com ou sem razão. O mesmo sentiam os macedônios diante dos persas. O mesmo sentia eu, mas possuía o bom senso de não o revelar. Alexandre atraía a inveja. Era por tantos amado e jamais recusava o amor que lhe ofereciam.

Mesmo com o ar fresco de Ecbátana e não fazendo mais do que o trabalho de dois homens, cansava-se mais depressa do que sucedia antes da ferida. Eu estava feliz por ver sarar a outra ferida. Partiria para Babilônia mais repousado; aí começaria o verdadeiro trabalho.

Estandartes ondulavam em mastros dourados com florões esculpidos. Uma cidade de tendas surgiu, destinada aos artistas presentes no festival. A pista para as corridas e o estádio foram limpos e nivelados. Os arquitetos fizeram um teatro com uma roldana para os deuses voarem, e uma máquina para fazer introduzir cadáveres dos assassinados, aos quais os poetas gregos atribuem bastante importância. Tétalo, o ator favorito de Alexandre, um bonito tessaliano já nos cinquenta anos, foi acolhido de braços abertos e recebeu a melhor tenda. Vinham em grande número: tocadores de flauta, meninos de coro, pintores de cenários, cantores e dançarinos, rapsodos, acrobatas; cortesãs das melhores e reles prostitutas, entre as quais se viam alguns eunucos tão desavergonhados e cheios de enfeites, que eu próprio sentia vergonha de vê-los por aí. Negociantes invadiram todos os lugares vendendo comida, futilidades, roupas, especiarias e, obviamente, vinho.

O Palácio andava numa roda-viva com tudo isso. Todas as noites se celebrava uma festa destinada aos artistas ou aos amigos de Alexandre. Pátroclo regressara: ele se entregava à alegria. Durante noites a fio não o levei sóbrio para a cama. Nunca estava perdido de bêbado, pois sabia que não conseguiria se recuperar no dia seguinte e a sua presença nas competições era obrigatória. Seus amigos, não estando restringidos pelo dever, apenas abandonavam o salão em braços. Habituamo-nos a isso quando vivemos entre macedônios.

Enquanto o ajudava a pôr o manto de cerimônia para a competição de odes corais, voltou-se para mim e disse:

— Heféstion não anda bem; está com febre.

Em tempos idos jamais me falava dele; agora, fazia-o com frequência, depois de todos os nossos segredos sentidos em silêncio. Disse-lhe que o lamentava e que esperava não se tratar de nada de grave.

— Deve tê-la apanhado a noite passada, se ao menos ele tivesse percebido... Eu bem podia ter bebido menos. — Afastou-se e as trombetas soaram.

Heféstion estava pior no dia seguinte e tinha cãibras no estômago. Apesar de muito ocupado, Alexandre passou todo o tempo disponível a seu lado. Aquiles sempre cuidara das feridas de Pátroclo. Arranjou-lhe o médico mais famoso em Ecbátana, um grego chamado Gláucio, ao qual deu conselhos, segundo me revelou mais tarde. Na realidade, ele possuía alguns conhecimentos: Aristóteles ensinara-lhe, e ele não o esquecera. Concordaram que o paciente não devia absorver comida sólida. Os sacerdotes receberam instruções para fazerem sacrifícios para a sua cura.

Ao terceiro dia, piorara ainda mais: estava fraco como um bebê, balbuciando apenas e ardendo em febre, assim me disse Alexandre. Era o dia consagrado às comédias e às farsas; ele não assistiu a tudo: saiu apenas do quarto onde se encontrava o doente para entregar os prêmios. Quando à noite lhe perguntei como estava, retorquiu:

— Melhor, creio. Inquieto e caprichoso, um bom sinal. Ele é forte, há de vencer... Tenho pena de ter desapontado os artistas, mas era preciso.

Houve uma festa nessa noite, mas ele saiu cedo para saber qual o estado de saúde de Heféstion: dormia e parecia mais tranquilo. No dia seguinte, embora febril, estava bastante melhor. Alexandre presenciou todas as competições; a sua ausência incomodara bastante os comediantes. À noite foi encontrar Heféstion sentado e pedindo para comer.

— Quem me dera — disse-me mais tarde — ter podido enviar-lhe algo bom do jantar. — Permaneci ligado a esse simpático hábito. — Mas as cãibras no estômago provocam uma grande fraqueza nas entranhas; vi-o frequentemente na região do Oxo. Disse ao médico para não deixar de o manter a caldos.

Continuava de cama, bastante melhor, apesar de uma febre baixa à noite, quando as competições dos artistas terminaram e os jogos começaram.

Alexandre amava as artes, mas os jogos constituíam a sua preocupação imediata. A tudo presidiu; sempre recordava os feitos de vencedor em combate ou em jogos passados, quando colocava as coroas. Esses gestos davam-lhe o amor das suas tropas. Após dois ou três dias desses jogos, chegou o dia dos jovens.

Esquivara-me aos jogos dos homens e preferira passar o tempo na zona dos artistas, mas fui até o estádio para assistir à corrida dos rapazes a fim de observar a raça à qual Alexandre dava corpo. Ele quereria por certo falar disso mais tarde.

Pareciam saudáveis; haviam sido, aliás, bem alimentados desde que ele os tomou sob a sua proteção; os seus traços vinham de toda parte, mas sempre cruzando-se com o macedônio; claro que os havia meio indianos também, quando já eram mais velhos. Os meio persas eram os mais belos. Sentei-me do outro lado da pista logo em frente de Alexandre. Quando da parada, vi-os prosseguir com uma expressão de alegria nascida do seu sorriso.

Alinharam-se; a trombeta soou e eles partiram das marcas. Vestiam pequenos calções por respeito apenas para com o pudor persa. Uma bonita vista, pensava eu quando dei-me conta de uma agitação junto ao trono. Um mensageiro estava ao lado de Alexandre. Ele se levantara de repente. Os degraus atrás encheram-se de pessoas; ele as empurrou antes de elas poderem abrir caminho; quase os pisou. Desapareceu seguido pelos seus mais próximos.

Abandonei de imediato o meu lugar. Sabia por certo do que se tratava; a minha presença devia ser necessária. O fato de ter ficado no ponto mais distante do estádio atrasou-me. Quando cheguei ao Palácio, os quartos reais estavam desertos. Era o que adivinhara.

Subi as escadas e segui por uma passagem ínvia; não precisava perguntar o caminho. Ouvira das escadas o terrível som do lamento que me fez pôr os cabelos em pé.

Ninguém estava de guarda à porta. Um grupo de homens aglomerava--se ali. Esgueirei-me através deles, despercebido como um cão doméstico. Nunca estivera antes no quarto de Heféstion. Era bonito, com pendentes vermelhos nas paredes e um móvel para as pratas. Um cheiro de doença pairava no ar. Ele estava deitado sobre a cama, o rosto voltado para cima, a boca aberta. Alguém fechara os seus olhos. Agarrando o seu corpo com as duas mãos, deitado sobre ele, a boca encostada à sua face, estava Alexandre. Ergueu a cabeça e soltou de novo aquele grito horrível; depois enterrou a sua cabeça entre os cabelos mortos.

Algum tempo depois, Perdicas, desajeitado devido à vergonha e à piedade (sim, e medo já), disse:

— Alexandre.

Levantou os olhos. Avancei sem prestar atenção aos outros. Já um dia ele a mim recorrera e sabia que eu o compreendia. Sua expressão cruzou-se comigo, vazia. Nesse momento, era como se eu jamais tivesse existido para si. Perdido, desaparecido, possuído.

Olhava para esse quarto estranho, nunca olvidado, onde eu permanecia como algo morto e não chorado pelos outros, ainda por enterrar, exposto nu ao frio da noite; olhava para a cama com o seu fardo, os troféus de cabeças de veado e os arcos pendurados nas paredes, os jarros de água em prata; a pequena mesa junto à cama, empurrada para o lado, com uma coisa qualquer em cima; um jarro de vinho vazio caído; e uma travessa com a carcaça comida de uma galinha.

De repente, Alexandre pôs-se de pé e fixou-nos como se pudesse matar qualquer um de nós sem se importar qual fosse:

— Onde está o médico?

Ptolomeu voltou-se para perguntar aos criados, mas eles haviam fugido havia muito.

— Deve ter ido ver os jogos — redarguiu.

Eu recuara até a porta e notei algo atrás de mim. Era o homem; menor do que eu ao passar despercebido, acabara de chegar e tomara consciência do que acabara de ver. Alexandre lançou-se na sua direção em fúria:

— Assassino! Por que o abandonou? Por que o deixou comer?

O homem, quase sem palavras, balbuciou que ele lhe parecera fora de perigo e que mandara vir canja de galinha.

— Enforquem-no! — exclamou Alexandre. — Levem-no e enforquem--no. Já!

Perdicas olhou para Ptolomeu. Seus olhos estavam postos em Alexandre; sem os mover, fez que sim com a cabeça. O homem foi levado dali escoltado por Seleuco. Alexandre regressou para junto da cama, olhou-a e deitou-se de novo no lugar onde antes estivera. O cadáver moveu-se, balançando com os seus soluços.

Mais pessoas se aglomeravam à entrada, nobres que ficaram sabendo do que se passara. Os que se encontravam no interior entreolhavam-se sem saber o que fazer. Peucestas tocou-me no ombro e disse-me baixinho em persa:

— Vá falar com ele.

Fiz que não com a cabeça. Apenas uma coisa me aterrava, que ele me odiasse por ter sido o que ficara vivo.

Por isso corri dali para fora. Corri através da cidade, através do fedor e das padiolas da feira, através das ruas das mulheres, sem disso me dar conta até que ouvi as suas gargalhadas; corri pelos campos. Sem saber ao certo para onde me dirigia. Uma corrente fria com a qual me deparei, fez-me voltar a mim. Olhei para a cidade: o sol punha-se, as muralhas coloridas brilhavam. Pensei então: *Fugi quando a sua carne estava ferida?*

Quando ele fora abalado e na sua loucura me podia magoar, abandonara-o, algo que nem um cão faria.

Anoitecia. Minhas roupas estavam rasgadas, as minhas mãos sangravam, feridas por espinhos dos quais eu não me recordo. Sem sequer pensar em me pôr apresentável, regressei de imediato. Mantinha-se a mesma agitação à porta. Lá dentro, o silêncio era sepulcral.

Dois ou três homens saíram para conversar entre si.

— Temos que o tirar de lá antes que comece a cheirar mal — disse Ptolomeu baixinho, — não vá ele perder a razão. Talvez para sempre.

— À força, então? — indagou Perdicas. — Ele não sairá de outra maneira. Temos que ser todos nós; não é altura de agir sozinho.

Afastei-me. Nada me levaria até lá dentro, para o ver erguer os olhos daquele rosto sem vida e procurar os meus. Dirigi-me ao seu quarto e aguardei.

Estava tranquilo quando o trouxeram; ninguém o segurava. Todos o rodeavam expressando a sua dor e elogiando o morto; atrevo-me a dizer que foi a primeira oportunidade que tiveram. Seus olhos saltavam de uma cara para a outra como se estivesse encurralado por duas lanças.

— Mentirosos! — gritou de repente. — Todos vocês o odiavam e o invejavam, todos! Saiam, deixem-me só.

Trocaram olhares entre si e saíram. Continuou com o manto de cerimônia que usara para os jogos, branco e púrpura, todo amarrotado por estar em cima dele. Um gemido surgiu do fundo de si como se todas as feridas mantidas em silêncio ganhassem voz de um momento para o outro. Voltou-se e então viu-me.

Não conseguia entender o que dizia o seu rosto. Não estava armado, mas as suas mãos eram muito fortes. Aproximei-me dele e ajoelhei-me; procurei a sua mão e beijei-a.

Olhou para baixo e disse:

— Você chorou por ele.

Demorou algum tempo até me lembrar das minhas roupas rasgadas, e das mãos e rosto arranhados. Uma lágrima tombou no meu casaco, descendo por ele.

Ergueu-me com as mãos nos meus cabelos e puxou minha cara para trás para vê-la. Disse-lhe com o olhar: "Quando regressar, me encontrará à sua espera, se eu estiver vivo. Se não, foi porque assim ditou o meu destino". Parecia que ele me procuraria para sempre com os seus olhos enlouquecidos, agarrando o meu cabelo. Disse então:

— Foi buscá-lo quando Bucéfalo morreu. Honrou-o quando ele o salvou do deserto. *Você* nunca desejou a morte dele.

Elogiei-lhe o morto, ajoelhado, agarrando a sua mão. Era a minha confissão, embora ele não o soubesse. Acolhera os defeitos do meu rival, odiara as suas virtudes. Agora deixara surgi-los graças à dor, vindos do lugar onde os meus desejos as haviam enterrado, e oferecia-lhes, troféus seus, úmidos com o meu sangue. Agora, ele vencera para sempre.

Os olhos de Alexandre vagueavam. Não ouvira metade do que eu dissera. Deixou-me partir e regressou à sua solidão. Deitou-se então e cobriu o rosto.

Durante o dia seguinte não aceitou conforto algum. Embora não me deixasse tratar dele, não me obrigou a sair; raras vezes notou minha presença. Os generais atuaram autonomamente, cancelando os jogos e mandando substituir os estandartes por faixas de luto. Seleuco, que não enforcara o médico, esperando que o rei mudasse de ideia, não se atreveu a lhe perguntar e enforcou-o. Os embalsamadores, chamados a tempo, fizeram o seu trabalho em Heféstion. Havia muitos egípcios no acampamento.

À noite, sem verdadeiramente me ver, deixou-me dar-lhe água. Sem lhe pedir autorização, trouxe almofadas e dormi ali. Na manhã seguinte, vi-o despertar de um breve sono e suportar de novo a lembrança. Nesse dia chorou como se apenas a essa altura soubesse. Era como se tivesse sido drogado e começasse agora a despertar. Chegou até a agradecer-me, mas a sua expressão era estranha e não me atrevi a abraçá-lo.

Na manhã seguinte, despertou antes de mim. Estava com um punhal na mão e retalhava o cabelo.

Cheguei a pensar que endoidecera e que era bem capaz de cortar a sua garganta ou a minha. Os gregos hoje em dia apenas deitam uma madeixa de cabelo para a pira funerária. Lembrei-me então de Aquiles, rapando o cabelo por Pátroclo. Peguei na faca de cortar cabelo e disse:

— Deixe-me fazê-lo. Farei tal como deseja.

— Não — retorquiu recuando. — Não, tenho que ser eu a fazê-lo. — Mas começou a ficar impaciente e me deixou terminar para poder ir embora. Erguendo-se do seu estado de moribundo, desperto saiu como um rastro de fogo.

Perguntou onde estava Heféstion, mas os embalsamadores tinham-no imerso em nítrico. Perguntou se o médico fora enforcado (Seleuco havia sido prudente a esse respeito) e ordenou que o corpo fosse pregado a uma cruz. Disse que as crinas dos cavalos do exército deviam ser cortadas em sinal de luto. Disse ainda que o ouro e a prata deviam ser retirados dos de Ecbátana e que todas as cores deviam ser pintadas de preto.

Segui-o para onde podia, não fosse ele perder todos os sentidos e transformar-se numa criança. Sabia que ele enlouquecera, mas sempre podia dizer onde e com quem estava. Em tudo ele era obedecido; Gláucio, o médico, estava negro, coberto de corvos.

Ia atrás dele, embora mantendo certa distância para que não me visse, quando ele deu de cara com Êumenes, que se apercebera demasiado tarde. Sua cara não consegui ver, mas vi o terror na de Êumenes. Ele sabia ser suspeito de ter desejado a morte de Heféstion.

Pouco depois, um rico catafalco apareceu na praça em frente ao palácio, cheio de oferendas de luto. Uma mensagem chegara até Alexandre informando-o de que os amigos do morto o haviam erguido para lhe dedicar as suas oferendas. Alexandre veio vê-lo. Êumenes era o primeiro: dedicou toda a sua panóplia de armas e armadura, que eram bastante caras. Uma extensa procissão seguiu-o. Todos aqueles que haviam tido uma desavença com Heféstion nesses últimos cinco anos estiveram presentes.

Alexandre observou tranquilamente como uma criança a quem se mente, mas que não se consegue enganar. Poupou-os, não pelo seu fingimento, mas pela sua penitência e pelo seu medo.

Quando terminaram, todos aqueles que haviam sido de fato amigos de Heféstion vieram e fizeram as suas oferendas. Fiquei surpreso por ver quantos eram.

No dia seguinte, Alexandre planejou o funeral. Deveria realizar-se na Babilônia, o novo centro do império onde o seu memorial permaneceria para sempre. Quando Dario tentara a paz após a queda de Tiro, ofereceu como resgate por sua mãe, mulher e filhos, dez mil talentos. Com Heféstion, Alexandre gastaria doze.

Acalmava-lhe o espírito fazer essas disposições. Por um lado, tinha que escolher um arquiteto para uma pira real com duzentos pés de altura; por outro, tinha que planejar os jogos funerários que deviam reunir três mil competidores. Era claro e preciso em tudo.

Ao deitar-se falava-me de Heféstion como se a memória lhe pudesse dar vida: o que faziam na juventude; o que ele dissera acerca disso ou daquilo; como ele treinava os cães. Contudo, senti que havia algo que ficara por dizer; sentia seus olhos quando me afastava. Eu sabia por quê: ele pensava que o fato de ter me tomado magoara Heféstion; que ele devia recompensá-lo por isso. Em silêncio, ignorava-me, punindo-se a si próprio, não a mim, oferecendo esse presente ao morto. Ele o faria se assim o decidisse.

Meu pensamento corria rápido como o veado perseguido pelo caçador que quase não sente estar correndo.

— É bom que Êumenes e os outros tenham realizado as suas oferendas — disse-lhe. — Ele está em paz com eles agora. Esqueceu a raiva mortal. De todos os homens na terra, ele apenas se preocupa com o senhor, do lugar onde agora se encontra entre os Imortais.

Afastou-se, deixando a toalha nas minhas mãos e levou as suas aos olhos, a ponto de eu pensar que os iria machucar. Não sei que coisa viu naquela escuridão cintilante. Ao regressar dela, disse:

— Sim. Sim. Assim deve ser, não há outra saída.

Ajudei-o a deitar-se e preparava-me para sair quando ele disse repentinamente tal como se planejasse os jogos:

— Vou enviar alguém ao oráculo de Amon amanhã.

Respondi quase em silêncio, e saí. Que volta ajudara eu a dar na sua loucura? Pensara em persa ao falar dos Imortais, as almas dos fiéis que passaram a salvo o rio e entraram no Paraíso, mas Alexandre pensara em grego. Iria pedir ao oráculo que Hefèstion fosse deificado.

Atirei-me para cima da cama e chorei. Sua decisão estava tomada, não voltaria atrás. Pensei nos egípcios, o povo mais antigo, desdenhoso ao longo da sua história ancestral. *Gozarão com ele*, pensei. Lembrei-me então, ele próprio é já uma divindade; Amon reconheceu-o. Sem Hefèstion, nem a imortalidade ele será capaz de suportar.

Minha dor era tal que perturbou o meu espírito, deixando-o vazio e eu adormeci.

No dia seguinte, escolheu os sacerdotes e os emissários, e as oferendas para o deus. A embaixada partiu no dia seguinte.

Ficou muito mais calmo. Sua loucura melhorava um pouco a cada dia que passava, apesar de todos nós vivermos sob o seu temor. Seus amigos fizeram donativos para o funeral. Êumenes foi quem mais deu, recordando-se sem dúvida do dia em que a sua tenda ardera; continuava ainda fazendo um grande desvio sempre que podia evitar cruzar-se com Alexandre.

Para tentar esquecer a dor, cavalguei pelos montes. De lá do alto olhei para trás e vi as sete muralhas despojadas das suas glórias, sete anéis negros; e mais uma vez chorei.

O TEMPO PASSA, TUDO PASSA. ELE COMEU E COMEÇOU A DORMIR E A VOLTAR a estar com amigos. Concedeu até uma ou duas audiências. O cabelo raspado começou a crescer. Falava comigo às vezes sobre coisas triviais, mas não mencionou a embaixada a caminho de Siva.

O outono deu lugar ao inverno. Já passara havia muito a altura em que os reis habitualmente partiam para a Babilônia. Haviam partido embaixadas do outro lado do império, e de mais longe até, para com ele se encontrarem.

Os egípcios tinham demonstrado a sua habilidade com Heféstion. Jazia num caixão dourado que fora depositado sobre um estrado decorado com panejamentos raros, num dos salões principais. Os troféus de armas e as ofertas foram colocadas à sua volta. Não o tinham envolvido em faixas, nem depositado num sarcófago com máscara, como é costume fazerem no Egito. Um corpo por eles tratado, mesmo sem estar coberto, conservava as feições que tivera em vida por muitos e muitos anos. Alexandre ia visitá-lo frequentemente. Numa altura levou-me consigo, pois eu respeitara o morto, e levantou a tampa para que o visse, jazia sobre uma mortalha dourada, envolto num aroma intenso de especiarias e de nítrico; resplandeceria como um archote quando lhe lançassem fogo na Babilônia. Seu rosto estava bonito e sombrio, de cor de marfim escurecido. Suas mãos estavam cruzadas sobre o peito, descansando sobre as madeixas do cabelo de Alexandre.

O tempo passou; falava já com os amigos. Foi então que os generais, na sua sabedoria de soldados, e fazendo aquilo que não estava ao meu alcance, lhe levaram o remédio capaz de lhe fazer bem. Ptolomeu veio até ele para lhe dizer que os Cossaios tinham exigido o seu tributo.

Eram uma tribo de famosos salteadores que viviam nos desfiladeiros entre Ecbátana e a Babilônia. As caravanas que seguiam por essa estrada aguardavam até serem suficientemente grandes para contratar um regimento de guardas. Segundo parece, mesmo os reis tinham sido assaltados até terem concordado em pagar uma grande soma em dáricos de ouro antes de o outono entrar em força para os manter a distância. Esse tributo estava em atraso, e eles vieram exigi-lo.

Foi quase como nos velhos tempos quando Alexandre exclamou:

— O quê?! Tributo? — questionou. — Eles que esperem. Já lhes dou o tributo.

— É uma região muito difícil — disse o astuto Ptolomeu afagando o queixo. — Aquelas fortalezas são ninhos de águia. Ninguém conseguiu submetê-los.

— No entanto, você e eu conseguiremos — retrucou Alexandre.

Partiria dentro de sete dias. Todos os cossaios que matasse, disse, dedicaria a Heféstion, tal como Aquiles fizera com os troianos na pira de Pátroclo.

Arrumei minhas coisas sem nada perguntar. Não me lançara mais nenhum daqueles olhares furtivos; aceitara-me e isso era tudo o que eu lhe pedia naquele momento. Compenetrara-me que ele podia não voltar a ir para a cama comigo, para que não atormentasse o espírito de Heféstion. Seu luto tornara-se algo habitual. Viveria se pudesse estar junto dele.

Nos desfiladeiros, Alexandre dividiu as tropas com Ptolomeu. Lá do alto chegara já o inverno. Éramos um acampamento de soldados tal como nos Grandes Cáucasos, movendo-se rapidamente à medida que as fortalezas tombavam. Todas as noites regressava, cansado após um dia de campanha, mas sem cismar. Ao sétimo dia, riu pela primeira vez.

Embora os cossaios fossem um povo de salteadores e assassinos, sem os quais a humanidade só ficaria melhor, apenas por ele temi que fosse capaz de uma carnificina, mas ele voltara a ser como antes. Claro que matava sempre que a luta assim o exigia; talvez Heféstion se sentisse feliz, caso Homero tivesse razão ao afirmar que os mortos gostam tanto de sangue, mas ele continuou a fazer prisioneiros como era seu hábito e conservou nas suas mãos os chefes para melhor negociar. Seu espírito estava lúcido como antes. Descobriu todos os caminhos de cabras que iam dar aos ninhos de águias; os seus assaltos de surpresa eram um trabalho de artista. E os artistas curam-se através da sua arte.

Após semelhante triunfo ofereceu um jantar na sua tenda aos oficiais superiores. Antes dissera-lhe:

— O seu cabelo precisa ser arranjado, Al'scandre. — E ele deixou-me apará-lo.

Nessa noite embebedou-se. Não o fizera desde a morte de Heféstion; teria sido vil da sua parte afogar deste modo a dor. Agora fazia-o devido à vitória alcançada e enquanto o ajudava a deitar-se o meu coração sentia-se mais leve.

Prosseguimos em direção à fortaleza seguinte. Mandou erguer as linhas de cerco. As primeiras neves tornavam brancos os cumes e os homens aproximavam-se das fogueiras. Ele surgiu resplandecente da geada e do ardor, e saudou os escudeiros que estavam de guarda como era seu hábito. Quando lhe trouxe a candeia para a noite, estendeu a mão e agarrou a minha.

Não lhe ofereci arte alguma nessa noite ou nada mais daquilo que se tornara a minha natureza; apenas a ternura da qual desponta o prazer como flores da chuva. Tive que enxugar os olhos na almofada para ocultar as lágrimas de alegria. Vi no seu rosto adormecido as marcas da loucura, da dor e da insônia; mas eram já feridas em cicatrização. Dormiu em paz.

Pensei: *Ele reconstruiu a lenda em bronze imortal e se manterá fiel a ela, mesmo que viva por muitos anos. O regimento de Heféstion ostentará sempre o seu nome, independentemente de quem o comandar; do mesmo modo ele permanecerá para sempre o amante de Alexandre; ninguém alguma vez ouvirá dizer: "Amo-te como nunca amei". Mas nesse altar viverá apenas a lenda; do homem sibilarão primeiro chamas azuis, e pó, por fim. Deixem que seu lugar permaneça no Olimpo, entre os imortais, desde que o meu seja aqui.*

Levantei-me com cuidado antes de ele despertar. Iria assaltar a fortaleza ao despertar do dia, não teria muito tempo para ficar pensando naquilo.

Nunca durante a sua malfadada história, os cossaios tinham sido perseguidos no auge do inverno. Depois de lhes terem cortado a subsistência, as últimas fortalezas renderam-se em troca da liberdade dos cativos. Tudo isso demorara quarenta dias. Alexandre montara fortes pontos de apoio ao longo do desfiladeiro, vencera o resto e a guerra terminara. As caravanas passaram então. O séquito real foi mandado chamar para seguir caminho até a Babilônia. A essa altura, viam-se já botões vermelhos insinuando-se nos arbustos nus entre a neve.

Se não fosse a sua loucura, podia ter passado ali inverno bem mais suave, planejando o novo porto e a frota da Arábia. Numa época em que os reis persas estariam a pensar em Persépolis, ele permanecia ainda ali. Durante toda a guerra da Cossaia, hostes de embaixadores haviam-se amontoado à sua espera.

Encontraram-no quando ele montou o acampamento para lá do Tigre. Preparara-se para os receber condignamente, mas ninguém se preparara para o que veio a acontecer.

Esses embaixadores não eram apenas do império; mas também de quase todo o mundo conhecido: da Líbia, com uma coroa de ouro africano; da Etiópia, com dentes de hipopótamos e presas de enormes elefantes; do Cartago, com lápis-lazúli, pérolas e especiarias; da Lítia, com mármore hiperbóreo. Celtas enormes e loiros vieram do noroeste, e etruscos castanho-avermelhados, da Itália; até iberos havia, vindos do outro lado das colunas. Saudaram-no como rei da Ásia; traziam consigo disputas de lugares para além de suas fronteiras e pediam-lhe a sua opinião sensata. Traziam oferendas, pediam oráculos, tal como os gregos quando se deslocam aos santuários mais importantes dos seus deuses.

A maioria desses povos distantes devia estar à espera de um homem de grande estatura; alguns dos celtas eram da altura de Poro; contudo nenhum deles saiu do lado dele questionando-se quanto à sua grandeza. Sentia-se um igual apesar de deter a terra inteira nas suas mãos.

Com efeito, nos nossos dias o seu rosto transformou o próprio rosto dos deuses. Olhem para onde quiserem, em estátuas ou em pinturas. Todo o mundo recorda os seus olhos.

Ajudava-o na sua doença a sentir-se observado por aquilo que era. Depois tudo o que sofrera, os gregos murmuravam que ele alcançara uma fortuna acima do humano, e os deuses são objeto de inveja. A um desses retorqui:

— Fale pelos seus. O nosso é o Grande Rei e ninguém o inveja; na luz e na glória ele exulta. É por isso que lhe oferecemos o fogo. — Não é de se admirar que os gregos possuam deuses invejosos, pois eles são gente roída pela inveja.

Durante três dias, não lhe sobrou tempo para sofrer. Sua vida prosseguia de espírito exaltado, recordando Siva e pensando no Ocidente, cujos povos agora vira pela primeira vez, mas por vezes a sua expressão alterava-se como se a dor lhe tocasse no ombro, dizendo: "Esqueceu-me?".

Nas planícies junto ao rio, já o trigo salpicava de verde a terra fértil. As muralhas pretas da Babilônia ficavam para trás na linha do horizonte, quando ao nosso último acampamento um homem chegou a cavalgar. Era Niarco e vinha da cidade. Embora as agruras da vida tivessem deixado as suas marcas, via-se que tinha apenas quarenta anos; contudo, pareceu-me estar preocupado. *Oh, não*, pensei; *não lhe traga problemas, agora que ele está melhor*. Por isso fiquei para ouvir.

Alexandre recebeu-o de braços abertos, indagando-lhe acerca de si e da frota, depois exortou-lhe:

— E agora diga-me qual é o problema.

— São os sacerdotes caldeus, Alexandre, os astrólogos.

— O que é que se passa com eles? Dei-lhes uma fortuna para reconstruírem o templo de Zeus-Baal. O que eles querem agora?

— Não é nada disso — retorquiu Niarco.

Embora não o pudesse ver do lugar onde estava, senti que algo se passava. Como marinheiro que era, não gostava de divagar.

— Bem, então o que é? — questionou Alexandre. — O que se passa?

— Alexandre, eles leram-me as estrelas antes de marcharmos para a Índia. Tudo o que disseram veio a realizar-se. Por isso voltei a ter com eles. Disseram-me algo que... os preocupou. Alexandre, conhecia-o quando a fortuna estava a seu lado. Sei o seu dia de nascimento, o lugar, a hora, tudo aquilo de que eles precisam. Pedi-lhes que lessem o que as estrelas dizem a seu respeito. Eles afirmam que a Babilônia é nociva neste momento. Eles próprios vinham avisar-lhe disso. Dizem ser uma costa de sotavento desfavorável para você.

Seguiu-se uma pequena pausa.

— Quão desfavorável? — inquiriu Alexandre calmamente.

— Muito. Foi por essa razão que eu vim.

Uma pausa mais curta.

— Bem, estou satisfeito por vê-lo. Diga-me, eles já acabaram de construir o templo?

— Ainda mal saíram das fundações. Não sei por quê.

Riu-se:

— Eu sei. Eles têm mantido a taxa sagrada para o templo desde que Xerxes o destruiu. Há gerações. Devem ser os sacerdotes mais ricos de Susa. Pensaram que eu jamais regressaria e que a construção poderia continuar eternamente. Não é de se admirar que não queiram que eu passe os portões.

— Não estava a par disso. Mas... — Niarco aclarou a voz — eles me disseram que eu passaria por uma prova pela água, viveria para ser honrado por um rei e faria um bom casamento com uma estrangeira.

— Disse-lhe isso nas bodas. Eles sabiam que era almirante e meu amigo. Grande coisa! Venha jantar.

Tratou do alojamento de Niarco e concluiu o seu dia de trabalho.

Ao deitar-se, voltou os seus olhos para mim quando eu me curvara sobre ele, e disse:

— Coscuvilheiro! Não fique tão acabrunhado. É melhor para você.

— Al'scandre! — Caí de joelhos a seu lado: — Faça o que eles dizem. Que importa o que eles fizeram com o dinheiro. Eles não são profetas, não precisam ter um coração puro; é um dom que possuem. Toda a gente o diz.

Estendeu a mão e pegou numa madeixa do meu cabelo com o indicador e o polegar.

— E depois? Calístenes era um erudito também.

— Eles teriam medo de mentir. Toda a sua honra deriva das previsões verdadeiras. Vivi na Babilônia, falei com toda espécie de pessoas nas casas de dança.

— Ah, sim? — Acariciou-me a madeixa. — Fale-me disso.

— Al'scandre, evite aquela cidade.

— O que é que se há de fazer com você? Entre, não está em condições de dormir sozinho.

Os Caldeus chegaram no dia seguinte.

Vestiam os seus mantos sagrados, cujas formas permanecem desde há séculos inalteráveis. Queimaram incenso na sua presença; os seus bastões ostentavam os emblemas das estrelas. Alexandre foi ao seu encontro com a armadura que usava nos desfiles, todo em traje macedônio. Conseguiram persuadi-lo a falar com eles à parte, acompanhado apenas do intérprete. Os Caldeus possuem quase um falar próprio e os Babilônios também não falam um persa fluente, mas tive esperanças de que algo até ele chegasse e fosse capaz de o demover.

Regressou com uma expressão séria. Não era daqueles que pensam ser o nome de Deus apenas aquele que ouvem na infância.

Imploraram-lhe que marchasse para leste — que o levaria até Susa, mas as suas preocupações mais queridas encontravam-se na Babilônia: o novo porto, a viagem da Arábia, os rituais funerários de Hefestion. Continuava a duvidar da boa-fé deles. O velho Aristandro, a quem ele poderia recorrer para a leitura dos presságios, morrera.

Perante isso, disse que, visto o Ocidente não ser propício, contornaria a cidade pelo lado oriental, alcançando assim o Portão Sul.

Não existe um Portão Oriental e logo soubemos por quê. Através desse lado, alcançamos uma grande extensão de pântanos, traiçoeiros e cheios de lodo. Após descrever uma curva, o Eufrates infiltrava-o. Ele poderia ter realizado um circuito maior mesmo que atravessasse e voltasse a atravessar o Tigre, para depois regressar ao Eufrates. No entanto, limitou-se a dizer com impaciência:

— Já chega. Isso é suficiente. Não vou andar aos pulos como um sapo num charco para agradar aos caldeus.

Desde a visita dos embaixadores que ele sabia ter os olhos do mundo inteiro voltados para si. Talvez fosse de fato suficiente. De qualquer modo, regressou seguindo a norte e a oeste.

Apesar de tudo não atravessou os Portões, preferindo acampar mais acima junto ao rio. Soube então que mais embaixadores vinham ao seu encontro, desta vez da Grécia.

Anaxarco, demasiado solícito como sempre, lembrou-lhe de que os pensadores gregos já não acreditavam em presságios. Isso tocou o seu orgulho.

O Palácio fora havia muito preparado para ele. Na altura em que ele passava os portões no carro de Dario, um grupo de corvos lutou lá no alto e um deles tombou morto na frente dos cavalos.

Contudo, como se assim se confundissem os augúrios, as primeiras notícias que teve foram de vida e fortuna. Roxane viajara diretamente de Ecbátana para o harém do Palácio. Quando a visitou ali, foi para ouvir que ela trazia uma criança dentro de si.

Ela o soubera já em Ecbátana e disse-lhe que aguardara para ter a certeza. Não tenho dúvidas de que a verdade era outra: durante o período da sua loucura, ela receara transmitir-lhe uma novidade que o levaria à sua presença.

Ofereceu-lhe os presentes tradicionais e enviou a notícia ao pai de Roxane. Alexandre recebeu a boa nova com bastante tranquilidade. Talvez já tivesse abandonado a ideia de que ela concebesse um filho seu, e tivesse pretendido, enquanto era tempo, arranjar um herdeiro através de Estatira. Talvez o seu espírito estivesse voltado para outras coisas.

Quando me disse, gritei:

— Oh, Al'scandre! Espero que viva para o ver vitorioso ao seu lado!

Agarrei-o com ambas as mãos como se tivesse o poder de desafiar os céus. Ficamos em silêncio, compreendendo-nos mutuamente. Por fim, ele disse:

— Se tivesse casado na Macedônia, como era o desejo de minha mãe, antes de avançar para a Ásia, o rapaz já teria doze anos, mas nunca houve tempo para isso. Nunca há tempo suficiente. — Beijou-me e afastou-se.

Era um tormento tê-lo longe de mim. Vi-o mover-se por entre os esplendores semiesquecidos que descobrira na adolescência. Então, chegara aqui tranquilo. Agora, o medo e a dor pairavam sobre mim como uma doença. Por que razão ele ouvira os Caldeus, respeitara o seu aviso, e depois o desafiara? *Era Hefêstion*, pensei; chegando até si vindo do reino dos mortos.

"Devemos viver", dissera-me havia muito, "como se fosse para sempre e como se cada instante pudesse ser o último." Mandou começar desde logo as escavações para o porto, e a construção da frota para a Arábia que seria comandada por Niarco. Estávamos na primavera, que ali era tão quente quanto o verão em Susa. Ele regressava o cavalo do novo porto e preparava-se para o banho real. Nada no Palácio lhe dava tanto prazer. Ele adorava as paredes frescas, as armações de rede pintadas, através das quais se via o rio, a grande banheira, o lápis-lazúli dos azulejos e os peixes dourados. Ali flutuava com a água suspendendo o seu cabelo.

Mas havia sempre Heféstion. Era-lhe devido agora o ritual da incineração.

A frota e o novo porto estavam ambos em marcha. Alexandre tinha tempo, e logo apenas para isso tinha tempo. Regressou um pouco à sua loucura. Se o despertávamos, era sensato, mas regressava ao mundo dos seus sonhos. Seus sonhos eram demônios. Ele os esconjurava, e eles lhe obedeciam.

Mandara deitar abaixo dois mil metros da muralha da cidade e nivelar tudo para construir uma praça. Dentro desta mandou erguer uma plataforma feita com belos azulejos, com duzentos metros de comprimento de cada lado. Essa era a base da pira. A partir daí crescia, andar sobre andar; cada andar tinha esculturas talhadas nas melhores madeiras, que mais pareciam ter sido concebidas para durar eternamente. Na parte inferior, proas de barcos com arqueiros e soldados, maiores do que na vida real; em seguida, archotes com seis metros de altura, adornados com águias e serpentes; depois uma cena com animais selvagens e caçadores, dourados. No seguinte, troféus de armas, macedônios e persas, para simbolizar as duas raças que honravam o morto. Por cima disso havia elefantes, leões, grinaldas. Perto do topo viam-se figuras de sereias aladas, ocas, para ali ficarem os cantores que entoariam os lamentos antes da pira ser incendiada. Grandes bandeiras carmesins estavam suspensas entre os andares. No interior, havia espaço para uma escada através da qual ele seria conduzido com dignidade.

Pensei: *Rei algum partiu assim desde o início do mundo.* Ele sonhou tudo isso como se a si se destinasse. Observei a sua cara, os olhos voltados para a pira numa loucura tranquila, e não me atrevi a fazer nada, nem sequer a tocá-lo.

O carro funerário fora escoltado por Perdicas desde Ecbátana. Heféstion jazia com honras devidas no palácio, aqui tal como lá. Alexandre ia vê-lo agora ainda mais frequentemente: ele em breve partiria. Médio, de Larissa, que fora seu amigo, mandou fazer uma pequena estátua de bronze a um escultor que o vira muitas vezes, para oferecer a Alexandre. Ele a recebeu com uma alegria tal que um amigo atrás de outro, fosse por afeto ou por lisonja, mandou fazer pequenas estátuas em ouro, marfim ou alabastro. Logo a sala estava cheia delas; olhasse para onde olhasse, em toda a parte o via. E pensei que mal a pira fosse incendiada, o seu fim chegaria.

Um dia, estando sozinho, peguei na que era mais parecida com ele e pensei: *Quem era você, o que é você, para conseguir fazer isso ao meu senhor?* Ele veio por trás de mim e exclamou:

— Pouse isso!

Fê-lo com uma raiva tal que quase a deixei cair. Lá arrumei, tremendo com medo de ser escorraçado.

— O que é que estava fazendo? — perguntou-me mais tranquilo

— Ele lhe era querido — retorqui. — Desejava apenas compreendê-lo.

Deu uma volta pela sala e disse então:

— Ele me conhecia.

E nada mais. Perdoara-me; não tivera a intenção de me magoar. Eu perguntara, ele respondera.

Haviam nascido no mesmo mês, nos mesmos montes, da mesma raça, com os mesmos deuses; partilhavam o mesmo teto desde o seu décimo quarto ano. De fato, quanto para mim nós tínhamos parecido ser um só, até que ponto fora eu próprio um estranho?

O tempo há de passar, pensei. Eles suportavam a separação em campanha; chegará um dia em que parecera tratar-se apenas de uma campanha. Se houver tempo para isso.

O dia chegou. Na escuridão antes do amanhecer organizaram a praça em torno da plataforma: generais, príncipes, sátrapas, sacerdotes; porta-estandartes, arautos, músicos; os elefantes pintados junto aos degraus onde estavam os braseiros e os archotes.

Os homens subiram com o caixão através das escadas ocultas. Quando atingiram o cimo, parecendo minúsculos como brinquedos, e o depositaram no local devido, as sereias cantaram tênues no céu. Desceram, cantando ainda. Os archotes foram acesos nos braseiros.

A pira erguia-se sobre as colunas feitas de madeira de palmeira; o espaço vazio fora preenchido com palha seca. Alexandre aproximou-se com o seu archote, sozinho.

Exaltava para além da sua loucura, atingindo o próprio êxtase. Peucestas que o vira combater os mardos, com a seta espetada no corpo, disse mais tarde que nesse momento, era idêntico o seu olhar. Os elefantes enrolaram para trás as trombas e bramiram.

Lançou o archote; as chamas irradiaram a partir dali. Os amigos seguiram-no; os tições tombavam; o fogo erguia-se por entre um imenso crepitar, atingindo a fila dos barcos. O barulho era intenso.

A pira estava cheia de mechas ao longo dos seus duzentos pés. O clarão ergueu-se em flecha, através de barcos, arqueiros, leões, águias, escudos e grinaldas. No topo, envolveu o caixão e transformou-se numa chama aguda recortando-se contra o céu verde do nascer do sol.

Em tempos, em Persépolis, durante a festa do fogo, ambos haviam olhado para o céu, lado a lado.

Durante algum tempo, a alta torre permaneceu na sua beleza aterradora; depois, fila após fila começou a descer. Uma águia despenhou-se na plataforma com as asas flamejantes; as sereias caíram para dentro; o caixão desapareceu. As madeiras, as pesadas esculturas, começaram a chocar umas com as outras, lançando no ar nuvens de fagulhas altas como árvores. A pira era um só archote ardendo de alto a baixo; através da sua luz apenas o seu rosto se via.

O sol nasceu. Toda a parada estava petrificada sob aquele calor intenso. Quando nada restava, exceto brasas vermelhas e cinza branca, deu ordens de destroçar. Ele próprio a deu. Eu pensara que seria necessário acordá-lo.

Ao afastar-se, foi abordado por uma multidão de sacerdotes, ostentando trajes de todas as espécies de templos. Respondeu rapidamente e prosseguiu o seu caminho. Pareciam infelizes. Dirigi-me a um dos escudeiros que estivera perto e perguntei-lhe o que se passara.

— Perguntaram-lhe se agora já podiam voltar a acender os fogos sagrados — retorquiu. — Ele disse que apenas ao pôr do sol.

Fiquei plantado olhando para ele:

— Os fogos sagrados? Ordenou que os apagassem?

— Sim, em sinal de luto. Bagoas, parece estar mau. Foi aquele calor todo. Venha aqui para a sombra. Isso tem algum significado especial na Babilônia?

— Eles o fazem quando o rei morre.

O silêncio instalou-se entre nós. Por fim, ele disse:

— Mas quando ele deu ordens nesse sentido, eles devem ter-lhe dito.

Apressei-me em direção ao Palácio na esperança de o encontrar sozinho. Talvez se os acendessem agora, o presságio pudesse ser alterado. Não teria tido ele já o suficiente?

Mas a essa altura, ele convocara já um conjunto de pessoas e concluía os planos para as competições do funeral. Expressões graves persas disseram-me que outros haviam tentado preveni-lo. Os velhos eunucos que tinham vivido o suficiente para ver os fogos três vezes extintos, sussurravam e viraram os olhos na minha direção. Não me juntei a eles. Os templos ficariam às escuras até o pôr do sol. Alexandre trabalhou nos jogos durante todo o dia. Não restara muita coisa para fazer, mas parecia que ele não era capaz de parar.

Duraram quase quinze dias. Todos os melhores artistas de todas as terras gregas ali estavam. Fui às peças, principalmente para ver a sua cara, apenas uma delas guardo na memória, *Os Mirmidões*, que Tétalo representara já perante Alexandre; é sobre Aquiles e a morte de Pátroclo. O próprio Tétalo acabara de perder um amigo querido, um ator seu companheiro que morrera na jornada, vindo de Ecbátana. Ele a levou até o fim; era um profissional. Alexandre estava como se o seu pensamento estivesse bem longe dali. Reconhecia aquele olhar. Era o mesmo quando Peucestas lhe retirara a flecha.

A música parecia fazer-lhe bem; tinha um ar mais calmo quando os citaristas tocavam. Depois recebeu todos os vencedores, dizendo a frase certa para cada um deles. Pensei que a loucura que restava pudesse ter-se desvanecido com todas aquelas chamas.

Voltou a descer até o rio para assistir aos treinos dos marinheiros; organizou corridas para os remadores e ofereceu prêmios. Chegaram então as embaixadas da Grécia.

Havia emissários enviando-lhe cumprimentos e felicitando-o pelo regresso a salvo do fim do mundo. Traziam consigo coroas de ouro, requintadas grinaldas, fruto do trabalho de joalheiros, e pergaminhos. Até os invejosos atenienses vieram cheios de falsas saudações. Ele sabia que mentiam, mas ofereceu-lhes as estátuas dos Libertadores, trazidas de Susa, para que fossem de novo postas na cidadela. Quando fez a apresentação, apontou como por acaso para os punhais e cruzou o olhar com o meu.

A última embaixada era a da Macedônia.

Não era como as outras. O regente Antípatro, que devia ser substituído por Cratero, enviara o filho para falar com ele.

Durante todos os seus anos de regência, que remontavam aos tempos do rei Filipe, fora odiado pela rainha Olímpia, creio que por ela própria desejar assumir a governança. Conhecendo todas as suas calúnias, não era talvez de se admirar que ele houvesse pensado que elas tivessem deixado a sua marca e que a sua convocação estivesse relacionada com o seu julgamento; havia dez anos que não punha a vista em cima de Alexandre, para o conhecer melhor. Mesmo assim, era capaz de se pensar que ele fosse mais esperto, em vez de enviar seu filho, Cassandro. Quero dizer, se estava de boa-fé.

Sempre que Alexandre me falava da sua adolescência, mencionava esse jovem, que na altura o era, com repulsa. Não tinham gostado um do outro desde o início e tal continuou durante os tempos de escola; em determinado momento chegaram mesmo às vias de fato. A razão por que ficara para trás, na Macedônia, deveu-se ao fato de Alexandre não o querer consigo no exército.

Todavia, ajudara seu pai a dominar uma insurreição na Grécia e portara-se bastante bem aí; por outro lado, ambos tinham esperado que isso contasse agora a seu favor. Chegou, depois de tanto tempo, quase como sendo um estranho, só que esse estranho e Alexandre se odiaram à primeira vista, tal como antes sucedera.

Era um homem arrogante, sardento e ruivo, com uma barba segundo a velha tradição macedônia. Era também, como é óbvio, estranho aos hábitos da corte na Pérsia. Já tínhamos esquecido que essa gente existia.

Sem sombra de dúvida que estava todo roído de inveja. A sala do trono fora mobilada de novo para receber as embaixadas; à volta do trono havia um grande semicírculo de canapés com pés prateados, onde os principais amigos do rei, persas e macedônios, tinham o direito de se sentar quando ele concedia uma audiência. Todo o séquito real ficava atrás de si. Meu próprio lugar, agora que voltáramos ao procedimento habitual, era perto do trono. Ali estava quando Cassandro chegou. Enquanto ele aguardava Alexandre, vi-o olhar a nós, eunucos, como se fôssemos vermes perniciosos.

A audiência não correu bem. Antes houvera petições da Macedônia apresentando denúncias contra o regente. Cassandro mostrava-se demasiado apressado dizendo que elas não possuíam base alguma de comprovação; creio que uma, pelo menos, havia sido enviada pela rainha Olímpia. Apenas a um homem fora permitido falar contra ela com Alexandre, e esse estava morto. Alexandre interrompeu a audiência e pediu a Cassandro para esperar enquanto ele falava com alguns persas.

Bárbaros antes *dele*! Apercebi-me claramente da sua fúria. Recuou e os persas, cujo *status* era inferior ao Parentesco Real, fizeram a prostração.

Cassandro desdenhava. Não é verdade, como alguns dizem que se riu em voz alta. Era um emissário com uma missão a cumprir. Tampouco é verdade que Alexandre bateu com a cabeça dele na parede. Não precisava disso.

É verdade que o desdém era óbvio; creio que a raiva o tornou irrefletido. Voltou-se para um companheiro que viera com ele e apontou com o dedo. Alexandre deixou que os persas se erguessem, falou com eles e deu-lhes autorização para saírem; depois desceu do trono, pegou os cabelos de Cassandro com uma das mão e fixou-o nos olhos.

Pensei: *Vai matá-lo.* Imagino que Cassandro tenha pensado a mesma coisa, mas foi mais que isso. Era mais do que o poder real, mais ainda do que a palavra do oráculo de Amon. Ele sobrevivera ao fogo e às trevas. Bastava-lhe demonstrá-lo. Cassandro ficou imóvel como o pássaro perante a serpente, branco de puro temor de um homem perante outro.

— Pode sair — disse Alexandre.

Era ainda uma razoável distância até a porta. Ele devia saber que o medo se estampara nele como se tivesse sido marcado por um ferro em brasa e que todos nós, alvo do seu desprezo, o víramos.

Mais tarde quando me encontrava a sós com Alexandre, disse-lhe:

— Um ódio assim é perigoso. Por que não o manda regressar a casa?

— Oh, não — respondeu ele. — Mal voltasse, diria a Antípatro que sou seu inimigo, ele o incitaria à revolta, assassinaria Cratero mal ele chegasse lá, e se apoderaria da Macedônia. Era capaz de o fazer se lhe dissessem que a sua vida corria perigo. Deixado sozinho tem mais bom senso. Se quisesse fazer-lhe mal, dificilmente teria o seu outro filho como copeiro. Está naquele lugar há demasiado tempo, apenas isso. Não, até Cratero chegar à Macedônia e Antípatro a deixar, Cassandro permanece aqui debaixo de vigilância... Heféstion também não podia com ele.

Antigamente, teria lhe implorado para afastar discretamente o homem. Sabia que aquilo que ele não confessasse, não faria. É algo de que me arrependo, não ter tratado disso em segredo. Atormento-me pensando que com um pequeno frasco teria apagado esse ódio assassino que tem perseguido o meu amo mesmo para além do seu túmulo; sua mãe, sua mulher, o filho que nunca vi e que poderia ter dado dele algo mais do que a memória.

O verão chegou. Todos os reis persas estariam então em Ecbátana. Sabia que ele voltaria a atravessar aqueles portões; estava satisfeito apenas por saber que ele tinha frota e o porto para o manterem ocupado. Haviam passado quatro meses desde a profecia dos Caldeus.

Quase a esquecia, não fosse a construção do templo de Baal.

Logo deixamos a cidade por algum tempo. Mais abaixo no rio havia cheias todos os anos quando o gelo derretia junto à nascente; a população, de velha raça assíria, era aí bastante pobre devido a isso. Alexandre queria planejar barragens e canais que as evitassem, e ganhar novos terrenos para a agricultura. Era apenas um passeio pelo rio, mas sentia-me feliz por vê-lo fora das muralhas da cidade.

Ele sempre amara os rios. Os barcos prosseguiam ao longo dos caniços, tripulados nos canais por pilotos assírios. Por vezes, havia árvores enormes que se uniam por cima da nossa cabeça e nós deslizávamos através de cavernas verdes; por vezes, abríamos caminho através de folhas de nenúfares em vastos lagos; o rio possui aí muitas ramificações. Alexandre seguia à proa, tomando às vezes o leme. Trazia o mesmo chapéu agora velho que usara na Gedrósia.

O leito alargava-se entre salgueiros inclinados sacudidos pelo vento. Entre eles viam-se antigos trabalhos em pedra com figuras gastas pelo tempo e pelas águas das cheias, representando leões alados e touros, cabeças de homem. Quando Alexandre o interrogou acerca deles, o comandante babilônio disse:

— Grande Rei, esses são os túmulos de reis de outrora, quando essa região era dominada pelos Assírios. Este era o seu cemitério.

Mal acabou de o dizer, uma rajada de vento fez voar pela borda afora o chapéu de Alexandre. Sua fita púrpura, símbolo da realeza, desprendeu-se e foi levada pelas águas, enrolando-se em seguida nos juncos junto a um túmulo.

O barco prosseguiu no seu rumo; os remadores tinham recolhido os remos. Ouviu-se um murmúrio de espanto e pavor em todo o barco. Um remador, homem ainda novo, moreno e ágil, mergulhou, nadou em direção à margem e soltou a fita. Deteve-se com ela na mão, pensou na água suja e a colocou à volta da cabeça para que não se molhasse. Alexandre aceitou-a com uma palavra de agradecimento. Estava tranquilo. Tive que me conter para não chorar em voz alta. O diadema fora até junto de um túmulo e passara para outra cabeça.

Quando o seu trabalho terminou, regressou à Babilônia. Sentia-me capaz de bater no meu próprio peito quando aquelas muralhas pretas surgiram perante mim.

Quando ele referiu o presságio aos profetas, todos retorquiram que a cabeça que ostentara o diadema devia ser decepada.

— Não — respondeu. — Foram boas as suas intenções; ele apenas fez aquilo que qualquer outra pessoa teria feito. Podem açoitá-lo, se os deuses exigem alguma expiação. Não sejam demasiado severos e tragam-no depois à minha presença.

Quando o homem veio, ofereceu-lhe um talento de prata.

Ao regressarmos, apenas a prosperidade nos aguardava. Peucestas conduziu orgulhosamente em parada um exército bem treinado de vinte mil persas. Sua província demonstrava estar numa excelente ordem; além disso, era mais amado do que nunca. Alexandre concedeu louvores públicos e começou a imaginar um esquema para uma nova força persa e macedônia. Ninguém protestou. Até os macedônios haviam começado a pensar que os persas podiam ser homens. Algumas das nossas palavras tinham começado a ser utilizadas na sua linguagem.

Chegou finalmente o dia tão ansiado do regresso da embaixada a Siva.

Alexandre recebeu-a no Salão do Trono rodeado pelos Companheiros nos canapés prateados. Cerimoniosamente, o chefe da embaixada desenrolou o papiro de Amon. Recusara partilhar a sua deificação, mas Heféstion permaneceria entre os Imortais. Fora proclamado um herói divino.

Alexandre estava contente. Depois da sua loucura, devia ter pensado que mais longe o deus não podia ir. Heféstion poderia ainda ser venerado.

Partiram ordens para todas as cidades no sentido de lhe ser erigido um templo ou um santuário. (Aqui em Alexandria, passo com frequência junto ao lugar vazio na Ilha do Farol. Acho que Cleômenes, então sátrapa aí, terá ficado com todo o dinheiro.) Orações e sacrifícios deviam ser-lhe oferecidos como expurgador do mal. Todos os contratos solenes deviam ser jurados citando o seu nome, além dos nomes dos deuses.

(O templo que deveria ter tido na Babilônia era ao estilo grego, com um friso de lápitas e centauros. Também esse lugar permaneceu vazio. Não creio que pedra alguma desses lugares sagrados foi colocada sobre outra. Bom, ele devia sentir-se satisfeito apesar de tudo. Tivera o seu sacrifício.)

Alexandre ofereceu uma festa aos emissários em honra da imortalidade de Hefestion. Os outros convidados eram amigos que o compreenderiam. Ele estava alegre, quase radiante. Seria possível pensar até que os presságios haviam sido esquecidos.

Continuou feliz e ocupado durante alguns dias tratando dos desenhos para os santuários. Fez uma visita a Roxane, que encontrou de boa saúde e forte; as mulheres sogdianas não se sentem muito afetadas pela gravidez. Depois prosseguiu com os planos para o novo exército misto.

Esta iniciativa significava mudanças em todas as forças. Quando estava pronto para atribuir novos comandos, convocou os oficiais para os nomear. Dirigira-se para tal ao salão do Trono; ele sabia já muito bem o que uma cerimônia como deve ser significa para os persas. O séquito reunira-se por trás do trono.

O verão chegara havia muito, e o calor era intenso. Alexandre interrompeu a sessão para levar os seus amigos até uma sala interior para beberem uma limonada fresca misturada com vinho. Não se iriam demorar muito tempo, por isso não valia a pena sair dali; aguardamos atrás do trono vazio e dos canapés, e conversamos de coisas banais.

Só demos pelo homem quando ele se encontrava no meio de nós. Vestia andrajosamente. Era um homem igual a tantos outros, exceto na cara. Perante a sua atitude tresloucada todos nós parecíamos ser invisíveis. Antes de termos tempo de esboçar um gesto, ele se sentou no trono.

Ficamos plantados, de boca aberta, mal acreditando no que estávamos presenciando. É o mais terrível de todos os presságios; é por essa razão que, ao longo da História do nosso povo, tem sido considerado um crime capital. Alguns de nós avançamos para retirá-lo dali, mas os mais velhos gritaram que não o fizéssemos. Segundo eles, o reino seria enfraquecido, se o trono fosse libertado por eunucos. Começaram então a entoar ladainhas e a bater no peito. Acompanhamo-los em seu lamento. Durante algum tempo, isso alivia a mente e não precisamos pensar.

Alertados pelo barulho, os oficiais que se encontravam mais abaixo, vieram correndo, agarrando o homem, e tiraram-no do trono. Ele ficou olhando como se estivesse espantado com semelhante preocupação. Alexandre veio da sala interior, seguido pelos seus amigos, e inquiriu quanto ao que estava acontecendo.

Um dos oficiais explicou-lhe e mostrou-lhe o homem. Era um soldado raso, desarmado; um certo Uxiano, se bem me recordo. A nós o rei nada perguntou. Acho que os nossos gritos falaram por si.

Avançou e perguntou-lhe:

— Por que fez isso?

O homem ficou indiferente e pestanejou, sem mostrar sinal algum de respeito, como se estivesse na presença de um estranho.

— Se ele está a serviço de alguém — disse Alexandre —, então tenho que descobrir de quem. Não o interroguem enquanto eu não estiver presente.

Virou-se para nós e disse:

— Silêncio. Já basta. A audiência vai prosseguir.

Terminou as distribuições de cargos, sem mostrar falta de amizade, sem se apressar.

Ao cair do dia, veio mudar de roupa. Agora estávamos na Babilônia e todo o cerimonial era respeitado. Fui eu que peguei na mitra. Lendo o meu olhar, assim que chegou a ocasião, mandou sair os outros. Antes de lhe poder perguntar, disse:

— Sim, interrogamo-lo. Todavia mandei interromper o interrogatório. Ele nada sabia. Nem sequer por que razão ali se encontrava. Dizia apenas que vira uma cadeira ótima e que se sentara nela. Foi entregue ao tribunal marcial, acusado de desobediência reincidente; claro que não percebera as ordens que recebera. Estou satisfeito por ele ser doido.

Falara com firmeza e friamente. Meu sangue paralisou-se. Fora esperança minha que ele tivesse confessado obedecer a uma conjura humana; no entanto, bastara-me olhar para a sua cara, para ver que assim não era. São os verdadeiros presságios, aqueles que surgem por acaso.

— Al'scandre, esse terá que matar.

— Tal já foi feito. Essa é a lei, e os profetas disseram que era necessário. — Dirigiu-se até o móvel onde estavam os copos, encheu um com vinho e deu-me de beber. — Vamos, faça uma cara mais bonita para mim. Os deuses farão o que muito bem lhes aprouver. Entretanto, a nossa vida deve prosseguir, tal como a deles.

Engoli o vinho como se fosse um remédio e tentei sorrir. Alexandre trazia vestida uma túnica branca e fina de tecido indiano, próprio para o calor do verão, que mostrava o seu corpo tal como as túnicas talhadas pelos escultores. Pousei o copo e enlacei-o com os meus braços. Como sempre, ele parecia transmitir uma resplandecência vinda do fundo de si. Parecia inextinguível como o sol.

Quando ele saiu, olhei as imagens de ouro, bronze e marfim mirando-nos gravemente dos seus lugares.

— Deixe-o em paz! — exclamei. — Não se sente ainda satisfeito? Morreu por sua culpa; por causa da sua desobediência, da sua impaciência, da sua avidez. Não podia amá-lo o suficiente para o poupar disso? Então deixe-o para mim; é bem maior o meu amor.

Todas elas me olharam como se dissessem: "Ah, mas eu o conheci".

Mais embaixadores vieram dos gregos, engalanados como quando se apresentam perante os deuses. De novo o coroaram: com ramos de oliveira dourados, espigas douradas, louros dourados, flores estivais douradas. Ainda hoje o vejo ostentando cada uma daquelas coroas.

Alguns dias mais tarde, os seus amigos disseram que, com todos esses triunfos, ele próprio não celebrara ainda a sua vitória sobre os cossaios. (Tinham sido de tal modo convencidos de que alguns milhares haviam ingressado no seu exército.) Já havia muito tempo, disseram os seus amigos, que ele não realizava um Cornos; além disso, aproximava-se o festival de Hércules.

Eram boas as suas intenções. Até os piores nada mais desejavam que obter favores seus; os melhores amigos pretendiam, de um modo gentil, oferecer-lhe uma noite sem preocupações que lhe fizesse lembrar a sua glória e esquecer a sua dor. Os deuses com qualquer coisa podem fazer o que muito bem lhes aprouver.

Proclamou o festival, ofereceu os sacrifícios a Hércules e deu às tropas uma rodada de vinho. O Cornos começou ao pôr do sol.

Era uma daquelas noites sufocantes da Babilônia. Logo acabaram com a comida. Eu planejara com os seus amigos uma pequena surpresa para ele: uma dança de macedônios e persas, quatro de cada lado, simulando a guerra primeiro e representando depois a amizade. Apenas vestíamos capacetes, ou saias ou calças. Alexandre gostou bastante e convidou-me para me sentar a seu lado no canapé e partilhar com ele da sua taça de ouro.

Estava corado, o que não era de se admirar devido ao calor e ao vinho; havia, contudo, um brilho nos seus olhos de que não gostei. Limpei-lhe o suor, mas o calor permaneceu como é óbvio. Quando ele pôs o seu braço à minha volta, senti que estava mais quente.

— Al'scandre — disse-lhe em meio ao barulho —, parece estar febril.

— Pouca coisa. Nada de especial. Vou para dentro depois da canção do archote.

Logo pegaram nos archotes e saíram cantando até os jardins para apanhar o primeiro frescor da noite. Fui até a Câmara Real para ver se tudo estava em ordem. Senti-me satisfeito ao ouvir o cântico regressar e extinguir-se em seguida. Ele surgiu, então. Se estivéssemos a sós, teria lhe dito:

— Já para a cama. Depressa. — Mas perante o séquito, obedecia sempre às formalidades. Avancei para lhe retirar o diadema. Sua túnica veio encharcada de suor e vi-o tremer. Disse-me:

— Limpe-me apenas e dê-me algo quente para beber.

— Meu senhor — retorqui —, não vai sair novamente?

— Vou, sim. Médio dá uma pequena festa, apenas para velhos amigos. Prometi passar por lá.

Olhei-o com uma expressão de súplica. Sorriu e balançou a cabeça. Era o Grande Rei e não devia ser contrariado perante o seu séquito. Está em nosso sangue evitar esse tipo de coisas; é por isso que não o podemos fazer sem um ar de insolência. Enquanto o limpava, o meu olhar deu com a estante das imagens.

Por que não está *aqui*, pensei, *agora que era preciso para lhe dizer: "Não sejas tonto; vai para a cama, nem que eu tenha que lhe obrigar. Bagoas, vai dizer a Médio que o rei não pode ir?"*

Mas as imagens mantiveram a sua pose de heróis, e Alexandre seguiu ao longo do corredor com o friso de leões, com a sua túnica grega de lã, acompanhado pelos criados com archotes.

Eu disse aos outros:

— Podem retirar-se. Eu espero pelo rei e mando chamar se ele precisar de alguma coisa.

Havia um divã onde eu dormia quando ele vinha mais tarde; os seus passos despertavam-me sempre. A luz subia pelo céu perante os meus olhos abertos. Quando ele regressou, os galos cantavam.

Parecia congestionado e cansado; o seu caminhar era incerto. Bebera ininterruptamente desde o pôr do sol até o amanhecer; estava, apesar de tudo, bem-disposto e elogiou a minha dança persa.

— Al'scandre, eu devia estar zangado com o senhor. Sabe que o vinho não é bom para a febre.

— Ah, lá vem você. Disse-lhe que não era nada. Hoje vou pôr o sono em dia. Ande até o banho comigo; esteve toda a noite com essa roupa.

Os primeiros raios de luz brilharam através das esteiras nas janelas; os pássaros cantavam. O banho refrescou-me, deixando-me sonolento; depois de o ajudar a deitar, regressei e dormi até a noite.

Fui em silêncio até a Câmara Real. Acabara de acordar e estava agitado. Aproximei-me dele e coloquei-lhe a mão na testa.

— Al'scandre, a febre voltou.

— Nada de grave — retorquiu. — Suas mãos estão frias. Não as tire.

— Vou providenciar para que lhe tragam o jantar aqui. O peixe do rio é bom. E que tal chamar o médico?

Sua expressão ficou mais tensa; afastou a cabeça das minhas mãos.

— Nada de médicos. Já vi para que eles servem. Não, vou me levantar. Vou jantar com Médio.

Contrariei-o, implorei-lhe, mas ele despertara indisposto e impaciente.

— Já lhe disse que não é nada. Deve ser a febre dos pântanos. Em três dias vai-se embora.

— Talvez assim seja com os babilônios; eles já estão habituados a esse ritmo das estações, mas pode ser perigoso. Por que razão não cuida de si? Não está em guerra.

— Ainda entro em guerra com você se continuar com essa conversa de ama. Estive mais doente do que isto e não deixei de andar a cavalo todo dia nas montanhas. Vá-se daqui que quero me vestir.

Desejei naquele momento que ele fosse para qualquer direção, menos para junto de Médio, pois ele não tomaria cuidado com Alexandre e nem se aperceberia da sua doença. Médio fora um grande apoiador de Heféstion no seu conflito com Êumenes, agravando-o até, devido à sua língua viperina; algumas das coisas que dissera acabaram por ser divulgadas como sendo da responsabilidade de Heféstion. Não duvido da sinceridade do seu luto, mas não se mostrara lento a usar dos favores que ela lhe trouxera. Seu falar tanto podia ser doce como amargo. Sabia como divertir Alexandre e fazê-lo rir. Não era mau homem, mas também não era bom.

Estava absorto nos meus pensamentos quando Alexandre regressou. Pelo céu, não passava muito da meia-noite. Fiquei satisfeito de vê-lo de volta tão cedo.

— Deixei-os na conversa — disse. — A febre subiu um pouco. Arrefeço no banho e vou para a cama.

Sua respiração alterou-se quando o despi. Ardia em febre.

— Deixe que o lave apenas com a esponja — disse. — Não deve tomar banho assim.

— Vai fazer-me bem. — Não prestava atenção ao bom senso e lá foi com o roupão de banho. Não ficou muito tempo dentro de água. Segui-o, e tinha acabado de lhe vestir a túnica quando me disse:

— Vou dormir aqui, acho. — E avançou para o divã junto à piscina. Dirigi-me logo para o outro lado. Seus membros tremiam; os seus dentes batiam. Disse-me: — Vá buscar um cobertor bem quente.

Na Babilônia, no auge do verão, à meia-noite! Corri para buscar seu manto de inverno.

— Isso serve até o frio passar. Vai mantê-lo quente.

Cobri-o com o manto e coloquei minhas roupas por cima; depois enfiei--me lá de baixo e agarrei-o em meus braços. Tremia mais do que nunca e, no entanto, a sua pele ardia.

— Mais perto — disse-me como se estivéssemos no meio de uma tempestade de neve. Enquanto me enroscava nele, mantinha-se em silêncio a voz profética que em Ecbátana dissera: "Grava isto no teu coração".

Poupava-me agora; não me dizia: "Nunca mais".

As tremuras pararam, começou a sentir-se quente e a suar, e eu deixei-o estar. Disse-me que dormiria ali, pois era mais fresco. Vesti-me e fui acordar o Guardião da Câmara Real para que esse lhe desse aquilo de que ele necessitasse e me arranjasse uma enxerga. Antes do amanhecer, a febre diminuíra; ele adormecera e eu fechei os olhos.

Despertei ao som da sua voz. O quarto de banho estava cheio de gente andando de um lado para o outro na ponta dos pés. Ele acabara de acordar e ordenava que trouxessem Niarco à sua presença. Niarco? Pensei: *Para que é que o quer?* No meio da minha preocupação, esquecera-me que a viagem da Arábia se aproximava. Alexandre planejava uma manhã de trabalho.

Levantou-se e dirigiu-se até a Câmara Real para se vestir; nu, visto mal se poder suster de pé, sentou-se no divã. Quando Niarco chegou, Alexandre perguntou-lhe se o sacrifício expiatório para a frota estava pronto. Niarco, que, segundo vi, ficara preocupado com o seu aspecto, respondeu-lhe que sim e indagou-lhe quem é que ele queria que fizesse a oração de oferenda em seu lugar.

— O quê?! — exclamou. — Eu próprio a farei, como é óbvio. Vou na liteira. Estou um pouco combalido hoje, mas isto deve passar.

Rejeitou os protestos de Niarco:

— Foi o favor dos deuses que o trouxe a salvo do oceano. Fiz então um sacrifício por você, e eles escutaram o meu pedido. Também agora serei eu quem o fará.

Transportaram-no sob um toldo que o protegia do temível sol da Babilônia; a ele se expôs para as libações. Quando regressou mal conseguiu tocar na ligeira refeição que eu lhe mandara preparar. Apesar disso, convocou Niarco e todos os oficiais superiores, assim como um escriba para tomar notas; durante quatro horas a fio, falou do abastecimento dos barcos, da água e das provisões.

Os dias passaram. A febre não o abandonou. Era sua intenção conduzir uma força de apoio logo que a frota partisse, para deste modo tentar descobrir locais apropriados à aportagem; adiaria assim a sua viagem por barco. Todas as manhãs afirmava estar melhor; todos os dias era transportado ao altar do Palácio para oferecer a oração matinal, cada vez estava mais fraco; todas as noites a febre subia.

A Câmara Real estava cheia de gente, pessoas do Palácio e oficiais aguardando ordens, ele ansiava por uma sombra verde e pela visão da água; ordenou assim que o levassem de barco através do rio até os jardins reais. Ali se deitava debaixo das árvores, os olhos semicerrados, perto de uma fonte que lançava a sua água para um reservatório de pórfiro.

Às vezes mandava chamar Niarco e Perdicas para com eles planejar a viagem e a marcha; às vezes mandava chamar Médio para com ele falar de coisas banais e passar o tempo fazendo estalar as articulações dos dedos. Médio cansava-o, pois o orgulho que sentia ao ser escolhido levava-o a ficar tempo demais.

Noutras circunstâncias, escolhia o quarto de banho e mandava colocar a cama junto à entrada para assim poder descer facilmente; gostava de se refrescar na água tépida, que o secassem sentado nos azulejos azuis à borda da piscina para em seguida regressar a lençóis limpos. Também ali dormia, devido à temperatura amena e ao som do rio correndo no exterior.

Não o deixava, independentemente de quem estivesse presente: Médio, os generais ou qualquer outra pessoa. Coloquei de lado sem problemas as minhas dignidades palacianas; o velho que eu substituíra de bom grado as retomaria. Substituí os trajes da corte por outros mais funcionais. Como eunuco-chefe da Câmara Real, teria tido as minhas tarefas diárias e algumas ocasiões para espairecer. Agora, todos os que para ali se deslocavam apenas viam o jovem persa, segurando um leque ou uma taça, transportando cobertores sempre que uma sezão o tomava, lavando-o com uma esponja e mudando os lençóis devido à transpiração, ou sentado em silêncio numa almofada junto à parede. Estava em segurança, o meu lugar não despertava inveja alguma. Apenas um homem o teria roubado de mim e esse agora era apenas cinza branca nos ventos do céu.

Quando o meu amo dispensava os grandes senhores, era para mim que voltava os olhos. Tinha comigo um ou dois escravos sossegados para o transportar; de todas as necessidades suas, era eu que me ocupava. Assim os outros deixaram de me prestar mais atenção do que a uma almofada ou a um jarro de água. Segundo a velha tradição, enviavam para o palácio a pura água da fonte que desde sempre fora a bebida dos reis persas. Refrescava-o; mantinha-a sempre a seu lado na mesa junto à cama num depósito de barro que a conservava fria.

À noite, mandava pôr a enxerga ao lado da cama. Ele podia chegar à água; se precisava de mais alguma coisa, eu sabia de imediato. Às vezes, quando a febre o fazia ficar inquieto, gostava de conversar comigo, recordando velhos combates e velhas feridas, para assim provar que logo sairia vencedor desta luta contra a doença. Nunca se referia aos presságios de morte, tal como no meio do confronto jamais falava de rendição. Quando se encontrava doente havia já uma semana, continuava a dizer que iniciaria a marcha dentro de três dias:

— Posso partir na liteira assim que a febre baixar. Isso não é nada comparado com as coisas por que já passei.

Havia desistido de lhe pedir para aceitar ser visto por um médico.

— Não preciso da mesma lição duas vezes. Bagoas cuida de mim melhor do que qualquer médico.

— Cuidaria se me deixasse — disse quando saíram. — Um médico o obrigaria a descansar, mas o senhor pensa que é apenas Bagoas que o diz, e não presta atenção.

Fora transportado ao exterior nesse dia para realizar um sacrifício destinado ao exército. Pela primeira vez, fizera a libação deitado.

— É necessário honrar os deuses. Devia elogiar a minha obediência, dócil tirano. Apetecia-me vinho, mas sei que não vale a pena pedir.

— Ainda não. Tem aqui a melhor água da Ásia.

Uma das razões pelas quais nunca saía sempre que Médio o visitava, era pelo medo de que o idiota lhe desse vinho para beber.

— Sim, é boa. — Esvaziou a taça; estivera apenas a meter-se comigo. Quando começava a ficar mais animado, já sabia que a febre estava subindo, mas nessa noite parecia menos intensa. Renovei os meus votos aos deuses daquilo que lhes ofereceria em troca da sua recuperação. Quando ele partira em expedição contra os citas, os presságios haviam sido maus, mas tinham-se realizado apenas através da doença. Dormi com esperanças renascidas.

Sua voz despertou-me. Era ainda muito cedo, o turno depois da meia-noite.

— Por que não se apresentaram mais cedo? Perdemos metade da noite de marcha. Não alcançaremos água antes da meia-noite. Por que é que me deixaram dormir?

— Al'scandre — retorqui —, está sonhando. Isto não é o deserto.

— Montem guarda aos cavalos. Não se importem com as mulas. *Bucéfalo* está bem?

Seus olhos divagaram pelo espaço cruzando-se com os meus. Mergulhei uma esponja em água da fonte e limpei-lhe o rosto.

— Vê? É Bagoas. Está melhor assim?

Agarrou-me a mão e disse:

— Água? Endoideceu? Não há água que chegue para os homens beberem.

A febre subira numa altura em que habitualmente era mais baixa. Levantei a tampa da caneca. Estava semivazia e o líquido não era claro, mas, sim, escuro. Alguém viera durante o meu sono.

Dominando a minha voz, perguntei-lhe calmamente:

— Al'scandre. Quem lhe trouxe o vinho?

— Meneidas tem bebido água? Deem-lhe primeiro, ele está com febre.

— Todos nós temos água. — Esvaziei a caneca e enchi-a com água do jarro. Bebeu sequioso. — Diga-me quem lhe deu vinho?

— Iolas. — Nomeara apenas o Copeiro Real. Alterado como estava poderia querer dizer apenas isto. Todavia Iolas era irmão de Cassandro.

Fui perguntar ao escravo que fazia o turno da noite e dei com ele a dormir. Não pedira a nenhum deles para o servir noite e dia tal como eu fazia. Deixei-o como estava, com receio de que se o alertasse, ele pudesse escapar ao castigo.

Alexandre delirou inquieto até de manhã. A febre não baixara como era costume a essa hora. Quando o levaram até o altar do Palácio e lhe colocaram nas mãos a taça de libação, ele tremeu tanto que metade da oferenda se entornou antes de ele a poder despejar. Essa mudança dera-se a partir do momento em que bebera o vinho. Antes, podia jurar que estava se recuperando.

O escravo não me soube dizer nada quando o interroguei; devia ter dormido por horas a fio. Dei ordens para que fosse flagelado com o chicote com pontas de chumbo. Os escudeiros dos turnos da noite também nada sabiam, ou pelo menos assim o disseram: não estava no meu poder mandar interrogá-los. O quarto de banho era mais difícil de guardar do que a Câmara Real; alguém devia ter ali entrado através do rio.

O calor era abrasador nesse dia. Alexandre pediu para ser levado até a sombra junto à fonte de pórfiro. Se a brisa soprasse, aquele era o local ideal para o sentir. Mandara armazenar na casa de verão tudo o que ele pudesse necessitar. Ao ajudá-lo a se deitar, notei sua respiração. Havia nela algo de áspero que era diferente.

— Bagoas, ajude-me a levantar um pouco? Apanhe-me aqui. — Pôs a mão ao lado no peito.

Estava nu e apenas o lençol o cobria. Sua mão premia a cicatriz da seta marda. Creio que foi nesta altura que tomei consciência da realidade.

Peguei em algumas almofadas e ajudei-o a encostar-se nelas. O desespero significaria uma traição numa altura em que ele prosseguia a sua luta. Ele não o devia sentir na minha voz, na tremura das minhas mãos.

— Eu não devia ter bebido o vinho. A culpa foi minha. Não devia ter lhe pedido. — Respondeu com dificuldade; no entanto dissera apenas algumas palavras. Levou de novo a mão à cicatriz no peito.

— Al'scandre, não fui eu quem lhe deu. Não consegue se lembrar de quem foi?

— Não. Não, estava lá. Acordei e bebi-o.

— Foi Iola quem o trouxe?

— Não sei.

Fechou os olhos. Deixei-o descansar e sentei-me na relva a seu lado, mas ele ganhava forças para voltar a falar. Disse então que desejava falar com o Capitão da Guarda. Levantei-me e fui chamá-lo.

— Ordem geral — disse Alexandre. — Todos os oficiais com o posto de comandante para cima, reunião, no pátio interior, para receber ordens.

Percebi nesse instante que ele começava a adivinhar.

Não haverá despedidas, pensei enquanto abanava a folha de palmeira para o arrefecer e afastar as moscas. *Não se renderá. Também eu não me posso render.*

Um barco cheio de amigos veio visitá-lo para saber como era o seu estado de saúde. Fui ao seu encontro para informá-los da sua dificuldade em respirar. Quando chegaram junto dele, disse:

— É melhor... eu regressar.

Os homens que transportavam a liteira foram chamados. Uma multidão reuniu-se a ele no barco. Ele olhou à sua volta e sussurrou:

— Bagoas.

Houve então alguém que se levantou dando-me lugar. Levaram-no para a Câmara Real onde divindades aladas, douradas guardavam o enorme leito. Há muito tempo, numa outra vida, preparara-o para outro rei. Aconchegamo-lo nas almofadas bastante grandes, mas mesmo assim a sua respiração continuava a arranhar. Se queria alguma coisa falava comigo sem usar a voz, tal como fizera quando a ferida era recente. Sabia que eu o compreendia.

Algum tempo depois, Perdicas entrou para lhe comunicar que os oficiais permaneciam no pátio interior à espera de instruções. Fez sinal para que entrassem. Todos se amontoaram na Câmara Real. Fez um gesto de saudação; vi-o reunir forças para falar, mas em vez disso tossiu, expelindo sangue. Fez sinal para que saíssem. Apenas quando o último partiu, ele levou a mão ao peito.

Depois disso, os generais trouxeram os médicos sem a sua autorização. Vieram três. Apesar de fraco, receavam-no devido ao que se passara com Gláucio, mas ele sofreu em silêncio, os dedos sentindo o seu pulso, as orelhas encostadas ao seu peito. Observou-os enquanto eles trocavam olhares entre si. Quando lhe trouxeram algo para beber, bebeu e dormiu durante algum tempo. Um deles ficou ali, o que me permitiu descansar durante uma hora ou duas. Precisaria de mim à noite retemperado para melhor ajudá-lo.

Ao anoitecer, a febre aumentou bastante. Nunca mais o deixaram sozinho, entregue apenas a mim; três dos Companheiros vigiavam-no. Um dos médicos fez menção de se sentar a seu lado, mas ele estendeu a mão e agarrou-me o braço, e o médico afastou-se.

Foi uma longa noite. Os Companheiros dormitaram nas suas cadeiras. Ele tossiu sangue e dormiu em seguida, apenas um pouco. Por volta da meia-noite, os seus lábios moveram-se. Inclinei-me para ouvir. Disse:

— Não a afugente. — Olhei em redor, mas nada vi. — A serpente — sussurrou, apontando para a penumbra de um recanto. — Que ninguém lhe faça mal. Foi enviada.

— Ninguém lhe fará mal — retorqui —, sob pena de morte.

Adormeceu de novo. Disse então:

— Hefféstion.

Seus olhos estavam fechados. Beijei-o na testa e nada disse. Ele sorriu e ficou tranquilo. De manhã reconheceu-me e ao lugar em que se encontrava. Os generais entraram e puseram-se à sua volta. Em todo o quarto se ouvia a sua respiração ofegante. Olhou-os. Ele sabia bem o que aquilo significava.

Perdicas destacou-se do grupo e aproximou-se dele.

— Alexandre. Todos nós oramos aos deuses para que lhe deem muitos anos de vida, mas se for outra a sua vontade, a quem entrega o seu reino?

Forçou a voz tentando falar em voz alta. Começou, sempre pareceu-me, a pronunciar o nome de Cratero, mas a respiração alterou-se deixando ouvir apenas o arfar. Perdicas murmurou para os outros:

— Disse ao mais forte Cratero, cratisto. Os sons são tão semelhantes; até o significado do nome o é.

Cratero, no qual ele sempre confiara, ia a caminho da Macedônia; inclino-me a pensar que era sua intenção deixá-lo como regente da criança que estava para nascer; rei até, no caso de ela ser uma menina, ou de morrer, mas Cratero encontrava-se bem longe dali; a sua causa não encontrava eco naquele lugar.

Nem a minha. O que era a Macedônia para mim? Que me interessava a mim quem a governasse? Apenas para o meu amo voltava os olhos, para ver se estava incomodado, mas nada ouvira. Enquanto ele estava em paz, todo ele me pertencia. Se ofendesse os outros, podiam tirá-lo de mim. Calei-me.

Pouco depois, Alexandre fez sinal a Perdicas para se aproximar; em seguida, retirou do dedo o anel real com a imagem de Zeus em seu trono, e entregou a ele. Escolhera alguém para o substituir enquanto se encontrava demasiado doente para governar. Apenas esse fora o significado do seu gesto.

Sentado em silêncio junto à cama, apenas o jovem persa, vi-os entreolharem-se avaliando políticas e poderes, observando furtivamente o anel.

Ele os viu. Seus olhos haviam pairado na distância, mas mexeram-se, e eu sei que ele viu. Inclinei-me sobre ele com uma esponja; pensei que ele já vira o suficiente. Olhou-me como se partilhássemos um segredo. Pousei a minha mão na sua; havia uma mancha branca no seu dedo, no lugar onde o anel enfrentara a luz do sol.

O silêncio era total, excetuando apenas o barulho causado pela respiração. No meio da quietude, notei uma agitação no exterior, o murmúrio de muitas vozes. Ptolomeu saiu para ver. Como ele não regressasse, Peucestas saiu também, seguido pelos outros. Pouco tempo depois, todos regressaram.

— Alexandre — disse Perdicas. — São os macedônios que estão lá fora; todos os homens. Eles... eles querem vê-lo. Disse-lhes que era impossível, que está muito doente. Acha que se eu deixar entrar só alguns, aí uns vinte para representar os outros, acha que seria capaz de aguentar?

Seus olhos abriram-se. Começou a tossir. Enquanto eu o segurava por causa do sangue, ele pronunciou um gesto de comando, querendo dizer: "Esperem até eu poder". Depois disse:

— Todos. Todos os homens.

Independentemente do lugar onde estivesse o anel, o rei estava aqui. Perdicas saiu.

Alexandre tentou ajeitar-se e olhou para mim, mudei a posição das almofadas para o aconchegar. Alguém abriu a poterna para os homens saírem depois de passarem junto à cama. Suas vozes em murmúrio aproximaram-se. Peucestas olhou-me com simpatia e fez um pequeno gesto com a cabeça. Sempre fora cortês para comigo; por isso compreendia-o.

— Volto depois — disse para Alexandre e saí pela poterna.

Como soldados para com o seu general, como macedônios para com o seu rei, tinham vindo despedir-se dele. Agora, neste momento final, deviam vê-lo sendo apenas seu, e não com o jovem persa mais perto dele do que eles.

Da alcova, onde permanecia oculto, via-os sair; era uma corrente de homens que pensei que jamais terminaria, um após outro. Choravam ou comunicavam entre si através de rudes sussurros; ou então pareciam apenas aturdidos como se tivessem acabado de ouvir dizer que o sol não se ergueria amanhã.

Demoraram horas a passar. O tempo arrastava-se, aproximando-se do meio-dia.

— Saudou-me com os olhos. — Ouvi um dizer. — Reconheceu-me.

— Reconheceu-me de imediato — disse outro. — Tentou sorrir.

— Olhou-me e pensei: "O mundo está desmoronando" — disse um jovem.

— Não, meu rapaz — retorquiu um veterano —, o mundo continua o seu percurso, mas só os deuses sabem qual é o seu destino.

Por fim, mais ninguém surgiu. Entrei. Jazia tal como o deixara; durante todo aquele tempo conseguira suster-se de olhos erguidos, não deixando passar nenhum sem saudar com o olhar. Agora, jazia como um morto, exceto quanto à sua respiração ofegante. Pensei: *Sugaram-lhe o que de vida restava nele; nada deixaram para mim. Que os cães os devorem.*

Levantei-o um pouco com um braço e mudei as almofadas para que ficasse mais confortável. Abriu os olhos e sorriu. Compreendi que essa homenagem dos homens, independentemente do que lhe custara, era o que ele teria pedido do seu deus da guarda. Como eu poderia censurá-lo? Esqueci a minha raiva.

Os generais haviam ficado de lado enquanto os homens desfilavam. Ptolomeu limpava os olhos. Perdicas aproximou-se do leito.

— Alexandre, quando for recebido entre os deuses, em que alturas deveremos venerá-lo?

Não creio que ele esperasse uma resposta; desejava apenas, no caso de poder ainda ser ouvido, prestar-lhe uma homenagem de honra, como sentia ser seu dever. Foi ouvido. Alexandre regressou até junto de nós, como se emergisse de águas profundas. Não deixara de sorrir.

— Quando estiverem felizes — sussurrou. Depois fechou os olhos e voltou para o lugar de onde viera.

Durante todo o dia esteve deitado sobre grandes almofadas, entre os deuses dourados de asas abertas. Durante todo o dia, os grandes senhores entraram e saíram. Ao anoitecer, trouxeram Roxane. A criança era já grande dentro de si. Lançou-se para ele, batendo no peito e desgrenhando-se, chorando como se ele estivesse já morto. Suas pálpebras enrugaram-se. A ela não me atrevia dirigir a palavra, pois conhecia o seu olhar de ódio, mas sussurrei a Peucestas:

— Ele pode ouvir; isto o incomoda. — E ele ordenou aos eunucos que a levassem dali.

Por vezes, conseguia que bebesse um pouco de água; por vezes, parecia estar no sono da morte e não respondia aos meus gestos; no entanto, sentia a sua presença e julgava que ele sentia a minha. Pensei: *Não pedirei aos céus um sinal dele; que ele não seja incomodado pelo meu amor; que apenas o sinta se ao deus o aprouver; pois o amor é para ele vida, jamais o rejeitou.*

À noite, as candeias foram acesas. Ptolomeu permaneceu junto ao leito, de olhos postos no chão, recordando-o, talvez, na Macedônia, ainda criança. Peucestas veio e disse que ele e alguns amigos iam realizar uma vigília em sua honra no santuário de Serápis. Alexandre trouxera esse culto do Egito; a sua imagem é a de Osíris ressuscitado. Era intenção deles perguntar ao seu oráculo se ele curaria Alexandre, caso o levassem ao santuário.

Faz parte da natureza humana ter esperança até o fim. Enquanto a luz da candeia cintilava no seu rosto tranquilo, iludindo-me com falsas sombras de vida, aguardaria uma promessa do deus, mas o meu corpo sabia. Meu corpo pesava com a sua morte, pesado como barro.

Passei a noite com sobressaltos e breves períodos de sono. Havia muito que não dormia como se deve; às vezes dava comigo de cabeça encostada à sua almofada; via então se ele estava agitado; mas não, dormia, com uma respiração rápida e entrecortada com profundos suspiros. As candeias começavam a extinguir-se, as primeiras luzes da manhã delinearam as formas de janelas altas. Sua respiração mudava de som e algo me disse: "Ele está aqui".

Aproximei-me e murmurei:

— Amo-o, Alexandre. — E beijei-o. *Não importa*, pensei, *quem o seu coração aceita. Deixe que seja segundo o seu desejo.*

Meu cabelo caíra sobre o seu peito. Seus olhos abriram-se; a sua mão mexeu-se, tocou numa madeixa e fê-la correr entre os seus dedos.

Reconhecia-me. A isso assumirei o meu juramento perante os deuses. Foi de mim que ele se despediu.

Os outros que o viram mexer-se, puseram-se de pé, mas ele partira. Encontrava-se no limiar da sua jornada.

Alguém estava à porta. Era Peucestas. Ptolomeu e Perdicas foram ao seu encontro.

— Aguardamos toda a noite — disse ele — e ao amanhecer nos dirigimos ao oráculo. O deus disse que seria melhor para ele aqui.

Quando a sua respiração cessou, todos os eunucos choraram. Suponho que também eu o fiz. Os lamentos foram ouvidos no exterior do Palácio e o som espalhou-se então pela cidade; não era necessário dizer que o rei estava morto. Quando tiramos as almofadas que estavam atrás das suas costas, e o deitamos, os escudeiros de guarda acercaram-se espantados, saindo em seguida a chorar.

Morrera com os olhos e a boca fechados, como se estivesse dormindo. Seu cabelo estava desgrenhado devido à febre. Penteei-o e não consegui deixar de o fazer como se ele ainda o sentisse. Depois olhei para os nobres que em parte haviam enchido a Câmara Real, para que alguém dissesse como ele devia ser tratado, mas todos eles tinham saído. O mundo desmoronara-se; os bocados jaziam como ouro em estilhaços, despojo para o mais forte. Haviam partido para reunir esses estilhaços.

Algum tempo depois, os eunucos do Palácio começaram a ficar inquietos por não saberem quem era o rei. Um após outro, saíram para se inteirarem do andar das coisas; o menos importante seguia o seu superior. A princípio não me apercebi de que me encontrava ali sozinho. Fiquei, pois não conseguia pensar noutro lugar onde estar. *Alguém virá*, pensei; *ele é meu até que o reclamem*. Descobri o seu corpo e olhei as suas feridas que antes reconhecera na escuridão apenas pelo toque e cobri-o de novo. Depois sentei-me junto à cama; aí encostei a minha cabeça e penso ter adormecido.

Despertei sob a tênue luz do anoitecer. Ninguém viera. O ar estava quente do calor. Pensei: *Devem estar chegando, o seu corpo não suportará isto*, mas corrupção alguma dele se exalou; parecia dormir apenas.

A vida sempre fora mais forte nele do que em qualquer outro homem. Em vão, tentei sentir o seu coração; a sua respiração não enevoava o espelho, no entanto, em algum lugar bem no fundo de si a alma deveria ainda permanecer, preparando-se para partir, mas ainda ali. A ele falei; não aos seus ouvidos, pois sabia que não me escutaria, mas àquilo que em si pudesse escutar.

— Vá para junto dos deuses, invencível Alexandre. Que o Rio do Ordálio lhe seja suave como leite e o banhe em luz, não em fogo. Que seus mortos o perdoem; deu mais vida aos homens do que os levou à morte. Deus fez com que o touro comesse erva, mas o leão não; e somente Deus os julgará. Jamais lhe faltou amor; para onde vá, que ele o aguarde.

Perante isso, veio até mim a memória de Calano cantando no seu carro fúnebre engalanado de flores. Pensei: *manteve a sua palavra; por ele prescindiu nascer de novo; depois de ele próprio ter passado em paz através do fogo, aqui está agora para o conduzir até o outro lado do rio*. Reconfortou-me o coração saber que ele não estava só.

De repente, perturbando essa tranquilidade, um grande clamor aproximou-se da sala. Ptolomeu e Perdicas entraram de rompante com um grupo de soldados e com os escudeiros reais.

— Fechem as portas! — bradou Perdicas, e eles as cerraram. Seguiram-se gritos e pancadas; os que se encontravam no exterior assaltaram as portas. Ptolomeu e Perdicas chamaram os seus homens para defenderem o corpo do rei de traidores e pretendentes. Quase fui esmagado quando eles recuavam em direção ao leito. As guerras do mundo haviam começado; esses lutavam para o possuir, como se ele fosse uma coisa, um símbolo, como a Mitra ou o trono. Voltei-me para ele. Quando o vi ali deitado, calmo, suportando tudo isso sem ressentimento; soube então que ele morrera de fato.

Haviam começado a lutar e voaram lanças. Fiquei para o proteger com o corpo e um deles feriu-me o braço. Ainda hoje guardo a cicatriz, a única ferida por causa dele recebida.

Em seguida, parlamentaram e afastaram-se para continuar lá fora a sua disputa. Enrolei o braço com um bocado de uma toalha e aguardei, pois não era correto que ele ali ficasse sem alguém a seu lado. Acendi a candeia para a noite e a coloquei junto à cama; ali fiquei em vigília até que os embalsamadores vieram para tirá-lo de mim e o encherem com a perene mirra.

Nota da autora

Todos os atos públicos de Alexandre aqui contados são baseados nas fontes, das quais as mais dramáticas serão, todavia, as mais autênticas. Foi impossível até encontrar espaço para todos os acontecimentos mais relevantes de uma vida tão repleta, ou demonstrar toda a extensão do seu gênio. Este livro tenta apresentar apenas uma perspectiva angular em que se destacam alguns momentos mais relevantes.

Todas as fontes corroboram a moderação da sua vida sexual. Nenhuma sugere que fosse celibatário; se o tivesse sido, assumiriam naturalmente que era impotente: o ideal cristão da castidade não nascera ainda. É comum a referência à sua fraca compleição física (o que não será surpreendente quando tantas e tantas energias eram gastas em algum lugar), à qual se associa uma apaixonada capacidade de afeto. Pouco sabemos dos seus casos amorosos, em parte porque foram escassos, em parte porque ele sabia escolher: nenhuma paixão sua o envolveu em escândalo.

Que Heféstion era seu amante, parece praticamente certo, embora em lugar algum seja de fato referido. A referência de Plutarco quanto a uma criança da viúva de Mémnon, após a queda de Damasco é, por sólidos motivos, posta em causa pelos historiadores maduros, não existindo outra indicação quanto a uma amante. Bagoas é a única pessoa explicitamente nomeada nas fontes como *eromenos* de Alexandre.

Aparece, em primeiro lugar, em Curtius: *Nabarzanes, após ter recebido um salvo-conduto, encontrou-o (a Alexandre) tendo-lhe oferecido muitos presentes. Entre esses encontrava-se Bagoas, um eunuco de extraordinária beleza e na flor da adolescência, que fora amado por Dario e que viria posteriormente a ser amado por Alexandre; deveu-se especialmente ao pedido do rapaz que ele foi levado a perdoar Nabarzanes.* Esse último aspecto é típico dos floreados de Curtius;

o salvo-conduto mostra estar Alexandre disposto a ouvir as explicações de Nabarzanes pela sua própria boca, e não há dúvidas de que terão sido elas que resolveram a questão. Como Bagoas veio parar às suas mãos, quando nenhum dos membros do séquito de Dario tiveram ordem de o acompanhar após a sua prisão, e o próprio Nabarzanes conseguiu escapar com apenas seiscentos homens da cavalaria, não é explícito. Existe uma opinião bastante difundida segundo a qual todos os eunucos eram flácidos e gordos. Para a corrigir não é necessário recuar mais do que ao século XVIII e aos famosos *castrati* da ópera, cujo aspecto romântico os levava a serem frequentemente perseguidos pelas mulheres da alta sociedade. Um retrato de um dos maiores, feito na meia-idade, mostra uma cara bonita e delicada, e uma figura que muitos tenores modernos poderiam invejar. O diarista dr. Burney, escrevendo a seu respeito ainda mais tarde, disse:

— Ele é alto e magro, mas está muito bem para a sua idade; é uma pessoa alegre e de ótimo aspecto.

A história dos últimos dias de Dario ocorre apenas em Curtius. É viva e detalhada, irrelevante quanto às propensões pelas quais Curtius é conhecido, e provavelmente autêntica. Assim sendo, as cenas finais podem ter sido fornecidas apenas através de alguma crônica anterior de responsabilidade de um dos eunucos de Dario que haviam sido as únicas testemunhas; é credível supor-se ter sido o próprio Bagoas. Com um lugar privilegiado na corte, deve ter sido conhecido de todos os historiadores contemporâneos de Alexandre.

A história refere-se a Bagoas seis anos mais tarde quando do episódio do beijo no teatro que é contado por Plutarco e Ateneu. A localização na Carmânia é bastante significativa; ali, Alexandre tinha a seu lado aqueles que o haviam acompanhado através da Índia e da marcha do deserto. Após todas essas vicissitudes, Bagoas era não só ainda um alvo privilegiado do seu afeto, como obviamente também das xenófobas tropas macedônias, o que por si só é surpreendente. Alexandre sempre retribuiu com uma lealdade perpétua a devoção pessoal, e essa parece a explicação mais provável perante uma ligação tão duradoura.

As origens do jovem eunuco são desconhecidas, mas a hipótese de ser de família nobre não é inverossímil. Tais jovens, cujo aspecto foi bem cuidado e que não receberam uma alimentação deficiente ou maus-tratos ao serem escravizados, eram quase sempre destinados à prostituição. Fedo, discípulo de Platão, é o caso mais conhecido.

A última aparição de Bagoas foi irremediavelmente alterada por Curtius; restou-nos fazer com isso o melhor que pudemos. Felizmente para a reputação de Bagoas, possuímos o testemunho idôneo de Aristábulo, o arquiteto que restaurou o túmulo de Ciro, segundo o qual ele foi no início a Persépolis, avaliou ele próprio os bens existentes no túmulo e fez com que fossem inventariados por Aristábulo, cuja descrição é preservada por Arriano, juntamente com o seu relato da profanação. Em Curtius, Alexandre dirige-se ao túmulo apenas no seu regresso da Índia, encontrando-o sem nada, porque Ciro fora enterrado somente com as suas armas; uma noção que por certo deleitaria o sentimento romano, mas que surpreenderia um arqueólogo. Bagoas, que nutre rancor em relação a Orxines por esse não lhe ter enviado um suborno, inventa um tesouro não existente e acusa-o do seu roubo. Nenhum dos ciúmes pelos quais Orxines foi de fato punido são mencionados. Vai se tratar, em princípio, de uma vítima inocente. Quando o impossível é posto de lado nessa história, pouco resta. Presumi que Bagoas de algum modo participou dessa cena, sentindo alguma antipatia pelo sátrapa, que era alvo de certa simpatia de Alexandre. Diante do relato do assassínio de Orxines, recorri ao motivo habitual no mundo antigo: uma luta entre famílias.

O sensacionalismo é típico em Curtius. Trata-se de uma idiotia insuportável com acesso a fontes de um valor incalculável já desaparecidas, e que ele desperdiçou devido a um fastidioso conceito literário acerca da deusa Fortuna e a muitos floreados de retórica romana. (Alexandre exortando amavelmente os seus amigos a retirar a seta espetada no pulmão é demasiado eloquente.) Sendo os favores da Fortuna conducentes à húbris e à nêmesis, a história de Alexandre conhecerá uma alteração nesse sentido através da propaganda ateniense antimacedônia, concebida por homens que nunca lhe tinham posto os olhos em cima e informada por uma relação com a verdade objetiva semelhante à que se poderia esperar de uma *História do Povo Judeu* supervisionada por Adolf Hitler. Isso foi recuperado no tempo de Augusto por Trogo e Diodaro, que descobriram num rei morto havia três séculos um rapaz chorão para as pretensões divinas do governante vivo. Tentativa alguma com consistência é feita perante fatos indiscutíveis. Um tirano corrupto teria sido atacado pelos revoltosos de Ópis no momento em que pusesse pé entre eles; e teriam atacado com perfeita impunidade (tal foi o destino de mais do que um imperador romano) e eleito um novo rei, como era seu direito. Que, em vez disso, se tenham queixado a Alexandre por não terem recebido permissão de o beijar não é ficção, mas história.

No que diz respeito ao mundo antigo, os motivos políticos dessas tentativas pouco convincentes para mostrarem Alexandre corrompido pelo sucesso são bastante óbvios. Mais surpreendente é a vaga atual daquilo a que se poderá chamar difamar, visto ir mais além do que uma interpretação parcial dos fatos, e chegando mesmo à sua deturpação. Uma versão recente refere-se apenas acerca da execução de Filotas tratar-se de uma acusação forjada, embora o seu encobrimento de uma tentativa de assassínio seja mencionado em todas as fontes (qual seria a posição de um moderno guarda de segurança que, informado da existência de uma bomba no avião real, decidisse não a mencionar?). Hefêstion é fundamentalmente estúpido, embora jamais tivesse sido malsucedido nas suas missões altamente responsáveis, diplomáticas e militares. Alexandre é secamente acusado de estar na origem da morte de um pai, de serem nulas as evidências nesse sentido; Filipe não possuía sequer um herdeiro viável que funcionasse como motivo. Um profundo alcoolismo é apontado como acelerador da morte de Alexandre; qualquer médico pode explicar quais são as capacidades de trabalho de um alcoólico em último grau e quais as suas hipóteses de sobreviver a uma perfuração de um pulmão, a uma cirurgia sem anestesia no campo de batalha e a uma marcha através do deserto. Após o gesto das tropas de Alexandre no seu leito de morte, um acontecimento único na história, é de algum modo surpreendente ouvir dizer que poucos choraram por ele. Que existem modas quanto à admiração e à difamação, é inevitável; elas não deviam, contudo, ser assumidas pondo em causa a verdade.

No mesmo episódio, os motivos mais sinistros foram apresentados perante a sua política de fusão racial. No entanto, pessoa alguma se preocupou tanto quanto ele com a dissimulação das suas aversões; é óbvio que, uma vez entre persas, ele simplesmente tenha descoberto que gostava deles. É certo que, nos nossos dias, é necessária uma mentalidade algo estreita para achar isso impróprio ou estranho.

Embora as referências da deterioração geral de Alexandre não sejam credíveis, não será duvidoso pensar que ele sofreu de uma profunda perturbação mental após a morte de Hefêstion. Se essa perturbação pode ter voltado a acontecer, é algo que não podemos saber. A natureza de Alexandre era uma espécie de forte que a si mesmo se bastava. As tensões da infância exigiam-lhe compensação no sucesso; o sucesso aumentava responsabilidades, surgindo ao mesmo tempo mais sucessos; a espiral era inexoravelmente ascendente e não podemos ter a certeza se esse processo teria continuado através de uma vida prolongada sem desastre. Talvez as palavras de despedida de Calano fossem mais uma promessa que um aviso.

Bury e outros historiadores têm acentuado a relação existente no exército entre o abastecimento de água em mau estado e o hábito de ingerir grandes quantidades de vinho. Aristábulo, que vivera na corte durante o reinado de Alexandre, diz ser seu hábito conversar ao longo da noite na companhia de uma caneca de vinho, sem contudo se embebedar. Segundo Plutarco, ele ficava bastante eufórico para o fim da noite; um fenômeno que pode ser observado hoje entre pessoas não dadas a excessos. Despiques ocasionais de bebida eram, todavia, caracteristicamente macedônios, como encontramos já antes da subida de Alexandre ao poder.

Os rumores segundo os quais fora envenenado, frequentes nos séculos que se seguiram à sua morte, não condizem com a história detalhada da sua doença final. A perda da voz aponta para a complicação fatal mais comum até a descoberta dos antibióticos: a pneumonia. A pleurisia é um resultado lógico da sua ferida marda.

Aristábulo afirma que, durante um momento de febre mais alta bebeu vinho e entrou em delírio; não é dito ter sido ele quem o pediu. Se na realidade ele lhe foi dado com malícia, então foi, em termos morais, envenenado, e a presença de um inimigo mortal como Cassandro não deve ser subestimada.

Curtius preservou uma história segundo a qual o seu corpo fora descoberto incorrupto, apesar do calor de verão e de um longo atraso na chegada dos embalsamadores, devido ao caos que se seguiu à sua morte. O período referido, seis dias, é evidentemente absurdo; mas é, contudo, possível que um estado de coma profundo tenha enganado os presentes durante várias horas antes de ocorrer a morte clínica. Os embalsamadores realizaram o seu trabalho com eficiência. César Augusto, ao visitar o seu túmulo em Alexandria, admirou a beleza das suas feições trezentos anos depois.

O relato da morte de Hefêstion sugere que ele sofria de febre tifoide, na qual embora o apetite regresse com frequência antes das lesões nos intestinos terem sarado, a comida sólida causa perfuração e colapso imediato. No século XX, doentes de febre tifoide têm morrido no hospital devido a parentes mal-informados que os enchem de comida. A canja que Hefêstion comeu podia ter sido suficiente. Envenenamento é também uma possibilidade.

Arriano foi respeitado quanto à conspiração dos escudeiros, excetuando no que diz respeito à minha suposição de que cartas de Aristóteles haviam sido encontradas entre os papéis de Calístenes. A correspondência amigável de Alexandre com o seu tutor foi interrompida nesta altura.

A figura romântica de Roxane não tem sido tratada com um ceticismo infundado. Não há necessidade de rejeitar o casamento como político: o seu *status* social era mediano e a sua beleza, famosa, mas cerca de dois meses depois, os escudeiros podiam esperar não encontrar Alexandre deitado com ela; e sabemos bem o que ela fez após a sua morte. Não deve ter perdido muito tempo com o luto. Com uma rapidez tal que conseguiu adiantar-se às novidades, enviou uma carta à sua esposa real, Estatira, escrita em nome de Alexandre, convocando-a de imediato para a Babilônia, onde a mandaria assassinar mal chegasse.

Sisigambis, a rainha-mãe da Pérsia, ao ser informada da morte de Alexandre, despediu-se da família, fechou-se sem comer e morreu cinco dias mais tarde.

A Mitra Real da Pérsia, cujo uso por Alexandre causou tanta controvérsia, não apresentava semelhança alguma com a moderna mitra da igreja, ajustando-se à cabeça como um capacete, com grandes abas nos lados e atrás. Tinha uma coroa em forma de crista, usada de forma lisa pelos sátrapas; usá-la ao alto era sinal de realeza. Era rodeada por um diadema de faixa púrpura.

Acontecimentos, que não cabem neste livro, ou dos quais Bagoas não teria tido conhecimento, foram levadas em conta na caracterização de Alexandre. Deveremos ter presente que apenas um século depois, alguns filósofos lançaram a questão sobre a moralidade da guerra. No seu tempo, a questão não era *se*, mas, sim, *como* se fazia. Será ainda de notar que os historiadores que lhe são mais favoráveis, Ptolomeu e Aristábulo, foram os que o conheceram em vida. Escreveram após a sua morte com o intento apenas de lhe prestar justiça.

Quanto aos seus erros (aqueles cujo seu tempo não registrava como virtudes), foram considerados, defrontando-nos com o fato de nenhum outro ser humano ter sido alvo de uma devoção tão intensa durante a sua vida, por parte de tantos homens. Essas razões deverão ser examinadas.

Nomes próprios

É EVIDENTEMENTE INVEROSSÍMIL TER UM PERSA UTILIZANDO NOMES PERSAS nas suas formas gregas; mas visto elas serem irreconhecíveis e impossíveis de se pronunciar para a generalidade dos leitores (Dario, por exemplo, é Darayavansh), segui as convenções habituais.

Roxane é pronunciado com acento na primeira sílaba.

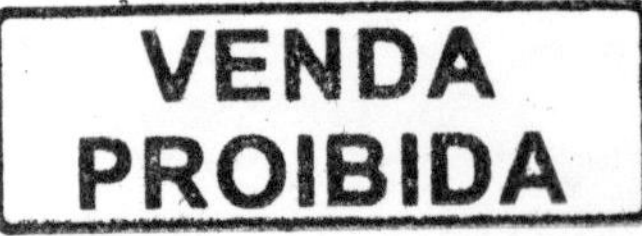

VENDA
PROIBIDA

LEIA TAMBÉM

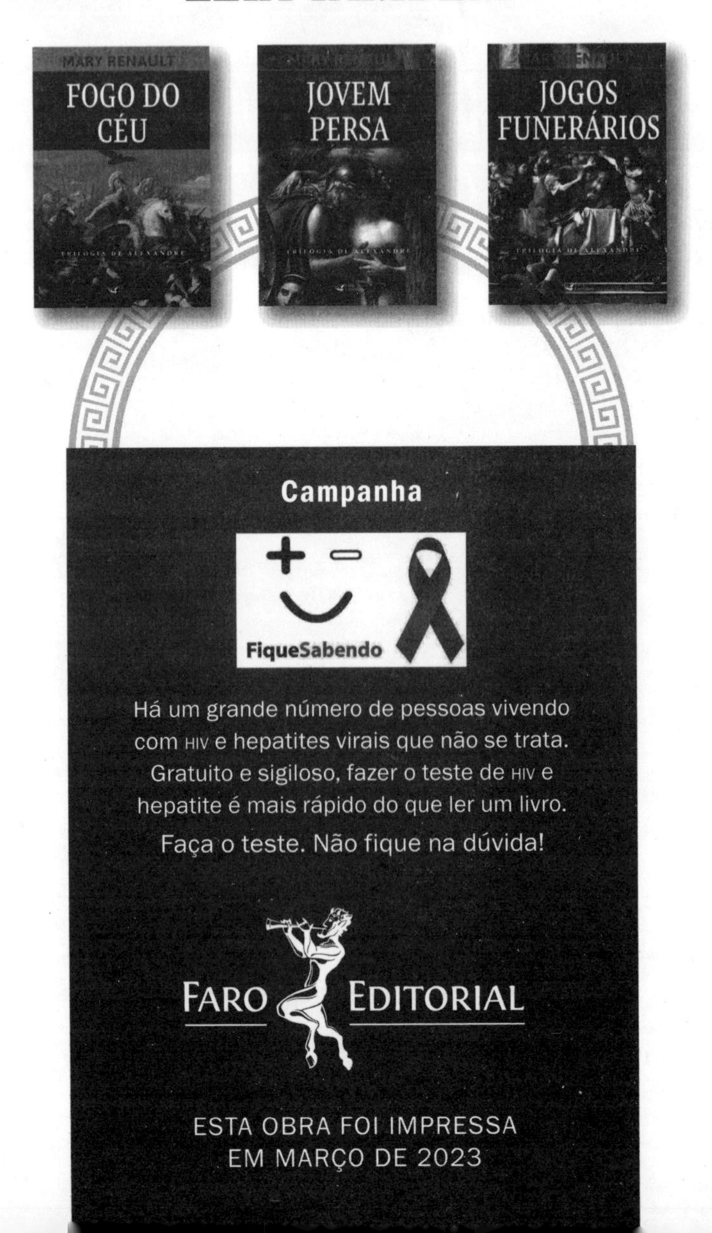

MARY RENAULT
FOGO DO CÉU
TRILOGIA DE ALEXANDRE
JOVEM PERSA
TRILOGIA DE ALEXANDRE
JOGOS FUNERÁRIOS
TRILOGIA DE ALEXANDRE
Campanha
FiqueSabendo
Há um grande número de pessoas vivendo com HIV e hepatites virais que não se trata. Gratuito e sigiloso, fazer o teste de HIV e hepatite é mais rápido do que ler um livro.
Faça o teste. Não fique na dúvida!
FARO EDITORIAL
ESTA OBRA FOI IMPRESSA EM MARÇO DE 2023